独领风骚
DULINGFENGSAO

夏云华 ◎ 著

省委书记生活札记

当代世界出版社

图书在版编目(CIP)数据

独领风骚——省委书记生活札记 / 夏云华著. —北京：当代世界出版社，2011.11

ISBN 978-7-5090-0779-2

Ⅰ. ①独… Ⅱ. ①夏… Ⅲ. ①长篇小说－中国－当代 Ⅳ. ①I247.5

中国版本图书馆 CIP 数据核字(2011)第 193538 号

书　名：	独领风骚——省委书记生活札记
出版发行：	当代世界出版社
地　　址：	北京市复兴路 4 号(100860)
网　　址：	http://www.worldpress.com.cn
编务电话：	(010) 83907332
发行电话：	(010) 83908410(传真)
	(010) 83908408
	(010) 83908409
经　　销：	新华书店
印　　刷：	北京佳明伟业印务有限公司
开　　本：	787 毫米×1092 毫米　1/16
印　　张：	23.25
字　　数：	417 千字
版　　次：	2012 年 1 月第 1 版
印　　次：	2012 年 1 月第 1 次
印　　数：	1～10000 册
书　　号：	ISBN 978-7-5090-0779-2
定　　价：	38.00 元

如发现印装质量问题，请与承印厂联系调换。

版权所有，翻印必究；未经许可，不得转载！

目录 Contents

第一章 以夷制夷·*1*

第二章 用兵如神·*51*

第三章 怜孤惜幼·*121*

第四章 巧借"皇粮"·*183*

第五章 较量"文革"·*255*

第六章 鞠躬尽瘁·*311*

第一章 以夷制夷

一

黎明前夕是一夜当中最为黑暗的时候。

1944年是中国的抗日战争进入倒计时的第二年，亦即取得最后胜利的前夕，也是日寇进行垂死挣扎、侵略行径最为嚣张和疯狂的一年。

这年10月，江南的冬天仿佛来得特别的早，朔风呼啸，遍地落叶，尘土飞扬，哀鸿遍野。无论城乡到处是断壁残垣，一片萧条。

10月17日，肆虐了近半个月的北风终于停了下来。然而天气却格外的闷热。盘驻在鸽城的日军旅团长中曾次郎少将正焦躁不安地在司令部踱来踱去。他五短身材，加上长着一双鼓眼睛，看上去活像一只癞蛤蟆。别看他其貌不扬，武士道精神却闻名所谓的大日本皇军。芦沟桥事变之前他还只是日本驻关东军的一名上士，8年时间不到他就凭着其骄悍凶残、作战勇猛，杀人如麻，由士兵升为军官，由少佐晋升为中佐、大佐，去年更晋升为少将，被调至鸽城担任旅团长兼城防司令官。此刻，他所以焦躁不安是因为刚刚在电话里受了驻华日军最高司令长官——"支那派遣军"总司令冈村宁次大将的训斥。

"哇哇……"中曾次郎透过敞开的窗户发现不知何时有两只乌鸦落在窗外的树枝上。

"嗖！"他随手拿起桌子上的两支铅笔甩了出去，只听下面传来了一片欢呼声。他走到窗边探头往下一看，一个士兵用右手举着两只身上插着铅笔的乌鸦正在向他致意，院子里的哨兵、警卫和参谋人员都在热烈地鼓掌。中曾次郎面无表情，不声不响地退到办公桌旁，他百步穿杨的功夫名扬全军，在10米之内射杀两只乌鸦有什么值得大惊小怪的？他所以要杀死这两只乌鸦，是因为它们的叫声太像冈村宁次刚才的训斥声了。

冈村宁次在电话里将他骂了个狗血淋头，说他身为鸽城城防司令清剿新四军江南特遣支队不力，以致威胁到南京汪精卫政权的安全，限他在半年内必须消灭新四军江南特遣支队，否则将把他送交军事法庭。

同样是10月，不同的是去年的今天中曾次郎正站在驻华日军大本营接受冈村宁次代表日本天皇授予他的勋章并接受晋升少将的命令。受勋仪式结束后，冈村宁次还在最豪华的富士山大酒店宴请他，当着众多将军的面称赞他作战骄勇，是大日本皇军的"军神"，并当众宣布任命他为驻鸽城的城防司令。冈村宁次在宣布命令时说，自中日交战以来，中曾次郎从东北打到江南，一路上屡战屡胜，鲜有敌手，故经大本营研究决定由他担任鸽城的城防司令官。鸽城地区紧临日军西南的前沿阵地，是南京的西大门，能否稳定鸽城地区的治安秩序直接关系到南京政府的安危和日军的荣誉以及最高利益。由于一年前中国的新四军派遣了一支300人的江南特遣支队突破长江防线潜入鸽城地区，这里的治安形式变得复杂和紧张起来。冈村宁次要求中曾次郎到任后一定要尽快消灭新四军江南特遣支队，将鸽城地区建成治安模范区，使之成为西南前沿固若金汤的后花园、保卫南京不可逾越的屏障。在中曾次郎看来，自己作为旅团长兼城防司令辖下的日军和汪伪"和平军"有两、三万人，消灭一支300人的队伍那还不是探囊取物、易如反掌吗？于是他当场便拍着胸部，大言不惭地立下了3个月内剿灭新四军江南特遣支队的军令状。

让中曾次郎意想不到的是，一年下来日军和"和平军"损兵折将5000多人，新四军不仅毫发未伤反而壮大到了1500余人，真正达到了一个支队的规模。大本营要不是念在他过去战功显赫的份上，早就将他撤职查办了。

在和新四军的交手中，中曾次郎是屡战屡败，造成如此局面，他向大本营申诉的理由是鸽城地区的地形复杂而恶劣，一半丘陵一半山，山是大山，连绵百里直至国统区，山上草深林密且多岩洞。皇军一出城，新四军就躲进了深山老林。组织小分队进山清剿，如同大海捞针，更要命的是皇军在明处，新四军在暗处，经常被动挨打，弄得不好甚至全军覆没。动用大部队进山，辎重武器施展不开，后勤供应难以保障，万一敌人趁虚攻占鸽城将直接威胁南京城，后果不堪设想。他请求大本营再给他一点时间，保证寻找机会一举歼灭新四军江南特遣支队。但中曾次郎自己心里清楚，真正令他头痛的不是鸽城地区恶劣复杂的地型，而是他的对手——新四军江南特遣支队的支队长马玉文。从几次交战可以看出，此人足智多谋，熟读兵书，富有实战经验，尤其精于游击战和运动战。最厉害的一着是他善于釜底抽薪，笼络人心，使得皇军一出城就成了聋子，打听不到真实的情况，收集不到有价值的情报。情况不明，五心不定，哪有不输的道理？这个马玉文真是太可怕、太可恶了，就是他让自己这个昔日皇军的"军神"威风扫地，颜面丢尽，想到这里他咬牙切齿，一拳捶在书桌上，恶狠狠地说："八嘎，马玉文，我一定将你生擒活捉，大卸八块，以消心头之恨！"

"报告！"门外传来特务机关长桑田伊夫中佐的声音。

"进来！"中曾次郎威严地说。

桑田伊夫迈着标准的步伐走进来，向端坐在书桌后的中曾次郎敬礼报告说：

"司令官阁下,我刚才得到密报,获悉新四军江南特遣支队的支队长马玉文正躲在大甸县石羊乡清溪村养伤。"

中曾次郎无疑似听到了来自空中的天籁之音,惊喜得从座位上一蹦而起说:"什么?你的慢慢地给我重复一遍。"

桑田伊夫字正腔圆地重复说:"新四军江南特遣支队支队长马玉文现正躲在大甸县石羊乡清溪村养伤!"

"你的情报的是从哪里来的,可不可靠?"中曾次郎急切地问。

"情报的绝对可靠!"桑田伊夫满有把握地说,"这是我手下一个秘密情报员亲眼所见、亲耳所闻的。"

"秘密情报员?日本人的干活?"

"不!将军阁下,他是中国人,一个牛贩子。"

"中国人,牛贩子?他的靠得住?"中曾次郎怀疑地问。

"我敢担保,绝对靠得住!因为他儿子在城里念初中,在我们的掌控之中,他要想耍我们,他那宝贝独生子的小命就不保了。"桑田伊夫不无得意地说。

"这个牛贩子现在那里?我要亲自盘问盘问的。"

"事关重大,我知道您会亲自审问的,已将他带至门外候见,我这就去将他带进来。"

一袋烟的功夫,桑田伊夫便领进来一个尖嘴猴腮、眼珠子翻个不停、长得精瘦的男子。桑田伊夫指着他向中曾次郎报告说:"司令官阁下,这位就是我手下的秘密情报员,他叫黄三丁。"

黄三丁向中曾次郎深深地鞠了一躬,满脸堆笑地说:"长官,不!司令官,您老人家大大的好!能够得到您的接见是我一生最大的荣幸。"

中曾次郎一声不吭地绕黄三丁转了三圈,两眼始终盯住他不放,直盯得黄三丁心里发毛,背身冒汗,双腿颤抖。

中曾次郎转身走到墙边,猛地取出挂在墙上的腰刀架在黄三丁的脖子上吼道:"你的良心大大的坏,想欺骗皇军,死了死了的。"

"卟嗵!"一声,黄三丁吓得跪在地上叩头不止地说:"冤枉啊,我就是有天大的胆也不敢欺骗皇军呀。"

"好!你的起来,把你是怎样获悉新四军江南特遣支队支队长马玉文躲在清溪村养伤的情况从头至尾讲给我听一听。如果属实皇军大大的有奖,若有半句假话,连你儿子一起,全家人统统地枪毙。"中曾次郎一边说,一边收起腰刀。

"感谢太君,感谢司令官!我保证句句都是实话。"黄三丁一字一句将如何获悉这一情报的经过向中曾次郎娓娓道来……

"哞！哞……"今天清晨天刚麻麻亮，清溪村村口就响起了一阵又一阵的牛叫声。男人们纷纷披衣起床，不用问他们都知道准是牛贩子黄三丁贩牛到村里卖来了。黄三丁在这一带贩牛少说也有十来年，男人们没有跟他不熟的。

"我说老庚啊，你他妈的有钱就不认人了是不是！要不怎么来了也不先进屋去坐一坐？"

黄三丁一听，不用抬头看就知道说话的人是和自己同年同月同日生仅比自己早生一个时辰的潘贵龙。他赶忙满脸堆笑地迎上去说："我说，庚兄呀，难道你还不清楚我的为人？我可以连老婆孩子都不认，但绝对不会不认你这个庚兄！你看看，我赶了6头牛，牛没卖掉之前总不能都赶到你家里去，要是将你的屋弄脏了，桔花她娘还不骂死我去。等我将牛卖了就到你家吃饭去，不把你家里自己熬的米酒喝光我就不走了。"

"好！就这样说定了。我这就到镇上割肉买豆腐去，我们兄弟俩今天不醉不罢休。"潘贵龙话音刚落人已走出了村口。

这时村里的男人们早已围拢过来，一些早起的孩子们也蹦蹦跳跳地挤进来看热闹。有心买牛的人掰开牛嘴看牙齿查年纪，按牛背看力气，相中了再同黄三丁讨价还价。一时间黄三丁应接不暇，忙得团团转。

"凤娇嫂，大清早的你到那里去？"人群中响起了一个男高声。

"我给新四军的马支队长送鸡蛋去，刚才打开鸡笼放鸡的时候发现里面下了几个鸡蛋，想给马支队长补补身子让他早点治好伤，好去打鬼子。"一个中年妇女爽朗地笑了笑说。

"新四军的马支队长？！"黄三丁闻言心中为之一惊，他抬眼一看认得说话的妇女叫王凤娇，是潘贵龙堂哥的老婆。黄三丁对从身边走过的王凤娇笑了笑，算是打了个招呼。定下神来后，他不露声色继续做他的牛生意。直到将6头牛卖完，他才向潘贵龙家里走出。

"好香啊！嫂子，煮了什么好吃的，我还在村头的晒谷坪就闻到香味了。"黄三丁推开门一脚站在门里，一脚站在门外嚷开了。

"快进来吧，顺手把门关上。你嫂子刚才带桔花回娘家去了，说是要住两三天才能回来。我刚才到镇里买了两个猪蹄，称了一斤油豆腐炖了一大锅，够我两兄弟敞开肚子吃一餐的。"灶屋里传来了潘贵龙的声音。

"好，嫂子不在家也好，省得她到时又来抢你的酒杯。今天我们总算可以一杯对一杯，喝他一个痛快了。"黄三丁走进灶屋里说。

"来，帮我把菜端到堂屋里去，那里宽敞明亮一些。"

独领风骚

酒菜上桌，两人坐好后，黄三丁从口袋里掏出几张钞票递给潘贵龙说："老规矩，我每次来沿途要做生意，不便给嫂子和桔花侄女带东西，这点钱拿去给她们扯几尺布做两件衣服。"

潘贵龙也不推辞，将钱塞进上衣口袋里。两人便开怀畅饮起来。

酒过三巡，潘贵龙说："我说老庚，现在的世界兵荒马乱的，你还是少去外面做生意，要是碰上日本人将你的牛抢了，你不就亏老本了。"

"唉！这世道有几个人愿意出来做生意哟，但我不做又哪来的饭吃？你是知道的，你弟媳患风湿病天天药罐不离身，得要钱养；你侄儿在县城读中学，得要钱供。我不出来做生意，一家人就只有喝西北风了。不过即便如此也不敢在城郊做，哪怕那里赚的钱再多，因为那些地方太容易碰到日本鬼子和'和平军'了。"黄三丁叹了一口气后接着说，"不瞒你讲，我现在做生意，只敢去两类地方，其他地方就是有钱捡我也不会去的。"

"哪两类地方？"

"一类是边远山区，二类就是你们这些亲共反日的村庄。"

"我们是亲共反日的村庄？"

"不是吗？要不人家新四军的马支队长怎么敢躲在你们村里养伤。"

"啊！你是怎么知道的？"潘贵龙连说话的声音都变了，"我们村长一再叮嘱大家，谁也不许讲出去，否则就按汉奸叛徒处理。没想到你刚来就知道了。"

"哈……我还没来就知道了。你想，我成天上山下乡在农村里转，新四军的人能不认识我么？告诉你，我还有几个朋友在新四军的队伍里当大官呢。他们有什么大事、喜事还能瞒我么？"黄三丁装出一付颇为自豪的样子说。

潘贵龙点了点头，说："原来如此，我还以为你未卜先知呢。"

"我不仅知道马支队长在你们村里养伤，而且知道养伤的人还不止他一个。"黄三丁有意诈了一句。

"对！一共有4人。但养伤的只有2人，就马支队长和侦察员唐宇。"

"还有两个是马支队长的警卫员，你看我说得对不对？"

"对！你说的一点也不错。"潘贵龙对黄三丁的鬼话更加深信不疑。其实这是黄三丁分析加估计的结果，你想想看陪部队首长养伤的人不是警卫人员还能是谁呢？

"喝酒，喝酒，别光顾着说话，菜都凉了。来！我敬你一杯。"黄三丁举起酒杯同潘贵龙碰了一下后，两人一口而干。

两人又互敬了几杯酒后，黄三丁不禁长吁短叹起来，说："嗨！你说，老天爷怎么就这么不长眼，马支队这种好人也让鬼子给打伤了呢。"

"哈，我就说你并非天下事全知嘛。鬼子的枪怎么能打中智勇双全的马支队长呢？"潘贵龙一边叽笑黄三丁，一边说，"听说是20多天前的一个晚上，马支队长亲自带几名侦察员去鸽城侦察回来的路上，侦察员唐宇不小心踩着了敌人埋在封锁线上的地雷，马支队长二话没说抱着唐宇就往山坡下滚，结果双双让地雷的碎片给击中了。"

"啊！伤得不重吧？"黄三丁装作关心地问。

"马支队长被弹片击中胸口震断了两根肋骨，唐宇的右腿被削去了一大块肉，好在没有伤着骨头。"

"阿弥陀佛，只要没有生命危险就好。他们在你们村养伤，最好不过了，就是住得再久也不会有什么危险。"

"住不得几天了，他们的伤已好得差不多。这两天正在帮我们筹建民兵组织，等大后天村民兵连正式成立之后他们就要回部队了。"

"唉呀！真羡慕死你们了。我是只想当民兵拿起枪杆跟小日本干了。可惜你弟媳身体太差，得有人照顾。这不，今天我还得赶回去到药店里去给她抓药呢。"

"怎么，你今天就要回去，不在这里歇一晚？我们两老庚差不多快半年没见面了，我原打算两老庚好好唠它一个晚上呢。"潘贵龙说。

"下次再唠吧，你弟媳还等着我送药回去治病呢。"

"从清溪村出来，为了遮人耳目，我先绕道回了一趟家，然后借口进城给老婆抓药，便跑到皇军这里向桑田伊夫中佐报告了这件事。"黄三丁低腰敛手地向中曾次郎报告说。

"你的在清溪村亲眼见到了新四军的马支队长？"中曾次郎盯住黄三丁问。

黄三丁摇了摇手说："没有，我怕惊动他们不敢冒冒失失地去见。"此时的黄三丁已缓过神来，心里想，妈呀，这个日本军官的中国话怎么讲得比桑田伊夫还好。要不是事先就知道他是日军的少将司令官，难免不将他当成中国人了。

他哪里知道，中曾次郎自打从野战部队的指挥官改任驻鸽城的司令长官后，为了加强对鸽城地区的统治，下令属下的所有军官都要学习中文，最低限度要学会讲日常生话所必须掌握的中国话，以便更好地与中国人沟通。他自己更是以身作则拜翻译为师，每天早晚各学习一个小时的汉语。他曾对几个高级军官说，我们要想统治中国，第一步就要从学讲中国话做起，像当年满清八旗子弟那样接受中国文化，熟悉中国文化，融入中国文化。仅仅半年功夫，他的中国话就讲得颇为地道了，他还为此受到过冈村宁次的表扬呢。

"这么说,你的是道听途说的,情报的不可靠!"中曾次郎望着黄三丁,两眼凶光四射。

黄三丁打了一个冷颤,"不!情报的绝对的可靠,我敢肯定新四军的马支队长就躲在清溪村养伤。我那老庚潘贵龙是一个憨厚老实的人,在我面前从来没有说过假话。再说凤娇嫂也是无意中讲出来的,在我这个牛贩子面前她没有必要编新四军的马支队长在他们村养伤的故事呀。"

中曾次郎望了一眼桑田伊夫,见桑田伊夫向他点了点头,便明白他的意思是说这个情报是可靠的,建议予以采信。中曾次郎又问黄三丁:"你走了之后,潘贵龙会不会去向新四军或村里报告呢?"

"我想应该不会,我在那一带贩买贩卖耕牛有10多年了,与上了年纪的乡亲个个都熟,没有谁会想到我是皇军的情报员。加上桑田伊夫中佐曾交代过我,为了避免暴露,一般情况不要报告,只有确实重要的情况再当面向他报告。因此,包括我的亲属在内没有一个人知道我的真实身份。"黄三丁说话的声音和神态在不知不觉中有了一点洋洋自得的味道。

"诺西!"中曾次郎伸出右手大拇指对黄三丁说,"你的对皇军忠心耿耿,是中日亲善的榜样,我们会重重地嘉奖你。"

"嘉奖的不要,为皇军效劳是我的本份。"黄三丁突然福至心灵,在中曾次郎面前一改嗜钱如命的市侩像变得大方起来。

"不,不!一定要嘉奖,而且得重重地嘉奖!"中曾次郎向桑田伊夫交代说。

"啪!"桑田伊夫立正敬礼说:"是!卑职一定落实司令官阁下的指示。"

听说皇军要重重嘉奖自己,黄三丁乐得心里像灌了蜂蜜,眼里金光闪耀,仿佛遍地都是黄金白银。

"黄桑,你的现在下去好好地休息休息,准备带路的干活,引领皇军和'和平军'去清溪村捉拿新四军,只要抓到马玉文你的就是侦缉队的队长,升官发财,双喜临门的有。"中曾次郎拍着黄三丁的肩膀说。

黄三丁一听,心想坏事了!此一去暴露了身份,今后再也做不成牛生意是小事,新四军肯定饶不了自己非把自己作为汉奸镇压掉不可。但如果硬顶不去,肯定过不了中曾次郎这一关,说不定这条小命当场就会报销。他眼珠子一转,便来了一个以退为进,低身下气地对中曾次郎说:"司令官大太君,小的非常乐意给您带路,为您效力,只是从今以后再也不能给桑田伊夫收集提供情报了。"

这下轮到桑田伊夫焦急了,因为他手下的秘密情报员这两年大多先后暴露,被新四军的除奸队除掉了,黄三丁是仅存的两、三个秘密情报员之一,再也不能让他公开身份了。他毕恭毕敬地用日语向中曾次郎报告说:"司令官阁下,我手下的秘密情报员已所剩无几,让黄桑带队势必暴露他的身份,以后就没有利用的价值了。我建议,还是让他继续潜伏的为好。至于带路的人选,据我所知'和平军'106团徐宁涛团长手下有一个连长叫戴国军的就是清溪村人,叫他带队是再好不过的了。"

中曾次郎沉吟了一下,用日语回答桑田伊夫说:"可以让他以情报员的身份继续潜伏下去,但今天晚上你必须把他控制起来,绝不能让他泄露任何消息。如果我们到清溪村抓不到马玉文,将狠狠地处罚他。"

中曾次郎回过头来,满面笑容地对黄三丁说:"黄桑,今晚让桑田中佐安排你去好好地快活快活,休息休息,明天我将亲自对你进行嘉奖。"

黄三丁答应之后,屁颠屁颠地跟在桑田伊夫后面高兴地走了。

二

鸡叫三更,万籁俱寂。天上的月亮也躲到如棉絮般的厚厚的云层后面睡觉去了,就连负责值班的星星眼睛也眨个不停,显得十分疲倦。

此时大甸县西岩乡黄石村胡家祠堂的灯火依然通明,中共鸽城地委正在这里召开全会,传达中共中央《关于城市工作的指示》即党的六届七中全会第二次会议精神。参加会议的有地委主要负责人、各县县委书记及新四军江南特遣支队的支队长马玉文和政委李招军。

中共中央在《关于城市工作的指示》中,明确要求各级党组织和八路军、新四军要有夺取城市的准备,担负起解放中国的责任。与会人员学习了"指示",听取了会议精神的传达后异常兴奋,连夜开展讨论。正在发言的就是新四军江南特遣支队的支队长马玉文,他今年刚满23周岁,宽额、方脸、剑眉、虎目,不怒自威,一身合体的灰色军装使他那匀称而又高挑的身体显得更加挺拔。他说:"我认为党中央关于要有夺取城市的准备、担负起解放中国的责任的指示,是毛主席于1940年在《新民主主义论》中发出'我们要建设一个新中国'的号召以来,采取的第一个伟大战略部署,同时它明确告诉我们中国的抗战已经由相持阶段转入全面反攻阶段。形势的发展确实如此,经过7年抗战,日本鬼子的人力、物力、财力已被我们消耗得差不多了,自太平洋战线开辟后,日军更是顾首不顾尾,处处被动挨打。尤其是英美联军在法国诺曼底地区登陆、开辟了世界反法西斯第二战场之后,不论德国、意大利还是日本都由战略进攻转入战略防御,并且开始了节节败退,夺取抗日战争乃至世界反法西斯战争的最后胜利已为时不远。为了落实党中央的指示精神,我们新四军江南特遣支队准备全部撤出深山老林，投入准备夺取城市的战斗。具体作战方针是在各地民兵和武工队的配合下，先拔掉各乡镇的鬼子驻点，再夺取各县县城，孤立并最终解放鸽城，对南京形成包围……"

"报告！"他的发言还未结束，门口就传来了报告声。

"进来！"主持会议的地委负责同志说。

只见哨兵领着一个满头大汗，气喘吁吁的人走了进来。马玉文认识此人，他是与清溪村相邻的方家坪村的党支部书记侯宇亮。见他深更半夜急急忙忙赶来，心想坏了，一定出事了！果不其然，只见侯宇亮上气不接下气地说："不，不好了！鬼子将清溪村包，包围了。"

马玉文的头"嗡"地一下便大了，他知道鬼子一定是冲自己而来的，乡亲们可要遭大罪了。他"呼"地站起来，大步走到侯宇亮跟前问道："老侯，鬼子是什么时候到的，一共有多少人？"

"大概是丑时，也就是凌晨两点左右，我睡得正香，突然被一阵狗叫声惊了醒来，仔细一听邻近的清溪村哭声、叫声响成一片。我赶紧披衣起床打开门一看，整个清溪村火光冲天，如同白昼。在树枝的掩护下，我悄悄摸到村边，才发现是鬼子进村了，这帮畜牲正荷枪实弹地把乡亲们一家人一家人地往村里的晒谷坪赶。村口鬼子的汽车一长溜，全是大货车，我数了数至少有10台以上，估计鬼子这次少说也有300人。"

马玉文听了后，心情沉重地说："很明显，鬼子是冲我来的。如果不是下午接到通知赶来开会的话，我也被包围在里面了。鬼子抓不到我，肯定会对乡亲们下毒手。因此，我建议暂时休会，集中兵力救人要紧。"

会议主持人同意了休会的意见。

马玉文问李招军："政委，你这次下山带来了多少人？"

"一个连。"

"嗨！可惜人少了一点。"

"我手里还有县大队的180个民兵，正在这里进行集中训练。"参加会议的大甸县县委书记毛向阳说。

"太好了！加起来也有300多人，黑夜里远远看去黑压压的一大片，够有声势的，完全可以把鬼子吓跑，只要能救下乡亲们就算完成任务了。毛书记，你让民兵们多带一些鞭炮、铁桶去，声势造得越大越好。"

"行！反正民兵都交由你统一指挥，你说怎么办就怎么办。"

清溪村村口的晒谷坪。

1200多村民挤在一块，四周站满了手撑火把、荷枪实弹的鬼子和"和平军"。村口的大路上一字排开了12辆货车和1辆中吉普，每辆车上都架有一挺机枪，枪口对外。看得出受车辆条件的限制，鬼子和"和平军"虽然出动的兵力有限，只有300来人，但装备精良，火力配备强，便于突袭和转移。

　　中曾次郎手牵狼狗，和翻译官林巴、桑田伊夫以及"和平军"106团团长徐宁涛、连长戴国军等站在晒谷场边的一处土墩上。在他们身旁两边各架有一挺机枪，前面烧了两堆熊熊的大火。在火光的映衬下他们一个个显得阴森、狰狞。获悉全村村民没有跑掉一个，中曾次郎对自己的布置十分满意。原来昨天傍晚在接到黄三丁的情报后他一直不动声色，直到午夜过后才集合部队驱车70公里直奔清溪村，一点消息也没泄露出去。车队在距清溪村5公里的地方停了下来，他先令桑田伊夫带领30名皇军和30名"和平军"在戴国军的指引下悄悄步行到清溪村先封锁了所有的路口，在接到信号之后，大部队才开进村里。等村民们听到汽车声时，已来不及逃跑了。他相信马玉文和其他几个新四军战士就是身上长了翅膀也飞不出他布下的天罗地网，一定被围在晒谷场内。

　　中曾次郎洋详得意地对戴国军说："戴桑，你的对你的乡亲们先说一说，只要把新四军统统交出来，我的就给你一个面子，不再难为他们。"

　　戴国军诚惶诚恐地给中曾次郎敬了一个礼，转过身来说："乡亲们，不要怕！这次皇军不是冲大家而来，是来抓新四军江南特遣支队的支队长马玉文的。只要大家把马玉文和新四军交出来，刚才太君讲了一定给我一个面子，绝不为难大家。"停了一下见没人吭声，他又重复了一次并焦急地说："乡亲们，如果不交出马玉文，别怪我戴国军无能，保护不了大家。激怒了皇军，全村人都会遭殃的。"

　　被包围在晒谷场的村民没有一个人理睬戴国军，林巴见状将戴国军扒到一边，走到台前掏出手枪挥舞着，气急败坏地说："你们别他妈的敬酒不吃吃罚酒，不交出马玉文定叫你们清溪村鸡犬不留，血流成河。"

　　"八嘎！你的野蛮的不要。"中曾次郎挥了挥手让林巴退到后面，自己跨前一步皮笑肉不笑地说，"我知道你们当中绝大多数人都是崇尚日中友善的良民，只要我们彼此合作，皇军不仅不伤害你们，还要保护你们，奖励你们。现在我们已掌握确切的情报，新四军江南特遣支队的马玉文支队长带了3个人躲在你们村里养伤。嘿嘿！他们现在也被包围在你们当中。只要你们将他们交出来，我保证对全村老少做到秋毫不犯。"

　　人群骚动了一下，但很快又恢复了平静。中曾次郎突然提高嗓门，大声喊道："马玉文，我知道你就躲在人群里面。你要是英雄好汉，是个真正的军人就

独领风骚

给我站出来，别他妈的连累老百姓。"他说完睁大双眼盯住人群，等了足足两分钟见无人站出来便仰天大笑说："共产党、八路军、新四军标榜自己是什么人民子弟兵，愿为人民奉献一切、牺牲一切。现在大家该看清楚了吧，那全是骗人的鬼话。为了保全他们自己，不惜牺牲你们这些手无寸铁的老百姓。还是皇军爱惜你们，只要你们交出马玉文，我们立即撤兵。"见人们都睁着眼睛怒视自己，中曾次郎气得要死，这个昔日参加南京大屠杀的屠夫情不自禁地举起右手，恨不得将手一挥，让部下大开杀戒，血洗清溪村。一阵凉风吹过，他立即冷静了，意识到自己此行的任务是要活捉马玉文，血洗的结果不仅会一无所得，而且会造成极坏的社会舆论和影响，现在不同于侵华初期，最重要的是要收买人心、安抚人心，万万不能屠村，只能杀鸡给猴子看。想到这里他将举起的右手向前一伸，指着站在前排一个50多岁的汉子说，"你的出来，我的有话问你。"

见那个汉子一动不动地站在原处，两个日本鬼子端着上了刺刀的步枪走过去将他拖出来押到中曾次郎面前，人们这才看清楚那汉子是住在村东头的戴国伟。中曾次郎拍了拍他的胸口说："你的告诉我，谁是马玉文，谁是新四军？说了大大地有赏，不说死了死了的。"

戴国伟将脖子一挺说："不知道！"

"八嘎！将他捆起来。"中曾次郎命令道。

两个日本鬼子走上去将戴国伟五花大绑在一棵樟树上，戴国伟破开大骂"狗娘养的小日本，你们天良丧尽，坏事干绝，中国人民饶不了你们，老子只要不死就会跟你们拼到底！"

中曾次郎吹了一声口哨，蹲在他面前的狼狗"呼"地窜上去张嘴咬住戴国伟的右臂，只听"咔"一声响，戴国伟的右臂便被活活地咬了下来，他惨叫一声便昏死过去。

人们愤怒了，纷纷握紧了拳头，小孩的哭声和妇女的尖叫声响成一片。藏身于人群中的新四军侦察员唐宇和马玉文的警卫员毛忠民为避免村民无辜牺牲，决心挺身而出。正当他们从人群中往前挤时，村党支部书记吴明月横身挡在他们面前轻声说："沉住气，一切由我来应付。"周围一些群众也挤过来将他们拦在后面，不让他们前进。

林巴见秩序有点乱，为防止有人起哄闹事连忙掏出枪来，"啪！啪！"接连朝天放了两枪，吼道："给我听好了，谁也不许闹事，谁闹就嘣了谁。"

鬼子趴在土墩上的机枪手也拉开了枪栓，打开了保险。在他们的淫威下人们慢慢趋于平静。

中曾次郎心想我只要再杀一两个村民，你马玉文就忍不住要站出来了，否则你就难以在老百姓中立足。于是他又走到人群中拖出一个 40 来岁的中年男子问:"你给我说!新四军江南特遣支队的支队长马玉文的在哪里?"

"不知道。"中年男子说。

"咔嚓"一声,中曾次郎抽出指挥刀,一刀就将中年男子的头砍了下来。这个杀人不眨眼的刽子手,连眉毛也不皱一下,他一边从口袋里掏出一块雪白的毛巾擦拭着刀上的血,一边阴森森地说:"你们可别怨我心恨手辣,这只能怪马玉文丝毫不珍惜你们的生命,躲在人群中不肯出来。从现在起我喊一个,杀一个,直到马玉文自己站出来或者有人将他指供出来为止。"说完,他又让两个鬼子将一个 20 多岁的姑娘扭了出来。

"花姑娘,你的年纪轻轻的,死了岂不太可惜了。只要你告诉我谁是新四军的马支队长,我的马上就放你回家与父母团圆。"

姑娘将头扭到一边,一言不发。

就在中曾次郎举起刀即将劈下去的时候,只听一声怒吼"住手!"

中曾次郎扭头一看,一个 30 多岁,浓眉大眼,黑红脸堂的汉子昂首阔步从人群中走了出来。

"你是马玉文,新四军江南特遣支队的支队长?"中曾次郎疑惑地问。

"不是,我是这个村的党支部书记吴明月。"

"他的真的是吴明月?"中曾次郎问戴国军。

"报告太君,他真的是我们村的吴明月。但,是不是共产党的支部书记我就不清楚了。"戴国军连忙回答说。

"诺西,诺西!"中曾次郎伸出大母指对吴明月扬了扬说,"谁是马玉文,你的说出来,我把全村人通通都放了。"

"你先把这个姑娘放回去,我再告诉你。"

中曾次郎将手一挥,扭住姑娘的两个日本鬼子便松了手,任她跑回人群。

吴明月说:"不错!新四军江南特遣支队的马玉文支队长确实在我们村里养伤,而且就住在我家里,这件事与村民们无关,你们要杀要砍冲我来就是了。"

"马玉文现在那里,你只要把他交出来,我的可以饶你不死。"中曾次郎急切地问。

"真可惜呀,你们晚来了一步。他们今天下午就走了。"

"走了?到哪里去了?"

"这是军事秘密,他们怎么会告诉我呢?"

"你的扯谎,良心大大的坏,我要让你一家人统统死了死了的。"

"我说的都是真话,你要不相信我也没有办法了。"吴明月毫不畏惧地说:

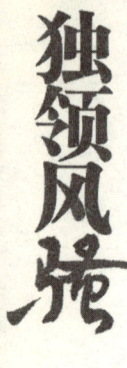

"你想想看,如果马玉文在人群当中,见到老百姓为他而死还能不站出来么?告诉你,我们共产党人没有怕死的孬种。如果马支队长在这里早就会挺身而去,绝不会贪生怕死置群众的安危于不顾。"

"难道这么巧,马玉文不早不晚刚好在皇军赶来之前走了?这次行动应该没有走露消息呀。"就在中曾次郎沉吟犹豫之际,戴国军走过去卖弄讨好地对他说:"太君,我有一个办法,只要马玉文和新四军还在人群中保证叫他们一个也跑不了。"

"诺西,你的讲出来听一听。"正骑虎难下的中曾次郎仿佛看见了一线曙光。

"皇军不是让每个村都建立了花名册吗,我们只要把花名册找来一家人一家人的对不就行了。"

"嗯!好主意。林桑,你的去把花名册的找来。"

林巴一走,中曾次郎便下令将吴明月捆了起来,准备带回鸽城去。

林巴找到花名册后,便一家人一家人地念姓名,念完一家就让他们站到一边,让戴国军进行辨认,在确信无误后再让他们离去。

折腾到黎明时,原来站在晒谷坪的村民已经散去了千余人,只剩下大约不到170人了,再这样下去留在村里的两名新四军战士非暴露不可。胡明月急得心都快跳出来了,却又无可奈何。

"哒、哒、哒……""啪、啪、啪……"突然间枪声大作。

中曾次郎心里一惊,对桑田伊夫厉声说:"去看看,到底发生什么事了。"

桑田伊夫还没动身,一个日军大佐走过来报告说:"报告司令官,前方发现有敌军向我包抄过来,估计是新四军的主力部队。"

"有多少人马?"

"黑压压的一大片,具体有多少兵力搞不清楚。"

中曾次郎侧耳一听,火力非常凶猛,果然是新四军的主力部队,他想自己这次是孤军深入,弄不好会让新四军包了饺子,自己战死为国捐躯是小事,万一丢了鸽城那就是天大的事。想到这里他命令道:"给我拼命顶住,绝对不能让新四军靠近来。"

"是!"大佐礼毕转身走了。

"快!把没有经过辨认的村民全部押上汽车,统统给我带走。"中曾次郎气恼地说。

待所有村民被押上汽车后,鬼子和"和平军"立即爬上车,一溜烟跑回鸽城去了。

马玉文原想在夜幕的掩护下尽量接近村子，打鬼子一个出奇不意，将他们消灭一部分后再赶走。没想到鬼子站在货车上居高临下，离村子还差500米就被他们发现了。鬼子架在货车上的十几挺机枪更是组成了一个密不透风的火力网，使得新四军和民兵很难前进，只能站在远去虚张声势，眼睁睁地看着鬼子逃回鸽城。

马玉文身先士卒，率先冲进村里，眼前的情景惨不忍睹：村头的樟树下并排摆放着两具尸体，原来戴国伟被从树上解下来之后人们才发现由于失血过多未能及时抢救，他已死亡多时；被中曾次郎砍头的中年汉子叫吴英楚，按辈份还是吴明月的堂叔，有人正用鞋底索将他的头颅和躯体缝合在一起。两位死者的亲属围着尸体在呼天号地，失声痛哭。其他村民或在劝慰死者亲属，或在咬牙切齿地大骂日本鬼子。戴国伟刚满16岁的儿子看到马玉文后，走上去跪在他面前说："马支队长，我要求参加新四军替我爹报仇！"

马玉文将他扶起来，用手抚摸着他的头说："孩子，参加新四军的事等将你爹的善后事情处理完再说。这个仇，我们新四军一定替你报。"

马玉文的房东、村党支部委员戴书林走过来拉着马玉文的手惭愧地说："马支队长，我没有能保护好小唐和小毛，他们都让鬼子给抓走了。"

马玉文紧紧地握了握戴书林的手说："这不能怨你，这笔账要算在日本鬼子身上。村里被鬼子抓走的还有哪些人？"

"包括村支书吴明月在内，共有160多人。"

"啊！"马玉文倒吸了一口凉气说，"怎么有这么多呀？"

戴书林将吴明月是怎样挺身而出、鬼子又怎样一家一家地清点验明人数的事详详细细说给马玉文听了。

马玉文和李招军简单商量两句后，大踏步走到晒谷坪旁的土墩上面对正注视他的村民们说："父老乡亲们，血债要用血来还！这次鬼子是冲我马玉文来的，乡亲们为了保护我有的流血牺牲了，有的被鬼子抓走了。你们都是我马玉文和新四军的恩人，我代表新四军向你们保证：一定将被鬼子抓走的人救回来，并为死去的戴国伟和吴英楚报仇雪恨。现在鬼子已是秋后的蚂蚱蹦跳不了几下。在欧洲战场上苏联红军开始全面反击，英美联军在法国诺曼底海岸成功登陆，德国和意大利的纳粹分子已腹背受敌，处于两面夹攻之中。在太平洋战场，日本鬼子正节节败退，已是四面楚歌。我和李政委商量好了，准备将队伍从山里全都拉出来驻到你们这一带，伺机拔掉鬼子在各集镇的驻点，解放县城，夺取鸽城，坚决消灭日本鬼子！"

"打倒日本鬼子！"

"保家卫国,解放全中国!"

口号声、呐喊声响彻田野、响彻云霄。

三

新四军江南特遣支队司令部设在马玉文养伤的戴书林家里,这是一个前后三进的四合院。戴书林的祖父在晚清时曾经做到五品知府,叔祖父开了一个药栈,两兄弟合力建了这座四合院。虽然没有休闲的花园,但有大小房屋 30 余间,住家设施一应俱全。院内有数株玉兰和梅花,左右厢房前面还分别植有蓝草、黄菊、玖瑰等花卉,也算月月有绿叶,四季有花香。宣统年间戴家尚有良田百亩,民国初年戴书林的父亲因参与创办民主进步报刊被北洋政府逮捕入狱,戴书林的母亲为了救夫,卖掉良田 90 亩,经上下打点,总算把被摧残得奄奄一息的丈夫保释出狱,但拖了不到半年他便含恨去世。全家 12 人靠剩下的 10 亩稻田勉强为生,供戴书林读到高中毕业。长大成人后,戴书林秉承父亲的品德个性,在乡村小学从教师做到校长,由于他性格开朗,人品正直,乐善好施,在方圆十里八乡有很高的威信。日本鬼子占领鸽城地区后,强迫所有中小学使用他们所谓的"共建大东亚共荣圈"的教材,戴书林以身体有病为由,愤而辞职不干,过起了名符其实的耕读生活。我地下党组织根据他的情况经过一段时间的考察培养,将其发展为秘密党员。由于他思想可靠,在群众中威信较高,住房条件又宽敞,故马玉文和唐宇受伤后就住在他家治疗养伤。新四军江南特遣支队下山后,他的家便顺理成章地成了司令部的办公场所。

部队一下山,马玉文第一件事就是派出侦察员混入鸽城,通过地下党组织了解被抓的老乡和战友的情况以及关押场所,以便制订营救计划。

"回来了,回来了,他们回来了!"这天下午支队领导正在戴书林家的堂屋里开会,门外传来了一阵喧哗声。与会人员都以为是去鸽城的侦察员回来了,可等了一袋烟的功夫还没见有人进来,大家正在纳闷时,只听院子里笑声、哭声、男声、女声响成了一片。

马玉文和李招军互相望了一眼,几乎同时说:"走!出去看一看。"

马玉文在前,支队其他领导在后,他们打开门走到台阶上,只见院子里挤满老人、儿童和妇女,人人衣冠不整,个个愁容满面。

"这是怎么回事?"马玉文不解地问站在门口的警卫员。

领着人群走进来的戴书林跨前一步,介绍说:"这些人都是鬼子放回来的老、幼、病、残者和妇女,还有 57 名青壮年男子汉,包括党支书吴明月及两名新四军战士没有放。这些日本鬼子都是一些畜牲，有3名年轻漂亮一点的姑娘被他们轮奸了。在回来的路上她们羞于见人，趁人不备已跳河自杀。唉！这些姑娘实在死得太惨了。"

他的话音未落，人群中早响起了一片哭声，40多岁的王凤娇从人群中走出来冲到马玉文面前，"扑通"一声跪在地上哀求着说："马支队长，求你一定要把孩子他爹救出来，要不我们一家老的老少的少，怎么活啊？"

马玉文双手将她扶起来说："大嫂，你放心，我们一定帮你将丈夫救出来。"然后他又冲着大家说："乡亲们，你们都受惊了，吃苦了！我代表新四军江南特遣支队全体指战员向你们表示亲切的慰问！并向你们保证一定尽快将被鬼子关押的乡亲们救出来。现在请大家先回去把家安顿后，我们马上就派村干部和战士到各家各户来帮忙。大家有什么困难尽管提出来，只要能做得到的我们肯定会尽力而为，负责到底。"

送走乡亲们回到会议室刚刚坐下来，门外又响起了"回来了，回来了，他们回来了！"的欢呼声。不用问，这次回来的准是派往鸽城的侦察员。随着"报告！"声门被推开了，进来的果然是侦察连连长陆相荣和侦察员姚谊民、李英峰。

"怎么样，情况都摸清楚了吗？"李招军问。

"基本上摸清楚了。"陆相荣向马玉文、李招军敬礼后回答说，"到了鸽城后我们找到地下交通站'黄鹤楼餐馆'，通过交通员约见了打入'和平军'106团团部担任副官的陈敏义同志。"说到这里他的声音变得哽咽了，表情沉重地说，"据陈敏义同志讲，我们的好支书吴明月同志由于临死不屈，已经英勇牺牲。唐宇和毛忠民同志为了不让乡亲们作无谓的牺牲，一到鸽城就主动公开了自己的身份，由于他们不肯交代新四军的去向和被押群众当中的共产党员和民兵，被日本鬼子折磨得死去活来。"

"啪！"马玉文一掌拍在桌子上，脸都气得变了型，他圆睁双眼说："妈的，这帮穷凶极恶的畜牲，我们一定要让他们付出双倍、几倍，甚至十几倍的代价来偿还这笔血债！"

李招军走到陆相荣身边用手按住他的肩膀，让他坐下来说："唐宇和毛忠民以及被抓走的乡亲们现在关押在哪里？日本鬼子打算什么时候释放他们？这些情况你们都了解吗？"

"听陈敏义同志说，被抓去的人现在都关在日本宪兵司令部，看守非常森严，要想劫人万万不可能。那些在押的乡亲，日本鬼子一个也不打算放了，他们放出话来说……"讲到这里陆相荣便吞吞吐吐，没有了下文。

"日本鬼子到底怎么说，你讲呀！怎么变得婆婆妈妈似的了。"支队参谋长谢东山说。这是一个二十五六岁，长得高大魁梧、浓眉大眼的北方汉子，说话喜欢直来直去。

"他们说，他们说，除非用马支队长去交换，否则一个也不会放。"陆相荣像似费了好大的劲才把这句话说完。

"要是真的到了山穷水尽，无法可施的地步，就用我去换。我要是皱一下眉头就不是共产党员，就不是一个真正的军人。"马玉文无畏地说。

"玉文同志，现在不是说气话的时候，还是好好研究一下解救的办法吧。"李招军慢条斯理地说。

"对了，我差点忘记了一个重要情报。"陆相荣想起来补充说，"据陈敏义同志讲，鬼子准备把唐宇、毛忠民和被抓去的乡亲分期分批送到731部队南方研究所用于细菌和毒气实验。"

"什么！鬼子要拿我们的人做细菌和毒气的实验对象？"不少同志震惊气愤之下连脸都变了颜色。

"这个情报可靠吧？"马玉文愁眉蹙额地问。

"绝对可靠，这是陈敏义同志亲耳听中曾次郎用日语向桑田伊夫交代的。那天，陈敏义同志送文件去鬼子司令部，卫兵告诉他司令官与特务机关长正在办公室有事，让他坐在接待室等一下。接待室与中曾次郎的办公室连在一起并且有门相通，因此陈敏义同志听得清清楚楚。可能鬼子认为陈敏义同志不懂日语没有防备他，其实陈敏义同志在打入敌人内部以前通过刻苦学习早已熟练地掌握了日语，但在鬼子面前却装作一窍不通。"陆相荣将知道的情况作了详细的汇报。

"鬼子的731部队南方研究所设在何处？陈敏义同志给你讲了没有？"问话的还是马玉文。

"讲了。开始他也不清楚，费了很多周折他才打听到研究所设在距鸽城110公里的清风县云山石牛洞。"

清风县与大甸县相邻，同属鸽城地区，马玉文曾带新四军江南特遣支队在清风县活动过，却不知道鬼子的731部队在那里建有研究所。

"狗娘养的，打掉他的研究所！"马玉文霍地站起来说。

"不行！这样做太冒险了。就为几十个农民值得冒这么大的风险吗？"李招军脱口而出。

"你说什么，就为几十个农民？亏你……"马玉文两眼圆睁，火冒三丈，本想说"亏你还是一个政委"但怕影响两人之间的关系，他硬是活生生地将这句话咽了下去。

李招军立即意识到自己讲漏嘴了,连忙解释说:"我的意思是攻打研究所,万一鬼子使用细菌弹或者毒气弹,那我们部队的伤亡将无法估量,与几十个农民兄弟的生命相比即使取得胜利,代价太大,成本太高。"

"我不同意你的算法,救不救回被抓去的父老乡亲关系到我们部队的形象,更关系到人心的向背。我提醒大家,我们是人民子弟兵,任何时候都必须以党的利益为重,以人民利益我重!只有人民群众理解我们、拥护我们,与我们同气连根,我们新四军江南特遣支队才能在敌后生存下来并发展壮大,才能团结广大人民群众打败日本帝国主义,解放全中国。因此我主张不管付出多大的代价也要打掉鬼子的研究所,绝不能让他们用细菌和毒气残害我们的战友,残害我们的父老乡亲。"马玉文斩钉截铁地说。

"你误会和曲解了我的意思,我没有说不救人,而是不同意用攻打鬼子研究所付出重大牺牲的方法去救人。我们完全可以在鬼子押解的途中想办法嘛。"李招军进一步解释说。

"我知道你绝对不会反对救人。"马玉文的语气明显缓和了,他说,"但在鬼子押解途中救人的办法行不通,因为鬼子是分期分批押送他们去的,我们救得了第一批,救不了第二批。"

"报告!"正在这时门外传来了报告声。

"进来!"

机要员手持电报推门进来,他走到马玉文面前敬礼后说:"支队长,这是军部刚刚发来的紧急电报。"

马玉文接过电报看了一遍后,念道,"江南特遣支队,据可靠情报,日军731部队在清风县一山洞秘密建有一细菌和毒气研究所,正在抓紧研究新的细菌和毒气,为减少我军民伤亡,特命令你们尽快摧毁该研究所。落款是新四军司令部。"听取了电报精神的传达贯彻后,与会人员很快统一了思想,坚定了攻打石牛洞的决心。

马玉文思考了一下说:"现在打不打的问题已经解决了,但怎么打确实值得研究。正如刚才政委所说,鬼子极有可能使用细菌弹和毒气弹,真要是那样会造成重大牺牲先不说,我担心的是有辱使命,完不成军部下达的作战任务。所以需要大家开动脑筋献计献策。"他端起面前的茶杯喝了一大口,接着说:"政委,你看这样行不行,明天一早我就带侦察连的同志化装去清风县云山石牛洞一带进行侦察,你在家里组织召开各个层次的'诸葛亮会',发动群众出主意想办法,我们一定要制定一个完善的方案,以最少的牺牲去争取最大的胜利。"

"行！你放心去就是。"李招军爽快地说。

走出会议室，马玉文见戴书林坐在大樟树下的条石上独自垂泪，忙走过去问："戴老师，出什么事了？"

戴书林泪涌如泉，痛心疾首地说："听说吴明月被日本鬼子杀害了。他是为救我们一家才挺身而出的呀。支队长求你收下我，让我参加新四军，给我一支枪，我如果不亲手杀几个日本鬼子替吴明月报仇，就是死了心里都不安呀。"

"戴老师，你现在已经是村党支部的代理书记，把支部工作做好同样是抗日救国，其作用绝不比当一个战士小，吴明月同志就是最好的榜样。至于中曾次郎这个狗杂种，请相信我们总有一天会抓住他用来祭奠吴明月同志的。"

石牛洞在清风县云山的山脚下，原来是一个天然的石洞，因洞内有一卧石俨像水牛而得名。它三面环山，前面有一片七八亩宽的平地。日军731部队看中这里后，通过炸药炸、机器挖，将石洞掘深百米扩宽数丈，在里面建了细菌和毒气培养室、实验室、储藏室、数据库等。石洞前面的平地上呈U型建了三栋钢筋水泥平房和四个碉堡用于驻军。为了确保研究所安全，日军在这里驻扎了整整一个大队的兵力。

石牛洞斜对面的一个山头上，化装成樵夫的马玉文、陆相荣和4名侦察员正躲在灌木丛中进行侦察。他们在来的路上找居住在附近的群众调查得知，鬼子在离石牛洞很远的地方就围了铁丝网并挂有"军事重地，擅入者杀！"的招牌，任何中国人都不准入内，石牛洞的驻军中也没有一名"和平军"官兵。刚开始的时候，附近有两个老百姓好希奇，跑到铁丝网边想看看热闹，结果被鬼子的哨兵当靶子白白地打死了，从此再没有人敢接近雷池半步。

马玉文躲在灌木丛中用望远镜对着石牛洞反复地、仔细地进行观察，只见石牛洞背后的山上也拉了铁丝网，而且每隔100米就建有一个碉堡，里面驻有日军。石牛洞的前面用钢筋水泥建的永久性工事更是坚不可摧。整个石牛洞就一条山谷通向外面，山谷中铺有铁轨直通鸽城。据当地的老百姓介绍，鬼子吃的用的东西，就连蔬菜都是由鸽城隔几天用火车运来的，车上的押运人员包括搬运工都是驻石牛洞的日军自己派的，别说普通的中国人，就连有72种变化的孙猴子只怕也难混进去。

马玉文看完之后将望远镜递给陆相荣，心里想鬼子的防守可谓固若金汤，从装备上讲鬼子处于绝对的优势，从力量上讲我们一个支队对鬼子一个大队也无优势可言，别说强攻攻不进去，即使冲进鬼子的营地，他们只要把石牛洞厚厚的、可以防弹的铁闸门一关，单凭步枪、机枪和手榴弹根本不可能摧毁它。

就在马玉文想得出神的时候,只听一个侦察员轻声骂道:"这只该死的鸟!"原来是鸟粪掉到他的头上了。马玉文抬头一看,头顶上悬着一根电话线,直通石牛洞,两只不知名的鸟儿正蹲在上面悠闲地调情。马玉文知道这是驻石牛洞鬼子的专用电话线,他心里不由一动,对陆相荣说:"相荣,记住回去之后让通讯排马上派几个人给我日夜不停地在这里监听鬼子的电话。"

"可据我所知通讯排的同志没有懂日语的人呀。"

"那就请日本反战同盟会鸽城分会的大板孝仔会长挑选三四个可靠的人配合行动。"他所说的日本反战同盟会鸽城分会,是由新四军江南特遣支队在历次战斗中俘虏的日军自发组成的。

回到支队司令部,马玉文立即主持召开会议将侦察的情况向支队领导成员作了介绍,末了他说:"根据鬼子的兵力部署、武器配备、工事结构来看,即使他们不使用细菌弹和毒气弹,以我们现有的兵力和武器也打不进去,唯一的办法只能是智取。"

李招军略带兴奋地说:"在所有的'诸葛亮'座谈会上,同志们经过认真的讨论得出的结论和你说的一样。大家认为与嗜血成性而且手中握有细菌弹、毒气弹的小鬼子硬拼,只会自取灭亡,只有智取才能凑效。全体官兵一共提了36条智取的锦囊妙计,通过我们归纳整理主要是三点。"

"哪三点?快!说出来听听。"马玉文颇感兴趣地问。

"第一点是策反,在石牛洞的驻军、研究人员、甚至于杂役中物色对象为我所用,然后理应外合,一举拿下石牛洞。"

"策反,去找谁策反呀?"马玉文苦笑了一声说,"里面全他妈的都是日本人,中国人连人种都没有一个,你找谁策反去?找日本人,你连接近他们的机会都没有,怎么个策反法。这一条,只能否决了。"

"第二条就是冒充日本军队混进去打他一个措手不及。"李招军继续说。

"不行,不行!"列席会议的侦察连长陆相荣插话说,"据我们侦察得知,驻扎在石牛洞的731部队不归中曾次郎节制,直接听命于731部队司令部和冈村宁次。进出石牛洞的人除了该部队和研究所的人员外,必须有731部队的介绍信或者冈村宁次亲笔签名的名片或信函,这些东西我们到哪里去找?"

"那就只有最后一招了。"李招军说。

"哪一招,说出来看行不行。"马玉文催促李招军说。

"火牛阵!将附近十几个村的水牛集中起来赶进石牛洞的峡谷后,在牛尾巴上全绑上鞭炮,点烧后牛在前面猛窜猛跑,部队跟在后面猛打猛冲,而且每人都用湿毛巾捂住口鼻,不信就打不进去。"

马玉文失望地叹了一口气后说："用这个办法冲破鬼子的铁丝网和第一道防线没有问题，但绝对冲不过鬼子用钢筋水泥构建的第二道防线，在这道防线密如蛛丝网的火力面前，人、畜都会死光。至于石牛洞那厚实防弹的铁闸门，更是火牛和我们手中的常规武器无法冲破的。"

见马玉文将大家研究出来的三点办法全都否决了，与会人员不免有点失望，像泄了气的皮球似的无精打采。在接下来的讨论中尽管大家又发表了不少意见，但没有一条得到公认、为会议所采纳。

马玉文看了看表，见时间不早了跟政委耳语了两句之后说："今天的会就开到这里。我相信办法总比困难多，只要大家开动脑筋，群策群力，总会想出办法来。古今中外有多少原来被认为无法攻下的堡垒、无法打赢的战争，最后不是都被攻下来或打赢了吗！我就不相信这次我们不能虎口拔牙，攻下石牛洞。请大家回去后再认真想一想，我们明天上午继续开会讨论、研究。"

第二天上午的会扩大到三个营的营长参加，大家围着堂屋中间的长条桌坐了一圈。堂屋宽敞明亮，两边墙上挂满了地图，窗边的茶几上参谋人员弄了一盘兰花摆在上面，盛开的花朵正散花着阵阵清香，多少中和了一些呛人的烟味。开会的11个人中就有9条烟枪，两个小时不到，屋内已是烟笼雾绕，烟臭难闻。不会抽烟的马玉文和政治部主任曾忠英，只好时不时地用手掌代替扇子在嘴鼻前面扇来扇去。

从与会者一个个焦思苦虑的样子看，会议仍然没有拿出巧取石牛洞的方案。

"哒……哒……哒！"门口传来了一阵急促的马蹄声，只见站在门口的警卫人员推开门报告说："通讯排的杨江岚排长回来了。"

杨江岚和日本反战同盟会鸽城分会会长大板孝仔满头是汗地走了进来，不用说他们是马不停蹄一路狂奔回来的。马玉文一见他们这幅模样，精神立即为之一振，知道他们一定窃听到了敌人的重大机密。

杨江岚屁股还没坐稳便报告说："一个半小时前我们从鬼子的专用电话线上，监听到一个极其重要的电话。电话的具体内容，请大板孝仔会长详细给首长们汇报。"

大板孝仔用一口流利的中国话汇报说："这个电话是由日本驻华派遣军总参谋长、陆军中将小林浅三郎亲自打给驻石牛洞日军大队长小原武夫大佐的。小林浅三郎在电话里说，奉冈村宁次的命令，日军高参、陆军少将原木龟田代表冈村宁次率高级代表团17人，于后天下午1时从鸽城乘装甲车出发，下午3点到达石牛洞，专行督查新细菌和新毒气的研发、实验情况。小林浅三郎还交代小原武夫说为了保密并防止意外，要核对口令和验明冈村宁次的亲笔信以后才能放装甲车进入。"

"口令是什么，你们监听到了吗？"马玉文问。

"监听到了，是'樱花叶'。这是小林浅三郎在电话里，亲口向小原武夫交代的。"

"好！这个情报太重要了。请你们再辛苦一段时间，立即返回原地继续进行监听，发现有价值的情报马上报告。"马玉文走过去亲切地拍了拍杨江岚和大板孝仔的背膀说。

杨江岚和大板孝仔赶忙站起来，先后向马玉文和李招军各敬了一个礼后便走了。

"怎么样，同志们，对这个情报感不感兴趣？"马玉文问。

在座的都是马玉文的老战友、老部下，对他的性格和办事的风格太熟悉了，一看他那付跃跃欲试的样子就知道他想打原木龟田的主意。三营营长邓庆丰抢先说："日他娘的，我们就抓住这个机会拦截装甲车活捉原木龟田，再化装成他们开装甲车闯进石牛洞打他一个人仰马翻。"邓庆丰是矮个子，黑皮肤，长着一双豹眼，活像三国时候的张翼德，加上性格直爽、办事雷厉风行，故有"赛张飞"之称。

一营营长陶树翠不以为然地说："拦截装甲车？谈何容易。人家车上有枪有炮，武器比我们先进得多，你根本就近不了身。再说装甲车前后左右，上上下下都是厚钢板密封了的，一般的子弹根本打不进去，如果用炮轰，轰烂了，石牛洞的鬼子一看就知道了，还会让你进去？"陶树翠是学生出身，高中毕业当的兵，平时喜欢思考，心细如发，你别看他长得文质彬彬，一付书生像，可是打起仗来一点也不含糊，战友们都戏称他是"活赵云"。

"是呀！"李招军接过话来说，"要想拦住装甲车确实不易，除非扒掉铁轨，但这样一来时间就耽误了，即使能顺利制服原木龟田一行，化装成他们开装甲车到了石牛洞，由于时间不对，势必引起驻石牛洞日军的怀疑。更重要的是原木龟田绝不会束手就擒、轻易投降，一定会凭装甲车进行顽强抵抗。只要战斗一打响，鸽城和石牛洞的鬼子就会出兵增援，那样我们就会腹背受敌，被动挨打。"李招军虽说是政委，却是行武出身，爷爷在曾国藩手下当过参将，父亲当过蔡鄂手下的营长，可以算是军人世家。李招军加入北伐军后曾在武汉"讲武堂"参训过一期，在新四军中也算得上是一个懂点军事理论的人了。他的美中不足是长得不够英武，人单瘦不说，眉稀眼小，鼻梁稍歪，让人看了总觉得有点不对劲。

听李招军和陶树翠两人这么一分析，就像一盘凉水将大家刚刚激起的热情给浇灭了。

"娘稀匹的,依俺的脾气就学鬼子的,用毒气弹将他们消灭光算个球。"说话的是二营营长仇寇斌。他是山东人,大字识不得一箩筐,为人豪爽仗义,爱憎分明,原则性强,由于父母兄弟姐妹一家8人全部死于鬼子的狂轰滥炸,跟日本人有着不共戴天之仇。

"不行!"李招军表示坚决反对,他说,"使用毒气弹那是法西斯行为,是国际公法所反对和制止的,传出去会遭到全世界人民的谴责。"

"对!我们是正义之师,绝不能像鬼子那样干丧尽天良的事。"

"如果那样做,我们岂不也成了灭绝人性的魔鬼。"

人们七嘴八舌,讨伐起仇寇斌来。

"我只不过说句气话而已,又不是要真的使用毒气弹。你们也当真格的!"仇寇斌一脸委屈地说。

"再说我们哪来的毒气弹呀?看把你们几个急的。"马玉文忍不住笑了笑说。

"有呀!你忘了?上次我们营攻下黄柿镇鬼子的据点时缴获有十几颗毒气弹,这事我们还专门向你作了汇报的呀。"仇寇斌说。

"是吗?都是些什么毒气弹,去拿来看看。"马玉文饶有兴趣地说。

不一会仇寇斌便用竹篮将毒气弹提了来,轻轻地放在桌子上。

马玉文拿了一颗看了看,自言自语地说:"不行!这颗是'沙林毒气'弹,会让人瞬刻之间中毒身亡。"他又拿出一颗,看了后说:"这是颗细菌弹,里面装的是鼠疫疫苗,使用后会对人畜造成长期的危害。使不得!使不得!"

他边说边翻看,突然"噫"了一声说:"这是颗什么弹?"

人们望着他捧在手里的手雷似的东西围了过来,支队参谋长谢东山眼尖看了看上面贴的标签说:"这是一颗麻醉弹嘛。"

"麻醉弹!那要不了人的命呀。大家看这个东西能不能用?"马玉文眼前一亮,兴奋地说。

"我看行!"仇寇斌第一个表态说,"麻醉弹不同于其他毒气弹,不会伤及人的生命,却可以让人将气体通过呼吸吸进去后,在极短的时间内全身麻醉失去抵抗力。"

"我认为用麻醉弹可以,它不在国际公约所禁止使用的毒气、细菌和化学武器之列。"李招军也表示支持。

"那好!我们这次就来它一个以夷制夷,以日本鬼子制造的麻醉弹和使用的方法来对付日本鬼子。"马玉文说。这两天他集思广益,经过反复思考已在脑子里形成了一套完整的作战方案,缺的就是能够一击就使原木龟田一行丧失抵抗力的武器。可以说是万事俱备，只欠东风。现在有麻醉弹在手，何愁此役不能成功。于是他将思考成熟的作战计划合盘托出，请大家进行研究。

与会人员经仔细琢磨认为这个作战计划切实可行，并在一些细节上进行了补充和完善。

"同志们，既然大家对这个作案方案没有异议，现在我宣布作战命令：一，由政委李招军同志率领一营和二营的指战员潜伏到石牛洞周围，听到爆炸声以后立即向石牛洞发起进攻以接应我们，并尽可能地消灭敌人的有生力量，如果能全歼石牛洞的日军最好，即使不能全歼也要把他们打瘫；二，由参谋长谢东山率三营和县民兵大队，负责在杜鹃岭阻击来自鸽城增援的敌人，火力不够的话，这里总共有4颗麻醉弹，给你们留两颗，要尽可能地延缓敌人增援石牛洞的时间；三，由我率侦察连的同志在杜鹃岭拦截鬼子的装甲车，生擒原木龟田一行，并化装成他们进入石牛洞摧毁鬼子的研究所。"马玉文表情严肃、态度坚决地说。

"其他的我都服从，没有意见。"马玉文的话刚一落音，谢东山就接着说，"我建议由我带侦察连负责摧毁鬼子的研究所，因为此行太危险了。再说你是支队长，又是这次行动的总指挥，理应在外面统筹指挥。"

"难道你去就不危险了？拦截鬼子的装甲车混入石牛洞摧毁研究所是这次行动的重中之重，我不在现场能够心安、能够实行有效的指挥？"说到这里他的语气变得严厉起来，大声说："谁也不许再争，执行命令！"

"是！"与会人员齐声答道。

四

杜鹃岭地处鸽城与云山正中间，岭上多杉树、枞树和杂树，常年有成群的杜鹃鸟在岭上嬉戏和生活。岭对面是黄茅山，山上茅草遮天盖地。杜鹃岭与黄茅山肩连着肩，膀挨着膀，两山中间连着一条山沟，山沟里铺有一条铁路，南至鸽城，北通云山。

冈村宁次的代表陆军少将原木龟田一行乘装甲车，耀武扬威地从鸽城方向驶了过来。装甲车驶入杜鹃岭一拐弯处时，正在路边吃草的一头水牛，突然受惊窜上铁轨。要知道尽管装甲车能穿墙打洞，但要想压烂牛皮却不容易，装甲车撞在牛身上极有可能造成车翻人亡的结果。发现水牛后，装甲车只好来了一个紧急刹车，在距水牛不到30米的地方停了下来。路边正在割草的一个驼背老人颤颤抖抖地手持牛鞭走上铁轨，嘴里吆喝着去赶水牛。要在平时鬼子发现自己前面的铁轨上有人，早就开枪射击了。可此时射击不得呀，将人打死了，谁来赶牛？只见一个鬼子打开车门伸出头来喊："老头，快快地，把牛赶走！"说时迟，那时快，只见刚才还摇摇晃晃，站立不稳的"老头"突然直起腰来，手脚麻利地从身上掏出一颗麻醉弹准确无误地投进了装甲车。原来"老头"是由新四军江南特遣支队的"神投手"张准平装扮的。

随着"吱"地一声响，装甲车里冒出了一股气体。

隐藏在草丛中的马玉文左手一挥，大喊一声："上！"然后口捂白色湿毛巾，带着侦察连的战士箭似的冲向装甲车。此时车上17名日军官兵个个因深度麻醉昏迷不醒，人事不知。原定化装鬼子官兵的马玉文、陆相荣和14名侦察员以及大板孝仔迅速爬上装甲车，三下五除二地脱下鬼子身下的军装穿在自己身上，再将鬼子交由车下的战友抬走。

装甲车又启动了，前后耽误的时间不到6分钟。大板孝仔身着少将军服装扮成原木龟田，进关过卡要闯过鬼子的重重哨卡，通过各种检查非他这个正宗的日本人不可。马玉文穿的是日军大佐的制服，陆相荣和3名武功高强的侦察员都身着日军中佐服装，为的是便于紧随大板孝仔和马玉文有资格进入鬼子的研究所。支队副参谋长莫良田穿的是日本少佐的制服，他的任务是负责指挥留在装甲车上的侦察员安放炸药、接应马玉文一行、偷袭日军。

装甲车开了不到半个小时，在离石牛洞不到20公里的地方，只见杨江岚正焦急万分地站在铁轨中间拼命招手示意停车，装甲车停下来以后他走过去向正准备下车的马玉文报告说："你们知道吗，根据我们监听得知，在鬼子的装甲车出发之前的一刻钟接到通知改了口令。"

"怎么改的？"马玉文着急地问。这可是个新情况，由于装甲车上的鬼子已经全部麻醉过去无从审问，因此他们对更改口令的事还一无所知。

"由'樱花叶'改为了'富士果'。"杨江岚说。

马玉文望了望站在他身后的大板孝仔，见他点了点头表示已经记住，便骂了声："好狡猾的狐狸。走！继续前进。"

石牛洞第一道门卫离石牛洞足有1000米，位于整条山沟的最窄处，鬼子依山傍势在这里用钢筋水泥建了岗楼，大有一夫把关、万夫莫入之势。下午两点半钟不到，日军大队长小原武夫大佐就亲自率人来到岗楼迎接高级代表团的到来。在小原武夫看来他这样做一是表示对高级代表团，尤其是冈村宁次的代表原木龟田将军的尊敬，免得失了礼数；二是为了防止意外，万一有什么情况不至于危害到研究所。

随着铁轨发出的"咔嚓、咔嚓……"的响声，装甲车于下午3时准时到达，在离岗楼 30 米处停了下来。陆相荣打开车门刚一探出头，岗楼里的哨兵便大声喝问："口令！"

"富士果！"陆相荣用路上大板孝仔教会的日语回答得还蛮标准。

"请问最初约定的口令是什么？"小原武夫满脸笑容，看是随意地问。

"樱花叶！"大板孝仔一边回答，一边走下车来。

小原武夫见状三步并作两步，急忙走上去立正敬礼说："热烈欢迎原木龟田将军率高级代表团前来督查指导工作。"

大板孝仔回礼后亲切地说："小原君，你是我们帝国的精英，我早就久闻大名了。从刚才你反复仔细地核对口令，就可以看出你是一个办事严谨、尽职尽责的职业军人。"

初次见面就受到了冈村宁次的代表原木龟田将军的夸奖，小原武夫不禁心花怒放，连忙谦虚地说："哪里，哪里，我只不过小心一点罢了。听将军的口音好像是⋯⋯"

"我是横滨人。"大板孝仔不等小原武夫问完就回答说。

小原武夫一听更高兴了，忙不迭地说："这么说我跟将军您是同乡了，我也是横滨人。"

"真的！那太好了。"大板孝仔也喜形于色地说。

"那，等一会您们俩可得喝两杯，庆祝庆祝。"马玉文站在一旁打趣地说。

"一定，一定！这位是⋯⋯"小原武夫见马玉文的军衔和自己一样，显得十分客气。

大板孝仔"嘿，嘿！"笑了两声说，"你看，我们刚才光顾着认老乡去了，我还来不及介绍呢。这位是代表团的副团长、大日本皇军陆军大佐洋岛幸一郎，现供职于大本营总参谋部。"接着他又把随行人员一一作了介绍。

小原武夫见代表团的人数、名单、职务都准确无误，遂放下心来。他"啪"地立正敬礼，"报告将军，请代表团的上车，我的给你们带路。"

大板孝仔作了一个"请"的姿式便率先上了装甲车，在车上他又和小原武夫拉起家常，两人的距离一下便拉近了。

五分钟不到，装甲车在石牛洞洞口前停了下来。马玉文等人陪大板孝仔下车后，只见洞口一个身着大佐制服的鬼子军官领着 3 个身穿白大褂的人正恭候在那里。小原武夫赶忙向大板孝仔介绍说："这位是 731 部队的陆军大佐兼微生物研究所所长松井腰代。另 3 位是研究所的生物和化学专家。"

马玉文心里想，分明是细菌和毒气研究所，却要美其名为"微生物研究所"，妈的日本人尽干些挂羊头卖狗肉、见不得人的事。

大板孝仔同他们一一握手后说："我奉冈村宁次大将的命令，代表他率领高级代表团前来督查新的细菌和毒气的研制、开发情况，希望得到各位的支持。"

"是！"松井腰代答应后不卑不亢地说，"请将军出示冈村宁次的信函，否则任何人都不能进入石洞。"

"好的。"大板孝子一挥手，陆相荣就从公文包里取出冈村宁次的亲笔信递了过去。

松井腰代验明信函后，让门卫摁下开关打开洞门。在轰鸣声中，厚重的铁门徐徐升起，露出了幽深的洞穴。洞门全部打开后，马玉文和大板孝子一行6人在松井腰代及3名专家的陪同下向洞内走去。小原武夫犹豫了一下，交代身边的参谋和警卫好好接待装甲车上的代表后，转身跟了进去。

马玉文等人在松井腰代的引领下走了不到20米，石洞便转了一个弯，里面是大小不一的石屋，分别标明一室、二室、三室……到了一室门口，松井腰代将大板孝仔和马玉文领到玻璃窗台前指着里面说："这是细菌培养室，进去必须带防毒面具，穿防毒制服，否则就会感染。"透过玻璃，马玉文发现里面有八九个身着防毒服的技术人员正在各种精密仪器下忙碌着。

经过第二室的时候，只听松井腰代介绍说："这间是毒气配制室，新的毒气的配方已经研究出来，只要需要随时可以配制装弹。现在因为还没有正式生产，所以里面没有人。请问将军，需不需要进去看看里面的仪器设备？"

大板孝仔看了看马玉文说："今天下午时间已经不早了，我们先大致看一看研究所的规模，有个基本的轮廓和大致的印象，明天再详细看机器设备和工艺流程等，好不好？"

"一切按将军您的指示办。"马玉文毕恭毕敬地回答说。

"喔！是这样。"松井腰代迟疑了一下说："将军，我们还弄来两名新四军战士和一个身强力壮的庄稼汉，准备现场进行实验，让您亲自检验一下新细菌和新毒气的效力呢。"

马玉文闻言心里为之一惊，这是事前没有料到的啊，这帮畜牲真是太残忍、太狠毒了！他担心大板孝仔难于应付便冷静地说："将军阁下，既然松井腰代大佐已有安排，我们还是客随主便吧，再说我也想早点见识见识新武器的威力。现在战局对我们越来越不利，前方太需要杀伤力大的新式武器了。"

"诺西！那我们就先看实验吧。"正不知如何办的大板孝仔如释重负，大大松了一口气。

"将军，请您们随我到实验室去。"松井腰代领着大家走过两间石屋来到第五室，他轻轻地推开门做了一个"请进"的动作，让大板孝仔一行先进。

就在走进第五室的一瞬间，马玉文不经意地咳嗽了一声，这是事先约好准备动手的暗号，同来的战友心里都有了数。

走进石屋尽管灯光昏暗，还是可以清楚地看到唐宇、毛忠民和清溪村的村民胡明球被五花大绑在铁桩上。虽然马玉文等人化了装，唐宇和毛忠民还是很快就认出了他们，两人惊讶得合不拢嘴。陆相荣机警地走上去左右开弓扇了他们每人一个耳光，嘴里大声说："八嘎，谁让你们用仇恨的眼光盯住我们！"眼里却暗暗地使了一个眼色。

唐宇很快就反应过来，故意破口大骂："我操你小日本的祖宗，要杀就杀，老子18年后又是一条好汉。就是变鬼我也不会放过你们这些倭寇。"

小原武夫"铿锵"一声拔出佩刀架在唐宇的肩膀上吼道："你的再骂，我就活劈了你！"

"小原君，你别性急。等会看我怎样收拾他们。"松井腰代阴毒地说，"我只要将毒气放在他们的鼻孔前一闻，他们就会四肢抽筋，鼻扭嘴歪，用不了30秒种就痛苦而死。只要将细菌弄那么一点在他们的身上，他们的皮肤就会腐烂化脓，连骨头在内整个人用不了一分钟就会化得无影无踪。"

"哈，哈！过瘾，过瘾！"小原武夫得意地大笑起来。他的笑声在石屋里回荡着，俨像鬼哭狼嗥。

马玉文的身上不禁泛起了一层鸡皮疙瘩，他强忍住心中燃起的怒火说："松井君，难道我们就这样看实验，会不会感染？将军的健康可出不得半点差错。"

"不！我们每一个人都得全副武装，穿上防毒制服，戴上防毒面具。岸信君，你将防毒用具拿出来，给在场的每个人发一套。"松井腰代说。

3名专家中叫岸信介一的打开消毒柜，取出防毒用具给每人发了一套。

马玉文拿着防毒面具比划了一下，面露难色地说："这玩意怎么个戴法？"

"这好办，由我们给你们示范，你们照着样子戴就是了。"连同看守唐宇等人的士兵在内，鬼子也是6个人，示范刚好是一对一。趁他们双手捧着面具往头上扣的时候，马文玉将右手一挥，新四军指战员和大板孝仔迅速摸出匕首或朝鬼子的脖子抹去，或者捅进鬼子的心脏。6个鬼子连哼都来不及哼一声，便到阎王爷那里报到去了。

陆相荣和两名侦察员用匕首割断绑在唐宇等3人身上的绳索，让他们穿上白大褂跟在马玉文一行的后面不声不响地走了出去。陆相荣走在最后，随手将门关好，就像什么事也没有发生似的。

眼见小原武夫跟在后面进了石洞，莫良田指挥驾驶员将装甲车倒过来，刚好遮住石洞的大门。他拿出几听啤酒和罐头对留在洞口的日军参谋和警卫员摇了摇说："咪西，咪西地！"招呼他们过去。日军参谋和警卫员稍事犹豫便爬上装甲车，两人还没站稳就被侦察员们用手榴弹击昏在地。

侦察员汤雷提了两听啤酒和一只烧鸡朝洞口的岗亭走去，一名哨兵警惕地端起枪喝问："什么的干活？"

汤雷将手中的东西举过头顶，吹着口哨走了过去。鬼子哨兵放下枪，张嘴笑了起来。

汤雷走进岗亭说："兄弟们都辛苦了，长官让我给你们送来两听啤酒和一只烧鸡，慰劳慰劳。"

一个哨兵接过东西放在桌子上，点头哈腰表示感谢。趁他转背去开啤酒之机，汤雷一记铁沙拳击在他的背上，他便倒在地上晕死过去。听到响声另一个正在放哨的哨兵刚一转身，太阳穴就挨了重重的一拳，两眼金星闪耀，接着心脏又被刺了一刀。

汤雷转身又给了先前倒在地上的鬼子一刀，然后持枪站在岗亭门口当起哨兵来。

见汤雷已经得手，莫良田喊了一声："上！"侦察员黄鹰翔和张细毛一人夹一个炸药包冲进石洞，走到拐弯处时刚好碰到往回走的马玉文一行。马玉文回头看了看，轻声说："就装在这里，要快！"装好炸药包后，一行人走到洞口，黄鹰翔和张细毛点燃导火线。马玉文让汤雷摁下石洞门的开关，在石洞门徐徐下落之际大家先后爬上装甲车。刚把门关好就传来了一阵"轰！轰隆隆……"的沉闷的爆炸声，身后的山体陷下去了一大截。站在各个岗楼的鬼子吓得目瞪口呆，还没等他们回过神来，装甲车上的大炮就对着兵营门口两边的岗亭轰了起来，一具具尸体被高高扬起，一个个岗亭炮楼被拦腰掀翻。鬼子兵营里的哨声、喊叫声响成一片。清醒过来的鬼子开始还击，机枪、步枪子弹打在装甲车上像爆豆子似的"当！当！当！"地响过不停。驻扎在山头各碉堡内的鬼子见状也一齐向装甲车开火，由于距离较远，子弹打在装甲车上形同隔靴搔痒。见鬼子的子弹穿不透装甲车，马玉文放心了，让大家放开手打。

"马支队长，快看！右前方。"驾驶员头也不回地喊道。

马玉文凑近嘹望口一看，右前方一栋兵营里冲出100多名鬼子正向右边一间库房跑去。"那里一定是鬼子的重武器库，调过炮口瞄准目标给我轰！"马玉文大声命令道。

装甲军的炮管对准鬼子的库房，"嗵！嗵！嗵！"连轰了三炮，鬼子的库房被掀开了，火光冲天而起，爆炸声惊耳欲聋。狗急跳墙、无计可施的鬼子在军官的指挥刀和枪口的督战下，一批又一批地抱着炸药包和集束手榴弹向装甲车冲来。装甲车上的机枪、步枪、手枪、织成了一张风雨不透的火力网，鬼子一批一批地倒下去，尽管尸体堆积如山，但鬼子的敢死队仍奋不顾身地冲了过来。危机时刻，前方不远处响起了嘹亮的军号声，随着"冲啊！""杀啊！"的呼喊声，李招军率领一、二营的战士潮水般地涌了进来，冲到坪里的鬼子遭前后夹击，很快就被消灭得一干二净。余下的鬼子或躲在左右两边的工事里，或躲在山上的碉堡里进行顽强抵抗。

李招军准备组织部队强攻，全歼守敌。

马玉文见鬼子的细菌和毒气研究所已撤底摧毁，装甲车上的炮弹也全部打光，考虑到鬼子的这支部队已基本被打瘫不可能再形成气候，余下的残敌都躲在钢筋水泥做的永久性工事里，为避免不必要的牺牲，在说服政委后下达了撤退的命令。

中曾次郎接到增援石牛洞731部队的命令后大吃一惊，尽管这种部队不归自己指挥，但他深知该研究所对于大日本皇军的重要性，不敢有丝毫的怠慢，立即纠集3000余名皇军和"和平军"杀向石牛洞。

隐蔽在杜鹃岭负责指挥部队阻击日军的谢东山见鬼子大队人马蜂涌而至，担心阻挡不住，决定先用麻醉弹打他一个下马威将鬼子暂时吓回去再说。他将两名"神投手"叫过去交代了几句，两名"神投手"匍匐着走到山沟边，在相距100米远的地方分别埋伏好。等鬼子的先头部队进入埋伏的范围后，谢东山大喊一声："投！"，两名"神投手"将两颗麻醉弹准确无误地投入鬼子的队伍中，随着"吱！吱！"的响声，两股乳白色的气体迅速在鬼子队伍中散开，只见鬼子一片一片地倒了下去。走在后面的鬼子见了大惊失色，有人大喊："快跑，支那军使用毒气弹了！"鬼子的第一梯队立即乱了套，大家争先恐后往回跑。

走在鬼子第二梯队前面的中曾次郎见未闻枪炮声自己的队伍就往回跑，这是绝无仅有的事，气得他铁青着脸大喊："停住！停住！给我停住。"但后退的队伍像决堤之水，根本止不住。中曾次郎拔出手枪接连击毙了两名官兵，才将乱轰轰的队伍弹压了下来。

"到底是怎么一回事？"中曾次郎怒气冲冲地质问第一梯队的指挥官桑木佐夫大佐。

"报告司令官，是支那军队使用毒气弹，我们的部队未战便成批地倒了下去。"桑木佐夫心有余悸地说。

"瞎说!新四军除了土枪土炮哪来的毒气弹?给我统统地杀回去,占领阵地,消灭新四军。违令者,格杀勿论。"中曾次郎抽出指挥刀搁在桑木佐夫肩膀上,杀气腾腾地说。

"这是真的,将军阁下。我向您汇报的情况如有半点失实,您可以将我送交军事法庭进行制裁。"桑木佐夫表白说。

"千真万确,一点不假!支那军确实投了毒气弹。"数以百计的退下来的士兵纷纷作证。

此情此景不由中曾次郎将信将疑,他将土肥菜根中佐叫到面前命令道:"你的率领第二中队戴上防毒面具在前面开路,绝不许贻误战机!"

"是!"土肥菜根答应后便带着一个中队的鬼子身着防毒服走到前面。当他们战战栗栗来到杜鹃岭山沟边时,除发现一大片躺在地上一动不动的鬼子外没有发现一名新四军。土肥菜根翻身下马,仔细察看了周围的情况,只见树叶娇嫩,杂草鲜活,没有任何使用过毒气的痕迹。他伏身将卧倒在地的一名鬼子翻过来,只见他肤色如常,呼吸微弱却匀称,面部表情毫无痛苦之状,但任凭你掐也好,拍打也好就是昏迷不醒,接连查看了四五个,莫不如此。这时一名日军少佐在地上找到一个麻醉弹壳,跑过来向土肥菜根报告说:"中佐,你看,这就是支那军使用的毒气弹。"

土肥菜根还来不及细看,中曾次郎带着大部队已走了过来。土肥菜根立即迎上去报告:"将军阁下,中毒的士兵都没有死,只是昏迷不醒,我怀疑支那军使用的并不是毒气弹。刚才在现场拾到一枚弹壳,请您亲自进行检验。"

中曾次郎接过弹壳仔细一看,原来是一颗麻醉弹,而且还是日军自己生产的,弄得他啼笑皆非,哭笑不得。他将弹壳摔在地上,大声命令:"部队继续前进,由收容人员负责处理被麻醉的官兵。"

鬼子的队伍又行进了两三公里,刚走进一处山沟,突然两边枪声大作,密集的子弹将走在前面的鬼子打得人仰马翻,后面的鬼子慌忙伏在原地不敢动弹。中曾次郎气得嘴唇上的仁丹胡须颤动不已,他命令炮兵中队:"立即架炮,将新四军的工事给我夷为平地。"

谢东山带领担负阻击任务的部队和民兵,在"神投手"投掷了两颗麻醉弹之后,趁鬼子后退之际撤到这里埋伏起来,又打了鬼子一个措手不及。他知道鬼子马上就会组织进行反击,接下来的战斗会异常激烈,正准备进行简短的动员和部署时,通讯排战士林泉海飞马前来向他报告说:"参谋长,马支队长让我传达他的命令,鬼子的细菌和毒气研究所已被彻底摧毁,要你带领队伍马上撤退。"于是谢东山安排民兵在前,部队在后,抢在鬼子炮击之前撤离了战场。

鬼子的大炮瞄准山谷两边的临时工事轰了足足20分钟，直到工事夷为平地，炮弹全部打光方才罢休。可当他们冲上去发现阵地上空无一人，连尸首也找不到一具时，一个个目瞪口呆，一筹莫展。

恼羞成怒的中曾次郎率队赶到石牛洞后，纠集731部队驻石牛洞的残余人马100余人，借口不向皇军提供新四军在这一带的活动情况，将云山方圆5公里内4个村庄的男女老少全部杀光，东西全部抢光，房屋全部烧光，制造了骇人听闻的"云山惨案"。

五

新四军江南特遣支队摧毁日军细菌和毒气研究所的行动极大地鼓舞了人民群众抗日救国的热情，鬼子制造"云山惨案"的行径加深了人民群众对倭寇的仇恨，连日来鸽城地区农村掀起了参加新四军的高潮，一大批青壮年农民加入到新四军江南特遣支队或者其他抗日地方武装。马玉文清醒地认识到，要保持和发展这一好的形势，必须尽快救出被关押在鬼子宪兵队的清溪村农民。为寻找机会拿出方案，回到清溪村的第3天，他就和陆相荣、姚谊民、李英峰4人化装进了鸽城。

"黄鹤楼餐馆"坐落在鸽城最繁华的四牌路和木货街的交汇处，楼高4层，云杉为柱，柏树为方，樟木为板，雕梁画栋，满屋溢香。这里差不多每天都是高朋满座，宾客如云，座无虚席。化装成商人的马玉文一行走进店里径直来到柜台前对正勾着脑壳算账的店老板高笑堂说："喂，老板，请问有没有好一点的包房？"

高笑堂闻言抬头一看，见是马玉文一行，惊得呆若木鸡，忘了回话，直到马玉文咳嗽一声，向他递了一个眼色，他才清醒过来回答说："4位客官，你们真是鸿运高照，心想事成。本来我们楼上的包房早就预订完了，这不，刚才有人声称老母病危临时退了一间，结果让你们不早不迟地碰上了，你们只要早来一步或者晚来一步，这个包房也就没有了。这就叫'来得早，不如碰得巧。'我这就陪4位客官到楼上去看看包房如何？"他抢先一步走到楼梯口，拖长声音喊："走，楼上请！"

一进包房，高笑堂便关上门轻声地说："马支队长，您怎么亲自来了？要知道这里可是龙潭虎穴，危险得很呀！"

"危险，你们不是天天生活在这龙潭虎穴中么？"马玉文谈笑风生地说。

"我们怎么能同您相比，您是中曾次郎悬赏5万美金捉拿的要犯，鬼子、特

务、'和平军'哪个不想得到您而后快。万一被人认了出来，麻烦可就大了。"

"区区5万美金就想要我的人头，他中曾次郎未免想得太美了。要想捉我，他们能过得了你这'小尉迟'这一关？"

高笑堂原来是马玉文的警卫，由于他脸长得黑，对首长又忠心不二，有人将他比之为马玉文身边的尉迟敬德，故有"小尉迟"之称。马玉文见他有一手好厨艺，就通过关系安排他当了"黄鹤楼餐馆"的经理，暗地里办起了地下交通站。

听首长称自己做"小尉迟"，高笑堂嘴里"嘿！嘿！嘿！"地笑个不停，心里那个高兴就更不用提了。

"好了！玩笑归玩笑，我们现在言归正传。"马玉文满脸严肃地说，"我这次进城是要救被关押在鬼子宪兵队的众乡亲，你马上去把陈敏义同志给我叫来，告诉他我急需这方面的情报。"

高笑堂走出包厢，一边下楼一边高声么喝："楼上三包要一尾红烧金丝鲤鱼、一份仔姜炒叫鸡、一碗大片牛肉煮粉皮、一碟花生米、一份米汤煮青菜，外加一瓶竹叶青。"下楼后他跟伙计交代了几句，便从后门走了出去。

马玉文、陆相荣等4人一如普通商人，坐在包厢房划拳喝酒。眼看一瓶酒喝得快要底朝天了还不见陈敏义到来，正焦急时只听楼下传来高笑堂，"来客人了，伙计们接客哟！"的吆喝声，便知道陈敏义到了。果不其然，门被敲开后，身着便装的陈敏义走了进来，他顾不上讲礼节，一见就催大家："马支队长，你们大家得赶快走，越快越好。一个小时候后鬼子就要在全城实行戒严，再晚一点走只怕就来不及了。"

"鬼子为什么要戒严，是不是我们的行踪暴露了？"马玉文沉着地问。

"那倒不是。"陈敏义回答说，"据徐宁涛透露，是中曾次郎接到日军总司令部的电报，告诉他明天有一趟押运劳工的列车要从鸽城通过，命令他把所有抓获的俘虏和青壮年劳动力全部交给该列车押往南京修工事，并严令他确保列车安全驰离鸽城地区，否则将严惩不贷。中曾次郎为封锁消息确保车站安全决定今明两天进行戒严。"

"这么说清溪村被抓走的众乡亲也会作为劳工被移交啰？"陆相荣问。

"这是秃子头上的跳蚤，明摆着的，还用得着问吗？"陈敏义说。

"鬼子押运劳工的列车是多少次？火车离开鸽城车站是什么时候？中曾次郎会不会派车护送？怎么护送？这些情况你都弄清楚了吗？"马玉文一口气问了四五个问题。

"我知道您需要这些情况，凡我已经了解到的都给你写在这张纸上了。"陈敏义从内衣口袋里掏出卷成一根纸烟状的纸条递给马玉文，催促说，"你们快点走吧，等会戒严令一下，就别想出城了。"

马玉文接过纸条藏好后，握着陈敏义的手说："如果情况发生变化，一定要想方设法通知我们。"然后领着大家不紧不慢地走了出去。

马灯里的灯花开了又谢，谢了又开。马玉文两眼盯着灯花一动不动，他一边在听人们的发言，一边在思考推敲，推敲思考。

寒夜里，新四军江南特遣支队的作战会开得如火如荼，正在发言的是政委李招军。他说："从陈敏义同志提供的情报看，鬼子这次押运战俘和劳工，布置周密，防范严密。不仅车上有一个中队的鬼子负责押运，而且要求铁路沿线日军各部队要派兵护送出境。最歹毒是他们还在列车各车厢里装了炸药，如果发现有人劫持火车，或者在押人员暴动逃跑，在制止不了时不惜引爆炸药将在押人员全部炸死。面对这种情况，我们必须慎之又慎，切不可轻举妄动，为救少数人而致多数人的生命安全而不顾。"

谢东山马上发表不同意见说："我认为越是这样，我们越应采取拯救行动。大家想想看，鬼子为押运这批战俘和劳工为什么要如此兴师动众？现在鬼子败局已定，他们想做垂死的挣扎，他们运这批战俘和劳工去南京毫无疑问目的是要加固或修建新的工事，妄想凭险维持巩固他们建立起来的伪政权。一旦工事建成，这批战俘和劳工不是早就累死，就会被秘密处决。救出对我们新四军江南特遣支队有恩的清溪村村民以及其他战俘与劳工，既可使他们免遭鬼子的折磨和屠杀，又可以延缓鬼子修建工事，加快其战败的时间。"

"说得好！我完全赞同东山的意见。"马玉文站起来说，"上次攻打石牛洞鬼子的细菌和毒气研究所时，就有人在背后议论说我马玉文这样做，是为了报清溪村的群众救我之恩而不惜牺牲战士们的生命。说到报恩，这种思想确实有，那次如果不是吴明月和清溪村的村民面对鬼子的屠刀宁死不屈，拒不交代我们在大甸县西岩乡黄石村开会，不仅是我，包括政委甚至地委领导和鸽城地区各县县委书记在内都有可能遭到鬼子的袭击。我们是人民的子弟兵，对于救我们的人民连感恩之心都没有，那还算是人吗？还配得上人民子弟兵的称号吗？至于牺牲的问题，既然是战争就难免会死人，我们共产党人以解放全人类为己任就应当不怕牺牲、敢于牺牲。当然作为领导者我们应尽量减少牺牲，避免不必要的牺牲，我们过去是这样做的，今后还应当这样做。这次拯救行动的意义，诚如谢东山同志所说非常重大。因为我们救的对象不光有清溪村被关押的群众，还有大批劳工，特别是战俘，他们是今天抗日的功臣，更是今后革命斗争的骨干。"

"救肯定要救，问题是鬼子防范如此严密，要怎样才能做到既能救人又最大限度地减少牺牲。"李招军说。

"我想好了。上次我们攻打石牛洞用的是以夷人之器制夷人，这次我们就来个以夷人之人制夷人。"马玉文略显兴奋地说。

"以夷人之人制夷人？你的意思是想让反战同盟会鸽城分会的日本朋友帮我们去救人，这些人靠得住吗？"支队副支队长贾卫尧说。

"我认为没问题。"马玉文满有把握地说，"参加反战同盟会的日军战俘通过长时间的教育培训，对日本发动侵略战争的本质有了深刻的认识，他们早已站到我们的战壕里，不少人还和我们并肩战斗打过小日本。现在日军战败已成定局，在这个时候让他们出面救人，相信他们都会踊跃参加。"

"就凭反战同盟会鸽城分会那20来个人，能从数倍于他们的鬼子手中把人救出来？"李招军满腹怀疑地问。

马玉文说："光靠他们肯定不行，他们的任务主要是对付火车上负责押运的鬼子，解决沿途护送的鬼子还得靠我们。我将想好的具体的营救计划和作战方案讲一讲，请大家研究研究，做出最后决定。"

水浸坪是晏田地区的一个小镇，距鸽城地区的边界不到10公里，到鸽城地区第一个火车站——托坪站只有25公里。火车站在小镇的南街，尽管是只有一个站台的小站，过去这里却是小镇最繁华的场所。可如今由于兵荒马乱的，冷清得连卖茶水、香烟的小贩也没有一个。这天，火车站突然戒严，先是从鸽城方向开来两辆装甲车，驻水浸坪火车站的日军小队长犬养一池少佐看了疑窦丛生，正想派人上前询问，只见从第一辆装甲车上率先走下来一名日军中佐，再仔细一看发现来人居然是自己高中的同班同学大板孝仔，不觉喜出望外，赶紧大步迎了上去。

"大板君，怎么是你？"犬养一池高兴得连敬礼也忘了，走上去握住大板孝仔的手问。

"真没想到在这里能碰到你，犬养君。"大板孝仔搂着犬养一池的肩膀高兴地说。其实从侦察员介绍的情况中，大板孝仔早已了解到犬养一池是日军驻水浸坪火车站的小队长，却故作惊讶地这样说。

"你们这是来……"犬养一池期期艾艾地问。

"哦！"大板孝仔指着陆续从装甲车上走下来的反战同盟会成员和化了装的新四军战士说，"我们是奉鸽城地区司令长官中曾次郎将军的命令，前来迎接并护送512次专列的。你知道我们鸽城地区活动着一支新四军江南特遣支队，中曾次郎少将怕专列遭他们抢劫，特命我率队出境前来迎接并护送。不曾想在这里碰到老同学你，交接的事情就好办多了。"

"噢！原来是这样。"犬养一池抬起手腕看了看手表说，"现在离专列到达的时间还差20多分钟，让你的人在站台上休息休息，你到我办公室去，我们先聊一聊。"

"好啊！"大板孝仔答应后，回过头对自己的人大声说："犬养少佐是我的同学，我先去他的办公室看一看。你们都在站台上列队等着，再过20分钟专列就要到了。"

大板孝仔随犬养一池走进他的办公室，只见正面墙上悬挂着一幅日本国旗，左手边的墙壁上悬挂着一幅地图，而右手边墙壁上悬挂着的则是一幅妇女的肖像，而且上面还蒙了一块黑纱。仔细一看，大板孝仔马上认出照片上的人是犬养一池的母亲。他站在照片面前默哀一分钟之后，抬起头来问犬养一池："伯母她老人家是什么时候去世的？"

"去世快半年了。"提及母亲又触动了犬养一池的痛处，眼眶里一下就溢满了泪水。

"记得伯母的身体素质很好呀，老人家是患什么病死的？"

"是活活饿死的。"犬养一池痛苦地说。

"什么，饿死的，怎么会呢？"

"大板君，你知道我父亲去世比较早，我母亲带着我和妹妹靠耕种几亩薄田为生。我参军之后，这几年国内物资奇缺，物价飞涨，可怜我母亲去哪里弄钱买农资化肥，加上一年涝一年旱，连续两年粮食产量不到三成，我母亲就将有限的粮食让给我妹妹吃，而她老人家则活活地饿死了。"说到这里犬养一池已泣不成声。

"那你妹妹呢？"

"她给我来了一封信，告知母亲去世的消息后便失去了联系。我四处托人打听，有人传说她被强征当了慰安妇，到底属不属实也无从证实。嗨！这一切都怨这场该死的战争。不瞒你说，我对这场战争的胜利已不抱任何希望，只盼它早日结束，好去寻找我的妹妹。"

大板孝仔听了心里一喜，接过他的话说："你说得对！所有的痛苦和灾难都是这场战争造成的。它不仅给我们日本人民，更给中国人民造成了巨大的人员伤亡和财产损失，我已决心不再打中国人了，既使强迫我上战场，我的枪口也只朝天不对人。"

"我听你的,从今以后不再杀一个中国人。"

大板孝仔正准备深入做犬养一池的思想工作时,外面传来了火车的轰鸣声和日军的口哨声。俩人连忙出门向站台走去,大板孝仔对犬养一池说:"这里不属我们鸽城的防区,等会换防时请你解释几句,免得引起误会。"

"这有什么好误会的,你们主动提前出境前来迎接护送专列,减轻他们的任务和责任,他们正求之不得呢。好,等会我就说你们这样做是上司的命令。"

两人刚走到站台前沿,开道的装甲车和押送战俘与劳工的513次专列便停了下来。从装甲车和列车上各走下一名日军中佐,犬养一池认识从装甲车上走下来的中佐是日军驻晏田地区宪兵司令部的一名中队长,名字叫土肥稻早。他上前两步,礼毕报告:"中佐阁下,我们正列队迎接您和专列的到来。"

"哈,哈……犬养君,我们又见面了。来,我给你介绍一下,"土肥稻早指着从列车上下来的中佐说:"这位是负责押送列车的岸信海边中佐。"犬养一池立即立正向岸信海边敬礼,岸信海边也回了礼。

"这位是……"土肥稻早发现身着中佐制服站在犬养一池身后的大板孝仔,疑惑地问。

"哦,报告中佐,这是奉命从鸽城赶来迎接并护送专列的大板孝仔队长。"犬养一池介绍说。

待双方互相敬礼后,大板孝仔解释说:"由于鸽城地区境内有新四军活动,我们中曾次郎将军担心你们不熟悉情况会中敌人的埋伏,特命我率领一个中队提前到这里接送。"

"原来是这样。"土肥稻早沉吟片刻后,扭头问犬养一池,"犬养君,晏田驻军司令部知道这件事吗?我的任务是要把专列安全送出晏田地区呀。"

犬养一池楞了一下,随即说:"知道,知道,没有上司的命令我怎么敢放大板孝仔队长一行进站。"

土肥稻早点了点头,对岸信海边说:"岸信君,那我们就送到这里,算是将你们移交给鸽城宪兵司令部了。"

岸信海边接过大板孝仔的证件仔细验证了一番,说了声:"诺西!"便挥手向土肥稻早致谢。

犬养一池讨好地将嘴附到土肥稻早耳边,小声地说:"中佐,您的任务提前完成了,别急着回去。这两天我们镇上有庙会,专门请了杨州的厨子,我陪你好好咪西咪西。"未了,他又神秘地说:"镇上还从杭州请来了几名色艺俱全的歌妓,如果阁下乐意,我愿意陪您一起去品尝品尝。"

"哈!哈!"土肥稻早乐得眼珠发亮,连声说,"走!我们看看去。"

待犬养一池陪土肥稻早一行离开站台后,大板孝仔对岸信海边说:"岸信君,为确保沿途安全,中曾次郎将军指示我们给每节车厢再增加两名警力,你看有不有这个必要?"

听说是将军的指示,而且大板孝仔又是用商量的口吻征求自己的意见,原就担心警力有限的岸信海边连忙说:"谢谢将军的关心,就按他的指示办吧。"

大板孝仔布置好后,对岸信海边说:"我让两名小队长各坐一辆装甲车,分别在车头车尾护送,我陪您坐专列一起走。"

"那就太感谢了!"沿途备觉寂寞的岸信海边,边说边将大板孝仔及其两名随行人员引上他所乘坐的餐车车厢。这趟专列全由货车车厢组成,不知内情的人绝对想不到车厢内装运的全是战俘和劳工。等岸信海边和大板孝仔一上车,化装成日军曾当过火车司机的新四军副参谋长莫良田便带人爬上了火车头。

列车在一前一后两辆装甲车的护送下徐徐开出水浸坪火车站,大板孝仔让随行人员打开提包,从包里掏出2瓶白酒和大包小包的卤菜摊在餐桌上,有卤鸡、卤牛肉、卤猪肝、卤豆腐,香喷喷,油旺旺,看得餐车上的鬼子直流口水。大板孝仔取了两个杯子倒上酒递了一杯给岸信海边,自己端了一杯对他说:"来!岸信君,你们大大地辛苦了,我先敬你一杯。"见岸信海边端着酒杯迟迟不喝,大板孝仔笑了笑同他碰杯之后一口而干,并随手取了一片牛肉丢进口里嚼了起来。岸信海边见后不再犹豫,便大喝大吃起来,俩人你来我往不一会就干掉了大半瓶酒。

见站在旁边的鬼子一个个脖子伸得老长,口角流涎。大板孝仔对随行人员说:"去!把那瓶酒打开,拿点卤菜过去让兄弟们一起尝尝。"

看着四周那一双双渴望的眼神,岸信海边深信一瓶酒喝不醉大家,便点头同意了,车厢里响起了一片欢呼声。大板孝仔的随行人员给他们每人倒了一杯酒,并将瓶中剩下的酒随手倒进了岸信海边的杯子里。见鬼子们喝完杯中酒动手抢餐桌上的卤菜吃,大板孝仔口里念念有词:"倒也,倒也。"他的声音好像催眠曲似的,只见鬼子们一个一个地倒了下去。原来第二杯酒中渗了大量的安眠药,即使酒量再大的鬼子喝了之后也不可能不昏迷过去。

在各节车上的日本反战同盟会鸽城分会的成员都如法炮制,拿出随身带来的烟酒、饮料、水果、卤菜,同押车的鬼子套近乎,不费吹灰之力便将他们弄昏在地。然后告诉车上的战俘和劳工,自己是新四军派来解救他们的。并从战俘中挑选出两人同鬼子互换衣服,再将鬼子的双手反绑后混入战俘和劳工之中。

列车运行20分钟到达托坪车站,这是进入鸽城地区的第一站。列车停稳

后，大板孝仔走下来，与从前面装甲车走下来化装成肥田稻早中佐的反战同盟会成员近卫英条一起朝站台上走去。正在站台上列队等候的鸽城日军宪兵队中队长平沼贞夫中佐和驻托坪车站的日军小队长荒木一夫迎了上来，在验明了大板孝仔化装的岸信海边的所有证件后，平沼贞夫对近卫英条说："肥田君，请回吧。你们的任务已顺利完成，下面就由我们负责护送出鸽城地区。"

513次专列在鸽城日军装甲车的前呼后拥下运行不到两小时，眼看就要抵达鸽城火车站，分散在各节车厢的日本反战同盟会鸽城分会的成员纷纷忙碌起来，他们强行给被换上劳工衣服反绑双手的鬼子兵每人喂了一颗速效强力安眠药，不管是正在破口大骂的，还是一直缄口不语的，无一遗漏，不等列车进站这帮家伙便一个接一个地昏睡了过去。

列车驶进鸽城车站后，大板孝仔透过窗玻璃发现中曾次郎亲自站在站台上迎候，不免有点紧张，想到中曾次郎并不认识自己，他又镇定了下来。在扯了扯衣领之后，大板孝仔走下车厢迈着坚定的步伐走到中曾次郎面前，"啪"地立正敬礼后说："报告将军，大日本皇军陆军中佐岸信海边奉令押送513次专列途径鸽城地区回南京，并负责接收鸽城地区的战俘和劳工。"说完便将有关文书和证件递了过去，站在中曾次郎身边的副官接过去反复验看之后向他点了点头。平沼贞夫从前面的装甲车上下来后，跑步来到中曾次郎面前敬了一个礼后站到一边。

"平沼君，你们和晏田方面的皇军是在什么地方进行交接的，沿途发现什么疑点没有？"中曾次郎问。

"报告将军，我们双方是按约定在托坪火车站进行交接的，交接时我们查验了所有押运人员的证件，清点了战俘和劳工的人数，没有发现任何疑点。据负责护送的晏田宪兵队肥田稻早中佐介绍，专列在晏田境内的情况正常。我们接手后，从托坪到鸽城也没碰到异常情况。"平沼贞夫毕恭毕敬地说。

"很好！"中曾次郎一直板着的面孔终于露出了一丝笑容。他挥了挥右手说："岸信君，请你带路，我们上列车看看。"

大板孝仔带中曾次郎一行走上餐车车厢，车上的反战同盟会成员全部起立敬礼高呼"将军好！"见车上全是日军，中曾次郎便放心地走了下来让大板孝仔打开每节货车车厢让他检查。货车车厢的门打开后，中曾次郎带队一路巡视过去，只见战俘和劳工们都被反捆着双手在车厢里或躺或坐，每节车厢都有4名荷枪实弹的日军士兵看守。中曾次郎检查后满意地对大板孝仔说："行！现在我领你去看看我的战俘和劳工。"

大板孝仔跟着中曾次郎从一号站台来到二号站台,只见轨道上停卧着两节货车车厢,车门打开后里面全是被捆绑了双手的战俘和劳工。

"将名单交给他。"中曾次郎命令副官。

等大板孝仔接过名单,中曾次郎对他说:"岸信君,两节车厢内共有战俘71名,劳工114人,你要不要核对一下。"

"不用了,不用了。将军您亲自过问的事情不会有错。"

"让他们马上将这两节车厢挂到513次专列上去。"中曾次郎发布命令后又率队返回一站台,在路上他漫不经心地说:"岸信君,从南京的来电看,你好像是长畸人,我们可是老乡呀。"

"不!将军您记错了。我是京都人,不是长畸人。"

"哦!我还准备跟你拉拉家长的呢?你看我这记性。"中曾次郎像不无遗憾地说。

刚走了两步,中曾次郎又回过头来对大板孝仔说:"岸信君,请你回南京后代我向你的司令长官大藏宫一少将问好,他可是我的同乡啊。"

"将军阁下,您的这一嘱托我只怕无法办到。"大板孝仔回答说。

"为什么?"中曾次郎一脸惊讶地问。

"我们现在的司令官是山本武夫中将,大藏宫一少将是我们的前任司令官,他已于两个月之前调沈阳宪兵司令部任职去了。"大板孝仔解释说。

"没关系。那你就代我向山本武夫中将问好吧。我们是同一年入伍的,他还教过我的跆拳道呢。"中曾次郎笑着说,至此他才完成了对"岸信海边"及其带领的押运人员的全部审查。

513次专列在中曾次郎的目送下开出鸽城火车站,在装甲车的护送下向南京方向开去。

晚上8点,四周一片漆黑。列车行进到蔡家塘田垅时,细心的人可以看到右边村庄门前的旗杆上高挂着一盏红灯。呼啸前进的列车突然缓了下来,就在这时有两条人影从路边的草丛中一跃而起,分别窜上连接车头和车尾的车箱连接处奋力拔下插销,车头和车尾就离列车车厢而去。

先说在火车头上的莫良田见车头与车厢分离后,立即对火车司机和炉工说:"我们是新四军,是来营救战俘和劳工的。现在请你们赶快下车,朝对面的山上跑,我们有人在那里接待和安排你们。"等他们下车后,莫良田立即将火车头提到最快的速度,然后飞车跳了下去。

坐在前面装甲车上的平沼贞夫发觉火车的速度慢了下来,便让司机放慢速

度。就在这时火车头像脱缰的野马一头冲了上来,只听"轰!"的一声巨响,装甲车和火车头就像两个巨大的火球腾空而起。

差不多就在同一时刻,脱离列车车厢的车尾由于失去牵引力迅速向后面滑去,紧随其后的装甲车猝不及防撞了一个正着。装甲车被撞到三丈多深的路基下面,在爆炸声和熊熊燃烧的大火中变成了一堆废铁。

火光中,只见马玉文指挥数百名新四军战士正在组织列车上的战俘和劳工有条不紊地迅速地向对面的山上撤去。

"支队长!"马玉文闻声转过头去,只见两名战士相互搀扶着向自己走过来。他赶忙迎上去扶住他们关心地问他们:"怎么样,伤得厉害不厉害。"

一战士忍痛笑了笑说:"死不了。保证还能参加战斗继续打他娘的鬼子。"

"清溪村的乡亲们呢?都救出来了吗?"马玉文急切地问。

"全都救出来了!你看,他们都在那边。"一战士用手指着第三节车厢前边的人群说。

马玉文长嘘了一口气后,大踏步朝第三节车厢走去。

获救的村民们都围了过来,为首的一名中年汉子朝马玉文拱了拱手说:"大恩不言谢,这次不是搭帮新四军,我们必将客死他乡,不被日本鬼子杀死,也要被他们累死或折磨而死。没说的,从今往后我们就跟着新四军干!"

马玉文握着他的手说:"如果我没记错的话,你叫林章飞,是凤娇嫂的男人,对吗?"

"对,没错。我就是林章飞。"

"那就由你负责好了,带乡亲们赶快跑,连夜赶回村里去。我们还得打扫战场,安置其他被营救的同胞。"马玉文吩咐说。

六

得知513次专列被劫的消息后,中曾次郎像一头笼中困兽,整天在办公室转来转去。他知道自己的末日已到,本想剖腹自杀以向天皇和国民谢罪,但他又心不甘,心想自己在和支那军队作战的正面战场上屡战屡胜,所向披靡,屡建奇功,没想到却在后方战线的阴沟中翻了船,一定要找马玉文决战一次,用他的鲜血和人头来洗刷自己的耻辱。这天,他正在办公室焦躁不安地等待着派出去的侦察人员的情报,突听大门口传来"山本武夫将军到!"的么喝声,他忙迎了出去。

走到台阶上,只见紧跟山本武夫一起走进来的除了他的副官以外还有4名日本宪兵，中曾次郎心里立即明白了，他的脸刹那间变成了猪肝色，双腿像灌满了铅似的迈不开。山本武夫一行走到离中曾次郎2米的地方停了下来，中曾次郎呆若木鸡，连敬礼都不晓得敬了。山本武夫面无表情地对副官说："给他宣读冈村宁次司令官亲自签发的命令吧。"

命令称由于中曾次郎严重失职，作战不力，给大日本帝国和皇军的利益造成了严重的损失，决定免去他的鸽城城防司令官一职并交军事法庭处理，鸽城城防司令官一职暂由山本武夫中将代理。

中曾次郎好半天才回过神来，两脚一并"嗨"地向山本武夫敬了个礼。山本武夫的脸上挤出了一丝微笑，对副官说："你带他们几个先去休息，我要和中曾司令官好好谈谈。"接着他伸出右手对中曾次郎作了一个请的动作。

中曾次郎连忙闪到一边，让山本武夫先行。两人一前一后走进司令官办公室，顾不上请山本武夫入座，中曾次郎便急急忙忙地说："山本君，不！中将司令官，我求你看在我们同时入伍，曾是多年的老同事的份上，别让宪兵将我带回去交给军事法庭审判，让我在这里剖腹自杀吧！我丢不起这个人，绝不能让人小看我。"

"中曾君，我就知道你会这样要求的。"山本武夫拍了拍中曾次郎的肩膀说，"凭我对你的了解，在获悉专列被劫的消息后你就有了剖腹自杀的打算，对吗？"

"套用一句中国话，'知我者，山本君也'。"

"但我不会满足你的这一要求。"

"为什么？难道你非将我送上军事法庭不可。"

"非也！"山本武夫神秘莫测地说，"因为我知道，你之所以至今还没有剖腹自杀，是因为还有心事未了。"

"我还有心事未了？"中曾次郎不解地问。

"难道你不是想找马玉文做最后的决战，与之拼个你死我活以洗刷自己身上的耻辱吗？"山本武夫笑眯眯地望着中曾次郎说。

"将军真神仙也。"中曾次郎由衷地佩服说。

"所以我准备成全你，让你了却这个心愿。"

"真的！若能如此，我中曾次郎就是死也瞑目了。"中曾次郎的眼里滚出了真情的泪水。

"我准备用你做诱饵，将新四军江南特遣支队钓出来，然后再一举将其歼灭。"山本武夫阴险地说。

"没问题。我刚才已经讲了，只要能消灭马玉文和新四军江南特遣支队，我就是死了也心甘情愿。"

独领风骚

"我怎么会让好朋友牺牲呢？来！中曾君，我们坐下来，好好研究研究。"

"马后炮？好你个老李，想打我的'老帅'的主意。"马玉文左手托腮，右手握着"车"在沉思。

"不打你'老帅'的主意，那还同你下象棋干什么？哈！哈！"李招军一着主动，不免有点得意。

不料马玉文将"车"放回原处，走了一着连环"马"，一"马"护着自己当面的"卒"，一马踩着李招军可做奇兵用的"车"。李招军的"车"一移位，不是"老帅"被将军，就是"车"遭炮打。刚才还平安无事的李招军立即险象环生，而马玉文则化被动为主动，由守势改为攻势。李招军细算了一下，如果救"车"，三招之内自己的"老帅"就有可能被将死。不救"车"的话自己好不容易以"炮"换"车"赢来的优势立即就会变成劣势。嗨！没办法，常言道"留得青山在才能有柴烧"，看来只有先"舍车保帅"了。

"报告！"李招军手中的象棋还停留在空中，他的背后便响起了情报参谋唐学荣的声音："两位首长，这是鸽城联络站刚刚派人送来的情报。"

马玉文站起来接过情报看了看递给李招军，问："送情报的人呢？"

"他说天快黑了，还要赶回城里有事就走了。"唐学荣回答说。

"中曾次郎要押回南京日军军事法庭受审，岂不太便宜这个刽子手了。我的意见是把他拦截下来，交给鸽城人民公开审判。"李招军看完情报后说。

"我完全赞同你的意见。走！这盘棋等抓住中曾次郎这个屠户以后再接着下，我们现在就开会进行研究。"马玉文和李招军离开下棋所在大樟树下的石桌石凳，边说边朝司令部办公室走去。

"同志们，我们刚刚收到一份情报，我将内容读给大家听一听。"李招军扫视了一下到会的同志说，"情报全文如下：'今天上午日军新任的鸽城城防司令长官山本武夫召集日军中佐以上、'和平军'营长以上的军官开会，宣布将于大后天上午8时，派一个中队的日军护送4名宪兵分乘2辆吉普车，押解中曾次郎沿鸽九公路经九江、南昌至南京，接受军事法庭的审讯。'我和玉文同志看了后决定将中曾次郎拦截下来交给鸽城人民进行审判，大家的意见怎样？"

"没想到中曾次郎这个日本皇军的'军神'也会有今天，真是报应呀！"

"中曾次郎犯下的罪行都是对中国人民的，要审判只能由中国人民和中国政府进行，绝不能就这样便宜了这小子。"

"同意政委和支队长的意见，一定要把这个杀人魔王拦截下来交鸽城人民进行审判。"

会场上响起了一片议论声。

二营营长仇寇斌把胸部一拍说，"请支队首长把这个任务交给我们营，我只要派一个连就把他们给解决了。"

"怎么样，老马，就等你拍板了。"李招军对马玉文说。

"嗯！"沉思中的马玉文抬起头来说，"我刚才在想，这件事是不是有点蹊跷。第一，将中曾次郎送交军事法庭，无论对日军还是对他本人来说，都是一桩不光彩的事，为什么山本武夫要召开如此大规模的会议进行宣布，弄得人人皆知？如果说是为了杀鸡给猴看，也没有必要让'和平军'营以上的干部参加，在中国人面前出所谓的大日本皇军的丑啊。第二，将中曾次郎押解到南京去完全可以坐火车呀，既经济又省时。至于安全问题，只要事先严格保密，不声张，不透露风声，谁知道他们坐哪趟车走。为什么他们要舍火车坐汽车，兴师动众，招摇过市呢？第三，押解中曾次郎去南京宣布后立即可行，为什么要等3天之后？"

谢东山反应最快，抢先说："这一定是山本武夫这只狡猾的狐狸想用中曾次郎作诱饵，引我们上钩，妄想消灭我们。"

"我同意这种看法，否则支队长刚才提的3个问题就没有办法解释清楚。"说话的是一营营长陶树翠。

"狗娘养的，他山本武夫也太狡猾了。咱们不理他，让他瞎忙去。"邓庆丰大大咧咧地说。

"这怎么行，难道就让中曾次郎这个双手沾满鸽城人民鲜血的刽子手溜掉？"莫良田焦急地说。

"绝对不能，否则我们就会愧对鸽城地区的人民群众。他山本武夫不是要设计引诱我们上钩吗，我们就将计就计，再来他一个以夷人之计制夷人。"马玉文语气坚定地说。

"怎么个以夷人之计制夷人？你快详细讲讲，要不我这死脑筋半天也想不清楚。"邓庆丰催促说。

"我们明天就派人沿鸽九公路进行侦察，选择伏击地址，做出要进行拦劫的样子，让鬼子以为我们已经中计。然后我们再监听鬼子的专用电话线和电台，鬼子要想吃掉我们，光靠鸽城城内这点兵力是不够的，肯定还要调动周围的部队。等我们弄清他们的行动方案，再将计就计于途中劫下中曾次郎，让鬼子赔了夫人又折兵。"马玉文如此这般谈了自己的想法。

第二天傍晚，各种信息陆续反馈到新四军江南特遣支队司令部。带队外出

假装侦察地形选择伏击地点的莫良田回来报告，他们沿鸽九公路到有利于伏击的各处都转了转，发现这些地方的周围都有不明身份的人在活动。他们最后选择一处叫双狮岭的地方，故意在那里又是测距离，又是绘地图，装出要在这里搞伏击的样子，鬼子的便衣侦察人员肯定信以为真。

负责监听鬼子专用电话线的通讯排报告，他们窃听到日军鸽城城防司令部打给丰神庙镇日军小队长荒岛的电话，通知他明天中午11点左右中曾次郎将率30名日军到他的据点稍作休息后再返回鸽城，让他加强警戒确保安全。

支队电台则截获了荆竹地区日军司令部发给鸽城日军司令部的一份电报，内容是他们明天将派出一个大队的日军于中午之前赶到双狮岭，听到枪声便从山后冲向山顶，配合鸽城方面的日军消灭新四军江南特遣支队。

"好！明天我们就好好演一出'赔了夫人又折兵'的戏给山本武夫看，算是送给这位新来的日军司令官的见面礼。"马玉文兴奋地对围在他身边的指挥员说，"明天的分工是这样，请政委带领一营的同志去双狮岭装作伏击的样子，挖战壕，修工事，样子要像，声势要大，但绝不许恋战，必须抢在鬼子进攻之前的一刹那撤离安全地带。如果能利用时间差挑起鸽城和荆竹地区的日军自己打自己更好，万一不行就让鬼子浪费一些枪弹、炮弹也行。由我带警卫排和侦查连的同志化装成护送中曾次郎的鬼子，利用时间差，抢在中曾次郎一行半个小时之前拿下丰神庙的鬼子驻点，等中曾次郎一到再生擒活捉他们。"他停下来喝了一口水后接着说："谢参谋长和邓庆丰同志请你们率领三营的其余同志在我们拿下丰神庙驻点的同时，在驻点周围埋伏好，万一惊动了中曾次郎时，一定要拦住他们，绝对不能让其漏网跑掉。"

"是！保证完成任务。"谢东山和邓庆丰同时说。

"还有我们呢，我们二营的任务是什么？"仇寇斌焦急地说，"你总不能让他们两个营呷肉，让我们喝西北风嘛！"

"你急什么呀，仇寇斌。"马玉文笑了笑说，"不给你任务，我这耳朵还能清静吗？明天上午9点半之前你带二营在杨柳沟埋伏好。记住绝对不许暴露目标！杨柳沟到丰神庙刚好30公里，我们到达丰神庙时中曾次郎正好进入你们的埋伏区，万一我们和丰神庙的鬼子打了起来，你们就负责就地解决中曾次郎一行，抓不到活的死的也行，一句话绝不能让中曾次郎跑掉。"

"好！二营保证完成任务。"

"但有一条，如果我们能顺利解决丰神庙的鬼子，你们就不要惊动中曾次郎一行，将他们放过来，力争活捉他。你们则负责阻击可能前来增援的敌人。"马玉文交代说。

中曾次郎一行乘两辆吉普车沿鸽九公路朝九江方向开去，他们做梦也没有想到在前方30公里处奔驰着两辆一模一样的吉普车，车上坐的鬼子数比他们一个不多一个不少。读者们不用猜，也知道坐在前面两辆吉普车上的鬼子是新四军装扮的。

上午10点半，马玉文一行乘坐的吉普车在日军丰神庙据点的大门口停了下来。身穿日军中佐制服的大板孝仔从第一辆车上跳下来对门卫说："开门，中曾次郎将军到了。赶快通知你们的小队长前来迎接。"

在办公室听到汽车喇叭响，走出门来的鬼子小队长大藏一龟赶紧跑步走了过来。他一边挥手让门卫升起大门口的横杆，一边讨好地对大板孝仔说："中佐阁下，没想到你们提前到了，来不及列队迎接。请原谅。"

"没关系，你赶紧通知全体人员到会议室集合，将军要接见大家并进行训话。"大板孝仔说时一脸的庄重。

大藏一龟立即跑回操场中间摸出口哨吹了起来，见鬼子们都出来后，他大喊道："统统的到会议室集合，将军要亲自接见大家。"鬼子们一听高兴极了，连武器也不带便一窝蜂地朝会议室涌去。趁此机会化了装的侦察员唐宇从车上溜下来，不声不响地站到了门卫的旁边。

两辆吉普车开进操坪后，大藏一龟见身着日军少将制服走下车来的马玉文不是中曾次郎，不禁大吃一惊刚想开口就被陆相荣一拳打昏在地，其他人则立即向会议室冲去。门卫见状懵了，还没等他反应过来，唐宇用右手扼住他的脖子将他拖进了岗亭。

冲进会议室的新四军战士将鬼子包围了起来，四名佩带日军宪兵标志的人走到台上，其中一名中佐宣布："由于有人举报大藏一龟准备带领你们向国民党军队投诚，现决定对你们逐一进行审查。"就这样，这群日本兵莫名其妙地被关进了仓库。

马文玉脱掉将军服，刚指挥人用帆布将吉普车遮好，就听到门外传来了汽车的喇叭声。他作了一个各就各位的手势后，和站在操坪里的人立即列队准备"欢迎"。

两辆吉普车嘎然在大门口停了下来，日军特务机关长桑田伊夫下车走到门卫处对在岗亭里站岗的唐宇喊："将横竿抬起来，中曾次郎将军到了。"突然他发现这名哨兵有点面熟，仔细一看认出他是曾经被俘的新四军侦察员，便指着他喊："他的新四军的干活。"唐宇抬枪"啪"的一枪，桑田伊夫的脑壳就开了花。

"打！"随着马玉文的一声令下，隐藏在驻点里的新四军战士集中火力瞄准前面的吉普车打了起来，鬼子猝不及防，在机枪和步枪的扫射下当即倒下去了一片。

"轰"的一声巨响，鬼子还来不及反抗，几颗手榴弹同时投中前面的吉普车。车上鬼子的尸体被掀起几米高，整个吉普车变成了一个火球。

坐在后面吉普车上的鬼子司机赶紧猛打方向盘，企图从来的路上往回冲。但为时已晚，道路已被谢东山和邓庆丰带人用树木和堆满泥土的板车封死了。四周的屋顶上，墙头上站满了新四军，"缴枪不杀！""新四军优待俘虏！""中曾次郎，你们已经被包围了，唯一的出路就是缴械投降！"各种各样的呐喊声惊天动地。

坐在第二辆车上的中曾次郎与身边的特种兵小队长渡边耳语了几句后，带头举起双手缓缓地站了起来。就在周围的新四军正准备欢庆胜利的时候，渡边带领5个鬼子跳下车冲进离吉普车不到20米远的一间杂货店，劫持了正在店里的4名人质。事发突然，现场一片寂静。

中曾次郎"哈，哈！"一笑，大声说："马玉文，现在摆在你面前是两条路，一条是开枪将我打死，但4名人质将成为我的殉葬品。告诉你要想活捉我，用你们中国话来说，那是白日做梦。另一条是让开大道放我们走，我以一个军人的名义保证一出丰神庙镇就释放人质。"

马玉文向毛忠民交代了两句，待他从后墙翻墙出去后便和陆相荣从驻点里走出来。见杂货店的老板、伙计和两名顾客被5名鬼子夹持，枪口顶到了他们的太阳穴上。马玉文抬头对四周的新四军喊道："没有我的命令，谁也不许开枪。"说完他将目光转向中曾次郎，这两个冤家对头打了两年的仗还是第一次对面，两双眼睛都瞪得滚圆且充满了仇恨。对视了一会，马玉文说："好！我答应你的要求，希望你能兑现自己的诺言，否则我们会让你以数倍的代价进行偿还。"

"哟！"中曾次郎向杂货店一招手，渡边和其他4名鬼子便押着4名人质上了车。

"搬开树枝、板车放他们走。"马玉文命令道。

20几个新四军战士走上去抬树的抬树，推车的推车，路一通鬼子的汽车便冲了出去。

吉普车驰出小镇，中曾次郎用望远镜一看，四周一马平川，在确信没有埋伏后让渡边放了4名人质。

吉普车开足马力向鸽城方向逃去，跑了不到半个小时来到杨柳沟，只见来时还畅通无阻的路上堆满了巨石，吉普车"吱！"地一声停了下来。

"中曾次郎，你跑不了了，老老实实缴械投降吧！"山沟两边响起了一片呐喊声，叫得最欢的是毛忠民。

中曾次郎绝望了，知道这一次是在劫难逃，他抽出指挥刀命令所有日军迅速下车抢占有利地形，并大喊道："给我坚决顶住，绝不许支那军靠近吉普车一步。"

见鬼子拒不投降，埋伏在山沟两边的新四军在谢东山和仇寇斌的指挥下，同时瞄准沟底下的鬼子打了起来，枪声、手榴弹的爆炸声响成一片。尽管中曾次郎这次带的都是特种兵，个个武艺超群，人人视死如归，在新四军优势兵力和强大炮火的打击下眼看就要被消灭干净。躲在吉普车上的中曾次郎长叹一口气，面向东方跪下，解开衣服，高举指挥刀捅向自己的心脏。

双狮岭的战斗几乎是与杨柳沟的战斗同时打响的。李招军和陶树翠率领一营的战士到达双狮岭山坡上后立即作古正经地挖起战壕来，虽然挖得不深但颇具规模。战壕挖好后，战士们找来树枝树藤扎成人身人头并脱下帽子戴在上面，然后再一个一个地安放在战壕上。从下面往上望，远远看去就像匍匐着一排排的战士。

刚做完这些，负责在后山侦察的侦察员回来报告，来自荆竹地区的鬼子离山脚已不到两里路了。李招军和陶树翠听后点点头，分别举起望远镜向前方望去。从望远镜中清楚地看到，在前方公路不到两公里的地方两辆日本中吉普正迎面开来，相隔不到一公里便是鬼子的大队人马。

"老陶，鬼子要玩，我们就跟他玩个痛快。我计算了一下，完全可以按玉文同志的意见打他一个时间差。你带一连和二连马上转移，我带三连潜下去100米，埋伏在那条水沟里等小日本两台中吉普到了之后，集中全连的手榴弹投下去，投完就撤。"李招军说。

"这个主意太好了，但你带人先撤，由我带三连上去。"说完不管李招军同意不同意，陶树翠便带领三连的战士走了。

三连的指战员来到水沟里刚刚掏出手榴弹，鬼子的两辆中吉普便进了伏击圈。

"投！"陶树翠大喝一声。一百多颗手榴弹像雨点似地炸了下去，前面的手榴弹刚响，第二批一百多颗又飞临头上，鬼子的中吉普着火了，油箱爆炸了，车上的鬼子飞上天了。等山本武夫率领大队人马赶到时，陶树翠早就带着三连的战士撤到了安全地带。

"快快地架炮，将支那军的阵地给我夷为平地！"气极败坏的山本武夫命令道。

日军各种口径的大炮对着山坡上的战壕猛轰，炮弹像雨点似地落下，战壕周围浓烟滚滚，泥石飞溅。

从荆竹地区赶来的鬼子听到手榴弹的爆炸声，以为战斗已经打响，为了围歼新四军从后山拼命往上冲，由于没有遇到任何阻力，前进的速度非常快。尤其是冲在前面的100多名敢死队员，一爬上山顶就奋不顾身地朝下冲去。巧就巧在山本武夫"开炮！"的口令已经发布，大炮的炮弹已经射出，从山上冲下来的鬼子发现之后刹不住脚，有七八十人被自己的炮弹打死打伤了。

事后，山本武夫被冈村宁次臭骂了一顿，这个下马威让他彻底领教了新四军江南特遣支队的厉害，从此龟缩在鸽城城里不敢出来。

1945年8月，对中国人民来说是胜利的一月，欢庆的一月。

8月6日，美国空军在日本广岛投下第一颗原子弹。

8月8日，苏联对日宣战。

8月9日，苏联红军正式向日本关东军进攻。同日，美国的第二颗原子弹又在长崎爆炸。

8月10日，日本向同盟国发出乞降《照会》。

8月15日，日本正式宣告投降。

消息转来时，马玉文正率新四军江南特遣支队的指战员在田间帮助老百姓搞秋收。

"日本鬼子投降了！"欢呼声响彻云霄，新四军战士举枪对空射击，子弹像鞭炮似的响个不停，正在劳动的男女青年当场就在田里扭起了秧歌。

"走！"马玉文对李招军说，"我们回去马上研究如何接受鬼子投降，收复鸽城的问题。"

然而他们还没有走到家里，得知"和平军"106团团长徐宁涛摇身一变成了接收大员，以国民革命军的名义接收了鸽城地区的防务。说他当时是奉令打入"和平军"的，现在又奉令负责接受鸽城地区日军投降事宜。

自己浴血奋战打鬼子，岂能让他人摘桃子！新四军江南特遣支队的指战员一个个义愤填膺，纷纷要求攻打鸽城，夺回自己的胜利果实。通过电台请示军部，得到的答复是"为维护国内和平，立即撤往江北。"

第二章 用兵如神

独领风骚

一

公元1949年4月21日，长江北岸，千里江面，万船横渡，解放军百万雄师正在强渡长江。南岸万炮齐发，江中水柱冲天，不时有船只被炮火击中，有的在熊熊燃烧，有的桅断船沉。但，没有一只船退缩，没有一只船停滞，一艘艘像离弦之箭，前仆后继，奋勇前进。

已是解放军某师师长的马玉文呈弓字型站在船上，双手端着望远镜在观察江对岸的情况。木船颠簸起伏，警卫连长毛忠民和侦察连长唐宇一左一右扶住他才让他得以站稳。真奇怪！正对面是国军称之为固若金汤、火力配备最强的江阴要塞，怎么连一点动静也没有呢？对了，一定是他们等我们的船过了江心、进入有效射程之后再痛下杀手。"这帮畜牲！"马玉文骂了一句，转过头对唐宇说，"去！传达我的命令，让后面的船只过了江心之后全速前进，不管敌人的炮火多么猛烈都不许后退，违令者军法从事。"

"轰！轰！轰！轰隆隆！"江对岸的大炮终于响起来了，惊天动地、山呼海啸地响起来了，奇怪的是却没有一发炮弹落在长江里。

"快看！他们打起来了，国民党的军队在自己打自己。"

"大快人心，江对岸的国军反水了。"

马玉文前后左右的船上响起了一片欢呼声。

马玉文从望远镜中清楚地看到，江阴要塞的所有炮口都调转了方向，在向右边的国军阵地进行射击。他意识到是江阴要塞的国军阵前起义了，机不可失，他立即命令部队齐头并进，加快速度，尽快渡江。船还没有靠岸，他就跳进水中，带头向岸上冲去。

上岸后，只见10多名国军军官由一个身着少将制服的人领衔正在列队迎接他们。当马玉文和师政委李招军、师参谋长谢东山走近时，一名国军上校陪同那名少将跨前一步向他们敬礼，马玉文等回了礼。只听那名上校介绍说："这是我部师长林睦彪，我是师参谋长，姓易，名明礼。我部已决定弃暗投明，起义加入贵军。"

"欢迎，欢迎！我代表中国人民解放军欢迎你们。你们这次阵前起义可是立了大功啊！"马玉文紧紧握着林睦彪的手说。

"阁下是？"林睦彪问。

谢东山立即介绍说:"他是我们师的师长马玉文,这位是政委李招军,我是师参谋长谢东山。"

"是不是当年新四军江南特遣支队的支队长马玉文?"林睦彪试探性地问。

"正是。"李招军代为回答说。

"久仰,久仰!你们的大名在抗日战争时就已久闻。当时我在军政部工作,经常看到有关你们英勇事迹的材料,也还算一条战壕里的友军。唉!只可惜抗战胜利后,我们又分道扬镳,背道而驰了。你们代表了人民,代表了正义,而我们则走向了反面。"林睦彪感慨地说。

"你们不是又走回来了吗!现在,我们不再是友军,更不是敌军,而是战友了。我党的政策是革命不分先后,立功都会有赏。林师长,你看这样好不好,你们的人马继续留在原地负责维持社会治安,等待后面的部队前来收容改编。我们还得继续……"

"报告!"马玉文的话还没讲完就被通讯员的报告声打断了,"马师长,加急电报。"

马玉文接过一看,是野战军司令部发来的,内容是,"敌人发现江阴要塞的守军起义后已责令其机动部队第54军进行反击,其中一个师已在距江阴要塞30公里的前方进行布防。命令你部迅速歼灭或打垮该敌,已利我后续部队顺利渡江并扩大战果。"马玉文将电报递给李招军后,笑着对林睦彪说:"你看,我刚说要走,上面就催起来了。"

"怎么,又有新任务了?"林睦彪习惯性地问。

"是这样,敌人的第54军得知你们起义后,赶到前方在修筑工事企图阻挡我军继续南下,上级命令我们迅速消灭他们。"马玉文解释说。

"有用得着我们的地方吗?"林睦彪真诚地问。

望着林师长那热情和诚恳的目光,马玉文灵机一动,计上心来。他说:"现在国民党的部队已兵败如山倒,打垮该师根本没有问题。困难在'迅速'二字上,我们一个师对他们一个师,在力量上是一对一,要迅速消灭或打垮他们还得费点脑筋。既然林师长愿帮助我们,那就有办法了。"

"你的意思是要我和你们并肩作战?"

"不!我想请你派一个团装作战败的逃兵骗取该师信任,通过他们的防区深入敌后,等我们打响以后再杀他一个回马枪。两面夹攻,不愁不能迅速消灭他们。"马玉文说。

"真是百闻不如一见,将军此计神也!怪不得当年日寇中曾次郎在你面前总是屡战屡败。"林睦彪由衷地称赞了一句后,喊道:"林睦雄,出列。"

一个身着上校军衔,五官端正,模样30来岁的军官走上来分别给马玉文、李招军和林睦彪等人各敬了一个礼。

林睦彪命令道:"你们团从现在起接受马师长的领导,配合解放军作战。"回过头他又向马玉文介绍说,"林睦雄是我胞弟,执行命令绝不含糊,在战场上更不是孬种。"

"欢迎你啊,林团长。"马玉文握了握林睦雄的手说,"你们立即出发,一定要插入敌后,等我们打响之后,来个两面夹击。"

"请长官,不!请首长放心,保证完成任务。"林睦雄兴奋地说。

林睦雄率部出发时,马玉文派唐宇带3名战士随该团行动,负责进行联络。他们一路丢盔弃甲,衣衫不整,狼狈不堪。跑了不到30公里,远远望去只见前面的村边、河堤、山头上到处都是临时工事,前面的道路已经封闭。

"啪!啪!啪!"面对如潮水般涌来的人群,守军指挥官让一个班的士兵朝天鸣了一阵枪,待人群安定下来后,站到哨卡上喝道:"你们是哪个部队的,想要干什么?"

林睦雄走到前面,从领徽上看出对方是个连长,便说:"兄弟,都是自己人,我们是江阴要塞的守备部队。我们师长临阵反水投降解放军了,我因不满他的作法,不肯背叛党国,便带着我们团的兄弟跑了出来,现解放军正在后面追赶。请让开道路容我们过去吧。"

见对方是个上校团长,敌连长的态度稍好了一些说:"长官,这事我们做不得主,如果放你们过去,解放军趁虚而入占了阵地,我的小命就没有了。"

"什么,难道你们想见死不救?我们拼死跑了出来,你们能忍心让解放军打死或俘虏我们,你们还有没有良心?"

"解放军离我们不远,快放我们过去吧,再迟就来不及了。"

"狗娘养的,我们冲过去算了!不过是一死,死在自己人手里总比死在解放军手里强。"

站在林睦雄身后的士兵,骂骂咧咧的说什么的都有。

"吵什么,吵就能解决问题?"接到报告后早就来到哨卡已经观察了一阵的敌团长站出来说。

林睦雄隔得远远地向他敬了一礼说:"我们是从江阴要塞跑出来的,想从贵团借道逃到后方去。如果再这样僵持下去,我担心再过一阵解放军追上来消灭我们事小,乘虚而入占了你们的阵地事大。再说,万一我手下的士兵为了保命而起哄,朝你们的阵地冲过去,双方打了起来,难免鱼死网破,两败俱伤。上面知道了,你和我都脱不了干系。"

敌团长见他们一个个灰头灰脑,汗流夹背,如丧考妣,手中只有轻武器没有重武器,确系一群逃兵的样子,考虑到时间紧迫再拖下去等解放军来了就更不好处理,于是说:"这是主干道,你们不能从这里走,要是解放军尾追而来我们就守不住了。从这里右转向前走两公里有一条便道,你们赶快往那边走,我这就通知他们放行。告诉弟兄们动作要快,不然解放军追上来,就别怪我不讲良心,见死不救了。"

林睦雄和唐宇商量后便带队向右走去,唐宇则混在人群中往后走。

金戈铁马,黄沙飞扬。步兵跑步,辎重兵车载马驮,全师在快速前进。

马玉文和李招军坐在林睦彪赠送的美式吉普车上。见李招军眉头紧锁,脸色阴沉,马玉文问:"怎么啦,政委,有心事?"

"我说玉文同志,你不觉得你今天的决策有点过于草率吗?"

"你是指……"马玉文不解地问。

"你怎么能对林睦雄团委以如此重任呢?要知道他们刚刚投诚过来,还没有经过教育改造,立场尚未转变过来,至少是不坚定的。万一到了前方敌人阵地,他们再次变心,联合起来打我们,在力量的对比上就不再是一对一了,而是敌强我弱,别说消灭或打垮他们,只怕连取胜都难。"李招军责备地说。

"原来是这么回事,你听我解释。我认为林睦彪率部临阵倒戈并炮击其友邻部队,其行动表明他们起义投诚是铁了心的。而林睦雄是林睦彪的胞弟,系其心腹,毫无疑问也是这次起义的中坚力量。现在国民党政府已大势所去,他再出尔反尔,不是自毁前程吗?再说在力量对比是一对一的情况下,也只有利用他们,两面夹击才能实现上级所要求的迅速消灭或打垮敌人的战略意图呀。放心吧,老伙计,我敢担保林睦雄不会变心。"马玉文信心百倍地说。

"我担心的是万一有误,人家会上纲上线说我们的立场出了问题。

"哈哈!如果有人要议论就让他议论去吧,谁人背后无人说呢?我马玉文行事向来是只求问心无愧就行。"

马玉文带领队伍赶到距敌人阵地不到4公里处时碰到唐宇,听他扼要地介绍了林睦雄团闯过敌人阵地的情况。

马玉文点了点头,问:"敌人的工事和火力配备情况怎样?"

唐宇掏出一张纸递过去说:"这是我们绘制的敌方工事和火力配置图,趁林睦雄团和敌人交涉、争吵时,我们躲在人群中对敌人的阵地悄悄进行了侦查。

敌人的工事由于时间仓促修建得比较简单，主要是用树木堆积的掩体和依山挖掘的战壕，但火力配备很强，基本上是清一色的美式装备，各种口径的大炮可以说应有尽有。"

"前面的地形怎样，有不有利于部队隐蔽？"

"过了这个山口就是一片开阔地带，可以一眼看见敌人的阵地。部队只能隐蔽在这一带，否则就会暴露。"唐宇回答说。

"传我的命令。"马玉文对谢东山说，"部队停止前进，就地构建工事，准备向敌人发起进攻。告诉炮兵认真研究一下这张敌方的工事和火力配置图，进攻命令下达后，要在第一时间将敌人的主要火力点全部打掉。过去打仗我们吃尽了敌人大炮的苦头，现在我们的大炮无论是从数量上还是质量上都比敌人强，轮到他们领教领教了。"

部队接到命令后，步兵就地休息，养足精神，准备打仗，炮兵忙着抢修工事，架炮调试。

凌晨4点，步兵奉令潜入距敌人不到1公里的前沿阵地，准备发起冲锋。

凌晨5点，天刚麻麻亮，炮兵接到准备开炮的命令。山炮瞄准敌人的炮兵阵地，平射炮对准敌人的工事，迫击炮指向敌人的前沿阵地。"放！"随着马玉文一声令下，近百门各种火炮发威了，一发发炮弹炸在了敌人的炮塔中，落在了敌人的战壕里。敌人的大炮炸裂了，炮弹爆炸了，敌军的整个炮兵阵地成了一片火海。炮击持续了半个小时，从望远镜里可以看到，敌人的工事被炸垮了，战壕被夷平了，到处是敌人的尸体和正在熊熊燃烧的车辆。随着马玉文一声令下，冲锋号吹响了，埋伏在前沿阵地的战士跃身而起冲向敌方阵地。

"嘟嘟嘟！""哒哒哒！"敌人从被掩埋的战壕里爬了出来，用机枪和清一色的美式冲锋枪组成了一道道密不透风的火力网。他们并没有因为遭到狂轰滥炸而溃不成军，活着的人很快组织起来有条不紊地投入了战斗，看得出这是一支训练有素的队伍。

解放军的冲锋受阻了，一连冲了三次也没有冲上去。

"他奶奶的，这个林睦雄将队伍带到哪里去了，怎么还不见他们行动？"在临时指挥部，谢东山摘下头上的帽子甩在桌子上气恼地说。

"我说嘛，像他们这帮没有经过教育改造脱胎换骨的旧军官，你怎么能信任和依靠呢？"李招军板着面孔说。

"传我的命令，让部队暂停冲锋，叫炮兵进行第二轮炮轰。我就不信打垮不了他们！"马玉文大声吼道，人们发现他的眼睛里冒出了一股杀气，脸上满是冷酷和杀戮的欲望。

"快看，敌人的背后打起来了！"一直在嘹望口观察的唐宇喊了起来。

马玉文快步走过去，接过高倍望远镜仔细观察后，说："没错，是林睦雄他们杀的回马枪，立即给我吹冲锋号，通知全师冲上去！"

腹背受敌的敌军很快就溃散了，慌不择路地向两端窜去，结果都落入了马玉文早已布好的口袋。

马玉文、李招军和林睦雄等站在山头上眺望。

近处，红旗招展，欢声雷动，战士们正在打扫战场。

远处，晨雾渐散，旭日东升，一栋栋农舍掩映在绿树丛中，从家家屋顶上冒出的一缕缕炊烟，在阳光的照映下变得五颜六色。田野里刚刚插下去的早稻，仿佛给大地铺上了一层绿茸茸的地毯。小溪边，水车在吱呀呀地转动着、吟唱着。"哞哞！"随着一阵牛叫声，牧童骑在牛背上慢悠悠地踱了出来。整个大地生机盎然，朝气蓬勃，一派安静祥和。

"啊！真美呀。如果没有战争，让人们在这大好的河山中尽情享受，安心生产，岂不善哉，美哉，妙哉！"林睦雄感慨万分地说。

"快了！你所希望的这种社会就要实现了。"马玉文说，"不出半年中国就会全部解放，人们就会远离战争。更重要的是几千年来的人剥削人、人压迫人的制度将被推翻，取而代之的将是人民当家作主，人人平等的新型社会制度。到那时，每个人都可以尽情享受祖国美好的自然景观，安心地从事自己所憧憬的事业。"

"到那时我别无所图，只求首长让我解甲归田，当一个新时代的陶渊明。"林睦雄说。

山头上的人都哈哈大笑起来。

"怎么，这么快你们就知道统计结果了？瞧你们高兴成这幅样子。"从山下快步爬上来的谢东山说。等他弄清是怎么一回事后，接着说："当你们听了我的汇报，那才够你们乐的呢。"

谢东山晃了晃手上的笔记本高兴地说："经过打扫战场，清点战俘，此役我们共击毙敌人1400余名，其中师长1人；俘虏敌军2100余人，其中副师长1人；缴获的各种轻重武器一时还无法准确统计。"

"我方呢，我方的伤亡情况怎样？"马玉文关切地问。

"包括林睦雄团在内，我方共牺牲66人，重伤49人，轻伤135人。"

"祝贺，祝贺！"林睦雄抱拳在胸，衷心地说："能以如此小的牺牲获取这么大的胜利，真是可喜可贺！这样的奇迹也只有解放军才能创造。"

"别忘了,这里面也有你们的功劳啊!我们将为你们团请功。"马玉文说,"你们团继在江阴要塞起义立功之后,这次又立新功,我们都为你感到高兴啊。"

"哪里,哪里。我们做的这点事情何足挂齿,跟你们立的战功比,我们真是差死了。"

"林团长,你就别谦虚了。我军向来奖罚分明,该给你们记的功一定会记的。"李招军插话说。

马玉文走近去握住林睦雄的手说:"林团长,我们就此别过,请你们团将这些俘虏押回江阴交给后面的部队处理,我们还得继续南下。"

"什么,你们要赶我们走!"林睦雄脸色大变,心慌意乱地说。

"不是我们要赶你们走,我们不能失信于林睦彪师长呀。昨天同他讲好了的,借你们团一用,完成两面夹击的任务后就完璧归赵。我们怎能夺人所爱,失信于人呢。"马玉文解释说。

"这不算失信,因为来时我哥同我讲了,要我跟着你们干,向你们学习打仗,学习治军。"林睦雄诚恳地说。

"这也不行呀,我军是有严格纪律的,补充兵员必须有上级的命令,擅自扩军是要受处分的。"李招军说。

"要不然你们就别把我们当起义投诚的部队看,就按报名参军的老百姓对待,让我们报名参军到你们师就行,反正我是不会走的了。"林睦雄态度强硬地说。

"你看你,一个堂堂的团长怎么赖皮起来了。"马玉文一边笑一边说,"政委、参谋长,你们看这么办行不行?自打淮海战役以来我们师就一直没有满员,加上这次战斗伤亡的人员,我估计缺编2个营左右。让林团长派一个营将俘虏押往江阴,其余两个营暂随我师行动,我们马上办理补员手续,等批下来以后再正式归入我师建置。"

"行!我同意。"谢东山说。

李招军从内心来说是反对的,见马、谢二人意见一致,当着林睦雄的面不好再说什么,只好勉强表示同意。

"我说睦雄同志,我们有言在先。"马玉文说,"只有上级批准了,你的两个营才能正式成为我们师的人,如果上级不同意还得请你打道回府。"

"行!没问题。"林睦雄乐呵呵地说。

"师长、政委,我们又有新任务了!"

几个人循声望去,只见已是副师长的莫良田满头大汗地爬了上来,手里拿了一张纸,不用问大家都知道那是一份电报。

"什么任务啊,看把你高兴得像个小孩子似的。"李招军笑着问了一句。

"上级让我们打回鸽城去。"

"真的!"几个人异口同声地问。

"不信?你们可以看电报。"

马玉文接过电报,李招军和谢东山都把脑壳凑了过去,电报的内容是:敌军一个师在鸽城地区丰神庙一带构筑工事,企图阻挡我军前进。鉴于你部熟悉鸽城情况,特令你师负责进军鸽城,消灭该敌,进而解放鸽城地区。落款是野战军司令员和政委。

"通知部队,走马鸽城,打回老家去!"马玉文兴奋地喊了起来。

二

部队距鸽城有130公里,接到命令后大家马不停蹄,人不卸甲,朝鸽城奔去。饿了吃点干粮,渴了喝点溪水,经过两天的急行军,于第二天黄昏时到达鸽城地区的安乐桥村。这里距丰神庙已不到20公里,马玉文让部队就地宿营,他要在这里等待派出去侦察的唐宇等人,以便根据情报制定作战方案。

吃晚饭时望着桌子上香喷喷的米饭和热气腾腾的汤菜,已经两天没吃一口熟饭热菜的马玉文胃口大开,端起碗正准备好好吃它一餐时,警卫员余颖杰走进来报告说:"首长,外面有人指名道姓要见您。"

"是谁呀?"马玉文多少有点不快地问。

"来人自称是大甸县地下党的县委书记戴书林。"

"谁?戴书林,真的是他?赶快请他进来。"马玉文迫不及待地说。

走进来的果然是当年的清溪村党支部书记戴书林,老朋友见面俩人都显得有点激动,握在一起的双手久久不愿分离。坐下来以后戴书林发现桌子上的饭菜便说:"怎么,你还没吃晚饭?"

见是老朋友,马玉文开起玩笑来:"报告书记大人,民以食为天,吃饭是第一件大事,我已两天没吃一口熟饭了。你有什么指示,能不能让我吃了这餐饭再说。"

"谁有胆子给你师长下指示呀?不过你得分我一碗才行,实话告诉你,我赶了几十里的路,肚子早就饿起来了。"戴书林一点也不客气地说。

"行,有书记大人陪我吃饭不亦乐乎!警卫员,拿套碗筷来。再去炊事班看看,还有什么吃的统统给我拿来。还有,通知政委和参谋长他们赶快过来,一起陪陪老朋友。"

吃完饭几个老朋友又聊了一会天,见时间不早了,戴书林说:"马师长,李政委,我这次来是想告诉你们这一仗不好打呀!"

"怎么,敌人不就是区区一个普通师么?在人数上虽然是一对一,但我们是得胜之师,而他们正是兵败如山倒的时候,在心理上我们占绝对的优势。更何况我们什么硬骨头没有啃过,什么恶仗没有打过。难道还怕打不赢他们?"谢东山满不在乎地说。

"要在正常情况下,别说一个师,就是两个师我也相信你们能够打得赢。可这次敌人抓了2000名无辜的老百姓准备做为人体盾牌,放在前沿阵地上挡子弹,以便阻止我军进攻,延缓解放军南下的速度。"戴书林跺着脚说。

"啊!"李招军等人不约而同地惊叫起来。

"他们抓了2000名老百姓做人质,是什么时候抓的?具体是些什么人?都关在什么地方?"马玉文倒吸了一口气,一连问了3个"什么"。

"就是这两天抓的,被抓的人不是解放军的家属就是同情革命、思想进步的群众,其中光清溪村就有400来人。至于具体关押的地方,暂时还不清楚,我已安排人去查去了。你们一定要保障这些群众的基本安全,切不可让他们作无谓的牺牲呀。"戴书林恳求似地说。

"一路上我都在想,现在沿途的敌人莫不望风而逃,鸽城地区的敌人光一个师的兵力就敢摆开战场,公开跟我们厮杀,究竟凭什么?原来是这样,他们想用老百姓做盾牌,来做垂死的挣扎,真是卑鄙之极,无耻到了顶点。"马玉文气愤地说。

"敌人的师长是谁,他根本就不配是个军人,简直连禽兽都不如。"谢东山忍不住骂了起来。

"敌师长叫徐宁涛,是你们的老对手。"戴书林回答说。

"是他!抗日战争时期是汉奸,抗战胜利后摇身一变又成了国民党的走狗。怪不得没有一点人性,就是抽他的筋剥他的皮也不过分,这次绝不能让他从我们手里跑掉。"李招军气愤地说。

"对!我们一定要找他彻底清算抢摘抗战胜利桃子的账。"谢东山附和地说。

戴书林连忙说:"不管你们怎么打,怎么清算我都支持。但,你们先得把老百姓给我救出来。"

"放心吧,我的书记同志。我向你保证,绝不伤害一个无辜百姓。"马玉文拍了拍戴书林的肩膀说。

"你们肯定不会伤害老百姓,可枪炮不长眼呀!再说敌人呢,你能让他们也不伤害老百姓?"

"行,我向你承诺:我们一定先将老百姓救出来再打,这下你可以放心了吗?"马玉文态度明确地说。

"放心了,放心了。"戴书林临走时拍着胸部说,"你们只管安心打仗,粮草供应,担架运输的事,我都给你们包了。"

戴书林前脚刚走,唐宇后脚就回来了。马玉文立即主持召开会议听取情况汇报,研究作战部署。

"被敌人抓去的老百姓,现集中关押在宁家坪村。"唐宇汇报说,"据说是徐宁涛接到上面的命令,叫他死守鸽城,好让国民党的达官贵人有足够的时间南逃。徐宁涛知道光依托鸽城城墙守不了几个小时,便想出了这条以老百姓为人质尽量拖住解放军的诡计。他把部队全部拉出鸽城,在我军必经的丰神庙一带布防阻击,只留一个保安团驻守鸽城。他的初步打算是将老百姓放在第二线,先由第一线的部队抵挡一阵试试看,实在不行再将老百放到前面作为人体盾牌用来挡子弹,以阻止我军继续前进。"

"情况都清楚了,请大家谈谈,看这一仗要怎样打才能既消灭敌人又能救出人质?"马玉文说。

"我的意见是采用围城打援的办法,派两个团绕过丰神庙,围困鸽城,迫使徐宁涛回师救援,然后再在运动战中消灭他们。敌人在回师鸽城时肯定不方便携带人质,另一个团则趁机将人救出来。"莫良田说。

"问题是徐宁涛的任务不是死守鸽城,而是要尽可能地延缓我军南下的时间。鸽城他早就知道是守不住的了,你围也好,攻也好,他要来个置之不理,而专心守在我大军南下必经的丰神庙,怎么办?"谢东山分析说。

"依我说趁敌人将人质集中关押在宁家坪村还没有分散到一线阵地之前,我们先选择一个突破口,集中火力冲进去把人质救出来再说。"已是师副参谋长的陶树翠发言说。

他的意见得到了好几个人的支持。

马玉文摇了摇头了说:"第一次能不能冲进去暂且不说,敌人肯定会在关押人质的宁家坪村派有部队负责看守,只要一交火就难免造成无辜百姓的牺牲。"

"打仗哪能有不牺牲的,哪次大的战役没有老百姓无辜牺牲的事。"李招军振振有词地说,"我赞同陶树翠同志的意见,集中火力打开一个决口,能救出多少老百姓算多少。我们不能将时间都耗在这个地方,现在兄弟部队都在突飞猛进,抢立战功,如果我们呆在这个地方迟迟不能前进,等全国解放后要想立功可就没有机会了。"

"有些战役中确有无辜百姓牺牲的事情,他们不是被敌人滥杀的,就是被乱枪乱弹打死的,但绝不是我们人民解放的故意行为引起的。我们是人民的子弟兵,我们革命也好、打仗也好、立功也好,都是为什么?还不是为了解放全国人民,让人民翻身作主。现在眼看2000多人民群众被敌人扣为人质,我们能不顾他们的生命安全而一味地强调前进、立功吗?不能!因为它不符合我党我军的宗旨。我们一定要想办法将被抓的老百姓全部救出来,这是打这一仗的前提,不管付出多大的代价也要这么做。"马玉文讲到动情处面部的肌肉都抽动了。与会同志大多点头表示赞同,李招军则面红耳赤不便反对。

"至于具体怎么救人,我也没有想出办法来。我的意思是先将部队拉到丰神庙与敌人形成对峙,看看敌人的阵势再寻找机会,研究对策。"马玉文接着说。

部队到达丰神庙附近,安好营扎好寨已是晚上11点钟了。马玉文坐在桌旁守着一盏马灯,一杯浓茶,还在苦苦思索救人的良策。

"报告首长,一团一营三连抓到一名敌人的密探。"警卫员达文继走进来报告说。

"人在哪里?"

"已押来了,现在门外候着。"

"快,快把他押进来。"

达文继转身出去押进一个五花大绑,身着中山装,一身学生打扮,年龄在二十三、四岁的英俊小伙子。一起走进来的,还有师参谋长谢东山。

"说,是谁派你来的,你的任务是什么?"马玉文盯着他问。

"请问,哪位是马玉文师长?"来人毫无畏惧,不慌不忙地问。

"我就是,你是……"听得出马玉文对他的身份开始有所怀疑。

"我不是敌人的密探,而是陈敏义同志派来的联络员程华龙,我身上带有陈敏义同志写给你的亲笔信。"

"啊!赶快给他松绑。"马玉文忙吩咐达文继,接着又问程华龙,"陈敏义同志身体好吗,他现在还是徐宁涛的副官吗?"

"他的身体很好,早就不当副官了。"程华龙撕开衣袖,从中抽出一封书信递给马玉文说,"徐宁涛升了师长之后就派他到一团当参谋长,去年8月又晋升为团长。我在陈敏义同志手下当参谋,是他亲手发展的地下党员。陈敏义同志准备等战斗一打响,就把一团全部拉过来或者反戈一击,配合你们打敌人一个措手不及。具体怎么办,让我聆听你的指示之后,再回去告诉他。"

马玉文仔细看了陈敏义的来信后将它递给了谢东山,他站起来转了两圈后停在程华龙面前说："陈敏义同志能拉过一个团来，在力量对比上敌人处于绝对的劣势，消灭他们更不在话下。问题是被抓去做人质的老百姓怎么办，你们团在起义之前能不能先把老百姓救出来？"

"非常困难，因为我们团部署在第一线，负责看守人质的是留作预备队的108团的一个营。除非我们同他们换防，才能把被抓的老百姓先保护起来，然后再想办法救出来。"程华龙面露难色地说。

"换防？"马玉文仿佛从中看到一线曙光，连眼睛都亮了。他说，"程华龙同志，你先随小达下去休息，等我们研究出一个意见再通知你。"

程华龙和达文继刚走出去，谢东山便开口了："师长，看样子你已有了营救人质的锦囊妙计。"

马玉文兴奋地拍了一下谢东山的肩膀说："老伙计，赶快通知开会。这次我要好好演一曲易卒留车的戏，给徐宁涛看看。"

"易卒留车，那是什么意思？"谢东山的脑筋一时转不过弯来问道。

"就是换兵不换将呀！"

第二天凌晨5点，正是一天当中最为黑暗的时候，解放军突然向敌军发起全线进攻。炮战一停，四面八方响起了冲锋号声，敌人显然早有准备，阻击非常顽强。陈敏义团阵前更是枪声大作，喊声震天，解放军很快冲上去和守军发生了白刃战。

"快！给我接师部。"站在团指挥所的陈敏义大声命令。

"是敏义吗？我是徐宁涛，你那里打得怎么样？"徐宁涛接过电话后不慌不忙地问。

"报告师座，我这里成了解放军的主攻目标，伤亡惨重，现在双方正在进行白刃战，我们都快挺不住了。"陈敏义声音焦急地说。

"挺不住也得给我挺住！你可以派人通知解放军，他们再不退兵，我就将2000名人质押上前线，让他们承担杀害平民百姓的责任。"徐宁涛厉声说。

"是！我马上派人去通知解放军。"陈敏义放下电话，带着指挥所的军官们向战壕里走去。只见战壕里全是解放军战士，原来双方进行白刃战是假，互相换人是真。双方的战士刺刀一碰就相互换了一个方向，起义的国民党军跑向了解放军阵地，而解放军则退到了敌方的战壕。

"啊！马师长，你怎么亲自来了？"陈敏义见迎面走来的几名解放军指战员中为首的居然是马玉文，不禁又惊又喜。

"此举关系到2000多名群众的生命安全，我不来心里难安呀。"马玉文说。

独领风骚

"但这样做太危险了,我可担不起这份责任呀。"

"要你担什么责任?我又不是三岁的小孩子,还不知道怎样保护自己?他们都是你们团的军官吗?"马玉文指着陈敏义身后的人问。

"对,他们都是我们团营级以上的干部。师长,你这个主意太好了。换'卒'不换'车',我团的战士全换了但军官没有变,徐宁涛做梦也想不到这支部队已变成解放军的了。"陈敏义赞叹地说。

"主意好不好,关键还要看后面几步棋。"马玉文讲到这里,回过头对跟在后面的莫良田说,"命令战士们赶快换上敌人的服装,并将这些营长、副营长们安插到各个营去。"说完便让陈敏义带路走进团指挥所。

陈敏义的指挥所是在山坡上挖个窑洞,用海碗粗的松木做支撑修建起来,中间挂了两盏马灯,炕桌上摊了一张地图。坐下来后,马玉文笑着对陈敏义说:"敏义同志,下面的戏就靠你来唱了,如果能把徐宁涛这只老狐狸引到这里来,抢救人质和解决这场战斗就不费吹灰之力了。"

"嘟,嘟……"桌上的电话铃响了,马玉文示意陈敏义接电话。

"敏义呀,我是徐宁涛。你们团这次打得太好了,终于将敌人赶了回去,请转告弟兄们,师部决定对你们进行嘉奖,给每位弟兄发20块大洋。另外,我已命令他们向上峰给你请功。"电话那头转来了徐宁涛的声音。

"师座,请功就免了吧。这年头立功有个屁用,你还是给我来点实惠的吧。"

"实惠的?你要什么尽管讲,只要有,我绝不吝啬。"

"我们团现在的问题,一是伤亡惨重,牺牲的有400多,重伤的有200多,再减去后勤人员,真正能战斗的包括轻伤员在内不足800人;二是士气低落。如果共军再次发起进攻,我们的阵地肯定会很快丢失,到时别说立功,只怕是罪不可赦了。因此我求你马上给我补员500人,如果师领导能来慰问勉励一下大家那就更好。"陈敏义语气恳切地说。

"原来是这样,那就等我们来了再说吧。"电话里徐宁涛叹了一口气说。

"好!只要徐宁涛一到马上将他抓起来,逼他释放人质,命令部队缴械投降。"听完陈敏义的汇报后,马玉文略为兴奋地说。

接着他们详细研究了抓捕方案,并做好了充分的准备。

"报告,邹参谋长到。"在指挥所门口的哨兵大声报告说。

情况突变,马玉文、陈敏义和指挥所的人面面相视,大失所望。马玉文轻轻说了一声:"沉住气,谁也不允轻举妄动。"

"敏义兄,你好啊!"敌师参谋长邹贵疆,一个三角眼,鼻梁上有几点雀斑,一看就是一个阴险奸诈之徒的人，打着哈哈走了进来。他身后跟着4个背着美式冲锋枪的彪形大汉，不用问是他带来的贴身警卫。

陈敏义走上去对他敬了个礼说："参座，没想到在这么危险的时刻您还亲临我团视察，真叫我们太感动了。"

"本来师长准备亲自来的，临走时叫其他两个团的团长给缠住了。于是便派我来了。"邹贵疆边说边用眼睛扫视了一遍在指挥所的人，见身穿少尉服装的马玉文是个生面孔，便指着他问："这位是谁？"

陈敏义连忙说："这是我新的警卫员，叫文玉俊。我原来的警卫员一个小时之前随我到三营阵地视察时，为掩护我被敌人的炮弹给打死了。三营长便将他的贴身警卫文玉俊给了我。"听得出陈敏义的言语中充满了伤感。

"啊！可惜了，太可惜了。"邹贵疆连连摇头，他走到马玉文面前突然问，"你们营长李忠国好吗，他是我的福州老乡，这家伙差不多又有个把月没见他的面了。"

"报告参座，您是不是记错了，我们营长不叫李忠国而叫黎忠国，他是江苏人。但他太太是福州人，跟您是老乡。"马玉文不慌不忙地说。

"对，是黎忠国，黎忠国。111团三营营长叫李忠国，是福州人。因为黎忠国跟着他太太叫我老乡，我常把他们俩人搞混了。"邹贵疆自嘲地说。

"参座，我们团这次让解放军给打惨了，战士们士气低落，您要不要到前线去给弟兄们打打气。"陈敏义试探性地问。

"去，当然要去！我看看阵地前的情况就走。"邹贵疆边说边走到瞭望口举起望远镜观察起来。

早晨6点不到，天刚麻麻亮。江南水乡，雾气茫茫，望远镜里什么也看不清楚，只有探照灯晃过的一刹那才能看清远处经解放军伪装的遍地"尸体"。

"唉！走吧。"邹贵疆叹了一口气说。

在陈敏义等人的陪同下，邹贵疆沿战壕向前走去。一路上"伤员"到处可见，围在一起聊天的士兵不是怨声载道就是悲观丧气。

走了两条战壕，跟一些军官、士兵交流了两句之后，邹贵疆对陈敏义说："不用再看了，你们团的伤亡确实太大，光靠训话和勉励是解决不了问题的。这样，我马上回师部请示师长，让你们和留作预备队的108团换防，由你们改作预备队稍稍休整一下。但，你们一定要给我看好那2000多名人质，绝不能让他们跑掉。要知道，我们师的安危全系于此，靠打无论如何是打不过解放军的，但只要我们手上握有这张皇牌，解放军就不敢为所欲为。"

"是！我保证人质毫发无损。休整后我们团肯定能继续投入战斗，做到战无不胜。"陈敏义一语双关的说。

"那就这样，等108团上来之后你们再撤。"邹贵疆交代之后便匆匆走了。

马玉文和陈敏义带着队伍来到宁家坪村，非常顺利地从敌人手里接过了看守任务。在沿村各路口要道布置好警戒力量之后，马玉文带队走进村里。人质分别被关押在祠堂和村里一户大户人家的院子里。马玉文让人解开捆绑他们的绳索，说："父老乡亲们，大家别害怕，我们是人民解放军，是来救你们的。"

见他身上穿的是国军制服，人们将信将疑，其中有几名清溪村的人通过仔细辨认认出了他，喜极而泣地喊："他是当年新四军的马支队长，我们有救了！"

马玉文含笑地对大家说："请大家小声一点，以免惊动了敌人。现在我们四周的敌人还没有消灭掉，随时都有危险，所以大家暂时还不能出去，不过大家放心好了，有解放军在就绝不会让你们受到任何伤害。"

安顿好老百姓，马玉文和莫良田、陈敏义一行向村口走去。

"敌人的师指挥部离这里有多远？"马玉文侧身问陈敏义。

"不远，就在对面的山坡上，等会我陪你们到村口左边的大樟下就可以看得一清二楚。"

陈敏义将大家领到樟树下，用手指着对面的山坡说："看到没有？坡上有一片砖瓦房，那就是敌人的师指挥部。原是一个大地主的庄院，大大小小的房屋有100多间。半年前这个地主老财就携带家眷逃到香港去了，徐宁涛一到就将这里作了他的师部。"

马玉文目测了一下，两地的直线距离不到500米。他自言自语地说："是到采取'歼首行动'的时候了。"

"'歼首行动'？什么叫做'歼首'呀？"陈敏义问。

"是这样，"莫良田解释说，"按计划这次抢救人质分三步走，第一步是换'卒'留'车'，第二步是换防保人，这第三步就是歼灭敌人的首脑机关，因此我们把它叫'歼首行动'。"

"这个'歼首行动'至关重要，否则前面两步棋就白走了。想想看，一旦徐宁涛发现人质被我们控制了，肯定会对宁家坪村进行炮击和发起进攻，尽管有我们的部队进行保护，群众仍然难免伤亡。只有出其不意地歼灭敌人的首脑机关，使其指挥系统瘫痪，无人发布这样的命令，2000多老百姓的生命安全才能做到万无一失。"马玉文补充说。

"好！好主意。"人群中有人称赞说。

"可是要实施这个行动并非易事。你们看，敌人的师指挥部居高临下，前面是平坦的水田，可以说是一览无余，有什么行动他们可以看得一清二楚，不利于我们发起进攻，此其一也。其二是，看得出敌人配备的火力比较强，既有明碉又有暗堡，易守难攻，很难做到一举歼灭之。"莫良田仔细观察地形之后说。

"走！"马玉文一边走，一边说，"在这个地方不能呆得太长，免得引起敌人的警觉。我们另找一个地方进行研究。"

陈敏义将大家带到一间空堂屋里，不等大家坐好就说："敌人师指挥部的火力确实配备得比较强，除了警卫连以外还有一个加强连负责进行保卫，虽然没有重武器，但所有人员都配有美式冲锋枪，轻重机枪的配备是普通连队的一倍。我们作为预备队可以以流动巡逻为名在距其指挥部200米以外进行活动，200米以内属于禁区，任何部队不得接近。"

"我看唯一的办法只有将敌师指挥部的具体位置通知炮兵，用大炮将其夷为平地。"莫良田说。

"万一敌人建有地下指挥所，躲到下面发号施令呢？"马玉文说。

"师长，我考虑再三，还是让我去劝降徐宁涛吧。"陈敏义说。

"劝降？你有多大把握？像徐宁涛这种当过汉奸，死心塌地为反动派卖命，长期与我新四军、解放军作对的人会向我们投降？"莫良田反问道。

"据我所知，徐宁涛担任'和平军'106团团长确系奉命打入日伪内部，并非卖身投靠充当汉奸，因此他手上很少沾有抗日军民的鲜血。至于和解放军，在此之前他尚无交手的记录。问题是此人系职业军人，只知奉命行事，加之父兄4人均为军人，其中2个中将2个少将，深受蒋介石的知遇之恩，肯不肯投降，我确实没有把握。"陈敏义实事求是地说。

"既然没有把握就不要去了，因为这样做太危险。徐宁涛只要不肯投降，就绝不会放过你。"马玉文劝说道。

"再危险我也要去试一试。俗话说，擒贼先擒王，打蛇打七寸。要想使'歼首行动'变为现实，必须深入敌人的师指挥部，而只有我才有自由进出的条件。我准备将炸药绑在身上带进去，徐宁涛硬是不肯投降的话，我就引爆身上的炸药，给他的指挥部来个中心开花。您再带人从外面往里冲，非将其指挥系统打瘫痪不可。"陈敏义大义凛然地说。

"不行！绝对不能让你去牺牲。"马玉文坚决地说。

"师长，别说还存在劝降的可能性，我不一定就会牺牲。就是牺牲了，以我1条命换取2000父老乡亲的命也是合算的呀。请您别再犹豫了，赶快批准我的要求吧。"陈敏义诚恳地说。

"敏义同志，我的好兄弟，你叫我怎么能下这个决心呀？"马玉文握着陈敏

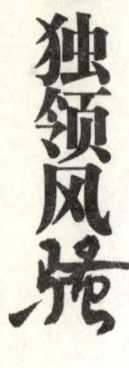

义的手有点发抖地说。

"师长,您不是经常教导我们,革命军人要革命、要打仗,就要敢于牺牲么。我为救2000多群众而牺牲,是死得其所啊,您就成全了我吧。"陈敏义充满感情的话,令在场的同志无不为之动容。

"好!我答应你。"马玉文拍了拍陈敏义的肩膀说,"但你也要答应我一个条件,一定要活着回来。我派两个机智勇敢的战士跟你一起去,负责保护你的安全。届时我将命令部队发动全面进攻,向徐宁涛施加压力,配合你的劝降行动。"

"是,保证完成任务!"陈敏义向马玉文敬礼说。

敌人的师指挥所是三步一岗,五步一哨,戒备森严,尤其是进入司令部作战室的人都要经过严格的搜身检查。担任过徐宁涛副官的陈敏义与大家再熟悉不过,所有的人见到他都相视一笑,算是打个招呼,没有人要验看他的证件,更谈不上对他搜身了。卫兵们见到他都忙不迭地敬礼,没有人阻挡他们。

走到司令部作战室门口,陈敏义大喊了一声:"报告!"

"是敏义吗?快进来。"里面传来了徐宁涛熟悉的声音。

陈敏义让同来的两名战士留在门外,自己从容不迫地走了进去。

正俯在桌子上用放大镜察看地图的徐宁涛头也不抬地问:"敏义,说吧。在这紧要关头,你擅来指挥部一定有重要情况或想法要报告,是吗?"

"是!师长。我是前来劝你投降的。"

"什么?你小子想临阵反水,叛变投敌,动摇军心。老子一枪崩了你!"邹贵疆咬牙切齿地一边说,一边伸手去掏枪。

"慢!让他把话讲完再说。"一脸惊讶的徐宁涛抬起头来,挥了挥手说。

陈敏义大义凛然地说:"师座,古人云:识时务者为俊杰,现共产党占尽天时、地利、人和,蒋介石800万军队都不是他们的对手,我们想以一师之力阻挡他们前进,岂不是螳臂挡车吗?不投降,结果只有一个,那就是让跟随你多年的这些弟兄白白牺牲。投降,不仅大家可以新生,你也可以享受起义将领的待遇,在新生的人民共和国里再干一番事业。"

徐宁涛像不认识似的盯着陈敏义看了足足一分钟,然后厉声问:"你给我说实话,你究竟是代表你自己,还是代表解放军前来劝降的?"

陈敏义镇定自若地说:"实不相瞒,我是代表解放军前来的。"

"啊!"作战室里响起了一片惊讶声。

"毙了他!他是解放军的奸细。"邹贵疆再次嚎叫起来。

"谁也不许动,否则我们就同归于尽!"一化了装的解放军战土冲了进来,他敞开外衣,露出了绑在腰上的一串炸弹,导火线就系在他的大拇指上。

"别……别……谁也别动!一切好商量。"刚才还气焰嚣张的邹贵疆吓得尿了裤子,哆嗦着说。

"这么说,你早就是共产党的人了?"徐宁涛阴沉着脸问道。

"不错!"陈敏义坦然地说,"早在抗日战争之前我就加入共产党了。"

"如果我不投降,而将被抓的老百姓都放到前沿阵地去,解放军还会进攻吗?"徐宁涛一字一句地说。

"恐怕你已经办不到了。"陈敏义不无轻蔑地说,"因为人质早就控制在解放军手里了。"

"你胡说!这是绝对不可能的。"邹贵疆气急败坏地说。

"实话告诉你们,早在解放军发动第一次佯攻的时候,就采取换卒不换车的办法跟我团来了一个换防,现我团除了营级以上军官外全都是解放军战士。你们想用人质做筹码逼我解放军就范,只不过是黄粱一梦而已。我再次正告各位,除了投降,你们已别无选择。"陈敏义慷慨陈词。

"轰!轰轰轰!""哒哒!哒哒哒!"外面的枪炮声响成一片,解放军又发起进攻了。

徐宁涛抖了抖掉在身上的灰土,叹了口气说:"好!我答应投降,你让解放军马上停止进攻。"说完他拿起电话机的话筒大声说:"给我接通各团,让各团团长亲自接听电话。"等通讯参谋向他报告各团团长均在接听电话时,他以不容置疑的口气命令道:"各团听着,我是徐宁涛,我命令你们停止抵抗,向解放军投降,违令者一切后果自负。"说完便放下话筒,一屁股坐到椅子上。

陈敏义立即吩咐那名解放军战土:"去,打三发绿色信号弹,报告马师长,徐宁涛师决定投诚了。"

待解放军战士出去后,陈敏义走近去伸出手对徐宁涛说:"师座,不!徐宁涛同志,我们又走到一条道上来了,我代表解放军欢迎你和全师官兵弃暗投明,洗心革面!"

徐宁涛站了起来,但没有去握陈敏义的手而是感叹地说:"人们都说解放军爱民如子,是正义之师、仁义之师。我不信,故抓来2000多老百姓来试一试,并非真要用他们来挡炮弹,否则我何不直接将他们放到第一线去呢?令我万万没想到的,是你们会采取这种易卒不易车的办法来营救和保护老百姓。就凭这一点我算服了,不能让弟兄们再与这种正义之师、仁义之师打仗了。好!我累了,要休息休息。有关投诚的具体事宜,全权委托白副师长和邹参谋长同你商

第二章 用兵如神

69

定。"说罢,他头也不回地走进右边一间小休息室,"乓"地一声将门关上。

徐宁涛讲的白副长叫白正朝,广东江门人,人长得清瘦,配上一副金边眼镜显得格外的精明。他听徐宁涛一说,愣了一下突然回个神来,几乎和陈敏义同时跑到休息室门口敲门喊道:"徐师长,请你开门,我还有事要向您请示。"

"敏义,正朝,永别了!"从门缝里传出徐宁涛的声音,"我让弟兄们投降解放军是免得大家做无畏的牺牲,这是尽义;但我徐家深受蒋介石总统的大恩,我现在自杀成仁,这是尽忠。"接着传出一声沉闷的枪身和有人倒地的声音。

马玉文听陈敏义讲了徐宁涛的事后连声说:"可惜,可惜!他这人对蒋介石怎么这样愚忠呢?你去买口好一点的棺材,选个地方把他安葬了吧。"

"是!"陈敏义说。

陈敏义刚走,李招军便急匆匆地走了过来,递给马玉文一份电报说:"老马,你看,留守鸽城的保安团起义了。上级让我们师组成军管会接管鸽城地区的军政大权,由你担任军管会的主任,我兼政委。"

"好啊!这下人民可真正当家作主了。"

"我说老伙计,这有什么好的呀?你也不想一想,现在国民党政府早已土崩瓦解,兄弟部队都在乘胜前进,千方百计扩大战果,争立新功。而我们呢,让我们就地实行军事管制,这不意味着我们的前程已经到了头吧。"李招军有点忿忿不平地说。

"政委,我们打江山的目的不就是为了掌管江山、治理江山么?鸽城既然解放了,总得有人去管、去治呀!"马玉文恳切地说,"上级这么信任我们,将若大一个鸽城地区交给我们管,我们还有什么好讲的?唯有好好干,才能不辜负上级的信任和人民的期望。你看这样行不行,我带三团先行一步赶往鸽城接管防务,你指挥一、二团打扫好战场后再开往鸽城。"

"行啊,就照你说的办。"

三

向前,向前!
我们的队伍向前进,
消灭法西斯,
消灭蒋匪军;
向前,向前!

我们的队伍向太阳，

推翻旧中国，

建立新政权……

公路上，黄土飞扬。数列解放军迈着整齐的步伐像滚滚铁流沿鸽九公路向鸽城奔腾而去。战士们雄壮的歌声，此起彼伏。由于这次不是去打仗，大家显得轻松愉快，一个个神采飞扬，喜气洋洋。

坐在美式中吉普车上的马玉文头枕在靠背椅上像是睡着了，实际上是在闭目养神。想起自己马上就要由打仗变为建设，由一个旧中国的掘墓人变为一个新中国的建设者，他心潮起伏，久久不能平静。自己这双长年累月摸枪杆子的手能够掌握好印把子吗？自己这个十几年来只会带兵打仗的人能够治理一方、建设一个地区吗？这对自己、对自己这支部队都是一个全新的课题啊！他感到自己肩上的担子是那样的沉重，竟压得有点喘不过气来。突然，一个机灵，一件往事浮现脑海。那是1947年初，由于国民党的部队违反停战协议向我军进行挑衅，马玉文奉命进行反击，给国军以沉重打击，国共双方和美国联合成立的"军调处"派一个代表团前来调处。一天，美方代表、美军中校比尔·乔科丹单独约见马玉文时说：你们双方不要再打了，你们共产党、解放军虽然会打仗，但你们懂建设、会治国吗？就是人家拱手将中国让给你们，你们这帮泥脚杆子也没有能力治理好这么大一个国家呀！望着比尔·乔科丹说话时那轻蔑的眼神，马玉文的肺都快气炸了，当即毫不迟疑地说：可能的话，我们共产党人不但有能力治理好中国，而且有能力将中国建设得比你们美国更富强。此刻比尔·乔科丹那轻蔑的眼神仿佛又出现在眼前，马玉文在心里暗下决心，一定要治理好鸽城地区，建设好鸽城地区，绝不能让外国人看我们的笑话，绝不能让老百姓失望。还是毛主席说得好，我们进城是去赶考，我们一定要考好，要向人民交一份满意的答卷。

汽车猛地一个颠簸，马玉文的身体不由自主地向前倾倒，脑袋差点撞在了挡风玻璃上。他睁开眼一看，前面的路面坑坑洼洼，凹凸不平，便吩咐司机慢开一点，小心别撞着了路边正在行进的战士。

大约离鸽城不到10公里时，马玉文发现路边聚集了一群战士正在指手画脚，似乎发生了什么事情，忙让司机停下车来，自己走过去问道："小伙子们，发生什么事了？"

"报告首长，这里有名妇女要生小孩了。"一个战士举手敬礼向他报告，其余的战士则让到一边。

马玉文走近去一看，只见一衣着朴素但容颜端庄靓丽的少妇正挺着大肚子

躺在一个20多岁的姑娘怀里,她脸色苍白,满头大汗,痛苦万状。那位姑娘对马玉文说:"长官,我姐的预产期还差5天,我今天正准备陪她到城里去住院生孩子,没想到她会提前生产。看她这样子,像似破水了。求求你们帮忙弄付担架将她抬到鸽城医院,你们做了好事,观音菩萨会保佑你们的。"

"快,快去叫医生!"马玉文吩咐跟在身后的警卫连长毛忠民。

毛忠民说:"师长,您忘了,医生们都留在后面打扫战场负责救治双方的伤病员呀。"

听说马玉文是解放军的师长,那位孕妇像不经意似的扼了姑娘一把,对方回应了一个会意的眼神。

马玉文略加思索,说:"快!坐我的车送她们进城,让后排的同志全下来,赶快把孕妇抬上去。"

"那,您坐什么?"毛忠民问。

"我还是坐我自己的车呀。"

"那怎么行,部队跟不上,你单车进城,万一出了危险怎么办?"毛忠民嘟噜地说。

"鸽城都和平解放了,还会有什么危险?你这小鬼!再说不是还有你与两名警卫员,加上司机和我吗,比起人家关云长当年单刀赴会,我们的实力强多了。"马玉文笑了笑说。

这时,莫良田和三团团长邓庆丰闻讯赶了上来,听说马玉文准备单车进城,两人都表示反对。马玉文解释说:"现在孕妇危在旦夕,事关母子两条人命,我乘车同去正好可以先了解一下鸽城的情况,以便部队到达后好开展工作。至于安全问题,一则人家不了解我的身份,二则这里距鸽城不到20公里,我们进城后最多一个多小时你们就率领部队赶到了,请大家放心好了,绝对不会有问题。"

美式中吉普开到鸽城城门口时被保安团的哨兵给挡住了。

"站住!你们是干什么的?"保安团一个带队的排长喝问道。

毛忠民跳下车走过去说:"我们是中国人民解放军,奉命前来接防的。"

那位排长看了看毛忠民的胸章,"啪"地立正敬礼说:"欢迎,欢迎!我这就去向上峰报告。我们团长讲了,还要为贵军举行正式的欢迎入城的仪式哩。"

"慢,我们的大部队还要一个小时左右才能到达。我们这是送在路上碰到的一个孕妇去医院生孩子的。"毛忠民拦住他说。

那位排长走到吉普车跟前看了看,只见后排躺着一个孕妇并在不断呻吟。

他面露难色地说:"那我也得向上峰报告,得到批准才行。"

"你还磨蹭什么,难道不知道人命关天的道理吗?"马玉文威严地说。

那排长一看架式,就知道他是一位大官,要不怎么能带着警卫员坐中吉普?这小子脑瓜子灵活,他想我们都投诚解放军了,解放军的长官从今以后就是我上峰的上峰,还用得着向上峰报告吗。他立马满面笑容地说:"是,长官。马上放行,马上放行。"

吉普车到达鸽城中心医院后,两名警卫员抬着孕妇就往产房走,那位姑娘一步不拉地跟在旁边,马玉文和毛忠民不紧不慢地跟在后头。

跨上台阶时,从上面走下一位身穿白大褂,带着宽边眼镜,慈眉善目,年约50来岁的男医生,见到担架上的孕妇,他停下来说:"这不是徐师长的太太吗,怎么了?"

那位姑娘回过头望了一眼马玉文,尴尬地说:"林院长,这正是徐师长的太太,她这是快要生孩子了。"

从他(她)们的对话中,马玉文已大致明白了是怎么一回事,他快步走上去对林院长说:"您是这家医院的院长吗?"

"不错,我叫林师强,勉为其难担任院长。阁下是……"

"他是我们解放军的首长。"毛忠民介绍说。

"哦!是这样。"林师强肃然起敬,问:"不知首长有何训示?"

"不敢!"马玉文彬彬有礼地说:"林院长既然知道这位孕妇是徐宁涛师长的太太,我们就把她交给您了。请医院务必精心护理,确保母子平安。"

没想到解放军的首长还会关心敌军家属的安危,这让林师强多少有点意外,他不无感动地说:"请首长放心好了,我们一定千方百计争取做到。"

这时,那位姑娘终于长长地吐了一口气。

告别林师强,一行人往回走时毛忠民说:"真晦气,没想我们救的是徐宁涛的太太。"

"怎么,徐宁涛的太太就不该救吗?"马玉文用略带责备的口气说,"别说徐宁涛在最后关头决定起义,有功于国家,有功于人民,既使他是一个反动透顶的人,我们党的政策也是不搞株连,他的家属仍然是共和国的公民,我们也有责任加以保护和救治呀。"

他们边说边走,刚走出医院的大门就听到"乓"地一声枪响,一棵子弹迎着马玉文呼啸而来,要不是毛忠民眼明手快推了马玉文一把,马玉文非中弹不可,几个人立即躲在门柱后面开始还击。这时马玉文才看见街对面有十几个身

着便衣的人正躲在一些乱七八糟的掩护体后向这里射击,尽管对方人多,但使用的都是手枪,火力远不及自己这边三位警卫人员手中的卡宾枪,双方一时形成了对峙。

听到枪炮声,街上的老百姓乱成了一锅粥,大人喊小孩哭,人们不要命地往两头跑。街面上到处是滚落的水果和丢失的杂物。这时只听一阵汽车喇叭声由东面呼啸而来,马玉文偏头一看,来的是一辆装满保安团士兵的大卡车。不知来者是敌是友,他正准备让警卫员撤进医院关上大门时,发现对街那些偷袭者像鸟雀散似的向西逃去,有4人被当场击倒在地。

大卡车在街中心停了下来,从车上跳下来的保安团成员立即分散到四周形成了一个警戒区。驾驶室打开后,一个长着苹果脸、细眼睛、蒜头鼻、稍稍发福,身着中校军衔制服的人走下来迈着正步走向医院门口。马玉文从门柱后闪出来,毛忠民和两名警卫荷枪实弹站在他的两边。

中校走近马玉文立正敬礼后,说:"报告解放军首长,我是保安团团长周清成。刚才偷袭的估计是国民党的特务,让首长吃惊了。这是卑职的失职,请首长处分。"

马玉文跨前一步,握住周清成的手说:"周团长,我代表解放军欢迎你们起义,回到人民的怀抱。此事责任不在你,这笔账要算到蒋介石和国民党特务头子毛人凤的头上。"回过头,他对毛忠民说:"你派个人过去看看,还有没有活的。"

毛忠民向站在旁边的一名警卫员使了一个眼色,那名警卫员立即向街对面跑了过去。

周清成迟迟艾艾地对马玉文说:"我想冒昧问一句,首长贵姓,官居何职?"

马玉文回答说:"我叫马玉文。"

"啪!"周清成又敬了一个礼:"久仰,久仰!原来你就是马师长。听说解放军马上就要进城了,我刚带仪仗队赶到城门口,听到这里响起一阵枪声便赶了过来。您怎么先进城来了?"

得知马玉文是为救徐宁涛的妻儿冒险进城的后,周清成简直佩服得五体投地,激动地说:"贵军能不计前嫌,真是大仁大义之师,相信徐师长的旧属得知此事再也不会有顾忌了。我周清成能投诚这样的部队,就是让我解甲归田我也心甘情愿。"

"报告师长,这里还有一个活的,就大腿中弹受了伤。"跑到街对岸的警卫员大声嚷道。

"周团长,请你派两个人过去将伤员抬到医院里进行抢救。"马玉文说。

等周清成走后，马玉文小心地对毛忠民说："等会你派一个人跟进出，对这个伤员进行贴身监护，待侦查连的同志进城之后我再让他们派人前来替换。"

"好，没问题。"

伤员抬进医院后，马玉文对周清成说："走吧，坐我的车，到城门洞口主持进城仪式去。"

未等他们走到车旁，一辆美式中吉普"嚓"地一声停在他们身边。

见谢东山从车上走下来，马玉文问："怎么，部队进城了。"

"没有，大约还要半个小时才能到。"谢东山心情沉重地说，"报告师长，政委受伤了。"

"怎么可能呢？"望着从车上抬下的担架，马玉文快步走了过去。躺在担架上的李招军头上缠满了绷带，只有眼、鼻、嘴露在外面，绷带差不多被渗出来的血全染红了。

"这到底是怎么一回事？"马玉文瞪着两眼问谢东山。

"这全他妈的是叫邹贵疆给害的！"谢东山的拳头握得"喀吱"响，说"这个狗娘养的表面上装积极，非常配合投诚工作，暗地里却鼓动师部警卫连暴动，当部队行进到猫儿山时，他们突然向我们袭击之后便窜进深山老林逃跑了。由于事发突然，我们毫无准备，政委被他们打伤了，还牺牲了4名同志。"

"难道你们就这样眼睁睁地看着他们跑了？"马玉文恼怒地说。

"我安排二团团长仇寇斌带一个营追上去了，情况怎样还不清楚。师部医疗队的同志说李政委的伤势很重，需要开颅做手术，否则就有生命危险，于是我就急忙送他来了。"谢东山简明扼要地作了汇报。

"这家医院的院长与我有一面之识，我去找他联系安排给政委做手术的事，你和保安团的这位周团长去主持部队的入城仪式，然后将军管会的办公场所和部队的营地安排好。"马玉文交代谢东山说。

谢东山答应之后和周清成乘车走了。

马玉文走进林师强办公室，林师强赶紧从椅子上站起走过来握着他的手说："刚才听说您们一出院就遇到了偷袭，我正担心您的安全呢。怎么样，没事吗？"

"谢谢您的关心，我这不是好好的嘛！"马玉文说。

"那么看来，您来是找我有事的哟？"

"不错，这件事非麻烦您亲自关照不可。是这样，我们的师政委李招军被敌人的子弹击中了头部，虽然师部的军医做了紧急处理，但由于子弹还在颅内，需要做颅脑手术便送到贵院来了。请您安排最好的医生，用最先进的设备和最好的药一定要把他治好。"

独领风骚

"既然您这样相信我和我们医院，我们一定举全院之力把李政委医治好。"

当晚，中国人民解放军鸽城地区军事管制委员会第一次会议放在军管会办公楼即原专员公署楼举行。这是一栋4层高，面积超过1万平方米的楼，橙色的砖，橙色的瓦，因此被当地人民称之为"橙楼"。

会议的主要议程有四项：宣布地、县两级军管会组成人员名单；听取仇寇斌关于追剿邹贵疆等判乱分子的情况汇报；听取侦察连长唐宇关于审讯受伤刺客情况的汇报；研究部署当前的工作。

马玉文首先宣读了中共华中局和野战军司令部、政治部的命令，任命马玉文为鸽城地区军管会主任，李招军为第一副主任兼政委，贾卫尧、莫良田、谢东山为副主任，谢东山并兼任鸽城军分区的司令员。接着马玉文又宣读了鸽城地区军管会第一号令，分别任命各团团长、政委、师部原副参谋长、政治部副主任担任下辖8县军管会的主任。

仇寇斌在汇报时说，邹贵疆率敌警卫连武装叛乱后，他奉命于第一时间率该团二营进行追剿，当追到地名叫鹰见愁的地方时遇见一股土匪将邹贵疆一伙人接走了。由于鹰见愁一边是深不见底的悬崖，一边是刀削似的峭壁，敌人只须一挺机枪把关，部队就无法冲上去，二营只得暂时在鹰见愁下面安营扎寨驻下，以防邹贵疆和土匪逃窜。

唐宇的审讯算是比较顺利，受伤的刺客叫彭轻民，系军统潜伏下来的特务，公开身份是"仙游"棺材店的老板。据他交代今天上午10点左右他接到通知，说是解放军有一名大官只带随身警卫单车进城去医院看病，上峰通知他携带武器立即赶到市中心医院对面的街上参加统一的刺杀活动，务必杀死这名解放军的军官，给进城的解放军一个下马威，同时造成全城混乱。到了那里他才晓得指挥这次行动的是代号"黄牛"的鸽城军统站的副站长，没想到偷袭不成反而造成三死一伤的结果。

"参于这次暗杀行动的共有多少人，他们的身份、住址都查清楚了吗？"贾卫尧问。

"一共13人，被我方打死3人，负伤被擒1人。这些狗特务平时都是单线联紧的，负责和彭轻民联系的人叫陶醉城，已在这次战斗中被打死。所以，彭轻民对其他人的情况是一问三不知。至于'黄牛'，他还是刚被派遣到鸽城来时见过一面，对他现在的情况也是一无所知。"唐宇补充说。

"那个'黄牛'的公开身份是什么？家住哪里？"谢东山问。

"详细情况暂时还不清楚。"唐宇回答道。

"同志们,现在看来摆在我们军管会面前的首要任务是维护社会治安秩序,为建立新政权扫除一切障碍,创造良好条件。"马玉文说,"具体任务是:第一,剿匪。以邹贵疆为首的叛军与土匪相勾结,必将成为我们的心腹之患。土匪一日不灭,人们就会一日不宁。邹贵疆不除,新政权就会麻烦不断,因此我们一定尽快剿灭鸽城范围内的一切土匪武装;第二,肃反,即肃清一切反革命分子。从今天发生的暗杀活动看,国民党政府的敌特机关在鸽城地区肯定潜伏了一大批特务、间谍,妄图通过制造暗杀、绑架、爆炸等破坏活动来扰乱人心,扰乱治安,动摇群众对共产党和新政权的信心,达到破坏生产,破坏革命的目的。同时旧社会遗留下来的官僚、地主、资本家中还有一些顽固坚持反动立场的人会跟他们遥相呼应,互相勾结,从政治上经济上进行现行的反革命活动。为此,我们一定要赶在新中国成立之前肃清一切反革命分子;第三,建立好基层政权组织。按照党中央的要求,除中央人民政府以外,地方各级政府均要采取自下而上的办法建立。我认为这是非常英明和正确的,因为基础不牢就会地动山摇。我们一定要抓紧时间先把乡、村一级人民政权先建立起来,然后再逐步建立县和地区一级的人民政权。"

与会者围绕马玉文提出的关于当前工作的问题展开了热烈的讨论。贾卫尧在发言时说:"我赞成军管会的工作从维护社会治安秩序抓起,要派军队进驻警察局、发电厂和火车站等重要单位,保护铁、桥梁、隧洞和粮仓等要害部位,防止敌人进行破坏。"

"警察局是国家的专政工具,是维护社会治安的主要职能部门,因此光派军队进驻不行,必须进行脱胎换骨的改造,对过去骑在人民头上的旧警察一个也不能留,一个也不能用。"莫良田说。

"你这种说法未免太绝对了一些。"谢东山接过话题说,"旧警察局也不是'洪桐县里无好人'啊。再说维护社会治安秩序离不开熟悉地形、社情和三教九流情况的警察,如果真将他们一个不留、一个不用,发生了刑事案件怎么办?靠谁去侦破?我们解放军打仗没得说,个个能征惯战,但干地方工作,尤其是搞刑侦工作,得有一个学习的过程、熟悉的过程呀。"

"警察局的情况确实有点特殊,作为国家专政机器的一部分,不少警察都参与了镇压共产党人、革命群众的行动,有的甚至欠有血债。但,旧警察中也不乏有血性的正义之士,他们在打击刑事犯罪中做过不少好事。我的意见是对旧警察局先来他一个'易车留卒',也就是说先换头头不换兵,即将原警察局的头头脑脑全集中起来进行教育改造,暂时一个不用,在教育中进行甄别,对审查后确实没有问题的人再重新任用。原警察局的一般工作人员,尤其是办案人员先原封不动地拿过来为我所用，在使用中加以区别，对发现有重大历史问题人再进行清算和开除。大家看这样做行不行？"马玉文谈了谈自己的看法。

到会者一致表示赞同。

"既然这样，"马玉文站起来说，"现在我宣布：第一，剿匪的任务由军分区负责统一指挥，限期在3个月内完成；第二，由军分区派部队负责重要铁路桥梁、隧道和物资仓库，特别是粮库的保卫工作，务必做到万无一失；第三，由师副参谋长陆相荣担任警察局军管会主任，率师侦察连全体同志立即进驻警察局，以我为主，旧警察为辅全面担负维持社会治安秩序的任务，当务之急是要尽快抓获国民党潜伏下来的间谍、特务，要将他们一网打尽；第四，各县军管会要依靠和配合原各地的地下党组织，抓紧建立乡、村两级基层政权组织，发动人民开展生产，搞活经济。"

四

就在同一个晚上，位于鸽城地区梅陵县犬形山大山深处一个叫法相岩的岩洞里，灯火通明，人声鼎沸。在围成一圈，用条石做成的案几上堆满了牛羊肉和各种各样的山珍野味。鸽城一带著名的土匪头子高森仔在设宴接待邹贵疆一行。正中的案几后并排放着两把虎皮椅，牛高马大、满脸麻子的高森仔陪同邹贵疆落座后又站起来大声说："弟兄们，安静，安静。今天邹参谋长，不！邹司令率部来到我们法相岩，是看得起我们，抬举我们了。今后我们的队伍都归邹司令统一调遣，统一指挥。下面请邹司令训话，大家欢迎。"

邹贵疆在稀稀落落的掌声中，站起来双手往下一按说："弟兄们，就在刚才我们接到蒋总裁从台湾发来的电报，任命我为中将江南反共救国军司令，任命高森仔和仇民宾为少将副司令，仇副司令还留在鸽城另有要事。从今以后我们江南一带的反共武装就是一家人了，现在美国等盟国正在筹划发动第三次世界大战，只要我们坚持半年，蒋总裁就会借助盟军的力量进行大举反攻，到时在座诸位就是光复大业的有功之臣了。我提议为我们的真诚团结和未来的胜利干怀。"

满洞的土匪和国民党的残兵败将大碗喝酒，大块吃肉，不一会就一个个东倒西歪，人模狗样。

宴食未散，邹贵疆就将高森仔和原国军警卫连长胡生来叫到一边说："我已打电报请示台湾方面同意，任命胡生来为救国军参谋长。"

胡生来一听喜出望外，赶忙立正敬礼说："感谢司令的栽培，我将唯您之命是从，做到万死不辞。"

邹贵疆将手一招示意他坐下来后说："我料定解放军马上就会集中兵力开展剿匪行动，以我们这不足500人的兵力是抵抗不了几天的。究竟如何御敌，很想听听两位的高见。"

"放心吧，司令。"高森仔不屑地说，"解放军想吃掉老子，没那么容易。这犬形山9岭17峰，方圆100里，大小岩洞不下百个，其中可以藏人的有九九八十一个，这些年我们将其中的13个洞打通了，并且对洞口作了伪装，不熟悉的人根本找不到，解放军真要进了山，老子拖也要把他拖死。"

"好！妙极了。我们可以利用这些岩洞将队伍分散，平时分处居住，各自为战，遇到有利时间再集中起来，消灭小股解放军。这样既可以避免被解军一次歼灭，又可以互为犄角相互支援，有利于长期作战。"胡生来兴奋地说。

"这里的地形确实不错，有利于打游击。但你们储备有多少粮食，能够坚持几个月？"邹贵疆问。

"5个月。如果不够的话，我可以把方圆一、二十里老百姓的粮食和猪牛羊及鸡鸭鹅全部抢光，估计坚持到年底也不成问题。"高森仔不假思索地说。

"不行，不行，这样做绝对不行！"邹贵疆深谋远虑地说，"兔子尚懂不吃窝边草的道理。如果我们将附近老百姓能吃的东西全部抢光，使之生存不下去，逼急了他们就会配合解放军对我们进行封锁、清剿，那样我们就凶多吉少了。"

"那，如何是好？"胡生来和高森仔异口同声地问。

"别慌！山人自有妙计。我们若想生存下去，必须使解放军首尾不能相顾，这就需要来它一个近守远攻。高司令，听命。你派人到方圆二十里的老百姓家里去，每家每户给我抓一个人来，有青壮年尽可能抓青年用来当兵，没有青壮年的就抓妇女和老人，用来煮饭缝衣。要尽可能做到一家不漏，并告诉他（她）们家里的人，谁敢私通解放军，给他们当向导带路或通风报信就将他（她）们的亲人杀死，迟早还会杀光他（她）一家。凡能帮助我们的，我们一定与之和平相处，甚至可以保其平安，等国军反攻回来，还可以立功受奖。"

高森仔站起来敬礼说："遵命！邹司令，你这一步棋下得太绝了。这叫不是连坐胜如连坐，周围的老百姓还有谁敢和解放军套近乎、拉关系呢？兄弟我真是佩服得五体投地呀。"

"哪里，哪里！我们能不能长期坚持下去，主要还得仰仗你这地头蛇和坐山虎呀！"邹贵疆说到这里话锋一转，喊了声"胡参谋长！"

"到！"胡生来"啪"地立敬礼。

"你马上带人化装进城，捎上委任状和我的手令，找到军统鸽城站站长仇民

宾,传达我的命令,由你们统一指挥鸽城潜伏下来的特务、间谍和所有的地下武装,大搞暗杀、爆炸、投毒等破坏活动,你们的动作越大,我们就越安全。当然这样做,暴露和被捕以及牺牲的可能也越来越大。但重奖之下必有勇夫,对每次活动的有功人员受权你和仇副司令联署签名给他们官升一至三级,并发给奖金若干。你和仇副司令只要坚持半年就可以荣归山里,我让其他人再去接应你们。"邹贵疆信口许诺。

"感谢司令的信任,我们一定将鸽城闹得天翻地覆,让解放军抽不出太多的兵力来进攻山里。"

"全鱼美食大酒店",位于鸽城最繁华的三牌路和四牌路的交汇处,楼高四层,雕梁画栋,气势非凡,是全城四大酒店的老二,若论吃鱼则老大的位置非它莫属。什么河鱼、湖鱼、海鱼、腊鱼、咸鱼、淡鱼、晒鱼、卤鱼、熏鱼、红烧鱼、黄焖鱼、水煮活鱼,只要你叫得出名儿的鱼,这里应有尽有;只要你点得出以鱼肉为主的菜,这里样样都会做,而且道道鲜美可口,价廉物美,深受顾客欢迎。一年四季,天天高朋满座,日日人满为患。

这天,酒店一楼紧挨厨房的一间包厢里有人正在饮酒密谈。他们是胡生来、仇民宾、军统鸽城站的副站长黄三丁以及仇民宾手下的爆破大王叶世闻、暗杀能手李毕史,还有一个是胡生来带来的联络副官肖生明。他们之所以选择这个包厢是因为它紧挨厨房噪声大,别人不愿订,而且讨论问题时不易被人听清,更重要的是这间包厢的地面有一块活动地板,下面就是一条暗道,遇有紧急情况可以通过暗道得以逃跑。原来这家酒店是军统早在日本占领时期建立的一处秘密联络站,抗战胜利后奉命不许暴露,用以秘密收集地下共产党和其他进步人士的情报,所以外界都不识此楼的真面目。至于那条秘密洞道,由于在这酒店里工作过的军统特务已数度易人,除现任特务小组组长兼饭店老板文军鲁和仇民宾以外再无第三者所知,加之这间包厢的招待员亦为军统特务,外面一有风吹草动就会提前通风报信,所以是再安全不过的了。

"仇副司令,黄站长和各位兄弟,为感谢你们为我接风,来,我回敬各位一杯。"胡生来站起来,举起酒杯跟每个人碰了一下后一口而干说,"敬酒者先干,我干了,各位可随意。"

"参谋长既然看得起我们,我们理当奉陪!"黄三丁喝干之后,讨好地说。其他人都一个接一个地把杯中的酒喝了个底朝天。

"各位,为了我们的共同事业,为了大家的身体健康,我们还是少喝一点为好。"胡生来干笑一声说,"这次我来时,邹司令一再交代,山里山外现在是唇亡齿寒，只有我们在鸽城的弟兄闹得越凶，山里的压力才会越少，生存下去的希望才会越大。希望大家振作起来，立即行动，学孙悟空在铁扇公主的肚子里搅它一个天翻地覆，让共产党和解军不能安生。"

"可我们的力量有限，各方面的人加起来也只有30几个，行动一次就会暴露一个、几个、甚至十几个。人只会少不会多呀。"仇民宾忧心忡忡地说。

"副司令。"胡生来说，"你们上次在医院门口的刺杀行动早就把自己给暴露了，解放军的军管会马上就会开展肃反行动，就是你们从此偃旗息鼓，金盘洗手，他们也会将你们一个个揪出来加以镇压。与其坐以待毙，不如奋起反击，暴露了可以退守山中，既使光荣牺牲了也可以载入党国的史册。你说，对吗？"

仇民宾思索了一阵，眼里渐渐目露凶光，他猛地一掌拍在桌子上说："他奶奶的，不是鱼死就是网破。叶世闻、李毕史，你们俩给我听着，从现在开始你们两个组的人全他妈地投入行动，给我爆破、暗杀一起上，定将鸽城搅它一个天翻地覆，人心惶惶，乌烟瘴气。"

"是！"叶世闻、李毕史同时回答。

"副司令，参谋长，我认为爆炸、暗杀行动肯定要搞，但搞多了会不得人心。我想我们还得借解放军的手来它几次借刀杀人，嫁祸于解放军，离间他们与人民群众的关系。这样一来，他们的江山就坐不稳了。"黄三丁阴险地说。

"好，好！此计甚妙！但不知黄站长打算从何入手？"胡生来问。

"天机不可泄露，此处人员太杂，万一走露风声，就会遭遇灭顶之灾。如果副司令、参谋长信任黄某，此事尽管交我去办，你们静候佳音就是。"

"啪！啪！"两声清脆的耳光声响过之后，叶世闻的右脸便肿得像个"包子"。

"混账东西！"仇民宾暴跳如雷地骂道，"都过去一个星期了，怎么还不见你们行动？邹司令已派人来催过两次，搞得我这个副司令好没面子。"

"站，站，站长，副司令。"叶世闻用左手捂着疼痛发烫的右脸，语无伦次地说，"不是我们不，不行动，而，而是解放军对重要场所、重点部位看守得太严，根本找不到下手的机会。"

"解放军在铁路桥梁、隧洞上派了人守护，总不可能在整个铁路沿线派人看守。我就不信鸽城境内150多公里的铁道线上找不到一处下手的地方？"仇民宾瞪着两眼盯着叶世闻说。

"可上次会上，您在布置任务时，是要我们炸铁路桥梁、隧洞和重要物资仓库。要晓得炸铁道也行，别说炸一处，就是炸它八处、十处早已成功了。"叶世

闻嗫嚅着说。

"你头上长的莫不是颗猪脑壳,就不晓得随机应变?"

"是!我这就去安排。保证不出3个小时就将铁路炸它几个大窟窿,让他娘的铁道运输线陷入瘫痪。"叶世闻给仇民宾敬了个礼,转身向外走去。

"回来!"没等叶世闻走到门口,仇民宾喊道。

叶世闻不由得一个哆嗦,赶紧转身走到仇民宾身边。

仇民宾恶狠狠地说:"炸铁路也是炸,炸列车也是炸。既然要炸,咱就炸它一辆火车,让全国、全世界为之震动,叫解放军鸽城军管会的那帮兔崽子吃不了兜着走。"

"行,不管炸什么,叫解放军抓住了都是一死。问题是我们搞不清每趟火车经过的具体时间呀?"

"这个不用你担心,到时我会通知你的,你赶快去做准备吧。"仇民宾拍了拍叶世闻的肩膀说。

夜黑风高,距鸽城47公里的老龟山下,茅草密不透风,高过人身。这里正是铁路拐弯之处,火车不开到眼前别想看清现场的情况。此刻,叶世闻正带着他手下的黄学文和冯习武抱着炸药包躲藏在茅草丛中。叶世闻从衣服口袋里掏出一块怀表,这是一块精致的月光表,他打开一看,时间是晚上八点一刻,忙说:"快!你们两个赶快上,只差十分钟火车就到了。"

黄学文抱着炸药包,冯习武提着一把铲子,两人窜到铁道上。冯习武用铲子在一根枕木旁刨开碎石挖了个洞,黄学文刚把炸药包放进去就传来了"咔喳,咔喳!"的铁轨震动声。

"快点,赶快点火!火车就要转弯了。"叶世闻大喊道。

黄学文一手摸着导火线,一手拿着打火机,想到即将炸毁的是一列客车,车上少说也有几百条人命,双手不禁颤抖起来,点了两次都没点着导火线。

"娘的,火车就要开过来了。你们还磨蹭什么,误了事老子毙了你们。"叶世闻火冒三丈,大声骂了起来。

黄学文一咬牙,点着了导火索,然后和冯习武跟着叶世闻沿山坡跑到拐弯处一巨石后面躲了起来。

火车呼啸着奔了过来,"呼"地一声就从埋炸药的地方冲了过去。

"怎么搞的,炸药没爆炸?是不是你小子没有点燃导火线?"叶世闻掏出手枪顶住黄学文的脑门子说。

"点,点……"黄学文话没说完,"轰"地一声巨响,炸药爆炸了,月光下隐若可见炸断的铁轨，枕木抛了几丈高。

"快跑，别让人抓住了。"叶世闻带头钻进了旁边的树林。

警察局会议室，铁道爆炸案侦破工作会议正在紧张进行中，会议由警察局军管会主任陆相荣亲自主持。会议开始不久，马玉文带着警卫员径直走了进来，陆相荣正要站起来打招呼，马玉文摇了摇头，示意他不要声张，自己在旮旯里选了个位置坐下来。

局军管会刑侦部门的负责人唐宇正在汇报："经现场勘查，这次爆炸共炸毁铁轨29米，枕木91根，现场留有一个宽30米、深四五米的大洞，足见炸药量是很大的。从列车经过的时间看，犯罪分子的主要目的是想炸毁该次列车，之所以没有得逞估计是对导火线的长度或点火的时间掌握不够准确，毕竟是手工操纵而不是机械作业嘛，难免出现误差，而正是这一误差使我们侥幸避免了一次巨大的损失。根据犯罪分子作案的手段和目的，可以肯定这不是一起普通的刑事犯罪案件，而是敌特分子进行的破坏活功，我们应该将侦查方向放在这方面。"

经过讨论，大家对案件的性质和侦查方向均无异议，但对具体从哪里入手，如何进行侦查法都谈不出有价值的意见。

有的说："由于这是一起爆炸案，犯罪分子原来留在现场的手印、足迹及其他痕迹早已被炸得干干净净，加上没有目击证人，具体的作案对象是高是矮，是胖是瘦，是男是女，是壮年还是青年，根本无法确定，要想侦破这类没有明确对象的案子难度太大了。"

有的说："虽然我们都清楚这是反革命分子，具体来说是敌特分子干的，但谁是特务呢？他们的头上并没贴有标签标啊，要在有近10万人口的城市里将他们筛选出来，可不是一天两天的事呀。"

这时有人举手说："报告，我能不能够发言？"

马玉文循声望去，见举手者身着便装，不用问就知道他是一名旧警察。只听陆相荣说："你叫吴平飞吗？"他这样问显然是向马玉文作介绍。

"是的。"

"当然可以，现在我们是同事，是同志，有什么话你尽管说。特别欢迎你们这些有办案经验的老警察多提建议，多提意见。"陆相荣诚恳地说。

"好，我说。"吴平飞因受到鼓舞略显激动地说，"我觉得刚才大家发言时，可能忽略了一个细节，即是谁给作案者提供火车经过的准确时间呢？要知道那列火车几点几分经过老龟山爆炸现场不是一般人能掌握的，只有车站的领导、

调度员等少数几个人知道。我们如果集中精力对他们进行秘密排查,就不难发现'内贼',从而找到破案的突破口。"

吴平飞的发言让陆相荣眼前一亮,见马玉文也点了点头,他站起来说:"吴平飞同志刚才的发言对我们很有启发,我们的侦查工作就沿这一线索展开。唐宇。"

"到!"

"你带吴平飞等5个同志散会后,马上去火车站,依靠车站军管会秘密开展摸排,一定要把暗藏的特务分子挖出来。"

"保证完成任务。"唐宇站起来给陆相荣敬完礼转身要走。

"慢,你先坐下来。"只听陆相荣说,"同志们,我们的师长、地区军管会主任马玉文同志今天亲临我们的会场,可见上级领导对侦破这一案件是何等的关注和重视。下面,我们用热烈的掌声欢迎马主任给我们作指示。"

会场里响起了热烈的掌声。

马玉文从旮旯里走出来,站在陆相荣旁边的一个坐位前给大家敬了个礼才坐下来讲话:"同志们:我完全同意你们关于这起爆炸案是敌特分子所为的结论。显而易见,他们这样做的目的是想通过制造恐怖事件扰乱人心,削弱共产党和解放军在人民群众中的威信,破坏革命,破坏我们建设新中国。为了不让他们的阴谋得逞,我已命令军分区组织铁路沿线的民兵上路巡逻。但,光这样做还不够,因为敌特分子还可能在其他地方、其他场所进行破坏活动,制造恐怖事件。所以治本的办法,就是把潜伏下来的敌特分子全部消灭掉。当然,我这里所讲的'消灭'不是指将他们全部杀光,而是指将他们全都抓起来依法进行惩处。而要做到这一点就需要我们从事警察工作的新老同志真诚配合,团结一心。只要新老同志互相信任,互相学习,取长补短,就没有任何敌特分子不能战胜,就没有任何案件不能侦破。"会场里再次响起了热烈的掌声。

"由于犬形山的地形太复杂,洞多林密,剿匪效果很不理想,半个多月来除消灭几股散匪外,一直找不到以邹贵疆、高森仔为首的土匪的踪迹。还有一个原因就是土匪活动比较频繁的法相岩一带方圆20多里的群众对剿匪行动很不支持,甚至反感,有的还暗中给土匪通风报信,提供粮食。据调查,这一带家家户户都有人当土匪。所以,有的同志提议将这一带的群众强行迁走,铲除土匪赖以生存的群众基础和物资条件,迫使土匪不战而降,否则饿也要把他们饿死在山洞里。但,此举涉及数千户上万名群众,我们不敢擅自作主,特回来向首长们请示。"负责指挥剿匪行动的军分区现任副参谋长、前线指挥官陶树翠向马玉文和谢东山汇报说。

"不行,这是一种扰民的做法,很容易激起民变,邹贵疆他们正巴不得我们这样做,他们好从中渔利。"谢东山立即表明了自己的态度。

"我完全同意东山同志的意见。"马玉文说,"土匪当中被逼为匪的是多数,自愿为匪的是少数,对匪首和匪徒、被逼者和自愿者的家属一定要实行区别对待,要团结和争取匪徒尤其是被逼者的家属,依靠他们分化争取一般土匪,孤立打击匪首和土匪当中的骨干分子。这步工作做好了,就能收到事半功倍的效果,以最少的牺牲取得最大的胜利。"

"明白了,我这就回去进行布置。"陶树翠说。

"还有一点,就是要把剿匪和建立基层政权组织有机结合起来,加强对新政权的保护工作,防止敌人狗急跳墙。"马玉文叮嘱道。

陶树翠走后,谢东山向马玉文汇报完军分区的机构设置问题,正准备离开。

"报告!"陆相荣和唐宇走了进来。

"你瞧他们那喜气洋洋的样子,一定是铁路爆炸案告破了。来,我们一起听听。"马玉文对谢东山说。

谢东山点了点头。

"通过排查,我们抓到了隐藏在鸽城火车站的军统特务、该站副站长刘剑浩。"唐宇汇报说,"据他交待,该趟列车经过犬形山的时间是他提供给军统特务第一行动组组长沈圣樊的。可惜的是当我们根据他提供的地址赶到沈圣樊居住的酱油巷52号时,他已提前逃跑了。"

"不错,虽然全案尚未告破,但也算得上旗开得胜。由此使我们悟出一个道理,要提高我们的侦查水平和侦破效率,必须尽快解放没有问题和有一般历史问题的旧警察,并在工作中注意团结和依靠他们。为此,我建议在旧警察中开展一次'讲清问题,交待罪行,放下包袱,投身革命'的自我教育运动。凡是没有问题的要予以依靠和重用,对有一般历史问题又能主动讲清的一定既往不咎,对在历史上犯有罪行但能坦白自首者一律从轻,减轻处罚。"马玉文说。

"我认为开展这样的教育运动十分必要,不仅要在一般的旧警察中开展,而且要在原警察署的头头脑脑中开展,并明确规定一条,即在历史上犯有这样或那样的罪行又拒不坦白交待者要从重从严加以打击。对历史上没有问题或罪行轻微又能主动交待悔过自新的也要及时解脱,让其重新参加工作。"谢东山补充说。

"行!回去后我们先研究一个方案,待批准之后再贯彻执行。"陆相荣说。

"叮,叮,叮……"办公桌上的电话急骤地响了起来,马玉文拿起话筒一

听，脸都气得变了颜色，"你说什么……商会会长赵鼎曦先生被人暗杀在自己家里！你们好好保护现场，我和警察局的同志马上就来。"放下电话，他说，"赵鼎曦先生是鸽城著名的民主进步人士，他的牺牲是我们革命阵营的一大损失。看来，我们必须在全城，不！要在全地区迅速掀起一个肃清反革命分子的高潮，我们决不能任少数几条泥鳅兴风作浪。要在群众中进行大宣传、大发动，通过宣传彻底揭露反革命分子的罪行和阴谋，发动群众进行检举揭发，将反革命分子孤立起来，使之成为过街老鼠，人人喊打。"

大宣传、大发动迫使不少旧军官、旧政府官员、反动会道门和帮会头子以及杂牌特务投案自首，全地区不到半个月就收缴各类枪支 1300 余枝，子弹 14000 余发，肃反斗争取得了节节胜利。就在这时，一桩投毒案使解放军和军管会的工作又陷入了被动……

五

黄三丁那天在仇民宾、胡生来面前夸下海口，要施借刀杀人计嫁祸于解放军，离间人民群众和共产党、解放军之间的关系，之后，他一直在寻找机会作案。抗战胜利后，军统特务机关在接收日伪档案时发现黄三丁是日特之后对他进行了收编，于是他摇身一变又成了军统特务，代号"黄牛"。为了不暴露身份，他奉命在城里开了一个牛肉摊，以宰牛卖牛肉作掩护收集情报，由于多次立功，至解放前夕已官至军统鸽城站中校副站长。

这天下午 3 点钟不到，黄三丁的牛肉摊上只剩一块不足 2 斤重的牛肉，眼看就可以大早收摊回家了。"老板，给我称斤牛肉。"正低着头在削牛骨上的碎肉，准备回家做青豆炒削骨肉吃的黄三丁抬头一看，不禁乐了，说："哈！我当是谁呢，原来是湘友表弟啊。买你脑壳的牛肉，这不，就剩最后一块了，你拿回去就是。"

来人叫江湘友，系黄三丁姨妈表妹的三儿子，这时他也认出了黄三丁说："原来是三丁哥啊，你不是在辕门口那边卖牛肉的吗？怎么又跑到我们这边的菜市场上来卖了？"

"嗨！这个摊位原来是杜屠夫的，他家最近搬到辕门口附近住去了，为图方便软磨硬缠地跟我换了个地方做买卖。噫，听你妈说这一阵子你专门替人跑南京的运输，今天怎么有时间来买菜了？"

"那是 3 天前的事了，如今我的货车已被解放军雇用了，专门用来运粮食。忙时一天干六七个钟头，不忙的话一天的活半天就干完了。今天我表姨俩口子来我家玩，我妈见我回来得早就让我到菜市场买菜来了。"

听说江湘友的货车被解放军雇用为运粮专车，黄三丁不由眼前一亮，忙说："你小子是越来越有出息了，能给解放军运军粮，真正了不起，那可是解放军的红人啊。"

"运什么军粮哟，人家解放军有的是军车，运军粮还用得着我们？雇我的车主要是从粮库运米到各个粮店去，以便保证每天的供应。"

"就雇了你的车？"

"哪里，还雇了三四台。"

"运粮时就你一个人？"

"不！每辆车都有4名解放军战士押车，直到把粮食安全地运到粮店。"

"好好干吧！"黄三丁拍了拍江湘友的肩膀说，"弄不好还可以当公差、吃公粮，让我们也跟着沾沾光。喂，你的车哪天有空，能帮我去运车瓦么？前天下冰雹我家屋顶上的瓦被打烂了不少，不赶紧检修好下起雨来非漏雨不可。"

"要得，如果明天收工收得早，下午就帮你去运。"

第二天下午两点多，江湘友将货车开到黄三丁家门口。听到汽车喇叭声，黄三丁赶忙走了出来招呼："嘿！来得早嘛，下车来喝杯茶吧。"

"口不渴，不喝了。快走吧，先去把瓦拖回来再说。"江湘友从驾驶室的窗户里探出头来说。

"车上还有东西么？"黄三丁边走边问。

"有些空麻袋，没别的东西了。"

"我们是去运瓦，要麻袋干什么？"

"麻袋是用来明天运米的。我每天将米运到粮站后，都要回收麻袋，以便第二天运米用。"

"哦！原来是这样。"黄三丁略有所思地说，"那赶快将麻袋卸下来，暂时存放到我家里，要知道运瓦时满车是灰，将麻袋弄脏了你怎么装粮食。"

"对呀！还是表哥想得周到。"江湘友跳下车，兄弟俩将麻袋搬进屋里。

"噫！表嫂和细伢子呢？"江湘友问。

"你表嫂回娘家去了，细伢子大学未毕业现在又不到放假的时候当然还在学校里读书哟。"

卸完麻袋，黄三丁坐到驾驶室副驾驶员的座位上，让江湘友往东城门开，说出了城门再走5里不到就到砖瓦厂了。车快到城门口时，黄三丁让江湘友停一下车，他指着右边一个烟摊子说："我去买两包烟，等会发给装瓦的人抽，免得他们磨洋工。"

来到烟摊前，黄三丁低头给烟贩交待了几句，然后掏钱买了两包烟。

市中心人民医院一个上午就新增病人160多名，而且患者的症状一模一样：咽喉疼痛，口舌麻木，烦躁不安，头晕流涎，胃部烧灼痛，继之大量呕吐，腹部剧痛，出汗，面色苍白，脉弱无力以致虚脱。重症者喉头痉挛，全身麻木，心律失常，血压下降，惊厥，甚至因呼吸中枢麻痹而死。有2名患者就是因送医院不及时而不幸去世。经医院化验检测，结论是食物中毒！毒品为"白附子"。据患者反映，他们都是吃了从"民生粮店"买的大米煮的饭后中的毒。消息传出，全城一片哗言。有人散布说："'民生粮店'是公家开的，所卖之粮都来自粮库，粮库由解放军看守，运粮车也是解放军负责押运的，还有谁能有这样的本事投毒呢？这分明是司马昭之心，路人皆知啊。"言下之意，投毒是军管会、解放军派人搞的。一时间谣言四起，人言惶惶，一些人开始疏远干部，疏远解放军。

马玉文接到报告后，于第一时间赶到中心医院看望中毒的群众，他向大家说："这肯定是敌特分子搞的破坏活动，想嫁祸于我们。我们共产党和解放军打倒蒋介石，解放全中国的目的是要让人民当家作主，怎么会干伤害人民的事呢？请大家放心，第一，我们会和医院一道全力抢救患者，让大家早日恢复健康；第二，我们会尽快破案，给大家一个说法。"

患者和家属们听了之后，有人说："我们也相信这件事绝对不是解放军干的，否则你们就不会派人保卫粮库、押运粮食了。"

"我也觉得这件事是有人想要嫁祸解放军，挑拨人民群众和解放军、共产党的关系。你也不想一想如果解放军真这样做，那不是搬起石头砸自己的脚，自毁长城。请问世上有如此愚蠢的政党和军队么？"一中毒者从病床上挣扎着坐了起来说，他说话不紧不慢，一副斯斯文文的样子，看得出是一个知识分子。

这么一来原本焦躁不安的患者和家属逐渐平静下来，纷纷表示相信军管会，相信解放军。

"多好的群众啊！"马玉文在心里赞叹着。他说："有大家的理解和广大人民群众的支持，我们一定能尽快肃清反革命分子，绝不会让他们再次兴风作浪，保证给大家提供一个安全有序的生产和生活环境。"

离开传染科住院部，马玉文一行来到高等病房看望在这里住院的李招军。

见他们进来，李招军想从病床上爬起来，马玉文快步走上去按住他说："你起来干吗？当心动作大了将伤口挣裂。老伙计，又有3天没来看你了，恢复得怎么样啊？"

"还不错，伤口已不再那么痛了，听医生讲正在长嫩肉，估计再有个十天、半个月的就可以愈合。"

"那就好。老伙计，你不晓得军管会这副担子有多沉，地方的事比军队的事要复杂难办得多，我都有点承受不起了。只盼你能早日出院，咱们共同来分担这副担子。"马玉文由衷地说。

"我都听说了，这一段时间确实辛苦你了。"

"辛苦倒只有这么辛苦，主要是暗藏下来的敌特分子不时进行破坏活动，而我们的同志大多还不善于从事刑事侦查工作，在破案方面略显被动。"

"对了，刚才听说城里发生大规模的食物中毒事件，真有这样的事吗？"李招军关切地问。

"嗯！"马玉文点了点头。

"怎么会发生这样的事呢？看守粮库、押运粮车的人都是我们的战士，敌人应该插不进手呀。"李招军说得很慢，并且边说边在思索，只见他眉头一皱接着说："我认为问题要出就出在运粮的司机身上，负责粮食供应工作的同志怎么能请老百姓来运粮呢？现在不打仗了，我们部队有的是人，有的是军车呀。我看现在我们有些同志在用人上立场出了问题，听说参加剿匪的部队还提出要争取和依靠一般匪徒的家属，这怎么行吗？土匪是被剿的对象，他们的家属怎么还能够依靠呢？这个谢东山，是不是被胜利冲昏了头脑，连谁是我们的敌人和谁是我们的朋友这样的首要问题也搞不清。看来是得找他好好谈一谈了。"

"这事不能怪谢东山，'要团结和依靠一般匪徒的家属，孤立和打击匪首及骨干成员'的话是我说的。因为一般匪徒中的绝大多数是逼上梁山、被迫为匪的，团结和依靠他们的家属，有利于做好他们的分化瓦解工作，以最少的代价消灭顽冥不化的土匪头子和其他悍匪。"马玉文毫不避讳地说。

李招军听后多少有些尴尬地说："对不起，我不知道是你讲的。但作为多年的战友、同事、好友，我还是要提醒你一句，根据我们党的历史和经验，我认为做事也好、用人也好，宁可左一些，也不能右倾。要知道我们革命一、二十年，流血流汗好不容易才混到今天这个位置上，不能因为思想上的一时右倾而白白丢了自己的前程和乌纱。"

"谢谢你的关心。请相信在今后的工作中我会很好地贯彻党的方针政策。你看上去有点疲倦了，好好休息休息，过两天我们再来看你。"马玉文握着李招军的手说。

警察局一间办公室。

唐宇等人正在找江湘友调查。江湘友坐立不安,脑袋垂在裤裆里,一张苦瓜脸上写满了委屈。

"你说,这件事究竟是谁干的?你说话呀。"唐宇问。

"反正我没干,如有半句假话,天打雷劈。至于是谁干的,我真的不清楚。"

"那我问你,印有4、7、9三个号码的麻袋,昨天是你运粮用的吗?"

江湘友想了想,点头说:"是的,这3个麻袋是崭新的,所以我的印象很深,怎么,麻袋有问题?"

"哼!我们从这几个麻袋里检测到了含有剧毒药成份的白附子粉。"

"不可能,不可能。麻袋发给我以后就一直没有离车,别人不可能有机会往麻袋里面放毒药。"

"这一点你算说对了。据我们调查,这3个麻袋是大前天和其它一批麻袋同时发给你的,前天你用这批麻袋运了一车大米到'民生粮店',经检验那批大米中没有发现白附子粉,这就说明这3个新麻袋发给你时是无毒的,是干干净净的。麻袋里的白附子粉是在前天运粮之后、昨天运粮之前放进去的。因为运粮的仓库有解放军看守,运粮的途中有解放军押运,这段时间任何人也别想放毒。而前天运完粮之后到昨天运粮之前,麻袋就放在你车上,你说这白附子粉还有谁能有机会放进去呢?"唐宇的问话步步为营,节节推进,猛击要害。

江湘友越听头皮越麻,心里越慌,汗如泉水般地冒了出来,他结结巴巴地说:"我冤,冤枉,我真,真,没有放毒。你们解放军对我这样,这样好,这,这么信任我,我为什么还会,还会去放毒?这不是恩将仇报,猪,猪狗不如。"

唐宇见他不像是说谎的样子,语气稍稍缓和了一点说:"这件事只有两种可能性,一种可能性就是你自己,另一种就是有人乘你不备把毒药放进了麻袋,而后一种作案人必须有条件接近你的车辆和麻袋。你想想看,有谁具有这个条件?"

"我的车子开回去后都是停在自家院子里,最有条件的人当然是我婆娘和女儿了。"江湘友脱口而出,然后又苦笑着摇了摇头说:"但,我敢担保她们都不会投毒,我婆娘是个老实巴交,从不多事,连树叶掉下都怕打烂脑壳的人,别说叫她去放毒,你就是要她往米里面参几粒砂子她也没有这个胆。至于我女儿那就更不可能了,她今年才3岁多一点。"

"你再好好想一想,从前天你运米回家到昨天出发去运米之前是否有人接触过你的车辆和麻袋。"

江三友猛然想起了黄三丁,随之又摇了摇头自言自语地说:"难道是他,不可能,绝对不可能!"

"你说的是谁,不妨讲出来听听。"唐宇鼓励他说。

"我说的人是黄三丁,他是我远房表哥。"江湘友说,"昨天下午运完粮后,他让我开车帮他去运了一车瓦。但,一路上我俩形影不离,他根本没有作案的时间,这一点我完全可以作证。"

"慢,你把黄三丁让你运瓦的前前后后和整个过程详细讲一讲,不要怕麻烦,不要嫌罗嗦,要一点不漏地讲。"唐宇吩咐说。

当江湘友讲到把麻袋抬下来放到黄三丁家时,唐宇赶忙插了一句:"停,停!你把存放麻袋的情况讲细一点。"

"黄三丁听说车上放有运米用的麻袋,就对我说运瓦时尽是灰,会把麻袋弄脏的,要我将麻袋搬下来先放他家里等运完米再装上去。我听他讲得有道理,就与他一起将麻袋从车上搬下来,存放在他家的堂屋里。"

"一起有多少麻袋,你们是怎么搬的。"

"总共有90个,分作3捆。每捆有好几十斤重,因此较沉,都是俩人抬进去的。将麻袋放好,锁上门,我们就开车走了。"

"一路上你们碰到谁,和什么人打招呼了没有。"坐在唐宇右边一穿便服的警察问。

"没有。就我表哥在城门洞口下车到一个烟摊上买了两包烟。"

"那个卖烟的人是男是女,多大年纪,长得咋样?"问话的还是那位便服警察。

"不清楚。我当时坐在驾驶室没有下车,加之事不关己,也没留心。"

"将瓦运回黄三丁家后,他家里有人吗?你发现麻袋有被人翻动过的现象吗?"唐宇问。

"他家里没人,门还是锁着的。麻袋放在原地方,不像有人翻过,但我没有细看。门是锁着的,怎么会有人来翻呢?"江湘友说,"昨天下午运的瓦还不到小半车,将瓦卸下来以后,我表哥先用扫把将车上的灰扫干净,然后又用水将车厢冲洗了一次,搞得干干净净的,再帮我把麻袋抬了上去。所以我敢保证他没有投毒,因为他做的事都在我的眼皮底下,根本就没有作案的机会。"

"我问你,黄三丁是哪里人?现住何处?他是干什么的?"唐宇接着问。

"他是鸽城郊区人,现住鳌山街42号,他原来是个牛贩子,靠买卖耕牛为生。抗战胜利后搬进城里,改行做屠户以卖牛肉糊口。"

"牛贩子，难道是他？"唐宇在心里默了下神，对江湘友说："你先在这里休息一下，我们需要对你讲的情况进行核实。如果证实你讲的无误，就会放你回去。我们虽然不会放过一个坏人，但也不会冤枉一个好人。"

唐宇率领一个班的解放军战士和一帮警察迅速包围了鳌山街42号。

门是虚掩着的，推门进去后只见黄三丁的婆娘正坐在堂屋的四方桌前纳鞋底。见突然撞进一群军人，她吓得浑身发抖，连手上的鞋底也掉到了地上。

黄三丁的家一共3层，解放军和警察一部分冲进里屋，一部分冲上楼去进行搜查。唐宇和一男一女两名解放军留在堂屋里询问黄三丁婆娘。

"你男人在家吗？"唐宇在四方桌前的椅子上坐下来语气平和地问。

"不，不在。"

"他到哪里去了？"

"不，不，不晓得。今天吃，吃完早饭后，他，他说要出去收账，要，要过……几天才能回来。"

"报告！楼上没有发现黄三丁。"

"报告！里屋也没有发现黄三丁，但我们从镜框的夹层中搜到这张任命状。"一解放军战士报告说。

唐宇接过一看赫然是国民党军统特务头子毛人凤亲笔签名的一份委任状，上面写着：兹委任黄三丁（代号"黄牛"）为军统鸽城工作站中校副站长。

唐宇"啪！"地一声将委任状拍在黄三丁婆娘面前的桌子上说："你知不知道你男人是特务？"

黄三丁婆娘望着唐宇板着的面孔，吓得筛糠似的浑身颤抖不已，结结巴巴地说："特，特务是个什，什么东，东西？我从来没，没听他说，说过。只晓得他整天在外，外贩牛或卖，卖牛肉。"

"特务就是反革命分子，就是偷偷摸摸搞爆炸、暗杀等破坏活动的人。"站在唐宇身边的女解放军战士解释说。

"天啊！"黄三丁婆娘一屁股坐在地上嚎啕大哭起来，"黄三丁你这个天杀的！屋里一家人被你害死了，可怜我那崽伢子十年寒窗这大学算是白读了……"

鸽城警察局军管会在城乡四处张贴了通缉黄三丁的通缉令，但3天时间过去了仍然没有一点消息，黄三丁像是一滴水，在人间蒸发得无影无踪。

就在侦察工作陷入困境时，在旧警察中开展的"讲清问题，交代罪行，放下包袱，投身革命"的自我教育运动取得了实效。

这天晚上11点,陆相荣正在自己宿舍里看书。门口响起了"咚,咚,咚!"的敲门声。

"谁?"这个时候还有谁会找上门来呢?陆相荣一边问,一边警惕地向门口走去。

"是我,周光辉。陆主任,请你开开门,我有事情要向你汇报。"陆相荣听出是旧警员周光辉的声音,轻得像蚊子叫。

陆相荣返回书桌旁,拉开抽屉,掏出手枪,打开保险,放进衣服口袋里,然后才把门打开。

周光辉进门后返身将门栓上,再转身跪在陆相荣面前说:"陆主任,我是来向您坦白自首的。我是潜伏在警察局的一名军统特务,军衔是少校。"

"好啊!你能主动自首就是好事。"陆相荣将他扶起来说,"坐下来慢慢说,只要你彻底坦白,我们可以既往不咎。"望着坐在对面,年纪不过二十三、四岁,耷拉着耳朵,神情腼腆,局促不安的年青人,陆相荣心想他参加特务组织的时间应该较短,中毒一定不是很深,罪恶也不会太大,一定要教育挽救他,争取为我所用。

周光辉说,他是1947年在南大毕业后经其在军统局当少将、装备处处长的姑父介绍参加军统的。开始留在姑父身边当机要秘书,尽管没有立功,仍然晋升很快。去年底姑父为了历练他,经毛人凤同意便让他到鸽城担任军统鸽城工作站少校行动组组长,具体任务就是在警察局监视局长、副局长,并收集相关情报。尽管他没有参加具体的镇压和破坏活动,因为有姑父这层关系,还是深受军统站正、副站长仇民宾和黄三丁的欣赏与倚重。他所以选择自首是因为他看到国民党及其政府和军队已彻底垮台,而自己还年轻想要前途,特别是这次自我教育运动受的触动很大,如果错过这个机会将会悔恨终生。为了表示自己的诚意,他把原用于向上司请功的,这两年偷偷记载的的旧警察局领导成员和其他人员镇压革命志士、欺压人民群众、贪污腐化的记事本交给了陆相荣。

陆相荣接过纪事本翻开一看,旧警察局所有人员的出身、履历、干过的坏事都记录得清清楚楚,有的在这次自我教育运动中已经讲了,有的却没有讲,特别是旧警察局的一些头目大多隐瞒了重大历史问题和主要罪行,这本记事本对清理旧警察队伍实在是太重要了。

"周光辉,看得出你的自首是真心的、真诚的。我代表军管会欢迎你走上光明的自新之路,欢迎你参加到我们的革命队伍中来!只要查实你本人再无其他历史问题,我们保证既往不咎。"陆相荣热情地说。

"陆主任,还有一件事能否请组织上帮我查证一下?"

"请讲。"

"我参加军统并非自愿的，一是因为我姑父硬要我参加，二是经过南大地下共产党同意的。"

"喔，有这样的事？"

"这是真的，我不骗你。早在大学二年级时我就同情革命并参加了一些进步学生的秘密活动，被南大共产党组织列为培养对象。毕业时得知姑父让我参加军统，我曾打算予以拒绝。学校党组织知道后，让我加入并争取上司的信任以获取机密情报及时提供给地下党，并以此作为我能否经受住考验吸收我加入中国共产党的条件。在南京期间我还和南大地下党有过接触，为他们送过两次情报。可到鸽城来以后就和共产党的地下组织完全失去联系了。"

"你在南大时和你直接联系的共产党人是谁？"

"他叫程利平，是历史系的讲师。"

"没问题，我们一定帮你调查清楚。"陆相荣思考了一下接着说，"不管你是不是经党组织同意的，但加入军统这是个事实，眼下对你来说有一个立功赎罪的机会或者说是继续接受考验的机会，你愿不愿接受？"

"愿意，当然愿意。"周光辉急迫地说。

"是这样，你知道我们这次在全体旧警察中进行的自我教育运动分为动员学习、主动交代、检举揭发、核实处理四个阶段。现在前两个阶段已经搞完了，从后天开始即转入第三阶段。我们想让你第一个站出来对那些有重大历史和严重犯罪问题的人进行检举揭发，以推动运动向深入发展。我们会当场对你进行记功表扬。"

"记功表扬倒不要，但，我想……我想……"周光辉吞吞吐吐，似有其他心事。

"你是不是为难，是害怕暴露身份，还是怕打击报复？"陆相荣关心地问。

"都不是。"周光辉像是下定决心似地咬了咬嘴唇，说，"你们如果信得过我，我想打入犬形山的土匪老巢，为彻底消灭鸽城境内的特务和土匪做点贡献。"

"哦，是这样。"陆相荣颇感兴趣地说，"你把你的想法和打算详细说给我听一听。"

原来前天下午仇民宾约见了周光辉，告诉他由于肃反运动的深入，他们的活动空间越来越少，暴露是迟早的事情，为此他们准备在最近撤进山里与邹贵疆、高森仔他们会合。仇民宾命令周光辉千方百计救出上次被抓的鸽城火车站副站长、军统特务刘剑浩，因为他是高森仔的亲外甥，将他救出来带进山里就等于有了一份贵重的见面礼。

"陆主任，我想利用这次机会来它一个一箭双雕，帮助你们彻底消灭暗藏的特务和山上的土匪。"周光辉说。

"就凭你一个人？"陆相荣疑惑地问。

"当然不是，主要还得靠解放军。我不过是起点辅助作用而已。我的具体想法是分两步走：第一步是借口个人力量不够，策动他们组织劫狱，将特务一网打尽；第二步是我假装救出仇民宾和刘剑浩与他们一起逃进犬形山，从而取得土匪的信任，再创造机会帮助解放军一举歼灭所有土匪。"周光辉详详细细地说了自己的想法和打算。

陆相荣觉得周光辉的想法是够大胆的，仔细一想也有他的可行性，但此事关系太重大了，他一个人绝对作不了主，必须向上级请示汇报。于是他笑着对周光辉说："你要求立功赎罪的态度很好，但具体怎么做还有待于我们研究之后才能定。这样吧，我知道你深夜来找我自首，是不想让人知道以便实施你的计划，我会替你保密的。你回去以后装作什么也没有发生，该干什么就干什么，该怎么干就怎么干。等我们研究好以后再答复你。"

鸽城军管会的同志在听取陆相荣的汇报后，分歧意见很大。多数同志认为周光辉的建议不能采纳，让仇民宾、刘剑浩等人逃进犬形山岂不是放虎归山，进一步扩大土匪的势力。有的同志甚至认为周光辉自首是假，想帮仇民宾和刘剑浩逃跑是真，主张把周光辉抓起来，通过审讯扩大战果。

"说周光辉自首是假，我不赞同。"陆相荣说，"因为事先我们并没有掌握他是军统特务的任何线索，说明他不是被迫的；在我们没有对他采取监控措施的情况下，他要和仇民宾他们逃跑轻而易举，完全用不着演假自首真逃跑的戏；如果他策动劫狱又告诉我们，将会给特务组织造成巨大损失，就是救出一个刘剑浩也是得不偿失，用这样的苦肉计虽然讨好了高森仔，但肯定会得罪仇民宾、邹贵疆。更重要的一点是经我们电请南京市公安局军管会协查证实，周光辉加入军统确系南大地下党同意的。所以，我认为周光辉自首应该是真。但，对于特务在劫狱时放不放走刘剑浩和放不放过仇民宾，我却拿不定主意，对周光辉混入土匪窝后能不能为我们创造全歼土匪的条件更加没有把握。"

马玉文一边听大家的发言，一边在深入进行思考。他总觉得这确是一次一石二鸟的机会，但万一用错了人呢？这时他又想起了李招军关于用人宁左勿右免得犯立场错误的话，不觉有所犹豫。但，转念一想即使错信周光辉放走刘剑浩，放过仇民宾，让他们三四个人逃进土匪窝又能掀起几丈浪呢？如果信任周光辉这步棋走对了，就可以在最短的时间内用最少的代价消灭境内的全部特务和土匪，即使冒点风险也是值的，自己怎么能因为个人得失而思前顾后呢？想到这里，他轻轻吐了口气说："我同意采纳周光辉的建议。首先周光辉的自首是真实的、可靠的，理由陆相荣同志已说得很清楚、很详细了。退一万步来讲，即使周光辉自首是假，利用我们是真，我们也可以来个将计就计嘛。三国时的诸葛亮尚且能够七擒孟获，我们就不能来他一次捉放周光辉么？其次，成败的关键在于我们的准备和策略。我们要有两种准备，两套方案，一套是按周光辉真自首设计的，一套是针对周光辉假自首将计就计安排的。只要我们计划周密，准备充分就能一举两得，大获全胜。"

六

城郊一日杂仓库，40多名潜伏下来的军统和中统特务以及少数几个冥顽不化的旧军官正躲在仓库楼上开会。这些平时锦衣玉食，趾高气扬的家伙，一个个成了丧家之犬，他们或着搬运工人的衣服，或穿车夫的服装，或一身小老板的打扮，不仅衣服五花八门，而且大多面黄肌瘦，无精打采，唉声叹气。

"各位，请打起精神来，现在开会了。"胡生来拍了拍巴掌说，"兄弟我是江南反共救国军的参谋长，姓胡叫生来。今天是个好日子，根据当前的形势，上峰决定将鸽城的军统和中统合二为一，并编入江南反共救国军。"说到这里他先介绍了仇民宾，然后指着坐在他身旁一位长尖脸、三角眼、蒜头鼻，始终一脸奸笑的中年男子说："这位就是原中统鸽城工作站的中校站长戴忠正，现任江南反共救军上校情报处长。现在请戴处长和仇副司令讲话，为了安静和保密，就不鼓掌欢迎了。"

戴忠正站起来先朝仇民宾鞠了一躬，然后清了清嗓子说："上峰决定，我们中统和军统合并，这个嘛……这个嘛，是为了适应形势的需要，兄弟我坚决拥护。从今以后我们一定要摒弃前嫌，真诚团结，原属中统的同仁谁要心存二心，不服从仇副司令的统一指挥，别他妈的怪我翻脸不认人，老子……老子一枪崩了他。"

"讲得好，讲得好！"仇民宾接过话说，"刚才戴处长讲得太好了，真是一语中的，切中要害，前一阶段我们吃亏就吃在不真诚团结上，两家各自为政，各干各的。由于力量分散，不仅干不了大事，还容易被共产党、解放军各个击破。现在我们是一家人了，从今以后不准再分彼此，再立山头，争风吃醋，要同仇敌忾，团结对敌。我还要告诉大家一个好消息，为了保存力量，咱们反共救国军的邹司令和高副司令已同意我们撤进山里等待时机配合台湾反攻大陆。"

听说躲进山里能暂时脱离危险，不少特务喜形于色。只听仇民宾接着说："我们进山总得有点见面礼嘛，为此我和戴处长研究决定组织一次劫狱，将高副司令的外孙刘剑浩救出来带往犬形山。"

仇民宾的话声一落，下面便叽叽喳喳，满塘青蛙叫，响起一片反对声："劫狱？这不是拿鸡蛋碰石头么。监狱里不仅墙高门厚，而且肯定有重兵把守，光靠我们手里几把手枪要想攻进去救人岂不是异想天开。""那是飞蛾扑火，自投罗网，白白送死。""就是救出刘剑浩，起码也要搭上一、二十条人命，凭什么我们要付这么大的代价，难道他高副司令外孙的命值钱，我们的命就不值钱？"

"安静，安静！"戴忠正挥手站起来说，"我和仇副司令决定救出刘剑浩作为见面礼带进山去，一是免得山上的人瞧不起我们这帮弟兄，使大家进山之后能挺起腰杆做人；二是给共产党和解放军一个难堪，叫他们知道知道我们军统和中统的厉害。"

"请大家放心，我和仇副司令、戴处长绝不会拿弟兄们的生命做赌注，干亏本的买卖。"胡生来说，"我们决定劫狱，是因为在警察局我们有内线，可以里应外合，打他一个出奇不意。"说到这里他指着坐在靠窗户边的周光辉说："下面就请在警察局卧底的周光辉给我们介绍一下监狱的情况和劫狱的具体安排，别看他小小年纪，军衔已至少校，是军统培养出来的高材生。"

全场的目光聚集到周光辉的身上，他腼腆地站起来向大家鞠了一躬说："各位都是我的前辈或兄长，我先介绍一些情况供大家参考。"他在详细介绍了监狱的地形地貌、房屋结构、关押犯人的数量和警力配备情况之后说："从表面看监狱围墙高耸，警卫森严，难以劫狱。其实不然，首先，由于从来没有发生过劫狱和犯人闹事逃跑事件，警卫人员思想麻痹，内紧外松，完全可以打他一个措手不及；其次，监狱设施老化，仍是利用原来的旧监狱，他们还来不及改造和维修，一些地方的外围墙由于多年失修，裂缝到处可见。有的地方只要几个人合力一推都可以推倒，一旦被发现，大多数人逃出去应当问题不大。我想等到夜深人静时，由我先将内监的两名看守和监狱门口的警卫人员悄悄干掉，然后放大家进去。你们进去后就潜伏在右厢房警卫人员宿舍外面，里面住有一个排的解放军，要尽可能地不惊动他们，万一被发现了，务必用火力封住门窗不让他们冲出来，直到我们将人救出来再撤，这样劫狱必能成功。我要说的是牺牲肯定是有的，但只要我们计划周密，准备充分，行动敏捷，就一定能达到既减少牺牲甚至避免牺牲又能救人的目的。"

"怎么样，大家还有顾虑吗？"仇民宾扫视了一下全场，不等大家回答就说，

"这是我们中统和军统撤离鸽城时的最后一场演出,我们要给共产党和解放军一次沉重打击,要给党国立下一大战功。即使付出一些代价,牺牲几个人也在所不惜,军人嘛,不成功便成仁!现在我宣布:劫狱行动定在明晚子夜以后进行,为了不走露消息,除周光辉回警察局做内应之外,其余任何人从现在起到明晚开始行动之前不准离开这里半步,否则格杀勿论!"

周光辉离开后,有人提出:"这小子靠得住么?如果靠得住,劫狱是有希望。可万一他叛变了,我们就会全军覆没。"

"笑话!"仇民宾冷笑一声说,"他是我们军统培养的优秀人材和世家子弟,怎么会靠不住呢?再说他要叛变,今天怎么不通知共产党和解放军包围这里,将我们一网打尽?"

听他这么一说,大家再也不吭声了。

戴忠正眨巴眨巴眼睛,俯在仇民宾的耳边说:"副司令,俗话说'小心行得万年船','害人之心不可有,防人之心不可无'。我看从现在开始到明晚行动之前还有二、三十个小时,为了防止万一,我们不妨另外找一个地方集中躲起来,只派少数几个人在这里监视。如果这一天多平安无事就证明周光辉绝对可靠,明天晚上只管放心大胆干就是。"

仇民宾想了想,点点头说:"要得嘛,就这么定。"

一直坐在仇民宾身边的黄三丁直到这时才有机会插话,他说:"副司令,我是原来就定好先撤到山里去的,是不是现在就走,也好先给你们去报个信。"

"我说,老弟呀!你还在乎这一两天吗?明天晚上还是一起参加,干完再走吧。这样你的功劳就更大,脸上就更光彩了。"

子夜,伸手不见五指。鸽城监狱像一只巨兽孤零零地趴在郊外的荒野上,监狱的大门如同巨兽的血盆大口,在昏暗的灯光下阴森恐怖,令人望而却步。

一支约30多人的队伍拉开一定的距离,悄悄摸到离监狱约1公里的乱坟岗隐蔽起来。仇民宾打了一声呼哨,从队伍中走出4个人分两路朝监狱搜索而去。过了不到20分钟,监狱门口先后有两束白光晃了3下,仇民宾心中大喜知道这是去搜索的人发出的信号,表明在监狱四周没有发现埋伏。

"出发!"随着仇民宾一声令下,特务们像离弦之箭奔向监狱。

"咕咕……咕咕……咕咕……"戴忠正扒在门板上对着门缝学猫头鹰叫了3声。

监狱的大门悄无声息地打开了一条缝,周光辉探出头来对仇民宾说:"副司令,哨兵已被我干掉了,让弟兄们快点进来。"他边说边将大门推开。

阴暗混浊的灯光下只见一个穿着军装的人倒卧在地，背上刺着一把匕首，身体四周是一片血迹，血腥味浓得令人作呕。不用说，人是刚刚才被杀死的。仇民宾不再犹豫，将手一挥说："都他妈的给我进来，动作要快！"

等特务们都进来之后周光辉顺手把门关上说："副司令，请派4个人守住大门，派两个人同我进监区去救人，其余的人负责盯住宿舍里的狱警和解放军，万一被发现时绝不能让他们冲出来。"

"你带两个人去救人够了么，要不要多带几个？"仇民宾不放心地问道。

"够了，里面值班的两个狱警早已被我灌得烂醉如泥。多留几个弟兄在这里防备解放军要紧。"

见周光辉满有把握并说得在理，仇民宾便点了两名得力的特务随他而去。

周光辉带着两名特务在众目睽睽之下沉着镇静，泰然自若地走进监房并顺手把门关上。路过狱警值班室时他指着一个扒在桌子上，一个倒在地上的狱警说："你们看看他们两个的熊样子，鄙人略施小计就让他们醉得不省人事。"一名特务竖起大母指在周光辉的眼前晃了晃说："妙！老兄的这着棋实在走得妙。"周光辉装做得意洋洋的样子领他们来到17号监房，掏出钥匙将门打开并把钥匙递给其中一个特务说："你们俩进去先把刘剑浩的手铐打开，然后再将他救出来，我在外面替你们望风，以防万一。"

周光辉等3人进监之后，仇民宾将剩下的人分作3组用枪瞄着3间宿舍的门窗，随时准备阻击出来的解放军和狱警。

"嘟……嘟嘟！"门口突然传来了一阵汽车喇叭声。这突然而来的变化吓出了仇民宾的一身冷汗，他连忙跑到门口对着门缝问："外面是什么人，深更半夜的有什么事？"

"我们是大甸县看守所奉命押送犯人的，因车在路上抛了锚修了半天才修好，所以拖到这个时候才到。"门外有人回答说。

"你们一共有多少人"仇民宾问。

"6名犯人，6个警察，外加1个班的解放军战士负责押送。"门外的人扯开嗓门大喊大叫道。

原以为车上就几个警察比较好对付，听说还有一个班的解放军战士，仇民宾便慌了神只好施展缓兵战术说："你们先在门外等着，我要去找领导汇报，这深更半夜的要是出了问题我可吃不了得兜着走。"说完他轻轻吩咐站在门口的4个特务说："你们一定要把大门给我守住，没有我的命令不准开门。"

仇民宾返回院里准备找胡生来、戴忠正商量对策，刚才门口的叫喊声显然

已惊醒了宿舍里的人。中间宿舍里有人在喊："小虎子，你出去看看，到底发生什么事了？"

"是！"听得到有人从床上爬了起来。随着"吱呀"一声响，中间宿舍的房门被打开了。

"啪，啪，啪！"最少有三个特务同时开了枪。

"啊！"，"卟嗵！"从中间的宿舍里传来人的惨叫声和倒地声，房门很快就被掩上。三间宿舍的窗台上伸出了一排排枪孔，双方开始对射。特务们只有两支冲锋枪，其余是清一色的手枪，而解放军和狱警使用的是步枪和冲锋枪，双方的火力差距太大，解放军的冲锋枪像一条条火蛇喷着火焰将特务们压缩在一些乱砖、杂木后面抬不起头，只能时不时朝着宿舍门口放冷枪，防止解放军和狱警们冲出来。

一个负责看守大门的特务弯着腰躲躲闪闪地来到仇民宾身边语无伦次地报告说："副司令，不，不好了！门，门外的解放军听见里面打起来，已在外面架好了机枪。我们成了坛子里的乌龟，根本跑，跑不出去了。"

"慌什么，给我回去死死守住大门，绝不能让门口的解放军冲进来。"气极败坏的仇民宾挥着手枪大声吼道。

"咣当！"监房的门打开了，周光辉和一个特务搀扶着刘剑浩在前，另一个特务在后出现在监房门前。双方密不透风的弹雨让他们寸步难行，4人只得缩回监房。周光辉探出头来一边大声呼喊仇民宾，一边用手式招呼他过去。

"胡参谋长，你负责组织大家继续阻击，我过去看看。"仇民宾说罢借着隐蔽物和地形连滚带爬窜到监房门前，周光辉伸手将他拉了进去。

"副司令，我不是讲了要尽量不惊动解放军和狱警么，怎么搞成了这个样子。"周光辉愁容满面地说。

"没办法，还是将他们惊醒了。"

"那还不快集中力量将他们的火力压下去，赶紧往外冲？"

"外面也有解放军并架好了机枪在等我们，已经冲不出去了呀。"仇民宾哭丧着脸说。

"怎么可能呢，外面应当没有埋伏呀？"周光辉一脸茫然的样子。

"听说他们是大甸县押送犯人的警察和一个班的解放军战士。"

"叭，叭，叭！""哒，哒，哒……"解放军和狱警加大火力，形势已危在旦夕。

"怎么办，还有地方可逃么"

周光辉关上监狱门，对仇民宾说："快跟我来，我们从后门翻墙逃出去。"

仇民宾听说有后门可逃连忙去开门，嘴里叨咕道："既有后门可逃，你怎么将门关上呢，快叫弟兄们往这里来呀。"

周光辉走过去掰开他的手说："我说副司令，你怎么这么糊涂呀！弟兄们如果不在那里抵抗，让解放军冲出来岂不全军覆没了。没办法，在此紧要关头只能丢卒保车了，只要留得你副司令这座'青山'，还怕今后没柴烧？"说完不管三七二十一拖着仇民宾就往前走。快到拐弯处时，他对仇民宾说："你们几个在这里躲一下，前面还有一道岗哨，我得去将他干掉才行。"仇民宾一行躲在拐角的地方紧张地注视着周光辉的身影，眼看他走近后门，只见一个人影闪出来堵在他面前喝问道："是谁，干什么的？"

"是我，周光辉。你没听到外面的枪声？有人想劫狱，领导特意要我来增援你。"周光辉边说边走过去。

"是小周啊，听到外面的枪声我正焦急呢，你来了就……"他的"好"字还末出口，一道寒光闪过人便倒了下去。

周光辉朝后招了一下手，仇民宾等4人便急急忙忙地跑了过去。周光辉将浑身是血、倒在地上的狱警翻了个身，从他身上取出钥匙打开门，领着众人向围墙跑去。围墙差不多有两个人高，几个人试了试都没能爬上去。外面的枪声和"不许动！""缴枪不杀！"的叫喊声响成一片，看样子解放军已经冲出宿舍，情况十分紧急。就在他们束手无策之时，周光辉不知从那里找到一根圆木对他们说："这是一堵老墙，应该不怎么么结实。来！我们齐心用力将它撞出一个缺口来。"

"一、二、三，撞！"在仇民宾的指挥下，几个人抱着圆木向围墙撞去，一连撞了三下，"哗啦！"一声围墙被撞出一个2尺多宽，1米多高的大洞。两个特务迫不及待地爬了出去。

一束电筒光照了过来，有人在喊："快追！狗特务们在后背的围墙边。"

周光辉奋力将仇民宾推出围墙，等刘剑浩爬出去之后，他才爬上围墙并悄悄对着自己的左腿打了一枪，"啊"地惨叫一声栽了下去。

"副司令，周光辉受伤了。"

已经跑出去好几米远的仇民宾停下来，回过头看了看，命令走在前面的两个特务说："回来！你这两个贪生怕死的家伙。由你们两个负责，无论抬也好，背也好，都要将周光辉给我抢回来。否则我就要了你们的狗命。"

两个特务抬着周光辉，跟在仇民宾、刘剑浩的后面消失在黑夜中。

就在周光辉将仇民宾拖进监房关上门的一刹那，监狱前院便亮起了一盏探

照灯将院子照得如同白昼，屋顶上到处是荷枪实弹的解放军，"缴枪不杀！"的声音震天动地。已是瓮中之鳖的特务只好纷纷放下武器，举手投降。

"唉！咱们上当受骗了。"胡生来哀叹一声，举枪对着自己的太阳穴扣响了扳机。

此役共俘虏包括戴忠正、黄三丁在内的特务25名，击毙9名，彻底肃清了潜伏在鸽城的军统和中统特务。

有的读者可能纳闷，利用周光辉消灭特务打进土匪内部无可厚非，但怎么能接二连三地让他杀害我解放军战士和狱警，以牺牲自己同志的生命去换取这场胜利呢？

列位大可放心。被周光辉杀死的"哨兵"，是一名判了死刑并核准执行的死囚，只不过是穿了一身军装而已。打开中间宿舍门时从里面传出的惨叫声是假的，在整个战斗中我方战士无一伤亡。而被周光辉"杀死"在监房后门的狱警到是货真价实的，只不过周光辉的匕首是插在他的腋窝里，他身上的血全是羊血罢了。试想在那种危在旦夕的时刻，仇民宾也好，刘剑浩也罢，谁还有心去认真验尸呢？

中国人民解放军鸽城军管会召开党委扩大会，听取陆相荣关于劫狱和反劫狱战斗情况的汇报。陆相荣说，对抓获的25名特务，他们逐一进行了审讯，证实除了有意放走的仇民宾、刘剑浩等4人及周光辉外，军统和中统潜伏下来的特务已全部肃清。末了他还着重汇报了黄三丁的交代情况，他说："黄三丁除了对投毒事件供认不讳外，还承认1946年马玉文支队长在清溪村养伤的情报是他提供给日军的，他还具体组织了我军进城那天对马师长的伏击。像他这种既是日本特务又是军统特务的双料货在被抓的特务中是独一无二的，而且罪行也是最严重的。"

"马师长当年在清溪村伤养的情况原来是他提供的，怪不得当年我们查来查去查不出个结果来。"莫良田说。

"由于他将情报出卖给日本鬼子，给我军民造成了巨大的损失。"想起当年的事谢东山气得眼珠子都红了，他说，"好在玉文同志开会去了，要不后果不堪设想。但造成的损失仍然非常严重，鬼子不仅抓走了我们两名战士和70多个村民做人质，还欠下了6条人命。"见有的同志望着他像对他提供的数据有所不解，他又补充说："不是吗？鬼子当场杀死了村民戴国伟和吴英楚，事后又杀害了村支书吴明月，村里还有3名姑娘遭鬼子轮奸后在被放回来的路上因不甘受辱而被迫投河自杀，不是6条人命是什么？"

"对，这6条人命都要算到鬼子和黄三丁的头上。""黄三丁这个狗特务真是作恶多端，血债累累，非杀不可。"会场里响起一片议论声。

马玉文作了一个让大家安静的手式说："同志们，特务黄三丁的确恶贯满盈，但对他的处理我们还是由警察局军管会依照法律规定和法定程序去办。现在暗藏的特务已被全部挖了出来，该是集中精力剿灭土匪的时候了。警察局军管会要抽出得力的侦察人员深入犬形山一带的村庄，一方面协助剿匪部队发动群众，另一方面想方设法与周光辉取得联系，及时掌握敌情，把握机遇消灭土匪。同时，要想到狗急了也有跳墙的时候。土匪被困在山洞的时间久了必然会对我进行反扑，而依他们现有的兵力、装备，他们选择的报复对象最有可能的是犬形山周边新建立起来的基层人民政权。所以剿匪部队一定要协助当地各村尽快建立民兵组织，相互配合确保基层政权组织和人民生命财产的安全。当前全地区的中心任务是加快基层政权组织建设，大力恢复发展生产。前阶段基层政权组织建设的重点是剿匪前线的村庄，现在必须在全地区铺开，并在3个月内完成，以实际行动迎接新中国的诞生，为此我准备到清溪村去亲自试点。"

党委扩大会结束后已是下午5点半，马玉文最后走出会场，值班参谋向他报告说："首长，门外有个女的抱了一个孩子，指名非要见你不可。"

"一个抱着孩子的妇女？她找我有什么事？"

"我们问了，她没说，只说见你一面就走。"

"见一面就走，会是什么人呢？你把她带到我办公室来吧。"

走进马玉文办公室的是一位30出头的妇女，杏眼，瓜子脸，瘦腰，活脱脱一个林黛玉，她手上抱着的婴儿却是胖乎乎看上去还不到两个月。马玉文疑惑地问："请问，你是……找我有什么事？"

"恩人不认识我了？我就是你们部队进城那天在路上救的那位孕妇啊。"少妇满脸羞涩地说。

马玉文恍然大悟，说："原来是徐太太，来，坐下来谈。请问你找我有什么事？"

徐太太没有落座，原地不动地说："我是来感谢您的救命之恩的，那天若不是您用车及时把我送到医院抢救，我们母子二人早就没命了。后来听说你从医院出去后差点被特务打死了，我想起来都后怕，下决心要当面向你表示感谢。昨天孩子满月，今天就带他来了。请恩人受我一拜。"说着就抱着儿子跪了下去，接连给马玉文叩了三个头。

马玉文毫无思想准备，碍于"男女授受不亲"，他扶也不是，躲也不是。待

徐太太站起来以后,他说:"救死扶伤是每个有良心的人都会做的事,更何况我们是中国人民解放军呢。这点小事你就别放在心上了。既然来了,还是坐一坐再走吧。"说完他让值班参谋给她倒了一杯水。

徐太太见状之后只好坐了下来。

"请问徐太太,今后你有何打算?"马玉文在办公桌后坐下来问。

"唉!现在宁涛已死,我在鸽城已举目无亲,除了带儿子回老家还能到哪里去呢?"

"你老家哪里的?"

"云南大理。"

"此去大理少说也有3000里,现在西南还没有完全解放,那一带土匪又多,很不安全,我看你还是暂时别急着走。至于生活问题,徐宁涛虽然自杀了,但是他决定让部队起义投诚的,我们会按起义投诚将领对你和小孩进行抚恤。"

"谢谢!谢谢!"徐太太感动得热泪盈眶。

"对了,你叫什么名字?过去是干什么的?"

"我叫林佳彤,师范毕业后教了三年书,嫁给徐宁涛后就成了全职太太。"

"你是师范毕业生,还教过书,现在还想不想当老师从事教育工作呢?新中国马上就要诞生了,急需大批人才,而教育是培养人才的摇篮,我们太需要教师了。"

"当然愿意。别说是现在,就是徐宁涛在的时候我整天呆在家里快被闷疯了,只想出来工作。如果你们能安排我当教师,我连抚恤金都不要了,我要用自己的双手来养活我的儿子。"林佳彤高兴地说。

"好,我这就给戴书林同志写封信,你拿着去找他。他现在是军管会文教卫组的负责人,他肯定会安排你的。"

七

济颠洞地处犬形山深处一座百丈悬崖的中间,洞口布满了千年古藤,将洞口遮了个严严实实,由于四周是悬崖峭壁,站在对面山头也看不到洞口,所以济颠洞是鲜有人知。要不是当年高森仔潜入一大户人家行窃并强奸了大户人家的小姐,被仇家追到此处,走投无路被迫攀藤而下发现此洞,得以躲过一劫,就连这山上的土匪也不知道有这么一个洞。高森仔当了土匪并火拼原匪首坐上第一把交椅后,由于济颠洞四周无路,进出极不方便,也从未在此安营扎寨。

自从解放军剿匪部队对山上的山洞采取步步为营、一个一个蚕食的办法后,土匪活动的地盘越来越少，能够容纳两三百人的大洞更是罕见。于是高森仔便想到了济颠洞。当年他慌慌张张攀藤而下原本是想爬到崖底溜之大吉，没想到爬到半山腰时见到这里有个山洞便窜了进去。刚一进洞，头顶就传来了一阵一阵的叫骂声："妈的，明明看到这小子跑到这里来了，怎么就不见了呢？""错不了，我远远看到他跑到这里晃了一下就不见了。""这里是悬崖峭壁，少说也有几十丈深，就是山羊也站不稳，这小子莫不是会飞不成？""肯定是在无路可逃的情况下，纵身跳下去了。反正捉到是死，跳下去也是死，至少死前还可以免受皮肉之苦。""打，都给我把子弹打光，免得这个王八蛋跳下去后侥幸不死，劫后逃生。"接着只听子弹"啪，啪，啪……"地像爆豆子似的响成一片，足足响了20分钟才听头顶上的人骂骂咧咧地走了。

高森仔又等了半个小时才回个神来，借着洞外射进来的光线打量了这个山洞，隐隐约约感到这个洞很大很深，由于孤身一人又无火把和其他照明工具，不敢前去探究。他又等了一会，在确信追赶他的人已经走光之后又抓住树藤爬上崖顶。

想到济颠洞后，高森仔马上带上十几个弟兄扛着锄头、钢钎，拿着铁锤、火把，全副武装的爬进洞来。他们在洞里足足爬了3个小时，发现这个山洞有三八二十四个溶洞，是洞中有洞，大洞套小洞，洞洞相连。最奇妙的是山腹当中有一条小河流经22道湾，行程11华里从一狭小洞口流出山外与一小溪相连。小溪亦在深山峡谷当中，四周没有人烟，非常之隐蔽。山腹当中的这条阴河，水深不过膝，流速缓慢，水质清澈甘甜，不仅可以解决几百人饮水洗澡的问题，而且遇到紧急情况时只需少许人工、炸药就可以将出水口扩大，确保两三百人在一餐饭的工夫跑个精光。高森仔数了数，24个洞当中可住30人以上的溶洞有11个，有的甚至可住上百人。经过成千上百亿年的演化，洞中尽是奇峰异石，有的似兽，有的像仙，有的如玉树，有的胜龙宫。在最大的一个溶洞中，两米多高的台阶上有一人状的石头"手中"居然还握有一把"烂蒲扇"，犹如鬼斧人工雕塑出的道济和尚，栩栩如生，活灵活现。故而高森仔将此洞冠名为"济颠洞"。

邹贵疆进洞看了以后，甚为满意。他和高森仔商量决定将现有319名土匪中的240名带进济颠洞来以有效地保存主力，其余79名则分作4个小分队分散在其他山洞与解放军进行周旋。

为防止两百多人攀藤入洞折断、损坏树藤，暴露山洞，邹贵疆让先前逃进山来的军统特务、爆破大王叶世闻于山上的乱石丛中用炸药炸开一个洞然后掘进30米与济颠洞相通，待人员和所有物资全部进洞之后又用石头将30米的通

独领风骚

道全部填死，将炸开的洞口填上土，铺上草皮，栽上杂树，使之与周围浑然一体，让人看不出来。

这天，被邹贵疆称之为"议事厅"的，即有道济石像的熔洞，火把通明，人声鼎沸，石桌上摆满了酒肉、花生、干果。200多土匪围了20来桌，邹贵疆、高森仔、仇民宾坐在道济像前的条石桌后，桌上除了酒肉之外还有一堆银元。高森仔满脸横肉，平时难得一笑的脸上绽开了笑容，他端起酒碗站起来大声说："弟兄们，今天我们欢聚一堂，为的是欢迎仇副司令一行。这次仇副司令指挥潜伏在城里的弟兄们打了一场大胜仗，劫了共党的监狱，打死打伤了不少解放军，大闹鸽城，震惊天下！让我们一起敬仇副司令一杯，敬新来的弟兄们一杯。干！"他脖子一仰，满满一碗酒就倒进了肚子里。土匪们欢呼雀跃，敞开肚皮大吃大喝起来。高森仔所以如此兴奋，主要还是因为把他的外甥刘剑浩救了出来。高森仔3岁死了娘，4岁死了爹，是他唯一的姐姐将他拉扯大的。他视姐姐如同母亲，姐姐就这么一个儿子，前年他姐姐临死前将刘剑浩托付于他，如果刘剑浩有个三长两短，他高森仔怎么对得起恩重如山的老姐啊！这次仇民宾和周光辉从监狱里将刘剑浩救了出来，令高森仔感谢不已，他在心里更是将周光辉当做刘剑浩，甚至自己的救命恩人。

酒过三巡，邹贵疆站起来慢条斯理地说："弟兄们，喝酒的事暂且停一下，我想请仇副司令给我们介绍介绍他们劫狱的英勇事迹，一来给我们喝酒时助兴，二来好学习他们的精神与经验同共军血战到底。大家说好不好？"

"好！""欢迎！"下面响起了一片掌声与呐喊声。

仇民宾眉飞色舞，绘声绘色地讲述了一遍劫狱的过程，包括如何精心策划，如何里应外合，如何英勇杀敌，如何掩护撤退，他讲得声情并茂，荡气回肠，活灵活现，加上口才本来就好，直说得土匪们如醉如痴，连连叫好。但颇有心计的仇民宾隐瞒了一个重要情节没有讲，即被押运犯人的车辆和解放军堵住了大门，形成关门打狗，导致全军覆没的情节。因为他清楚如果说自己的队伍已全军覆没，非但当不成英雄，而且还要被追究责任，特别是进山之后当得知自己已成光杆司令，谁都会瞧不起自己。而真象只有周光辉一人知道，他在来的途中已暗中和周光辉统一了口径。所以说到末尾时，他大言不逊地说："这次劫狱我们共打死打伤共军20余人，为减少己方伤亡，我们在撤退时分前后两条线同时进行，使共军顾头不顾尾，故而我方仅3死4伤，我们还有近20名没有暴露身份的同志继续潜伏在鸽城与共军进行特殊形势的战斗，以支援山区。

山洞里响起了一片热烈的掌声。

"弟兄们!"待掌声停下来后,仇民宾又补充说,"在这次劫狱战斗中,还产生了一位了不起的英雄,这就是军统少校周光辉,他先是干掉了监狱的门卫,灌醉了监牢的看守,为这次行动创造了条件;后又在危急关头救出刘剑浩之后带领我们从后门撤走,并亲手杀死了守卫后门的狱警。更加难能可贵的是在撤退途中,他先后用身体将我和刘剑浩推出围墙,自己殿后以致光荣负伤。他才是值得我们效法的真正的英雄啊!"仇民宾所以要这样说,一是为了进一步笼络周光辉,封住他的嘴,二是为了宣传军统特务的才智勇敢,给自己脸上添彩。

"请周光辉站起来,让大家认识认识。"邹贵疆说。

周光辉扶着拐杖站起来,腼腆地向四周的土匪敬了一个鞠躬礼,再次搏得满堂喝彩。

"弟兄们,看到了吗?共军不是铜头铁臂,不是无懈可击,没有什么可怕的!"邹贵疆不失时机地鼓动说,"只要大家像周光辉他们一样对党国忠心不二,敢于杀身成仁,我们就一定能打败共军,坚守阵地,等到国军大举反攻、光复大陆的那一天。为奖励功臣,激发斗志,我宣布:司令部决定给周光辉晋升军衔一级,即由少校晋升为中校,并奖给银元2000元;除仇副司令外,包括刘剑浩在内的其余3名参加劫狱者各奖励银元1000元。"说到这里他扫视了一下全场,语调沉重地说:"现在,我要告诉大家一个不好的消息,共军正在我们的周围筹建村级政权,如果让他们的计谋得逞,我们就会被活活地困死和饿死。大家愿意坐以待毙吗?"

"不愿意!""我们誓与共军决一死战!"叫喊声在溶洞中回荡着,震得大家的耳膜嗡嗡作响。

等大家慢慢平静下来后,邹贵疆接着说:"那好,我已和高副司令、仇副司令商量好了,最近几天准备奇袭一两个村庄,将他们推选出来的村干部杀掉几个,以收杀一儆百的效果,让周围的人不敢跟着共产党跑,不敢同我们作对。为了养足精神好打胜仗,大家接着喝,接着吃吧!"

"喝酒!""干杯!"溶洞里土匪扯着嗓子大喊大叫,大吃大喝,一直喝到杯盘狼藉,东倒西歪。

"马支队长回来了!"清溪村的青壮年,尤其是老年人闻讯之后,纷纷走出院门涌向村口的晒谷坪。

陪同马玉文来的有陆相荣、毛忠民、余颖杰以及现任鸽城军管会秘书的曾晓亮。刚一进村,他们就被闻讯赶来的乡亲们分割包围起来。人们围着他们亲热地问这问那。

"马支队长在哪里，让我摸摸。"一个苍老的声音透过人墙传了进来，围观的人群自觉地让开了一条路。出现在马玉文眼前的是一个衣着整洁、满头白发、靠手中的拐杖探索着蹒跚而行的老妇。

"这不是凤娇嫂么？"马玉文心里想，她应该50才出头，怎么5年多不见就老得这么快，看样子她连眼睛都瞎了。

"是凤娇嫂吗？我是马玉文。"马玉文走上去搀扶着她说。

王凤娇用右手紧紧抓住马玉文的左手，像是怕他走了似的，激动异常地说："听人说你已当了大官，我还以为再也见不着你了呢，那样的话我就无法完成孩子他爹的遗愿了。"

"孩子他爹？你说的是林章飞，他怎么样了？"马玉文急切地问。

"他早就被国军给打死了。嗨！凤娇嫂一家也太惨了。"人群中有人感慨地说。

"这是怎么一回事？"陆相荣问。

有人告诉他们，1946年，也就是新四军江南特遣支队走后的第二年秋天，国民党军队为扩军备战到处抓壮丁，林章飞也是被抓的对象。这天，听说抓壮丁的要来，林章飞便躲进了事先在猪栏里挖好的暗洞。

"老子走了，儿子顶。"负责带队抓壮丁的国军连长见抓不着林章飞，指着他刚满15岁的儿子林运楠气急败坏地吼道："把他给我抓走！"

躲在暗洞里的林章飞急了，跳出来拦住抓壮丁的人说："把我儿子放了，我跟你们走。"

"嘿，嘿！"国军连长干笑了两声说，"放了你儿子？那不是太便宜你了。你胆敢抗令不服兵役，眼里还有没有皇法？来人，给我将他捆起来一起带走。"

任凭王凤娇呼天喊地，跪地求饶，国军连长还是把林章飞父子俩押走了。

走到山岔口，林章飞给儿子林运楠使了一个眼色，一脚踢倒国军连长后向山上跑去。趁国军士兵去追林章飞之际，林运楠扭头朝另一个方向跑去。

"打！给我打。"国军连长从地上爬起来恶狠狠地命令道。

在一阵枪淋弹雨中，林运楠当场毙命，林章飞被乡亲们抬回时也只剩下最后一口气。他拉着王凤娇的手断断续续说："孩，孩子他妈，别，别哭，你一，一定要，要找，找到马，马，马支队长，将满，满伢子交，交给他，我，我说过，要，要跟，着他干……"不等说完，头一歪就断了气。

王凤娇哭得死去活来，三天后当林章飞父子的丧事办完时，人们发现她的一头乌丝已变成了满头银发。

"这么说，她的这双眼睛也是那时哭瞎的？"不知是谁问了一句。

"不是。她的眼睛才哭瞎不久。"马玉文认识这个说话的人,他叫蓝宏光,是村里唯一的上门女婿,为人热情,性格爽直,只听他说,"说起来,凤娇嫂的这双眼睛归根到底还是让国民党军队给弄瞎的。4个月前为了阻止解放军南下,驻守鸽城的国军将我们村的300多村民抓去做人质,其中就有凤娇嫂唯一的儿子、刚满16岁的满崽林运松。你说凤娇嫂能不急、不哭么?她不吃不睡整整哭了三天,直到眼睛哭瞎了,还在干哭。要不,怎么说她家实在是太惨了呢!"

早已泪流满面的王凤娇听蓝宏光提到林运松,猛然想起来,她扯开嗓子喊:"满伢子,满伢子,你在哪里?"

"妈,我在这里。"林运松从人群中挤出来,走到王凤娇面前握住她那只拿着拐杖的手说。

"崽呀!"王凤娇说,"这个马支队长,当年救了你爹,今年又救了你,他可是我们家的大恩人。你给我跪下来,给他叩几个头,以感谢他的救命之恩。"

马玉文一把拉起就要跪下去的林运松那单薄瘦弱的身体,说:"不能跪,现在解放了,我们不兴这个。再说救你们的不是我,是共产党,是解放军。而解放军是人民的子弟兵,子弟兵救人民,是应尽的天职,还用得着感谢么?就如同一个家庭里有人救了自己的父母、兄弟姐妹一样,是应该做的。所以,今后大家见面时再不要因为这件事而讲客气了。"

"马支队长,您把我满伢子带走吧,这可是他爹临死时的交代啊!我怕万一他再让国军给抓走,便无法实现他爹的遗愿了。"王凤娇说。

"凤娇嫂,你放心吧。国民党的军队不可能再来抓你满伢子了,因为他们已经被我们彻底打垮了。如今解放了,人民要当家作主。我这次来就是要在这里进行建立村政府的试点工作,让人民群众自己掌权,自己管理自己,自己组织生产,从而建设一个民主、富强的新中国。"

犬形山飘坪杨家是一个只有40来户人家的小山村,却是刚刚建立的大坳行政村村公所的所在地。这里三面环山,一面临溪,四周距最近的村庄也有7华里,只有沿溪一条石扳路通向山外。

这天晚上乌云密布,山风呼啸。满山的松涛声和楠竹被吹弯腰反弹时相互碰撞发出的"哗叭!"声交集在一起,像一曲特殊的交响乐掩盖了其他一切声音。

晚上11点,一个黑影从石头垒成的围墙上翻进村里,只见他熟练地凭借柴堆、草垛等隐蔽地潜行到哨兵身后,一刀将其结果,然后掏出手电筒向村外晃了三下。

独领风骚

村外近百米处突然亮起了无数的火把，100多名土匪在高森仔的指挥下呐喊着冲进村里。

两个班的解放军战士尽管和衣而睡，听到喊声后即翻身而起，还是被土匪堵在屋里，经过激烈反击，虽然打死打伤七八个土匪，由于寡不敌众、猝不及防而全部壮烈牺牲。

4个村干部被土匪捆绑着从各自的家里押到村口，或被砍头或被剖腹并悬尸树上，每人身上还贴着一张黄裱纸，上面歪歪扭扭地写着"这就是跟共产党、解放军走的下场！"。

土匪们满以为通过血腥屠杀可以吓唬人民，没想到事与愿违，它让群众清醒地意识到"匪患不除，地方难安"，从而进一步激发了人民群众参与剿匪的积极性。在山区群众的参与和配合下，短短3天时间剿匪部队就端掉了3个土匪分队的老巢，打死土匪23名，活捉29人。

邹贵疆、高森仔、仇民宾等10多个土匪头目，龟缩在济颠洞议事厅的一角正在商量对策。

"照这样下去，用不了几天，解放军就会找到济颠洞，到那时我们就成了瓮中之鳖，只有挨打被捉的份。"仇民宾斜眼看了看高森仔说，"依我看，还是赶快跳出去，哪怕是化整为零到外面去打游击，总比等在这里让人一锅端好。"

"不行，绝对不行！"高森仔断然予以否决。

"愿闻其详。"仇民宾挑衅地说。

"这是老子和弟兄们浴血奋战多年创立下来的根据地，离开这块土地我们就丢了根本。再说，现在到处都是共产党、解放军的天下，你能跳到哪里去？只怕还没出犬形山就跳进了解放军的天罗地网。与其这样还不如守在洞里，坚持一天算一天。"高森仔寸步不让地说。

仇民宾和高森仔的意见分别得到一些头目的赞同，两派各不相让，僵持不下。就在邹贵疆左右为难，拿不定主意时，电报员跑来报告："司令，台湾来电。"

邹贵疆接过电报看了两次，紧皱的眉头慢慢舒展开来，他扬了扬电报说："都别争了，按命令行事。这是毛人凤毛局长经请示蒋总裁同意亲自给我们发来的电报，内容是'为保存有生力量，集中兵力建立牢固的西南反共救国基地，特令你部化整为零，撤至广西境内的十万大山，与在那里的部队合并。"念完之后他将电报递给了高森仔。

高森仔看了电报后无可奈何地说："要走，你们走。我反正哪也不去，死也要死在这个山洞里。"

邹贵疆听了，摇摇头说："人各有志，既然这样我也不好勉强了，不愿走的就跟高副司令留下来，其余的都随我和仇副司令撤往广西。但，走前我打算狠狠地敲一下共产党和解放军，闹他一点动静出来造成影响，作为进入广西十万大山的进山之礼。"

"司令，你莫不是想在走之前再同解放军打一仗？单凭我们这点力量，恐怕干人家一个连也干不过。我看还是偃旗息鼓，悄悄溜之大吉为上。"仇民宾不无担忧地说。

"哈，哈！我还没有蠢到拿鸡蛋去碰石头的地步。我的意思是我们撤往广西的队伍下山之后先集中力量，出其不意地搞掉一两个乡政府，再化整为零，分散行动。"

"我看行，现在解放军的兵力都摆在山上，山下的村、乡里面顶多有几个民兵。他们做梦也想不到我们会去搞他，一搞准成。"有人附和说。

"高招啊！这实在是一着高招。"高森仔兴奋地说，"如果成了，不仅可以打击共产党、解放军的气焰，为你们撤往十万大山备下一份厚礼，而且可以解我犬形山之围。因为共军必然误以为我们都跳了出去，从而从山上撤军，使我们得以长期坚持下去。佩服，佩服！"高森仔将翘着的右手大拇指伸到了邹贵疆的眼前。

"要想成功还得依赖你高副司令的支持呀。"邹贵疆顺手握住高森仔的手说。

"好说，好说。请司令吩咐就是。"

"你得派几个熟悉情况的弟兄先去给我踩好点。"

仇民宾听后怕高森仔抢了头功，连忙插话说："司令，依我看不用踩点，我们要搞就搞清溪村，那是马玉文蹲点亲手建立起来的村政府，一则这个村就在山脚下顺路，二则搞掉它震动大，影响大。"

"既然是马玉文的点，那里驻不驻有解放军？有多少民兵和枪支弹药？这些情况你清楚吗？"邹贵疆盘问道。

"我马上派周光辉带两个弟兄先出侦查一下，高副司令手下的人都是本地的，万一被人认出来那就误了大事。"

邹贵疆沉吟了一下说："那就要周光辉带路，我派两个弟兄跟他去。高副司令，你看这样安排行不行。"明眼人一看就知道邹贵疆这样做一是对周光辉信不过，二是给高森仔一点面子。

高森仔这个时候想的不是争功而是保存实力，忙说："司令考虑周到，就照司令说的办。"

独领风骚

月光时隐时现，周光辉一行三人高一脚低一脚，时快时慢地走在山路上。他们穿着山里人常穿的对襟衣、扎脚裤，背着山药、竹笋、干果像下山赶集的农民。一路上周光辉心急如焚，进山前由于情况不明无法确定联系的地点和方法，陆相荣告诉他将派若干名侦查员到剿匪前线的部队中去，他一旦获得重要情报可到就近的村庄想办法通知侦查员。可进入济颠洞后他才发现进出洞口只有攀登悬崖一条路，洞口又有重兵把手，没有邹贵疆和高森仔的命令，谁也不许进出。这些天来，自己虽然将洞里的兵力、武器、布防、路线、物资储备情况弄了个一清二楚，却始终无法出洞递送情报，恐怕陆相荣和警察局军管会的其他领导已对自己产生怀疑。特别是想起前几天高森仔率队血洗小山村的事，他更不寒而栗，解放军肯定会因为自己没有提供情报或及时报警而认定自己是假自首真逃跑，可那次行动高森仔没让我参加呀？这次虽然有机会出山，去哪里找警察局军管会的同志报告呢？更何况还有邹贵疆亲自派的两条尾巴跟着，不用说他俩是来监督自己的。看来只有相机行事了，万不得已时，冒险也要找个村干部那怕是村民把土匪要来袭击的事告诉他们，即使不能消灭土匪也不能让老百姓遭殃。

上午9点多钟，周光辉一行下山来到清溪村，巧的是刚好碰上村口的晒谷坪在赶集。由于离城较远，这一带方圆十里的群众便轮流在各个大一点的村庄进行赶集，以调剂余缺，解决日常生活之所需。

快到村口时，周光辉对同来的两个土匪说："进村后，我们每人找一个地方摆好地摊，相互之间既不能太近也不要太远，可以互相照应又可以在万一碰到情况时分头逃跑。记住，在买卖时注意打听有关情况。价格比人家可适当便宜一些，要尽快脱手，早点返回去以免司令担心。我们三个人谁的货先卖完，就借口讨水喝或上厕所到村子里去转一转把情况摸清。"两个土匪都答应了。

刚进村周光辉就发现陆相荣身着便装和一个女同志背对着自己边看两边的摊贩，边慢慢向前走去。周光辉心中大喜，装作踢上石头身体一个踉跄，站稳后破口大骂："这个该死的石头，差点连我的脚都踢断了。"由于声音大，引得周围的人或回头或侧身观望。

陆相荣听声音很熟，回过头来自然也发现了他，见他身后跟着两个人，眼珠子又转了两下，当下会意，装作若无其事地继续向前走去。

周光辉和其他两个土匪刚摆好地摊，各自就被一群"顾客"围了起来，对货的质量评头品足，进行讨价还价。周光辉向围在身边的陆相荣简明扼要地汇报了山洞里的情况和土匪准备袭击清溪村后化整为零逃往广西十万大山的计划，然后说:"土匪具体行动的时间虽然还不知道,但肯定就在这两个晚上。我来时发现楠木峡那个地方有利打伏击,建议在那里消灭邹贵疆一伙,他们估什有170人左右,只要将两头的口子一堵,他们绝对插翅难飞。消灭邹贵疆后最好能连续作战,乘高森仔不备一鼓作气攻下济颠洞。"说到这里他望了一眼两个土匪,见他们被"顾客"围了个严严实实,忙从口袋掏出一张纸递给陆相荣说,"这是济颠洞的地形和布防图,我原来还以为只有一个出口,直到那天晚上他们搬开阴河出水口的石头去血洗小山村,我才发现这一秘密。邹贵疆他们走后,我会利用刘剑浩和高森仔的关系设法留在山洞里配合你们的行动。你们先派人守住悬崖的洞口,再从出水口往里打,保险他们一个也跑不掉。"

"周光辉同志,你干得很好,我代表局军管会对你进行表扬。另外,你要注意自身的安全。"陆相荣说后和一起来的"顾客"每人买了几斤干笋子先后走了。

听陆相荣称自己为"同志",周光辉激动得热血沸腾真想扯开喉咙高歌猛唱。他看了看那两个土匪,发现其中一个的货已被"顾客"买光,还有一个和自己一样所剩下多。他朝卖完货的土匪使了一个眼色,那个土匪便进村"讨水喝"或"上厕所"去了。

大约过了半个多时辰,周光辉和另一个土匪卖完山货后走到村口,一个蹲在地上抽旱烟,一个倚在树上闭着眼睛在休息,一看就是等人的。又过了半个时辰才见进村摸情况的土匪出来,他们相互打了个招呼便进了山。

八

邹贵疆、高森仔、仇民宾听了周光辉和另两个土匪的汇报,得知陆相荣仍在清溪村蹲点且身边只有4名配带手枪的工作人员,该村虽然号称有一个民兵排,但仅有10条枪,其余都是冷兵器,听到此消息后,他们兴奋得一个个手舞足蹈。邹贵疆在悄悄问了另两个土匪,确信没有发现周光辉与任何人接头也无其他异常情况之后,当即拍板:"兵贵神速,我们今晚就下山,血洗清溪村后立即化整为零撤往广西十万大山,以免走漏消息。只可惜马玉文走了,但能除掉陆相荣也相当于击毙共产党一名地市级警察局长,也算奇功一件,足可以向台湾方面交代了。"

加上各个小分队逃回、撤回的人,这股土匪整整还有270人。根据"个人自愿选择、头领商量决定"的原则,最后确定下山撤离的有187人,留守山洞的有83人。头领们在商量时曾为周光辉的去留有一番争论,邹贵疆极力主张带周光辉走,理由是他精通情报工作,姑父仍在台湾军情系统供职,带他到广西去有利于同台湾方面加强联系。除了这些理由外，邹贵疆对周光辉总有那么一点放心不下，心想我将你带在身边，你若出卖我们，先要了你的小命找个垫背的再说，相信周光辉为了保命，绝对不敢干蠢事。高森仔坚决不同意，他的理由更充分，留守山洞的全是土生土长、货真价实的土匪，没有一个懂情报工作的，所以非留下周光辉不可。无奈之下他们只好叫来周光辉，征求他本人的意见。周光辉为配合解放军消灭留守洞中的土匪当然得留下来，为此他已暗中唆使刘剑浩以"周光辉走，我就走！"为由向高森仔施压。高森仔当然不愿意外甥离开自己身边，便铁定要将周光辉留下来。周光辉因心中有底，为消除邹贵疆的怀疑故意说："我愿意去广西十万大山，即使那里最后坚持不了，还可能有机会撤回台湾和我姑父、姑妈等亲人团聚，再干自己的本行。"

"高副司令，怎么样？这可是周光辉自己同意的呀！"邹贵疆得意地说。

"啪！"高森仔将桌子一拍，怒不可遏地说："自己同意也不行！想当初你们国军走投无路时，投奔到我山寨，为了所谓鸟的反共救国大业，老子让出了头把交椅不说，为了保存你们的实力让你们全都住进了济颠洞，而老子的人马差不多有一半住在外面打游击，给你们当炮灰，短短3个来月就牺牲了170多人。今天老子的老弟兄又有差不多一半让你们鼓动下山，我也没有放一个屁，难道我问你们要一个人也不行吗？既然这样，你就带着你的原班人马滚蛋，老子的人一个也不准带走！"

仇民宾原本一直担心周光辉留在身边迟早会泄露鸽城军统和中统全军覆没的事，连累自己受处分，见状之后赶忙送个顺水人情说："司令，念高副司令对我们的一番深情厚意，我看就把周光辉留下来算了，再说我手下不是还有两名现成的情报人员么。"

邹贵疆怕闹翻了对自己不利，同时从各方面汇总的情况看周光辉的表现并无疑点，也可能是自己多心了，再说我们今晚连夜下山就算他周光辉是对方派来卧底的谅他也无法将情报传递出去呀。想到这里他满脸堆笑地站起来拍了拍高森仔的肩膀说："老弟呀，为了一个周光辉你犯得着动如此大的肝火么？好吧，就依你老弟的意见把他留下来。另外，下山撤离的人只带手枪和冲锋枪，其它的机枪和迫击炮等轻重武器全都留下来，这样你总该满意了吗？"

晚上9点，邹贵疆、仇民宾带着170多名身着五花八门便装的土匪从阴河出口处爬出山洞向山下走去。走了将近3个小时来到一处比较宽阔的地方，邹贵疆对仇民宾说："仇副司令，让弟兄们停下来休息一下，并简短地作个战前动员。"

仇民宾立即派人将队伍集中到一块说："弟兄们，大家都不许躺和坐，只能站着休息一下，并认真聆听司令的指示。"

黑暗中只听邹贵疆阴森森地说："再走20里就到山下了，在化整为零分散行动前我们要血洗清溪村，将驻村的工作队员、村干部和民兵全部杀掉、财产全部抢光，但行动要快，凌晨3点钟进村，4点钟必须撤出战斗，然后按化整为零的方案向四面八方各自撤退。"

"司令，清溪村的人谁是村干部、谁是民兵我们又不认识，何况又只有一个小时的时间无法进行查证，依我看将这个村的成年男人都干掉算了。反正几十个也是杀，几百个也是杀。"黑暗中有人说。

邹贵疆想了想也是，遂说："也行，但要注意'三个不杀'和'三个必杀'。'三个不杀'是老人不杀，小孩不杀，妇女不杀；'三个必杀'是凡穿解放军军装者必杀，身上或家里藏有武器者必杀，胆敢反抗者必杀。"

黑暗中又有人嚷道："也有妇女当村干部的，虽然我们认不出来，但总不能便宜了她们！能不能让弟兄们将村里年青的妇女都睡了，一则让弟兄们解解馋，二来也教训教训这些娘们，让她们别跟在共产党、解放军屁股后面瞎跑。"

人群里响起了一阵淫荡的嬉笑声。

邹贵疆说："这些问题我也管不了那么多，但时间只有一个小时，谁要是为了贪财、贪色耽误了时间，让共产党和解放军抓住了肯定是要掉脑袋的，到时别怨我和仇副司令就是了。"

仇民宾拧亮手电筒看了看表，见时间差不多了，大声命令道："全体出发，跑步前进！"

土匪们屏声静气沿着山路向前跑去，山林中只听到一片"嚓，嚓，嚓"的脚步声。

队伍进入楠木峡后，虽是夜深看不清周围的地形，但在时隐时现的月光下邹贵疆感到地方越来越窄，两边黑压压的山朝自己挤了过来，他不由心头一紧，心想如果解放军在此设伏，我们非全军覆灭不可。"赶快传达我的命令，让队伍马上停下来。"邹贵疆心急火燎地吩咐身后的警卫人员。

等到命令传达下去，急行军的队伍早已深入楠木峡的腹地。跑在队伍前头的仇民宾满腹狐疑地走到邹贵疆身边问："司令，发生什么事了？"

"这里的地形太窄了，为防止解放军在两边山上设有埋伏，队伍必须拉开距离前进，并做好战斗准备。"邹贵疆说。

仇民宾看了看两边模糊不清的山说："嗨！司令。你也太谨慎了，我们这次行动是今天才决定的，而且说干就干，可以说既具有临时性又具有突发性，解

放军根本不可能掌握情报，又怎么会在这里设伏呢？"

"常言道：小心不会出大错。不要再说了，就照我的命令执行。"邹贵疆强调说。

"报，报告！坏，坏事了。"奉命在前面当向导，曾和周光辉一同到清溪村侦察的两个土匪跑回来上气不接下气地说。

邹贵疆心知大事不妙，为了避免扰乱军心，故作镇静地说："慌什么，有情况慢慢说来。"

"前面的路被堵死了。今天上午我们回来时路还是通的。"

"娘的，我们上当受骗被周光辉给出卖了。快！赶快撤回山洞去。"邹贵疆怒气冲冲夺地说。

"嗒嗒的……"两边山头突然响起了雄壮嘹亮的军号响，刹那间就燃起了数百支火把，加上夹杂期间的两盏探照灯将山谷照得如同白昼。

"缴枪不杀！""你们已被包围了，只有投降才有出路！"的呐喊声惊天动地。

"冲啊！赶快往回冲啊！"仇民宾嘶哑着喉咙拼命喊道。

土匪们像潮水般朝来的路上退去。

"打！"随着一声令下，几百颗手榴弹铺天盖地从两边山坡上掷了下来，机枪、冲锋枪、步枪响成一片。山谷里硝烟迷漫，弹雨纷飞，土匪们纷纷倒地，残臂断腿被手榴弹爆炸时形成的冲击波高高扬起又狠狠摔下。侥幸没有受伤的土匪往回冲了不到200米一个个都傻了眼，来时还畅通无阻的道路已被滚石杂木堵了个严严实实，架在上面的挺机枪织起了一个无法逾越的火力网。

走投无路的土匪只好纷纷举手投降，邹贵疆无奈之下举枪对准自己的太阳穴扣响了扳机。

经过初步清理，此役共打死土匪79人，包括匪首仇民宾在内活捉98人，其中被打伤的有43人。解放军这边却无一伤亡。

"东山，派一个连将俘虏押送回城，其余部队火速进山，争取在黎明之前包围济颠洞，一举端掉高森仔的老巢！"马玉文不无兴奋地说。

"是！"谢东山的声音在山谷中久久地回荡着。

邹贵疆、仇民宾一走，高森仔顿觉浑身轻松，想到自己又坐上第一把交椅，不再受邹贵疆他娘的鸟气，心里别提有多畅快了。他大喊一声："小的们，把谷酒、腊肉搬上来，今晚让弟兄们喝个痛快。"

酒过三巡，周光辉端了一杯酒走到高森仔面前说："司令，感谢您信任我，把我留下来，我敬您一杯。"

高森仔二话没说，端起面前的酒杯和周光辉碰了一下便一饮而尽。

周光辉喝干杯中酒，用衣袖抹了一下嘴巴说："司令，我有一点想法不知对不对，请您定夺。今晚邹贵疆他们去偷袭清溪村不管成功与否，总难免会有人受伤被俘，万一他们带解放军来攻打济颠洞就麻烦了。所以我们不能光顾喝酒，还得加强防范啊！"

"对，对！这件事就交给你和刘剑浩了，今后你俩就是我的左膀右臂。"说着高森仔站起来，将手中的杯子"啪！"地一声摔在地上说，"谁敢不听，老子就宰了他！"

周光辉转过声来高喊道："马老六，带上你的排到洞口去，把轻、重机枪都给我架好，没有司令的命令，连飞鸟也不准放进一只。"

"是！"一个独眼、长脸的土匪站了起来，极不情愿地说。

"秃顶麻，你们班去增援出水口的3个弟兄，万一打起来的话，一定要给我坚决顶住！"

一个光脑壳满脸麻子的土匪站起来有气无力地说："遵令！等我喝完这杯酒就走。"说完他又坐下去喝起酒来。

周光辉踱过去踢了他一脚，轻声说："去，到总务处多领些酒肉，就说是我讲的。到了出水口，你们想怎么喝就怎么喝。"

秃顶麻闻言，喜不自禁，马上带着自己班上的人走了。

周光辉回过头对刘剑浩说："剑浩兄，这两天情况特殊，下半夜你我二人得亲自巡逻才行，以免弟兄们贪睡误事。这样吧，你负责巡逻洞口，我负责巡逻出水口。"

洞口干燥通风，空间又高，相对于低矮潮湿的出水口要适舒服得多。刘剑浩一听忙说："行！没问题，就照贤弟说的去做。"

"哈，哈！这下我们就可以放心大胆地喝了。"高森仔摸了摸头顶说。

溶洞里又重新热闹起来，各种各样的行酒令此起彼伏，喝到凌晨一两点，大多数土匪已东倒西歪，有的相互搀扶着回到各自的溶洞，更多的则就地躺了下去呼呼大睡起来。

周光辉望了望高森仔，见他歪在垫着虎皮的太师椅上，嘴角流涎，鼾声如雷，早已醉得不省人事。于是，他顺手提了两大坛酒沿着阴河走到出水口。秃顶麻领着14个土匪刚好将酒喝光，正张罗着休息。

"来，来，来！谁也不准睡，我陪大家同干3碗，一醉方休。"周光辉说。

"我，我已喝多了，不，不能再，再喝……"一个土匪打着酒嗝，摇着手说。

"啪!"秃顶麻打了他一耳光说:"谁也不准装熊,都得给我喝!周爷看得起我们,别说3碗,就是10碗,只要周爷肯赏脸,我们也奉陪到底。"

"痛快!我先敬各位一碗,祝大家一飞冲天,前途无量。"周光辉端起盛满酒的饭碗说。

"干!"早已喝得微醉的土匪们在秃顶麻的带头下捧起酒碗"咕噜咕噜"地喝了起来,直喝到碗底朝天。趁土匪们不备,周光辉将碗里的酒大多倒进阴河,自己只喝了一小口。

喝第二碗时,有的土匪端碗的手已抖个不停,刚才挨了打的那个土匪还未端碗人便"卟"地一声醉倒在地。秃顶麻走上去一手揪着他的耳朵,一手端起碗就往他口里灌,边灌边骂:"你小子看不起周爷,就看不起我!狗日的,我灌也要将3碗酒给你灌进去。"

"好了,好了。我再敬大家一碗,这一碗祝各位二满三平,鸿运当头。"周光辉将一个空碗高举在头顶上说。

土匪们在秃顶麻的监视下,一个个只好硬着头皮把碗里的酒喝干。趁秃顶麻低头喝酒之际,周光辉把举着的空碗移到嘴边也"咕噜咕噜"装模作样地喝了起来。

当周光辉给大家倒第三碗酒时,已有八九个土匪横七竖八地醉倒在地了。

"起来,起来!妈那个巴子,别给老子丢脸。"秃顶麻朝躺在地上的土匪每人踢了一脚。见他们实实在在喝醉了,便嬉皮笑脸地对周光辉说:"周,周爷,没关系,还有我们几个陪你。"说完端起一满碗酒脖子一仰就喝了个低朝天,然后瞪着血红的眼睛望着另4个已喝得头晕舌干端着酒碗正犹豫不决的土匪喝道:"喝!谁敢不喝老子要他的命。"

4个土匪有的酒还没喝干就先后栽倒在地,意识全无。

"还,还是周爷和,和我才,才是真英雄豪,豪杰。再干,我,我一定要输,不,不!要,要,要赢,赢你……"秃顶麻哆哆嗦嗦地端起面前的一碗酒,也不管周光辉喝与不喝,捧着碗就牛饮马喝起来,然后将酒碗一摔,两臂一张"卟!"地倒在地上。

"秃顶麻,秃顶麻!"周光辉走到他身边拍了拍他的脸,见他真的烂醉如泥方才松了一口气。

出水口被一块上万斤重的巨石挡住,只有潺潺流水从巨石下面的空档里流出。土匪们住进济颠洞后,邹贵疆为方便大批土匪外出活动和在紧急情况下逃生,让人沿巨石中间的四周凿了一圈石槽系上钢丝,安上滑轮和撬杆,土匪们要外出时只需一人搬动撬杆巨石就会缓缓移开。巨石复原后在洞外看不出半点破绽。外人要想入洞就是一二十个人也休想撼动一下巨石，唯一的办法只有用炸药炸，但炸碎的石头必然堵塞洞口，塞住河水，在挖掘时很有可能引起洪水泛滥造成人员伤亡。

周光辉见所有土匪醉倒后，也歪倒在地。他这样做是当万一有匪首前来查岗时，以免引起他们的怀疑。躺在地上，周光辉的脑袋像安了滑轮似地转个不停。一会儿他想，没料到邹贵疆行动如此迅速，说走就走，不知解放军来得及设伏么，倘若让土匪们抢占了先机，清溪村的老百姓可就遭殃了。一会又想，解放军如果在楠木峡设下埋伏的话，邹贵疆带去的土匪肯定会一个不剩地被消灭掉，因为那地方只要将两头的路一堵死，别说是人就是鸟也难得逃出去。问题是解放军打了一仗之后会不会不顾疲劳连续作战，跋涉20多里山路接着攻打济颠洞。要知道此时来打济颠洞可谓天赐良机呀，土匪们多数昏醉不醒已失去了战斗力，不用费多少功夫就可以轻轻松松拿下济颠洞。"唉！"周光辉在心里叹了一口气，心想解放军今天要是不来打济颠洞，那可真是过了这个村就没有这个店了，硬打的话不付出巨大的牺牲和代价，是绝对攻不下来的。他就这样思来想去，心神不定地打发着时间。

"布谷，布谷，布谷"突然洞外传来了三声布谷鸟的叫声，声音虽然轻若虫鸣，但在周光辉的耳朵里不啻一声春雷。他精神为之一振，抬头转身仔细望了望洞里，在确信没人来后爬到巨石旁对着下面流水的空隙回应了三声杜鹃鸟的叫声，没过多久"布谷，布谷，布谷"洞外再次传来三声清脆的布谷鸟声。

周光辉知道这是陆相荣和自己约定的暗号，他从地上爬起来把躺在巨石旁的几个土匪拖到一边，搬动撬杆将巨石移到一边。陆相荣躬着腰第一个走了进来，跟在他后面的十几个战士鱼贯而入并迅速动手将躺在地上的土匪捆绑起来，拖了出去。周光辉握着陆相荣的手正准备汇报时，谢东山走了进来。听了陆相荣的介绍后，周光辉立即立正给谢东山敬了一个礼，简要地报告了洞里的情况后说："大多数土匪喝醉了正在呼呼大睡，他们应该没有多大的战斗力了，只要派一个连去把守住洞口，保证土匪一个也跑不掉。"

谢东山握住周光辉的手说："你的情况陆相荣同志都给我说了，谢谢你！回去再给你记功。至于洞口，马师长亲自带人已在那里布下了天罗地网。"说到这里他回头命陆相荣，"相荣同志，由你带领一个营的兵力随周光辉向洞里的敌人发起攻击，动作要快，火力要猛，打土匪一个措手不及。这次一定要把土匪消灭干净！"

"是！"陆向荣回答后向洞外喊道，"二营的同志，跟我上！"

周光辉走在前，陆相荣率队紧跟其后。"陆主任，等会遇到土匪盘问时由我来应付，你们都不要做声。每到一个溶洞，除安排几名战士对付里面的土匪外，

其余的随我直奔高森仔的大洞,不到万不得已尽量不要开枪,枪声响得越迟对里面的土匪惊动也越迟。"

"没问题,就这么办。"陆相荣回答说。

走进第一个溶洞,里面只有两个躺在稻草上酒醉未醒的土匪。陆相荣一扬手,4个战士走上去不费吹灰之力就将土匪捆好并在他们的口里塞上烂布。转了两个弯,走近第二个溶洞时里面传来了喝问声:"什么人,深更半夜的想干什么?"

"是我,周光辉,刚从出水口查哨回来。"

"原来是周爷,怎么,你带了不少的人?听脚步声好像不止几个人呀。"

"对!还有秃顶麻手上的一个班。"

根据陆相荣的命令,一个班的解放军战士手持匕首以迅雷不及掩耳的速度冲进洞里,不到抽一支烟的工夫就干掉了里面的9个土匪。

周光辉前脚刚跨进第三个溶洞,就听有人在里面大喊:"不得了,解放军来了!弟兄们快起来啊。"原来是有个土匪起来撒尿,走到一旮晃刚好从那个位置可以看到从第二个溶洞里走出来队伍。

"给我打!边打边冲,动作要快。"陆相荣喊来。

"冲啊!杀啊!"解放军战士呐喊着,端着清一色的冲锋枪和轻机枪边打边冲。洞里硝烟迷漫,枪声大作,许多喝醉了酒的土匪还在梦里就丢掉了卿卿性命。

枪声惊醒了后边几个洞的土匪,他们开始进行顽强的抵抗。

"怎么回事,哪里来的枪声?"高森仔好不容易睁开眼睛问道。

刘剑浩哭丧着脸告诉他:"我们让周光辉那小子给出卖了,他带着解放军从出水口打进来了。"

"顶住,快给我顶住!"高森仔嚎叫着。

"姑父,顶是顶不住的了,我们还是赶快从进口爬上去逃命吧。"

"要是进口的崖顶上也被解放军包围了呢?"

"那就只好认命了。"

在刘剑浩的搀扶下,高森仔走到洞口让守在那里的土匪跟他抓住树藤攀崖而上。结果是上去一个就被埋伏在那里的解放军活捉一个。

攻打济颠洞的战斗不到一个半小时就结束了,洞里的土匪除被击毙39名外,剩余的连同高森仔在内全部被生擒活捉。

鸽城地区被抓的特务和土匪经政法机关调查、起诉和审判,最后法院判处高森仔、仇民宾、黄三丁等16名罪大恶极者死刑并立即执行,其余的分别被判处有期徒刑或管制,这是后话就不详述了。

第三章 怜孤惜幼

一

清早起来，鸽城人们惊奇地发现挂在城楼门前的"中国人民解放军鸽城军事管制委员会"的招牌不见了，取而代之的是"中国共产党鸽城地区委员会"。门前也没了荷枪实弹的哨兵，在门洞里摆了一张办公桌，上面放了一块"值班接待室"的牌子和一台电话机，一个身着便装的人坐在办公桌后的椅子上正低头在桌面上写写划划。

"怎么搞的，一夜之间就不声不响地换了招牌，这么说不实行军管了，不再是军队说了算？""听说共产党的政权已正式建立起来了，当然不能再搞军事管制啰，如果长期实行军管，那跟军阀专制又有什么区别。""连哨兵也撤了，这么说咱老百姓可以随意进出这些衙门哟？"围在门口看的人越来越多，各种议论都有。

"走！进去瞧瞧，看到底准不准我们老百姓进去？"一个青年人拖着他的同伴就往里走。当他们快走到办公桌前时，坐在椅子上的人站起来客气地说："同志，你们是找人的还是来办事的？"

"找人的。"

"找人的，你们要找谁？请先登记一下。"

"我们，我们，想……找书记反映一下情况，难道不行吗？"那位年青人嗫嚅了半天说。

"行，当然行。现在的书记是人民的书记，谁想见都可以。来，先登记一下，我马上帮你们联系。"

"还要登记呀，怎么这么麻烦，再说我们又不识字，怎么登记法嘛？"

"不识字不要紧，你只要把姓名和住址告诉我就行了，我帮你登记。这不麻烦，找书记汇报、办事的人多，登记之后我好帮你预约呀，免得你白等。"负责接待的人耐心而又和蔼地解释着。

"既然这样，那我们下次再来算了。谢谢！"

"不用谢，欢迎你们再来。"

"看来共产党的党部和国民党的党部大不一样，国民党的党部老百姓谁敢越雷池一步？而共产党的党部不管是谁只要登个记都可以进去，都可以找当官的。"人群中有人感叹地说。

"人家共产党不兴叫官,要叫干部,叫领导。"有人纠正说。

地委书记办公室,马玉文手握电话机正同在南京军区医院住院疗养的李招军在通电话:"我说老李呀,你转院去南京后我还没去看过你,实在对不起。但,我也实在是脱不出身来,要不凭我俩快十年的交情,我老马会这样绝情,敢不去看你么?"

"没关系。"电话那头李招军说,"我知道前一阵子你们忙着剿匪和肃反,现在这两大任务都已完成,可以歇口气了。我说老伙计,通过这次负伤住院,我算是彻底领悟了'身体是革命的本钱'的真谛。你想我要是上次牺牲了,不是什么都没有了,什么当官,什么理想,什么家庭,全都与我李招军没份啦。所以尽管我的伤口早已痊愈,我还是准备在医院里再呆3个月,直到身体里的各个零配件都查不出毛病才出院。"

马玉文一听急了,说:"我说老李,不行呀!你这个当行署专员的再不回来,我书记、专员继续一肩挑可真的吃不消了。你不知道,这地方管理和经济建设的工作量与难度比打仗、剿匪要大多少倍,我就算是吃了铁也撑不下去呀。老李,我求你了,能不能早点回来,我们一起工作,一起战斗,闲时我再教你两手象棋好吧。哈哈。"

"混账!你是我手下败将,还有资格教我下象棋?好了,好了,我尽量早点回来,总该满意了吧。"

放下电话,马玉文对早已进来坐在桌旁的地委委员、地委组织部长毛向阳说:"对不起,让你久等了。有事吗?"

"马书记,全地区5县3区的领导班子经地委研究决定后,已有2县1区的筹备工作到了位,准备明天召开成立大会,你看派哪些同志去宣布地委的任命通知?"

"就由你和地委的两位副书记莫良田与贾卫尧同志分头去好了,明天上午军分区开党委会,我兼任军分区党委第一书记不去不行呀。开完会我还得去火车站接我堂客和两个儿子。你看看,我又讲老家的方言了,'堂客',你不懂吧,就是你们这里所说的'婆娘',通俗一点的说话就是'爱人'。"

"我懂,我们这一带也有将'婆娘'叫'堂客'的。听说你们夫妻俩已有4年多没见面了,这回见面可得好好庆贺一番,我这就去通知办公室给张罗张罗。"

"不行!"马玉文严肃地说,"我们当领导干部的绝不能搞特殊化,不管在什么情况下都不准请客送礼,不准铺张浪费,不准贪污腐化!你是组织部长,一定要替党和人民把好这一关。"

"请放心,我一定做到。"毛向阳坚定地说。

"停!"中吉普开到离火车站还有200多米的一拐弯处马玉文就喊司机阿明停车。

"这里到火车站还有一段很长的距离呀,怎么不把车开到火车站前面的广场去呢?等会嫂子带孩子们下车后还要走这么远的路,多不方便呀。"地委秘书曾晓光有点不解地说。

"市委有规定不准公车私用,我这次是从军分区开会路过火车站顺便接一下家属,并且跟秘书长说了这件事,回去再照章付费。但现在社会上的小车还很稀少,开到火车站前面的广场上去,难免招摇过市甚至扰民,还是将车停在这偏僻一点的地方好。"马玉文解释后又交代阿明说,"你留在这里看车,我们接到人就来。"阿明点了点头。

马玉文和曾晓光以及通讯员林运松下了车,马玉文看了看手表说:"现在还早,离火车到站还差40来分钟。我们先到火车站了解一下民情民意,记住,谁也不许暴露身份。"

几个人不紧不慢地来到火车站广场,还没等他们分开就被一群小乞丐给包围了。

"叔叔、大爷,行行好,给点吃的吧,我都快饿死了。""请你们发发慈悲,多少给几个钱吧,我家的寡母已病得只剩一口气了,还等着我讨钱回去给她抓药吃哩。""可怜可怜我姐妹俩吧,我们都三天三夜没吃东西了。"小乞丐们一边嚷,一边把手伸到他们面前,眼里满是希望和期盼。

马玉文点了一下围在身边的乞丐,有14个,个个面黄肌瘦,蓬头垢面,小的四五岁,大的也不过十二三岁,他情不自禁地把手伸进衣袋,才想起自己出门时根本就没有带钱。可那一双双期盼的眼睛刺得他心里发痛,他抬起头来扫视了一下广场:"天啊!哪来这么多的小乞丐呀!"放眼望去广场里少说也有上百个小乞丐,他们有的围着大人在乞讨,有的拖着过路行人的衣角在求助,有的面前摆着一张写有心酸史的求救书一动不动地跪在地上等人施舍。马玉文轻轻问曾晓光和林运松:"你们身上带了钱没有?"

林运松摇了摇头。

"我身上带了一点,但不多,估计能够买几十、百把个包子。"曾晓光说。

"唉!能给他们先一人发一两个包子对付一餐再说。你快领他们去买吧。"

"走!跟我买包子去。"曾晓光说了声便向车站旁边的一个小吃店走去。他这一声喊虽然很轻可不到半分钟就传遍了整个广场，所有的小乞丐都跟在他的屁股后面向小吃店涌去。

"运松，你快去帮曾秘书维持秩序，叫小乞丐们排队领包子，钱多的话一人发两个，钱不够就一人发一个。"马玉文赶忙吩咐林运松说。

等林运松走了之后，马玉文走到站在广场一角看样子也是在等人的一个40来岁的中年汉子身边，礼貌地问："同志，您好！请问这么多小乞丐都是哪里来的？"

"都是本地的，不是鸽城城里的就是附近几个县的。嗨！还多着呢，火车站、汽车站、剧院、饭店门前，凡公共场所哪个地方不是小乞丐成堆？不光鸽城城里，哪个县的城关镇不是一样哟。"

"啊！"马玉文大吃一惊，接着又问："怎么会有这么多的小乞丐呢，难道这一两年鸽城地区遭了大的洪涝灾害不成？"

中年汉子上下打量了一下马玉文说："看样子你好像不是本地人吧？"

"不是，我是从北方过来做生意的，才来不到两天。"

"难怪你不熟悉鸽城的情况，这两年我们鸽城地区还算风调雨顺，没遭大的天灾。这些小乞丐全是打仗给打出来的。"

"打仗给打出来的？"马玉文略一思索便明白过来了，说："你的意思是指他们的父母都是在抗战时期或解放战争期间被打死了，他们因无人抚养才成了孤儿？"

中年汉子点了点头，叹口气说："也不知新政府晓不晓得这件事，会不会管这件事？有人说共产党打仗行，治国只怕不行，依我看这孤儿问题就是他们难迈的第一道坎啊，要知道战争孤儿的安置问题对世界各国来说都是一道难题。如果处理得不好，不及时，今后就会变成一大麻烦。"

"此话怎讲？"马玉文追问道。

"一切为了生存，这是人的本性。为了活命，这些小乞丐有的已开始学坏，或欺蒙拐骗，或强抢恶要，比如哪家饭店要是不肯施舍，他们就会聚集在饭店门口寻衅滋事，弄得顾客望而却步，饭店关门倒闭；又比如某位阔太单身一人在偏僻的小街小巷碰到他们，如果你不主动破财消灾，身上的财物就有可能被他们强抢恶要一光。照此下去，他们非成为危害社会治安、破坏国家建设的一股恶势力不可。"听得出这位中年汉子的话语中充满了忧国忧民之心。

马玉文听了这番话，一颗心顿时沉重得像铅似地直往下掉。他正想开口询问中年汉子的姓名，只听人声喧哗，火车站的出站口犹如打开闸门一样，人潮涌动，滚滚而出，火车到站了！

第三章 怜孤惜幼

独领风骚

马玉文站在出站口,一直等到最后才看到自己的爱人文锦秀背上背着一个包袱,一手牵着一个男孩走了出来。他快步迎上去接过包袱提在手里,夫妻俩相互对视,一时无语。马玉文眼中的文锦秀一如过去,鹅蛋脸,双眼皮,丹凤眼,长腿细腰,鼻梁高挺,不是西施胜似西施。但仔细一看,才30出头的人黑发当中已有白发夹在其中,与4年前相比人也明显瘦了一圈。不用说这是孝敬父母、抚养儿子劳累过度的结果,马玉文深情地、由衷地说了声:"锦秀,你辛苦了!"

"你辛苦了!"短短4个字在文锦秀听来,既是对她的肯定感谢又是对她的关怀体贴,她激动得热泪盈眶,为了掩饰,她连忙低下头对两个儿子说:"明光,明亮,快叫爸爸。看你们傻呼呼的,快叫啊!"她在兄弟俩的屁股上亲昵地拍了一巴掌。

马玉文的大儿子叫马明光,今年虽然6岁半了,由于4年多没见面,对爸爸的印象已非常模糊,他磨蹭了半天才却生生地叫了声:"爸爸。"马玉文高兴地应了一声后抱着大儿子亲了一下。

小儿子马明亮刚满4岁,自从出生到如今父子俩还从来没有见过面。望着站在自己面前的陌生人,小明亮一个劲地往妈妈身后躲,硬是不肯开口喊人。马玉文一把抱起小明亮,用手轻轻捏了捏他的鼻子说:"我是你的亲爸爸呀,如假包换,怎么不肯叫我呢?"逗得文锦秀也"卟哧"笑出声来。

"这就是嫂子吗?"曾晓光走过来问。跟在他后面的林运松从马玉文手中拿过包袱背在自己肩上。

"对,她叫文锦秀,今后你们就叫她文同志或者锦秀同志好了。这两个是我的儿子,大的叫明光,小的叫明亮。"马玉文接着将曾晓光和林运松向文锦秀作了介绍。

文锦秀伸出右手,大大方方地和曾晓光、林运松握了握手说:"我不在老马身边,感谢你们平时对他的照顾。"

"哈!嫂子不光人长得漂亮,是个大美人,还挺有气质的。看样子不像家庭妇女,不是教师就是干部。"曾晓光佩服地说。

"你小子还蛮有眼光嘛。"马玉文笑着骂了一句说,"她跟我结婚之前是我们部队的一名军医,而且是正规大学培养出来的医生。结婚生崽后,组织上为了照顾我们,让她转业在我们老家的县卫生局当了一名副局长。这次人家可是辞官不做,嫁鸡随鸡,嫁狗随狗,背井离乡,准备跟着我在南方过一辈子了。"

文锦秀眠嘴一笑说:"这么说,你不是鸡就是狗啰。"

几个人不禁哈哈大笑起来。

回到地委大院马玉文宿舍，帮忙安排好文锦秀母子，曾晓光向林运松使了个眼色，两人准备离去。马玉文叫住曾晓光说："你马上通知民政局的方局长，让他们尽快把全地区孤儿的情况摸清楚，并拿出安置处理的方案报地委讨论决定。"

"好的，我马上去办。"曾晓光说。

"怎么，你们这里的孤儿也很多？"文锦秀望着曾晓光、林运松的背影说。

"是呀，我估计全地区只怕是数以千计。"

"老家解放初期，城关镇的孤儿也不少，他们的父母大多是被战争剥夺了生命或者失踪了的。"

"这个问题是怎么解决的，你快讲讲。"

"也没有什么好办法，主要是动员他们的亲戚代为抚养，实在没有亲人可以投靠的就由政府办了两个孤儿院集中养了起来。你看你，满脑子就是工作，我们都4年多没见面了，难道你就没有……"文锦秀嗔怪地说。

马玉文望了一眼两个正在东张西望的儿子，以迅雷不及掩耳的速度在文锦秀的脸上亲了一下。

文锦秀满脸通红，娇羞地说："你看你，都当师长了还这么冲动，万一被两个孩子看见了，我看你的脸往哪里放。"

"哈，哈，哈！"马玉文开心地笑了几声说："只怕你心里比我还急呢，看我晚上怎么收拾你。"

文锦秀用手指戳了戳马玉文的额头说："现在解放了，男女平等，谁怕谁呀！"

夫妻二人嬉笑了一阵后，马玉文问："锦秀，两个孩子还小，你是留在家里带两年孩子再说，还是继续参加工作。"

"还是继续工作吧，两个孩子都比较听话，在老家我去上班时虽然有你妈看着，但你知道她老人家不光自己一身是病，还得照顾你那半身瘫痪的父亲，所以明光和明亮基本上是兄弟俩互相关照。明光还要半年才上学，由他照顾弟弟不会有问题。等明光去上学后，明亮又大半岁更加懂事了。再说鸽城刚解放急需干部，你让我闲在家里不怕有人说你吗？"

"那好，我尊重你的意见。至于工作安排你自己持介绍信去找组织人事部门联系，我就不帮你打招呼了。"

独领风骚

地委扩大会上,地区民政局长方信平正在汇报:"根据各县、区的统计,全地区共有 14 岁以下的孤儿 3421 名。"

"啊!有这么多呀!"不仅与会人员,就连马玉文都吃了一惊。

"其中,残疾孤儿有 243 名。"方信平接着汇报说,"根据摸底,这些孤儿当中有姑、叔、舅、姨等亲戚的 1178 人,表示愿意抚养孤儿的有 805 人,即使做工作让他们都接收抚养,仍有 2243 名孤儿无人认领。我们和财政部门商量了一下,现在刚解放不久,新政府成立后百废待兴,财政近两年根本拿不出这么多钱来抚养这批孤儿。我们局里的意见是由财政拿出一笔钱先建两个孤儿院,将有残疾的孤儿集中收养起来,其他的孤儿则尽量动员他们的亲戚进行收养。"

"同志们,孤儿问题已成了一个急待解决的社会问题。一些孤儿为了生存已经走上了违法犯罪的道路,再不解决将严重影响社会治安和新中国的形象,更重要的是会影响这些孤儿的成长,害了他们这批人。所以,我们今天的会议必须研究出一个解决的办法来,也就是说我们要把解决战争孤儿安置这一世界性的难题当作我们新政权第一件大事来抓,并且要把它抓好,抓出成效来。"马玉文神情严肃地说。

"除了他们的亲戚以外,能不能号召全市各界人士认领呢?我相信社会上一些无儿无女的人还是乐意认领的,另外,一些乐于慈善事业的人即使有儿有女也会有人认领。"地委委员、组织部长毛向阳提议。

地委副书记贾卫尧将吸得只剩下烟屁股的香烟在烟灰盒里慢慢摁熄后说:"我认为号召一下当然可以,但估计认领的人数会非常有限,因为现在人们的生活水平都很低,许多人连自己都吃不饱穿不暖,有余粮剩米能够抚养他人的毕竟是极少数,所以一般性的号召很难解决问题。"贾卫尧是一个头大、脖子细长的人,加上他做事说话喜欢推理,所以战友们都戏称他为"大头智"。

"我建议成立几家儿童福利工厂,组织他们搞一些力所能及的劳动生产,这样既可以创造一些收入用于他们的生活,又可以对他们进行集中教育。"地委委员、军分区司令员谢东山说。

地委副书记、行署副专员莫良田听了后说:"问题是建儿童福利工厂需要启动资金,包括基建费、机器设备购置安装费等,另外还要周转资金,这些钱政府现在都拿不出来。还有一个问题是所有的孤儿都是未成年人,大多数还不满 10 岁,组织他们搞劳动生产会不会影响他们的身心健康,符不符合法律规定?"

对莫良田的发言与会者中有不少人点头表示赞同。

马玉文咳嗽了一声,清了清嗓子说:"同志们,解放之后我们的任务发生了变化,即由打'江山'变为了坐'江山',我们的角色也应当变化,即由人民子弟兵变为人民公仆。我们既然能打下江山，就一定要坐好江山！我认为只要大家时时、事事能坚持以国家利益为重，以人民利益为重，我们就一定能够坐稳江山，并且建设好祖国的大好河山。孤儿们的安置问题是当前必须解决的一个重点问题，因为它直接关系到社会的稳定和革命接班人的培养。至于解决的措施综合大家的意见，可不可以用三个三分之一的办法进行，第一个三分之一的人是动员他们的亲戚进行抚养；第二个三分之一的人是号召国家工作人员收养，并明确规定从部队转业到地方的干部和部队现役干部要模范带头每人至少抚养一个；第三个三分之一的人是由孤儿院收养，每个县、区各建一个了孤儿院收养100人左右，剩下的人再建一个地市级的孤儿院划归民政部门管理。"

"依我看三个三分之一的办法，从总体上来讲是可行的。但有一个问题必须解决，据我所知有相当一部分孤儿的亲戚不是不想抚养而是因为贫穷无力抚养，要他们抚养必须给他们适当的资助，至少是政策上的支持。"贾卫尧说。

马玉文赞许地说："这个问题我已考虑到了，可以在地委和行署关于解决孤儿问题的联合行文中明确以下政策：凡农民抚养孤儿的在分田分地时按实际抚养人数每增加一人增加一份耕地面积；城镇人员抚养孤儿的，本人从事经商或办企业的可适当减免税收，工人及无业人员生活确有困难的由政府按月给以适当津贴。但以上政策国家工作人员均不能享受，一句话，国家工作人员在这个问题上就是要无私奉献。"

谢东山补充发言说："要安置孤儿，有一个问题解决起来比较棘手，大家知道孤儿当中有些人是在抗日战争中战死或在解放战争中被我军打死的国民党军官的遗孤。要国家工作人员收养他们，有些人难免会有这样那样的顾虑，害怕背上敌我不分、立场不稳的包袱。目前就面临一个现实问题，即各地正在划分和确定阶级成份，这些国民党军官遗孤的成份怎么定？定得不好的话，这些孤儿恐怕就无人领养了。"

此言一出，立即引起了大家的共鸣。有的说，这些遗孤的成份当然要随他们的亲生父母定；有的说这些遗孤出生不久就成了社会的弃儿，变为人世间最低层最下贱的人，将他们定为反革命子弟有失公平。

马玉文思考再三后说："这个问题说难就难，说容易也容易。如果单凭血缘关系而定就比较难了，我们知道自民国以来国民党的军官，特别是下级军官都是被迫参军的农民和工人。他们凭战功当了军官后，他们的父辈绝大多数仍然是农民和工人，他们所生的子女绝大多数也随爷爷奶奶生活，他们战死后其子女由于爷爷奶奶病死或老死便成了孤儿。你说这些孤儿的成份该随爷爷奶奶定，还是该随他们的父母定呢？"说到这里他顿了顿，接着说："如果依据实际情况

来定，我认为就比较容易，其家庭成份今后就填养父养母的成份，个人出身就填"孤儿"。这样做的依据是我们党的实事求是的原则和不搞株连的政策。大家想想看，在抗战中牺牲的八路军、新四军指战员是民族英雄，难道为抗战而死的国民党军官就不是民族英雄吗？今天他们的子女成了孤儿，如果再将这些孤儿的成份定为反革命子女，试问我们的天理良心何在？"他的这番话说得在座者无不为之动容。只听他接着说："至于在解放战争中被打死的国民党军官，我个人认为反革命的责任主要不在他们，而在发动内战的蒋介石和我党中央确定的战犯。这些死于战争中的国民党中下级军官，他们不过是"军人以服从为天命而已"。说到责任，他们已经以自己的'死'作了承担，而他们的遗孤连战争是什么也不知道，我们还要株连到这些遗孤的头上么？所以，我提议这些孤儿的家庭成份随养父养母，个人出身为'孤儿'，由孤儿院收养的其家庭成份和个人出身都为'孤儿'。同意的请举手。"

毛向阳、谢东山、贾卫尧、莫良田等人率先举起了右手，个别持不同意者也随大流举了手。

回到家里马玉文将地委决定号召国家工作人员领养孤儿，并要求领导干部和军队干部带头的精神告诉了文锦秀。

文锦秀说："这是好事啊，我完全赞成。"

"我打算收养清溪村烈士吴明月的女儿吴楚英和烈士戴国伟的儿子戴向东，他们一个8岁，一个9岁，你看怎么样？"

吴明月和戴国伟的英勇事迹，文锦秀早已听马玉文说过，她忙说："就收养这两个孩子好了，问题是由谁来带呢？我今天到组织部报到被分到地区卫生局地方病防治科当科长，总不能刚上任就辞职或请假吧，再说我也热爱这份工作啊。"

马玉文想了想说："以我们现在的收入养4个孩子，要想请保姆只怕比较困难，再说我们也不能带这个头。要不将我母亲接过来，让她带一段时期看看。"

"得了罢，别说你妈已经60多岁了，光你那半身瘫痪的老爹就够你妈侍候的了。"文锦秀说。

"我爹可以让我哥和嫂子侍候呀。"

"你嫂子也怪可怜的，6个小孩，其中还有2个双胞胎，她每日天亮忙到天黑都照顾不过来，哪里还有时间侍候你老爹？你哥要养活一大家子人，一年365天，有哪天休息过？唉！我看还是请我妈妈来带吧，她才50出头，身子骨也好，但带4个孩子不知道她乐不乐意，吃不吃得消。因为她自打嫁到我家里就被我爹宠着，基本上没有干过家务活。"

"那你赶快给她老人家写封信吧，但要如实写，要把困难摆得明明白白，来与不来由她老人家决定，绝不能勉强。如果她老人家来不了，我们再打其他亲戚的主意。"马玉文说。

"马书记，"马玉文前脚刚进办公室，谢东山的后脚就跟了进来，向他汇报说，"地委会议精神传达之后，部队干部对领养孤儿的决定意见比较大，尤其是连排干部和部分营级干部，自身都是光棍一个，说要是去打仗让他们带头冲锋陷阵保证绝不含糊，要他们领养孤儿却是……"

"却是怎么样？"

"却是有意为难他们。"

"走！到军分区去，你让政工部门的同志通知团、营、连、排干部各派两至三名代表来开个座谈会，我亲自去和他们对话。"

军分区会议室，与会代表见到老首长免不了争先恐后地与马玉文握手问候。等大家坐好后，马玉文笑着说："据说你们对领养孤儿的问题颇有看法，能不能说出来让我听一听。有一点大家尽管放心，只要是在会上说的，就是错了，我也保证不予追究。"

"我发言。"某排排长龙贻年站起来给马玉文敬了个礼说，"在老首长面前我就实话实说……"

"坐下来讲，坐下来讲。"马玉文举手示意说，"从下一位发言的同志开始，不要站起来敬礼，一律坐下来说。好，小龙，你接着讲。"

龙贻年说："我们这些排级干部一般才二十二三岁，大的也不过二十五六岁，如果不是出来当兵，有的在家还要父母照顾呢。领养孤儿，我们哪晓得咋个养法嘛？"

某连指导员黄亚军举手发言说："老首长，你是知道的，我们连排干部整天不是带兵操练就是值班查岗，哪有时间带小孩？再说带个小孩在营房里像什么话，战士们会怎么看我们？"

"还有，还有……"某连连长黄宇喧一脸通红，吞吞吐吐地说。

"还有什么？你就照直说呀！平时看你心直口快，今天怎么像个大姑娘扭扭捏捏起来了。"已是军分区参谋长的陶树翠瞪了黄宇喧一眼说。

"我们连排干部十有八九，营级干部中也有相当一部分还是光棍一个，未婚就拖儿带女的，今后还有谁愿意跟我们谈对象？"黄宇喧鼓足勇气说。

哈，哈，哈！黄宇喧的发言引起了满堂哄声。

"有什么好笑的,我说的可是大实话。"黄宇喧嘟着嘴巴小声地说。

"好了,别笑了。上面几个同志的发言,我概括了一下,主要理由有三点:一是怕不晓得怎样抚养孤儿,二是怕影响工作,三是怕影响自己找对象。其余同志还有新的观点和意见吗?"谢东山扫了一眼到会的同志说。

某营教导员蒋光曙说:"主要是这三点,要有的话,据我了解还有一些同志家庭比较困难,自己的收入又不高,担心再抚养孤儿的话在经济上承受不了。"

"这也算个理由,还有新的吗?"谢东山问。

等了大约一分钟,见没有人再发言,马玉文笑着说:"看来大家的意见就是这么4条了,收养孤儿的意义地委和军分区党委的文件已讲得很清楚了,没有必要重复,对大家刚才讲的4条,我谈谈自己的看法,和大家一起商榷。首先一条,地委和军分区党委号召大家领养孤儿,并没有规定领养的孤儿必须由自己亲自养亲自带,大家完全可以把领养的孤儿委托给自己的父母、哥嫂、爷爷奶奶或者其他亲戚带嘛,这样一来,不会带和怕影响工作的问题不就解决了吧?第二条关于影不影响谈对象的问题,有位社会学家做了一项调查,自'五四'运动以来,女青年选择配偶,首选相貌的只占18%,首选金钱的占16.5%,首选家庭的占7.5%,首选人品的占51%,首选其他条件的占7%。人品就是一个人的爱心、责任心和包容心,如果你真将一个孤儿带好了,带大了,就说明你有一颗博爱之心,对孤儿尚且如此,对爱人就更不用说了。姑娘们知道后只怕排着队等你去挑呢,信不信?你们不妨试试看。"

这时,会场里响起了经久不息的掌声,其中巴掌拍得最响的要数黄宇喧。

马玉文扬了扬手继续说:"最后一个问题就是经济困难的问题,要说困难,大家都困难,因为我们的国家刚刚解放,大家都是一穷二白。当然困难也有一般和特困之分,对特别困难的同志也可参照地方的做法和标准给予适当的补助。东山同志,这个问题建议军分区党委开个会议,尽快予以落实。"

"没问题,请大家放心好了。"谢东山回答说。

"同志们,"马玉文加重语气说,"安置孤儿是一个严肃的政治任务,我们参军打仗为的是什么?为的就是要让人民当家作主,为的就是要让人们过上幸福富裕的生活。如果连几个孤儿我们都安置、养活不了,我们还有资格当人民子弟兵吗?"说到这里他提高声音问:"大家乐不乐意接受这个任务?"

"乐意!"

"有没有决心完成这个任务?"

"有!"

二

林运松轻轻推开马玉文办公室的门，从门缝里探进半个脑袋兴奋地说："报告书记，吴楚英和戴向东找到了。"

"真的，在哪里找到的？"马玉文惊喜地问。

"吴楚英是在大甸县城关镇关帝庙找到的，戴向东是在丰神庙镇墟场找到的。找这两个小鬼，可花了我整整4天的功夫。"

"不错，看来你这小鬼还是蛮机灵，特会办事的。对了，人呢？"

"我给您带来了。"

"那就快把他们带进来呀！"

林远松将门全部推开，左手牵着吴楚英，右手牵着戴向东走了进来。走到办公室中间，他将两个孤儿推到自己身前用手指着从办公椅上站起来的马玉文说："楚英、向东快叫爸爸呀。"见两个孤儿脸憋得通红，嘴张了张又闭住了，急得他差点骂人了。"你们这两个小鬼，在路上我不是跟你们讲好了吗，今后你们就归马书记一家抚养了，从今以后你们要管马书记作爸爸。你俩不是答应得好好的吗，怎么临阵又变卦了？叫呀，快叫呀。"见两个孤儿低着头，硬是不肯叫人，气得他用脚在地板上狠狠蹬了一下。

"别急嘛，慢慢来，相处久了，有了感情，他们自然会叫。"马玉文对林运松说完，笑咪咪地走到两个孤儿面前说，"来让我看看，你们都长得咋样？"他先捧起戴向东的脑袋瞧了瞧说："不错，虎头虎脑，浓眉大眼，是个男子汉。"然后抱起吴楚英，用手托着她腮帮子，只见她虽然面黄肌瘦，但眉清目秀，鸭梨似的小脸蛋上五官端正，尤其是小嘴两边的一对酒窝格外逗人喜爱。马玉文有两个儿子，就缺一个闺女，因此见了吴楚英感到格外亲热，从此以后对她也宠爱有加。

马玉文放下吴楚英，抬起右手看了看手表见已过了下班时间，对林运松说："走！和我们一起回家吃饭去。"

一进家门，马玉文就喊："明光、明亮，快出来。你们看爸爸给你们带谁回来了？"

明光、明亮闻讯从里屋走了出来，望着站在马玉文身边的戴向东和吴楚英，傻乎乎的，目光中充满了疑问。马玉文走过去轻轻拍了拍他们的脑袋说："叫哥哥、姐姐呀，早两天我和你妈不是告诉过你们，要给你们带一个哥哥、一个姐

姐回来的么。"

明光和明亮两兄弟你看着我，我看着你，谁也不肯先开口。

正在厨房里忙碌的文锦秀和母亲谢文氏听到声音后走了出来，马玉文对戴向东和吴楚英说："快叫外婆和妈妈。"

戴向东和吴楚英冲谢文氏恭恭敬敬地叫了声："外婆。"但轮到叫文锦秀时，他们只看了她一眼便把头低了下去。

谢文氏高兴地说："还是我这老太太有福气，他们谁也不叫，就叫我。好，好，这就叫做有缘，从此以后你们就是我的外孙、外孙女了。"

文锦秀走过去，弯下腰一手搂着吴楚英，一手搂着戴向东，左看看右瞧瞧，嘴里说："长得不错，两个孩子都长得不错。"她站起来拉着他们的手说："来，跟我去洗个澡换身干净衣服再出来吃饭。"

文锦秀刚一转身，马玉文就歉意地对谢文氏说："妈，您一来就顾不上休息，整天忙个不停。光明光、明亮就够您操心的了，现在又一下子给您添了两个小调皮，不知您老人家能不能吃得消？"

"没事，我的身子骨好得很。你别听锦秀瞎说，其实我什么家务活都拿得起放得下，只是你那岳父好表现不肯让我多干罢了。现在为了这4个外孙和外孙女，我要把十八般武艺全使出来好让你们开开眼界！真要是吃不消的话，我会写信叫你岳父过来帮忙。你和锦秀尽管安心工作，这个家就交给我好了。"

"能把岳父请过来最好不过了，我最担心的就是怕将您老人家累垮了。"

"有你这份体贴的心意我就满足了，我得赶紧炒菜去，别饿着孩子们了。"谢文氏乐呵呵地向厨房走出。

林运松帮谢文氏刚收拾好餐桌，摆好碗筷，端上菜肴，文锦秀便牵着穿戴一新的戴向东和吴楚英走了出来。

俗话说：马要鞍装，人要衣装。刚才还蓬头垢面的两个小叫化转眼间变得光彩照人，水灵灵的。

"哥，你看。这个姐姐好漂亮哟。"明亮指着吴楚英对明光说。

哈，哈，哈！明亮的话逗得大人们都笑了起来。

"孩子们，快来吃饭。"谢文氏张罗着说。

马玉文挟了一个鸡腿放在吴楚英的碗里，怜爱地说："有好久没吃肉了吧？要多吃一点。"接着他又对林运松说："运松，以后每个星期天你都到这里来改善改善生活，看你那瘦弱的样子明显是营养不良，得赶紧把营养跟上去才行。"

"不行，不行！您们的负担够重的了，再说机关食堂的伙食比我家里强得多，吃上几个月我肯定能够胖起来。"林运松摇了摇头说。

"你这小鬼才参加工作几天，就敢不听书记的话了。叫你来就来嘛，多一个人不就多一副碗筷么。"文锦秀假装生气地说。

1949年9月30日晚上，鸽城话剧院在大众剧场举行"庆祝中华人民共和国成立专场演出"。

有关部门给地委领导每人发了两张戏票，由于文锦秀患重感冒去不了，谢文氏要留在家里照顾病人和孩子，马玉文便带了吴楚英去看演出。所有地级领导，包括地委的、行署的、军分区的莫不是带着夫人来看演出，唯有马玉文带的是小孩，因而显得格外地与众不同。更绝的是按照安排，在正式演出之前马玉文将代表市委和行署发表讲话，可当他从前排站起来准备上台去时，吴楚英拖着他的衣角不肯松手。坐在第三排的曾晓亮连忙走上来拉着她的手说："小英子，叔叔带你去玩，好吧？"

"我怕，我要跟爸爸在一起。"吴楚英害羞地低着头说。

"算了，让她跟我走。"马玉文怕耽误时间无可奈何地说。

说来奇怪，当马玉文牵着吴楚英走到台上时，望着全场穿得花花绿绿的人群，吴楚英居然甜甜地，灿烂地笑了起来。打扮得花枝招展的吴楚英站在身着半旧中山装的马玉文旁边就像一个小天使，不知就里的观众还以为是剧场特意安排的司仪儿童，对他俩的出现报以了热烈的掌声。当得知这个女孩是马玉文领养的孤儿，而且他一领养就是两个时，所有观众无不肃然起敬。

只听马玉文说："明天，随着伟大领袖毛主席向全世界人民庄严宣布中华人民共和国中央人民政府成立的消息，中华人民共和国就正式诞生了！"这时全场响起了雷鸣般的掌声。

"新中国的成立是近百年来我国各族人民反帝、反封建、反殖民主义斗争取得的伟大胜利，是中国共产党领导人民解放军在全国各族人民的支持下创造的伟大奇迹。鸽城解放后，地委和行署在军管会工作的基础上，在短短5个月时间内相继完成了肃清敌特反革命分子，清剿境内土匪，建立民主政权，维护社会秩序，确保人民生活所需生产、生活资料的供应等工作任务，并正在着手安置战争孤儿。"说到这里，马玉文的讲话又为热烈的掌声所打断。

待掌声停下来后，马玉文接着说："同志们，朋友们：建立中华人民共和国只是万里长征走出的第一步，我们最后的目标是要建立一个民主、繁荣、富裕的共产主义国家。地委和行署决定下一步的工作就是要发展生产，全面医治战争创伤，这就要求我们首先要搞好农村土改和城市工商业的改造，为发展生产奠定基础。我们所处的时代决定了我们这一代既是旧社会的掘墓人又是新社会

的创始人。我们必须继续革命，艰苦奋斗。我们的付出必将为祖国的富强和我们后代的幸福打下坚实的基础，创造良好的条件。"说完他深情地看了一眼小楚英，她则婉尔一笑向他张开了双臂。马玉文的演说是精彩的、动人的，小楚英的表情更是天真的、感人的。良久，如醉如痴地观众才醒悟过来，掌声像潮水般在剧场内涌动，并且经久不息。令马玉文更加意想不到的是，他无意中将小楚英带上舞台的举动，居然取得了免费广告的效果和示范宣传的作用。原本进展不太顺利、速度缓慢的孤儿安置工作三天之后统统到了位，其中认领孤儿的人数整整增加了800人，由各孤儿院抚养的人数也随之减少了800人。

听说以安排残疾孤儿为主的地级孤儿院—新星学校正式成立并开学，马玉文高兴地约上地委委员、行署文教卫委员会主任戴书林前往视察。

走进大门，马玉文发现带队出来迎接他们的少妇十分面熟，却一时想不起来是谁。少妇落落大方地伸出手来说："欢迎您，马书记。"

马玉文握着她的手回过头来问戴书林："这位是？"

"喔，她就是孤儿院的院长暨新星学校的校长林佳彤。"戴书林介绍说。

"林佳彤？"马玉文还是没有想起来。

林佳彤笑了笑说："怎么，您不认识我了？真是贵人多忘事啊！我是徐宁涛的爱人林佳彤，记起来了吗？"

"原来是徐太太，怪不得这么面熟。"马玉文紧紧握了一下她的手，松开手说。

"都怪我，忘记给您汇报了。"戴书林歉意地说，"林佳彤同志持您的信找到我后，我们先是把她安排到县一中负责管理图书资料。后来她听说要成立孤儿院，主动要求到这里工作，考虑到她是正规师范培养出来的又有实践经验，就让她担任了这里的负责人。"

一行人边说边由林佳彤领进了一间教室，"首长好！"教室里响起了稚嫩的、整齐划一的呼喊声。

马玉文连忙回答："孩子们好！"

只见几十个高矮不一的孩子居然穿着统一的校服，一个个容光焕发，志气昂扬。马玉文高兴地对林佳彤说："林校长，没想到才几天时间你们的工作就做得这么出色。这些校服都是定做的？"

"定做的？哪来的钱哟。"一个20出头，长得胖乎乎的教师插话说，"这些布料都是佳彤姐自己掏腰包买回来的，再由她动手一套一套地裁剪好，然后发动我们这6名女教师靠手工用4天4夜赶制出来的。"

"全校有多少残疾儿童？"马玉文问。

"目前有 82 个。"林佳彤回答说，"据说全地区还有 130 来个残疾儿童分散在各县的孤儿院，我们正在创造条件，争取尽快将他们全部接收过来。现在的主要困难是师资力量不够，听戴主任讲他们也做了很多工作，动员一些人来这里上班，但听说是侍候孤儿，许多人都打了退堂鼓。"

"那你们几个人怎么愿意来侍候这些孤儿呢？"马玉文反问道。

"我们姐妹 7 人都认为这些残疾孤儿也是人，他们应当享有做人的各种权益，这就需要有人来关爱他们，帮助他们。而尊重他们就是尊重人类，关爱他们就是关心自己。"林佳彤说。

"讲得好！"马玉文带头鼓起掌来，他说，"关心残疾儿童就是维护民生，就是尊重人权。你们 7 位女同胞的选择是正确的，你们从事的事业是一项值得全社会尊重的光彩事业。至于困难，这是暂时的。随着经济建设的发展和国家财力的增加，政府将大幅度增加对残疾人事业的投入，随着人民观念的改变和认识的提高，会有更多的人向你们学习，自觉地加入到侍候残疾儿童的队伍中来。我相信，大家只要像林校长一样有一颗热爱残疾儿童的赤子之心，什么困难也难不倒你们，我市残疾儿童的教育工作必将在你们的辛勤劳作下开出灿烂的花朵，结出胜利的果实。"

离开孤儿院，马玉文一行特意到火车站、汽车站、公共娱乐场所和一些大街小巷转了转，所到之处没有见到一个孤儿。

"马玉记，安置孤儿的事在群众中产生了极好的影响，您猜猜看群众是怎么评价的？"戴书林掩饰不住兴奋地说。

"不过说我们办了一件好事而已。"

"说我们是菩萨下凡，功德无量。"

一行人不禁哈哈大笑起来。

回到家里已经是晚上 7 点了，只见妻儿老少围了一桌子，一个个无精打采，小明光居然伏在桌子上睡觉了。

"怎么，你们还没吃饭？我说过多次，我事情多，有时回来得晚，你们先吃，给我留点就是了。拖到这个时候还没吃饭，要是将孩子们饿坏了怎么办？"马玉文不无指责地说。

"今天是个特殊的日子，非等你回来吃不可。"文锦秀说。

明亮拍了拍明光说："快起来，爸爸回来了，可以吃饭啦！"

"今天既不过年又不过节，也没有哪个生日，是个什么特殊的日子？"

"听妈妈讲,今天是你们的结婚纪念日。给,这是我们4个人送给您们的礼物。"戴向东从身后捧出一把五颜六色的野菊花递给了马玉文。

马玉文这才想起,7年前的今天他奉令从江南回到江北新四军总部开完会后,顺便回家一趟与文锦秀完了婚,但此后由于忙着打仗他们还没有庆祝过一次结婚纪念日呢。他将野菊花递给文锦秀,并深情地看了她一眼,然后逐一搂着孩子们亲了亲说:"谢谢了,孩子们。来,吃饭啰。"

马玉文给谢文氏、文锦秀和自己各倒了一杯酒,对文锦秀说:"我们先一起敬妈妈一杯!当年我带一个班的战士在你家里驻了3个月,还是你妈给我们牵的线呢?说起来她老人家不仅是我们的母亲,还是我们的红娘。"

"那是你嘴巴甜,哄得老人家开心,才把我许配给你的。"文锦秀嬉笑着脸说。

"瞎说,那时你听说人家是战斗英雄整天围着他转。我见他不仅人长得英俊而且待人和蔼,知道他心肠好,才撮合你们的。听你这么一说,好像这场婚姻是我一手包办的呢。"谢文氏假装生气地说。

文锦秀连忙夹了一个蛋卷放到妈妈碗里说:"我这是开玩笑嘛,你可别当真了。"谢文氏用筷子点了点文锦秀笑着说:"傻丫头,你才当真呢。"

马玉文见4个孩子傻乎乎地看着他们,夹了一个肉丸放在吴楚英碗里说:"孩子们快吃呀,还愣着干什么?"

4个孩子便动手吃了起来,3个男孩吃得又快又多,津津有味,只有吴楚英慢嚼慢咽,斯斯文文。马玉文给她夹了两个蛋卷放在碗里说:"你快吃呀,要不哥哥弟弟们把东西吃完,你就得饿肚皮了。"

"乒!"小明光将碗往桌子上一顿说:"气死我了,不吃了!"

"怎么啦?明光,说出来给爸爸听听。"马玉文说。

"你不是我和明亮的亲爸爸,你是他俩的亲爸爸。"小明光偏着小嘴说。

马玉文笑了,说:"你说出个理由来,我为什么不是你们的亲爸爸,而是他俩的亲爸爸?"

"就是的,你每次将好吃的都夹给他们,尤其是楚英姐,从来不夹给我们。而且连看戏你也只带楚英姐,不带我们去。"小明光扛起小脑袋,气乎乎地说。

"哈哈,我们的小明光也晓得吃醋了。"谢文氏开心地笑了起来。

文锦秀将小明光搂在怀里说:"小傻瓜,他可千真万确是你的亲爸爸呀。他给向东哥和楚英姐夹菜,是因为他俩才来不久还腼腆还不习惯嘛。至于看戏的事,只有一张票了,家里有三个男孩一个女孩,不带楚英姐去,你说带谁去?"

"是爸爸做得不对,以后吃饭爸爸要么都不给你们夹菜,要么就都夹,这下行了吗？还不行的话，有好菜时，就要奶奶先给你们平均分好，我们家里实行分餐制要不要得。"说得3个大人都笑了。

南京军区医院，李招军斜躺在病床上正在看杂志。这是一间双人病房，22平方米的房间里，向对摆着两张病床，两个床头柜，两个热水壶，进门墙边摆着3把沙发，窗台下面摆放着一把摇椅，整个病房宽敞明亮，简洁整齐，纤尘不染。不用说这是军官病房，而且是高干病房。

此时李招军手里捧着一本杂志，两眼盯在上面却一个字也看不进去，他正满腹心事，哪里看得下去哟。从鸽城中心医院转到军区医院来时，他的枪伤已经好得差不多，要在战时医院病床紧张，有关部门早就动员他出院了。全国解放后，解放军受伤的人数大为减少，同时医院的条件也好多了。上级领导考虑到李招军做了颅脑手术，这在当时可是大手术啊，于是让他转到南京医院观察一段时期并疗养3个月。眼看只差几天3个月就到期了，但何去何从自己还是拿不定主意。当初，得知被任命为鸽城地委副书记兼行署专员的消息时，他就有想法并写信给原部队的老首长要求继续留在部队里，理由是他祖孙三代都是行伍出身，他对部队有一种极深的情结。上个月老首长专程到医院看他，对他说已经安排到地方任职的干部要重新调回部队不是部队单方说了算的，当然，也不是一点办法也没有，问题是全国解放后部队肯定要大裁员，即使回到部队也不可能得到提拔，由于其原来所在的师是整体转业到地方的，连部队的番号也取消了，他要回去就只能平级安排到别的部队去。老首长还说，在和平年代，师以下的干部转地方工作是迟早的事，今后再转的话要想到地方当党政一把手就非常困难了。临走时老首长将自己家里和办公室的电话号码都留给了他，要他考虑清楚再打电话，如果他硬是要想留在部队，老首长还是答应帮忙。

其实老首长讲的这些李招军早就想到了，他不是非留在部队不可，他内心的想法是，自己在部队是政委，转业到地方应该当地委书记而不是当专员。兄弟部队的党政一把手转业后，大多数政委不是安排当党委第一书记么，凭什么安排自己当专员？他也不是对马玉文有意见，自1941年搭档到现在两人已共事8年，马玉文为人耿直谦和，作风踏实干练，两人在一起虽然有过矛盾冲突，但总体来说配合还算好的。他就是对上级的这种安排不服而已。

"怎么样？老伙计，去留问题还是定不下来？"外出散步回来，住在同一病房的某军副参谋长成伯太见他躺在床上两眼离开杂志望着窗外出神，问道。

李招军回过神来，望了望成伯太说："老成，同房住了3个月，我们也算是朋友了，今天我们推心至腹好好谈一谈行吗？但不讲大道理，大道理你我二人

第三章　怜孤惜幼

139

谁都能谈它一大套。我们今天只谈实际的，也就是说谈实实在在的东西。"

成伯太拖过一把椅子在李招军旁边坐下来说："好，我洗耳恭听。"

"现在中国革命胜利了，共产党成了执政党，人民翻身成了主人，这个江山是不是我们打下来的？"李招军问。

"这还用说，当然是我们打下来的呀。"

"你我二人为了革命的胜利，为了让中国共产党能够执政掌权，带领广大指战员配合兄弟部队，南征北战，打了多少大战恶战，打垮了国民党800万军队，推翻了蒋家王朝，算不算对党有贡献？"

"贡献肯定是有的，不光是我们，包括所有的共产党员和解放军战士，只是贡献有大有小而已。"成伯太说。

"为了让人民能翻身得解放，我们不惜流血牺牲，算不算对人民有恩？"

成伯太没有正面回答，而是说："老李，你问这些到底是什么意思吗？"

"我的意思是说，我们打江山的目的不就是为了坐江山嘛。而坐江山就得论功排座次，论资历安排职位，对吗？"

"原则上应该这样。"

"既然这样，为什么大部分师长、政委战争结束后都官升一级，甚至有升两级的，唯独我们这些就地参与军管的就没有份？"李招军忿忿不平的说。

成伯太说："这个问题我就讲不清了，也许是你们没有参加后面的战争没能立下新功的缘故吧，再说部队不也有许多同志没有提拔吗？而且部队就地参与军管然后转业到地方的干部少说也有几十万，又不是你一个。你要是不想转业的话，你的老首长不是答应给你想办法吗？"

"算了，我还是回鸽城当专员去，免得落个不服从组织分配的下场，你看呢？"

"这就对了嘛。"成伯太说，"军人只有在战争时期才吃香，和平年代军人尤其是军官便变成了国家的累赘。能转到地方当个专员，不正是去坐江山吗？而且那是一方诸侯啊，什么都是你说了算，甚至包括驻军在内，整个鸽城哪个敢不听你的？要是这样的好事轮到我的话，我早就走马上任了。"

"什么一方诸侯哟，我上面还有一个地委书记管着呢！"李招军忿忿地说。

这下成伯太总算明白了李招军所以犹豫不决的原因，便委婉地说："老李，这你就不懂了。地方和军队不一样，党内的事书记说了算，其他的事都是行政首长说了算。我还跟你讲个观点，在政治上可能是错误的，你可不能出卖我哟。从我们党的历史上来看，政治运动几年一次，全国解放后，我估计仍然难免。搞政治运动，就是路线斗争，离不开站队和整人两条。谁来负责，当然是书记，得罪人不说，万一站错了队就会被踏上一只脚永世不得翻身。当行政一把手多好，经济上去了，建设搞好了成绩是你的，谁也抢不去。万一有问题，他当书记的也跑不了，因为他是老大嘛。你说是不是？"

成伯太的一席话令李招军的心胸豁然开朗，所有烦恼一扫而光。他说："老成，我听你的，一出院我马上就回鸽城去。"

李招军是坐火车回鸽城的，他打给行署的电报是："为避免影响，节约费用，不需派专车接，宜坐火车回。"而实际情况是，大多数地方的公路被战火破坏后尚未完全修复，坐吉普车一路颠簸十分难受，坐火车尤其是坐卧铺车厢不仅舒服而且安全。但他的这封电报确实在行署机关干部中产生了良好的影响，认为他这样做是发扬了部队艰苦奋斗的优良传统。

陪同李招军回鸽城的还有他的妻子黎阳阳和妻弟黎豆豆。李招军一走下卧铺车箱，便受到了早就等候在站台上的贾卫尧、谢东山、毛向阳和行署秘书长吕海风等人的欢迎。贾卫尧和谢东山都习惯地给他敬了个军礼，贾卫尧说："政委，不，现在得改口叫您为专员了。玉文同志昨天到省城开会去了，要明天才能回来，他特意嘱咐我们几个到车站来接您。一路上辛苦了吗？住房都给你安排好了，在地委大院，您看您是先回住处还是先到行署去？"

"还是先回住处吧，我总不能带着老婆和小舅子去行署报到嘛。哈，哈！"李招军说，"你们也真是的，要这么兴师动众地来接干嘛，叫吕秘书长来给我引个路不就得了。"

"那怎么行！你是我们的老首长，别说玉文同志有安排，就是没有安排，于公于私我们都应当来接呀。"谢东山真诚地说。

坐车到地委大院，送李招军一家到了宿舍之后，李招军说："谢谢了，你们大家忙自己的事去吧，等会由吕秘书长陪我去行署就行了。"

行署坐落在辕门口，占地150余亩，原是一个大官僚地主的别墅花园，解放前夕这一家子人都随在国民党行政院当大官的儿子逃到台湾去了。解放后这座别墅花园理所当然地被政府没收作为国有财产了。地委、行署分家后，有关部门主张把地委机关搬到这里来，理由是这里占地面积大，环境优美，更适宜于办公。马文玉看了后说："行署管的事情多，今后还会不断扩编，而且这里交通发达，群众找政府办事比较方便，还是给行署机关吧。"就这样，地委机关留在原地不动，政府机关搬到了这块风水宝地。

李招军和吕海风乘车来到行署大门口，见门口没有解放军战士站岗放哨，

独领风骚

李招军不悦地说:"怎么看不到哨兵呢,你这个秘书长是怎么当的?要知道这是政府首脑机关,现在刚解放不久,万一有人搞破坏活动,首长们和首脑机关的安全拿什么作保障?"

吕海风解释说:"自从军管会一撤销,马书记就不准军分区派战士给地委和行署机关站岗放哨了。他说人民政府建立起来后,实行军事管制的时代已一去不复返,我们是人民的政府,人民政府为人民,再在地委和行署门口建岗设卡由解放军派人站岗放哨,人民群众怎么能够自由出入,行使人民当家作主的权利呢?他还带头辞掉了警卫员,据说他的这一作法还得到了中央领导的肯定,并在全国进行推广呢。"

"原来是这样,但你们绝不能掉以轻心,一定要加强值班工作,必要时可以安排或聘请几名退伍转业军人成立一个专门的保卫组,负责机关白天值班和夜间巡逻,一定要使机关的安全保卫工作做到万无一失。"李招军强调说。

"好,我马上抓紧落实。"

下车后,吕海风先陪李招军去看专员办公室。专员办公楼是由原来的藏书楼改造的。楼高3层,每层有房屋8间。一楼是行署办公室的,基本上是3人一间,也有4人一间的。二楼右边4间是行署正副秘书长的,每人一间。左边4间隔成一个套间,一个通间,套间是专员的办公室,通间是专供正副专员和秘书长开会用的会议室,定名为专员会议室,专员办公室和会议室有门相通,必要时会议室可用作专员接待室。从吕海风的口中,李招军得知楼上8间是4个副专员的办公室,每人两间,和自己一样都是套间。

走进办公室,李招军才发现套间是一大一小,前面一间面积约有20平方米,办公桌、文件柜、书柜、沙发、茶几,可以说办公用具应有尽有。后面一间大约14.5个平方米,配有床铺、书桌、躺椅,还有卫生间,是供休息用的。前后看了之后,李招军深为满意。他走到办公桌后的藤椅上坐下来,指着书桌前面对吕海风说:"吕秘书长,你搬张椅子到这里坐下来,我们交谈一下。"

待吕海风坐下来后,李招军首先详细询问了4位副专员的情况,包括履历、文化、个人爱好等,然后又简要地打听了一下3位副秘书长的情况,主要是了解他们各自的特长。吕海风根据自己的了解一一作了介绍。

"几位副专员都在家吗?"李招军问。

"应该在,他们知道你今天回来,都在办公室候着呢。"

"这样,你等会派人去通知他们到会议室来,还有几位副秘书长,一起开个见面会,大家互相认识一下。"

"好的,我这就去通知。"吕海风刚想站起来就让李招军用手势制止住了。

"你别急嘛，我还没有讲完呢。"李招军说，"你再派人通知行署各个工作部门的负责同志，明天上午召开一个会，叫情况通报会或者工作汇报会都行，他们负责讲，我负责听。主要谈前段工作开展的情况，目前存在的困难，今冬明春工作的打算和建议。你要办公室负责文字工作的同志参加并作好记录，散会之后将记录整理好，给我一份。然后办公室再根据大家汇报的内容，给我起草一份有关今冬明春工作的工作报告，我准备在近期召开一个全地区的三级干部会，一是跟大家见个面，二是把当前的工作布置下去。"

"好，我马上就落实下去。"

"报告要突出一个'实'字，讲成绩要有东西可摆，让人看得到摸得着；讲问题要具体，要有针对性；至于工作措施更要有可操作性，使人能听得懂、用得着，能够解决实际问题。因为我们是政府机关，政府的文件、报告要多务实少务虚。"

"您讲得非常正确，我一定将您的指示贯彻给办公室的全体同志。"吕海风说。

"我再问你一件事，专员们都配了秘书没有？"李招军问。

"按规定都没有配专职秘书，外出开会、办事需要带秘书时由秘书科统一安排。"吕海风回答说。

李招军想了想说："这样吧，你还是给我相对固定一位秘书，我事多总不能事无巨细都麻烦你秘书长嘛。如果这样做不好办的话，可不可以考虑设一位专员办公会议秘书，负责专员办公会议的记录和相关文件的起草，不开会时就跟着我跑，帮我做些辅助性的工作。"

吕海风马上回答说："采取第二种办法最好，既不违背上级规定，又可避免其他副专员攀比。"

"那人员就有你负责挑选，一是政治上要可靠，二是办事要机灵，三是文笔要过硬，四是嘴巴要紧。"

"没问题，保证让你满意。"

"另外，过两天你让人去孤儿院挑选一位年满14岁的孤儿，安排到行署机关搞通讯员，专门负责给几位正副专员和你打开水、搞卫生、整理内务。我们地区的孤儿安置工作现在是名声在外，我在南京住院时看到好几家全国性的报刊都报导了这件事。作为行署在这件事上也要有所作为，给全地区做出榜样。"李招军补充说。

"好的，好的。"吕海风满口答应。

独领风骚

马玉文从省城开会回来,车进鸽城后他对司机说:"先去行署。"

司机扭转方向盘直奔行署而去。

到了专员办公楼,马玉文和地委秘书长钱春德走上二楼,钱春德轻轻敲了敲李招军办公室的门。

"请进。"正在看文件的李招军头也不抬地说。

"怎么,刚一回来就披挂上阵了?"马玉文进门后说。

听到这熟悉的声音,李招军抬头一看,惊喜地说:"是你呀,老马。什么时候回来的,怎么不通知我一声,应该我先去地委看你啊。"

"刚回来的,还没回地委机关就奔你这里来了。"马玉文和李招军握了握手,回过头指着跟在他身后的钱春德介绍说:"这位是地委委员、地委秘书长钱春德同志,他可是位大才子,解放前是一家省报的副主编、地下党的负责人。"

钱春德跨前一步握着李招军的手说:"我们早就盼您回来了,今后还请您对我的工作多批评指教。"

"那里,那里。知识分子可是我们党的宝贵人才,我们应该好好向你学习呢。来,两位请到沙发上坐,我这就给您们泡茶。"李招军伸手做了一个请的动作。

"李专员,您坐。我来泡茶。"闻讯赶来的吕海风一边说,一边和马玉文、钱春德握手打招呼。他手脚麻利地泡好两杯茶,放到马玉文和钱春德坐位前的茶几上。

钱春德站起来说:"马书记、李专员,我知道您们两位老战友有好久未见面了,您们在这里先聊,我请吕秘书长陪我趁此机会去拜访一下几位副专员。"

马玉文点了点头说:"也好,你先去吧。"

钱春德和吕海风走后,马玉文望着李招军说:"老伙计,真的对不起,你在南京住了3个多月院我才去看过你一次。不是我不想来看你,而是实在抽不出时间来啊!"

"我知道,你能来看一次就不容易了。我住院期间你是两副担子一肩挑,真是够你忙的了。"李招军感慨地说,"刚开始时我还真有一点替你担心,我们这些成年累月拿枪杆子的人,从来没有搞过社会管理、经济建设,会不会捅出什么漏子来?没想到半年下来,你们就将鸽城治理得有模有样,有条不紊。你们进入角色可真够快的呀。"

"现在就说进入角色还为时过早,能够取得这点成绩完全靠地委、行署和军分区三套班子的人齐心协力,靠原来师部那些老伙计的鼎力相助。我马玉文有多少能耐,你又不是不清楚。"说到这里,马玉文换了一付口气关心地说,"喂,老伙计，你的身体恢复得怎么样了？颅脑手术会不会留下什么后遗症？"

"身体恢复得还可以，至于后遗症就很难说了。据医院的专家说，有的后遗症要几年甚至十几年才会发作。唉！管他呢，趁现在身体还好尽量争取为社会多做点有益的事情，为国家多做一些贡献吧。"李招军说。接着他将回来之后召开专员见面会和行署主要工作机构负责人工作情况通报会的情况，向马玉文作了简要通报。末了他说："等秘书科的同志将材料搞出来后，我准备提请地委批准于近期召开一次三级干部会，把今冬明春政府的工作任务布置下去。"

"好啊！我说老伙计，你讲我们进入角色快，我看你的速度也不赖呢，才两天时间不到，你就把政府工作的基本情况掌握到手了。关于召开三级干部会的事，我俩可是不谋而合呀。为贯彻省委会议精神，我想今天晚上开个书记碰头会，传达省委会议精神，确定召开三级干部会议进行传达贯彻的事宜。你关于今冬明春工作的思路总体上来说是正确的，你让起草报告的同志把省委会议的主要精神写进去，用省委会议的精神来指导今冬明春的工作，这样这个报告就更全面，更有指导性和实践性了。这次会议就由你唱主角，我当配角。"

"你是书记，我是副书记，既然三级干部会的主要议题是贯彻省委会议精神，理所当然应当由你唱主角，我当配角。"李招军说。

"站在地委的角度我是书记，你是第一副书记，由你代表地委作工作报告也是可以的，更何况你是政府的一把手。这次省委会议的基本点就是要充分调动各方面的积极性，尽快恢复生产发展经济。因此，由你来作工作报告不是更为合适么。至于我这个配角，将代表地委明确表态支持政府的工作，这不就体现了地委和行署工作的一致性了。"

"既然书记有指示，我还有什么好说的，一切照办。"李招军为有机会在全地区三级干部会上唱主角而暗暗高兴，只是不好表露出来。

"老李，省委会议强调当前的中心任务是要加快土地改革的步伐。依这几个月我在地方工作的经验，我认为地方工作尽管错综复杂，但部队工作有一条经验在地方是管用的，这就是抓典型，靠典型来带动，靠典型来引路。为了能在年底之前完成全地区的土地改革任务，我建议我俩先各抓一至两个典型。"

"好，我赞成！"提起抓典型，这可是李招军在部队当政委期间练就的一手绝活，听说在地方上也管用，他准备再好好露他一手。

当马玉文站起来准备走时，李招军对他说："老马，请再坐一下，我有一件事想听听你的意见。"

"什么事呀？"马玉文重新坐下来后颇感兴趣地问。

李招军似有苦衷地说："现在全地区的国家干部都领养了一个以上的战争孤

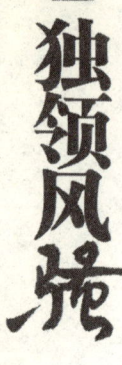

儿，照理我也应该带头。但你知道我和黎阳阳双方的父母都已去世，再无其他亲戚。这不，阳阳唯一的弟弟豆豆今年17岁也只好随我们迁来鸽城生活和读书。阳阳现在被安排在地区话剧团工作，本来我想让她在家抚养孤儿，但她说像她这个年龄正是搞文艺表演的黄金时期，她舍不得放弃自己所喜欢的事业。无奈，我只好准备走请保姆抚养孤儿的路子，又担心领导干部带头请保姆会在社会上造成不良影响。所以，想请你这个老伙计帮我拿个主意。"

马玉文知道黎阳阳原来是军区文工团的演员，比李招军少11岁，俩人结婚还不到2年，要她弃演在家，难免浪费人才，便说："老李，你大可不必有啥顾虑。因为孤儿安置工作已全部到位，当时你在南京住院，不是有意不肯抚养，我相信同志们在这个问题上不会对你有意见的。既然是这个情况，你就别再领养了。"

三

三级干部会议一结束，马玉文就带队到江口县双溪乡高禾村搞土改试点。

在村长兼村支书皮松文的带领下，马玉文和工作队员先察看了高禾村的田土山林。高禾村地处边远山区，与大甸县清溪村隔山相靠，全村1642人，有水田3380.5亩、旱地2246亩、山林391亩。辖区之内山塘密布，土地肥沃，有两条溪水纵横穿过，鲜有洪涝灾害，基本上可以做到旱涝保收。

当晚村里召开了群众大会，由工作组副组长、地委农村工作部部长姜龙洲作动员报告。他用通俗易懂的语言，重点宣讲了土改的意义、内容、步署、方法和政策。作为工作组组长的马玉文也作了讲话，他强调实行土地改革的根本目的是要消灭几千年来人剥削人的封建制度；土地改革的基本内容是没收地主阶级的土地，分配给无地少地的农民，使之做到耕者有其田；土地改革总的政策是平分土地，即按全村人口，不分男女老幼，统一平均分配，使全村的人均获得同等的土地，并归各人所有。参加会议的群众，尤其是无地少地的农民听了后无不欢呼雀跃，高呼："毛主席万岁！""共产党万岁！"。

一场史无前例的土地改革运动，像暴风骤雨席卷着这个边远山村的各个角落。

按照计划，土地改革分两步进行，第一步是划分阶级成份，第二步是重新分配土地。为了准确划分阶级成份，动员大会后的第二天，工作组成员就分头深入各家各户走访群众，调查了解原土地所有者占有土地及有无剥削、剥削的程度等情况，并动员土地所有者自觉申报土地，组织群众重新丈量土地。

根据申报、丈量的结果，工作组和村委会张榜公布了土地所有的状况。全村 379 户中，无田无地的 105 户，人均土地低于 0.5 亩的有 166 户。占有土地最多的是人称"彭大财主"的彭富国，他家一共拥有良田 940 亩、旱土 610 亩、山林 80 亩，差不多占了全村土地的四分之一。其次是"铁算盘"吴立清，全家共有田土 174.6 亩。再次是"赛宋江"彭昌明，有水田 109 亩、山林 24 亩。其余人家的田土，多的三四十亩，少的七八亩不等。

接着工作组又根据党中央制定的《中国土地法大纲》所确定的原则、政策，按照以土地占有为主、其他经济成份为辅的原则，经村民代表大会讨论，通过了划分阶级成份的标准，并张榜公布。这个标准一目了然，人人可以对号入座。

划分阶级成份的标准公布后，当天傍晚马玉文正坐在房东彭石生家走廊上看地委转来的文件材料，村长兼村支书皮松文匆匆走进来说："马书记，不好，出事了！彭昌明听说他要被划为地主气得投塘自尽了。"

"啊！"马玉文大吃一惊，连忙问："人捞上了吗，还有不有救？"

"还好，当时'皮鳝鱼'皮德仁正在塘边刹草喂鱼，发现之后立即将他救了上来。要不，就真要出人命案了。"皮松文心有余悸地说。

"走！去彭昌明家看看。"马玉文话声一落，人已走到了屋门口。工作队队员、市委组织部三科科长毛忠民和皮松文立即跟了上去。

"据反映，彭昌明是一位比较开明的乡绅，对吗？"路上，马玉文回过头问皮松文。

皮松文连想都不想便说："不错，此人乐善好施，对乡邻亲善友好，不以势压人，尤其喜欢资助他人，故有'赛宋江'之称。"

听说彭昌明人称"赛宋江"，马玉文来了兴趣进一步问："他资助的都是一些什么人？"

彭昌明想了想说："有走投无路的乡邻，有穷困潦倒的书生，有被诬告陷害背井离乡的侠义人士，据说他还偷偷资助过革命烈士的遗孀。"

"哦，有这样的事？想不到他一个乡绅能有这种进步思想。"马玉文说。

"听说是受他小儿子的影响。"皮松文说。

"他小儿子叫什么名字，现在何处？"听声音马玉文又来了兴趣。

皮松文略一思索说："彭昌明有三子一女，大儿子叫彭和庆，继承祖业在家务农；二儿子叫彭和元，在鸽城城里开了一家杂货店；三儿子叫彭和堂，早年留洋法国，回国后一直在上海经商，听说解放后当了上海市政府的参议；他的女儿最小，叫彭和霞，随三哥去上海读书后一直没回。"

独领风骚

从马玉文房东家到彭昌明家相距不到4华里，几个人边走边说不到半个小时就到了。

彭昌明家的院子占地不大，但设计大方，布置精致，走进院门，两边是厢房，中间是正屋。正屋后面是后院，一边是厨房，一边是存放粮食和农具的库房，紧靠后墙是一排专养猪、牛、鸡、鸭等禽兽的木棚。

彭昌明的大儿子彭和庆闻讯后跑到大门口将马玉文一行迎到正堂屋，请客人们坐下并泡好茶后，他说："马书记，请你们稍等一下，我去把我爹扶出来。"

"不用，贵客光临岂能怠慢。"随着声音，只见一个鹤发童颜，身高体瘦的老人拄着拐杖走了进来。他将拐杖挂在手腕上，抱拳为礼，对坐在上首的马玉文说："老朽糊涂啊，做出这种有损贵党和政府声誉的事来。你们上门兴师问罪，理所应当，要抓要罚我都认了。"

马玉文站起来用手指了指方桌对面的太师椅说："老先生，你误会了，坐下来听我跟你说。"

彭和庆走过去将彭昌明搀扶到椅子上坐下来。

马玉文说："我们今天不是来兴师问罪的，而是特来看望你的。"

"看望不敢当。老朽何德何能敢劳您的大驾。"听说对方不是来兴师问罪的，彭昌明悬着的心才放了下来，脸上也露出了些许笑容。

马玉文望了望彭昌明，见他天庭饱满，五官端正，眼珠纯清，不像奸诈之徒，遂说："刚才老先生说到自己糊涂做了错事，不知老先生为什么要这样做，能否说出来给我们听听。"

"唉！还不是怕丢了这张老脸嘛。"彭昌明抬起左手指了指自己的脸部说，"我自幼熟读圣贤书籍，从未做过伤天害理的事情，家中这些田地全是继承的祖业。我同情穷人好做善事，不论是谁欠钱或欠租谷，我从未逼过他们，村里修桥修路我每次出的钱都是最多的，是'彭大财主'的一倍甚至数倍。谁家有难，只要开口，我多少都会救济一点。四里八乡的父老乡亲没有不敬重我的，他们还给我起了个绰号叫'赛宋江'。但现在我要被划作地主，一想到要挂着木牌子戴着高帽子游街示众，叫我这张老脸往哪里放？心想不如死了干净，免得丢人现眼，因此才投塘自尽。现在想起来我这样做是只图自己一时痛快，却不顾政府的声誉和影响。我真是糊涂透顶啊，还望政府能够原谅和宽恕。"

马玉文听了后严肃地说："彭老先生，一个人的阶级成份是由历史形成和经济基础决定的，是改变不了的。我们划分阶级成份的标准，根据党的政策规定主要是依土地所有的数量决定的，并经群众代表会讨论通过，它具有普遍的适应性，不是针对哪一个人的。按照你家土地拥有的数量，对号入座你的地主成份是改变不了的。但对地主，我们党的政策也是有区别的，不是对地主中的每个人都要实行专政，都要进行斗争。像你这种开明的乡绅，只要群众同意，完全可以不挂牌子，不戴高帽子游街示众嘛。"

"真的？"彭昌明不相信似地问。

"真的！但不是我说了算，要全村农民群众说了算。"马玉文说，"告诉你，对过去为中国革命做出过贡献的或为当地老百姓作了好事的开明绅士，不仅可以不进行批斗，有的还是我们团结利用的对象，现在我们各级政府特别是人民政协中差不多都有这类代表人物。"

"共产党伟大！共产党的政策真英明！"彭昌明喃喃自语地说，想了想他又试探性地问："马书记，按实际拥有土地的数量划分阶级成份，既然全国都是这样做的，老朽自然无话可讲。但老朽一家情况有些特殊，能否通融通融？"

"特殊在哪里？请讲。"

"我的三儿即最小的儿子叫彭和堂，在抗战期间就远赴法国勤工俭学，深受共产主义思想影响，1946年回国后一直在上海经商。他同情革命，写信给我说天下迟早是共产党的，剥削是腐败和落后的表现，要我开明一些。他在信中还写到，由于国民党发动内战加之年年天灾，现在老百姓食不饱腹，衣不遮体，苦不堪言，要我将家中田土分给乡邻耕种并不再收租，如果家中生活困难由他进行接济。收到他的来信后，我和老大、老二两个儿子商量了一下，觉得他讲的有道理，便拿出109亩田土中的69亩无偿分给乡邻耕种直至今天已三年零两个半月，全家19口人只留了40亩良田和24亩山林糊口。"彭昌明说。

"真有此事，怎么没听你说呢？"马玉文问皮松文。

皮松文点点头说："确有此事，因为前段工作组只调查土地所有权的情况，没有了解土地使用权的情况，我也就忘记汇报了。"

"马书记，我家那69亩地，这3年多来使用归乡邻、管理归乡邻、收益也归乡邻，我既没过问一下，也没收过一粒谷子的租金，只差没有讲这些土地就送给他们了。不信的话，你们可以去找这些乡邻进行调查。我若讲了假话欺骗政府，不得好死。"彭昌明像申明似地说。

"彭老先生，你放心好了，对你反映的这个情况，我们会认真负责地进行调查，在提交村民代表大会讨论研究之后答复你。"马玉文认真地说。

彭昌明激动地说："马书记，听了您今天的一席话，我对共产党有了更深的了解。今天的事要怪只怪我学习得太少，思想改造不够。我家的成份不管如何确定，请您相信从今往后我们一家人保证听共产党的话，跟共产党走，再也不干蠢事了。"

独领风骚

高禾村除两户"倒插门"的上门女婿外,全村人就彭、吴、皮三大姓。村民代表大会放在吴家祠堂召开,到会代表是一户一个。会议开了一天一夜,为保证时间集中开好大会,中、晚餐均是集体开餐,连同工作队队员和县委书记邓庆丰带来学习取经的干部一共开了44桌。这在高禾村的历史上是史无前例的,可谓盛况空前。

会议的议题就是两个,一是划分阶级成份,二是讨论确定分田分地的原则和办法。在划分阶级成份时,全村379户中的377户,经对号入座很快顺利通过。争议最大的是两户,一户是彭昌明,另一户的户主叫皮济舟。皮济舟家住山坡之上,有旱土51亩、山林30亩,按规定应当划为富农。皮济舟坚决不干,说他家只有旱土、山林,没有良田,三亩旱土两亩山林的收入还当不得一亩水田的收入,如果将他划为富农他死也不会接受,哪怕官司打到北京城去他也不怕。村民代表有的觉得皮济舟讲的有道理,主张把旱土、山林每年的实际收入按良田来折算,认为这样划分出来的阶级成份将更为合理。有的不同意对皮济舟的旱土、山林进行折算,主张田土面积是多少就算多少,他们认为同样都是水田,也有好坏之分,有的亩产有三四百斤,有的亩产只有百把来斤,要折算就都折算,要不折算就都不折算。两种意见互不相让,公说公有理,婆说理更高。工作组商量了一下,多数同志认为,水田之间的年产量虽然也有差别,但差别终究不是太大,而且影响产量的原因是多方面的,包括种子、肥料、天气、种田技术等等,面积只能是一亩算一亩;而旱土、山林与水田相比每年的经济收入不足一半,也一亩算一亩显失公平,难服人心。经过计算,工作组提出旱土与水田按2.5比1,山林与水田按2比1的标准进行换算,这个标准不仅适用皮济舟,而且适用所有的人,照这个标准计算原先已确定成份的对象如果不当应予纠正。经过村民代表的充分讨论,最后大家一致同意工作组的意见。按照换算出来的面积,皮济舟成份被确定为富裕中农,原先被划为富裕中农的有3人被降格为中农,被定为中农的有6人被降格为下中农。

令工作组想不到的是,在讨论确定彭昌明的阶级成份时比皮济舟的要顺利得多。多算代表认为,对他无偿给乡邻耕种的69亩良田可以不算他所有,理由是长达3年多来他对这些田,既不管理也不收租,应视同已放失了所有权。持不同意见的只有4人。工作组经过研究,同意了绝大多数代表的意见。结果,彭昌明的阶级成份按其实际拥有的土地面积计算被划为富裕中农。

划分阶级成份的结果是,全村379户划为贫农的105户,下中农的166户,中农89户,富裕中农12户,富农5户,地主2户。结果公布后,全村男女老幼无不赞同，就连被划作地主、富农的人家也无话可说，没有提出申诉。

阶级成份划完后已是晚上11点，主持会议的村长兼村支书皮松文在请示马玉文后宣布："由于时间太晚了，今天的会就开到这里。至于分田的事，按照上面规定，原则是将全村所有的土地按照人头平均分配到人。大家有什么意见明天可以找工作组的同志和村干部谈，工作组和村干部研究之后拿出一个具体方案，过两天再开村民代表大会讨论决定。"

第二天一早，马玉文就要毛忠民赶往花桥县太庙乡黑马村，向正在那里蹲点搞土改的李招军通报高禾村划分阶级成份时遇到的问题及解决的情况，提醒他们务必实事求是，注意防"左"，切不可将不是富农和地主的人划为富农、地主。

李招军听了毛忠民的汇报后也谈了黑马村的情况，他指出现在有两个问题值得引起注意，一是有个别地主、富农不甘心丢掉土地还在暗中进行破坏活动，二是极少数农民害怕地主秋后算账，甚至说就是把田分给他也不要。针对这种情况李招军主张对恶霸地主和有现行破坏活动的地主、富农，要发动群众进行斗争并依法进行镇压，该判刑的判刑，该杀头的杀头。只有这样群众才能真正发动起来，土地改革才能顺利进行。毛忠民回来将李招军的意见向马玉文转达后，马玉文立即回信给李招军，表示赞同他的意见，提出在整个土改中既要反右又要防"左"，一定要准确贯彻党的指示和实事求是的原则，通过土改把各方面的生产积极性调动起来，推动经济建设。

"打倒恶霸地主彭富国！""坚决消灭剥削制度！"头戴高帽子、身上挂着写有"恶霸地主"牌子、被五花大绑的彭富国正由上百名贫下中农押着在全村各院落游行示众，同时被游行示众的还有吴立清。

阶级成份正式划定后，一些贫下中农就提出要批斗彭富国，彻底清算彭富国的罪行。根据群众的揭发，经工作组调查核实，彭富国的主要罪行有：一，逼死人命，贫农吴水泉租种彭富国水田4亩，1946年因错买了劣质稻种，亩产70斤不到，结果欠了彭富国租谷两担，彭富国当即收回良田不说，还限定吴水泉在当年腊月二十四日前必须交清租谷，否则就用他唯一的女儿吴虹月做抵，给彭富国做小妾，腊月二十三那天走投无路的吴水泉被迫上吊自杀，不满16岁的吴虹月不得不卖身葬父；二，强占民田，彭富国看中彭富欣家5亩水田，多次提出要用山林或旱土跟他换或者出钱买，彭富欣都不同意，彭富国心生怨恨必欲取之而后快，1946年秋，两家耕牛相斗，彭富国家耕牛的肠子被挑穿而死，这在农村是再平常不过的事，彭富欣愿意用自己的耕牛做赔，但彭富国不

干,说彭富欣的牛是公牛,自己的是母牛每两年可产一牛崽,按十年计算可产牛崽5头,要赔他6头耕牛才行,彭富欣当然不干,官司打到县里,彭富国有钱能使鬼推磨,自然变成大赢家,彭富欣的5亩良田眼睁睁地落入了彭富国手里,彭富欣一家只好背井离乡,逃往关外;三,奸淫妇女,多年来被彭富国奸淫的同村妇女,经工作组查证落实的就有5名。工作组根据掌握的情况,认定彭富国已构成恶霸地主,当群众要求批斗时当即批准,与此同时工作组还报请公安局依法对彭富国进行逮捕以追究他的刑事责任。

村里的群众在揪斗彭富国时自发地将另一名地主分子吴立清也揪了出来,工作组不便阻拦只得交待皮松文在批斗时一定要组织群众突出重点,集中火力揭批彭富国,而将吴立清作为陪斗的对象。

游行示众结束后,村民们在皮家祠堂门口的晒谷坪召开了批斗大会,解放后刚从东北迁回老家的彭富欣、吴水泉的女儿吴虹月等7名深受彭富国迫害剥削的贫下中农上台控诉了彭富国的罪行,每个人的发言都是声声泪、字字血,"打倒彭富国!"的口号声惊天动地,台下的群众有的向彭富国吐口水,有的脱下鞋子向他掷去。批斗大会一结束,彭富国就被公安干警当场押走。

批斗大会的成功召开进一步激发了群众参与土改的积极性,连日来找工作组反映情况、提出建议的群众川流不息。工作组将群众的意见归纳整理后与村委会的同志进行认真研究,制定了一个详细具体的分地方案。没想到召开村民代表大会时贫下中农到齐了,地主富农也老老实实到了,但到会的中农和富裕中农却寥寥无几。据各村民小组长反映,这些人或是提前外出走亲戚去了,或是称病在家要求请假。马玉文感觉这里面肯定有问题,中农和富裕中农占全村总人口的26.7%,没有他们的参加土地改革无论怎么讲都是不全面、不彻底、不成功的。于是他当即决定将原制定的分地方案只作为一种预案,在会上进行宣读,让群众散会之后充分酝酿提出修改意见,会上不组织讨论,不作任何决定。村民代表大会结束后,马玉文看了看手表时间,差不多快到晚上10点了,他将工作队员和村委会的人留下来布置大家第二天全部分头深入到中农和富裕中农家去摸情况、听意见,并叮嘱大家,中农是团结的对象,一定要注意听取和吸收他们的合理意见,维护他们的合法权益。

马玉文的房东彭石生,是一个憨厚老实的贫农,现年22岁,家徒四壁,不仅无田无地,就连住房也是用泥巴干打垒建造的,房顶上盖的是杉树皮上铺茅草。由于太穷,一个标标致致的小伙子只好讨了一个哑女为妻,加上左腿因风温而残疾的老母,一家三口经常是饱一餐饥一顿。在工作队入住他家时,全家仅有的口粮为红薯、玉米加高粱,还不晓得能不能够熬过明年春天。工作队进村后,马玉文带3个队员住进他家,他们自带大米和彭石生家的杂粮混合煮食,极大地改善了彭家的伙食。工作队员们还主动凑钱为彭母治疗伤腿,使原本整天只能躺在床上的彭母已经可以拄着拐棍出门了。彭石生一家对工作队可谓感谢至极,为让工作队员尽可能吃得好一些,彭石生向亲戚借了一支猎枪经常上山打点野鸡、野兔之类的东西回来。

  这天彭石生又早早起床准备上山打猎,他打开门发现一个六七岁的男孩正蹲在他家的房檐下哭泣,连嗓子都哭哑了。彭石生仔细看了看,认出小男孩名叫皮成贵,是村民皮应龙领养的孤儿。彭石生蹲下去用手摸了摸小男孩的头说:"贵伢子,别哭。告诉叔,大清早的你为什么跑到叔这里哭来了?"

  小男孩用手抹了抹鼻涕眼泪说:"我爹不要我了,将我丢在这里让我跟着工作组的人走。"

  "你爹为啥不要你,他是啥时候将你送到这里的?"彭石生奇怪地问。

  "不知道,他把我送到这里后刚刚才走。"小男孩断断续续哭泣着说。

  "石生,发生什么事了?"马玉文披着外衣走出来问。

  彭石生把情况说给他听了,并告诉马玉文,小男孩原来姓晏,是皮应龙老婆的亲外甥,他的生父在国民党军队里当兵,因抗战有功直接由排长升为营长,在平津战役中被打死,小男孩患有痨病的母亲闻讯后急火攻心,一口痰上不来便去世了,成了孤儿的小男流落街头成了小乞丐,前两个月经政府做工作,皮应龙才将他认领回家。

  "皮应龙为何又不要他了呢?"马玉文问。

  "我问了贵伢子,他也说不清。"

  "皮应龙的家境如何?"

  "应该过得去,他家是中农,就一崽一女,多一个贵伢子也应该养得起,何况贵伢子还是他的亲外甥呢,真不知道他心里是怎么想的。"

  听说皮应龙是中农,马玉文心里明白了是怎么一回事,他对彭石生说:"石生,麻烦你去把皮应龙叫来,我跟他谈谈。"然后他牵着皮成贵的手说:"乖孩子,别哭,跟伯伯到屋里去。"

  大约过了20来分钟,彭石生就把皮应龙叫来。待他坐下来后,马玉文看了一眼,发现他大约四十五六岁,眼睛亮,嘴唇厚,应是厚道人家,便和颜悦色地问:"像贵伢子这样五官端正、活泼可爱的孩子,你为什么说不要就不要了呢?"

"马书记,我不是不想要,而是能力有限,实实在在养不起呀。"皮应龙眨巴眨巴眼睛说。

"我说应龙哥,你这不是瞎说么。你家有15亩水田,11.2亩旱土,就四口人吃饭,还怕养不活一个贵伢子?何况他还是你的亲外甥,他现在无爹无娘,你不养谁养?"站在一旁的彭石生插说。

"哼!我看你是站着说话不嫌腰痛。"皮应龙正找不到出气的对象,见彭石生插话便借机发挥说,"我有15亩水田,11.2亩旱土那是过去的事,按照人均平分土地的政策,我算了一下,就是算上贵伢子,我家还要交出水田7亩多。原指望抚养一个孤儿政府就是不给钱也会多少给一两亩田,没想到反要倒贴7亩多田,你说说看要我拿什么来养活贵伢子?"

望着皮应龙气鼓鼓的样子,马玉文心里觉得好笑,他不动声色地说:"这样看来你不愿抚养贵伢子,是因为对分田不满啰?"

一听"不满"两个字,皮应龙不由心里紧张起来,但想到话已出口,吐出去的口水泼出去的水是收不回来的,便硬着头皮说:"嗯。但不是'不满',而是有点想不通。"

"哦,你讲讲看为什么想不通?只要你讲得有理,我们可以采纳嘛。"马玉文面色平静地说。

见马玉文心平气和的样子,皮应龙的胆子也大了一点。他说:"第一,我家的田一不是偷来的,二不是抢来的,三不像地主、富农那样是剥削来的,而是靠辛勤劳动、省吃俭用攒来的,你不信可以问石生,为了能多买几分田我们吃了多少黄菜叶呀!有了田我们也没有雇工剥削过别人,年年都是自种自收,凭什么要没收我们多余的田土把它分给别人,这和对待地主、富农又有多大区别?第二,按照人头平分土地,看似公平其实不公平,人有大有小、有老有少、有壮有弱,大人比少孩吃得多,壮汉比老弱吃得多,就拿我家来说,我和堂客正值壮年,我的两个儿女小的也有17岁,个个都是主要劳动力,饭量哪个不大?而那些贫下中农家里有几家不是老的老、少的少,吃的自然比我们少,按人头平均分配土地岂不是饥的饥饱的饱。再说我的儿子今年21岁,已经订了亲,明年就要拜堂结婚,今年把我家的土地分了出去,明年我儿媳进了门,这分出去的田还要得回?要不回的话,她不就只得喝西北风。"

马玉文一边听一边思考,等皮应龙讲完后说:"老皮啦,我们党的政策是依靠贫下中农,团结中农,孤立富农,打击地主老财。这一点你通过参加前阶段的学习应该是清楚的,既然是团结的对象,你们中农有意见尽可以提嘛,只要你们提得合理我们就会采纳。你想不通完全可以找我们谈呀,怎么玩起小孩脾气来，动不能就不肯抚养孤儿了呢？至于分地的问题，方案不是还在酝酿之中吗？不管有什么意见，你们都可以提呀。有一点你完全可以放心，对于中农的合法利益我们是会保护的。"

"既然这样我就放心了，贵伢子还是由我领回去吧。"皮应龙说完后就拉着皮成贵走了。

将皮家父子送到门口，马玉文扭过身来问彭石生："你觉得皮应龙家的田该不该分？"

"我看可以不分。"彭石生随口答道。

"为什么？"

"因为皮应龙也是劳动者，不是剥削阶级。"彭石生想了想又说，"说句不该说的话，田土在他们手里还能种出好庄稼来，要是给个别贫农只怕还要荒芜掉。"

"怎么会荒芜掉呢？"

"这些人懒惰，不晓得种田啊。真正晓得种田的人，贫下中农中固然不少，但中农中的'把式'即行家里手更多。"

马玉文满意地拍了拍彭石生的肩膀，对正在天井里淘米洗菜的彭母说："大娘，您常说石生笨嘴笨舌的不晓得讲话，你听到了吗？他刚才讲的可是一套一套的呢！"

"那还不是答帮您教的吗，他天天跟在您屁股后面转，鹦鹉学舌，总要学几句呀。"彭母高兴地说。

在工作队和村委会的联席会上，工作队成员分别汇报了走访听取中农和富裕中农意见的情况，马玉文发现皮应龙的意见很有代表性。会上综合大家调查了解的情况，对照人员花名册，结果发现中农有几个明显的特点：一是家庭劳动力多，负担比较少，劳动力多加上勤俭是他们奔小康的本钱，但劳动力多吃的也多、消费也多；二是他们每亩耕地的年产量要远远高于全村耕地的平均产量，这是因为他们种的是自己的田，自然精耕细作，年深日久积累的经验越多；三是中农容易发生两级分化，他们中相当一部分由于有家底并掌握了先进的生产技术会发展为富农、地主，也有小部分因为天灾人祸等原因会沦为下中农甚至贫农。

会上，根据党的在土地改革中不得侵犯中农利益的政策精神，结合中农的上述特点进行了认真讨论，多数同志主张对中农的土地宜维持不变，少数同志担心这样做会造成新的贫富差距，挫伤多数农民的积极性。

马玉文在发言中说，自己开始也是倾向对全村所有土地不分男女老少一律按人头平均分配到人的，这样做的好处是对贫农、下中农有益，而贫农、下中农占全村人口的绝大多数，凡对绝大多数人有益的事就应该做。同时认为将包括中农所有的田土平均分配到人是迟早的事，如果能够一次性成功，就没有必要经过一定的过渡期。现在看来这种绝对平均主义的做法是极左思想在土改工作中的表现，首先，它违背了党在土地改革中不得侵犯中农利益的政策，而侵犯中农利益的做法就会把我们团结的对象推向敌人的一面；其次，它违背了社会发展的规律，超越了历史发展的必然阶段，我国现在正处在新民主主义阶段，别说过渡到共产主义阶段，就是过渡到社会主义阶段也要经过一段很长的历史时期，在新民主主义阶段，一定的差距不仅是必要的而且是允许手的，从一定意义上讲，正是由于这些差距的存在才能刺激各方面的积极性，形成你追我赶的生动局面，推动社会历史不断发展。在土改中不侵犯中农利益，允许他们保留现有的土地，不仅可以团结他们一起革地主、富农的命，也有利于发挥他们善于种田的特长以影响广大农民，促进粮食产量的提高和经济发展。至于这样做会不会形成并扩大新的贫富差距，使一部分中农发展成为新的地主、富农，马玉文说："对此我们完全没有担心的必要，我们的政策明令禁制土地自由买卖，这就断了产生新地主、新富农的路。还有一条，我们完全可以通过税收的扛杆作用来限制和缩少农民在收入分配中的差距，即实行按实际拥有的水田、旱土、山林分别征税。这样做，各方面的积极性都能调动起来，负面影响也得到了最大限度的控制。我相信只要把道理向贫农和下中农讲清楚了，他们是会理解与支持的。"

到会的工作队员和村委会成员经过进一步深入讨论，一致同意保留中农的现有土地不变，动员富裕中农将超过全村中农平均数的土地交给村里进行分配，将没收地主的土地、征收富农的土地、富裕中农交出来的多余的土地，原属村里所有的公地，连同下中农原有的土地全部按人头（除中农、富裕中农外）平均分配到人，在数量上抽多补少，在质量上抽肥补瘦，并明确分配的土地均归各人所有，给地主也以同样的一份。

消息传出去后，不仅原来无地和少地的贫农、下中农因为有了土地或增加土地而感到欢欣鼓舞，就连中农、甚至富裕中农也表示满意，除了地主、富农之外，可谓皆大欢喜。因此，新的土地分配方案在村民大表代会上非常顺利地得以通过。

由马玉文和李招军分别带队的土改试点工作几乎在同一时间结束，并且都取得了成功。鸽城地委及时召开地委扩大会议，听取了两个工作组的汇报，根据试点过程中碰到的问题、解决的办法、积累和总结的经验，结合鸽城地区的实际情况，将中央关于土地改革的原则、方针、政策进一步具体化，据此作出了在全地区立即部署开展土地改革的决定。

由于有现成的模式可套，有实践经验可学，全地区的土改工作进行得非常顺利，到当年春节之前整个土改工作就收了尾。

土地改革是中国历史上一次伟大的变革，它极大地解放了生产力，原来无地少地的广大农民将土地视为宝中之宝，爱不惜手，春节期间他们连年也顾不上过，背上竹筐满山遍野忙着捡狗粪、拾牛粪，挥着锄头在自家的地里挖土翻地。整个农村呈现出一片备耕备种的繁荣景象。

四

朝鲜战争爆发，以美国为首的"联合国"军队在仁川登陆成功后，躲在台湾的国民党军队叫嚣要趁机反攻大陆。少数早已心灰意冷，陷于绝望的地、富、反、坏分子似乎看到了一线希望，又死灰复燃。一些地方出现了地主、富农进行反攻倒算的现象，一些地方发生了反革命破坏活动甚至反革命暴动。中国共产党和各级人民政府为保卫新生的革命政权，在大力组织生产、发展经济、抗美援朝的同时，把强化阶级斗争，镇压反革命分子的破坏活动提到了重要的议事日程上。正在这时，鸽城地区发生了一起情节严重、性质恶劣的"反革命破坏活动"。

事情发生在新星学校即新星孤儿院，当天中午吃完中餐，老师们像平常一样开始安排学生们午睡。正在办公室忙碌的林佳彤突然听到一班班主任老师宁雪琼的尖叫声："不好啦，出事了！快来人呀！"她赶忙冲出办公室向一班学生宿舍跑去，还在路上就听到各班的班主任老师同时惊叫起来："不得了，出大事了！"林佳彤双腿一软差点倒在地上。当她踉跄地跑进一班宿舍时，眼前的情景简直不容目睹，只见所有的学生都捂着肚子在床上打滚，喊肚子痛，有的甚至恶心呕吐、腹泻剧烈。林佳彤大吃一惊，对匆匆赶来的副校长胡启福说："看样子像是中毒，你赶快打电话要医院派救护车来，并马上向公安局报案。我在这里组织老师们安慰学生，做好送医院抢救的准备。"

新星学校通过扩容，全校已拥有残疾孤儿135人，除2名因病当天中午未吃中餐的孤儿外，其余133人均有腹痛症状被送往医院抢救。经过化验，证实这些孤儿是因吃了含有巴豆成份的饭菜中毒。在133名中毒孤儿中，重症者

有31人，表现为腹泻时大便带血、头痛头晕、呼吸困难、痉挛、昏迷不醒，虽经医院全力抢救，仍有4名孤儿不治身亡。

警方提取当天中午学生食用后剩余的饭菜进行检验，发现菜内含有巴豆成份，据此作出了此案系人为投毒的破坏事件的结论。

消息传出，全城一片哗言，一些别有用心的人趁机大造谣言，说孤儿院里的孤儿大多为在抗日和解放战争中死去的国民党军官的遗孤，共产党怎么会对他们发慈悲？名为办孤儿院实质上是要想方设法将这些孤儿迫害致死，以便达到斩草除根的目的。

李招军听了十分恼火，他带着陆相荣、方信平和一帮警察迅速赶往孤儿院。行署成立后，原警察局更名为公安局，陆相荣被任命为首任公安局长。当他们赶到孤儿院时，发现原本热热闹闹的新星学校变得死气沉沉，呈现一派人去楼空的景现。接待他们的就副校长胡启福一个人。

坐下来后，李招军问："你们学校的教职员工呢？他们都到那里去了？"

胡启福像是诚惶诚恐地说："报，报告领导，校长林佳彤带所有的老师都到医院照顾病人去了，就留下我和一个勤杂工在家值班。另外还有3名炊事员在家，先前赶到的派出所的同志正在找他们进行调查。"

"相荣，你派人去找派出所的同志了解一下，看他们查到什么了没有？"李招军对陆向荣说。

陆相荣说："是！"他回过头吩咐刑侦大队大队长唐宇："这件案子由你们刑侦大队负责侦破，你们马上去和派出所的同志汇合，并尽快将他们已经调查掌握的情况带回来向李专员汇报。"

唐宇带着警察走后，李招军向胡启福盘问有关情况，不一会唐宇回来汇报说："到现在为止，3名炊事员都是一问三不知，没有提供有价值的线索。我正派人去调查3名炊事员的历史背景和社会关系。"停了一下，他像是想起来似地说："对了，据3名炊事员反映，当天中午做饭之前就校长林佳彤到食堂来过，说是来检查一下看菜都洗干净了没有。除她之外，再无其他人去过学生食堂。"

胡启福听了，脸上不易察觉地露出了一丝微笑。

李招军问胡启福："林佳彤是个什么人？"

"是我们学校的校长啊。"胡启福明知故问地说。

"这我知道，刚才你不是介绍过了么。我的意思是问，她以前是干什么的？"

"我刚来不久，具体情况不清楚，只知道他是伪师长徐宁涛的太太。"

"徐宁涛的太太？她是怎么混进来当上校长的？"李招军紧皱眉头盯着民政局长方信平问。

"情况是这样的,"方信平回答说,"新星学校成立后由于急缺教师,我们就向教育部门求援,据说林佳彤得知这个消息后主动找到戴书林主任,要求调孤儿院工作。因为考虑到她是学校现有的唯一一位正规学校培训出来的师范生,经请示戴主任同意,便让她担任了校长。"

"简直是胡闹!"李招军怒不可遏地说,"你们知道她是什么人吗?她是反动军官的妻子。怎么能让她当校长呢?徐宁涛虽说曾经下令部队向解放军投诚,但那是因为兵临城下走投无路才不得不如此。可他自己却自杀了,他为什么要自杀?就是为了表明他宁死也不屈服,宁死也要反对革命。他死了以后,林佳彤便和我们有杀夫之仇,你们让她当校长,不出事才怪呢?不用说,这是一起严重的反革命破坏活动。立即将她给我逮捕起来。"

"可现在还没有查明是她放的毒呀。"陆相荣提醒他说。

"3名炊事员不是一致指控中午做饭前就她一个人去过学生食堂吗?这说明她至少也有重大犯罪嫌疑,如果已查明是她作的案就不是逮捕的问题,而是枪毙法办的事了。"李招军喝了一口茶接着说,"就算最后查明不是她作的案,学校出了这么大问题,她也负有不可推卸的责任,必须对她进行严肃处理。我们决不能让家庭出身有问题的人担任各级领导干部,那怕单位再小也要把权力控制在我们自己人的手里。既然你们有不同意见,为稳妥一点,我看这样,先以个人赎职失职为由宣布,让她停职反省,学校的工作暂由胡启福同志负责。信平同志这件事请你抓紧落实。"

方信平满口答应。

胡启福听了暗暗高兴,只听李招军对他说:"吴校长,你们要全力配合公安机关的侦查工作,同时对中毒学生要尽一切力量进行抢救。"

"请领导放心,我们保证百分之百地落实你的重要指示。"胡启福忙不迭地回答说。

接到回校开会的通知后,林佳彤和正在医院帮助护理中毒学生的老师全部赶了回来。会议由方信平亲自主持,他说:"今天的会议就是宣布局党委对这次中毒事件的初步处理意见,局党委认为这次事件性质恶劣,后果严重,影响极坏,作为校长,林佳彤难逃赎职失职之责。为此,局党委决定对林佳彤进行停职反省,学校的工作暂时由胡启福同志负责。希望胡启福同志带领全校教职员工尽快做好善后工作,全力抢救中毒学生,恢复正常的教学秩序。所有教职员工都要主动配合公安机关的调查工作,积极检举揭发,帮助公安机关早日破案,一定要把犯罪分子绳之以法。"

林佳彤表示坚决服从组织决定,一定深刻反思自己在工作中的失误。

会议一散,林佳彤便被办案警察喊去谈话。

在询问了林佳彤的年龄、履历、社会关系等情况后,办案民警问她:"你对这次中毒事件是怎么看的?"

"肯定是有人故意放毒进行破坏,否则绝对不可能造成全校学生都中毒,而且中毒这么严重。"林佳彤说。

"那你认为是内部的人干的,还是外部的人干的呢?"

"问题出在内部的可性较大,因为外面的人一般是不准进到厨房里去的,进不了厨房就很难下手放毒。"

"听说今天做饭之前你到学生食堂厨房里去过,有这么回事吗?你能告诉我,你去做什么吗?"

"是的,我确实去过。"林佳彤坦然地说,"我去那里是想检查一下,看蔬菜都洗干净了没有。"

"你为什么突然想起要去检查呢?"

"因为胡启福校长告诉我,他发现学生食堂的大白菜洗得不干净,菜叶子上面还有虫,他要炊事员重新洗过,但是他们不听。胡校长要我去看看,督促炊事员把菜洗干净,免得影响学生的身体,于是我就去了。"

"真是胡校长要你去的吗?你到那里都做了些什么?"办案人员问道。

"我到那里以后翻了翻洗好的大白菜,发现洗得干干净净的。我以为是胡校长走了后,炊事员主动重新洗过的,也就没再说什么了。"

"我再问你一个问题。"办案人员说,"你到一班宿舍发现学生们肚子痛,凭什么就能断定是中毒呢?要知道这时还没做化验,结果远未出来呀。"

林佳彤说:"我见所有的学生同时倒在床上喊肚子痛,心想即使是传染病也不可能传染得这么快,而且是刚刚吃完中餐不久,唯一可能的就是食物中毒。怎么,你们是不是怀疑是我作的案?"

"不是我们怀疑你,而是事实证明你有重大嫌疑。"一直坐在办案人员旁边一声不吭的唐宇插话说,"刚才你自己讲到,是内部人员作案的可能性大。而据我们调查,在中午做饭之前直至开完中餐,到过厨房的人除3名炊事员之外就是你了。也就是说作案人即有可能是你们4人当中的一个。"

"冤枉啊!我怎么会去做这样伤天害理的事呢,求你们一定要快点破案,还我一个清白。"林佳彤急得掉眼泪。

唐宇正色说:"我们现在并没有认定你就是犯罪人,而是说你有重大嫌疑。真的假不了,假的真不了。如果是你作的案,摆在你面前的唯一出路就是坦白交代，争取从宽，俗话说'法网恢恢，疏而不漏'，我们决不会放过一名犯罪分子。如果不是你作的案，请相信我们一定能查个水落石出，保证不冤枉一个好人。"

"这点我相信，如果查明是我作的案，别说枪毙，就是五马分尸我也绝无半点怨言。"

"对你今天说的，我们会作进一步的调查落实。但，在你的嫌疑没有解除之前你哪里也不能去，只能呆在学校里随时准备接受我们的调查。"唐宇叮嘱说。

"我记住了。相信事实胜于雄辩，乌云遮不住太阳。经过你们调查破案，一切就会大白于天下。"林佳彤由于心中无愧，说话非常直白。

马玉文晓得这起中毒事件，是在天津随省委学习考察团考察如何做好争取改造民族资产阶级的工作期间，看了省委书记邓志锡转给他的电报之后，他说："邓书记，我们鸽城出了这么大的事，说明我们的工作没有做好，请您批评。"马玉文诚恳地说。

"如果是工作失误造成的，我当然会批评。但这是人为的破坏活动，需要打击的对象是犯罪分子、是阶级敌人。我已回电让省公安厅派人赶往鸽城督办此案，你有什么意见，可以写好后交给我让天津的同志帮你电传回去，或者你直接去天津市委办公厅打电话回去也行。"邓志锡说。

"等会还是我自己去找电话打好了，怎么好麻烦您嘛！"

"你呀，你。"邓志锡用手指着马玉文说，"我们是一个战壕里的战友，差不多有20年的友情了，居然还同我讲起客气来。"邓天锡是由中国人民解放军第三野战军的纵队司令员转业到地方工作的，曾数度担任过马玉文的直接领导，两人感情较深，说话也比较随便。

"邓书记，我的直觉告诉我，这起投毒事件很可能是一起严重的刑事案件，而非敌我之间的阶级斗争。"马玉文抱着双手在房间里边走边说。

"你的依据是什么？"坐在沙发上的邓志锡望着马玉文说。

"首先，鸽城地区暗藏下来的敌特组织早已被彻底摧毁，不可能再进行有组织的破坏活动；再次，阶级敌人也不是笨蛋，他们清楚得很残害孤儿特别是残疾孤儿只会激起人们对他们的仇恨，对这种得不偿失的事他们的上司一般不会同意他们干；还有一点，这些孤儿中有相当一部是国民党军官的遗孤，对他们下毒手，我想在阶级敌人内部也会遭到声讨。"马玉文分析说。

"你讲得很有道理，但也不能完全排除不是阶级敌人干的。因为阶级斗争是错纵复杂的，一些阶级敌人在绝望时也有可能不计后果，只求一时得逞而后快。

总之,我们的原则是实事求是,是什么性质的问题就按什么性质进行定性处理。"说到这里,邓志锡将茶几一拍,加重语气说,"不管是阶级敌人干的也好,是一般刑事犯罪分子干的也好,对这种作案手段极其残酷,犯罪后果极其严重,社会影响极其恶劣的罪犯一定要从快侦破,从严惩处,否则难平民愤,难安人心。"

马玉文习惯性地双腿一并,立正敬礼说:"您指示得非常正确,我马上打电话回去向李招军和地委其他领导进行传达贯彻。过两天学习考察回去后,我会直接督办这起案件,一有结果立即向您汇报。"

"李招军同志的身体恢复得怎么样?他出院回来后,那天去省委机关想找我汇报,刚好碰上我在下面县里检查工作,我怕有将近一年没跟他见面了。"邓志锡说。

马玉文回答道:"恢复得不错,目前还看不出有什么后遗症。"

"那就好。"邓志锡说,"他原来不想转业,就是转业也不想当专员,说是想搞党委工作,说白了就是想当书记。据说还是在住院期间,经他的一位老首长和同病室的病友做工作才回来走马上任的。不知他的思想是不是真正想通了,我准备找他好好谈一次。这个人的毛病就是有时有点'左',这我是知道的。你在工作中要注意和他多通气、多商量,但该提醒的要提醒,该批评的要批评,不能因为是老战友就一团和气,那样的话只会害了同志,害了战友。"

"请老首长放心好了,我会遵照您的指示办。同时,我相信招军同志会搞好工作,成为一个好专员、好领导的。"

投毒案的侦破工作并不顺利,连续作战三天三夜也没有取得实质性的进展。3名炊事员经过内查外调,个个根红苗正,出身不是贫农就是工人,而且祖宗三代加上直系亲戚无一人是地、富、反、坏分子,本人表现也挑不出大的毛病。他们三人还互为证明,证实发案当天从上班到开完中餐他们谁也没有单独行动过,都处于相互监督之下,谁也不可能进行投毒作案。林佳彤虽然去过犯罪现场——学生食堂厨房,但3名炊事员都证实她进去之后仅翻看了一下大白菜就走了,并没有发现她往菜里放了什么东西。据公安人员走访医药界的专家、权威得知,使用巴豆要使130多名学生食后同时中毒须有一包较大的巴豆粉,绝不是可以通过沾到手上或者夹在手指缝内的一点点巴豆粉就可以做到的,既然3名炊事员亲眼目睹林佳彤在检查大白菜时没有往里面倒过任何东西,就难以断定是她投的毒。办案人员转而把精力集中放在查明毒药即巴豆的来源上,可查遍城内城外全部28家药铺,近一年加起来出售的巴豆还不到500克,因为巴豆属剧毒药品，药店要凭医生开的正式处方才卖，而医生在使用巴豆时也慎之又慎，万不得已要开时一般一次也不会超过10克，可见用于投毒的巴豆绝非在本地买的。这样一来，想通过查毒药来源寻找犯罪分子的计划又泡了汤，案子像轮船冲到了沙滩上——搁了浅。

案发第3天晚上，趁办案人员全部回公安局开会研究案情之际，胡启福自行组织了一次批斗会，参加会议的有该校全体教职工。胡启福在从已康复出院回到学校的残疾孤儿中精心挑选了10位眼、耳、喉没有残疾的人作为学生代表参加，批斗的对象自然是林佳彤。会场放在一班教室，只见黑板上赫然写着"打倒摧残孤儿的国民党反动军官太太林佳彤"！

"说，你为什么要投毒摧残孤儿即我们的学生？"一因擅自旷工遭林佳彤批评并被扣发工资的女教师受胡启福鼓动，首先站出来用手指着林佳彤质问道。

"我从来没有摧残过儿童，更没有投过毒，请大家相信公安机关会查个明明白白、清清楚楚。如果最后查明确实是我投的毒，别说批斗，就是千刀万剐，我也是罪有应该。"林佳彤站在讲台一边昂首挺胸地说。

在胡启福的示意下，那位女教师继续问："出事那天上午除了3名炊事员就你一个人到过厨房，不是你投的毒是谁投的毒？"

"我去过厨房是实，但不是去投毒的，而是去检查卫生的，具体来说是去看大白菜洗没洗干净。"林佳彤分辩说。

"哼！你这分明是在狡辩。难道厨房里的大师傅连大白菜也洗不干净，用得着你去检查？后勤工作分工是胡校长管的，要检查也该他去检查呀。再说你为什么早不去、晚不去，偏偏在出事之前去检查，这难道是巧合吗？"一男教师问。

林佳彤解释说："我是听胡校长说学生食堂的大白菜洗得不干净上面还有虫，他发现后让炊事员重新洗过，但炊事员不听我才去的。"

一些原本就不相信林佳彤会投毒的教职员工，都把目光投向了胡启福。

"胡说！"胡启福站起来问，"我什么时候同你讲过这样的话？"

见胡启福当面抵赖，林佳彤气得双手发抖地说："你是那天上午11点钟左右跑到我办公室说的，难道你忘记了？"

"造谣！造谣！完全是无中生有。"胡启福说，"那天上午从10点到12点，我一直在财务室同姚会计和肖出纳在对账，一步也没有离开过。我又没有分身术，怎么会跑到厨房和你那里去呢？不信，大家可以当面问姚会计和肖出纳。"只见姚会计和肖出纳同时从人群中站起来，分别点了点头表示认可。

"同志们，大家看到了吗？我胡启福没有说半句假话。"胡启福站在讲台上

情绪激昂地说,"既然我没有讲假话,那就证明林佳彤是在造谣。她为什么要造谣呢?答案只有一个,就是为了掩盖她投毒犯罪的事实。我们只要把她的3张画皮揭开,就可以证明投毒的人非她莫属。第一张皮是她的身份,不错,她现在是我们的校长,但大家别忘了她更是国民党反动军官的官太太。她的丈夫徐宁涛是国民党的师长,是一位大反革命分子,在我军兵临城下走投无路时自杀。仅从这一点看,林佳彤跟共产党有着杀夫之仇,她天天都在寻找机会报仇雪恨,由此可见她有投毒破坏的犯罪动机。第二张皮是她的行动,据3位炊事员证实,出事之前除了炊事员外没有其他任何人进过厨房,只有林佳彤在做饭之前无缘无故地跑了去,到了那里以后她什么话也没有说。为了掩盖她去的目的,她又造谣说是我要她去的。她的这一系列行为说明了什么呢?一是说明她到过犯罪现场,具有作案的时间,二是说明她干了不可告人的勾当,否则就没有必要造谣。"说到这里,胡启福有意停了一下,见所有的人都聚精会神地在听他发言,更加来了兴趣,他滔滔不绝地说:"第三张皮是她的表情,大家应该还记得,出事后我们所有的教职员工莫不惊惶失措,不知学生们为什么会这样,是患了流感还是得了传染病?只有她一进门便说,'看样子像是中毒'。试问,你既不是医生,当时还没有进行化验,你又怎么知道是中毒呢?在这种情况下,除了投毒者外,恐怕没有任何一个人知道。真是一语道破天机,不打自招啊!要怪只怪你自己嘴巴不紧,说话不慎。同志们、学生们,请大家评评理,看我说得对不对,投毒的人是不是林佳彤?"

"是她,是她,就是她!"参加会议的学生代表、年幼无知的孤儿们带头喊了起来,有几个孤儿还冲上去撕扯林佳彤的衣服,朝她脸上吐口水。

林佳彤痛苦地闭上眼睛,头一晕便昏了过去。

醒来后,林佳彤发现自己躺在单身宿舍的床上,身边只有路香红抱着不满周岁的儿子徐谢军守在旁边。

"谢天谢地,你终于醒过来了。"路香红长叹一口气说,"不然我既要照顾你,又要带谢军,哪里忙得过来。你不知道两个小时之前谢军饿了,我又不能喂他的奶,他哭得喉咙都哑了。无奈之下我只好煮了半碗烂巴巴饭喂他,也许是饿急了,他第一次吃饭吃得好香哟。你看,他吃饱之后睡得有多沉。"

林佳彤从路香红手里接过小谢军说:"谢谢你,香红,今后小谢军只有靠你了。唉!我的冤案不知道还能不能洗得清。"

"佳彤姐,你要把心放宽一些,人生在世哪个不要经历一些磨难?你一心向善,吉人自有天佑。过一阵子等公安局的人把案子破了,你的冤自然也就申了。"路香红说。

林佳彤低头在小谢军的额上、脸上、嘴巴上亲了又亲，然后将他递给路香红说："香红，今晚由你带小谢军睡吧，我现在头晕得很，想安安静静地躺一下。"

林佳彤的宿舍是间长条型的，她们把衣柜置于中间，将房子一分为二，前面用于林佳彤睡觉和看书学习，后面给路香红住，做饭做菜则放在门前走廊上。

路香红抱着徐谢军走后，批斗会上的情景又一幕一幕地再现在林佳彤眼前，孤儿们撕扯她的衣服、朝她脸上吐口水的事，就像用钢刀在她心尖上划一样令她痛不欲生。她想，孤儿院差不多是我一手创办起来的，改善条件扩大规模也是我提出来的，白天我亲手给孤儿们缝补衣服，晚上担心他们睡觉时蹬开被子受凉，我每晚都要出检查一两次。我爱他们莫说胜过小谢军，但在他们身上花的工夫也不比小谢军少呀。所有这些全校教职员工，哪个不知、谁个不晓？他们为什么还要怀疑甚至咬定是我投的毒呢？莫不成是胡启福这个狼心狗肺的东西逼婚不成栽赃陷害我？想到这里林佳彤不禁打了一个冷颤，转而她又想，依胡启福平时的表现看，他还不至于阴险卑劣到如此地步吧！再说此时我讲他逼婚不成故意陷害又有谁会相信呢？如果人家要问：逼婚的事你为什么早不讲晚不讲，偏偏在这个时候讲？陷害的事你有何人证、物证？我又如何回答？现在公安局还没有结案，他们为什么就开我的批斗会呢？肯定公安局已正式认定是我作的案，他们才会同意召开批判会，以便肃清我在学校里的影响。天啊！我林佳彤变成杀人犯了，而且杀的是自己的学生、人人怜惜的残疾孤儿，就是枪毙十次、百次也不会有人同情。那样的话，小谢军将永世背着父亲是反动军官、母亲是杀人魔鬼的家庭成份遭人白眼、遭人指责。看来，自己唯有一死才能证明自己的清白了。下定必死的决心之后，她心里反而轻松多了。

林佳彤爬起来蹑手蹑脚地走到后面，见路香红和小谢军都睡得很香，在深情地看了又看小谢军之后，她流着泪转身走到书桌前坐下，首先写了一张："投毒绝非我所为，水落石出见人心"的声明放在一边，算是写给公安局的申冤书。然后给路香红写了一份遗嘱，拜托她帮自己把儿子抚养成人。在遗嘱中她说，徐宁涛一生为官清廉没有留有什么遗产，仅有金条2根，连同自己的一套金首饰一并留下，作抚养小谢军的费用。最后又给小谢军写了一封遗书："谢军，我可怜的孩子！妈妈不得不狠心离你而去，但你的妈妈是清白的，今生今世绝对没有干过坏事。从今以后，香红阿姨就是你的娘，长大以后你一定要好好孝敬她、报答她。永别了，我的孩子。妈妈在天之灵会永远保佑你的。"做完这些事后，林佳彤从抽屉里翻出一根麻绳走到胡启福宿舍门口，毅然上吊自杀了。

听了陆相荣和唐宇关于林佳彤自杀情况的汇报后，李招军愤慨地说："她这是畏罪自杀，咎由自处。"

"可案子还没有破，尚无足够的证据证明是她投的毒。"陆相荣说。

"那她为什么要自杀呢？"李招军反问道。

唐宇说："她的死可能与昨天晚上该校召开的批斗会有关。"

"批斗会？什么批斗会？"李招军问。

唐宇便将昨天晚上胡启福自作主张组织全校教职员工和学生代表批斗林佳彤的情况，详细向李招军做了汇报。

李招军沉吟了一下说："群众自发地组织起来批斗反动军官的家属，主流是好的，对他们的这种积极性绝对不能泼冷水。再说就只允许你林佳彤过去骑在人民头上作威作福，就不允许人民群众批斗你？如果你没有问题，为什么刚一摸老虎屁股就要自杀呢？"

"那，这个案子还查不查？"陆相荣试探性地问。

"查！当然要查。"李招军说，"只有查清楚是她干的，别人才不会说我们冤枉了她；只有查清楚是她干的，才能警示人们'千万不要忘记阶级斗争'，才好组织群众对阶级敌人进行一次全面的、有力的打击。"

陆相荣要的就是这个"查"字，否则这起投毒杀人案就有可能成为一起悬案、疑案。

马玉文从天津回到鸽城，一下火车就直奔医院，看望还在那里住院治疗的孤儿。在得知住院治疗的129名残疾孤儿中已有114人治愈出院，剩下的15人用不了几天也可以出院之后，他那颗一直紧绷着的心才松弛了下来。马玉文代表地委向所有参与抢救、治疗的医务人员表示感谢，对尚在住院治疗的孤儿逐一进行了慰问。

在返回地委机关的路上，马玉文问随车到火车站接他的钱春德："发生在孤儿院的投毒案已经破了吗？"

"还没有，但主要的犯罪嫌疑人林佳彤已自杀身亡。"

"什么，林佳彤自杀了？！她怎么会自杀呢？"马玉文大吃一惊。

"她真的自杀了，至于为什么自杀，详细情况我也说不清楚。"钱春德说。

"回去后你让办公室的同志打个电话给陆相荣同志，让他和唐宇马上到我办公室来，我要听听汇报。"

"好！我亲自给相荣同志打电话，要他们以最快的速度赶到您那里来。"钱春德立马回答道。

"报告！"马玉文走进办公室打了一盘水，刚刚洗完脸，陆相荣和唐宇就走了进来向他立正敬礼道。

"咦，你们怎么这么快呀？从公安局到地委机关，车速再快也得15分钟呀。"马玉文觉得有点奇怪便问。

"跟了您这么多年，您的工作习惯我们还能不清楚？发生了这么大的事情，知道你一回来就会听汇报的，所以我们早就在地委办公室秘书处等候了。"陆相荣回答说。

"好家伙，你们都变成孙猴子钻到我的心里去了。""哈哈！"3个人不约而同地大笑起来。

在听取唐宇的详细汇报后，马玉文说："这个案子已惊动了省委和公安部，社会影响相当大，必须抓紧时间破案，否则无法交代。现在看来案情确实比较复查，我觉得你们侦查的思路是不是窄了一点？眼睛不能光盯着发案当天的人和事，犯罪分子完全可以提前一两天做手脚呀，再说他们也可以把毒药事先放在煮饭炒菜用的水里而非菜里嘛。"

真是当局者迷、旁观者清。陆相荣和唐宇听了后颇受启发，连连点头。

"此外，凭直觉我不相信林佳彤会投毒杀人，就算我们和她有'杀夫之仇'，可我们于她也有救子之恩呀。她要动手投毒，多的是机会。为什么还要费尽千辛万苦等到把学校基本建好，规模扩大之后才动手呢？当然，根据目前掌握的情况，也不能完全排除她就没有作案的可能。我们办案的原则应该是，以事实为依据，以法律为准绳，是什么性质的问题就按什么性质定性处理，绝不能先入为主，无限上纲。还有那个叫胡启福的明知公安局正在侦查之中，还没有得出结论，为什么不经同意就擅自组织召开批斗会，会不会是有意在搅局，企图混淆视听呢？"马玉文继续说道。

"我也有这种感觉。"陆相荣说，"您的指示非常正确，我们一定很好地贯彻到办案中去。前段时间由于忙于局里机构的建立、人事的调整，我对这个案子过问的不是很多，从现在开始我将直接挂帅出征。这样吧，唐宇由你带一班人马负责秘密调查林佳彤与胡启福之间的关系，并负责查清胡启福的历史。我另带一班人马负责扩大侦查范围，发现掌握新的犯罪线索，力争3天之内有实质性的突破。"

"行！按您和马书记的指示办。"唐宇爽快地说。

刚一上班，胡启福就接到民政局的通知，让他和地区敬老院的唐朝宋院长

陪方信平局长到各县去检查敬老爱幼工作。尽管胡启福起了疑心,但他又不敢不去,因为自己还是暂时主持工作的角色,如果现在就不服从局里的安排,就别指望当校长了。他将校务委员谢萍叫来交代了一下工作,然后回家收拾好行李就到民政局去了。

让胡启福跟着方信平局长去县里检查工作,正是公安局用的调虎离山之计。他走后不久,陆相荣和唐宇就带着大批公安干警重返新星学校,分头开展调查。

食堂一角,陆相荣带着吴平飞和一名女干警正围着餐桌在询问炊事员向友明。

"向师傅,请你帮忙再回忆一下,案发当天上午除了林佳彤以外还有其他人去过你们厨房吗?"吴平飞迷着双眼盯着向友明问。

"没有,肯定没有!我们都回忆过好几遍了。"

"那么发案的前一天,你记得有那些人去过厨房吗?"吴平飞按照事先制订的询问提纲问。

"发案的前一天?让我想一想。"向友明一边想,一边说,"平时到我们厨房里去的人很少,去得多一点的只有胡校长。我想起来了,发案的前一天胡校长到我们那里去过。对,那天也就他一个人去过。"

果然在意料之中!陆相荣和吴平飞交换了一下眼色,示意他继续询问。

吴平飞用平淡的口吻问道:"胡校长那天是什么时候去你们那里的?"

"他好像是下午快下班的时候来的,没错!当时我们3个人正忙着洗碗、刷锅、打扫卫生,手上油腻腻的,谁也没有跟他握手,仅仅点了点头,算是打个招呼。"向友明是个二十四五岁的小伙子,看上去性格比较开朗,说话比较利索。

"他是来做什么的?跟你们是怎么讲的?他在那里还做了什么事情吗?请你尽可能详细地讲给我们听,好吧?"吴平飞像一连问了好几个问题,其实还是一个问题。

"吴校长是分管后勤的,他经常来。平常主要是来检查卫生,或者和我们研究确定每周的食谱,再不然就是来挑剌,亲口品尝我们做的饭菜,看看味道好不好。可那天他是开了晚餐之后才来的呀,这在平时还不多见,他那个时候来干什么呢?"向友明用右手拍了拍脑袋自问自答地说,"记起来了,他一进门就说,后天又是星期天,我来问问库存的米面油盐够不够吃三天,别到了星期天又缺这缺那的,那就麻烦了。因为我是负责保管的,便对他说,油盐大米再吃一个星期也没有问题,面粉可能少了一点。他听了之后说,我去库房看看,如果不够的话明天再去买一些。他跑到库房里看了一会后出来说,面粉最少还可以用三天，星期一再买也不迟，说完就走了。"

"他去库房时，你们有谁跟着进去了吗？"吴平飞问得很仔细。

"跟着去干嘛，他是校长，是我们的顶头上司，还怕他偷东西不成？再说那时我们3个人都忙，哪有时间陪他去看。"

"走！请你陪我们到库房里去看看。"陆相荣站起来当机立断地说。

所谓的库房就是厨房一角用木板隔开而成、连门页都没有的杂屋间，里面黑得伸手不见五指。打开电灯后，鲁相荣一行才看清楚，里面一半的地上铺有木板，上面堆放着装有大米的麻袋、盛有面粉的布袋；外面一半的地上堆有箩卜、白菜、冬瓜等蔬菜，靠门的地方摆有3个油桶，一个盛满了油，一个还剩大半桶油，一个是空桶。陆相荣看样子对空油桶产生了兴趣，他问向友明："这桶油是什么时候吃完的？"

向友明连想也不想就说："是案发那天中午吃完的。"

"你咋记得这么清楚？连想都不要想一下。"吴平飞问了一句。

"这还用得着想吗？"向友明说，"发案那天下午，我们3个人将所有的食物都检查了一遍，看含不含有毒药，能不能够再吃。只有这只油桶，因为中午刚好用完了就没有进行检查。"

"你们是用什么方法检查的？"陆相荣问。

"银器呀！"向友明说，"把银器插到食物中间，如果食物有毒，银器就会变黑，如果食物无毒银器就不会变色。"

陆相荣点了点头又问道："那你们为什么不用银器检查这只油桶呢？"

"检查空桶有什么用呀，我们又不煮这只桶吃。再说这3桶油是一次从同一个粮店买回来的，我们检查了另两个桶里的油，没有发现问题，这个桶的油当然也就没问题了。"向友明颇为认真地说。

陆相荣提起空油桶看了又看，闻了又闻，然后交给吴平飞说："带回去让他们立即化验，结果一出来就向我汇报。"

临走时，陆相荣又交代向友明说："今天我们问你的东西需要保密，请暂时不要告诉任何人。"

向友明随便"嗯"了一声。

见他不当一回事，那位女警察指着陆相荣对向友明说："知道吗？他就是鸽城地区公安局的局长陆相荣。"

这下向友明慌了，赶忙说："我一定保密，一定保密，保证对谁也不说。"

晚上回到公安局，陆相荣立即组织全体办案人员召开碰头会，互相通报情

况。吴平飞在介绍了询问向友明的情况后说:"经调查另外两名炊事员,他们的证词和向友明讲的完全吻合,如果检验结果证实空油桶内残留的油渣含有巴豆成份,那么胡启福就有重大犯罪嫌疑。"

唐宇汇报说:"我们在调查中,有4名女教师反映胡启福一来就缠上林佳彤,要求和她交朋友建立恋爱关系,林佳彤十分反感,一再拒绝。直到前不久胡启福好像才死了这条心,不再纠缠林佳彤。她们说,胡启福组织召开林佳彤的批斗会有点公报私仇、落井下石的味道,但由于林佳彤已被宣布停职反省,摆明有重大犯罪嫌疑,因此教职员工们才跟着胡启福对她进行批斗。"

"报告!"

"进来。"陆相荣说。

会议室的门打开后,见走进来的是法医室的检验员,陆相荣立即站起来大步迎了上去。接过检验报告,他仔细看了一眼便扬起来说:"好家伙,狐狸尾巴终于露出来了。"走到唐宇便前,他将检验报告递给他说:"你念给大家听听。"

唐宇接过检验报告看了看,兴奋地说:"前面的内容我就不念,反正大家知道,我只念最后的结论:'经对油桶内残余菜油进行化验,油内含有大量巴豆成份。'"念完后唐宇接着说:"上次化验的结果是菜内含有巴豆成份,没想到原来是炒菜用的菜油中含有巴豆成份,这件事肯定是胡启福为陷害林佳彤干的。"

"我同意唐宇的看法。"吴平飞最先表态。

"我同意。"

"我同意。"

"应该立即逮捕、拘留胡启福。"

与会同志纷纷表态说。

"同志们,大家先冷静一下。"陆相荣说,"现在的证据还只能说明胡启福有重大犯罪嫌疑,他与林佳彤谈恋爱不成就会投毒杀人?有谁看见过他把毒药——巴豆粉放进油桶里了?我们现在掌握的证据都是间接证据,还缺乏直接证据,现在拘留、逮捕他还为时过早。"接着他又幽默地说:"林佳彤让胡启福冤枉死了,我们可不能再将胡启福冤枉死啊。哈哈!"大家跟着笑了起来。

"对了,唐宇,你应该还没有汇报完吧?胡启福的基本情况你们查了没有?"陆相荣想起来问。

"查了,胡启福今年34岁,家庭出身下中农,念完小学后就不肯读书,在家游手好闲。17岁那年进城经姑父介绍到药店里当学徒,后被留在药店当差,解放后由于揭发当老板的资本家兼地主表现积极,被安排到工会工作,今年7月才被任命为新星学校的副校长。他结过婚,半年前其妻因肝脏大出血抢救无效而死。从目前掌握的情况来看，尚未发现他有历史问题。"唐宇汇报说。

"他是哪里人？老家在何处？"陆相荣问。

"他的老家在犬形山下，系花桥县双虎乡胡家村人。"

"犬形山！"陆湘荣说，"当年我们新四军曾经在那一带活动过，记得山上盛产一种有毒的中药。"

"我也想起来了，这种中药的药名就叫巴豆。"唐宇说。

陆相荣用左手抚摩了一下下巴说："胡启福当过药店学徒，懂药理药性，会制药碾药，又是犬形山人，巴豆很有可能是他从犬形山弄来的。唐宇，你马上派人去犬形山调查取证，只要查明巴豆是胡启福买的，他想赖也赖不掉。"

"此举系破案的关键所在，我亲自带人连夜出发，争取后天无论如何赶回来。"唐宇表情坚定地说。

"你们一走，我就打电话给各县公安局，让他们配合方信平局长秘密控制胡启福。

唐宇一行两天两夜没有休息，顺利完成取证任务之后按时赶了回来。得知胡启福果真向山上的药农李家地、胡光祖购买了一斤巴豆后，陆相荣说："到了收网的时候了，马上出发拘捕胡启福。"

胡启福被押进审讯室时还强作镇静，当他一眼看到摆在审讯桌边的油桶时脸上的肌肉还是禁不住抽缩了一下。为了掩饰心中的恐慌，他不等审讯人问话就一屁股坐到了犯罪嫌疑人的位置上。

陆相荣、唐宇、吴平飞和一名书记员依次坐在审讯桌后，由唐宇负责主审。

"你叫什么名字？"唐宇问。

胡启福将头偏到一边，不予理睬。

唐宇提高声音说："我在问你的姓名，难道没有听到吗？"

"真是笑话，既然你们连我的姓名都不知道，难道就不怕抓错人吗？"胡启福是想激怒办案人员，然后再进行死缠蛮搅，来个以守为攻。

"我们当然知道，不但知道你姓啥名谁，而且知道你的犯罪事实。但先问清你的基本情况是法定的必经程序，你必须老实交代。"唐宇严肃地说。

"嘿嘿！你们既然已经知道了我的犯罪事实还问什么？判呀，你们快判呀！"胡启福像扛起个牛脑壳似的昂起头说。

只见陆相荣附在唐宇身边耳语了几句，唐宇点了点，对胡启福说："你再想想，到底愿不愿回答。"

胡启福不仅一声不吭，反而架起了二郎脚。

"胡启福,我问你,你认不认识犬形山跃马岭的药农李家地和胡光祖?"唐宇出其不意地问。

就像晴天炸响一声春雷,胡启福猝不及防,吓得跌倒在地上,他知道这下完了,抗拒下去已毫无意义,于是翻过身来跪在地上,一边叩头一边说:"我交代,我交代。"

"坐起来,老老实实交代你的犯罪事实。"唐宇命令道。

随着胡启福的交代,这起投毒案的前因后果便浮现在人们眼前:

胡启福调到孤儿院即新星学校后就被林佳彤漂亮的外貌和迷人的身段给迷住了,在得知她是徐宁涛的遗孀,至今仍孤身一人之后便向她发起了猛烈的攻势,要求与她谈恋爱。林佳彤告诉他,她要为徐宁涛守孝3年,现在无心恋爱。

"那我就等你3年。"胡启福急忙表白说。

林佳彤对这个说话做事有点无赖的人厌恶至极,她斩钉截铁地回说:"你趁早死了这条心吧,就是等3年、4年我也不会嫁给你。"

"为什么?"

"不为什么,因为我和你没有缘分。"林佳彤说完就走了。

望着林佳彤渐渐远去的背影,胡启福将右手食指举过头顶,指天发誓地说:"我胡启福今生不把你搞到手誓不为人!"

一个星期天的上午,胡启福在校门口碰到路香红抱着小谢军往外走,便问她到哪里去。

路香红说:"我带谢军去医院打预防针。"

"林校长为什么不同你们一起去?"胡启福问。

"她忙得很。"路香红说,"要在家里赶写材料。"

胡启福知道从学校到最近的医院一个来回最快也要一个多小时,他灵机一动,心想,趁林佳彤一个人在家,先来蛮的,将生米煮成熟饭再说,到时不怕你不嫁。

胡启福来到林佳彤门口,一声不响地推门而入并顺手将门反栓了。

正低头写文章的林佳彤发现后惊鄂地抬起头问:"你要干什么?"

胡启福窜上去将林佳彤摁倒在地,再骑到她身上用手去解她的裤带。见林佳彤张嘴要喊,忙用左手死劲捂住她的嘴巴,右手继续解她的裤带。林佳彤一边用双腿进行挣扎,一边用双手撕扯胡启福的头发,眼看裤腰带就要被胡启福扯开了,林佳彤猛一使劲将胡启福的头发扯下了一大把。胡启福痛得嚎叫一声,跳了起来。林佳彤趁机爬起来抓起桌子上的剪刀对着胡启福说:"你给我滚!今天我给你一个面子,暂时不向领导和公安局报告。今后你再敢图谋不轨,你这把头发就是铁证。"

胡启福悻悻离开林佳彤的宿舍后,用手捂住被扯去头发的脑部,一想到证据在林佳彤手里她随时可以告发自己,便狠得牙齿痒痒。他想无毒不丈夫,唯有制造事端嫁祸于林佳彤,将她除掉才能免除后顾之忧。

说干就干,胡启福先偷刻了一枚药材公司的公章,伪造一份收购巴豆的介绍信,然后以回家探望父母为由请假回到胡家村。第二天他就上山找到李家地和胡光祖,将介绍信给他们看了。李家地和胡光祖都知道胡启福是药材公司的,看了介绍信后二话不说就把巴豆卖给了他。回到家里,胡启福先将巴豆烘干再辗成粉末。

在回鸽城的路上,胡启福反复思考着一个问题,即要怎样才能达到既陷害林佳彤又不暴露自己。他认为关键是要制造自己不在现场的假象和林佳彤到了现场的事实。回到学校后他没有急于下手,在悄悄观察了炊事员工作的时间、规律之后,他发现要将巴豆粉搅入饭菜当中而不被炊事员们发现几乎是不可能的,而倒入学生饮用的开水当中,学生们是绝不可能同时集体喝水的。想来想去他想到了炒菜用的菜油,如果头天晚餐之后能将巴豆粉放进油桶,第二天早餐是吃稀饭、馒头不要用油,要到第二天的中午才会使用菜油,这样,第二天案发后炊事员肯定会证明当天自己没有去过犯罪现场。于是他便选择3名炊事员正忙的时候,以检查库存物资为名溜进库房,发现其中一桶油只剩不足一斤,不用猜就知道明天中午炒菜时炊事员会先用完这些油,他当即将巴豆粉倒入这个油桶并用棍子搅匀后,才不慌不忙地离去。案发当天为让更多的人能证明自己没有作案时间和去过现场,胡启福又组织会计、出纳在一起查账。快到11点钟时他谎称自己要去解小便,出门之后便直接跑到林佳彤的办公室,以食堂的大白菜洗得不干净、炊事员不肯再洗为由要林佳彤亲自去处理,说完后他又立即返回查账的地方。林佳彤果然中计,成了案发当天上午除炊事员外唯一去过犯罪现场——厨房的人,案发之后理所当然被列为了犯罪嫌疑人。

"在我们还没有结案的情况下,你为什么要组织批斗林佳彤,并一口咬定是她投的毒?"唐宇问。

"唉!"胡启福长叹了一口气说,"我见你们查了两天还没有逮捕林佳彤,便知道林佳彤不死,你们还会深入查下去,查得越深,我暴露的可能性就越大。我只好借开批斗会之机逼林佳彤自杀,这样你们就会作出林佳彤畏罪自杀的结论,进行结案。没想到你们还不死心,硬是把我给揪了出来。"

"你怎么知道只要开批斗会林佳彤就会自杀呢?"吴平飞不解地问。

"因为她太爱面子了,我从她扯下我的头发留作证据而没有马上告发这件事上号准了她的脉。为了让她伤心透顶、彻底绝望,我特意教唆被她视为亲人的学生、孤儿上台漫骂她、侮辱她。"

"你真是一个卑鄙无耻的小人。"吴平飞骂了一句。

陆相荣和唐宇赶到马玉文办公室汇报时,戴书林正好在那里商量工作。听了他们的汇报后,马玉文说:"干得好,立即见报,以正视听。"

戴书林说:"我提个建议,能不能以通讯的形式将案情尽可能报导得详细一些,通过这种形式间接给林佳彤平反,要不,就是在新星学校给她开个追悼会,也很难消除在社会上的影响。"

"我看可以。"马玉文表态说,"现在案子已经破了,不会影响侦查工作,报导详细一点完全可以。"

"唉!只是苦了林佳彤那不满周岁的孩子。"戴书林叹了口气说。

"走!去林佳彤家看看她的孩子。"马玉文站了起来,临走时他又拿起办公桌的电话机给民政局长方信平打了个电话,让他赶到新星学校去。

马玉文一行来到林佳彤的宿舍,只见林佳彤的遗像摆在书桌上,路香红和小谢军的手臂上还缠着黑纱。见躺在路香红怀里睡觉的小谢军面黄肌瘦,马玉文有点不满地问:"这孩子怎么瘦成这个样子?"

路香红含着眼泪说:"佳彤去世前,孩子还没有断奶。这几天孩子总是寻奶吃,不管是喂面条还是喂米粉他都不肯吃,实在饿得不行了才勉强吃一点点,整天哭得让人揪心,哪能不瘦呀。可我能想的办法都想尽了,再这样下去我只怕要辜负佳彤姐的嘱托了。"

"你跟林佳彤是什么关系?"戴书林问。

"我是徐宁涛的姨表妹,自从我丈夫在南京保卫战中被日本人打死后,宁涛和佳彤便把我接到他们家里同吃同住一起生活,宁涛死后我和佳彤同病相邻,相依为命,情同亲姐妹。没想到她会这样狠心,丢下我一个人来抚养小谢军。"路香红说着便哭了起来。

方信平劝慰说:"人死不能复生,你别太难过了。林校长是被冤死、逼死的,我们正在替她申请享受因工致死人员的待遇,批下来以后小谢军就可以由国家抚养到18岁了。"

"靠政府给的那点抚养费就能将谢军养大?他生病要吃药怎么办?长大了要读书怎么办?更何况我又没有工作,我也要吃饭穿衣呀。就算佳彤留下的两根金条和首饰也吃不了两三年啊。"路香红为难地说。

戴书林深表同情地说："这确实是个实质问题，但怎样才能解决你们俩个人的生活问题呢？"

在场的人都沉默了下来，一时想不出好的办法。

"我看这样，"马玉文说，"路香红由民政局负责安排到新星学校工作，一则她才30多岁，正是身强力壮的时候，还可以为人民服务一段很长的时间；二则这样做也是对林佳彤冤死的一种补偿。至于小谢军就由我带回去抚养好了。"

方信平说："安排路香红没有问题。"

戴书林说："由你抚养小谢军恐怕不妥，你已抚养了两个孤儿，负担够重的了，再说……"

"抚养两个是抚养，抚养三个也是抚养。现在我们一家有7个人吃饭，每人省出一口饭就够小谢军吃的了。"马玉文知道戴书林"再说"的意思是什么，便接着说，"小谢军的爸爸徐宁涛不是反动军官，应按起义投诚人员对待。我曾说过如果不是徐宁涛在最后时刻下令投诚，炮火无情，双方不知要多死伤多少人，社会上不知又要增加多少孤儿。现在林佳彤为了孤儿的事业又献出了自己的生命，我们不能让他俩的遗孤再受半天委屈，一定要把小谢军抚养长大，使他过上幸福的生活。"

"啪！"的一声，只见路香红抱着小谢军跪在马玉文跟前，马玉文赶紧将她拉了起来。

路香红激动地说："我代表宁涛和佳彤感谢您了，如果他俩在天有灵一定会感谢您的大恩大德的。"

方信平请示马玉文说："那今后小谢军的抚恤金就直接送到你家里，行吗？"

"不用了。小谢军的抚恤金和林佳彤留下的两根金条都交给新星学校，用这些钱成立一个'林佳彤教学奖励基金'，专门奖励抚养教育孤儿作出突出贡献的教职员工，让林佳彤的爱心代代延伸下出。至于她留下来的金首饰，请路香红替她保管好，等小谢军长大了再交给他作为纪念吧。"

几天后，莫良田对马玉文说："老马啊，你自己只怕还不清楚，你领养小谢军的事，给我们地区的统战工作可帮了大忙呀。"

"看你说到哪里去了。"马玉文笑了笑说。

"是真的。自从开展镇反运动以来，不少民主党派人士和起义投诚人员人心惶惶，认为我们的政策变了。见你收养了小谢军，他们就像吃了一颗定心丸。"

五

投毒案刚刚侦破，江口县又发生一起令马玉文和他的同事们更为难堪的涉孤案件。

这天中午刚过，一个脸黄如纸，浑身冒虚汗的女孩被人用担架抬到了县人民医院。医生掀开盖在女孩身上的军用毛毯一看，女孩下身全部是血，阴道被撕开了一条缝。

"这是哪个畜牲干的？"一名护士愤怒地吼道。

抬担架的两个男子和随来的一位30岁左右的年轻军官谁也不吭声。

一个女医生俯下身子对躺在担架上的女孩和颜悦色地说："告诉阿姨，是谁干的？"

小女孩怨恨地望了一眼年轻军官，怯生生的、有气无力地说："是，是我自己爬，爬树玩时，不，不小心挂破的。"

女医生心知有异，又检查了一下伤口后果断地说："赶快把她抬进手术室，她失血过多，随时都有生命危险，必须马上输血和做手术。"

几名医生和护士抬着担架快步进手术室，那名年轻军官也想跟着进去，女医生拦住他说："手术室须无菌操作，非医务人员任何人不得入内。"年轻军官只好无奈地呆在了门外。

女医生进去后一边换衣服，一边吩咐说："小黄，你先给她打一针止血剂，再注射500毫升葡萄糖盐水；小姜，你从她身上抽点血马上拿去化验，血型确定之后立即去血库取2000毫升，不，取3000毫升血来，越快越好。"

女医生穿好衣服，戴上手套、口罩走到手术台边对躺在上面的女孩说："小姑娘，我是医生，一看就知道你的伤口不是被树枝挂破的，告诉我是谁干的，阿姨给你做主。"

小姑娘摇了摇头，泪如泉涌。

"小姑娘，别害怕，你只管讲就是，手术室是隔声的，外面的人根本听不到。"女医生安慰地说。

"哇！"小姑娘哭出声来，用手指着门口说："就是他，那个军官，他是我的养父，不，他是一个畜牲。"

女医生感到事态严重，便轻声跟一名护士耳语了几句，护士点了点头，端着一个盛有药瓶的瓷盘走了出去。

半个小时后，4名公安干警来到手术室门口，客气地对等候在那里的年轻军官说:"同志,我们找你有点事,请随我们去趟公安局。"

年轻军官叹了一口气,垂头丧气地跟他们走了。

在县公安局的一间办公室,年青军官主动交代说:"我叫汤雷,现年29岁,是县兵役局的副局长。受伤的女孩叫朱响玲,是我领养的一个孤儿。今天中午我喝了点酒坐在客厅兼餐厅里看书,只见响玲妹子穿了一条短裤和内衣从她房里走出来,说是天气太热了要到厨房里去冲个凉。望着她修长的大腿和内衣里晃动的乳房,我的热血一下冲到了脑门上,冲上去抱起她将她丢在她的床上,然后猛地压了下去。"汤雷说到这里脸一下胀得通红,低下头轻声说,"可能是用力太猛,结果将她弄伤了。请组织上放心,既然是我将她弄伤的,我就会对她负责一世。反正我现在还没有结婚,等她出院后我就娶了她。"

"朱响玲今年有多大了?"一位公安干警问。

"13岁多。"汤雷想了想说,"她上个月才满13岁,但发育比较早,看起来像个十五六岁的妹子。"

一位年龄稍大的公安干警严肃地说:"13岁多还是幼女,奸淫幼女属强奸罪,依法得判重刑,你清楚么?"

"啊!"汤雷惊叫一声便昏了过去。

等他醒来时发现自己已被刑事拘留。

公安局对汤雷立案后立即展开了全面的调查,经法医检验朱响玲伤情严重,即使治愈之后也会终生丧失怀孕生育的能力,已构成重伤。调查还发现汤雷在带队到高鼎县征兵时曾暗地收受一中农两块金砖,违规免除了该中农的儿子和侄子服兵役的义务。公安机关据此认定汤雷的行为构成了奸淫幼女罪和收受贿赂罪。法院受案后,汤雷的一些战友通过打听得知汤雷有可能被判重刑甚至死刑,便联名上书法院要求从轻处罚,理由是汤雷是革命功臣,战争期间多次立过一、二、三等功,同时他又是酒后一时冲动所为,况且表示愿意娶受害人为妻,受害人经人做工作亦表示同意,这样社会危害性已大为减少。这些观点也得到社会上部分人的认同,但也有人认为连封建社会都提倡'王子犯法与庶民同罪',如果因为汤雷立有战功就对他法外施恩,那就是搞特权,践踏人权,在法律面前人人平等就无从谈起。一些女性孤儿的远亲近邻,则担心如果不追究汤雷的法律责任或者只象征性地处理一下,那么这些孤儿的安全将难有保障。

县法院的办案人员初步阅卷后认为汤雷的行为已构成奸淫幼女罪和受贿罪,应当数罪并罚,且其奸淫幼女的犯罪情节特别严重,依法应将此案移送中级人

民法院审理。这就意味着对汤雷将从重进行处罚,县法院为慎重起见,将情况向县委作了请示。

接到请示后,县委马上召开常委会进行研究,由于常委中多为汤雷的战友,主张由县法院从轻处理和减轻处理的意见占了上风。虽然那个时代法制尚不健全,对案件的处理存在党委说了算的现象,但考虑到此案影响太大,县委也不敢随便做主,专门向地委写了请示报告。

为了帮助委员们在讨论时能依法决策,会前马玉文让人从省城政法学院请来一名在全国刑法学领域享有盛名的教授给大家上了一堂刑法理论课,重点联系汤雷案讲解强奸罪,特别是奸淫幼女罪和受贿罪构成的法定条件、处罚原则和量刑标准等。

当晚,马玉文主持地委全会,根据江口县委的请示,专题讨论对汤雷的处罚问题。

委员们尽管事前学习了相关法律,在讨论时仍然形成了两种不同的意见,一种意见主张在法定范围内从轻甚至减轻处罚,他们认为,法律关于奸淫幼女罪的量刑幅度既然有很大的弹性,即可以判处三年以上监禁直至死刑,那么对一个在抗日战争和解放战争中屡建奇功的革命英雄在法定幅度内处以轻刑是完全可行的,相信广大群众也是可以接受的。因为这样做即维护了法律的严肃性又使汤雷得到了必要的惩罚。同时汤雷的主观犯意并非蓄谋已久,而是酒后一时冲动,临时起意,他只有奸淫的故意没有致人重伤的故意,造成朱响玲重伤纯属意外,这种情况在历史上发生的奸淫幼女案中也极为罕见。更重要的是法律惩罚犯罪的目的是为了教育人、改造人,预防犯罪再次发生,从汤雷被拘捕以来的表现看,这个目的已经基本达到,他对自己的犯罪事实不仅主动地、如实地做了交代,而且深表忏悔,相信再监禁几年他肯定会深刻吸取教训重新做人。特别是他一再表示愿意娶朱响玲为妻,朱响玲也表示同意,这就解决了朱响玲的后顾之忧,如果重判甚至对汤雷处以极刑,朱响玲可能终生难嫁,岂不反而害了她。

个别同志在发言时还冲动地说,抛开汤雷在战场上杀敌无数不说,光他舍生忘死救了的战友少说也有4人,难道就抵不了重伤1人吗?重判他一人,寒心的会有无数人。

相当一部分人坚持要重判,他们说《中华人民共和国刑法大纲草案》第131条明文规定奸淫幼女"情节特别严重者,处死刑或者终身监禁",汤雷奸淫幼女朱响玲并致其重伤造成她终生不孕的严重后果显然属于"情节特别严重者",从轻或减轻处罚于法无据,不依法办事的后果会严重影响甚至削弱共产党的执政形象和法律在人们心目中的神圣地位。同时，人们会因此而担心被个人收养的孤儿特别是女孩子的人身安全。那种借口让汤雷同朱响玲结婚以弥补朱响玲损失的做法，更是一种以新的违法行为掩盖原来的犯罪事实的极其错误的作法，因为我国婚姻法规定男女必须年满18岁才能结婚，而朱响玲现在还不满14周岁，远不到法定结婚年龄。

　　两种意见相持不下，直到晚上12点也难形成统一意见。马玉文和李招军商量后，宣布暂时休会。让大家回去再冷静思考一下，明天上午继续开会讨论决定。

　　当天晚上马玉文躺在床上想起这件事，翻来覆去怎么也睡不着。汤雷的形象在他脑海里挥之不去：一会是汤雷在攻打石牛洞时的无畏表现，只见汤雷一身鬼子打扮，一手举着烧鸡一手举着啤酒朝鬼子的岗亭走去，逗得岗亭里的鬼子直乐，进去后他乘鬼子不备，一掌一拳将两名鬼子打昏在地，然后用匕首结果了他们的狗命，为摧毁日军的细菌毒气制造场创造了有利条件。一会又是汤雷在淮海战场上的英雄壮举，李招军和谢东山带汤雷等人随陶树翠到该团二营一连所在的前沿阵地观察敌情，突然从敌方阵地上飞来一颗手榴弹落在他们身旁，眼明手快的汤雷捡起正在冒烟且吱吱作响的手榴弹向前飞跑几步后奋力投了出去，结果我方4名师、团首长的生命保住了，敌人那边反而死伤一片。从抗日战争到解放战争，汤雷参加的战斗不少于50次，身上的伤疤不少于10处。难怪有人在发言时会发出"汤雷在战场上杀敌无数不说，光他舍生忘死救了的战友少说也有4人，难道就抵不了重伤1人吗？"的呼声。想到这些，情感的因素占了上风，马玉文觉得重判汤雷等于毁掉了他的一世英名和一生前途，确实有些可惜，而且这样做也可能使部分随自己南征北战，出生入死的战友寒心，影响大家继续革命跟着自己干的积极性，于是他准备在第二天的会上提出从轻减轻处理的建议。然而当他闭上双眼准备睡觉时，耳边又响起了"对汤雷从轻或减轻处罚于法无据，不依法办事的后果会严重影响甚至削弱共产党的执政形象"的声音。是呀，从轻处理汤雷极有可能在群众中造成"官官相护"的印象，影响执法的公正性和严肃性，破坏党在群众中的威望和形象。如果那样就是因小失大，得不偿失了。到底处理的尺度该如何把握呢？马玉文披衣起床，在房里边走边想。蓦然他想起了当年在延安参加一次公审会的情景：

　　那是1937年10月，中学毕业后和几个热血青年投奔延安不久的马玉文参加了陕甘宁边区法院召开的一次公审大会。审判的对象叫黄克功，是一位官至旅长经历过井冈山斗争和二万五千里长征的"老"红军，他因枪杀要求与之断

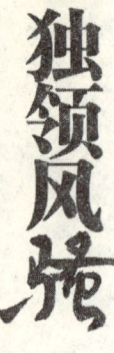

绝恋爱关系的女青年刘茜而被判处死刑。啊！像这样有光荣斗争历史的革命英雄也要枪毙，岂不太可惜了？马玉文与许多同来参加革命的青年们心里想。这时会上宣读了时任中央军委主席的毛泽东写给边区法院院长雷经天的信，毛泽东在信中写明了不能赦免黄克功并对他处以极刑的理由。正是毛泽东的这封信统一了党内外所有同志的看法和意见。

马玉文赶紧翻箱倒柜，找到延安时期出版的一本《毛泽东选集》，翻到这封信，认真读了起来。毛泽东在信中写道，如果赦免黄克功"便无以教育党、无以教育红军、无以教育革命者、并无以教育做一个普通的人。因此中央和军委便不得不根据他的罪恶行为，根据党与红军的纪律，处他以极刑。正因为黄克功不同于一个普通人，正因为他是一个多年的共产党员，是一个多年的红军，所以不能不这样办。共产党与红军，对于自己的党员与红军成员不能不执行比较一般平民更加严格的纪律。"看到这里马玉文心中的惋惜、不安一扫而光，有了毛泽东处理黄克功案子的范例什么都好办了。

在第二天的会议上，马玉文首先组织大家学习了毛泽东写给雷经天的信，再让大家接着进行讨论。

李招军第一个发言说："在昨天晚上的会议上我之所以一直没有表态，是因为汤雷作战勇敢，多次负伤，对革命有功。他舍生忘死，救过我们，对我们有恩。对他处以重刑，确实于心不忍。昨晚回去后，我想了一个通晚，终于想明白了，汤雷对革命有贡献，是革命英雄不错，但党和人民已给了他不少的荣誉和待遇，要不他怎么可以当上团级干部呢？但功是功，过是过。我们党历来奖罚分明，不能以功抵过，更不能以功抵罪。只有依法严惩汤雷，才能证明我们们党是一个无私的党、一个公正的党、一个以人民利益至上的党。"

通过学习毛泽东给雷经天的信，有现成的案例可供参照，讨论成了一边倒，过去主张宽容的同志都改变了看法，支持对汤雷处以重刑。

马玉文最后一个发言说："我们所以主张依法从重处罚汤雷，是因为他的犯罪事实符合'情节特别严重者'的标准，唯其如此才能教育广大干部群众，才能维护我国的法制，才能使我们党的执政行为和能力得到人民群众的认可和支持。至于重到什么程度，是判死刑还是终生监禁，我的意见由法院依法裁定。我们只表明支持法院依法从重处理的态度，不对法院具体量刑尺度进行干预。大家意见如何？"

"同意！""这样做最好！"与会人员纷纷表态说。

"同志们，"马玉文接着说，"我不认为汤雷沦为罪犯是偶然的，其实他早已蜕化变质。大家在发言时只注意了他的奸幼问题,而勿视了他的受贿问题。他受贿在先,奸幼在后,这表明他的思想早已不纯洁、不健康了,他已成了金钱的俘虏。一个思想上不纯洁、不健康的人不被金钱和美色击倒,成为人民的罪人那才怪了。汤雷由革命功臣变为犯罪分子的事实,给我们敲响了一记警钟,这就是我们有少数同志在拿真刀实枪的敌人面前不曾被征服过,甚至还不愧英雄的称号,可他们经不起人们用糖衣裹着的炮弹的攻击,在糖弹面前要打败仗。"说到这里他表情更为严肃,一字一句地说:"建立新中国对我们来说,万里长征才走完第一步,今后的任务更伟大、更艰苦,没有一支思想过硬、业务过硬、作风过硬的干部队伍是根本不可能完成这一任务的。为了永葆我们这支革命队伍肌体的健康,为了使我们的党员、干部少犯错误、少出问题,我郑重建议在全区共产党员和所有干部当中以汤雷为反面教材,深入开展一次毛泽东同志倡导的'务必使同志们继续地保持谦虚、谨慎、不骄不躁的作风,务必使同志继续地保持艰苦奋斗的作风'的思想教育活动。"

经过大家认真讨论,一致同意马玉文的建议,会议正式作出了"在全区党员、干部中深入进行'两个务必'教育的决定。"

鸽城地区中级人民法院受理汤雷一案后,进行了认真审理和研究,经报省高级人民法院批准同意,以受贿罪判处汤雷有期徒刑3年,以奸淫幼女罪判处汤雷终身监禁,合并执行终身监禁,即无期徒刑。

汤雷一案尚未尘埃落地时,鸽城地区就已全面铺开了"两个务必"的教育活动。所有地委委员和行署领导都分头深入各县各地直部门,直接督促指导教育活动的开展。

李招军在江口县组织县委、政府、兵役局的干部和现役军官学习毛泽东《在中国共产党第七届中央委员会第二次全体会议上的报告》,剖析汤雷犯罪的原因和教训。他强调历史赋予我们这一代人不但要破坏一个旧世界而且要建设一个新世界的重任,因此我们只能当苦行僧不能学汤雷,只能学朱元璋不能做李自成。

马玉文在军分区和干部战士一起参加教育活动,共同回顾革命历程,一起分析当前形势,使大家认识到夺取胜利固然不容易,但要巩固胜利则更难,因为和平年代容易让人丧失警惕,因为花花世界容易让人迷失方向,因为糖衣裹着的炮弹容易让人上当受骗。马玉文指出,水能载舟亦能覆舟,世界是人民的世界,国家是人民的国家,不是哪一个政党的世界或哪一个政党的国家,当一个政党能代表人民的利益,顺应时代的朝流时,人民就拥护你支持你,反之,就会反对你、推翻你。我们要想使新生的无产阶级政权永不变色,首先无产阶

级政党自身就要永葆自己的本色,时时刻刻牢记"两个务必",做到"两个务必"。

"两个务必"教育活动的深入开展,最大限度地统一了鸽城地区广大党员、干部的思想认识,坚定了大家继续革命的信念,改进了各级各类机关、干部的工作作风。在数年内,鸽城地区呈现出一派政通人和、社会稳定、经济发展、人民安居乐业的景象。

第四章 巧借"皇粮"

独领风骚

一

　　1958年,中国大地到处红旗飘飘,歌声嘹亮。在"鼓足干劲,力争上游,多快好省地建设社会主义"的总路线指引下,在"七年赶上英国,十五年赶上美国"的口号鼓舞下,人们热血沸腾,豪情万丈,敢想敢干,敢于创造人间奇迹。在全国范围内迅速掀起了大办人民公社、大办公共食堂、大炼钢铁、大兴水利的高潮。

　　鸽城地区也不例外,人民公社、公共食堂像雨后春笋,一夜之间遍布城乡。人们对"吃饭不要钱,敞开肚皮填"的公共食堂尤其情有独钟。

　　大甸县超英人民公社四大队食堂这天中午来了5位客人,和所有社员一样他们每人领了一份饭菜坐在桌子上吃了起来。一些好奇的社员们一打听,得知来人是地委书记马玉文,便一窝蜂地将他们围了个水泄不通。

　　马玉文站起来,含笑地说:"乡亲们好!我们今天是来作客的,想看看你们的公共食堂办得好不好,大家对办公共食堂有什么意见和看法?"

　　"公共食堂办得好,我们举双手拥护。""这是政府给我们老百姓办的一件大好事,我们打心眼里表示感谢。"手捧饭碗、拿着筷子的社员们争抢着说。

　　"请大家说说看,办公共食堂都有哪些优越性,也就是你们常说的有哪些好处。"马玉文说。

　　一个40多岁、剃了个光头的中年汉子抢先发言说:"办公共食堂能让我们这些主要劳动力省去上山砍柴、出门碾米等等很多杂事,集中精力搞生产。"

　　"依我说公共食堂办得好,好就好在妇女真正翻身得解放。过去我们整天要围着灶台转,等于囚禁在厨房里,办起公共食堂后,我们妇女全部解放出来,都可以参加集体生产劳动了。"马玉文侧身一看,发现讲话的是一位年青少妇。她发言之后周围的妇女都鼓起掌来,可见她的发言代表了广大妇女的意见。

　　"要我讲,公共食堂最大的好处就是'吃饭不要钱,敞开肚子填'。"说话的是一位50出头、满脸油光、大腹便便的男人。他的话,逗得周围的人哈哈大笑。"笑,笑,笑,有什么好笑的嘛?"那男人接着说,"难道我讲错了,没办公共食堂前哪个屋里天天有饱饭吃,餐餐有肉吃?"

　　马玉文低头看了一眼碗里的麻辣鸡丁,排骨笋卜汤和豆芽菜,暗暗点了点头,他们今天来访前没打招呼,突然造访为的是能看到真实情况。

"你们餐餐吃肉,大队养的牛、羊、猪和鸡、鸭、鹅,连同鱼塘里的鱼,能够保证供应吗?"马玉文问。

负责后勤供给的副大队长余德梁说:"保证不了,就是全部自产自销都不够,更何况还要上交预购猪给国家。"

"不够的话,要怎么才能解决呢?"陪马玉文同来的县委书记仇赛斌问。

"不够就向国家要呀!"说话的还是那位满脸油光、大腹便便的男人,他说,"人民公社成立后,现在不是一大二公么,国家的也就是我们的。现在国家都快赶上英、美了,东西多得不得了,还怕没有东西吃?"

马玉文心里一沉,作为一个地级主要领导干部,对国家的底子多少也知道一点,他咳嗽一声,意在引起大家的注意,然后说:"这位同志说得不错,国家的确实是我们的,因为我们的国家是人民当家作主的国家,国家的财富当然属于全体人民所有。问题是国家的财富是从哪里来的呢?它不可能从天上掉下来,也不可能由神仙变出来,它要靠我们大家用辛勤的劳动才能创造出来。大家都知道我们的国土面积很大,由于自然条件和气候条件不同,我国的西北部还非常贫穷,要靠我们这些'鱼米之乡'为他们提供大量的粮食和肉蛋等物资,你说我们还好意思问国家要吗?就是要,国家能供应得了吗?"

那位满脸油光、大腹便便的男人担忧地说:"那我们再吃几个月不就没有好东西吃了?"

"要想天天吃好也容易,只要大家手勤脚勤就有保证。"马玉文说。

党支部书记兼大队长余汉明是个初中毕业生,脑瓜子反应比较快,他说:"我明白马书记的意思,是要自己动手才能丰衣足食。"

"说得很对!"马玉文赞许地说,"我们要想把食堂办好,让大家吃得香甜,吃得满意,第一得把粮食种好,做到年年丰收,第二要大力发展养殖业,做到六畜兴旺。"

"请马书记和仇书记放心,我们马上动手安排生产,保证做到自给有余。"

在马玉文的带领下全场响起了一阵热烈的掌声。

马玉文一行离开超英公社4大队后,又来到红星公社2大队,即原来的清溪村。在这里,马玉文和大队干部算了一笔细账:全队3103人,存栏牲猪425头,预计产肉40800斤,养鸡、鸭、鹅11340只,预计产肉38556斤,有大小鱼塘17个,预计产鱼12200斤,加起来肉类产品共计91556斤。除早餐不算,按中、晚餐每人每餐供应二两肉计算,全大队每天要消费肉类食品1241.2斤。由于大队的耕牛都属青、壮年期,得用于生产,所以全大队的肉类产品最多只能供应两个半月的时间,如果交了预购猪,供应两个月都有困难。即使边吃边

养也有困难,因为所有牲畜的成长都需一定的周期,不是今天养了明天就可以吃的。

通过算细账,马玉文和仇赛斌等人一致认为要办好公共食堂,光靠发展生产还不行,还得精打细算,科学安排,包括粮食在内要做到"忙时多吃,闲时少吃,肉食定量,一天一餐"。

回到鸽城,马玉文主持召开地委扩大会议,专题研究如何办好公共食堂的问题,经过认真讨论,地委制定、下发了"大力发展生产,办好公共食堂"的6号文件,明确规定各地必须"以粮为纲",大力发展种植业和养殖业,确保公共食堂的供应并有足够的储备;公共食堂必须精打细算,厉行节约,科学安排,粗细搭配,忙闲有别。

6号文件下发到各地之后,全地区掀起了精耕细作、多养牲畜、兴办农业水利的高潮。就在这时,李招军从省里开会回来传达说,中央的精神是要"以钢为纲",全党都要为实现年产1070万吨钢而奋斗,为此,省委、省政府决定,所有工作都要为钢铁元帅让路,在全省掀起大炼钢铁的高潮。省委、省政府的决定还要求把大炼钢铁和反右派斗争结合起来,在大炼钢铁中开展插白旗、拔白旗的活动,凡炼钢不积极、钢产量不达标的地区都要插白旗,并限期拔掉白旗,否则领导干部就要就地免职,并列入思想右倾的范畴予以批斗。

在全国范围大炼钢铁潮流的冲击下,鸽城地区的工作重点不得不转向,到处是钻探机,遍地是炼钢炉。有铁矿资源地区的炼铁,没有铁矿资的地区砸锅为铁,再炼铁为钢。

地委副书记、行署专员、鸽城地区大炼钢铁指挥部总指挥长李招军每天起床的第一件事就是审查报表,看各地采了多少铁、炼了多少钢,炼得多的地方就插红旗,炼得少的地方插上白旗。炼钢一个月,李招军发现钢铁炼的最少、白旗插的最多的是江口县超英人民公社、团结人民公社和大甸县红星人民公、胜天人民公社。李招军亲自打电话找江口县和大甸县的主要领导同志询问这4个公社落后的主要原因,得到的答复是,这4个公社的干部说他们那里没有铁矿资源谈不上大炼钢铁,他们的主要精力还是放在大抓种植业和养殖业上。李招军听了火冒三丈,严令两个县的主要领导立即深入这4个公社亲自督战,限定一个月内赶上全地区大炼钢铁的进度,拔掉白旗,到时拔不掉白旗就摘掉这4个公社主要领导的帽子。

一个月之后,李招军在审查报表时发现上述4个公社大炼钢铁的进度仍然排在全地区所有公社的倒数4名。他一怒之下下令撤掉这4个公社党委书记和社长的职务，并通报全地区。通报起到了杀鸡给猴看的作用，一些原先炼钢炼铁动作不大、效果不明显的公社都加大了力度，砸了锅子撬门锁，撬了门锁拔钉子。家家户户只要是铁是铜的东西，不论大小，不问用途，一点不许留，都要献出来炼钢。锅、鼎、瓢、勺自然不用说了，就连军属门口高悬的"军属光荣"的铁牌、女人头上带铁带铜用来装饰的小玩意全部塞进了炼钢炉里。一时间，全地区的钢铁产量呈直线上升趋势。但让李招军想不到的是，4个换了领导成员的公社炼铁炼钢的战果还是不佳，远远赶不上全地区的进度。他决定带人亲自下去看看，号准脉搏，对症下药，一定要让钢铁元帅在这些地方升起。

李招军一行第一站来到大甸县红星公社，一路上很少看到几座炼钢炉，偶尔看到一两座也是人去火灭，冷冷清清，没有一点鼓足干劲、力争上游、大干快上的气氛和热火朝天的场面。李招军心里想，看来这里的人没有一点精神，怪不得炼不出多少钢铁。走进公社机关，公社干部正在开会研究如何进一步发动群众大炼钢铁的事情。陪同前来检查工作的仇赛斌向李招军介绍了新任公社书记聂肃宇和社长肖青山。聂肃宇原是"大炼钢铁先进单位"百杰人民公社的社长，年方28岁，白净的四方脸，炯炯有神的两眼透着冷峻和傲气。肖青山是县委组织部从县政府机关选派来的，比聂肃宇还小两岁，个子不高，两道一字眉又黑又粗，浑身像有使不完的劲，一看就知是一个轻易不肯服输的角色。

李招军看了看聂肃宇和肖青山，觉得这两个人看样子还算精明强干，加上初来乍到'新官上任三把火'，工作应该不会这样不死不活，可能是下面的人阳奉阴违，工作暂时还没有打开局面，心里的一团怒火便冷却了下来，他用尽可能平和的语气问："听说你们走马上任快一个月了，怎么大炼钢铁的事还是没有搞上来？"

聂肃宇摇了摇头，不好意思地说："我和青山同志一来就跑遍了全公社的山山岭岭，硬是没找到铁矿石的影子，没办法只好发动家家户户献铁。现在全公社除了公共食堂煮饭炒菜的锅是铁的外，再也找不出一块铁，那怕是一根铁丝。但是群众献出来的铁，炼不了两炉钢就断了炊。这不，我们正在开会筹钱，准备一个大队派10个人外出收购烂铜破铁，无论如何也要炼几炉好钢完成上级交给我们的任务。"

李招军苦笑了一下说："你们的精神虽然可嘉，但办法却不行。大家想想看，现在全国都在大炼钢铁，哪个还有烂铜破铁卖给你？"

"不瞒领导，这一点我们早就想到了。"肖青山说，"我们打算让派出去的人，都到边远山区和深山老林里去，那些地方交通不便，消息闭塞，相信价格

高一点不愁收不到。"

李招军为他们的精神所感到，点点头说："你们尽力而为吧，我回去之后也从实际出发让他们将你们炼钢的指标给调低一点。仇书记，你看行不行？"

仇赛斌连忙表态说："感谢领导对红星公社和我县工作的支持。"

李招军说："工作就研究到这里吧，我知道你们想留我在公社吃饭，但到了这里我想回清溪村看看，哦，现在都叫大队了，青溪村是几大队啊？"

仇赛斌说："是二大队。我给你带路吧，上个月我才陪玉文同志去过。"

李招军深情地说："算起来，自四五年离开之后我已有13年没回过清溪村了，到了家门口再不回去看看就太对父老乡亲们不住了。"

离开清溪村，在返回的路上，李招军望着村后那一片绿油油的森林出了神，他自然自语地说："这不正是大炼钢铁取之不尽的燃料么？"

陪同前来的聂肃宇没有听清，忙问："李专员，您有何指示？"

李招军回过神来说："是这样，你们不用派人外出收购烂铜破铁，也不用炼钢了。我们地区北边的几个县有铁矿，但那里的树木因为炼钢已烧得差不多了。我知道这里树木多，你们马上组织劳动力上山砍伐，我让他们派车来拉，炼出来的钢铁你们占一半，这不比你们派人外出收购烂铜破铁强吗？"

"要得，要得！我们马上组织人上山砍伐，要多少就砍多少，保证供应。"聂肃宇和肖青山听说不要他们炼钢了，如释重负，不假思索，一口应许。

仇赛斌说："这样做只怕有点不妥吧？"

"这有什么不妥？"李招军不悦地说，"县与县之间互通有无，互为补充，这不正是社会主义制度优越性的表现吗？你们南边几个县有树无铁，他们北边几个县有铁无树，将南树北调用做炼钢的燃料，炼出来的钢铁一部分用来抵扣你们的任务，对双方都有利，何乐而不为呢？"

仇赛斌虽然觉得不妥，但一时又讲不出个所以然来，只好点了点头。

几天之后，李招军接连接到清风县和北边其他三个县的报告，说他们派车到大甸县红星公社去拉树，结果都空车而回，对方一棵树一捆柴也不给。

李招军在心里狠狠骂了聂肃宇和肖青山一句：嘴巴没毛，做事不牢，当面讲好的事，背后又变卦。想到这件事给自己的威信带来的损失，他气乎乎地拿起话筒直接要通了红星公社的电话："喂，你是小聂，聂肃宇吗？我是李招军。"

"对，我是聂肃宇。李专员，您有什么指示，请讲。"电话里传来聂肃宁不安的声音。

"指示两个字不敢当啊!"李招军对着话筒说,"我只问你,你们砍的树在哪里?为什么让人家空车返回?整整40台货车,往返180多公里,造成多大的浪费啊!这笔账还是小事,延误炼钢的时间,拖延大炼钢铁的速度,这笔账要算到你们头上,叫你们吃不了兜着走。"

电话那头聂肃宇哭丧着脸:"报告专员,不是我们不愿砍,而是当地的老百姓不让砍。他们说把树砍了就会闹洪涝灾害。我们动员了好几次,谁也不肯上山砍树。"

李招军忍不住对着话筒吼了起来:"老百姓不让砍就不砍了,是你们听老百姓的,还是老百姓听你们的?当地的老百姓不肯砍,你们就不晓得组织其他大队的基干民兵上山砍?你给我好好听着,再给你们一个星期的时间,必须砍伐1200立方米的木头,否则你们前任的下场就是你们的归宿。"说完就将话筒挂了。

聂肃宇握着话筒半天没有回过神来,参加工作8年来他还是第一次挨领导的批评,这那里是批评啊?比挨骂还难受。他的委屈无处申诉,只能憋在心里。其实李招军刚走,他和肖青山便转身返回二大队,和大队干部商量组织劳动力上山砍树的事。村里年愈70、人称"知一半(意思是天下的事他知道一半)"的下中农冯布白得知后,跑到会议室颤颤栗栗地说:"砍不得,砍不得!砍了会遭大灾的呀。"

"为什么砍了会遭大灾,您老慢慢说。"聂肃宇搬了条凳子让冯布白坐下来说。

冯布白说:"我不坐,讲完就走,免得耽误你们开会。你们知道么,早在康熙年间我们村后的绿屏山连亘五十里,山上古树参天,百花争艳,山下良田万亩,岁岁丰收。雍正皇朝为了维修皇宫派人将山上的千年古樟、百年老松、成年杉树砍得干干净净,到了嘉庆期间,这一带旱涝灾害频繁,一年一小灾,三年一大灾,方圆几十里的百姓不得不背井离乡,靠乞讨为生。人们痛定思痛倾尽全力开始植树,并封山百年,才有了今天风调雨顺的居面。你们千万不要做破坏森林、贻害子孙的蠢事啊!"说完之后他便头也不回地走了。

听了冯布白的话,聂肃宇、肖青山和大队干部面面相视,半天无语。

"我看这样,李专员发了话,不砍是不行的,再说绿屏山的树多的是,我们就留一半砍一半,砍杂树留主材,砍老树留嫩树,进行间伐,岂不两全其美。"聂肃宇想了想,率先打破僵局,提出了自己的看法。

大家都觉得这个主意不错,遂分头下去打算组织群众上山伐树。没想到冯布白和村里的一些老头抢在他们前面,发动群众来了一个消极对抗,谁也不肯

上山，以至造成了今天这个局面。

想到李专员让自己组织发动其他大队的基干民兵上山砍树，再完不成任务就会像前任一样被免职，聂肃宇不敢怠慢，立即和肖青山商量召开党委会，决定从其他几个大队抽掉500名民兵，组织突击队，大干一周，砍树1500立方米。可当他们带着500名基干民兵刚一踏进红星大队二大队的地界，便遭到了该大队基干民兵连的阻拦。

强行进山必将引起群体性斗殴，聂肃宇和肖青山不敢擅自做主，立即打电话将情况向李招军作了汇报。得知不光红星公社二大队，包括与之背靠背的江口县飞跃人民公社四大队（即原双溪乡高禾村）以及绿屏山四周各大队的群众都自发地组织了护山队的消息后，李招军想，这不是反了吗？在自己的辖区居然发生刁民聚众闹事事件，如果不及时处理，将来怎么向省委和中央交代。他拿起电话接连下达了两道命令，一道是给市公安局的，要他们立即派20名干警随自己去绿屏山处理群体性闹事事件；另一道是给大甸县和江口县人民政府的，要他们各自马上组织5000名基干民兵赶到绿屏山，准备进山砍树。

考虑到红星公社二大队的群众太熟，李招军决定以飞跃公社四大队为突破口，组织基干民兵从那里进山伐树，心想只要进了山，想砍哪里的树就砍哪里的树，到时就由不得周围的任何大队了。当他带着公安干警赶到飞跃公社四大队时，眼前的情景令他大吃一惊，只见一边是手握斧头，身背长锯，准备进山砍树的数千名基干民兵；另一边是拿着扁担，扛着锄头，高举"誓与林木同在！"横幅的当地村民，男男女女，老老少少，少说也有2000多人。一方嚷着要进山，一方不准越雷池一步，大有一触即发之势。李招军当即意识到闹出事来，必将血流成河，自己将会成为罪魁祸首。他马上命令各地来的基干民兵原地待命，自己带着公安干警走进村里。

在大队办公室，党支部书记皮松文指着大队其他干部对李招军说："李专员，您是来抓人的么？要抓就把我们几个人全抓走好了，不管其他村民的事。"

"谁说我是来抓人的？"李招军反问道。

"那，您带他们干什么？"皮松文指着李招军身边的公安干警问。

李招军愣了一下，说："听说你们这里闹起来了，难道我带公安干警来维持秩序也不应该么？"见皮松文和其他大队干部一时无话可说，李招军拉下脸来接着说："你们都是党员和基层干部，对上级的指示有不同意见可以通过组织向上面反映嘛，为什么动不动就要组织群众聚众闹事呢？幸亏我们到得及时，要是双方真的动起手来，打死打伤了人，你们负得起这个责任吗？"

"真要是按组织程序办事，只怕我们去反映情况的同志还没有回，山上的树早就被砍光了。"一大队干部不服气地说。

皮松文补充说:"谈到打架的事,我们早就跟村民讲好了,'人不犯我,我不犯人'。李专员,您大可放心,我们保证不会先动手打人。"

"亏你还是大队书记,人民内部矛盾能诉诸武力吗?"李招军批评说,"先动手不对,难道后动手就有理?再说涉及数千人参与,一旦发生冲突,你能说得清楚是谁先动手吗?更何况他们上山砍树是奉命行事,而你们是违令抗拒,理本来就在人家手里。因此你们必须动员本大队的社员群众解散回家,让外地的基干民兵进山砍树。"

皮松文来了犟脾气,他挺了挺腰说:"你就是现在要将我抓走,我也办不到。"

李招军严厉地说:"以钢为纲,大炼钢铁是毛主席的指示,进山砍树解决炼钢的燃料问题是落实毛主席指示的具体部署,难道你也敢反对?"

皮松文把心一横说:"我们护林,也是为了落实毛主席'以农业为基础'的指示。'誓与林木同在'这既是我们的态度也是我们的决心,你除非将我们大队的人全部抓走,要不然也别想从我们这里进山。"

就在双方僵持不下时,正在里仁县检查工作的马玉文闻讯赶了过来。他首先将李招军叫到一间无人办公室,两人单独交换意见。

"老李,你难道忘了当年你亲口说过这山上的树林是'功勋林',胜利之后要加以保护和发展的事了?"马玉文开口就说。

一句"功勋林",将李招军的思绪带回到了当年的抗日战场:

1943年,"新四军江南特遣支队"刚从江北挺进鸽城地区不久,日寇鸽城驻军原司令长官黑田渡边大佐对新四军发起了一次大扫荡,想趁新四军立足未稳之际消灭这支抗日队伍或者将其赶出鸽城地区。由于初来乍到,人生地不熟,为防止被敌人一窝端,马玉文和李招军将特遣支队一分为二,一部分由马玉文带队深入与绿屏山相邻的云郎山开辟根据地,一部分由李招军带队活动于犬形山与绿屏山一带以牵制日军。一天李招军带领一个连下山补充军需,碰上日军一个大队,敌强我弱,新四军只好边打边退,形势非常危急,好在距绿屏山不远,新四军退入绿屏山后便隐没在了树木丛中。日寇追到绿屏山后就失去了目标,日军大队长立即分兵把守各个山口,然后组织人马分多路进山清剿。由于日军兵力分散又在明处,隐蔽在森林中的新四军在李招军的指挥下采取'打得赢就打,打不赢就走'的战术,接连消灭了敌人3个小队。日军大队长不敢再进山清剿便屯兵在各个山口想将新回军困死饿死在山上。当时正值阳春十月,

独领风骚

山上多的是野果、野菜，战士们还不时打到几只野鸡、野兔或其他野兽，李招军特意让战士们选择风刮向日军的地方进行烧烤。闻着肉香，日军大队长气得暴跳如雷，接二连三向黑田渡边求援，说新四军的主力已被自己包围在绿屏山要求进行增援。

正为找不到新四军主力进行决战而发愁的黑田渡边，接到报告得知新四军主力被包围在绿屏山后，立即命令从犬形山和云郎山撤兵，将绿屏山围了个水泄不通。黑田渡边坐在马上用望远镜对绿屏山望了很久，山上绿茵茵的树木密不透风，莫说一两百人，就是一两万人藏在里面也见不到踪影。听说山上可以食用的东西很多，一时半会困不死山里的新四军，黑田渡边决定采取铁臂合围的战术，各个山口的哨卡只留少量部队驻守，其余的日军和"和平军"则向山头平行推进，妄图把新四军逼上山头而全歼之。没料到日军从云郎山和犬形山一撤，马玉文带领的新四军和李招军留在犬形山的部队便解了围。了解到李招军带着一个连被围在绿屏山后，马玉文立即将云郎山和犬形山的新四军集合在一起对敌人实行反包围。等黑田渡边带着队伍推进到半山腰时，马玉文指挥新四军向各山口敌人的哨卡发起了猛烈的攻击，不仅消灭了各个哨卡的敌军，而且烧毁了敌人的辎重物资，运走了所有弹药。黑田渡边见山下火光冲天，知道大事不好立即命令部队火速返回。躲在密林深处的李招军立即来了一个"敌退我追"，集中火力追着敌人打，这时黑田渡边已无心恋战，退到山下见辎重物资和弹药一点不剩，知道扫荡已无法继续进行下去，只好下令撤退。临走时，黑田渡边为发泄心中的愤怒，让炮兵瞄准绿屏山把所有的迫击炮炮弹全部打光。一时山上到处火焰腾空，黑雾遮天，断树残枝被抛上半空撒得满山遍野。

敌人一走，马玉文立即带领部队冲上山来，和李招军一起组织战士和当地群众齐心协力扑灭了大火。握着李招军的手马玉文说："没想到你们无意当中退守绿屏山，不但解了我们的围，而且导致了日军这次扫荡的彻底失败。"

李招军指着山上的树木说："这一次全仗了这片山林，它们不仅掩护了我们，而且还为我们提供了吃之不尽的食物，这真是一片功勋林啊！等胜利之后，我们一定要把被鬼子炮弹摧毁的树木补栽起来，好好保护和发展这片森林。"

令他们想不到的是，黑田渡边由于在这次扫荡中造成日军（不含'和平军'）损兵折将1011人，并丢失大量军伙物资而被撤职查办，岗村宁次给他们派来了一个更为强硬的对手。

回首往事，李招军唏嘘地说："老马，从内心讲我也不想砍这山上的树木，可形势逼人啊！我们鸽城地区大炼钢的工作已处于全省的中游，再不解决燃料问题，钢铁就炼不下去，我们就要由中游变成下游，等着插白旗了。你说我能不急吗？再说山上的树砍了还可以再植嘛。"

"说得轻巧。"马玉文说，"'十年树人，百年树木'这个道理你难道不懂？一座山被砍光之后，要恢复到原来的植被没有几十、百把年是根本不可能的。这期间必然造成水土流失，带来洪涝灾害，世世代代居处于此的人怎能不反对呢？"

"那依你说，这树就不砍了，钢铁也不炼了，政府的威信不要了？"李招军心有不甘地说。

"树当然要砍！"马玉文说。李招军吃惊地望着他，只听他继续说，"问题是怎么个砍法，不能全砍只能间伐。"

"红星公社的聂肃宇和肖青山曾经提到过间伐的事，可当地群众还是不准他们上山呀。"李招军说。

马玉文笑了笑说："那是他们的宣传工作没有做到家，没有把道理给群众讲清楚，再说你让外地人进山砍树，谁能放心他们不乱砍滥伐呀。"

"你说说看，这事该怎么处理？"李招军有意将皮球踢给马玉文。

马玉文不介意地说："先让各地来的基干民兵回去，再要绿屏山四周各个大队派群众代表来和我们对话，只要把间伐的道理跟他们讲清楚了，我相信他们会自动上山间伐的，这样一来不仅炼钢的燃料会解决一部分，政府的权威也得到了维护。如果燃料还不够的话，那就只有发动几个有煤炭资源的县多采一些煤了。"

李招军想了想说："就按你的意见办罢，但人家都在热火朝天大炼钢铁，这几个公社的群众却作壁上观，只怕不符合总路线的要求吧？"

"我最近对全地区的资源情况作了一次全面调查，发现北面4县有矿产资源，但缺水现象严重，而南边5县虽然无矿却水资源丰富。"马玉文吐了一口痰，接着说，"我打算提请地委开会研究，从实际情况出发，在北4县继续大炼钢铁，在南5县则大兴水利，建它几座水库确保全地区的农田都能做到旱涝保收。中央现在不是提出要大炼钢铁，大办水利么，我们南北两地各有侧重，东方不亮，西方亮，两项只要有一项在全省争到上游，特别是力争第一，就插不了白旗肯定还会插红旗。"

眼见外地来的基干民兵撤走之后，绿屏山四周参与护林的男男女女才陆陆续续离去。

在与群众代表对话时，市林业局的技术人员先讲了间伐森林对发展林业的好处，马玉文和李招军在一一回答了群众的提问后又着重讲了利用间伐的木材

对大炼钢铁、发展经济建设的作用。代表们经过一番讨论，一致同意按林业管理部门提出的"四不伐（古树不伐，珍稀树木不伐，用材林不伐，经济林不伐）"原则进行间伐。在沿山各公社的组织下，群众自发上山接连三天将山上的杂树、枯树、长得过密妨碍主材成长的树全部砍了，累计起来也有2700立方米，基本上解了大炼钢铁的燃眉之急。

二

雨瓢泼而下，吉普车在坑坑洼洼的公路上颠簸着缓慢地向前移动，俨然像一艘小船漂浮在波涛汹涌的长江上。

"马书记，我们换个位置吧，前面比后面颠得轻，坐着要舒服一些。"坐在副驾驶席上的市农办副主任潘仕学扭过头来说。

马玉文双手死死抓住驾驶员座位的靠背说："不用了，比起我们当年在炮火连天的战场上行车要安全、舒服多了。"

同座的钱春德偏过头对马玉文说："马书记，我看这修水库只怕跟打仗差不多，据估计修这两座水库光劳动力就要超过500万。"

"是呀！这肯定是一场没有硝烟的战斗。"马玉文兴奋地说，"两处工地各同时上一两万劳动力，加上成百上千台汽车和机器设备，绝不亚于千军万马协同作战，只要一动工其场面就可想而知是何等的壮观。唉！我真羡慕莫良田和贾卫尧，他们一人兼任一座水库工程的指挥长，可以甩开膀子大干一番。"

"你是地委书记，两处水利工程谁敢不听您的？您可是不挂名的总指挥长呀，您想怎么干还不是怎么干。"钱春德说。

"那可不一样，他们当指挥长的身处一线了解和掌握实际情况，遇事可以当场拍板，当机立断。我们身处二线不能随便干预一线的工作，我们的主要任务是当参谋、出主意。要想不当瞎参谋、不出馊主意，就得深入进行调查研究，尽可能多地听取各方面的意见。现在正是动员库区群众进行搬迁的时候，它不仅关系到水库能否如期施工，更关系到千家万户生产和生活的百年大计，这就是我们这一次下来调查研究要解决的重点问题。"

车"嘎吱"一声，突然刹住。正在说话的马玉文和钱春德猝不及防，身子都扑到了前座的后背上，胸部撞得酸痛酸痛。

"小江，你是怎么搞的，究竟会不会开车？"钱春德揉着胸部愠怒地问。

"秘，秘书长，一块大石头被雨水从山上冲下来正好挡在前面的路中间，车开不过去呀。"司机小江委屈地说。

"好了，小江，我们俩下去把石头搬开不就得了。"潘仕学打开车门带头钻了出去。

马玉文拉开车窗，只见雨还在哗哗地下个不停，他将头探出去，只见潘仕学和小江用了吃奶的劲，还是没能将石头搬开，便对钱春德说："看样子我们得去帮一把才行。"

等4个人好不容易将石头挪到路边时，一个个浑身水淋淋的，身上没有一根干纱。坐进车里，小江不好意思地说："马玉记、秘书长、潘主任，对不起，劳驾您们3位领导了。"

"你就别再罗嗦了，好好开车吧！"钱春德吩咐说。

江南九月天，下雨隔扇墙。山坡这边还在下雨，上了山坡却是艳阳高照，晴空万里。

"小江，把车停下来。"马玉文用右手指了指左边的山坡说，"我们到那边坡上找个地方将衣服晒干了再走，不然会感冒的，再说这个样子走到群众中去未免也太狼狈了嘛。"

几个人来到坡上，找到一处既能看见车子又较隐蔽的树丛后，脱下罩衣罩裤凉在树枝上，每人只穿一条短裤光着膀子在草地上或坐或躺，秋天的太阳晒在身上暖烘烘的舒服极了。马玉文斜倚在一块大石板上，放眼望去，只见山坡上长满了一簇簇一朵朵不知名的野花，红的是燃烧的火，白的是飘落的雪，黄的是做龙袍的绸，一阵东南风吹过，那郁郁的花香直往鼻孔里钻，浑身那个爽呀，简直无法形容。嘿！等红宇和青山两座水库建好后，相信鸽城地区的景色比现在将更加美丽、更加迷人！马玉文心里想。

自从中央确定"以钢为纲"的大政方针后，马玉文就在琢磨：鸽城是一个矿产资源稀缺的农业地区，很难在大炼钢铁中有大的作为，要怎样才能走出一条既符合中央精神又适合鸽城地区实际情况的发展之路呢？通过一段时间的调查，他决心在大兴水利上做文章，地委根据他的建议经过认真讨论，结合当前的形势，决定采取两条腿走路的方针，一手抓大炼钢铁，一手抓大兴水利。经聘请省水利电力厅的专家考察论证，规划在江口县云郎山与玉屏山交界的红宇公社、在大甸县犬形山与玉屏山交汇的青松公社各修建一座大型水库，在全地区形成两大灌区，使90%以上的良田做到旱涝保收。规划报上去以后，省政府和国家水利部很快就批复下来，同意修建。地委和行署立即委派莫良田和贾卫尧分别担任红宇水库和青松水库建设指挥部的指挥长。眼看动工在即，身为地委书记的马玉文坐不住了，打算到库区去看看。

独领风骚

晒着太阳，枕着青石，马玉文正昏昏欲睡，突然传来一阵哭叫声。他爬起来循着声音走到山坡的一侧，发现声音来自坡下的一个只有十余户人的小山村。哭叫声中听到有妇女在骂："你个天杀的，你们修水库难道就要杀人放火不成？""谁杀人放火了？你再敢当面造谣、鼓惑人心，就按破坏生产罪把你送到公安局去。"听声音好熟的，但马玉文一时想不起来说这话的人是谁。"走！让小江留在这里守车，我们3个下去看看。"马玉文对随后走过来的钱春德和潘仕学说。

3人回到树丛后穿上干到九成的衣服，寻路下坡走进小山村。马玉文这才发现说话的原来是市委统战部副部长、青山水库建设指挥部副指挥长高笑堂，怪不得声音这么熟。只见高笑堂身后站着一排扛着铁镐、斧头、撬棍的小伙子，一个50多岁的妇女一手牵着一个孩子哭哭啼啼地挡在他们面前，四周站满了看热闹的男男女女。

"老高，你们这是干什么？弄得满院子鸡飞狗跳的。"马玉文满脸不高兴地问道。

"啊！是马书记呀。我们是来拆这家人的房子的。"高笑堂指着挡在身前的妇女说，"现在库区正搞拆迁，就这个小队一户未迁，据调查她家是个钉子户，只要她家一迁，其余的几十户就不成问题了。所以，我们今天是来拔钉子的。没想到她不但不让拆屋子，还当面造谣说我们是杀人放火。对这种胆敢对着政府干的人，非严厉打击不可。"

"你们动不动就要拆人家的屋、抬人家的猪，这和杀人放火又有什么区别？"那位妇女毫不畏惧地说。

"这位大嫂，你先别急，等我们弄清情况再说。"马玉文回过头问高笑堂，"这里应该不属库区啊，怎么会要移民呢？"

"这里不是库区，但属泄洪区，为了保证他们的生命财产安全特地给他们安排了移民点，没想到她居然不识好歹带头进行抵制。"高笑堂说。

"哦，原来是这样。"马玉文点点头，然后和蔼地问那位妇女："大嫂，你贵姓？叫什么名字？家里还有那些人？"

"免贵，姓李，叫李慈娇。家里就我带着这两个孙儿。"那位妇女回答说。

"李慈娇？"这个名字好像在哪里听过，马玉文心里一动接着问："请问你男人是谁？他现在那里？"

一提起她的男人，李慈娇的眼圈就红了，她说："我男人叫谢端宣，早在1944年被日本鬼子杀害了。"

"你果真是李大嫂？怪不得有点面熟，我是原新四军的马支队长啊！"马玉文跨前一步抓住李慈娇的手激动地说。

李慈娇更是激动得热泪盈眶，好半天都说不出话来。她从口袋掏出一块手巾擦了擦脸上的泪水，哆嗦着说："是马支队长啊，快，快到堂屋里坐。"

马玉文一行随李慈娇走进堂屋，只见堂屋正中挂着两幅遗像，左边的是一位40岁左右的男人，右边的是一个身穿军装长着一张娃娃脸的青年。左边的那位不用问，大家都知道准是李慈娇的丈夫谢端宣。只见马玉文缓步走上去对着左边的遗像接连鞠了三躬，才转过身来。

泪流满面的李慈娇走上去拉住他的手说："谢谢，谢谢！您行这样的大礼，叫我们如何受得了啊！来，请坐，大家都请坐，我这就给你们倒茶去。"

趁李慈娇去伙房里倒茶的机会，满头雾水的高笑堂惴惴不安地问马玉文："马书记，你们认识？"

马玉文正要回答，李慈娇提着一个茶壶和一些茶杯进来了，马玉文将她拉到自己身旁的一把椅子上坐下来说："李大嫂，你坐下来，让他们年轻人去倒茶好了。"这时李慈娇的两个孙子围拢了过来，马玉文将他们揽在怀里对高笑堂说："告诉你吧，这李大嫂可是我们的公安局长、当年新四军江南特遣支队侦察连连长陆相荣同志的救命恩人。"

"啊！"在座者发出了一片惊叹声。

接下来马玉文给大家讲述了发生在当年的故事：

1945年初，刚过完春节不久，陆相荣奉令独自化装进城找陈敏义同志取情报。返回时一进入云郎山，或许是放松了警惕一时大意，或许是由于走得过急出了一身热汗的缘故，他脱下棉衣拿在手上大踏步向山里走去。走了两三里路，迎面碰上七八个山里人打扮的汉子，陆相荣以为是山里的老百姓并没在意便擦身而过，刚走了几步只听身后有人喊："他身上有枪，是新四军的探子。"

"八嘎，快追！"只听有人用日语命令道。

陆相荣知道碰上日军的便衣特务了，他迅速抽出插在腰上的手枪转身一枪打倒一个特务后，立即冲进右边的树林边打边跑。特务们在后面一边射击，一边呐喊着穷追不舍。眼看就要退到一处山梁边了，陆相荣心想只要转过去依托山梁为屏障，凭自己手中的双枪和弹无虚发的本事，六七个敌人休想拢边，更不用说想要活捉他了。就在他即将转过山梁边的一刹那，一颗子弹击中了他的胸部，他一头倒在了山梁后。

正在山梁后面挖笋的谢端宣、李慈娇夫妇目睹了眼前发生的一切，谢瑞宣对李慈娇说："我去引开敌人，你快去救人。"说时迟那时快，只见谢端宣从山梁后一跃而起迅速窜进左边的树林。

独领风骚

"看,新四军朝左边跑了。"有特务在喊。

"追!活捉的皇军大大有偿,捉不到就打死他,绝不能让新四军的跑掉。"说话的显然是个日本人。

特务们刚一追进左边的树林,李慈娇立即冲到陆相荣身边背着他就往山上的山洞里跑,还未进洞就听到左边树林里响起了一阵密集的枪声,只听远远传来特务们的狂呼声:"打死了,新四军的探子被我们打死了。"李慈娇眼前一黑,身子一歪,连同陆相荣一起滚进了山洞。

李慈娇醒过来时天已黑了,山洞里伸手不见五指,她顾不上浑身酸痛,弓着腰用双手在洞内摸索,好不容易摸到陆相荣的身子,用手在他的鼻孔前探了探感觉到还有气息,她才放了心。

李慈娇将陆相荣重新背在身上,双手着地慢慢爬出山洞,在洞口摸到一根棍子才借力站了起来,然后拄着棍子一步一步地将陆相荣背到家里。

她的两个儿子正举着松柴火把等在门口。

见妈妈背上背着一个人,大儿子问:"妈,这是谁呀?"

小儿子问:"妈,我爹呢?"

"孩子们,先别问,赶快去烧开水,我要给这位叔叔清洗伤口。"进屋后,李慈娇轻轻将陆相荣安放在床上。开水一烧好,她让小儿子举着火把负责照明,在大儿子的帮助下慢慢脱下陆相荣的衣服,小心异异地给他清洗伤口,然后敷上丈夫上山打猎时备用的枪伤药。只听陆相荣轻轻叫了声哎哟又昏了过去。李慈娇将家里的珍藏的蜂蜜找出来用开水兑好,一勺一勺地喂进陆相荣的口里。

陆相荣终于悠悠地醒了过来,他睁眼四处看了看,有气无力地问:"我这是在,在哪里啊?"

"这是我家里,你被鬼子打伤后我把你背回来了。"李慈娇说。

"那帮鬼子和特务呢?"陆相荣想起了受伤前的事,担心地问。

李慈娇说:"让孩子他爹给引走了。"

"那我爹呢,他怎么还不回来?"李慈娇的小儿子问。

李慈娇终于忍不住哭出声来,断断续续地说:"你爹让鬼,鬼子打,打死了。"

"啊!"陆相荣惊叫一声又昏了过去。等他醒来时天已麻麻亮了,摸着藏在身上的情报,他想挣扎起来赶回部队,刚一起身,剧烈的伤痛又让他重重地倒了下去。

听到响声,和衣躺在对面床上的李慈娇翻身而起来到他的床边问:"兄弟,是不是哪里不舒服,快告诉我。"

198

陆相荣咬了咬牙说："大嫂，实不相瞒，我是新四军的侦察员，我身上有一份重要情报必须马上送回部队去。"

"我知道你是新四军，要不我们俩口子怎么会舍命救你。可你伤成这个样子怎么还能去送情报呢？"李慈娇低头想了想，抬起头说，"兄弟，如果你信得过我，就把情报给我，我去替你送。"

陆相荣毫不犹豫地撕开衣袖取出情报交给李慈娇，并将部队所在的地方告诉了她。

接到情报得知陆相荣负伤的消息后，马玉文立即带领侦察连的同志随李慈娇赶到她家里。

李慈娇的家实际上是一座茅草棚，前不着村后不着店，地处深山老林间。

"大嫂，这地方叫什么名字？"马玉文站在门前问。

"叫石布袋，后面不远有块石头像个布袋因此而得名。"

进屋看了陆相荣后，马玉文让侦察连的副连长安排一部人随李慈娇去找谢端宣的遗体，安排一部人去砍竹子做担架。

谢端宣的尸体抬回来后，侦察员们在布袋石旁边挖了一个坑，将他安葬在里面。马玉文亲自为其主持了一个简单而隆重的告别仪式，陆相荣在侦察员们的搀扶下跪在谢端宣的坟前恭恭敬敬叩了三个头，站起来后他哽咽着对哭成泪人的李慈娇说："从今以后你就是我的亲嫂子了，我会尽力报答你和谢大哥这救命之恩的。"

李慈娇擦干眼泪说："兄弟，别这样说，你们打鬼子还不是为了救我们这些老百姓，你伤好以后多杀几个鬼子就算给你大哥报仇了。"

临走时，马玉文在李慈娇的枕头下悄悄放了20块银元。侦察员们抬着陆相荣，和李慈娇依依告别，她牵着两个孩子送了一程又一程。

故事讲完后马玉文对李慈娇说："离开你们不久，抗日战争就进入了最后的反攻阶段，抗战一胜利我们便奉命北上了。对了，解放后陆相荣曾去石布袋找过你们两次，他回来告诉我，茅草棚早就倒了，四处找不到你们，你们怎么搬到这里来了。"

"唉！"李慈娇说，"这是我的娘家，得知谢端宣死后，我的爹娘便将我们母子接了回来。不久两位老人相继病逝，我就将摇摇欲坠的老屋拆掉，用你们留下的20块银元建了这座新屋。"

"你的两个儿子呢？"马玉文问。

"大儿子在那。"李慈娇用手指着墙上右边挂着的遗像伤感地说，"抗美援朝

一开始我就把他送到部队,结果死在了朝鲜。我那儿媳本来有病,听到消息后伤心过度不久也去世了,这两个孩子就是他们留下来的。早两年我又把小儿子送到部队去了,要他继承哥哥的遗志。"

听到这里在座的人无不肃然起敬,自觉站起来在遗像面前排成两队,向两位烈士鞠躬敬礼。

重新坐下来后,马玉文说:"像李大嫂这样勇于为革命牺牲的家庭会是'钉子户'吗?肯定是我们的政策和工作出了问题才引起了他们的意见。李大嫂,你说实话,是不是这样?"

李慈娇点点头说:"是这样。其实乡亲们都知道政府修水库是为了我们好,可好事也得好办,要把它办好啊。现在安置房还没有修,就要大家搬到别人家里去住,这又不是住三五天的事,你说多不方便呀。这还是小事,政府文件规定得清清楚楚拆迁房每平方米补助3元钱,可到手的只有2元5角钱,就是3元钱光买建房的材料都不够,更不要说工钱了。大家自然怨声载道,推举我出面找政府领导反映情况。我想人民政府为人民,肯定会倾听群众呼声、接受群众意见的,便向公社领导反映了2次。没想到他们倒把我当成了'钉子户',从地区和县里领导那里搬兵到这里拔钉子来了。"

"文件规定折迁房每平方米补3元,你们怎么只补2.5元?"马玉文望着高笑堂说。

高笑堂回答说:"是3元呀,只不过每平方米扣出0.5元用作指挥派车派人帮他们搬运家具的运输和人工工资而已。不光我们指挥部是这样做的,青山水库指挥部也是这样布置。要不这笔钱从哪里出?"

"春德同志,我看这次调查研究就从这个生产队开始,你让人通知生产队派六七个代表来这里开座谈会,笑堂也参加。至于带来的民工让他们先回去,等搞完调查研究,商量出具体办法再说。"

马玉文、钱春德一行在青山水库的泄洪区和库区一连调研了三天,然后将红宇水库建设工程指挥部的正副指挥长约到青山水库建设工程指挥部召开了一个联席会。首先由两个工程指挥部的有关同志通报移民安置情况,发现进度都很缓慢,群众抵触情绪很大。然后,由钱春德将调研情况向大家作了通报。

马玉文在发言中说:"移民安置工作进展缓慢,从表面上看来自群众的抵触情绪,但深层次的原因却是我们的工作思路、工作方法和具体的政策措施不适合民情,不符合民意。我们一切工作的出发点是为人民服务,改善人民生活,我们修水库的目的也是如此。可我们现在的做法却与我们的主观愿望相悖,移民安置房没有建好就强迫群众进行搬迁，这不等于是让群众流离失所。我的意见是要调整工作思路，先建房再搬迁。而且要做到新址的环境不差于原址，新址的面积不少于原来，新房的质量不低于原房。"

"我同意。"兼任青山水库建设工程指挥部指挥长的贾卫尧说，"屋子不建好不仅拆迁户有意见，而且相当一部分参与建设的民兵和群众也不安心，因为他们自己的家也在移民之列。问题是这样一来，水库工程的建设时间可能要推迟。"

兼任红宇水库建设工程指挥部指挥长的莫良田说："关于先建房再搬迁的事这几天我也在琢磨这件事，但一直拿不定主意，正准备回去向地委和行署请示。至于会不会拖延水库工程建设的时间，我看问题不大，我们可以让那些木匠、泥瓦匠及其他所有懂得建房技术的农民提前上马，集中进行修建。这样既可以节约成本又可以抢抓时间。"

经过进一步深入讨论，会议做出了"先建移民安置房再动员拆迁户进行搬迁"的决定，并规定了区别对待的政策，即愿意自己建房的拆迁户一律按照每平方米3元的标准一次性全额补助到户，不愿自己建房的由工程指挥部按马玉文提出的"三不"原则统一进行修建。所有拆迁户在搬运时均由工程指挥部派车派人负责，其费用计入水库工程成本，不需拆迁户承担。

"轰！轰！轰！轰隆隆！"随着开山炸石的爆炸声，一朵朵黄白色的烟雾腾空而起。

"开工啰！""庆祝红宇水库灌溉渠工程正式开工！"山脚下数以千计的水利大军欢呼雀跃。

莫良田此时此刻也站在欢庆的人群中，参加联席会议回来他就一直在思考着这样一个问题：移民工作改为先建房后拆迁之后怎样才能保证整个工程按时完工呢？虽然自己在会上提了由修建水库的泥木工集中建房以节约时间的建议，并且得到了采纳，但此举能否100％保证工程进度自己并无把握。望着贴在指挥部墙上的巨大施工设计图，他的眼睛停在了灌溉渠上，这条主灌溉渠由南到北总长达176.5公里，贯穿了鸽城的东南和东北，在清风县境内的大古山与红宇水库贯穿鸽城西南和西北的主渠道汇合。灌溉渠的工程量占到了整个水库工程量的57％。既然库区内因需要移民暂时无法施工，我们何不改先修大坝为先建渠道呢？他把自己的这一想法在电话里和贾卫尧进行了沟通，没想到青山水库建设工程指挥部也正在研究这个问题，真是心有灵犀，不谋而合啊。指挥部一声命下，第3天万名民兵就开进了渠道沿线的各施工点。眼前这个勒石渡槽

工程是整个灌溉渠工程的重点和难道，因此莫良田将前线指挥设到了这里。

山坡上的硝烟刚散，莫良田对身边'前指'的人说："走！上去看看。"

这是一座石山，山上的民兵正在采集石头用做修建渡槽桥墩的主材。听着满山遍野的"叮叮铛铛"声，莫良田不由地加快了脚步。

"妈的，这鬼石头比铁还硬。"一个20来岁的小伙子用荆刺挑着手上的血泡说。

"石头越硬越好啊，你总不能用风化石去建桥墩吧，要知道这渡槽可是永久性工程呀！"站在小伙子对面手握铁锤的中年汉子说。

"说得好！"莫良田走过去拾起小伙子脚边的钢钎说，"你先休息一下，让我来。"

"这怎么行？莫书记，您是干大事的人，怎能让您干这种粗活？再说万一我一失手砸了您的手，我可负不起这个责任啊。"中年汉子惶恐地说。

莫良田笑了笑说："怎么不行？当兵之前我和你一样也是农民。你尽管放心甩你的铁锤就是，包你打不到我的手。万一失手砸伤了，我有公费医疗，绝对不要你负责。"说完他就扶起了钢钎。

中年汉子牙一咬，双手一扬铁锤便砸了下去。他每砸一锤，莫良田便将钢钎轻轻一转，两人配合得相当默契。见指挥长亲自参战，"前指"的工作人员不敢怠慢都纷纷上阵，或参加打炮眼或参与搬运石头。

站在一旁的小伙子看傻了眼，好半天才说："莫书记，没想到你还真会打炮眼呀，瞧您那模样就像是个老把式了。"

"告诉你吧，打炮眼这种活我们在部队干得可多了。你想想看，挖战壕、修工事哪样离得开放炮砸石头。"莫良田说。

小伙子说："那也是战士们干的活啊，还轮得上你们这些当官的?"

"当官也得从战士干起啊！"莫良田说，"更何况解放军提倡的是官兵一致，当兵的能干的事当官的也要能干。我们这次修水库，主力军是民兵，也要倡导官兵一致，甘苦与共。"

"好了！您都打了差不多2尺深了，让我来吧。"小伙子说。

"不行，今天上午我包了，等打好这个炮眼后，我再跟这位师傅换着干，他来掌钢钎，我来轮铁锤。对了，你去告诉你们队长，从今天开始只要我在前线指挥部就请他每天给我安排半天的活。"

指挥长亲自干活打炮眼的消息就像长了翅膀似的立即传遍了整个工地，榜样的力量是无穷的，整个工地掀起了你追我赶、抢进度、讲质量、多快好省修水利的高潮。短短25天，勒石渡槽4个高达11.8米的桥墩便拔地而起，不到半个月长度为 32 米的渡槽就拆了模板。已经两天两夜没有休息的莫良田终于松了一口气，回到前线指挥部便一头倒在床上准备好好睡它一觉。

"轰隆！"窗外传来一声巨声，莫良田一跃而起。不好！工地上已有半个多月没有放炮采石了，哪来的爆炸声？莫不是哪里出事了？

刚一冲到门口，眼前的景象便让他惊呆了，刚才还好端端的渡槽全部垮了下来，只剩 4 个桥墩孤零零地耸立在那里。

莫良田跑过去第一句话就问："伤了人没有？"

施工现场的负责人告诉他："当时在渡槽上施工的有 11 人，已找到 8 人，其中 3 死 5 伤，还有 3 个人被埋在下面。"

"在场的所有人全部给我动手，就是用手挖也要把他们立即救出来！"莫良田大声吼道。

马玉文闻讯从鸽城带领医务人员、水利工程技术人员赶来了。

正在清风县"鸽城地区大炼钢铁总指挥部"坐镇的李招军率领相关救援人员赶来了。

已由工地医务人员做了初步、紧急处理的 5 名受伤民工，被鸽城中心医院的救护车争分抢秒地拉走了。望着工地上并排躺在油毛毡上的 6 具尸体，马玉文口里喃喃地念着："怎么会这样呢，怎么会这样？我们不是一再强调要确保工程质量，注意施工安全么？"

李招军铁青着脸一言不发。

莫良田痛苦得脸都变了形。

负责工程质量的红宇水库建设工程指挥部副指挥长刘泽民说："我们是严格按照规定的用材标准和施工程序进行作业的，质量应该没有问题啊！"

"既然这样，我问你，这么重大的安全生产事故是怎么发生的？"李招军厉声问。

"这些钢材是哪里产的？"一个身穿皮茄克、带着宽边眼睛的人站在废墟上，手里扬着一节钢筋问。

见许多人疑惑地望着他，马玉文连忙说："对不起，刚才忘记给大家介绍了，这是同我一起来的省水利电力厅总工程师潘书汉同志，今天刚从省城来我们地区检查工作就碰上了这起事故。"

刘泽民说："这些钢材都是我们地区钢铁厂生产的呀，怎么，质量有问题？"

潘书汉举起手中的钢筋朝桥墩上猛力一砸，只听"铿锵"一声，钢筋便断做了两截。

"乱弹琴！你们这简直是拿百年大计的水利工程在开玩笑，这种钢材用来修渡槽，不垮才怪呢。"潘书汉气愤地说。

李招军刚才还铁青的脸一下变得惨白。

"现在就结论，恐怕为时过早。我的意见是将钢材和水泥等主要原材料都送到省里去化验一下，等化验结果出来以后再说。"莫良田说。

"化验可以，但现有的钢材必须全部封存，一根也不准再用！"潘书汉不容商量地说。

马玉文立即表态说："好，就这么办。现在第一位的工作就是抢救伤员和处理好死者的善后问题，死者所在公社大队的领导同志必须全力配合指挥部做好死者家属的工作。同时，我建议整个工程停工一天，不！停工两天，组织所有参战人员坐下来认真学习有关安全生产的规定，研究制定安全施工的具体措施，一定要使'百年大计，质量第一'的意识深入人心，坚决预防并杜绝重大安全生产事故的发生。"

化验结果很快就出来了，问题果然出在钢材的质量上，一是渣滓多，纯度不够；二是钢材缺乏韧性，没有耐压力，造成这种情况的原因非常简单，一句话就是炼钢技术不行。

鸽城地委和行署经过研究立即做出了三条决定：

1. 所有高炉停止炼铁炼钢，全面进行整顿；
2. 封存本地产的所有钢材，不许进入流通市场；
3. 凡两大灌区使用本地钢材已经建好的工程，一律推倒重建。

在整顿当中鸽城地区曾轰轰烈烈的大炼钢铁运动，终于偃旗息鼓，寿终正寝了。

寒风刺骨，滴水成冰。

大年初三，青山水库工地便红旗漫卷，战鼓震天。大坝两边山坡上用石灰书写的巨幅标语"百年大计，质量第一"、"多快好省，建好大坝"十六个字在数里之外就看得一清二楚。

设计32米的大坝已建到26.7米了。大坝上推土机、压路机在喘着粗气不停运作，担土的民兵在大坝和两边的山头上来回奔跑着，人们在比拼着看谁挑得最多、最快。

一辆北京吉普从临时公路上开上大坝，马玉文、李招军、钱春德和潘书汉等人从车上走了下来。

"请问，贾指挥长在哪？"马玉文问从身边走过的一名技术员模样的人。

那人扭头指着一个头带斗笠、肩挑篾筐、正在倒土的人说："看，那不就是贾指挥长吗。"

马玉文走过去握住贾卫尧满是老茧的手说："老贾，赶快通知指挥的领导成员开会，有紧急事情需要研究。"

在指挥部会议室，与会人员刚一坐下来马玉文就指着潘书汉介绍说："有的同志可能还不认识，这位就是省水利电力厅的总工程师潘书汉同志。据省气象局通报，今年春天雨季提前了，3天后即大后天，青山水库库区，特别是资梁河上游将有一场暴雨，我们的水库可能要面临极其严峻的考验。具体情况请潘总给大家详细讲一讲。"

潘书汉走到墙上挂着的巨幅施工设计图前，指着资梁河与青山水库连接处的豁口说："这个豁口叫驼峰口，它的两边都是高山。我们当初的设计是从这里将资梁河的水引进青山水库。这条资梁河的发源地在邻省，是我省与邻省水势最急的一条河。据气象部门通报，3天后我们库区及资梁河上游沿线将会下一场大暴雨，雨量将达180到200毫米以上，到时资梁河上游各高山峻岭的水会瞬间汇集到资梁河滚滚而下，到达驼峰口时洪水每秒可能达到10000到12000立方，由于水势急、水流量大，洪水肯会会漫过驼峰口涌入尚未建好的水库。"

"啊！"人们无不大惊失色。

"问题的严重性还不在这里。"潘书汉说，"前两天邻省水利部门在排查病险水库时，发现资梁河上游建于民国10年的一座大型水库——铜岩峡水库，由于年久失修已严重开裂，再一涨水，必垮无疑。为此邻省已报中央批准，过两天就开闸放水，直到把水放干。而该水库的水最少有40%将经资梁河排泄，一旦这些水与暴雨造成的洪峰汇合，很可能形成每秒超过15000到18000立方的洪流，冲垮都梁河，淹没沿河两岸的房屋庄稼。"

人们听了后莫不倒吸一口凉气。

"同志们，资梁河一垮将殃及2省4个地区17个县逾1000万人口，为此中央和省委要求我们要顾全大局，提前掘开驼峰口将水引进青山水库，把青山水库作为一个临时的缓冲区。"马玉文说。

"要使青山水库成为一个缓冲区，谈何容易。"李招军接过话说，"我们的大坝远未建好，大坝的土坝还差6米多高不说，大坝护坡的石墙还只砌到18米高，离现有的坝高还差8米多。万一洪水超过18米，这些土坝经大水一泡势必大面积塌方，最后导致整个大坝被洪水摧毁，那么下游3县197万群众就会遭殃。"

贾卫尧一拳锤在桌子上说："娘的，我们一定要确保大坝安全，做到人在大坝在，绝不能让我们辛辛苦苦干了好几个月的大坝在这次洪水中垮掉。"

"对！铜岩峡放水降压是中央的决策，是大局，我们必须服从，在暴雨来临之前一定要掘开驼峰口。"马玉文双手撑在桌子上，站起来说，"同时，为了确保我区下游3县197万父老乡亲的生命财产安全，我们要不惜一切代价保住大坝！"他缓了口气，接着说："但怎么保，我们得听专家的。潘总，您还得给我们出谋划策才行呀。"

潘书汉谦虚地说："出谋划策谈不上，最多只能当当参谋。从目前来看，办法只有两条。一是必须在两天内将护坝的石墙砌到26米的高度；二是将原设计的泄洪道再降低3米，使之低于现有大坝2米，让洪水能通过泄洪渠排出去，到时再将所有已建好的闸门全部打开，无论如何要确保库内的水位不超过24米。"

"没问题，散会后我马上安排人在两天内将泄洪道再炸下去2米，并增加砌护坡即石墙的劳动力，保证要多少有多少，一天三班倒，24小时不停工，不！一天再增加6个小时，干他30个小时，保证在两天之内将将护坡的石墙砌好。"贾卫尧说。

"一天只有24个小时，你要干30个小时，这多出的6个小时从哪里来？"钱春德不解地说。

贾卫尧呵呵一笑说："以前每班要吃两餐饭，一餐要耽误一个小时，我准备组织一支突击队每到吃饭的时间便顶上去，这样不就抢回来6个小时了吗？"

"好得很，我同意贾副书记、贾指挥长的安排。不过，我还是有一点担心。"潘书汉说。

马玉文望着他问："你还担心什么？"

潘书汉叹了一口气说："我担心的是，万一到时水位超过26米怎么办？要知道在两天内要将大坝再填高几米是不现实的了。"

大家都感到这是一个难题，好半天谁也没有吭声。

马玉文的目光停留在施工设计图上，此时这张设计图仿佛就是当年淮海战场的作战图。他突然想起了当年国民党军队将军车围成一圈代替战壕的事，心里不由一动，他说："能不能这样，到时将所有大货车装上石头，从大坝这头到那头一辆紧挨一辆，排它一列，一列不行就排两列。同时在车上堆满用麻袋装的泥沙，眼看水位快涨到26米时立即将麻袋塞入货车底下和货车之间的空隙。估计这样一来最少可以增加两米的高度。"

潘书汉想了想说："这个办法可以，每台大货车装上石头的重量达十几吨到二十吨，洪水应当冲不垮。为了保险起见，最好还是排两列并做到首尾衔接。"

马玉文再次站起来说："既然这样，就不再讨论了。现在时间非常宝贵，一分一秒也不能耽误。为防止万一，确保人民生命安全，请李招军和钱春德同志立即回去组织下游3县群众进行疏散，务必在后天晚上12点前将群众疏散到安全地带。我留在这里和莫良田同志负责组织抗洪，现场技术及施工请潘书汉同志负总责，所有人员、设备及物资都要服从他的调遣。大家还有什么不同意见吗？"

"没有！"

马玉文、贾卫尧和潘书汉等人来到驼峰口，站在岸边，只见资梁河在两座大山的脚下由东向西奔腾不息，到了驼峰口，对面的山仍然高耸入云，这边的高山却突然裂开了一个50米长的口子，河床离岸不到二三米。岸的这一边是深达18米的一个峡谷，正是看中了这一地方才决定在峡谷下方修建青山水库，将资梁河的水引入库区。

"马上安排人在驼峰口打好炮眼，装好炸药，只要铜岩峡水库一放水马上就进行爆破，将水引入水库。"潘书汉说。

贾卫尧回答说："已经安排了，人随后就到。"

潘书汉指着左边山上距离资梁河不到10米高的一个小平台说："我决定在这里设一个临时水文观察站，从地、县水利部门抽掉三四个同志届时24个小时守在这里，随时随刻观察水流量以向指挥部进行报告。请贾指挥长派人在这里搭建一个临时棚子，安排一台专线电话。"

"没问题，我就要他们去落实。"贾卫尧说。

一行人回到大坝，天已黑了。工地上灯火通明，如同白昼。

马玉文对贾卫尧说："今晚我值班，你好好休息。"

"这怎么能行，我是指挥长，关键时刻怎么能去休息呢？"

"你看你，两眼都熬得布满血丝了，还不休息一下行吗？再说，明、后两天才是决战的关键时刻嘛。"马玉文说，"为了能有充沛的精力打好这一仗，从现在开始包括潘总在内，我们3个人必须轮流值班，轮流休息。"

马玉文走到山上的采石场从一抬石头的民兵手中抢过抬扛说："小伙子，你先休息一下，让我来抬。"

马玉文在前，另一民兵在后，两人抬着一块大石头向大坝走去。卸下石头在返回的路上碰到副指挥长王光群，马玉文叫住他说："光群同志，你安排人从明天起要加大爆破采石的力度，并将所有能腾出来的货车装满石头备用，免得

洪水来时手忙脚乱来不及。"

"好的！"王光群满口答应。

看到这架式，和马玉文一起抬石头的民工吃了一惊，他悄悄问旁边的人说："这人是谁呀？"

"你这人才怪呢，你跟人家一起抬石头还不晓得他是谁？我告诉你，他就是地委书记马玉文同志。"

抬石头的民工吃了一惊，感到既高兴又紧张，他对马玉文说："原来您是马书记呀，带个头就行了，快忙您的大事去吧。"

"现在第一位的大事就是抢修大坝的护坡石墙！你叫什么名字，这一班我们两就结对干到底了。"马玉文说。

"我叫李洪毅，抬一晚的石头，您的身体吃得消吗？"

"你都抬了几个月了，我才抬一个晚上，怎么说也扛得过去呀。"

来到一块少说也有200多斤重的石头面前，马玉文停下脚步拿起钢丝就往石头上套，旁边的民兵知道他的身份后都劝他抬块轻一点的。

"没关系，就抬这一块。上肩！"马玉文一声吆喝就和李洪毅将石头抬了起来，但石头太重，他的两脚有点打颤，李洪毅便悄悄将拴石头的钢丝往后挪了挪。两人一步一步，慢慢将石头抬到了大坝砌护坡的地方。

再抬石头时，走在后边的李洪毅总要悄悄地将拴着石头的钢丝往后挪一点。抬了三趟，马玉文觉得不对劲，回到采石场时对李洪毅说："小李，怎么我觉得这石头越抬越轻，你莫不是在后面搞什么小动作吗？"

"怎么会呢，在你这个大书记面前，我就是吃了豹子胆也不敢呀。"

"您别听他的，他就是这么憨，做了好事也不肯承认。"说话的是一个正往麻袋里装碎石的秀气姑娘。

"姑娘，你是谁呀，怎么会晓得他憨呢？"马玉文打趣地问。

这一问，姑娘满脸通红，陷入窘态。

"哈哈！他是李洪毅还没过门的媳妇，叫罗淑花，要不怎么会心痛他嘛。"旁边一个正在弯腰抬石头的小伙子站起来说。

"你们谈了几年了，准备什么时候结婚啊？"马玉文问。

"几年？两个月还没到呢。他们俩都是工地上的劳模，在前两个月召开的劳模会上才认识的。人家是英雄惜英雄，他俩是劳模爱劳模呀。"说话的还是先前的那位小伙子。

"不错，不错！等你们结婚时，可得请我去喝杯喜酒呀！"马玉文说。

"真的？"罗淑花高兴得跳了起来。

马玉文点了点头说:"只要我不出差在外就一定来,出差了也会给你们发封贺信表示祝贺。"

再抬石头时,马玉文坚持让李洪毅抬前,他抬后。一直干到晚上12点整。第二天一觉醒来,他感到两个肩膀火辣辣地痛。在和贾卫尧、潘书汉分工时,他主动提出去给麻袋装河沙,贾卫尧去大坝参加砌护坡,潘书汉则去泄洪道口参战。3个人在工地上都干了一整天,晚上由贾卫尧值上班,潘书汉值下班。马玉文又瞒着大家,悄悄到工地上干了3个小时才回指挥部睡觉。

一日三班连吃饭都不歇工,加上各级领导身先士卒,以身作则,工程进度比平时翻了一翻。这天下午3点,泄洪口降坡成功,大坝护坡的石墙已砌到了25米,只差1米和现有的土坝就一样高了。这时距铜岩峡水库放水还差7个小时,离气象部门预报的降雨时间还差整整一天。马玉文、贾卫尧、潘书汉和指挥部的其他领导都暗暗松了一口气。

"起风了!"有人大声喊道。马玉文抬头一看,对面山头上挤满了乌云。不好!他抬脚就往大坝上跑,他前脚刚进临时搭建的观察台,贾卫尧和潘书汉后脚就跟了进来。乌云正迅速由北向南朝库区上空飘来。

"看样子会提前下雨了。"潘书汉说。

"马上进行动员,全力投入抢险!"马玉文果断地说。

贾卫尧走进指挥部播音室,高声喇叭里立即响起了他的声音:"暴雨马上来临,所有人员按原定方案立即投入抢险!"

正在休息、准备上下一班的民兵提前走出来了。

已经下班、正准备上床睡觉的民兵重新走出来了。

除了值班守电话、守仓库的指挥部工作人员和施工技术人员全部走出来了。

一支支队伍按照原定方案跑步奔向各自的岗位。

"报告!省政府急电。"值班人员跑到马玉文、贾卫尧跟前将电话记录本递给贾卫尧。

贾卫尧看了一眼后递给马玉文说:"省政府的电话说由于大雨可能提前,邻省已报请中央同意,铜岩峡水库提前5个小时,将于今晚7点开闸放水。"

马玉文抬起手腕看了看表,已经是下午5点1刻,他说:"现在离放水时间不到两个小时了。潘总,你看什么时候炸驼峰口为宜?"

潘书汉抬头看了看天,担忧地说:"到6点半钟再炸不迟。现在的问题是乌云越来越密,越来越低,只怕不等铜岩峡水库放水这边就会下雨了。可护坝的石墙还剩一层没砌好啊。"

独领风骚

"我去,保证在 6 点半之前将护坡石墙全部砌好!"贾卫尧说。

"不行!你是指挥长,情况越来越紧急,你怎么走得开。还是我去吧。"站在一边的副指挥长王光群说。

"还是让老王去吧。"马玉文说。

"你让他们先铺好水泥沙浆,然后再将石头铺上去,有时间就勾缝,没有时间就算了。千万不能砌好一块再砌一块,那样时间就来不及了。"潘书汉叮嘱说。

"知道了!"王光群回答时,人已跑出去 30 米了。

"驼峰口,驼峰口,"潘书汉抓起早就安装在大坝上的专线电话大声喊道:"指挥部已经决定下午 6 点半准时进行爆破,请抓紧时间做好引爆前的一切准备工作,爆破后注意随时测量水流量,报告指挥部。"

"马上分头通知东西两个山头的采石场抓紧时间装车,货车装好石头与盛满泥沙的麻袋后立即开到大坝上按照顺序排列好,一分钟也不许耽误。"贾卫尧交待站在身边的两位工作人员。

一辆辆空车呼啸着冲进采石场,一台又一台负重的货车喘着粗气爬上水库大坝。

一道长长的闪电从天空直插下来,"啪""轰"一声接一声震耳欲聋的春雷在峡谷中爆裂,倾盆大雨从天上倒了下来。

"妈的,气象台的人都是吃干饭的,预报下雨的时间差不多提前了一天。"不知是谁骂了一句。

马玉文看了看手表离 6 点半钟只差 5 分钟了,他向潘书汉点了点头,潘书汉抓起专线电话:"驼峰口,驼峰口,听到没有,爆破员马上就位,准备引爆。"

周围的人全都屏声静气,默不做声,两眼死死盯住驼峰口方向。

潘书汉右手紧握的拳头向下一压,大喝一声:"点火,炸!"

只听十里之外传来"轰隆隆"三声巨响,接着就是"哗啦啦"的一片水声。工地上所有的探照灯早就安装到了大坝上,两里之内一片光明,但远处却是黑蒙蒙的,什么也看不清楚。

"报告指挥部,爆破成功!驼峰口河岸按计划被炸开 30 米。"潘书汉将手中的话筒置于一个半导体手提喇叭边,让周围的人听得清清楚楚。

"现在河里的水位多高?水流量是多少?"潘书汉问。

"水位 0.75 米,比下雨前高 0.13 米;水流量为每秒 4500 立方,比下雨前多 1730 立方。"

"水来了,水来了!"工地上响起一片惊叫声,只见河水贴着库底正缓慢地向大坝流来。

潘书汉见大家刚才还紧张的心情松了下来,先是在鼻孔里"哼"了一声,接着说:"大雨才开始,山上的洪水还没下来,等到铜岩峡水库一放水,再加上山洪暴发,水库里的水不疯涨才怪呢。"

他的话刚落音,电话里便传来了驼峰口临时水文站的报告声:"涨大水了,水位一下窜到了 1.42 米,水流量为每秒 13500 立方。"

只听远处传来排山倒海的水响声,转眼间一股洪流像一头巨大无比的猛兽向着大坝扑来,洪水撞在大坝上发出尖厉的"哗啦啦"的呼叫声,掀起的浪花足有一丈高。

"肯定是铜岩峡水库提前放水了,降雨不到 20 分钟,山上的洪水还来不得这么快。"潘书汉说。

指挥部的一个值班员上气不接下气地跑过来说:"省政府值班室来电话说,铜岩峡水库又提前半个小时放水了,让我们赶快做好抢险抗洪的准备。"

"小帅,你马上去大坝右边挡头看看,护坡的石墙还剩几米长没有砌好?催他们限时半个小时完工。"马玉文大声命令站在身旁的一个工作人员说。

贾卫尧对另一名工作人员说:"你去播音室告诉他们通过高音喇叭通知两个采石场,让他们装车的速度再快一点,越快越好!"

"不好了,有人掉进水库里了!""不得了,快救人啊!"接到命令的人刚走,从大坝右边挡头就传来一片呼喊声。

"潘总,你留在这里指挥,我和老贾过去看看。"马玉文吩咐一声就和贾卫尧朝右边奔去,来到右挡头只见不少人聚集在那里正朝水库里指指点点。

"出什么事了?"马玉文挤进去问。

王光群沉痛地说:"刚才李洪毅抬着最后一块护坡石过来,走到坝边边上时抬后头的民兵因为下雨路滑一个趔趄朝前冲了一下,毫无防备的李洪毅便掉进了水库,一眨眼的功夫就被巨浪卷得不见踪影。已经派了两个水性好的人穿着救生衣,带着救生圈下去救去了,但水势太急,波浪太大,救到的机会很小。"

"只怕人早就被洪水从打开的闸门中冲出去了。"人群中有人说。

"马上派两个班的民兵分别沿泄洪渠和灌溉渠去找!"马玉文说。

"是!"王光群当即转身安排去了。

马玉文发现护坡的最后一块石头已经在砌。

老天仿佛被雷电撕得四分五裂似地,大雨哗哗地浇个不停,身上的雨衣不起半点作用,所有人的衣裤早就湿透了。工地上灯光朦胧,指挥员的口令声,半导体喇叭的呼叫声,抬石头、扛麻袋的号子声响成一片,整个工地真正成了一片战场。

马玉文和贾卫尧回到潘书汉的身边，只见潘书汉牙关紧咬，脸色苍白，好一会才艰难地说："山洪暴发了，刚才水文站报告，驼峰口上游资梁河的河水已经涨到 9.75 米，水流量超过每秒 20000 立方。"

河水汹涌不停地从驼峰口倒进水库，库水疯长，长 11 华里，平均宽达 1.75 华里，大坝高度已达 26 米的青山水库差不多正以每分钟长高 0.075 米的速度在攀升，而且攀升的速度在不断加快。灯光下浊浪翻滚，洪水像一条土黄色的猛龙在水库中疯狂地扭动，冲到岸边的洪水浪花飞溅，啸声震天。

雨越下越大，库水越长越高，装满石头沙袋的货车在大坝上越排越长。马玉文和贾卫尧举着半导体喇叭在指挥："这台车再往前开一点，车头要和左边那头排整齐。""这位师傅，你的车还要往那边靠，要紧挨左边那台车，车与车之间的缝隙越窄越好。""数数看，你们这台车的车厢上有多少人？7 个。不行，再上去几个，每台车上要保证 10 个人以上，需要抛沙袋时速度得快。"

大坝上 212 台货车做两列排得整整齐齐，车与车之间连一个人都挤不过去，每台车上都有一个民兵班，12 人站在沙袋上严阵以待。两边山头上各有数千人，每人面前都放有 2 个装满泥沙的麻袋，只要接到命令立马就可增援大坝。

当空一道闪电，又一个炸雷在峡谷中炸开，两边的山头都打了个颤，倾盆大雨下了 3 个多小时势头还不见减。

"资梁河上游的水位已超过 10 米，流量达到每秒 23100 立方。这是我省有史以来从没有过的特大洪灾啊，如果不是引水入库，下游只怕早就成了泽国。"马玉文和贾卫尧刚走进临时观察室，潘书汉就嚷了起来。

"库水呢，库水涨得多高了？"马玉文焦急地问。

"你看那边，快到 17 米了。"潘书汉用手指着水库右边说。

马玉文、贾卫尧发现水库右边一盏探照灯的聚光处，清清楚楚地标有显示水位高度的记号，说话间水位就超过 17 米的标志了。

"这该死的天，怕是被谁捅烂了，还在下个不停。"一向沉稳的贾卫尧忍不住破口骂道。

"这座水库下窄上宽，再往上涨的速度应该慢点了吧？"站在旁边的一位工作人员自言自语地说。

"唉！"潘书汉长叹一口气说，"要能慢就好了。铜岩峡水库放出来的水流量虽然不会有大的增加，但只要大雨不停，资梁河上游各山头冲下来的洪水就有增无减，由资梁河倾入水库里的水也就只快不慢，只会多不会少。"

马玉文注视着灯光下翻滚的浊浪，忧心如焚，一言不发。

时间被雨水一分一秒地洗得干干净净，晚上11点40，人们眼睁睁地看着库水超过24米的警戒线，发黄腥臭的洪水怒吼着争先恐后地从泄洪口往外挤。望着还在上涨的库水，潘书汉说："形势危险，赶快做好抛沙袋的准备。"

"老贾你回指挥部守在播音室，随时准备通过高音喇叭下达抛袋抢险的命令，我到货车上去进行指挥。具体什么时候行动，由潘总视险情而定。"马玉文沉着地说。

潘书汉说："我一个人也很难准确把握，能不能规定水位涨到25米就发预备令，水位涨到25.5米就下令抛袋填坝？"

"就这么定了。"马玉文说完就爬上了身旁的一台货车。

十二点一刻，高音喇叭里响起了贾卫尧嘶哑的声音："同志们，库水已经涨到25米，指挥部命令全体指战员作好抛袋填坝的准备，等我一声令下立即行动。"

早已等待多时的人们闻风而动，坐在货车麻袋上的人全都站起来准备抛沙袋，两边山头上的人都把麻袋竖了起来只待一声令下背起麻袋就往坝上运。

眼看水位逼近25.5米，潘书汉正准备通知贾卫尧下达抛袋填坝的命令，通往驼峰口的专线电话响了，"下降了，下降了，资梁河的水位开始下降了！"电话里传来水文观察站同志欣喜的声音。潘书汉仰头看了看，雨势并没减弱，他知道肯定是铜岩峡水库的水放干了。消息一传开，坝上、山头上响起了一遍欢呼声。

凌晨2点，肆虐了近8个小时的雷公、电母和龙王爷终于筋疲力尽，雨势开始减弱，库水也缓慢回落。除了少数值班人员外，民兵们都回营房休息去了，马玉文、贾卫尧、潘书汉和指挥部的其他领导放心不下仍然站在观察站观望。直到凌晨5点雨才完全停了下来，库水也降到了24米以下。

"潘总，常言道'大涝必有大旱'，为了预防旱情发生，这水库里的水能不能把它蓄下来不放干净，来它一个边蓄水边续建呢？"马玉文说。

望着洪水中丝纹不动的大坝，潘书汉点了点头说："可以，但最好等水位降到20米以下才关闸门，这样压力会大为减少，这毕竟是座新坝嘛。"

"马书记、各位领导，刚才市委值班室打电话来说，省委、省政府对我们这次抗洪抢险取得的巨大胜利表示嘉奖，嘉奖令将刊登在今天的省报上。"指挥部一值班人员兴冲冲地跑来说。

马玉文握着潘书汉的手说："真正值得嘉奖的是全体参战民兵和您，我在这里代表地委、行署和全地区的人民群众向您表示衷心感谢！"

"我有什么值得感谢的啊,我是水利总工程师,抗洪抢险是我饭碗内的事,是我的本职工作。倒是这两天我从你们身上学到了不少东西,特别是你们那一往无前、不怕牺牲的精神深深地感染了我。"潘书汉由衷地说。

"马书记,地委办还让我转告您,中央组织部通知您明天赶到北京,去中央党校脱产学习一年。"那位值班人员补充说。

"好事啊!祝贺,祝贺!"贾卫尧握着马玉文的手说。观察室顿时响起了一片祝贺声。

马玉文摆了摆手说:"这是正常的干部培训,预备通知我早就收到了,有什么值得祝贺的呢。对了,老贾,你要马上安排人寻找打捞李洪毅同志的尸体,好好进行安葬,并经行署报省政府批准追认他为烈士,同时请代我向罗淑花同志表示慰问。"

"放心吧,我马上就去落实。"

三

金黄色的稻穗在微风中轻轻地摇曳,火红的高粱在山坡上似玫瑰般地绽放。

李招军站在稻田中望着一眼望不到头的、沉甸甸的稻穗心花怒放,一扫大炼钢铁失败以来带来的不快。以钢为纲,大炼钢铁曾何等的风光,何等的火红,没想到才几个月的功夫就烟消云散,以失败告终。辛辛苦苦,耗费了大量人力物力炼出来的钢材居然成了一堆废铁。虽然没有人指责他、追究他,但他清楚那是因为碍着时代背景的原故。他急于想找机会展现自己的才干,证明自己的能力。马玉文去中央党校学习给了他这样一个机会,由他主持全地区的工作,他成了集党政大权于一身的"一把手",他一定要利用这一机会创造奇迹,创造辉煌,为自己正名,为自己捞政绩。经过深思熟虑,他把宝押在了粮食争高产、放卫星上。春耕伊始他就组织全地区 5000 名机关干部下农村"抓生产,促高产"。他还组织了史无前例的大积肥运动,连城里各家各户的地皮都掀开楼板刮光了。该播的良种都播了,该施的肥料施足了,该除的杂草除光了,就在禾苗抽穗的关键时刻江南大地遭遇了少有的旱灾。各地的官员愁得心慌、急得心跳,偏李招军不愁不急反而心里乐滋滋的。因为红宇、青山水库未雨绸缪早就蓄满了水,灌溉本地区农作物足足有余。大灾之年大家减产,唯我增产,那样才能彰显英雄本色。前两天接到省政府的通知,要求各地进行估产并预报全年粮食产量,李招军决定最后一个报,到时候好给省委、省政府一个惊喜。为此,他今天带了农办、粮食局、统计局、农科所等有关部门的同志特意来到万亩高产试验片进行现场估产。

"罗博士，凭你多年从事农业科学研究的经验，你给估计估计，看今年水稻亩产平均能够达到多少斤？"李招军满怀希望地说。

"肯定是个丰收年。"农科所被人称之为"博士"的副研究员罗铁虎一边回答，一边捧着一把稻穗在细心地数着谷粒。数完之后他又从身上掏出一个笔记本在上面写写划划。

农办、粮食局、统计局的同志也在田边数谷粒，进行计算。

罗铁虎算好后抬起头来说："大丰收，前所未有的大丰收啊！"

"亩产多少斤？"李招军喜形于色地问。

"今年的稻谷不仅穗长粒多而且空壳率少，估计亩产在780斤至820斤之间，保证不会少于780斤。"罗铁虎肯定地回答说。

李招军闻言脸色立即由晴变阴，反问道："你说多少？"

罗铁虎重复了一次，统计局的同志补充说："我们计算的结果也是800斤左右。"其他部门的同志估产也是如此。

李招军懊恼地说："亩产才800斤，离省委、省政府平均每产1200斤的要求还相差30%多啊！"

"水稻每产800斤，不仅在我们地区，在全国都是创纪录的啊！"罗铁虎仍然激动地说，"据我所知，自有史以来，我国水稻平均亩产还没有超过500斤的年份，我们地区的最高记录也没有超过600斤。"

"这些都是老皇历了！"李招军黑着脸说，"你们知不知道今年我国水稻产区，有的地方亩产平均将达到1500斤，个别高产试验田亩产将达到4000斤，这些都是我从内部参考消息和简报中看到的。我就不解今年江南大旱，除我们地区外没有不遭灾的，周边几个地区的禾苗个个比我们长得差，但是据我所知他们估产都比我们高，问题到底出在哪里？"

"可能是他们隐瞒了播种面积，这样单产自然就高了。"有人说。

"谁敢！中央和省里一再强调不准荒废一丘田一块地，更何况播种面积早就统计上报，有案可查，哪个有这么大的胆子敢隐瞒？"李招军瞪着两眼说。

同来的行署秘书长吕海风连忙打圆场说："估产嘛，难免有点不准确，我们还只看了一个地方，也许其他地方的产量要比这里高，我建议多看几个地方。"

李招军将头一摇说："今天不看了，以后再说。"

在回去的路上李招军一言不发，过了一会与他同座一辆小车的吕海风小心地说："李专员，我分析老罗他们估的不会太离谱，因为他们搞了这么多年，每

次估产上下从来没有超过 50 斤的，问题可能出在其他地区报产的技巧上。"

"唔！你说这报产还能有什么技巧呢？"李招军是聪明人，他早知道全地区七八百万亩水稻依现有的生产技术和条件平均亩产 800 斤绝对是个奇迹，真实产量不可能再高。他也知道其他地区报的产量肯定做了手脚，问题是这手脚是怎么做的，居然还能得到上级的肯定和表扬？所以一听吕海风谈到"技巧"二字他就来了兴趣。

"至于有什么技巧，我也不清楚。您看能不能派些同志到相邻各个地区去取下经，具体来说就是通过亲戚、朋友、老乡、同学去打探打探。"吕海风出了个馊主意。

李招军双手抚着额头想了想说："去打探一下也好，我原来打算回去开过地委扩大会进一步分析评估一下就把产量报上去算了，这个会就推迟两天再开吧。但是不能由地委和行署机关派人去打探，粮食产量毕竟是由下面报上来的，地委和行署不能凭空捏造呀。所以最好是由县、社两级派人去，让他们解放解放思想，这样报上来的数字就比较理想了。这件事就交给你去办，但讲话要注意方式方法，不能让人家抓住把柄。"

"好的，我办事您只管放心就是。"吕海风心领神会地说。

过了两天，吕海风来到李招军办公室神秘兮兮地对他说："其他地区估产报产的技巧摸清楚了。"

"他们是怎么搞的？"李招军急切地问。

"先放几颗卫星，让大家看清大好形势，然后再统计加估计。还有一点是瞻前顾后，左看右比，只能多不能少。"吕海风说。

"这卫星是怎么个放法？"

吕海风附在李招军的耳朵边详详细细说了一番。

李招军眉头一皱说："这样做岂不是弄虚作假，瞒天过海？"

"是呀！"吕海风故作轻松地说，"放眼全国哪个地方不是这样搞的？你没听人说，现在是下级骗上级，一级骗一级，全党都骗党中央吗？如果如实上报，一点水分也没有，产量报上去以后不仅得不到表扬，只怕还要捞上一顶右倾的帽子。"

见李招军半天不做声，吕海风又补充了一句："外出参观取经的同志回来后，干劲十足，都准备大放卫星，大幅度提高粮食产量，干不干，就是您一句话了。"

李招军想到自己好不容易当了一回"党政一把手"，如果不干出一番成绩，别说让领导了解自己，只怕连洗刷耻辱的机会都没有了，再说弄虚作假，虚报产量现在普遍得很，又不是自己一个人，既使查出来也是罚不责众，于是他一咬牙说："干！看样子不放几个卫星，地委一班人的思想很难统一。"接着他探过身去压低嗓子对吕海风说："但放卫星的点一定要选好，特别是那里的基层干部要靠得住，嘴巴要紧。同时要做得仔细，让人信以为真，无隙可乘。"

"放在您和我蹲点的大队行么？这样更有说服力。"吕海风说。

"绝对不行！"李招军断然否定说，"你也不动动脑筋，这样做人家能不怀疑？既然你们的点搞得这么好，为什么从来没听你们说过呢？放卫星的点一定要选择平时人们不去的地方，最好是有劳动模范或种田能手的生产队，那样人们才不会怀疑。"

"还是领导水平高，想得周到。"吕海风点头哈腰地说。

江口县向韶人民公社四大队第五生产队地处云朗山腹地，生产队的田土虽然多在山坡之上，但也有一个面积约 140 亩的小田垅。这一天，小小的田垅里人山人海，除了生产队参与收割的社员外，更多的是地县领导，省、地报刊和广播电台的记者以及社会各界的代表，他们到这里来的目的是要亲眼见证水稻卫星是怎么上天的。田垅里其他稻田的稻谷都收割了，就剩东边一块面积为 2.6 亩的"四方丘"，像等候点火待发的卫星一样静静地躺在那里。人们围在"四方丘"周围，只见稻秆密得风吹不进，水泼不入，稻穗少说也有一尺长，不少人好奇地捧着稻穗在数谷粒。

"真了不起，这丘田的亩产肯定有 2000 斤。真是不看不知道，一看吓一跳。原来我对报纸上宣传的小麦单产卫星、大豆单产卫星、水稻单产卫星一概不信，现在亲眼所见，不信不行了。这真是人有多大胆，地有多高产。不怕做不到，只怕想不到啊！"一个捧着稻穗刚数完谷粒的人抬起头来佩服地说。

"各位领导，各位来宾，"生产队长黄绍秦两脚叉开站在禾桶上说："马上就要开镰收割了，今天我们采取边割边打边称的办法，那边有 10 个禾桶，10 杆大秤，等会请你们派代表负责掌秤以保证产量准确无误。"

吕海风当即从记者和各界代表中挑选了 20 人，10 个负责称秤，10 个负责记数。

"李专员，您还有什么指示？"生产队长问。

李招军说："没有，开镰吧。"然后他又补充一句："各位如果有兴趣，不妨参加收割，体验一下丰收的喜悦。"说完便向社员要了一把镰刀下了田。同来的各级领导干部、新闻记者、各界代表也纷纷加入到了割禾、打禾的行列。一些怀疑其中有假、担心是将周边田里的稻谷栽到这丘田的人特意选择了割禾，并

多次偷偷将稻秆连根拔出,见禾蔸还在这才信了。善良的人们哪里知道,这丘田的稻谷全是3天前移植而来的。生产队长按上面的要求指挥全村社员将"四方丘"中穗短、空壳率高的禾全部扯掉,再从全村279亩田里一蔸一蔸地选,将所有穗长、粒壮的禾搬到这丘田,连同田里原来的禾重新密密麻麻地栽过,使原来"四方丘"的禾整整增加了5倍,也就是说这丘2.6亩田里现在实际上栽的是13亩田的禾。移植成功后,生产队长又将田里放满了水,等田里的泥巴浸泡了两天后再将水放干,这样基本上就看不出了移植的痕迹。生产队队长还一个个地叮嘱本村社员说:"放卫星是做给美国鬼子和英国佬看的,这是政治任务,谁要是乱讲就是破坏国家形象,轻则插白旗戴帽子,重则会追究刑事责任。"因此全村男女老幼不论记者和来宾怎么盘问,都众口一词地说:"这是我们精耕细作、科学种田的结果。"

上百人从"四方丘"的四边向中间割禾,割倒的禾马上被人送到禾桶旁递给扮禾的人打,打好一箩筐就过秤。整个田垅里只听到割禾的"嚓嚓"声、扮禾的"啪啪"声、称秤报数的吆喝声和记者们照相的"咔嚓"声。不到三个小时收割完毕,等称到最后一箩谷,地县统计部门的同志便开始统计数据,围在四周的人都屏声静气在等待着"卫星"上天。

"毛谷净重12416.5斤!"人群里响起了一阵欢呼声。

李招军不动声色地对罗铁虎说:"罗博士,你给算算看,这些毛谷晒干之后,亩产应该是多少?"

罗铁虎用笔在纸上两下就算出来了,他说:"毛谷晒干水分,用风车吹掉瘪谷和草稍之后的出谷率为80%到85%,这丘田里的谷粒包满,出谷率肯定能够达到85%,这样算'四方丘'的亩产应为4006斤。"

他的话声一落,全场就响起了一阵暴风雨般的掌声。

李招军满面春风地说:"不休息了,大家辛苦一下,接着去大甸县仰延人民公社七大队第三生产队再看一块'卫星田'。"

人们兴致勃勃爬上汽车,朝大甸县仰延人民公社开去。

大甸县仰延人民公社七大队第三生产队一块4亩多的高产试验田,经人们现场见证验收亩产达3994斤。两处'卫星田'的亩产加起来刚好是4000斤,当天下午这件事就见了报,标题是"鸽城地区粮食大丰收,高产试验田亩产达到4000斤!"鸽城人民广播电台更是以"特大喜讯,我地水稻卫星上了天!"为题,全天轮番进行播放。全国各地报刊立即进行了转载,传来传去有的报刊的标题便变成了"鸽城地区精耕细作、科学种田,水稻亩产平均达到4000斤!"

李招军趁热打铁,参观回来吃过晚饭便主持召开地委扩大会议。他开门见山地说:"同志们,参加今天会议的有全体地委委员和不是地委委员的行署组成人员以及相关部门的负责同志。会议议程只有一项,即审定全地区的粮食产量。明天是省委、省政府规定的报告粮食产量的最后日子了,再不报就会影响到省里向中央报告的时间和数量,谁也负不起这个责任。下面请农办主任先汇报有关情况,再由统计局局长汇报根据各县报来的数据进行统计的结果。"

农办主任王光盛年方40出头就秃了顶,他汇报说:"半个月前省政府就要求各地进行估产并预报产量,招军同志为慎重起见亲自组织农业科技人员到现场进行评估,预计亩产为800斤左右,而各地报的产量平均亩产为1180斤。当时我们就感到科技人员的评估过于保守,因为是估产,未经行署办公会和地委研究,我们农办就按亩产1180斤上报了,没想到受到了省里的严厉批评,说我们是有意瞒产。省里指出今年全省的水稻就数鸽城地区长得最好,但我们预报的产量在全省14个地市是倒数第二。因此,省里要求我们这次必须如实填报,不能有任何隐瞒,否则将进行责任追究。"

"现在全地区的水稻已收割75%,根据收割的情况进行测算,现在有三种不同的数据,需提请这次会议进行审定。"统计局长白正朝由于眼睛高度近视,几乎是双眼贴在报表上念道,"一个是我们统计局根据各县报的数字进行汇总后得出的数据,平均亩产是2016斤;一个是农办会同相关部门进行抽样调查得出的数据,平均亩产是1880斤;还有一个是农技人员经现场测算得出的数据,平均亩产是1412斤。"

"大家都听清楚了吗?"李招军问,见与会人员都点了点头便接着说,"前次预报产量时,我们受到了省里的严厉批评。现在看来省里的批评是完全正确的,因为即使是按农技人员测算的结果平均亩产1412斤,产量也远远超出估产时上报的1180斤,更不用说平均亩产800斤的数字了。本来按统计法的规定应当按照统计部门统计的结果上报,但为了落实省委'如实填报'的指示,故请参加会议的同志进一步进行审定。"

莫良田第一个发言说:"我主张按农技人员测算的平均亩产1412斤定,理由是他们对产量的确定有一定的科学依据和多年的实践经验,过去几年他们测算的结果和最后收割入库的产量以及统计部门统计的结果,误差从来没有超过3%。据参与测算的一些农业科技人员同我讲,他们进行现场测算时抽的都是各县长得最好的稻田,也就是说严格地讲全地区地的亩产还达不到1412斤,这里面多少还有一些水分。同时,我们大家都知道在科学种田上我们并无大的突破,单凭深耕细作,多施肥料亩产就比历史上的最高年份翻了三番,这已是一个了

不起的奇迹,也可以算得上是放了一颗大的卫星。"

"我赞同莫书记的意见,"一地委委员发言说,"不是我不相信统计部门的报表,现在下面汇报数字都有一些好大喜功,弄虚作假,报喜不报忧。实事求是地讲,亩产1412斤的数字还比较接近实际,我今年在清风县和平乡七大队第一生产队蹲点,我们的水稻虽然不敢说是全地区长得最好的,但最少也在中等偏上,亩产也只有1276斤,还在平均数之下。昨天看了现场后,全地区确有一些高产卫星田,但这毕竟是极少数,只占总田亩的百分之几。这样高扯低,平均能够达到亩产1412斤已经到了顶点了。

见情况不对劲,李招军看了吕海风一眼。吕海风心领神会连忙发言说:"两位领导讲的确有道理,但我们鸽城地区今年的水稻在全省长得最好,这是各个地区都公认的事实。昨天大家都见证了水稻卫星田的产量,不仅见了报,而且全国各地的报刊都进行了转载,这也是一个事实。据我们得到的信息,全省的产量就差我们地区没有上报了,其他地区上报的产量平均亩产最少的也有1580斤,高的达到1890斤。如果我们报1412斤,那是全省倒数第一。如果省里追问起来,我们怎么解释水稻长得最好产量反而最低的问题?还有一个最麻烦的事就是统计部门汇总的数据,如果让省里知道统计结果亩产是2016斤,而我们只报1412斤,我担心省里会认为我们是有意瞒产,抹杀人民群众的积极性和创造性,万一给我们戴顶右倾机会主义的帽子那就划不来了。至于农业科学技术人员测算的问题,事实已证明他们确实有点右倾保守,第一次估产时他们给出的的数字是平均亩产780斤到820斤,比他们这次现场测算的1412斤低了43.4%,又有谁能保证他们这次测算时不会右倾保守呢?"

一提到"右倾机会主义",大家便变得"口者关也,舌者兵也",全都沉默不语了。自庐山会议批判中国第一直人彭德怀以来,反右就成了阶级斗争的重点和焦点,说话做事稍不留意就有可能被人抓住辫子、扣顶帽子、打一棍子,不知不觉就成了右倾机会主义者,甚至是右派分子。一旦被划为"右派",享受的待遇便和地主、富农、反革命分子和坏分子一样了。言多必失,为了避免"祸从口出",还有谁敢多言呢?

等了一会见大家都不开口,贾卫尧说:"那就按亩产1880斤报吧,它的好处是既留有余地又能使各方满意。虽然稍低于亩产1890斤的地区,没有争到第一,但肯定属于一流,绝不会有人怀疑我们瞒产不报。如果全部收割完毕,最后的数据超过1880斤甚至2016斤,我们再向省里补报也不迟,相信那时不仅不受批评,肯定还会得到表扬。万一各地报的数据不实,我们也不至于成为被枪打的出头鸟。再补充一句,我说的是万一而不是一定会发生这种数据报的不实的现象。"

贾卫尧一向是以坚持原则而闻名的领导干部,没想到他说话处事也变得如此圆滑起来,谢东山听着听着不禁皱起了眉头,他正准备发言时门口传来一声:"报告!",只见地委机要秘书推门而入对李招军说:"李专员,有您的电话,是省长亲自打来的,已经接到专线电话机上了,请您接听就是。"说完他便转身出去将门掩上。

李招军心想省长这个时候打电话肯定与报粮食产量有关,他拿起摆在会议桌上的专线电话有意让话筒离自己的耳朵远一些,以便让坐在自己身边的同志能够听到。

"喂,是庞省长吗,我是李招军,您有什么指示?请讲。"

"招军呀,刚才看晚报得知你们的水稻高产试验田平均亩产达到4000斤,真替你们感到高兴,请先代我向地委、行署的全体同志和全区的人民群众表示祝贺,省委、省政府随后将会进行通令嘉奖。预报产量时,你们报的数字比较保守,有人建议省委、省政府对你们进行批评。我说先不忙于批评,你们肯定留了一手,但绝不会腋着藏着,瞒产不报,而是想给我们一个惊喜,果不其然让我猜中了。对了,你们的产量怎么还不报啊?明天省里就要汇总向中央和国务院汇报了。你们是不是还想给省委、省政府一个惊喜?今年鸽城地区的水稻长势最好,平均亩产全省第一,这事省委、政府的领导早就心中有数,现在就看你们到底领先多少了。告诉你,对那些瞒产私分,当群众尾巴的领导干部,省委、省政府决定查处一批,严肃处理。只有在奖励先进的同时,教育鞭策后进,我们的事业才能在你争我赶的浪潮中推向前进。现在已经是晚上9点了,希望你们在11点以前能够将数字报上来,总不至于要人家统计部门的同志加班到晚上12点嘛。"

"报告省长,我们正在召开地委扩大会,准备对产量进行最后一次审定,保证在晚上11点之前先电报报告省统计局,报表在明天早晨上班之前一定派专车送到。"

"好啊,我等着听你们的喜讯。"

李招军挂了电话之后,与会者都面面相视,做声不得。好半天才有人叹口气说了声:"还是按统计报表报吧,只怕连这个数字都过不了关。"

李招军问:"还有不同意见吗?"见无人应答,他说:"这三个数字,论起来还是应以统计报表为准,因为它是自下而上,一级一级报上来的,有基础、有依据。我们常说要依法办事,统计法规也是法啊!没有充分的证据证明统计数据有假,任何人也无权进行更改,隐瞒统计数据更是法律所不充许的。再说今

年我们鸽城地区的水稻长势比省内任何一个地区都好,这是一个不争的事实,如果我们的亩产等于或低于别的地区,怎么能给省委、省政府交待清楚?刚才省长在电话中的讲话大家都听到了嘛。再说都是同样的地,一样的种法,人家还遭了旱灾,我们由于建了两大水利灌区可以说基本上没有遭灾,为什么人家亩产能够达到1890斤,而我们亩产2016斤,只比人家多126斤就不相信了呢?如果人民群众问起来,我们将做何答复呢?现在全国形势一派大好,群众的积极性空前高涨,各行各业都在大跃进,我们没有理由不相信鸽城地区的农民所创造的奇迹,更不能给他们的这种积极和创造性泼冷水。"

会议尽管没有形成一致意见,但依少数服从多数的原则,最后决定按照统计报表的数字上报了全地区的粮食产量。

马玉文在中央党校住的虽然是集体宿舍,但系双人间,条件还不错。两张单人床分别靠墙安置在窗户两边,窗户下并排背靠背摆着两张书桌并配有靠背椅,进门的左手边有一个上下两层的衣拒,右边床档头的墙上系了两根铁丝用来挂毛巾、衣服,下面并排放着两个铁桶和两个热水壶。室内清洁整齐,光线明亮,是读书学习的好地方。下午自习时,马玉文正埋头在读《资本论》,同一寝室的同班同学、汉江市委书记曾宇扬拿着几份报纸走进来说:"老马,祝贺了,你们鸽城地区的水稻卫星上了天!你可得给我开点小灶,多传一些经啊。"

马玉文抬头望了望他,一副茫然不知的表情。曾宇扬扬了扬手中的报纸说:"怎么,你难道不知道?事迹都登报了。"

马玉文站起来,伸出右手说:"拿来给我看看。"

曾宇扬将报纸摊在桌子上,指着头版头条让马玉文看,上面的副标题是:生产大跃进,单产放卫星;主标题赫然是:鸽城地区水稻亩产平均超过2000斤,最高亩产达到4000斤。马玉文仔细看完报导的内容后喃喃自语地说:"胡闹,完全是瞎胡闹。"

"难道报导的内容不实?你们地区的产量有假?"曾宇扬问。

马玉文答:"要说今年鸽城地区的粮食大获丰收这是事实,暑假时我回去了一趟,亲眼所见水稻长势确实很好。但平均亩超过2000斤,最高单产达到4000斤,打死我也不信。不知是哪个弄虚作假,虚报浮夸的,我得打个电话回去问问才行。"

曾宇扬一把拉住就要往外走的马玉文说:"你这才叫瞎胡闹!你再仔细看看,报纸上写得清清楚楚,高产试验田是在各级领导干部、社会各界代表及新闻记者在现场见证的情况下进行收割的,这还能有假?你看,报纸上还附有割禾、打禾和称秤的一组照片为证。你又不在现场，凭什么进行否定呢？"

马玉文一屁股坐在椅子上说："你也曾分管过农业和农村工作，凭现有的种田技术和科技水平，水稻亩产连禾蔸、稻草加在一起也达不到2000斤，稻谷亩产要想超过1000斤至少还得经过好几年的努力才能实现。你说是不是这种情况？"

"哼！莫说亩产4000斤，报纸上报导水稻亩产过万斤的卫星都有啊，这又怎么解释？"曾宇扬反问道。

"报纸上的报导有的纯粹是为了宣传、为了造势，你也信？"马玉文气愤地说。

"我的态度是不可不信，不可全信；该信的就信，不该信的不信。"曾宇扬轻轻嘘了口气，扭头望了望窗外和门口，见两头都没人便轻轻地说，"说句良心话，在科学种田的知识远未普及、科学种田的难关远未攻克的情况下，我国水稻亩产平均过千斤，都是蜀道难，难于上青天。可报纸上这样大肆宣传，我想总有它的道理。在战争年代，有时我们明明打了败仗，在内部认真总结经验的同时，对外则宣称打了胜仗，目的是鼓舞整个部队的士气和人民群众的热情，给敌人造成混乱以动摇他们的军心。现在报纸上热衷于这种报导也许正如你所说是为了宣传、为了造势，既然大家都心知肚明，你又何必这样较真。再说，现在人人都在为大好形势喝彩，你怎么能够去泼冷水呢？老弟，听我所劝，还是安安心心地学完这一年再讲。要知道你现在是离职脱产学习，不宜过多插手原单位的工作，免得人家说闲话呀。"

马玉文摇摇头说："老兄，我知道你是为了我好。但现在全国上下这种浮夸之风于国于民都有害，我曾说过我们共产党人打下江山后要想坐稳它就必须心中时刻装着国家和人民，因此我要上书党中央、上书国务院，哪怕是罢官挨批斗。"

他说干就干，熬了一个通宵，给党中央和国务院写了一封长达5000字的汇报材料，用自己耳闻目睹的事实和亲身经历痛陈了大炼钢铁和大刮浮夸风的危害，建议党中央在全党开展一次实事求是的教育。令他万万没有想到的是他前脚刚将信交给传达室邮寄，曾宇扬后脚就走进去将他的信拿走并悄悄烧毁了。曾宇扬之所以这样做一半是为了保护马玉文，一半是为了他自己免遭牵连。直到粉碎"四人帮"，两人一次在人民大会堂出席中央工作会议再次见面时，曾宇扬才告知了此事，这已是后话。

李招军这一阵子面对各种各样的荣誉真是欢欣若狂，表面上虽然镇定自若，

独领风骚

内心里早已是飘飘然。中午吃罢中餐他躺在办公室里间床上翻来覆去睡不着，恍惚间他觉得自己正坐在省委书记的办公室，省委书记和省委常委、组织部长满面笑容地坐在他的对面。组织部长对他说："经省委常委研究准备报请中央批准，任命你为省政府的副省长。"李招军正准备站起来谢恩，只见省委书记摆了摆手说："在正式提请任命之前，常委会委托我找你谈次话，这次提名提拔你，是因为你一贯表现不错，党性原则强，有一定的领导工作经验和组织能力，尤其是在马玉文同志离职学习由你主持全面工作期间成绩突出，赢得了不少荣誉。希望你今后要戒骄戒躁，再接再厉，为党和人民再立新功。不过，有一点我必须提醒你，现在有人向中央和省纪委举报你，说你在粮食产量上作了手脚，有意弄虚作假，欺骗省委和党中央，如果真是这样，不光你的副省长当不成，只怕还要被'双开'，即开除党籍、开除干籍的下场……"听着听着李招军全身冷汗直冒，双腿抽筋，一个哆嗦，翻身而起，这才发现原来是南柯一梦。他起床后用冷水洗了个脸，浑身仍然很不自在。

吕海风敲门进来，喜滋滋地向他报告说："我听省政府办公厅的主任说，在最近召开的省长办公会上，省长多次点名表扬了您。底下的人都在议论您高升在即，前途不可限量。"

李招军听了后想起刚才的梦，怎么也高兴不起来，只是淡淡地说了声："如果真有那一天，我第一个不会忘记的就是你。"

"感谢，感谢，感谢您一贯对我的栽培。"吕海风媚笑地说。

"咚，咚，咚！"门口传来了敲门声。

"请进！"吕海风走过去打开门说。

分管农口的副专员陈敏义和粮食局长林睦雄拿着一份电报走了进来，陈敏义将电报递给李招军说："省政府的电报说，中央和国务院要求鸽城地区将今年粮食增产部分的30%调往西北遭灾严重的地区，并限在一个半月之内将粮食用火车陆续发运出去。"

"啊！"李招军闻言大惊失色，语无伦次地说，"调多少，百，百分之几十？"

"调增产部分的30%。"林睦雄从包皮里掏出一张表说，"现在全地区的粮食早已收割完毕，根据我们粮食部门实际入库数和统计结果，全地区水稻亩产平均只有809斤，水稻播种面积为8465731亩，总产量为6848776379斤。与去年亩产498斤、总产4215934038斤比，每亩增产311斤，总产增加2632842341斤。如果按增产部分的30%调，需调走粮食789852702斤，增产的粮食还剩1842989639斤。"

"可我们上报的粮食产量平均每亩是2016斤啊！"李招军的额头上都急出

了汗。

林睦雄对着表说："如果按亩产 2016 斤计算，总产是 17066913696 斤，比去年多 12850979658 斤，按 30% 调，需调走粮食 3855293897 斤，比实际增产的 2632842341 斤还多 1222451556 斤。换句话说调走了这批粮食后，我们的粮食就由增加 26 亿多斤变成了减少 12 亿多斤。"

李招军这下真的傻了眼，吕海风更是垂着头连大气也不敢出一声。

陈敏义小声地说："国家粮食部和铁道部每天给我们安排 20 趟专列，要求从后天开始运粮，您看怎么办？"

"还能怎么办，你们马上去安排劳动力和运输事宜啊，等专列一来马上就装车发运。至于具体数字等明天上午召开地委扩大会议再定。"李招军挥了挥手，陈敏义和林睦雄转身走了出去。

李招军瞪了一眼吕海风，本想痛骂他一顿终于还是忍住了，说："你马上去给我弄清其他地区调运粮食的情况，包括调运的数字和他们准备采取的措施，在今晚 10 点以前向我报告，以备明天会上向大家介绍。这次再不搞准确，当心我撤了你的职！"

吕海风走后，李招军坐在办公椅上将头埋在双掌之间，心想中午的梦，看来不是个好兆头啊，这调粮的事如果处理不好真有丢掉乌纱帽的可能。照实际增收的比例调，肯定会落个弄虚作假、虚报浮夸、好大喜功、骗取荣誉、欺骗组织的罪名，前段报纸上吹得那么凶，如果真相暴光，造成的影响将十分恶劣，组织上为平息众怒，消除影响，肯定会杀一儆百，严肃处理自己。按虚报的比例调，不仅今年增产的粮食将全部调光，而且还要从保产的粮食当中调走 12 亿多斤，人民群众知道后不骂娘才怪，骂娘是小事装作没听见就是了，问题是万一因缺粮激起民变，引发群体性事件，那样自己更是罪责难逃，不死也会脱层皮。唉！真是进退维谷，左右为难。怪只怪当初自己鬼迷心窍，想图表现，误听了吕海风的馊主意。看来唯一的办法是先看看其他地区怎么办，与他们采取统一的行动，按照一致的比例调运。反正大家都增收了，要调大家都调，人家按什么比例调我也按什么比例调。不！我们可以主动提出比例高过其他地区，我们增产比他们多，比例高一点无所谓，还能说明我们的觉悟高、贡献大嘛。对！就这么办。想出对策后，他的心情一下就轻松多了，抬手看表发现已经过了晚上 9 点，这才想起自己还没吃晚饭的，肚子还真有点饿，便准备去叫值班人员给买点吃的回来。

他还没出门，吕海风就撞了进来。

"怎么样，其他地区调多少，他们打算怎么对付？"李招军迫不及待地问。

吕海风哭丧着脸说："我一个一个地区都打电话问了,他们没有一个接到调粮的通知或者命令。"

"怎么可能呢,全省哪个地区的亩产不比去年翻了几倍,凭什么其他地区增产的粮食不调,只调我们地区的,这不是欺侮人吗?"李招军忿忿不平地说。

吕海风说："我后来又给省政府的秘书长打了个电话,才把情况搞清楚了。原来其他地区的报表是亩产增加了,总产却减少了。"

"慢,你说什么,我怎么越听越糊涂,哪有亩产增加了,总产却减少了的道理。"李招军似乎有点丈二和尚摸不着头脑。

"他们全都在'旱灾'二字上作足了文章。"吕海风说,"从报表上看,因灾造成颗粒无收的面积占了很大比例,有粮可收的面积亩产报得很高,但平均下来个个全是减产地区,当然便无粮可调了。"

李招军的脑袋"嗡"地一声便涨大了,想了一下午才想出来的招数还没亮招就作了废。他说了声:"完了,这下全完了。"向后一仰便倒在了椅子上。

吕海风干笑了两声说："没问题,出不了大事。"

"你小子是口含灯草,说得轻巧。"李招军力不从心地说,"调运粮食是中央人民政府决定的,谁敢对抗不调或者少调?除非你承认在报产量时弄虚作假,欺骗组织、欺骗中央,那就等着罢官坐牢。"

"调呀!我没说不调或者少调啊。"吕海风满不在乎地说。

"可按报表增产数30％的比例调走后,库存的粮食比去年不多反少了。"李招军不无担心地说,"万一因为缺粮饿死了人,将老百姓逼上梁山闹了起来,不就出了大事。"

吕海风拍了拍胸膛说："保证饿不死人,您放心就是。饿死了人由我负责!"

李招军冷笑一声说："你还要说大话,空口无凭,你拿什么来负责。"

"拿库存粮食呀。"吕海风说,"您听我汇报完之后就清楚了,我特意调查了粮食部门和统计部门的资料,去年我们鸽城地区也是历史上少有的一个丰收年,总产量达到创记录的4215934038斤,全年人平消耗粮食480斤也是历史上最高的,一年下来除上交'皇粮国税'2亿斤外,还节余粮食520382038斤。加上历年节余下来的2亿斤,库存余粮为720382038斤。今年实际产粮6848776379斤,按中央要求调走3855293897斤后还剩2993482482斤,但加上历年的余粮,全地区仍有粮食3713864520斤。按人平每年消耗480斤计算,全区7282400人,只需粮食3495552000斤,库存余粮还有218312520斤。你说会饿死人么?"

"这些数字真实可靠?"李招军眼睛一亮,问道。

吕海风从公文包里拿出几张报表资料递给李招军说："不信,您可以亲自审查。我用自己的前途、地位担保，绝对不会有错。"

李招军翻来覆去地看了看报表资料，说："这样看来，即使中央调走了30多亿斤粮食，老百姓在大丰收之年难以丰衣足食，但温饱还是不愁。老百姓只要有饭吃就不会闹事，这一头就不用担心了。剩下的问题就是如何统一领导干部的思想认识。"

吕海风摇头晃脑地说："要统一大家的思想认识还不容易？您只要讲从增产地区调粮是党中央的决定，调不调粮是对中央的态度问题，是对灾区群众有没有无产阶级感情的问题，我敢保证在不降低本地区群众生活水平的前提下调粮，谁也不会反对。"

李招军点点头，拍着吕海风的肩膀说："我们现在可是唇齿相依，唇亡齿寒，一荣俱荣啊！只要我们过了这一关，我保你仕途畅通，前程似景。"

四

百年未遇的饥荒肆虐着中华大地。

从南到北，从东到西由于主要劳动力都忙于大炼钢铁，大兴水利，一些田地荒芜了，甚至庄稼熟了无人收。加上这一年全国北涝南旱，缺粮少饭成了全国性的灾难。

马玉文在中央党校学习期间就听说过闹粮荒的事，但他真正认识到问题的严重性还是毕业后在回家乘坐的火车上。他坐的是卧铺下铺，车厢里多是有身份有脸面的人，奇怪的是上车之后人与人之间很少有打招呼的，无论是住上铺、中铺或下铺的，一上车便爬到床上蒙头大睡。他对面铺上住的是一个清瘦的老人，上车后老人先拉开挎包从里面拿出一个盛满茶水的玻璃杯，将拉链拉上后双手举着挎包往行李架上放，也许是人矮了一点的缘故总是放不上去，见老人双手打颤十分吃力，马玉文赶紧过去接过挎包放到行李架上。老人礼貌地对他说"谢谢了！"

"老人家，您这挎包好沉啊，里面看样子装的是……"马玉文说。

老人忙竖起右手食指放到嘴边，轻轻地嘘了声。回到铺上，他将头探过茶几压低声音告诉马玉文："里面装的全是黑豆子，这是我和老伴用从嘴里省下来的粮票从深山老林里跟人换来的。"

"您老这是准备带到哪里去呀？"马玉文见老人那神秘的样子，止不住好奇地问。

老人说："带到湖南常德去，我儿子一家在那里，全家5口包括儿子、媳妇及3个孙儿孙女都得了水肿病。据说用黑豆子熬水喝可以去水肿。"

马玉文听了不禁说:"湖南常德地处洞庭湖边,那可是有名的鱼米之乡啊,莫非连那里也缺粮?"

"谁说不缺。"老人说,"我儿子在信里讲,就连城里人吃的口粮,每人每月平均减了6斤不说,经常还要搭三四成的杂粮。我那3个孙儿孙女正是吃长饭的时候,饥一顿饱一顿的能不得水肿病?"

"呜!"在汽笛声中火车启动了。

马玉文用手指了指上铺,声若游丝地说:"这些人真怪,怎么车还没开都睡觉了。"

老人笑了笑说:"看样子,这几个月你没坐过火车吧?他们躺着不是为了睡觉而是为了抵抗饥饿。"

"为了抵抗饥饿?"马玉文有些莫名其妙地问。

"睡在床上不动,消耗肯定少一些自然饿得也就慢一些。再说人饿了之后躺着比坐着、特别是站着要舒服一些呀。"老人解释说。

马玉文说:"车上有吃的卖,饿起来可以买呀。"

老人苦笑了一声说:"你当还是以前坐火车,以为不仅车上而且沿途各个车站都有熟食、糖果和糕点卖。告诉你,这都是3个月以前的事了。听说本来火车上按计划是有食品供应的,凭火车票一人一份,有的乘客吃不饱要求多买甚至想带些回去给家里人吃,乘务员不同意,靠近餐车车厢的乘客便一涌而上将食品抢了个精光,弄得其他车厢的乘客只好空着肚子挨饿。一连发生几起后,火车上干脆停止了供应。"

在火车的摇摇晃晃中马玉文慢慢睡着了。突然"咣当"一声响,列车剧烈地扭动了一下后便停了下来。不少乘客猝不及防或头或肩或腰或腿撞到了火车的隔扳上、坐位上、茶几上,车厢里发出了一阵惊叫声。有人破口大骂:"混蛋司机,这车是怎么开的。"不一会从前面的车厢里传来消息,说是有人卧轨自杀了。人们这才意识到火车司机是在紧急情况下急刹车的,只好重新坐的坐、睡的睡,安心等待。按规定火车碰到这类事故是先将尸体抬走让火车通过,再由铁路有关部门进行善后处理,一般情况下停不了几分钟,可十几分钟过去了,还不见火车开动。这时到前面车厢打探消息的人回来说,卧轨自杀的人是个要饭的,饿得实在不行才走了这条路。跟他一起出来要饭的老母及妻儿子女现在全都卧在铁轨上,声称不赔10万元,一家人宁死也不起。听说当地的公安干警也赶来协助,准备再劝一次,硬是不听便打算强行将人架走,让火车先过去再说。果然没有多久,火车就开动了。

马玉文斜躺着，双手枕在头上，心想好在鸽城地区今年粮食大丰收，要不然的话700多万人伸手要饭吃，自己这个地委书记就难当了。现在看来不能光顾我们自己有饭吃，还得把多余的粮食拿出来给国家，不管能救多少人总算尽了鸽城人的一份心意啊。

听到门响，打开门见马玉文回来了，文锦秀先是一愣然后嗔怪地说："你这人也真是，怎么回来也不事先打个招呼，我们好去车站接你呀。"

马玉文笑着说："我不是写信告诉过你是月底回来么？"

"过了每个月的25日就算月底了，"文锦秀一边从马玉文手中接过行李，一边说，"总不能让我们接连5天都去车站等你吧，再说也不晓得你是上午、下午还是晚上回来啊！"

"正因为时间有这么多的不确定性，我就懒得麻烦你们，自己一个人回来利索得多。更何况这样做还能，还能……"马玉文故弄玄虚地说。

"还能怎样？你快说呀。"文锦秀催问着。

马玉文咬着她的耳根说："还能给你一份惊喜呀！"

文锦秀羞得满脸通红，赶紧走进客厅喊道："孩子们，快出来呀，看谁回来了。"

马明光、马明亮、戴向东、吴楚英、徐谢军闻讯都从房里走了出来，吴楚英和徐谢军高兴地喊着："爸回来啰，爸回来啰！"俩人冲上去一个挽着马玉文的左手，一个拉着他的右手。马明光、马明亮和戴向东都是半大小伙了，喊了声："爸！"之后便微笑着站在一旁。

"哈！今天是什么日子，我们家的学生军团怎么到得这么齐？"马玉文说，"不光读初中的明亮和读小学的谢军在家，就连在省城读大学的向东，寄宿在校读高中的楚英和明光也回来了。"

文锦秀说："放寒假了呗，他们不回来，你让他们到哪里去？"

马玉文大笑着说："你们看，爸老糊涂了，我自己不就是因为寒假毕业才回来的么。"

"爸才不老呢，40岁不到，标准的英俊小伙，要是在大学里追你的女生不排长队才怪。"吴楚英嬉笑着，逗得大家都跟着乐。

"玉文回来啦，你看楚英这孩子多乖，嘴巴就像抹了糖似的。"文谢氏从厨房里走出来说。

马玉文迎上去说："您老好些了吗，上次锦秀来信说你的风湿病犯了，我特意到同仁堂药店买了一些膏药寄了回来，不晓得有不有效。"

"有效、有效。"文谢氏说,"难为你从这么远的地方给我寄回来,贴了一个周期就好了。"

"妈,您老的脸怎么了?"马玉文发现文谢氏的脸有点浮肿便问。

文谢氏掩饰地说:"长胖了呀,整天在家里除了干点家务事外又不干什么重货,那有不胖的理。"

马玉文说:"不对,你的脸不是胖而是有些肿还有点儿发亮,一定是得了水肿病。对!肯定是水肿病,我在火车上见到不少患水肿病的人都是这样。锦秀,你是医生,难道水肿病也认不出来?"

文锦秀内疚地说:"如果连水肿病也认不出来,我这个医生不是白当了。我已开了一些中药回来,吃了之好应该会好一些。来,你刚回来快坐下休息休息。"

"爸,先喝杯热茶暖暖身体。"吴楚英端了一杯茶放在马玉文面前的茶几上。

文谢氏说:"你们先聊吧,我去炒点菜,今天我们一家好好吃顿团圆饭。"

"奶奶,我给你帮忙打下手。"吴楚英拉着文谢氏的手一起进了厨房。马明光哥儿四个回了自己的房间。

"妈怎么也会得水肿病呢?一般只有营养不良的人才得这种病呀。"马玉文问文锦秀。

文锦秀说:"现在机关公共食堂是越办越差了,饭是定量的,早餐连稀饭在内每人2两,中晚餐每人3两,有时还要搭杂粮。猪肉每周才供应一餐一般是每人2两。3个大点的孩子在学校寄宿,但明亮和谢军正是长身体的时候,这一餐二、三两米给他们塞牙缝都不够呀,再加上油水少,他们餐餐都喊吃不饱。我和妈每顿便减一半给他们吃,我年轻加上有时外出开会偶然还可以改善一下生活,可妈年纪大身体弱营养再跟不上就得了水肿病。"

"不对呀!今年我们地区粮食大丰收,居民的粮食供应怎么会减少了呢?"马玉文沉吟着说,"连地委机关的食堂都办成了这样,那下面的食堂尤其是农村的食堂还能好到那里去。"

文锦秀告诉他:"听说不光今年增产的粮食全让中央给调走了,还多调走了十几个亿,现在下面各个县没有不缺粮的。"

马玉文惊得连口都合不拢说:"还多调走了十多亿斤,这是真的?"

文锦秀说:"具体情况我不清楚,反正大家都是这样说的。"她看了眼墙上的挂钟朝着厨房喊:"楚英,开饭的时候到了,和我到食堂打饭去。"

几分钟之后,文锦秀和吴楚英提着饭菜回来,一一摆到桌子上。马玉文一看,是一份油炸豆腐,一份土豆炖红萝卜,一份上面漂着几滴油星子的海带汤。

230

吴楚英喊了声："我的哥哥、弟弟老太爷们，吃饭了！" 3个半大小伙子带着小谢军慢慢走了出来。

厨房门打开了，一股诱人的香味飘了出来，孩子们都瞪大眼睛望看厨房方向。谢文氏用一个木条盘托着三个碗走到桌边，文锦秀将碗一个一个地端到桌子上。

"哇塞！"几个男孩高兴得惊叫起来。

原来这三道菜是：红烧野猪肉、铜钱蛋、青椒炒虾仁。马玉文看见后脸色一沉，问："这些东西是哪里来的？"

文锦秀"卟哧"一笑说："你们瞧瞧，你爸那脸色好吓人呀，好像我们在家做了什么坏事一样。告诉你，这三样菜都来得堂堂正正，你尽管放心吃好了。野猪肉是清溪村的人送来的，我和妈死活都不肯收，他们说这野猪肉是他们在后山打的，全村按人头分了，向东、楚英也是他们村的后代理应每人一份，无奈之下妈将办公共食堂之前家里余下的5斤面条和10斤面粉全给了他们，应该算是以物易物吧。鸭蛋嘛，是乡里人想要白糖供应票主动找妈换的。这干虾仁还是你去年到青岛出差时买的，剩下两包，今天炒了一包。妈说还有一包得留下来，免得万一来了客人时抓手背。"

马玉文这才放了心，拿起筷子先给谢文氏选了几块野猪肉，说："大家趁热吃吧。"见孩子们那狼吞虎咽的样子，他心里说不出个滋味，故意慢嚼慢咽好让孩子们尽可能地多吃一些。

见谢文氏吃了半碗饭，就要放碗筷，马玉文赶紧给她添了一瓢说："妈，你可是我们家的主心骨啊，您老要是身体垮了这家就没人管事了。水肿病是营养不良造成的，我在北京学习期间一个在大连工作的老战友进京开会时给我带来2斤干墨鱼和2斤海参，你每天炖一些全当药吃，慢慢就会好的。孩子们，这是给奶奶治病用的，你们记住了，谁也不许吃。"

5个孩子齐心说："记住了！"谢文氏感动得连眼泪差点掉了下来。

吃完饭已是晚上7点多了，马玉文走进办公室想看看最近一段时间的文件、简报，了解一下有关情况，为明天召开的地委情况通报会做准备。他刚进办公室，地委秘书曾晓光就进来报告说："马书记，李专员让我问您，今晚有时间么？如果有时间他准备过来看看您。"

马玉文说："他在哪里？我这就到他那里去。"

"他现在自己家里。"

"既然这样，你就请他到我这里来吧。"

曾晓光转身到自己办公室打电话去了。过了十几分钟，听到楼梯响马玉文连忙起身走到门口等候。一见面李招军就说："老伙什，可把你给盼回来了。"

马玉文紧紧握住他的手说："这一年来辛苦你了，既然是老伙计，'谢谢'两个字就是多余的，我也就不说了。来，请坐。小曾，给李专员泡杯茶。"

曾晓光泡好茶后，知趣地离开了。

李招军说："辛苦谈不上，麻烦却不少。其他各方面的工作都还可以，明天你听听大家的汇报就知道了。不瞒你说，现在最大的麻烦就是和全国各地一样到处缺粮在闹饥荒。"

"怎么会呢？我们地区今年的粮食应该是大丰收呀。"马玉文反问了一句。

"粮食确实丰收了，而且增产的数字还不少。"说到这里，李招军"唉！"了一声接着说，"没想到下面的同志让胜利冲昏了头脑，为了跟人家比高低，争荣誉，看别人虚报浮夸也跟着弄虚作假，'放卫星'，报假数，报表填报的产量比实际产量高出150％。地委扩大会审查时我们虽然有所怀疑，由于是一级一级报上来的，少报的话怕省里查出来批评我们思想右倾有意瞒产，最后决定还是按照报表上的数字上报了。"李招军怕明天召开地委会时有人揭穿虚报产量的事，便来了一个先下手为强，将责任全推给下面，并有意无意地与当前的大环境挂上钩。

马玉文不吃这一套，软中带硬地说："数字虽然是下面的同志虚报浮夸的，问题是经过地委扩大会议认可上报之后，这弄虚作假的责任就只能由地委领导班子集体承担了。不过我认为在全国各地都刮虚报浮夸风的情况下，这类问题一般属于自我批评吸取教训的范围。"

李招军没料到自己画虎不成反类犬，本想推卸责任反而将责任落实到了自己的头上，因为由地委领导班子集体承担弄虚作假的责任，说穿了就是应由他来承担主要责任，谁叫自己是会议的主持者呢。好在马玉文后来又说这只是一个自我批评吸取教训的问题，才让他松了一口气。

马玉文没有理会李招军的表情，继续说："即便存在虚报浮夸的问题，但今年全地区的粮食大丰收还是事实啊，怎么会闹粮荒呢？"

李招军回答说："本来我们增产了26亿斤，没想到中央根据报表上报的数字调走了我们增产部分的30％，即38亿斤，这样一来我们还要贴进去12亿斤。同意调粮的主要责任在我，因为我让吕海风同志亲自查了粮食部门的帐和统计部门的报表，调走38亿斤以后，连同历年的余粮全地区库存粮食还有37亿斤，仍能保持去年人均供应480斤的水平。我认为在这种情况下多作点贡献，多救活一些灾区人民是我们应尽的责任，便做工作说服大家按照中央的要求把粮食调走了。"他之所以在这个问题上主动承担责任,因为他觉得调粮是中央的决定,是为灾区人民作贡献,就是调多了也不会错到那里去。

果然马玉文说:"我们丰收了当然应当支援灾区人民,更何况这是中央的号召。"不过马玉文稍稍停顿了一下又说:"可支援灾区人民也应量力而为,应当将实际情况报告中央,哪怕将实际增产的 26 亿斤全部调走都行,但不能再多调呀。"

李招军心虚地说:"接到调粮通知的第三天中央运粮的专列就陆续发来了,请示报告根本就来不及。"

"既然人均一年还有 480 斤口粮,完全应该过得去呀,怎么又会到处缺粮呢?"马玉文心里想,粮食反正已经调走了,在这个时候过多地追究责任只会增加彼此间的分歧,伤害同志间的感情,便换了一个话题。

李招军说:"对这个问题我们都感到纳闷,正准备组织相关人员下去调查。"

"这个调查非常必要。"马玉文说,"我打算在明天的地委全会上号召所有的地级领导干部全部下去调查摸底,一人包一个县,务必将粮食底子摸清楚,并明文规定再有弄虚作假,瞒报或虚报者一律追究党纪政纪责任。粮食底子澄清之后再研究解决的对策,必须保证全地区不饿死一个人。如果在大丰收的年头还饿死了人,虚报浮夸、弄虚作假的事必将暴露无疑,调粮支援灾区的义举也将被视为沽名钓誉、坑害百姓。那就不是麻不麻烦的问题,而是大大危险的事了。"

李招军最怕的就是由于缺粮饿死人而激起民变了,听了马玉文的分析后只好唯唯诺诺表示赞同。

马玉文、曾晓光、仇赛斌等一行 4 人朝超英公社四大队走去,临近村子时突然从树丛后面窜出 4 个全副武装的基干民兵挡住了他们的去路。

"你们都是什么人,要到哪里去?"其中一个为首的问。

仇赛斌回答说:"我们是县委来的,就到你们大队去。"

那个为首的人将枪背到肩上,摊开右手说:"有介绍信或者工作证吗?拿来给我看看。"

随仇赛斌一起来的县委办乐副主任从身上掏出自己的工作证递了过去,那人看了看说:"对不起,欢迎,欢迎。我是大队民兵营二连的连长,叫彭映云,要不要我送你们到大队部去?"

仇赛斌说:"不用了,我们直接到你们的公共食堂去,那地方我们去过,找得到。"

马玉文喊了声："慢。"然后问彭映云："你们为何想起要在这地方站岗放哨呢？现在又不是战争年代。"

"哦，是这样，现在到处都是要饭的，为禁止乞丐和流民进入我们大队偷抢哄拿，大队让我们民兵营每天在几个进出的路口站岗防哨，严防他们进入。"

马玉文心头一沉，在去公共食堂的路上对仇赛斌说："没想到战争时期民兵站岗放哨的一幕现在又重现了，可那是为了防敌人，现在是为了防谁呢？"

仇赛斌说："您刚回来可能还不清楚，现在各地差不多都是以大队为单位画地为牢，除了本队的人和上面来的干部，谁也不准轻意进入，哪怕是本队某人的亲戚人家。除了怕外来人员乞讨偷盗之外，更怕有人饿死在本大队引起人命官司。据外地一些难民说，他们那里一旦发生人命官司只要沾得上边的人都会蜂拥而至，不把你吃光花光绝不会散。所以才有动用民兵站岗放哨，将人拒之门外的事情发生。"

"人命关天啊！"马玉文感慨地说，"所以地委明确提出在这场全国性的特大饥荒中，我们鸽城地区必须保证不饿死一个人。你们县有没有把握做到这一点？"

仇赛斌毫不迟疑地说："有！我们当初干革命时，给老百姓许下的最低诺言不就是'要让普天下的穷苦百姓有饭吃'么，如果在我仇赛斌管辖的地方饿死一个人，您只管摘掉我这顶帽子就是了。"

"老仇啊，这可不比打仗，光凭勇气就行，饿不饿死人决定因素在于粮呀。"马玉文多少有点不放心地说。

"我说马书记，我是你的老部下，难道你还不清楚，我仇某是个讲大话的人么？"仇赛斌说，"我县今年上报的粮食产量虽然是全地区最低的，却是实打实的。自打中央从我们地区调粮的那天起，我就估计会有缺粮的这一天，于是县委和县政府提前研究制订了一套节衣缩食确保粮食供应的对策。"

"这么说，你县每人每月供应40斤稻谷有保证啰？"马玉文高兴地说。

仇赛斌说："40斤是没有，但30斤绝对有保证。"

"为什么？不是说中央调粮之后，全地区人均一年还留有480斤粮食么？"马玉文带有责问的口气说。

"那是纸上写的、报表上填的！"仇赛斌尽量压制心中的火气说，"按报表上的数人均确有480斤，每月40斤。但农忙时节农民食量大又碰上大丰收还不敞开肚皮吃？一月40斤稻谷只怕两个40斤还不够，忙完3个月半年的粮食指标早就吃完了。等到中央将粮食调走后，我们一清仓才发现余下的几个月人均每月稻谷不足35斤。再留下明年的稻种，扣除历年余粮中霉烂变质不能食用的和耕畜过冬必不可少的粮食，实际上每人每月只有32斤稻谷。于是我们明文规定农闲时节每人每月供应30斤，春节和春耕时期每人每月供应36斤。每月30斤稻谷虽然少了一些，但辅以杂粮蔬菜勉强可饱，至少可以保证不会饿死人。"

"你们的数据准不准？还有没有水分？"

"算到明年夏收，全县人均每月32斤稻谷，少一斤您拿我仇赛斌问罪就是了。"

说着说着他们就来到了四大队的公共食堂，巧的是正碰上开餐的时间，虽然场面不如去年来时那样热火，但人们排队取饭井然有序，没有传说中的那种哄抢现象。主食是每人2两米饭外加1个红薯（小的2个），菜是芹菜炒香干。

马玉文他们一进门就被人认出来了，不少人端着饭菜围过来打招呼。

"乡亲们，日子过得怎么样？还能不能填饱肚子啊？"马玉文问得实在。

"您们都看到了，比去年您来时伙食要差得多，但比起灾区来不知强到哪里去了。这种年份能够不饿肚子，我们也就心满意足了。"一个40多岁的农民回答得也实在。

马玉文听了很满意，他说："本来今年我们鸽城地区是个丰收年，但全国不少地方遭了灾，增产的粮食都调去救灾了，希望大家能够理解。现在的粮食少是少了一些，只要大家齐心协力抓好冬季作物的培育，就一定能够渡过眼前的困难，到了明年就可以过上好日子了。"

"救灾是天经地义的事，我们的心也是肉做的，哪个会有意见嘛。但有些干部虚报浮夸也太厉害了些，总不能害得我们饿扁肚子救别人啊。"有人嘟着嘴说。

"依我说这粮食调都调走了还有什么好埋怨的，大家还是听马书记的话抓好冬季作物的培育才是正理。"一老汉说。

"是这理。""对头！"不少人表示赞同。

李招军和吕海风一行来到清风县，直奔长征人民公社搞调研。得知他们要来的消息，公社党委书记钟庆林、社主任蒋曙成早早就做好了准备，会议室生了几盆木炭，火烧得暖烘烘的，参加座谈会的人都是百里挑一选出来专唱颂歌不唱丧歌的角色，全社4座粮仓，其中3座的余粮昨晚连夜运到了公社所在地的白沙镇粮仓以备开仓验收。

李招军、吕海风等人一走进办公室，只见长条形的桌子上摆满了花生、瓜子以及红薯干、爆米花，还有连城里也难得一见的柑桔、柚子等水果，完全是一派丰衣足食的景象。

独领风骚

　　落座后李招军开门见山地说:"我们这次来的目的就是'两个一下',即了解一下当前老百姓的生活情况,查一下现有粮食的底子。请大家都要讲真话、讲实话,凡讲假话、报假数的一经查实,一律严惩。"

　　见李招军说得如此严肃,与会者准备的满肚子话不知如何个说法,一肚子歌不知如何个唱法。来时,公社一再叮嘱只准唱颂歌、讲好话,为总路线和大跃进评功摆好;不准唱反调讲丧气话替平民百姓反映实际情况。否则,等领导一走就要当作右派进行批斗。可现在领导同志又要求大家要讲真话、讲实话,并说对讲假话、报假数的将进行严肃处理。到底是听哪个的呢?大家你看我,我看你,谁也不敢像一往哪样抢着发言,害怕抢功不成反成了挨枪子儿的出头鸟。

　　见会刚一开始就冷了场,钟庆林慌了神,忙抓了一把花生放到李招军面前说:"李专员,您们刚刚到,外面风大温度低,先烤烤火吃点东西暖和一下身子再说。底下的同志难得见到您这样的大领导,难免有些紧张,要不我和蒋主任将全社的情况先给您作个汇报,也好给他们带过头。"

　　望着满桌的东西,李招军皱了皱眉头说:"你们公社今年的收成就这样好,每次开会都有花生、水果吃?"

　　"哪里有这样的好事,这是专为您们来而准备的。"不知是谁冒出了这么一句。

　　李招军一听就来了火,说:"乱弹琴,现在老百姓连饭都吃不饱,我们还坐在这里吃零食。赶紧给我收起来送给养老院和'五保户'。"

　　蒋曙成忙叫一个公社干部将所有食品收拾好提走了。

　　望着多数与会者面黄肌瘦的形象和双眼盯着食品被拿走时露出的馋涎欲滴的样子,李招军知道大家过的日子肯定艰难,就说:"大家发言时用不着长篇大论,你只要告诉我你们大队的公共食堂办得怎么样,每人每天供应多少粮食,吃的是什么菜,社员群众怎么讲,就行了。"

　　钟庆林一听知道麻烦来了,大家的嘴终究是堵不住的还不如主动一点的好,他与蒋曙成交换了一个眼色说:"大家都听清楚了没有,这次李专员一行是下来体察民情,了解困难和问题的,不是要大家来评功摆好总结经验的。成绩嘛放到哪里也跑不了,问题不讲那就总是解决不了。对不对?现在难得李专员亲临基层想了解当前的困难和存在的问题,大家就实话实说好了。"

　　俗话说'县官不如现官',顶头上司既然发了话,大家说话不再怕,人人打开了话闸:这个说,我们大队现在每人每天限量供应大米半斤;那个说,我们队上是早上每人半斤红薯,中、晚两餐一人2两大米;有的说,我们的公共食堂已经一周没有看见一片肉了；有的说，我们大队范围内的麻雀、老鼠、蝗虫、知了，甚至蚯蚓，凡是能够煮熟了吃的、有生命的东西都让人吃光了；还有人说，现在最可怜的是耕牛，由于严重缺食，有的连站都站不起来，到了明年春耕不晓得它们还有没有力气下田耕地。

李招军越听心里越寒，等大家讲完后，他绷着脸问钟庆林和蒋曙成："你们的粮食都到哪里去了？怎么每人每天只有这么一点粮？"

蒋曙成见钟庆林看了他一眼，只好硬着头皮说："粮食都在仓库里，我们见眼下是农闲时期就卡得紧一些，只让大家吃个半饱，等到了农忙再让大家敞开吃，好有力气干农活。"

李招军瞧见有人轻轻摇头，知道他说话不实，也没当面揭穿他，只是问："你们公社一共有多少人，现在还剩多少粮食，都存放在什么地方？"

蒋曙成朝钟庆林看了一眼，见他点了点下巴，便按两人事先商量好的回答："我社共有 17352 人，还有粮食 4140000 斤，有 2000000 斤存在公社所在的白沙镇粮仓，其余的分别存在蔡家塘、天心桥和落井铺 3 个粮仓。"

李招军说："走！我们现在就到白沙镇粮仓看看去。"然后他又对与会人员说，"这次我是来搞调查的，要多听少说。等将情况摸清楚、回去开会研究之后再拿出一个切实可行的应对饥荒的措施来。今天的会就开到这里，谢谢大家。"

在白沙镇粮仓察看后，李招军提出吃了中餐后再到距离最近的落井铺粮仓去看看。

钟庆林和蒋曙成一听如雷击顶，就差没有吓出尿来。好一会钟庆林才结结巴巴地说："落，落井铺粮……仓，掌，掌管钥，钥匙的胡勒来，因，因为岳父去，去，去世，请假回去，去了。仓库的门……别，别的人，打，打不开。"

李招军一看他的样子和说话的口气，就知道里面有诈，便用不容商量的口气说："那就去看蔡家塘和天心桥两个粮仓，如果路远的话今天下午看一个，别天上午再看一个，反正看完我们再走。"

这样一来，钟庆林和蒋曙成就没了辄。只见蒋曙成耷拉着耳朵，带着哭腔说："报告领导，我们说了假话。其他 3 个粮仓都空了，就剩白沙粮仓存有粮食。"

"你说什么？再说一次。"李招军怕自己没听清楚，大声说。

蒋曙成无奈，只好又重复了一次。

李招军气得双手发抖，他指着钟、蒋二人说："你俩真不愧是嘴巴两块皮，边说边移。张嘴之间，4000000 多万斤粮食就只剩下 2000000 斤了。这么说你们公社今后六个月，人均每月只有 20 来斤稻谷，每人每天连半斤米都不到啰？"

"嗯。"钟庆林、蒋曙成的声音，小得就像两只蚊子在叫。

"好呀，真是好得很呀！"李招军冷笑着说，"我不同你们在这里讲，回公社讲去，今天非讲清楚不可。过去虚报浮夸，弄虚作假就算了。可我今天一来就有言在先，凡讲假话、报假数的，一律严惩。没想到你们还是胆大包天，置人民群众的疾苦于不顾，继续欺下瞒上，当面说谎。看样子再不杀几只鸡，只怕猴子真的要大闹天空了。"

鸽城地委根据李招军的提议，建议清风县委免去钟庆林、蒋曙成的一切职务，地委还将他们两人的主要错误事实在全地区进行了通报。此事在鸽城上下引起了强烈反响，盛行一时的虚报浮夸、弄虚作假之风终于得以刹住。

经过清仓查库，整个鸽城地区库存稻谷为1201862000斤，除去必须留下的谷种，到夏收之前的5个半月，人均每月只有稻谷29斤，折合大米为20斤，属于短粮缺粮的地区。特别严重的全地区有11个公社，计147375人，月均稻谷只有18斤，人均每天可供食用的大米不到4两。而据有关研究生命科学的专家介绍，在长达5个半月的时间内如果人均每天食用的大米不足半斤，肯定会出现饿死人的现象。而要保证这147375人每人每天半斤大米，经计算尚短缺稻谷3831750斤。这批救命粮要怎么才能解决呢？有人提议，从人均每月多于29斤稻谷的公社里调。而此事涉及近200个公社，不少人对此坚决予以反对，认为这些公社人远离每月多出的稻谷不足一斤，仍属缺粮范围，再予调粮极有可能激起民变，造成大的骚动。

马玉文也不赞成调粮的做法，他说："现在各公社、各大队的民兵都自发组织起来，将粮仓看守得严严实实的。这个时候调粮等于要他们的命，做工作是做不通的，强行调粮很有可能引起暴力冲突。关键的问题还在于采取绝对平均主义的做法，只会使更多的人面临被饿死的危险。这200个公社现在不仅不能往外调粮，还要组织群众发展生产克服缺粮少粮的困难，千方百计度过饥荒，只有这样才能稳定大局。"但对于怎样解决3800000斤救命粮的问题，他也想不出好的办法。因为粮食属国家统购统销物资，即使有钱也不能买，再加上全国各地都缺粮，你就是钱再多也无处可买呀，更不用说去借了。

这批救命粮可伤透了地委和行署主要领导的脑筋，他们研究来研究去决定先发一个文件下去，按人均每月供应稻谷29斤进行安排，并依农闲时少食、农忙时多吃的原则规定：农闲时节每人每月供应稻谷26斤，农忙时和春节每人每月供应稻谷33斤。库存粮食超过这个标准的经报请行署审核同意可以适当提高，库存粮食少于这个标准的到时再由行署进行调剂。说穿了，他们是想通过这个文件对粮食进行严格的调控，如果执行得好，到时也许能够进行必要的调济解决缺粮最严重的 10 个公社 147375 人的生存问题。如果实在调剂不了，就只好向省委、省政府乃至中央进行检讨，请中央予以救剂了。

文件发下去一周后，地委和行署的主要领导聚集在一起正在听取对文件执行情况的汇报。会议开到一半，地委办公室一同志跑进会议室，上气不接下气汇报说："刚刚接到红宇人民公社打来的电话，说有一列运粮的火车翻在红宇水库了。"

"啊！"会场上响起了一片惊叫声。谁都知道用火车运送的都是国家所有的粮食，也就是老百姓俗称的"皇粮"。在这饥荒年月处理不当，很容易发生哄抢现象。如果这样不仅会给国家造成不应有的损失，还会造成极坏的社会影响。马玉文当即立断说："请东山同志立即通知当地民兵保护现场，绝不允许任何人抢走一粒粮食，然后你马上带领一个营的驻军赶来协助处理。"

谢东山站起来习惯性地敬了个举手礼说："保证完成任务！"

"现在休会，请地委副书记及分管粮食工作的副专员随我和招军同志立即赶往红宇水库进行处理。"马玉文补充说。

当马玉文和李招军一行赶到红宇水库时已近中午，只见江口县委书记邓庆丰、红宇水库灌区管委会主任周请成、红宇公社社长杨朝穆早就带领基干民兵将现场围了个水泄不通。见看热闹的群众全被民兵隔得远远的，马玉文悬着的心才放了下来。

邓庆丰向马玉文和李招军报告说："火车司机和押运人员都受了伤，已全部送往县人民医院进行抢救。这列火车挂有 36 节车厢，里面装的全是稻谷，每节车厢 60 吨。据受伤的押运人员说，这些粮食是国家粮食部从四川调往上海的，没想到在这里翻了车。"

李招军："是什么原因造成翻车的，怎么连火车头都翻了？"

邓庆丰说："不清楚，估计应是机车本身的原因，反正现场保护得好好的，绝对没有被破坏，等有关部门前来调查就清楚了。"

马玉文说："先不管翻车的原因，我们沿线看看再说。"

火车翻车的地点正好在红宇水库边上，火车车头冲出铁轨将近 50 米后倒在地上，有 19 节车厢翻到在地，有 7 节车厢不同程度地发生倾斜，只有 10 节车厢完好无损地卡在铁轨上。用麻袋装的稻谷倒得满地皆是，绝大部分倒在水库岸边和坡上，只有少数掉进水里。望着满地的稻谷，马玉文心里默算了一下：好家伙，每节车厢 60 吨，36 节车厢共计稻谷达 4320000 斤，如果把这批粮食

设法留下来，147375人的救命粮不就解决了么？这个念头刚一出来，他就害怕了。要知道这可是万万打不得主意的"皇粮"啊！但一想到147375位老百姓的生死，他把心一横暗自下定了决心。

"嘟……嘟！"随着一阵喇叭声响，谢东山带着12辆大卡车满载着500名解放军战士赶来了。

"东山，你们来得正好。为确保粮食安全赶快让战士们将粮食搬上卡车运往红宇粮库。顺序是先搬火车车厢上的再搬地上的，最后打捞掉进水库里的。动作越快越好，必须争取在3小时以内完成60%以上的任务。"马玉文说。

谢东山马上向随来的解放军副团长下达了任务，500名解放军战士立即开始了紧张的搬运。

李招军和同来的其他地级领导对马玉文为保障粮食安全，让解放军将粮食就近运往红宇粮库都很赞同，但对搬运粮食的顺序却很费解，为什么不先搬运倒在岸边、坡上的呢？万一群众哄抢的话肯定会哄抢地上的啊，车厢里的解放军战士保护起来也方便一些呀。

望着大家疑问的目光，马玉文佯装不知，说："让解放军战士先搬，所有的地级领导和邓庆丰同志随我到前面的山坡上开个短会，我有话要对大家说。"

来到山脚下，马玉文对同来的地委秘书曾晓光说："你在这里守住，谁也不准靠近我们。"

曾晓光点了点头便站在那里原地不动。

马玉文带着大家走到山坡上一个四周无人的地方，开门见山地对大家说："我打算将这批粮食留下来，作为147375人的救命粮。"

"你疯了吗？这可是'皇粮'，截留'皇粮'是要杀头的！"李招军大吃一惊地说。

"我知道这是'皇粮'，但我更知道147375人的命比天还大！过去打天下，人民是我们共产党和军队赖以生存和发展的根本，现在我们掌权执政了，人民仍然是我们共产党和国家赖以巩固政权的根本。所以，任何时候我们都要以民为本。为了民生，如果处决了我马玉文一人，能救活14多万人的命，我就是死了也值。"马玉文态度坚决地说，"我找你们来不是要说服大家表态同意，而是向你们通报。这样出了事，责任就由我一个人承担，免得连累大家。但有一点我必须讲清，这不是截留'皇粮'，而是暂借这批'皇粮'，到明年夏收以后必须一斤不少的还给国家。"

"问题是你怎么个借法呀？我估计人家是绝对不会同意的。"贾卫尧担心地说。

马玉文说,"我也知道硬借肯定是借不到的,只有巧借才成。所以我让解放军先搬火车上的,后搬地上的,再捞水里的粮食,目的是想抢在省委、省政府和粮食部、铁道部的领导赶到之前先将大部分粮食运到仓库里。等他们来了之后就说粮食大多掉进水库里了,打捞需要一定时间,而且现在是冬天只能将打捞出来的粮食分到附近各家各户去烘烤,鉴于这种情况不如将这批粮食借给农民,到明年夏收后再由他们如数归还。"

"我同意,出了问题由我和老马一起承担。"贾卫尧首先表态说。

谢东山将胸口一拍,说:"算我一个,为了不饿死一个老百姓,我谢东山豁出去了。"

"我也同意。"莫良田说,"反正我们又不是贪污私分,是为了救缺吃少喝的老百姓。我们当初参加共产党干革命不就是为了让老百姓能够活下去,并且活得更好嘛!"

李招军的思想在剧烈地斗争着,他知道这件事一旦被上级查出来,轻则撤职罢官,重则判刑坐牢。但如果反对的话,真的饿死了人,追究起来自己肯定要负首要责任;同意的话,既使上面查起来自己充其量也只要负次要责任,因为自己是最后一个在迫不得已的情况下表态的。想到这里他说:"既然大家都同意了,我也赞成。万一出了事就由地委领导班子集体承担,不能让玉文同志个人来顶。"

"谢谢同志们的理解和支持。"马玉文动情地说,"但这件事的一切后果只能由我一个人负责,因为主意是我出的,决定是我做的,而且我一开始就说过找你们来不是要你们表态而是向你们通报,你们最多是一个知情者而已。但有一点需要大家帮忙,即对这一作法一定要守口如瓶,万一讲了出去,借粮的计划就会泡了汤。"

"谁他妈的不讲良心讲了出去,老子一枪就崩了他。"平时很少动气的谢东山瞪着双眼说。

马玉文拍了拍谢东山的肩膀说:"都是老战友了,还有谁信不过呀。走!我们一起搬粮食去。"他回过头对贾卫尧说:"请你去组织民兵继续搞好警戒,千万别让他们靠近来,特别是上面来人时。另外你让红宇公社的杨朝穆立即去找几条船来,以便安排部分解放军战士开始打捞掉到水库里的粮食。"

走近列车,马玉文爬上倒数第五节车厢对正在搬运粮食的战士们说:"最后4节车厢的粮食暂时不动,先从这节车厢搬起。"说完搬起一麻袋粮食递给站在卡车上的一个解放军战士。见地委书记、专员和军分区司令员亲自动手搬运粮

食,战士们干得更加起劲,就连司机也走出驾驶室帮忙,等车子装满后再开足马力急驰而去,卸完货后又马不停蹄赶了回来。不到一个小时,除末尾4节车厢外其余6节未翻倒的车厢内的粮食已被全部运走。马玉文这才安排战士们搬运7节倾斜的车厢里的粮食,当战士们纷纷爬上车厢时,由于压力的原因6节刚刚搬空的车厢都不同程度地发生了倾斜。马玉文暗暗高兴,因为这正是他所期待的结果。

500名战士,12台大卡车整整忙了3个小时,包括火车上和地面上的粮食大约运走了300万斤,马玉文这才让大家停下来休息。

杨朝穆根据贾卫尧的指示带人千方百计找来14条小船,马玉文让谢东山从战士们中挑选出104名水性较好的官兵驾船到水库中打捞粮食。打捞上来的粮食,马玉文不让拉走,全都堆放在岸边。

大约下午5点多钟,听到远处传来汽车声,马玉文猜想一定是省里的领导来了。果不其然,不到3分钟4辆小车就开到了水库边。副省长郭华景第一个走下车来,马玉文、李招军等人立即迎上去和郭华景握手问好。郭华景指着从后面几辆上走下来的十来个人说:"他们都是刚从北京坐飞机赶来的粮食部和铁道部的领导同志,来,我给你们介绍认识认识。"

根据郭华景的介绍,马玉文知道来人中职务最高的是粮食部一个姓赵的司长和铁道部一个姓刁的副总工程师。随后,郭华景又将马玉文、李招军、贾卫尧、莫良田和谢东山等5人一一向来宾们作了介绍。

"唉呀!你们地区的主要领导都到齐了。说明你们对这件事非常重视,有你们的大力支持事情就好办多了。我在这里代表粮食部,先向你们表示感谢!"赵司长说。

马玉文说:"事故发生在我们辖区内,我们能够不重视吗?更何况这是'皇粮'呀。接到报告,江口县委的主要领导在第一时间便赶到这里,组织民兵将现场保护起来。当时我们正在地委开会,得知消息之后马上中断会议带着500名解放军战士赶了过来。几位领导,我想请示一下,是由我们陪着你们边看现场边汇报,还是看了现场之后再专门汇报?"

郭华景在征求赵司长和刁副总工程师的意见后说:"那就边看边听你们汇报吧。"

这时解放军战士除下水库打捞粮食的人外,都被谢东山安排接替民兵负责警戒任务去了。马玉文等人陪着中央和省里来的领导从火车头看起,边走边看。马玉文一路汇报说:"火车究竟是因什么原因翻的我们就不清楚了,车上的司乘人员和押运粮食的人都不同程度地受伤了，现正在江口县人民医院抢救。这列火车共挂有 36 节车厢，上面装的全是稻谷，据说是由四川运往上海的。"

赵司长插话说："不错，这车粮食是我们部里从四川调往上海，用来供应上海市民的。"

马玉文接着汇报说："36 节厢翻了 32 节。"他用手指着散落在地上的麻袋说："粮食绝大部分掉到水库里了，只有小部分翻在岸边和坡上。我们数了数在陆地上的麻袋只有 6989 个。"

听到这里大家正好走到最末的 4 节车厢旁，赵司长说："这么说有 300 多万斤粮食掉到水库里去了？"

"那就不清楚了，我们不知道火车上究竟装了多少粮食。"马玉文说。

"每节车厢装了 60 吨，36 节车厢共装了 2160 吨，每吨 2000 斤，一共是 4320000 斤。"赵司长掰着手指边算边说，"只剩这 4 节车厢未倒，里面是 240 吨即 480000 斤，加上散落在地上的 698900 斤，总共才 1178900 斤。如果其余的都掉到水库里去了，应该是 3141100 斤。你们现在组织人在打捞了么？"

"正在打捞，我们陪你过去看看。"马玉文回答说。

从铁道部来的刁副总工程师说："你们去看好了，我得带人去检查火车头和铁轨，我来的任务是查明事故的原因。"

赵司长握了握刁副总工程师的手说："那好，我们就兵分两路，各行其是吧。"

马玉文见状在征得刁副总工程师的同意后，安排谢东山负责从解放军中抽了几名军官协助调查事故原因。然后便与李招军等人陪同郭副省长和赵司长一行向水库大坝走去。

大坝上码了一堆湿漉漉的麻袋，不用问谁都清楚这是从水库中打捞出来的粮食。大坝上还烧了 4 堆熊熊燃烧的大火，一些光着身子只穿一条短裤的战士裹着军大衣在烤火。身子一烤热他们就走下大坝坐船到水库中将大衣一脱，纵身跳进水中潜了下去打捞粮食。刚从水里上来的战士一个个冷飕飕的，赶紧披上大衣爬到坝上烤火。

望着漂浮在水库中的小船，赵司长皱着眉头说："几百万斤粮食照这个速度，不知要多长时间才能打捞上来？"

马玉文说："赵司长，您都看到了，这大冷的天，不是解放军谁肯下水去打捞粮食。但是水库里的水太深了，捞上一麻袋粮食很不容易呀。我跟军分区谢司令员商量了，准备明天再增派一些部队上来，可究竟什么时候才能把全部粮食打捞上来这就说不准了。"

郭副省长用手从湿麻袋里扣出一把稻谷摊开来说："就算把粮食都打捞上来了，在这寒冬腊月，几百万斤被水浸泡发涨的稻谷也没有地方和办法将它晒干呀？用不了几天这些稻谷就会生芽发霉，变成一堆废物。"

"唉！"赵司长也被这个问题难到了，他说："我们总不至于不打捞，就让这些粮食烂在水库里吧。把它打捞出来，实在不能食用就送给当地的农民喂牛喂猪，总比浪费要强嘛。"

马玉文闻言心中一喜，他很自然地接过话题说："刚才赵司长讲到将粮食送给当地农民的事，倒使我想起了一个办法：我们何不发动当地群众打捞粮食，并将打捞上来的粮食分到各家各户去烘干。现在群众普遍缺粮，别说送给他们，就说借给他们，让他们明年收割稻子后再还，相信他们也百分之百地会干。"

"借？"赵司长眼前一亮，脱口而出："这倒是一个不让国家造成损失的好主意。可问题是由谁来出具借条，总不能让老百姓一家一户地写吧。"

李招军没想到事情如此顺利，忙说："借条可以由我们行署出具，明年稻谷一收割我们一定负责组织借粮的农民如数归还。"

"对！这4320000斤稻谷全部算我们鸽城地区借国家的，到明年保证一粒不少地还给国家。"马玉文补充说。

赵司长与同来的同事们商量了一下说："4320000斤粮食全部借给你们，我们还作不得主。这样吧，你们先找个粮库把没有掉进水中的1100000斤稻谷先储存起来，在没有接到批复之前谁也不许动。掉到水库里的3200000斤稻谷就由我们作主借给你们了，你们可以安排当地农民打捞烘干之后进行分配、处理。但你们还得写请示报告并经省政府签署意见后报我们粮食部，如果部里研究同意全部借给你们，那1100000斤稻谷才能动。"

马玉文和李招军异口同声地说："好的，我们一定按部里的指示办。"

赵司长对郭副省长说："您看这样处理行不行？"

郭副省长笑了笑说："我没啥说的，坚决服从。"

"那我们回出事的地方去，看看刁副总工程师他们对事故的原因查得怎么样了。"赵司长说。

马玉文拍了拍莫良田的肩膀说："既然这样，请你留下来按赵司长的指示组织群众打捞粮食，我们陪领导先走了。"

莫良田会意地说："没问题，你们只管去就是了。"

马玉文、李招军陪郭副省长和赵司长一行走近火车头时，刁副总工程师他们早就等候在那里。不待有人问起，刁副总工程师主动说："事故的原因基本查明了，是火车的制动系统出了问题，刹车不灵，完全可以排除刑事犯罪和反革命破坏活动。我们准备到医院里去找受伤的司机再调查一下，就可以下结论了。"

"那好，我们一起去医院慰问慰问伤员吧。"郭副省长说。

鸽城地委和行署写给粮食部的请示报告交到省里的第二天，马玉文和李招军便接到省委办的通知，要他们马上赶到省委机关，省委书记邓志锡要找他俩谈话。一路上两人分析来分析去，一致认为这次谈话肯定与"皇粮"有关，是凶多吉少。

马玉文说："硬是瞒不过去的话，就实话实说吧，反正粮食还没有动，要处分的话也不过是回家种田而已。唉！只是苦了那14多万严重缺粮的老百姓了。"

李招军心情复杂地说："反正我听你的，你怎么说我就怎么讲。"

当他们忐忑不安地走进邓志锡的办公室时，从邓志锡的脸上看不出任何喜怒哀乐。等秘书给他俩泡好茶离开之后，邓志锡从座位上站起来围着他俩坐的沙发转了两圈，从办公桌上拿起那份请示报告丢到茶几上说："你们看，报告我已签发。从现在开始，我们3个人可算是一条战壕里的'战友'了。我只有一个要求，万一中央查起来，你们能让我在受处分之前明白事情的真相，别稀里糊涂受个处分就行了。"

马玉文和李招军大出意外，俩人你看我，我看你，不知从何说起。

邓志锡"哼"了一声说："你俩当我没有去过红宇水库，不了解那里的地形？3个月前我还到那里去过，并且沿水库走了一圈。你们应当知道，铁轨距水库边沿最窄的地方也有70米，水库边沿也有一定的坡度，不是垂直下去的。火车翻了以后有小部分装有稻谷的麻袋滚进水库是有可能的，但绝大部分应该倒在路边和留在车厢里。说！是不是你们那里有些地方严重缺粮，借这次翻车事件你们趁机在打'皇粮'的主意。"

"是！"马玉文老老实实地将事情的经过和自己的想法如实做了汇报后说："这14多万人的救命粮如果不解决，肯定会饿死不少人。借粮的主意是我出的，具体做法也是我安排布置的，要处分就处分我好了，与其他同志无关。我只有一个要求，就是把这批粮食留下来分给严重缺粮的老百姓以救他们一命。这样的话不管省委怎么处分我，哪怕是判刑坐牢我也绝无怨言。"

邓志锡说："如果要想处分你们，我还会签发这份报告么？我知道你之所以冒这么大的风险截留这批'皇粮'，一定是为了救济老百姓。我签发这份报告，是准备万一东窗事发时，我可以先给你们挡一下，为你们分担一些责任，尽可能地减轻对你们的处罚。"

马玉文感激万分地说:"不行!邓书记,您权当什么也不知道就是了。怎么能够连累您呢?"

"你说得轻巧。"邓志锡说,"万一事发,我这失察,不!包庇之责,能够推卸得了?除非我不签发这个文件,可这样一来这批粮食你们又怎能借得到呢?你马玉文、李招军为救黎民百姓甘愿判刑坐牢,我邓志锡岂能贪生怕死。"说到这里他话锋一转,语气变得严厉起来:"这全是你们好大喜功,放'卫星'虚报浮夸惹的祸,否则也不至于有这件事情的发生。"

李招军坐立不安,迫不得已地说:"这件事当时玉文同志不在家里,主要责任在我,是我没有把好关,轻信了统计部门的报表。"

"那当中央决定从鸽城调运粮食时,你们为什么还不说实话呢?"邓志锡盯住李招军问。

李招军嗫嚅了半天也说不出个所以然来。

邓志锡右手一挥说:"这件事既然已经过去,我也不想再追究了。但,你们一定要吸取教训,引以为戒。今天我找你俩来谈话的主要目的就是告诉你们,有了这批粮食之后你们必须给我保证,鸽城地区不得饿死一个人,否则我就拿你们两人是问。"

马玉文、李招军同时站起来说:"是,我们保证坚决做到!"

五

粮食部的批复很快就下来了,只同意将掉进水库里的 3200000 斤稻谷借给他们,其余 110 余万斤仍然要调走,理由是全国缺粮的地方太多,这批粮食还能救活不少人。这样一来,严重缺粮的 10 个公社 147375 人的救命粮仍短缺稻谷 60 万斤,人均 4 斤多。为了落实省委书记关于"保证不饿死一人"的指示,马玉文和李招军商量后决定,地委 4 个正副书记和行署 4 个副专员加上军分区司令员同政委每人承包一个公社,实行责任到人。

马玉文承包的是清风县团结人民公社,当他来到这里时先到几个大队转了转,只见人们不是面黄肌瘦就是全身黄肿,一个个病泱泱的,有的人甚至整天卧在床上连爬起来的力气都没有。马玉文大吃一惊,问陪同的公社书记易良兴说:"这究竟是怎么会事?"

易良兴说:"在这批'皇粮'没来之前,我们怕断粮,按照'农闲时小食,农忙时多吃'的原则,前段时期我们规定各大队的食堂每日只供应两餐粥。"

马玉文不悦地说:"地委和行署不是明文规定农闲时按人均 26 斤稻谷,折合大米 20 斤供应吗？这样人均每天将近有 7 两米，最少也可以吃过半饱。你们怎么能随意克扣粮食呢？"

"我们主要是怕上面到时没有粮食调来，万一断了粮就麻烦了。"易良兴回答说。

"这种情况有几天了？"

"到前天为止刚好一个星期，前天下午粮食运来后，从昨天开始，各食堂虽然每天还是供应两餐，但标准改为上午每人供应大米饭 4 两，下午 3 两。加上蔬菜，大家反映勉强可以填饱肚子，就是油太少了，吃下去不久心里便开始发慌。"

"两餐饭供应的时间各是几点钟？"

他们所在的六大队的党支部书记严泽茂告诉他："上午是 9 点，下午是 5 点。"

马玉文看了看表，离下午 5 点只差十几分钟了，便说："到你们食堂去，今天的晚饭我们就在这里和社员一起吃了。"

严泽茂急了，说："我们一点准备也没有，要不等社员们吃完之后，再单独给您们做。"

马玉文摇摇头说："不用了，社员们吃什么，我们就吃什么。"

走进食堂里，社员们已开始排队打饭，一人供应一份米饭、一碗箩卜，菜里连油星子也看不到一点。

"老乡，你们食堂几天吃一餐肉呀？"马玉文问一个中年汉子。

"吃肉？这年月能够每餐有这么一碗饭吃，不做饿死鬼就算不错了。你还想吃肉，别做他娘的秋梦了。"中年汉子唠叨着说。

"大耳朵，你怎么这样同马书记讲话，一点礼貌也没有。"严泽茂批评中年汉子说。

听说地委马书记来了，社员们都自动鼓起掌来，弄得马玉文有点不知所措。一个年过 70，眉毛、胡子雪白的老汉慢慢走过来抓着马玉文的手跪了下去，慌得马玉文连忙将他扶起来说："老人家，你这是怎么了，行这么大的礼叫我马玉文如何受得起呀。"

"受得起，您是百分之百地受得起，为了救我们这十几万老百姓，您甘冒身家性命截留'皇粮'，莫说是受我们一拜，就是给您建座庙宇塑个金身，一年四季让老百姓天天朝拜也是应该的。"老汉说。

"老人家，您言重了。"马玉文提高声音说，"社员同志们，前段由于我们工作失误导致你们挨饿受苦了，我在这里代表地委和行署向大家深刻检讨。国家

了解我们的实际情况后,同意借一批粮食给我们,这绝非我马玉文截留的。大家要感谢的话就要感谢党中央,感谢中央人民政府。但这批粮食还远不够吃,只能保证不饿死人而已,要想战胜饥饿还得靠我们大家一起想办法,齐心协力抓好生产,发展经济。"

"马书记,我们都听你的。你说怎么干,我们就怎么干。""我们的命都是你救的,你叫干什么都行。"社员们纷纷表态说。

马玉文说:"那就请你们推选几个代表,今天晚上我们开个座谈会,好好合计合计。"

座谈会放在白胡子老汉家开,他叫毛传亮,出身下中农,解放前教过几年塾书,是大队屈指可数心里有点墨水的人,至今还兼着大队的文书。

"我说老太婆呀,今天家里来了贵客,你把前几天满伢子在山上捉到的那只野鸡用辣子炒熟,再放点生姜,再把前年春节大女婿来拜年时给我的两瓶烧酒打开,我陪马书记他们喝两杯。"毛传亮吩咐他堂客说。

马玉文连忙制止说:"老人家你别客气,留着家里来了亲戚吃,我们都不饿。"

严泽茂说:"马书记,你让他炒吧,否则他会认为是你瞧他不起,接连几天都会生闷气。他就是这样一个性格,只要朋友来了哪怕家里就剩一升谷种他也会先煮倒吃了再说。"

马玉文无奈只好宣布开会,他说:"我们这次坐谈会就讨论一个问题,即按现在供应的粮食标准还会不会饿死人,如果会的话应当采取哪些措施才能保证不饿死一个人。今天来的5位都是各个生产队的群众推选出来的代表,希望大家畅所欲言,充分反映群众的意见和要求,尤其欢迎大家多出一些主意、多献几条妙计。"

见代表们迟迟不发言,严泽茂鼓励大家说:"对马书记,你们中可能有人原来不认识,但他多次救民于水深火热之中的事迹大家应该再熟悉不过了。在这样的好书记面前大家还有什么话不便说,不好讲呢?就是讲错了,马书记也不会计较和追究的。"

第一生产队的代表张建善鼓起勇气说:"每天有半斤多米供应,不会直接饿死人,但长时间吃不饱,吃不好,营养不够,肯定会引发各种疾病,因病而死的人估计不会少。这些人,说到底还是变相饿死的呀。"

"有道理。"第四生产队的代表严庆玲附和说,"没有营养,别说吃不饱,就是吃饱了也活不久。不信你天天吃桃子就是吃得再饱,也会吃出病来,时间一久非死不可。要不古人怎么会说'人是铁，饭是钢，有饭吃，才健康'呢。"

他们俩的发言对马玉文触动很大，联想到白天看到的情景，他想，是呀，每天半斤粮虽然可以保证不会直接饿死人，但时间一长必然导致营养不良致使一些人因病而死，这不是变相饿死人又是什么。想到这里他不寒而栗，虚心求教说："请大家谈谈，有什么办法能够解决变相饿死人的问题。"

有人提出多种冬季作物。

有人就说该种的早种了，等这些东西长到能吃时最少也得两三个月。

有人提出多养猪和牛羊。

有人就说现在连人都吃不饱，那里还有东西喂猪养牛羊，更何况这些家畜少说也要喂养半年才吃得。

还有人主张多组织一些人上山打猎。

马上有人说现在山上不论活的死的，只要是能吃的早就让人搞光了。

大家议来议去，一直没能议出一个好办法。就在这时毛传亮老婆端着两碗热气腾腾的野鸡肉来了，毛传亮将两瓶烧酒打开，拿12个杯子平均分了，参加开会的每人一杯。

有人用筷子夹起一块野鸡肉说："谁说山上的野禽野兽打光了，这野鸡不是早两天才打到的么？"

毛传亮喝了一口酒说："山上的野东西绝对打光、采光是不可能的，但经过这一劫，活下来的确实不多了。剩下的飞鸟野兽现在也和我们这些人一样，面临着严重的饥荒。这只野鸡是前两天我满崽从邻村做木工回来时山上的路边碰到的。见我满崽走近时它就飞，可飞不了一丈远又落了下来，我满崽以为它受了伤就奋力进行追赶，可没追几步就将它抓住了。他提起来一看，野鸡全身没有一点伤，再摸它的身上发现瘦得皮包骨，这才知道它是饿得没劲飞了。"

有人哈哈大笑说："这么说山上有飞鸟野兽捡啰，我明天就发动我们生产队的人上山捡去。"

一与会代表说："你想得美，人家这是运气好碰上的，你以为人人都有这么好的运气。现在山上飞禽野兽本来就少，你把全队的人都带上山，这些飞禽野兽早就吓得躲在洞里不敢出来了。莫说捡，你就是打都打不到。"

"是这个道理，并非任何时候，任何情况下都是人多好办事。"毛传亮说，"就拿这吃饭的事来讲，人们不是常说'做事要人多，吃饭要人少'嘛。因为人少就好养，随便找点东西就容易填饱肚子。"

马玉文听出他话里有话，就说："老人家，您好像还有话要说，不要有任何顾虑，您只管说就是了。只要说得对，我们就会采纳。即使说错了，我们也绝

对不会找您的麻烦追究您的任何责任。"

"依我说面对这种严重饥荒要想不饿死一个人，包括不间接饿死人，办法只有两条。"毛传亮说。

"那两条？"好几个人同时问。

见毛传亮犹犹豫豫的样子，马玉文再次鼓励他说："老人家，您有话尽管讲好了。我们讲话算数，不管您说得对与不对都不会为难您。"

毛传亮一口喝干杯子里的酒，咬了咬牙说："讲就讲，我反正已经活了70多数，就是枪毙了也短不了几年寿。第一条就是撤销公共食堂，第二条就是允许社员利用房前屋后的空坪隙地种菜、种杂粮和养鸡养鸭。"

此言一出如天上掉下一颗炸弹，炸得大家心惊肉跳，连马玉文眉毛都暗暗跳了两下。

严泽茂颤声说："毛爹年龄大了，不胜酒量，刚才酒喝急了，现在讲酒话，大家千万莫把他的话当真。"

"谁说我讲酒话了？"毛传亮大声说，"我毛传亮活了70多岁，你到这十里八乡打听打听，看我什么时候说过糊话疯话。我说得不对？你们哪个敢站起来说你们内心里还赞成办公共食堂，真心喜欢公共食堂？"

与会代表一个个勾着脑壳，默不做声。

马玉文多少有点尴尬，他稳了稳神说："老人家，你这两条的理由何在？能不能详细说出来听听。"

毛传亮不慌不忙地说："一个公共食堂少则几百人，多则上千人，反正食堂是大家的，有吃的个个都伸手要，宁肯浪费也不愿放弃；没有吃的时大家不管不问，只管骂娘，责任压在几个大队干部甚至大队书记一个人身上。如果撤了公共食堂，有吃无吃，责任在每个家庭的家长和全体家庭成员身上，碰上饥饿他们就是钻山打洞也会去想办法解决。就好比一副担子由几个人甚至一个人挑，和由几十、几百甚至上千个人担，孰轻孰重？岂非不言而喻。再说在目前这次物资十分匮乏的情况，你就是千方百计搞到少部分食品，比如打到一支小野猪，放到公共食堂吃一餐都少了，可是如果给一个家庭，不仅可以吃好几十天，甚至可以解决一年的食油，基本能满足全家的营养。再有，当听说山里有这么一只小野猪时，就是明知没有吃的，也很难设想在一个公共食堂吃饭的所有社员会齐心协力去捕捉，因为对于那些不愿去的人来说'泰山倒了分到他头上的土还不到一小杯'。而对于一个处于饥饿状态的家庭来说，无疑会倾巢出动捕之而后快。一句话，不撤公共食堂饿不饿死人的责任在少数几个领导身上，撤了公共食堂这个责任就分散到了千家万户。一家一户和一个大队、一个公社、一个县、一个地区比，解决饥饿的困难要少得多，办法要多得多。"

"您第二条的理由还没有说呀。"见毛传亮停了下来，陪马玉文一起来的清风县委书记何云安催问道。

毛传亮呷了一口酒不紧不慢地说："允许家家户户利用房前屋后的空坪隙地种点蔬菜杂粮，养几只鸡鸭，既不占用公家的田地又能充分调动大家自救的积极性，何乐而不为。我就不相信这样做就会助长资本主义，使国家改变颜色。"

毛传亮讲完后，全场变得鸦雀无声，人们或喝闷酒或低头不语。为打破沉默，马玉文说："大家接着谈呀，我们这次座谈会的原则是只要出发点正确，言者一律无罪。"

第三生产队的代表鼓起勇气说："公共食堂肯定办不下去了，因为它已没有物质基础作保障。再蛮办下去，不仅有可能饿死人，更重要的是会导致人心涣散，影响来年的生产。公共食堂的一大弊端是，不管社员在生产时干好干坏，反正饭量是按照一个标准定量，久而久之，大多数人学会了偷懒，做事磨洋工，出勤不出力，照此下去集体生产非垮不可。"

第五生产队的代表发言说："我赞同毛老爹讲的两条办法，首先，一家一户想办法度饥荒容易，成百上千人靠公共食堂战胜饥饿困难；其次，允许利用房前屋后发展种植业和养殖业，这样男女老少的积极性都能调动起来，再说养鸡、养鸭比养家畜的周期短来得快，能在短期内解决人们严重营养不良的问题。"

马玉文边听边琢磨，他觉得要从根本上解决问题还是毛传亮老人讲的两条办法靠得住。可办公共食堂、不准私人留有土地是毛主席赞成、党中央决定的，如果同意毛传亮的意见就严重违反了个人服从组织、下级服从上级的党性原则，自己就会犯大错误。但，不这样做很难避免饿死人或变相饿死人。经过一番激烈的思想斗争，他认为个人犯错误受处分是小事，饿死或变相饿死老百姓是大事，再说再大的错误也大不过截留'皇粮'，反正豁出去了，顾不得那么多了。想到这里，他把心一横说："大家的发言虽然不无道理，可兴办公共食堂和不准私人留有土地是中央的政策，要我马玉文公开表态，特别是要地委和行署公开行文批准撤销公共食堂，同意大家利用房前屋后的空坪隙地从事种植业和养殖业是不可能的。但我国宪法明文规定我们的国家是人民当家作主的国家，人民是国家的主人，有权决定重大事情。因此在不违背国家法律、法规的前提下，你们可以召开社员大会或社员代表会讨论决定这两件事情。就是大家一致同意了，也不宜宣传，不宜提倡，不宜推广，如果中央发现后不同意还得及时进行纠正。当然，搞错了责任不要你们承担，由我马玉文来承担。"

与会代表都兴奋地站了起来，向马玉文鼓掌致意。

马玉文走了的第二天，团结人民公社第六大队便召开社员代表大会，表决通过了暂时停办公共食堂和允许社员在完全度过饥荒之前利用房前屋后的空坪隙地从事养殖业和种植业的决定。当天他们就把公共食堂所有的粮食按照人头平分到了每家每户，已经久违了的炊烟又在家家户户的屋顶上飘了起来。短短两三天的功夫，人们便将房前屋后能够开垦利用的所有土地都用锄头挖了，种上蔬菜杂粮，或者用木棍竹片围起来养起了鸡鸭。人们仿佛看到了生存的希望，干瘪紧板的脸上都挤出了一丝笑容。

尽管团结人民公社第六大队的事做得很机密，没有任何人进行宣传、提倡和推广，但世上没有不透风的墙，先是周边几个大队依样画葫芦悄悄跟着干，消息传出去后，整个鸽城地区不出半个月所有的公共食堂都停办了，所有农户的房前屋后都种上了东西、养起了鸡鸭或其他小动物。他们在不知不觉中成了全国第一个撤销公共食堂和农民拥有自留地的地区。

刚开始马玉文和地委、行署的主要领导还成天提心吊胆，害怕省委、省政府和中央发现后追究责任。过了一段时期，他们惊喜地发现全国各地的公共食堂都在不声不响中停办了，一些地方不仅允许社员利用房前屋后的空坪隙地进行种养，甚至默许社员在一些荒山野岭上自种自养。到了这时，他们悬着的心才放了下来，并开始有组织、有计划发动群众在搞好集体生产的前提下发展家庭副业，有条件的地方还开展集体狩猎。家家户户可以食用的东西逐渐多了起来，尤其是养鸡、养鸭由于周期短、繁殖快，人们的营养都得到了一定的改善，许多患病的人都慢慢地好了起来。在这场百年难遇的特大饥荒当中，鸽城地区没有饿死一个人。马玉文和他的同事们创造了一个了不起的奇迹，因为从1959年到1961年，在我国"三年困难时期"，许多地方的农民由于饥饿、水肿，死亡的人数不少。

大年初一一过，马玉文便主持召开地委扩大会议，专题讨论如何发展农业生产，争取粮食丰收，退还所借"皇粮"的问题。

马玉文在会上说："现在全国范围的缺粮问题远未解决，我们鸽城地处江南，在历史上就是鱼米之乡，我们不仅要兑现退还'皇粮'的诺言，还要争取为缺粮地区提供更多的粮食，力所能及地帮国家减轻一些负担。这就要求我们一定要搞好农业生产，实现粮食产量大丰收。"

在讨论中，一些同志主张扩大种植面积，一些同志提倡多种优良品种，多数同志强调要在精耕细作上下功夫。

马玉文说:"大家的意见都不错,可以写进工作报告或工作规划,但要想争取粮食大丰收还是要在科学种田上取得重大突破才行。我在中央党校学习期间专门走访过国家农业部和农科院的一些专家,他们告诉我南方的水稻要想大幅度提高产量就必须种双季稻。我问他们鸽城地区的气候、土壤适不适合种双季稻,他们说原则上长江以南都可以种,尤以中南、华南一带最好。我们鸽城地区地处中南和华南的接合部,种双季稻肯定没问题。因此,我主张把种双季稻作为科学种田的重大举措来抓,在全地区普遍予以推广。"

李招军说:"我听说全国还只有海南种了双季稻,产量也不错。但海南长年处于高温季节,日照时间长。我们这里的气候条件毕竟与海南有很大的差别,能不能种双季稻还很难说。万一失败了,不仅还不了所借的'皇粮',弄不好还会让老百姓缺粮挨饿。所以我主张种双季稻的事分两步走,今年先进行试验,如果成功了明年再进行推广。"

马玉文说:"我认为要想彻底解决全地区所有农民的温饱问题,让大家过上年年有余粮的好日子,就必须实行科学种田,大力普及双季稻。长江以南可以种双季稻这是农业科学家们认真研究的结果,我们应当尊重科学、相信科学。如果继续沿用老办法种田,要大幅度提高粮食产量是不可能的。至于具体的技术问题,我们可以把科学家们请来进行现场指导嘛。"

见党政一把手在这个问题上的意见不统一,贾卫尧说:"我认为你们两位的意见都有道理,能不能折衷一下,即拿出一半的田土面积种双季稻,剩下一半继续种一季稻。我算了一下,一半的面积是4232865亩,如果一季稻的亩产能保持在去年809斤的水平,总产可以达到3424387785斤,还掉320万斤'皇粮',还剩3104397785斤,即使双季稻颗粒无收,全地区人均稻谷还有426斤,更何况双季稻绝不会颗粒无收,早稻没有把握,但晚稻多少会有一些收获,这样人们的生活就有了保障。如果双季稻成功了,我们就会迎来历史上最大的一个丰收年。"

大多数同志都认为贾卫尧的意见比较稳妥,可进可退,进可以争取最大的丰收,退可以保证人们的基本口粮。

见多数同志意见一致,马玉文和李招军都没有再坚持己见,同意按民主集中制的原则形成会议决定。

种双季稻在鸽城地区是开天辟地第一次,为稳妥起见,从早稻育秧开始马玉文就聘请了国家农科院的专家担任科学顾问进行现场指导。他自己一有时间就深入田间地头,从耕田整地、育秧播种到中耕施肥样样向专家学,事事跟着

农民干。为了保证插秧的密度,他甚至用竹片做了一把2米长的尺,经常到田里进行测量抽查。功夫不负有心人,早稻收割后,平均亩产达到了397斤。在事实面前人们的顾虑全部消除了,种晚稻的积极性更高了。真正做到了党叫干啥就干啥,干部指到哪里就打到哪里。双抢期间,人们头顶炎炎烈日抢收抢种,身上的皮肤晒脱了,脚趾在田里泡烂了都没有一句怨言。精耕细作步步到位,甚至到了在稻田里找不到一株稗子的地步。播种的4232865亩晚稻,平均亩产621斤。作为种双季稻在江南地区第一个吃螃蟹的人,鸽城农民尝到了种双季稻的甜头。头一年亩产就达1018斤,总产达到4309056570斤。4232865亩单季稻也实现了稳产的目标,平均亩产762斤,总产达到3073059990斤。全地区粮食年产达7382116560斤。

　　大丰收后,鸽城人民没有忘记感激党和政府、感激全国人民,上上下下一致要求多为国家作贡献。经地委和行署研究,在完成上交提留和预购粮任务、留足种粮和饲养粮、保证人均供应稻谷720斤和还清所借"皇粮"之后,剩下的粮食全部无偿上交国家。通过反复计算核实,可超额上交国库的粮食达20亿斤。国家有关部门在接到鸽城地委和行署的报告后立即向中央领导作了汇报,当时全国仍有不少地方在闹粮荒,这批粮食无疑起到了雪中送炭的作用,因此中央领导对鸽城地委、行署和全区人民这种顾全大局的精神给予了充分的肯定和表扬。

第五章 较量"文革"

独领风骚

一

1962年元月，马玉文接到中组部的调令调任省委书记处书记（亦即省委副书记）。上任的当天省委第一书记邓志锡跟他作了一次谈话。

邓志锡说："玉文同志，这次你能提拔，你知道你最应感谢的是谁吗？"

马玉文略加思索地说："是党中央、包括您在内的省委对我的信任和器重。"

邓志锡说："党中央和省委要感谢这是不用言说的，我问的是个人，至于我哪有能耐决定一个省委书记处书记的任免哟，这可是中央政治局的权力。"

"那么是谁呢？"马玉文想了半天也想不起来，他说："我在中央政治局没有一个熟人呀，更别说政治局常委了。您是知道的，我在部队的老首长现在官职最大的是大军区副司令员和副政委，再就是总参的副参谋长，可他们不可能插手地方的人事任免呀，更何况我从来就没有找过他们。"

邓志锡哈哈一笑说："我就知道，你绝对猜不到。告诉你吧，你最应该感谢的就是周恩来总理。"

马玉文又惊又喜："敬爱的周总理？这不可能，我从来就没有在他手下做过事，他根本就不认识我，怎么会凭白无故地提拔我呢？"

"真是周总理，他先救你于前，又间接提拔你于后。"邓志锡郑重地说。

马玉文还是不明白，问："此话怎讲？"

邓志锡说："你还记得你们所谓的借'皇粮'的事么？"

"哪还能忘，搞不好这是要掉脑壳的事。"马玉文心有余悸地说。

"你还真说对了，差一点你要掉脑壳、我要受牵连了。"邓志锡说，"那次事后不久就有人向中央写信反映说：'那次火车出事按火车当时的惯性力，不可能造成30多节车厢翻到在地。'他们怀疑当地政府有截留粮食的可能。估计这封信是当时火车上的司乘人员写的，要知道当时他们没有一个牺牲和致残的。"

"啊！"马玉文轻轻地惊叫了一声。

邓志锡说："中央有关部门将这封举报信连同你们的报告和我的批复一起呈报中央领导，周总理看了后在上面批了两个字。你猜，那是两个什么字？"

马玉文想了想，摇摇头说："猜不出来。"

邓志锡说："据说周总理在举报信上批了'待查'两个字，既然'待查'，就不好再往上报到毛主席和少奇同志那里去了。更妙的是周总理像忘记了这件事似的，将举报信压在了他那里，一直没有具体交给哪个单位去查。你想，谁又敢去催问呢。这件事就这样被拖了个不了了之，我想总理肯定是认为你们这样做是为了救饥饿的老百姓，要不凭他的敏锐性是不可能看不出问题而轻意放过的。这不是救你于前么？"

"是，是！"马玉文眼眶里已溢满了感激的泪水。

邓志锡接着说："去年你们敢吃螃蟹，在江南地区第一个大面积试种双季稻成功。大丰收之后你们不仅还了所借的'皇粮'，并主动向国家多交了 20 亿斤粮食。总理看了你们的事迹报告后，明确批示：该地区的经验值得推广，建议组织人事部门对这种敢于创新又有全局观念的领导干部考察属实后，要敢于提拔使用。其他中央领导同志看了报告后都在上面画了圈，表示同意总理的意见，中组部还能不马上照办吗？这难道不是周总理间接提拔你于后么？"

"没想到，真是没想到。我马玉文何得何能，居然能得到敬爱的周总理的一再关照。"马玉文喃喃地说。

"我想总理这样做与他一贯热爱人民、忠于人民的性格有关。"邓志锡说，"你感谢周总理就要学习他的这一优秀品质，时时事事处处坚持以人为本、以民为天、全心全意服务人民群众。"

马玉文沉重地点了点头说："请您放心，别的我不敢说，为人民服务的宗旨我会实践一辈子。"

"至于你的分工问题，我已和其他几位书记商量了，由你主管农业并协助我分管政法工作。"邓志锡说。

"我保证在您的领导下，不辱使命。"马玉文表态说。

"那好吧，今天我们就谈到这里。"见马玉文起身要走，邓志锡又补充了一句，"组织部的同志想找你考察一下鸽城的领导干部，并征求你对班子配备的意见。"

马玉文刚站起来又坐下去说："那我给您先汇报一下。"

邓志锡说："组织人事问题还是按程序办好，这是我一直坚持的原则，至于我们俩人有什么看法，到书记办公会上可以交流嘛，免得人家组织部门的同志不好办事。你可以打电话让组织部的同志到你办公室去谈，如果你想熟悉一下组织部的环境，也可以直接到他们那里去。"

"还是我到他们那里去吧。"马玉文说，同时他心里对邓志锡这种坚持原则的态度很是佩服。

省委组织部就在书记办公楼的背后，是一栋 4 层楼的砖木结构的苏式楼房。

马玉文在秘书陪同下走过去,走到3楼组织部长刘国云办公室门口敲了敲门,刘国云在里面说了句:"请进。"

马玉文推门而入,刘国云抬头一看连忙站起来说:"唉呀!是马书记呀,您有什么指示打个电话,我们过去就是了。怎么能让您亲自跑呢?"

"过去有句老话,叫做'先进庵堂为长老'。"马玉文笑着说,"我初来乍到,总得拜拜码头、熟悉熟悉情况吧。"

刘国云指着皮沙发说:"您请坐,我去给您倒杯茶来。"

随马玉文来的秘书忙说:"刘部长,您陪马书记,我来倒吧。"

倒好茶后,秘书对马玉文说:"马书记,您们谈,我先走了,有事请打电话通知我。"

马玉文点了点头。

秘书走后,马玉文和刘国云寒暄了几句便直奔主题,他说:"刘部长,听邓书记说你们想找我考察鸽城地区的领导干部,并征求班子配备的意见?"

"对,对!看您什么时候有时间,约好之后我们到您那里去。"刘国云说。

马玉文说:"就现在嘛,趁我现在还没正式接收工作,否则这个时间就不好定了。"

"最好了!"刘国云说,"您在这里先坐一下,我让办公室通知几位副部长和干一处的处长一起参加。"

刘国云出去不到5分钟回来说:"马书记,我们到会议室去吧,那里宽敞些。"

马玉文在刘国云的陪同下来到会议室,4位副部长和干一处的处长同他都很熟,大家非常热情地和他打招呼,向他表示祝贺。坐下来后,马玉文看了看,会议室不大,中间是个条桌,两边各摆了4把椅子,两头各摆了一把,不用说这是部长会议室。

刘国云说:"今天马书记刚走马上任,就到我们组织部来介绍鸽城地区领导班子的情况,这是对我们组织部工作的最大关心和支持。下面就请马书记作介绍。"

马玉文说:"我是奉邓书记的命令而来的,谈的情况只能供你们做参考。"随后他实事求是地将鸽城地委、行署以及军分区领导,一个一个具体地做了介绍,既谈了每个人的优点又谈了各自的缺点或者不足。

刘国云听了后说:"您谈的很全面也很客观,对我们的工作肯定会有很大的帮助。此外,我们还想请教一个问题,即鸽城地委书记是由内部产生好还是由外面调去好?"

"我个人的意见宜由内部产生。"马玉文说,"因为鸽城地委一班人中能胜任的同志大有人在,从外面调去的同志没有一年半载很难熟悉情况、进入角色,鸽城地区的经济建设刚刚走出困境,在时间上耽误不起呀。"

"那您认为由谁担任地委书记最为合适?"刘国云问。

"李招军、贾卫尧、莫良田,包括谢东山,四个人都能干。"马玉文喝了口茶接着说,"他们四个人都经受了长期革命斗争的考验,有丰富的领导工作经验。但相比较而言,我个人更主张由贾卫尧同志担任地委书记一职,理由是该同志考虑问题更全面,处理问题更稳重,而这一点是独当一面的领导者所必须具备的。问题是由贾卫尧任地委书记的话,李招军同志就必须调走,因为他一直是贾卫尧的老上级,如果让他还呆在原来的位置上不动,别的不说至少他的面子上过不去呀!李招军这个同志能力没的说,就是给个副省级干部让他当也干得了,他的问题是头脑容易发热,思想有时比较左,作为独当一面的一路诸侯,在某种情况和特定条件下有可能会捅出娄子来,我建议最好将他调省直机关哪个单位当个一把手。我的上述意见完全是我的一家之言,仅供参考。你们该怎么拿方案就怎么拿方案,千万不要有任何顾虑,一切都要以党的利益为重,以革命事业为重。"

根据省委组织部的提名,经省委常委会议讨论决定,李招军调任省水利电力厅厅长兼党委书记,贾卫尧被任命为鸽城地委书记,莫良田被任命为鸽城地委副书记、行署专员。

接到调令的第一时间,李招军整个人都是懵的。他原以为马玉文荣升之后,鸽城地委书记已成了他的囊中之物,是坛子里摸乌龟——十拿九稳的事,没想到煮熟的鸭子也会飞,变成了他人餐桌上的佳肴美味。虽说当省水利电力厅的厅长属于平调,既没升也没降,但厅长和地委书记相比权力要少得多,一个属部门领导,一个是一路诸侯;一个只管一个方面的事情,一个上马可以管军下马可以管民。两者表面上能平起平坐,但就岗位的重要性和日后升迁的可能性而言是绝不可同日而语的。

"奶奶的,是哪个混涨王八蛋在背后捅老子的刀子,等查出来以后我非叫他刺刀见红不可!"李招军一回到家里便将皮包甩在沙发上,歇斯底里地发泄说。

正在卫生间洗澡的黎阳阳穿着睡衣走出来说:"怎么啦,谁招惹了你?回来发这么大的火。"

李招军气冲冲地将事情说了一遍。

"依我说当厅长就当厅长!"黎阳阳满不在乎地说,"反正是进了省城,住到

大城市，总比老呆在这个穷地方强。"

"你懂个屁！女人就是头发长见识短。我当了厅长，就好比是6月间的杉树圆了顶，仕途到了头。老子当年出生入死不怕流血牺牲来打江山，图的就是为了坐江山。可轮到手的位置都被人家抢走了，这不是活见鬼了么。"李招军气恼地说。

"那你说怎么办，难道我们继续留在这里不走？"黎阳阳说。

"对！我赞成原地不动，这样就可以进退自如。"早就坐在客厅里听留声机的黎豆豆见姐夫一回来就发火，便知趣地关掉机子站在一边旁听，这时忍不住插话说。

"不去是不行的，这口气再咽不下去也得先咽下去。因为这不是组织上征求意见，而是组织的正式决定，对组织上的决定是不允许讨价还价的。"李招军说到这里"唉"了一声接着说，"胳膊是扭不过大腿的，只有先去了再说。但我绝不会放过在背后捅我刀子的人，一旦查出是谁，就是拼个鱼死网破，我也要出了这口恶气。"

黎豆豆连忙说："姐夫，那你一定要把我也带去。我在地区医药公司搞业务员，都快3年了还没捞到一官半职，不仅无权而且没钱，真是郁闷死了。"

黎阳阳拍了拍豆豆的肩膀说："这还用得着你提吗？我和你姐夫不能生育，下半辈子还要靠你养老送终，能不将你带走吗？再说通过这件事可以看出来，凡事得有自己的人，一是多一个人多一份力量，二是只有自己的人才靠得住，才信得过。招军，你说我讲得对吗？"

李招军一张苦瓜似的脸上终于露出了一丝笑容说："在这个问题上，你多少还算有点见识。到了水利电力厅后，不出一年我就要把各部门的主要负责人都换成我所信任的人。我们虽然不能搞'顺我者昌，逆我者亡'，但总不能将定时炸弹安在自己身边。"

李招军到水利电力厅报到后正准备去拜访自己的顶头上司、省委分管农业工作的书记处书记马玉文，没想到马玉文却先到厅里看他来了。

马玉文一走进李招军的办公室便说："老伙计，没想到吧？我们又走到一起来了，算是新战壕里的老战友了。"

受马玉文情绪的影响，李招军的心情也轻松了许多，开玩笑地说："今非昔比哟，现在你可是我的顶头上司。人贵有自知之明，我可不敢高攀再称你是老战友、老同事了。"

"这不过是分工不同罢了，当书记也好，当厅长也罢，还不都是为人民服务。怎么样，对调这里来工作有何想法？"马玉文说。

这一问又勾起了李招军的心事，他说："真人面前不说假话，我对调离鸽城可以说是没有一点思想准备。再说一个地方的一把手调离后，一般都是论资排辈由第二把手接班，为什么轮到我李招军就变样了？"

马玉文没想到李招军会直截了当地问这个问题，只好含糊地说："调你到水利电力厅来工作，是我的意见。因为我们是老伙计，在一起摸爬滚打了20几年，我调省里分管农口系统的工作，还得靠你来助我一臂之力呀。再说农业是国民经济的基础，水利又是农业的命脉，水利电力厅没有一个得力的领导不行啊。"

"原来是这样，那我就没有什么想法了，一定配合你把全省的水电工作抓出样子来。"李招军说。

在省直机关工作了半年后，李招军不知从哪个渠道探知，贾卫尧担任鸽城地委书记是由马玉文极力推荐的，马玉文还说李招军思想太左，不适宜于独当一面担任一方诸侯。李招军气得牙根痒痒，回到家里对黎阳阳说："他妈的，马玉文真不是一个玩意，我们搭档20多年再怎么讲也是老战友了，没想到他不仅不帮我，还要在背后拆我的台。"

黎阳阳说："怎么啦？难道不让你当鸽城地委书记是马玉文的主意？"

"岂止是他的主意！"李招军狠狠地说，"他还在省委常委会上说我头脑容易发热，思想有时过左，独当一面搞不好有可能造成重大损失。你说，他这么一讲不等于断了我的前程么？"

"那怎么办？他现在可是你的直接领导、顶头上司，你跟他闹翻脸只会有亏吃。我看你还是心字头上一把刀，'忍'字为上吧。"黎阳阳劝说道。

"眼前当然只能忍，假装什么也不知道，跟他虚于蛇尾。但任何人的忍耐都是有限的，俗话说'三十年河东，三十年河西'，有朝一日等到他落到我手里的时候，我会让他生不如死。"李招军黑着脸说。

"唉呀！"黎阳阳尖叫了一声，说："还要等三十年，那你我早就退休了，甚至骨头都打得鼓响了。依我看你还是趁着现在手中有权，先把豆豆的工作安排好，给他弄个一官半职，我们斗不过马玉文，就让豆豆接着帮我们斗吧。他虽说是我的弟弟，但比我要少十来岁，是我俩一手将他拉扯大的。你也看得出来，他一直将我们当父母般尊重，相信他绝对不会忘记养育之恩，只要有机会一定会替你报这一箭之仇的。"

"你放心好了，我俩没儿没女的，老了后还得靠豆豆养老送终，你说我能不关心他吗？我打算把他安排到厅里直管的机电厂当副厂长，等到他干一两年有

点资历时再调回厅里安排到哪个处里搞个副处长。"李招军说。

"哟，哟，哟！亏你说得出口，还要到下面去当两年工头，才能安排一个副处长，这也叫关心？你就不能一步到位，给他一个处长当一当。"黎阳阳不满地说。

"你当水利电力厅姓李，是我李招军私人的，我能一手遮天，个人说了算？要知道这是共产党的一级组织，凡事总还得讲点规矩，一步一步地来。"李招军略带责备地说，"更何况他现在没有一点根底，你捧得越高，他摔得也就越重。让他从基层干起，只会越磨砺越锋利。反正政治上的事你不懂，豆豆的事只管交给我得了。"

马玉文走马上任后带着省农、林、水利部门的专家一头扎入农村，历时49天走遍了全省的山山水水，走访群众上千人，召开座谈会57场次，在此基础上再和专家们反复分析研究，得出的结论是：本省虽然地处江南，水资源十分丰富，但全省除鸽城地区建有2座大型水库外，其他地区主要是靠山塘进行蓄水和灌溉，丰水季节是大雨大涝，小雨小涝，水土流失严重；枯水季节是一晴就旱，久晴大旱，严重影响农作物生产，一句话，从全省来看，基本上还是靠天吃饭。要改变这一局面，必须大兴水利，使农田做到稳产高产。只有这样才能使农业生产逐步发展，农民生活逐步提高，农村环境逐步改善。

根据调查研究的结果，马玉文向省委常委提出了建设石羊峡灌区的建议，具体方案是在全省最大的河流——天马河上游的石羊峡建筑一座大坝，将河水拦腰斩断建成一座特大型水库，再沿水库左右各修一条长340公里、贯穿全省11个地州的灌溉渠，两条灌溉渠沿线再分别修建6座和9座大小不等的水库。这样一来，丰水季节下的雨水有60%可以蓄积起来供枯水季节时使用，不仅可以使全省90.4%的田土做到旱季保收，而且可以抵抗百年难遇的洪涝灾害，减少大量的人员伤亡和财产损失。

省委常委们在讨论时，虽然有人提出建石羊峡灌区工程太大，耗费的时间和人力物力过多，但多数同志在发言时指出：长痛不如短痛，在农田水利建设上与其头痛医头，脚痛医脚，年年耗费大量人力物力进行修修补补，还不如投入巨资一次性治好病根。于是省委常委会议通过了"举全省之力，用三年时间建好石羊峡灌区的决议。"会后，省委又召开了各民主党派负责人座谈会和专家听证会，在得到各方便的认同和支持后才将方案上报国务院，很快就获得了中央人民政府的批准。

省委、省政府决定由马玉文任石羊峡灌区工程建设指挥部的党委书记兼总指挥长,由分管农业的副省长黄轩宇任第一副指挥长,由李招军任常务副指挥长。在工程建设指挥部召开的第一次会议上,马玉文提出了"自力更生,厉行节约,加快进度,质量第一,保护环境"的工作思路,得到了大家的认同。会议决定组织50万民兵进行大会战,用一年半的时间拿下主体工程,用一年的时间完成配套设施和扫尾工程。为确保工程进度和工程质量,同意从国外购买2台巨型圆筒门吊。

李招军散会后回到家里,将省委决定即将上马石羊峡灌区水利工程的消息告诉黎阳阳和黎豆豆。

刚担任机电厂副厂长的黎豆豆一听,高兴得从沙发上蹦了起来说:"真是天助我也!作为分管生产的副厂长,我正为生产任务不饱和而发愁呢。这下好了,姐夫,您可一定要把工程所需的机电设备全交给我们厂里生产。"

黎阳阳指着黎豆豆笑着对李招军说:"你看看,豆豆才当几天厂长就一门心思考虑起生产任务来了,我早就说过他今后肯定会有出息的,我说得不错吧?"

李招军也笑了笑说:"没问题,豆豆。除2台巨型圆筒门吊外,其他机电设备统统交由你们厂负责生产。机电厂是厅里的直属工厂,理所当然应当优先照顾。但,你一定要保证产品质量,否则我这个常务副指挥长也不好交待呀。"

黎豆豆答非所问地说:"那2台巨型圆筒门吊的生产任务给了谁,为什么不给我们。"

"这2台巨型门吊,指挥部已研究决定向国外进口。"李招军说。

"嘿!不就是2台吊车么,还进什么口哟,交给我厂生产得了。"黎豆豆急不可耐地说。

"你们厂能够生产?据专家说,目前国内还没有一家工厂具有生产这种巨型圆筒门吊的能力。"李招军说,"据历史资料记载,天马河一涨水就容易泛滥成灾,有2次发洪水时水流量曾达到每秒3万立方米以上,可想而知它的冲撞力有多大。为保证大坝的质量,专家们在设计方案中要求用每块最轻不少于5吨的巨石作为坝基,有的石头的重量可能达到10吨甚至几十吨,再加上一些地方要吊装的倒虹吸管重量都在10吨左右,所以指挥部经反复研究才决定进口2台巨型圆筒门吊。"

"您别听那些专家们瞎说,只要把生产吊车手臂用的钢材和钢丝加粗不就行了。我说姐夫,您知道生产这种巨型圆筒门吊的油水有多大吗?"黎豆豆说。

一听"油水"二字,李招军不由警觉起来,他盯着黎豆豆说:"你小子这么关心圆筒门吊生产的事,莫不是想打钱财的主意,自己从中捞它一瓢油水?我

可警告你,建石羊峡灌区能给你们厂里提供的生产任务少说也有上千万,你要是从中贪污私分一分钱,我可饶不了你。"

黎豆豆意识到自己说漏了嘴,连忙解释说:"姐夫,看您说到哪里去了,我是由您一手调教出来的,会干那种贪污私分的事么?我讲的所谓'油水'包含两层意思,一层是经济意义上的,如果交给我们厂里生产,自然可以大幅度增加厂里的生产利润;另一层是政治意义上的,这一点对你来说尤为重要。"他说到这里有意停了下来,明显带有故弄玄虚的味道。

"讲下去呀,是不是在姐夫面前还想卖关子呀?"到底姜还是老的辣,李招军一语中的地说。

"姐夫,您想想看,虽然您身为常务副指挥长,看似一个实权派,实际上是个卖苦力的。石羊峡灌区工程建设得再好,功劳也轮不到你的份上,因为建设蓝图是马玉文绘的,总指挥长也是他的,干出的成绩自然记在他的功劳簿上。您说,是不是这个道理?"黎豆豆欲擒故纵地说。

李招军点了点头,默不做声地望着黎豆豆,等待他继续说下去。

黎豆豆狡黠地说:"但如果说您在一些具体做法上有自己的创意,那就不同了,功劳自然会记到您的账上。就拿这巨型圆筒门吊来说,您如果让我们厂来搞,您至少立了两条大功:第一,填补了国内的一项空白,我们电机厂是厅里的下属单位,这头功自然是您厅长大人领导有方;第二,为国家节省了大量外汇,这是您亲自决策的,他马玉文好意思来抢您的功劳?同时,您非得有自己的创意才能在工作中树立起自己的权威。如果事事跟在马玉文屁股后面跑,人家不把您当传声器和跟屁虫看,那才怪呢?"

黎阳阳赶紧附和说:"你看看,人家豆豆处处是为你着想,你却怀疑他是想从中捞一瓢。真是狗咬吕洞宾—不识好人心。"

李招军觉得黎豆豆讲的还蛮有道理,有点为难地说:"可这件事是经指挥部集体研究决定的,我个人无权更改,除非马玉文表态同意才行。"

"你就跟他说,我们厂里的职工听说这件事后主动请战,要求自己动手生产巨型圆筒门吊为国争光。他不是强调要自力更生么,这样一来他不同意也得同意了。"黎豆豆支招说。

李招军思索了一番说:"最好的办法是由你们厂里向厅里写份请战报告,申诉自主生产巨型圆筒门吊的理由,强调不要崇洋媚外,要相信我国工人阶级的创新能力。然后我再拿这份报告去找马玉文,这就变得自然和顺理成章了。"

"行!我这就回厂里写报告去。"黎豆豆说干就干,当即走出门去。

李招军拿着电机厂的报告，满怀信心地走进马玉文的办公室。谁知马玉文看了报告后对他说："工人们的这种积极性是好的，应当给予肯定。但生产这种先进的机器设备得靠科学，蛮干是干不出来的。根据专家的建议，依我国现有的技术水平暂时还生产不出这种自动化程度很高的巨型圆筒门吊，还是按原议立即组织进口吧。"

　　李招军说："我听该厂的负责同志说，巨型圆筒门吊也是一种起重升降设备，现在我国已具备生产多种型号起重机的能力，这种巨型圆筒门吊只要将生产起重机'手臂'用的钢材和钢丝加粗就行了。"

　　"哈，哈……"马玉文笑了笑说，"看来这位厂领导对生产起重升降设备的知识还非常有限。不错，我国已研发出了好几种型号的起重机。但，至今还没有生产出一台现代化的巨型圆筒门吊。你知道是什么原因吗？不是生产起重机'手臂'用的钢材薄了或者细了，而是我国现有的钢材质量有限，也就是说还生产不出用以制造巨型圆筒门吊的钢材，此是其一；其二是我们还没有攻克生产巨型圆筒门吊操作系统的核心设备——电脑控制软件。"

　　"这么说，我国永远生产不出这种巨型圆筒门吊啰？"李招军喃喃地说。

　　马玉文用肯定的语气说："我国科学技术落后的现象是暂时的，随着经济的不断发展，国家越来越重视科技工作，我相信在不久的将来就能生产出巨型圆筒门吊，甚至可以研发出人造卫星、宇宙飞船等更为先进的机器设备。告诉工人们，进口巨型圆筒门吊只是暂时的、不得已而为之的事。"

　　"可有人怀疑我们这样做不符合自力更生的精神，有崇洋媚外之嫌，这个问题该怎么向工人们解释呀。"李招军心犹不甘，遂使出了最后的杀手锏。

　　"我们强调的自力更生并不是闭关自守啊！"马玉文稍稍加重语气说，"自力更生是指自己有条件或创造条件能够解决的问题，就要自己动手进行解决而不能依靠外援。但自力更生不是闭关自守，并不排除引进外国的先进技术和先进设备。一百多年来我国闭关自守的教训难道还不深刻？闭关自守就意味着落后，就意味着挨打。我们适当引进外国的先进生产设备正是贯彻毛主席'洋为中用'指示的具体体现。同时这样做并不妨碍机电厂自主研发生产巨型圆筒门吊的工作啊，相反通过引进、学习还可以少走一些弯路，加快研发的速度啊。"

　　马玉文的话言之有理，论之有据，说得李招军哑口无言，只好违心地答应马上组织力量赴国外进行采购。

　　就在李招军、黎豆豆束手无措，陷于绝望之机，一个偶然的机会又让他们看到一线曙光。国务院为加强对石羊峡灌区工程建设的指导，特派了一名副总

理带领各方面的专家前来考察，时值马玉文正在北京参加全国政法工作会议，接待任务自然落在了黄轩宇和李招军头上。

在向考察组正式汇报前李招军找到黄轩宇说："黄省长，目前我省财政尤其是水利建设经费非常短缺，我想向考察组咨询一下，看能否由国内自行生产巨型圆筒门吊，这样就可以节省两三百万美金。"

黄轩宇说："找专家们咨询一下当然可以，俗话说'兼听则明'，这是无可非议的事嘛。"

令李招军意想不到的是，专家们在听取汇报后没有一个赞同自行生产巨型圆筒门吊的。他们除了重复马玉文所讲的理由外，还算了一笔时间账和经济账，充分论证了在国内现有的技术条件下进口巨型圆筒门吊比自行生产这种设备不仅时间来得快，而且经济更合算。最后，与会的国务院副总理明确表态：支持从国外购买先进的巨型圆筒门吊，并当场指示国家计划与外贸部门协助省政府从速办理有关手续，以保障灌区工程建设的顺利进行。

至此，李招军与马玉文调省里工作后的第一次交锋，以李招军的彻底失败而告终。

随着石羊峡灌区工程的推进，不时有施工单位反映，省水利电力厅下属机电厂提供的机器设备不仅价格贵而且质量差，到了工程的扫尾阶段，这种现象变得尤为突出，也就在这个时候省纪检、监察部门收到群众的举报信，检举黎豆豆伙同他人有贪污私分公款的行为。省纪检、监察部门考虑到李招军的关系便将举报信批给省会市监察部门进行初查。李招军得知这一消息是又气又恨。

回到家里，李招军让黎阳阳打电话将黎豆豆叫了回来。

"你给我说老实话，你到底贪污了多少公款？"李招军劈头就问。

"我没，没贪污公款啊，哪，哪有这，这么一回事？"黎豆豆心虚地说。

李招军一看黎豆豆样子心中就有数了，他吼道："你在我面前还敢隐瞒！告诉你，有人已将你的问题举报到省纪检、监察部门去了，他们马上就会开展初查。你再不说实话，到时别怪我不管你了。"

听说纪检监察部门准备进行初查，黎阳阳和黎豆豆都慌了。黎豆豆将头低到裤裆里有气无力地说："我和厂财务科长及出纳员采取虚增成本、虚报冒领等手段，合伙贪污私分了50万元，我占20万，他们一人15万元。"

"什么？20万！我的天呀，你知道20万是什么概念，它相当于一万个农民一年的收入。"李招军急得脸都变了色，他用发抖的手指着黎豆豆说，"你小子不清白，你比他们每人多分了5万，无论从职务上还是行为上看你都是主犯，要对贪污私分的50万元负责，弄不好会杀头的啊！"

他这头的话还没落音，黎阳阳那头便"哇"地哭了起来。

黎豆豆扑地跪在李招军面前双手抱着他的腿苦苦哀求说："姐夫，您要想办法救我啊！我还年轻，我不想死啊！"

黎阳阳也跟着跪在地上，拉着李招军的左手，一把鼻涕一把眼泪地说："招军，你是知道的，我父母去世以后我们姐弟俩便相依为命，豆豆要有个三长两短，今后我还有什么颜面去见九泉之下的父母。求你看在我们多年夫妻的份上，无论如何要救豆豆，不仅不能让他判死刑，就是连牢也不能让他坐。他要真的坐了牢，你和我在别人面前还抬得起头？"

"起来，你们都起来再说。"李招军气恼地说。

"您先答应了，我才起来，否则我就一直跪到您答应为止。"黎豆豆死皮赖脸地说。

李招军跺了跺脚说："我要不打算救你，还会给你透漏风声。现在不是哭的时候，赶紧给我起来一起想办法吧。"

黎阳阳先爬了起来，然后扶起黎豆豆说："快起来吧，你姐夫已答应救你了。"

待黎豆豆爬起来后，李招军背着双手在房里踱来踱去，冥思苦想。黎阳阳和黎豆豆望着他，大气也不敢出一口。良久，只见李招军喃喃自语地说："看来只有自首，争取主动了。"

"自首？不行！那还不一样会被判重刑，既使不死也会在牢里呆一辈子。"黎豆豆头摇得像个拨浪鼓似的。"

"嗨！"李招军说，"当务之急是把命保住了再说，不管刑期多长，再慢慢想办法搞保外就医或者假释，我绝不会让你在牢里呆一辈子的。"

"难道除了投案自首就没有别的办法？能不能花些钱去打通打通关节，让监察部门作违纪案件处理，不往司法机关移送。"黎阳阳说。

"花钱？对了，你那20万块钱现在那里？"李招军问。

黎阳阳脱口而出说："在我这里，我替他保管着呢。"

"什么？这件事你也参与了。"李招军怒火攻心，头一晕马上就倒在了沙发上。黎阳阳慌得又是捏他的'人中'又是用冷毛巾敷他的额头。好一会李招军才悠悠醒转过来说，"你们姐弟二人是想致我于死地啊！你们一个是我的妻子，一个是我的妻弟兼下属，你们联手作案，别人会相信我在这个问题上清白吗？你们这是让我跳进黄河里也洗不清了啊！"

"没，没，我没有参与作案。是豆豆将存单交给我的，说是他和别人偷偷做了一笔生意赚的，让我替他保管作为他今后讨媳妇结婚时用。不信，你可以问

豆豆。"

黎豆豆在一旁点了点头。

李招军"哼"了一声说:"即使这样,你也免不了犯包庇罪,现在做什么生意一次能赚20万元钱?除非你搞走私或者投机倒把,随你们怎么狡辩,你姐弟都免不了牢狱之灾。"

"难道真的就无路可走了?"黎阳阳怯生生地问。

"唯一的办法就是豆豆赶紧和会计、出纳把50万元钱偷偷退回去,重做一套假账,把账做平,让他们查不出来。万一查出来了,也是犯罪中止,加上没有造成任何实质损失,活动活动也许有希望免除刑事责任。"

黎阳阳连忙从卧室里床铺底下翻出存单递给黎豆豆说:"快按你姐夫说的去做吧。"

就在黎豆豆准备出门时,李招军叫住他说:"你要记住,无论在任何情况下你都不能说你姐姐和我知道这件事,否则我不仅没办法救你,甚至连自己也会构成包庇罪。"

"姐夫,您只管放心好了,别说这事是我干的,你事先确不知情。就是你干的我也会一个人扛起来,绝对不会连累您和老姐。因为我清楚只有你在,我才有希望嘛。"

二

黎豆豆没有完全按照李招军的话去办,假账是做了,但钱却没有退。

就在他整天提心吊胆、忐忑不安时,中国史无前例的"无产阶级文化大革命运动"(以下简称"文革")发生了,各级党委、政府全都陷入了瘫痪。黎豆豆的案子,监察部门自然也顾不上查了。

"真是天不灭我也!"黎豆豆一回到家里便大声嚷道。

正坐在沙发上看报纸的李招军抬头看了他一眼说:"碰到什么喜事了?看把你高兴成这个样子。"

黎豆豆附在李招军的耳朵边神秘地说:"我在北大读研究生的一个同学今天打电话说,前段北京学生闹事,中央向一些学校派了工作组,毛主席回京以后批评了这种作法。"

"中央向学校派工作组真的派错了?"李招军不相信地问。

"我那位同学是听聂元梓亲口对他讲的,这还能有假?"黎豆豆说。

听说是聂元梓讲的,李招军深信无疑,他说:"这几天省城的学生也闹得很凶，省委也打算向一些学校派工作组。既然毛主席反对派工作组，我得去提醒邓志锡和马玉文别派了，免得犯错误。"

黎豆豆说："姐夫，您这是怎么了？邓志锡和马玉文对您怎么样，您难道还不清楚？还要去帮他们？"

"对，对！关我屁事，他们犯不犯错误与我何干？"李招军忙说。

黎豆豆眼珠一转说："嘿！您还别说，他们犯错误还确实与您有关。因为只有他们犯错误，特别是犯方向、路线性的错误，您才能出这几年被他们欺压的恶气，甚至才有取而代之的可能性。"

"你的意思是要我去劝说他们，让他们派工作组下去？"李招军问道。

"而且要越快越好，迟了的话，万一毛主席的指示一传达下来，他们肯定不会再派了，您也就失去了一次陷他们于错误泥潭之绝好的机会。"黎豆豆摇头晃脑地说。

"好！我这就向马玉文献计去。对了，从今以后你要跟你那在北大读研究生的同学保持密切联系，以争取在运动中能时时抢先，处处主动。"李招军说。

邓志锡、马玉文从政多年还是第一次对政治形势这么迷茫，自从姚文元的文章《评新编历史剧〈海瑞罢官〉》一文发表后，全国报刊便出现了两军对垒的情况，在中国，这种现象是极为罕见的，作为一级省委正副书记的邓志锡和马玉文及他们的同事们个个大惑不解，无所适从。

这天下午，马玉文通过公安系统的专线电话，从公安部获悉向北京一些学校派工作组确是党中央决定的后，正准备去向邓志锡汇报，李招军来了。

"老李，你先在我这里坐一下。我有个急事要向邓书记汇报，一会就回来了。"马玉文热情地说。

"既然这样，我只耽误你两三分钟就走。"李招军说，"我刚才获得一条重要信息，也许对您们领导决策时有一定的参考价值。"

"什么信息？你说说看。"马玉文问。

"党中央开始向北京一些学校派工作组了，工作组的成员既有领导干部也有工人代表，据说这是毛主席亲自提出来的。我建议省委要尽快派工作组到学校去，别闹出大的乱子来就不好交待了。"李招军语气诚恳地说。

"派工作组是毛主席提出来的？这话你是听谁说的？"马玉文问。

李招军故意降低声音说："是我妻弟黎豆豆在北大读研究生的同学听聂元梓讲的。"

联系经专线电话从公安部获得的情况，马玉文对李招军提供的信息坚信不疑，他对李招军说："谢谢你了，我一定把你提供的信息汇报给邓书记。"

独领风骚

离开马玉文办公室后,李招军暗自高兴。心想如果派工作组的事做错了,决定是你邓志锡、马玉文做出来的,你们难免会犯方向性、路线性的错误;如果派工作组的事对了,我李招军多少也有一点功劳,起码可以说明我李招军还是你们线上的人嘛。

根据马玉文和李招军提供的情报信息,邓志锡当晚就召开省委常委会,进一步研究确定向省会大专院校和部分闹得较凶的普通中学派驻工作组的事。与会同志联系土改、"四清"等时期的做法,一致认为在重大政治运动中派驻工作组,是毛主席一贯提倡、党中央长期坚持的一种加强党对运动领导的有效办法。会议决定,从省直机关抽调大批优秀党员干部,并从大中型企业抽调部分党员工人,组成联合工作组,立即进驻学校,引导"文化大革命"沿着正确的方向前进。

邓志锡还在会上讲:"现在有些牛鬼蛇神正纷纷出笼,他们利用学生的无知和热情开始攻击我们的党,攻击党的各级领导干部。工作组要全面收集、掌握情况,善于把握火候,到牛鬼蛇神暴露得差不多时,就要及时组织反击,该戴帽的要戴帽,该镇压的要镇压。对大学生和高中应届毕业生中的反党反社会主义分子也要把他们揪出来进行批斗,以教育广大青少年和学生。"

省委常委会结束后,省委组织部牵头立即从各机关单位抽掉1000名干部、300名工人组成42个工作组进驻各大专院校和省会市的部分中学。黎豆豆所在机电厂的党委副书记关代福也被抽掉担任市第六中学工作组的副组长,在他临走之前,黎豆豆将他单独约到自己办公室说:"关书记,恭喜你了!这次是你建功立业的机会,你可千万别错过哟。"

"不就是参加驻校工作组教育好学生么,立啥功建啥业嘛?"40岁出头就秃了顶、眼角有点往上翘的关代福满不在乎地说。

"亏你还是搞政工的。"黎豆豆说,"你发现没有,这次运动和过去一样,先是放,让学生们放开手揪斗党组织的负责人。你想想看,共产党专政的国家会允许有人反对党的组织吗?这不,现在就向学校派工作组了,要你们这些工作组的人去干什么?当然是去抓学生当中的反党反社会主义分子呀。你们驻市六中工作组的组长是市委宣传部的部长,他有多少时间来抓学校的具体工作呀!只不过挂个虚名而已,运动具体怎么搞还不是看你的。你若能抓住机会搞出名堂来,揪出几个反党反社会主义分子,还能不青云直上么?你我是老朋友,我可以给你透点风声,厅里这次特地留了一个处长的位置在那里,据我姐夫讲,这个位置是省委组织部要求留的,只要你一干出成绩来,就非你莫属耶。"

270

"你说的当真？"关代福兴奋地说。

黎豆豆说："我有必要说假话么，你干好干坏都与我无故，要不是看在你我二人平时意气相投的份上，我才懒得跟你说这么一大通呢。"

关代福用右拳轻轻捅了一下黎豆豆的胸膛说："够哥们，讲义气，等老兄发达以后，绝不会忘掉你老弟。"

"能不能发达，还得看你这次在六中能不能发现和揪出几个反党反社会主义的学生来，并将他们批倒批臭，开除出去。"黎豆豆别有用心地说。

"没问题，你看我的就是了！"关代福将胸部拍得山响似地说。

工作组进驻市六中以后见学校的办公楼和食堂四周的墙上贴满了大字报，但绝大多数师生员工都对工作组的到来表示热烈欢迎并且寄予了厚望。

工作组组长、市委常委兼宣传部长李湘平主持召开了工作组和校党委第一次联席会议，交待了"文化大革命"必须在工作组和校党委的领导下进行，"大字报不要上街"，"不要游行示威"，"不要搞大规模的声讨会"，"要内外有别"等事项后就走了，工作组的日常工作全交给了关代福。

关代福先带工作组将全校的大字报全看了一遍，发现大字报虽然有500多张，但写得最多、对学校领导和老师骂得最凶的是程向东、王朝阳、包卫红、彭保国四个人。通过调查了解，得知这四个人都是应届毕业生中旷课最多、成绩最差、别说考大学连毕业都有困难的人。特别是程向东和包卫红还和社会上的一些不三不四的人经常混在一起，有过扒窃、哄抢行为，曾被公安机关行政拘留过。

在工作组和校党委的联席会上，关代福提出，程向东、包卫红曾被公安机关拘留过，对党和政府有深仇大恨，所以"文化大革命"一开始便跳了出来纠合王朝阳、彭保国等人蒙蔽少数学生，攻击我们党的教育路线是修正主义的教育路线，攻击党的教育工作者是臭老九，叫嚣要踢开党委闹革命，这不是典型的牛鬼蛇神是什么？必须对他们进行坚决的反击。

根据关代福的提议，会议做出了三条决定：第一，立即整理程向东、包卫红的材料发给全校各班，组织广大师生对他们开展集中批判；第二，由工作组派人找王朝阳和彭保国进行谈话教育，要他们反戈一击揭举揭发程向东、包卫红，以便彻底分化瓦解他们；第三，搞完集中批判后公开将程向东、包卫红开除出校，如果王朝阳、彭保国不肯反戈一击也一并予以开除。然后大张旗鼓地整顿校纪校风，恢复正常的教学秩序。

独领风骚

　　本来就被师生员工视为刺猬的程向东、包卫红，在集中开展的批判中立即成了人人喊打的过街老鼠。班上批了年级批，年级批了学校批，针对他们的大字报更是铺天盖地贴满了全校的各个角落。

　　包卫红身为普通工人的父母得知后羞愧难当，在包卫红被开除的当天将他捆起来狠狠地揍了一顿。他父亲边打边骂说："连我们这些白眼瞎子都懂得一日为师，终生为父，做人要懂尊天地国亲师的道理。你小子倒好，不好好念书，成天游手好闲不说，还带头造起老师的反来了。你今天可以反老师，明天就会反老子，我还要你这个忤逆不孝之子干什么？你滚，给老子滚出去！"打完之后，硬将包卫红从家里赶了出去。

　　走投无路的包卫红投塘自尽了。

　　程向东联合省城其他学校的造反派戴着"红卫兵"袖章，高举"把无产阶级文化大革命进行到底！""横扫一切牛鬼蛇神！"的横幅，打着"造反有理！""血债血还！"的标语，抬着包卫红的尸体在省城大街小巷上游街示威一天后，强行冲进市六中，在学校操场上搭起了灵堂，并派"红卫兵"进行护灵。

　　事情发生后，省、市两级党委立即指示当地公安机关派出大量警力维持学校秩序，调查包卫红的死因，协助校方和工作组处理好善后事情。

　　公安机关经勘察现场、解剖尸体和大量走访调查，做出了包卫红系"自杀身亡"的结论。针对有人提出包卫红身上的伤痕从何而来的问题，公安人员做好了包卫红父亲的工作，包父当众承认包卫红身上的伤是由他亲手拷打造成的。据此公安机关准备强行将包卫红的尸体进行火化，将外校来的红卫兵劝导回去。执拗而幼稚的学生们狂热起来了，省城各大专院校的学生率先罢课闹革命，纷纷发表宣言声援六中造反派的革命行动。紧接着全城的中学包括一些小学也开始罢课串连，不少学生自发涌入六中参与到为包卫红护灵的行列中。程向东等人受到极大鼓舞，明确表示不跟"修正主义"和"走资派"妥协，他们慷慨激昂地指出："包卫红的尸体是工作组镇压学生运动和红卫兵的铁证，绝不允许焚毁！""工作组的负责人和学校领导必须对包卫红的死负责，强烈要求追究他们的刑事责任！"

　　在少数人的唆使下，红卫兵们将关代福和学校党委的正副书记以及正副校长戴上写有"修正主义分子"的高帽子，挂上写着"牛鬼蛇神"并打上X的黑牌子站在包卫红的棺材两旁为他守灵。

　　眼看事情越闹越大，省、市委不得不派领导同志带队和"红卫兵"代表进行谈判。

　　"红卫兵"代表指出，要火化包卫红的尸体必须答应他们四个条件：第一，撤销开除程向东、包卫红的决定，追认包卫红为革命烈士；第二，解散派驻包括市六中在内的所有大专院校和普通中学的工作组，立即逮捕法办迫害致死包卫红的关代福和学校领导；第三，要交出派工作组镇压学生运动、破坏'文化大革命'的幕后指使人；第四，要承认各个学校学生自发组织成立的"红卫兵"及其他所有造反派组织的合法性，并提供经费和物质上的保证。

参与谈判的省、市领导和工作人员研究后答复"红卫兵"代表：第一条，可以立即撤销开除程向东、包卫红的决定并恢复他们的名誉，但追认包卫红为革命烈士的事情暂时不能答复，一是包卫红不符合革命烈士的条件，二是授予革命烈士称号须经严格的报批程序，因此只能带回去等省、市有关部门研究后再予答复；第二条，同意马上解散派往各个学校的工作组，至于关代福和六中的主要负责人在包卫红自杀致死的问题上是否构成犯罪和需要追究刑事责任只能由司法机关依法处理；第三条，向学校派工作组是经省、市委集体研究决定的，目的是引导学生搞好'文化大革命'，而不是镇压学生和破坏'文化大革命'，因此无所谓幕后指使人可交出；第四条，省、市财政将保证开展"文化大革命"所需的各种经费。

"红卫兵"代表强调他们提出的四个条件必须百分之百予以满足，没有讨价还价的余地，一天不答复，包卫红的尸体就一天不准火化。

谈判陷入死胡同，双方不欢而散。

包卫红的死令黎豆豆喜出望外，他立即将这一情况告知了在北大读研究生的同学。他的同学说："这是一起十分典型的破坏'文化大革命'的反革命事件，必须坚决予以反击。

"真的！那我们现在该怎么办？"黎豆豆急切地问道。

"你等等。"他的同学说，"我马上将你讲的情况向'中央文革'同志汇报，看他们有什么指示，我再打电话给你。"

黎豆豆在等待着回电，一步也不敢出门，一个小时过去了，又一个小时过去了，第三个小时眼看又要过去了，正当黎豆豆坐立不安时电话铃响了，他一把抓起电话迫不及待地问："怎么样，'中央文革'的同志有什么重要指示？"

"'中央文革'的同志听了汇报后觉得情况非常严重，立即向'中央文革'的主要领导'作了汇报。"电话那头他的同学高度兴奋地说。

"此话当真？"

"一点不假，千真万确。但你必须严格保密，千万不能透露半点风声，别让那些走资本主义道路的当权派（以下简称"走资派"）们闻风而逃或提前做好手

脚，推卸责任。"他的同学一再叮嘱说。

"那是自然，你尽管放心好了。但面对即将到来的机会，我们总不能无所作为，作壁上观，一点表示也没有啊？到底应该怎么办，还请你老兄多指点指点。"黎豆豆谦虚到几乎低声下气地说。

"你嘛，第一，立即组织工人阶级成立造反派组织，明确表态支持'红卫兵'运动、支持'文化大革命'，向走资本主义道路的当权派宣战！现在一些地区的工人阶级已经行动起来了，你们要越快越好，越快越主动，最好能赶在'中央文革'的同志到达你省之前能把工人阶级造反派组织的旗子亮出来。"他的同学真的在电话里给他面授起机宜来了，"第二，要马上争取几个领导干部站到造反派这边来，争取一个算一个，这样你们就更主动，更能赢得'中央文革'的支持。"

黎豆豆听了如获至宝，当即跑到水利电力厅李招军的办公室，关起门来将情况一五一十地说给李招军听了……

李招军立即列了13名平时与自己关系融洽、意气相投的领导干部的名单，其中有3名省级干部、10名厅级干部，然后打电话和他们一一联系。听说是要联署签名表态支持"红卫兵"，造"走资派"的反，有的立即进行了回绝，说自己是共产党员一切听组织的；有的则一味敷然，或借口有事，或说自己身体有病等过两天再说；只有一名享受副省级待遇的干部去年因生活作风问题受了处分，正满肚子怨气，听李招军一说当即表态同意在支持造反派的声明上签字。李招军心想光同一个有污点的领导发表声明，还不如自己一个人单独干。于是下班后，他关起门来在办公室亲自动手写了一份题为《镇压学生就是镇压群众，反对'文革'就是反对革命！》的大字报张贴在水利电力厅的大门口。他觉得这样做还不过瘾，又打电话让黎豆豆派了几名造反派另外抄写了5份，分别张贴在省委、省政府的大门口和市里的一些闹市中心。

邓志锡接到关于"中央文革"已派人前来调查处理"包卫红事件"的电话不到一个小时，"中央文革"调查组的同志便到了。他们下车伊始，和邓志锡、马玉文等省委、省政府主要领导一见面就说：这次我们来先不忙听汇报，等到市六中调查、了解，看了现场并审阅近3个月省委常委会议的记录和省委下发的文件再说。现在请你们通知省委机要处，立即把常委会议的记录本和下发的所有文件交给我们审查。

等邓志锡的秘书陪调查组的同志去机要处后，马玉文对邓志锡说："看来来者不善啊，我们得有充分的思想准备才行。"

"怕什么，我们又没有干什么亏心事和见不得人的勾当，最多是对中央精神吃得不透，跟毛主席跟得还不够紧而已。大不了我这个省委书记不干，提前退休回家种田而已，反正我今年已经61岁了。但你还年轻，绝不能泄气，只要挺过这一关，我相信你的前途还是无量的。"邓志锡半是安慰自己半是安慰马玉文说。

马玉文苦笑了一声说："能不能过这一关，只有天晓得。"

"中央文革"调查组的同志到了六中之后根本不搞调查研究，与红卫兵们一见面就公布了邓志锡就派工作组的问题在省委常委会上的讲话。调查组的负责人对有各大专院校和普通中学代表在场的数千名红卫兵说："革命小将们，你们听到没有，邓志锡公开将我们革命造反派定性为牛鬼蛇神，并发出了对我们的镇压令，包卫红同学就是第一个被他们镇压致死的革命造反派。你们拉起革命造反派的大旗及时对邓志锡之流进行坚决反击是非常正确的，'中央文革'坚决支持你们的革命行动！"

"啪啪啪……"全场响起了急风暴雨般的掌声。

等掌声停了下来后，该负责人继续发表长篇演说："对邓志锡之流如果不反击、不斗争，就会有第二个、第三个，甚至成千上万个'包卫红'被他们镇压而死，我们革命造反派就会血流成河，我们的国家就有可能改变颜色。这是多么可怕、多么危险的事情啊！其实隐藏在我们党内的修正主义分子、走资本主义道路的当权派，邓志锡之流才是真正的牛鬼蛇神，对付他们，我们绝不能心慈手软。对敌人的仁慈就是对人民的犯罪！我们一定要反其道而行之，对他们进行坚决镇压，实行无产阶级专政。也许有人说，我们今天不是来调查研究的，而是来煽风点火的。你算是说对了，我们这次确实是来煽革命之风、点造反之火的！"

聆听了"中央文革"调查组负责人的讲话之后，各学校来的代表立即跑回去组织学生扛着"打倒邓志锡！""紧跟毛主席，把无产阶级文化大革命进行到底！"的巨幅标语、横幅上街游行。学生们从四面八方涌向市中心的英雄广场，黎豆豆也适时组织上万名工人赶来声援学生的革命行动。英雄广场一时人海如潮，呐喊声、口号震天动地。在黎豆豆的鼓动下，一些红卫兵冲进省委大院将邓志锡揪出来，戴上高帽子，挂上黑牌子押到广场进行批斗。

借助群众运动和造反派的声势，"中央文革"调查组在省直机关干部会上宣布："'包卫红事件'是邓志锡借助工作队镇压无产阶级造反派、亲手炮制的一起惨案。经'中央文革'同意，免去邓志锡党内外的一切职务，交专案组进行审查，专案组组长由同情和支持造反派的革命领导干部李招军同志担任，李招

军同志还担任'全省文化大革命领导小组'成员兼办公室主任，参与领导全省"文化大革命"的工作。邓志锡撤职后，省委的工作暂时由省委副书记兼省长宁明喻同志主持。希望全省各级干部都要积极响应毛主席的号召，投身到轰轰烈烈的无产阶级文化大革命运动当中去，全心全意支持红卫兵等革命造反派的行动，要学习包卫红，舍得一身剐，敢把皇帝拉下马。包卫红同学虽然不符合革命烈士的条件，但他是我们红卫兵和所有革命造反派的楷摸，我们应该追认他为模范青年，并大力进行表彰和宣传。只要我们人人都像包卫红那样敢于和走资派斗，敢于造走资派的反，无产阶级文化大革命就一定能够胜利！我们的国家就永远也不会改变颜色！"

邓志锡被撤职查办，马玉文总觉得自己有不可推卸的责任，如果自己不将李招军提供的信息报告邓志锡，省委也许不会这么快就做出派工作组的决定，只要再拖几天等北京的局势明朗了，省委也就不可能再派工作组，也就不会发生所谓的"包卫红事件"了。对了，"派工作组是毛主席同意的"这一信息是李招军提供的，怎么他反而倒向红卫兵，反对工作组，成了支持造反派的革命领导干部呢？这里面有没有阴谋，他是不是设了圈套让我和邓志锡去钻？如果真是这样那就太卑鄙、太可怕了！本着害人之心不可有，防人之心不可无的思想，他决心对这件事进行调查。几天后有人向他反映，新任全省"工造联"（即全省工人阶级造反派联合司令部，下同）司令部司令黎豆豆一次酒后吐真言，向他的铁杆兄弟们透露了自己和姐夫李招军如何制造假情报逼邓志锡露出真面目的过程。马玉文更为自己轻信李招军、害邓志锡于囹圄而难过。他知道李招军和黎豆豆绝不会放过自己，自己死不足惜，但在被打倒之前一定要了却一个心愿——把"朋友"们保护好。

为了了却"心愿"，马玉文借口了解秋收秋种情况请示宁明喻同志同意下乡了。他先到其他几个地区转了一下便来到鸽城。鸽城地区的党政干部此时此刻见到马玉文，犹如久旱逢春雨，他乡遇故友，大家高兴得不得了。但，人们最关心的还是"文化大革命运动"究竟该怎样搞？

马玉文直言不讳地回答他们说："我和你们一样也是老革命遇到了新问题，对为什么要发动'文化大革命'运动，这场运动要怎么个搞法才正确等问题至今还没有弄明白。我的态度就是一条相信党、相信毛主席，毛主席怎么说，我们就怎么做。"

"省会的造反派会不会像批斗邓志锡书记那样批斗您？"莫良田不无担心地问。

"恐怕在所难免。"马玉文说话的情形变得严肃起来,他说,"从目前运动发展的趋势来看,我们的各级领导干部都得做好被张贴大字报,接受群众批斗的思想准备。"

"为什么?"有人问。

"我也说不清楚。"马玉文说,"但有一条不知大家注意到了没有,《十六条》明确指出这次斗争的矛头是各级走资本主义道路的当权派,既然是各级,在没有甄别清楚之前谁都可能被摊上,也许多数同志是冤枉的,但这是我们党自己发动的运劲,作为一名党员在运动中接受考验应当无怨无悔。问题是在运动中绝不能伤害了我们的朋友、破坏了党长期建立起来的统一战线,这就是我这一次来鸽城的真实目的。"

"马书记,该怎么办你尽管说,我们保证坚决照办!"贾卫尧毫不迟疑地说。

马玉文看了大家一眼说:"新中国虽然说是我们共产党领导广大人民群众建立起来的,但如果没有统一战线的同志帮忙,建国的时间很有可能推迟,我们付出的牺牲可能更大,因此我们在任何时候都不能忘记统一战线的老朋友,一定要帮助他们、保护他们。这次运动来势凶猛,保护统一战线同志的相关政策还来不及出台,他们由于历史上的原因经不起折腾,所以我们一定要提前把他们安置好,具体到鸽城地区,诸如起义投诚的白正朝、林睦雄、周请成等人。另外,还有陈敏义、高笑堂等地下党员,由于人们不了解他们历史上的真实身份也可能引起这样或那样的误会,对这些人都要提前妥善予以安置。我建议把他们都安排到远离城市的青山水库和红宇水库去任职,让他们脱离政治中心,离开是非之地。他们现在可能会想不通,甚至对我们心生怨恨,但久而久之他们是会理解我们的良苦用心的。"

"这个意见好,我们马上就去落实。是不是连他们家属也调过去,以便照顾他们的日常生活?"贾卫尧说。

"可以,但对象仅限于他们的配偶,不包括他们的子女,且其城市户口一律不动,免得运动过后往回迁时遇到意想不到的阻力。"马玉文说。

马玉文从鸽城回到省城已是晚上10点多钟,他一进屋文锦秀就对他说:"唉呀!你这个时候回来干什么,不晓得在下面多呆一段时间。"

马玉文问:"怎么了,是不是他们要批斗我?"

文锦秀说:"你还不清楚吗,你下去的这4天时间省城里接连发生了好几起重大事件。"

"都是些什么事件?"

"第一起就是邓志锡书记死了。"文锦秀压低声音说。

"啊!"马玉文大惊失色,忙问,"怎么死的?"

"具体情况我也说不清。"文锦秀说,"听机关里的同志私下里传说,邓书记被交专案组审查后,专案组为满足造反派批斗的需要,白天将他交给各造反派组织游街示众进行批判斗争,晚上由专案组成员轮番上阵不间断地对他进行审查。接连搞了3天后邓书记受不了,引发了高血压和心脏病,专案组不让送省级医院治疗,说是怕被群众认出来后引起意外,只同意让他化名到小医院看病,由于治疗不当导致脑溢血而死。"

"这分明是迫害致死嘛!"马玉文气愤地说。

文锦秀赶忙用手去捂马玉文的嘴巴说:"你小声一点好不好,当心隔墙有耳。"

"邓志锡即使真是走资本主义道路的当权派,但他总还是中华人民共和国的公民嘛,他工作组凭什么剥夺人家选择医院看病的权力?"马玉文愤愤不平地说。

"好了,好了。现在是什么时候,谁来跟你讲这些道理。"文锦秀劝说道。

"另外还发生了哪些事?"马玉文问。

"第二起,也是最重要的事就是今天上午,造反派发生了内哄,形成了对立的两派,据说在冲突中还打伤了20多名工人和学生。"文锦秀说。

马玉文没料到短短几天时间省城会发生如此大的变故,想到自己回来还有一些工作要向宁明喻同志汇报,便顺口问道:"宁省长呢,他现在哪里?"

文锦秀说:"傍晚时分,我在常委大院碰到他爱人,听她说宁省长还被控制在造反派手里,她十分担心老宁的安全问题,正盼你回来帮他想办法呢。"

听说宁省长还在造反派手里,马玉文也担心起来,准备到办公室去了解情况后再想办法。

"嗨!"文锦秀叹了一口气说,"你自己已是'过河的泥菩萨——自身难保',还能想什么办法呢?你以为人家还把你当省委副书记一样尊敬?还能像过去那样可以发号施令?"

"你这是什么意思?"

"你刚回来还不知道,机关里已贴出了批判你的大字报。"

"都是些什么内容?"

"我妈下午去看了下,目前的具体内容还不多,主要讲你是邓志锡的帮凶和军师。"文锦秀忧心忡忡地说,"但这才开始,我担心他们既然称你是邓志锡的帮凶和军师就不会轻易放过你,他们会不会对你也下毒手呢?"

马玉文故作轻松地说："在这样一场轰轰烈烈的'文化大革命'运动中，哪个领导能躲过大字报不被点名批判？放心吧，我早就有思想准备了。我是革命军人出身，十几岁就参加革命，历史上没有任何污点，相信造反派即使把我抓了去也不能把我怎么样。倒是你和妈以及几个孩子的安全让我担心，我的意见是，楚英和向东现在大学念书，这两个孩子都已长大成人，他俩在运动中愿站在哪一边就让他们站在哪一边，只要提醒他们注意不要昧着良心做人，不要参与武斗就行。明光和明亮两兄弟让他们到清溪村去上山下乡插队落户，接受贫下中农的再教育好了，一是免得他们在城里跟一些所谓的造反派学坏了，二是让他们到实践中去锻炼锻炼，长点见识，三是到清溪村去他们的安全绝对有保障，以免你和妈妈担心。谢军是个孤儿，年纪又小，还是留在身边比较妥当，你就费心照顾老妈和他好了。"

"孩子们的事我会按你说的办，可你的安全怎么办？你要记住，你现在是上有老下有小的人，无论环境再险恶也要挺住！为了我和5个孩子你必须活下来，答应我，行么？"文锦秀说。

"我答应你。"马玉文说，"我就不信，抗日战争、解放战争那么艰苦的环境都闯过来了，我马玉文就熬不过'文化大革命'这一关。好了，我现在毕竟还是省委副书记，宁明喻同志被造反派抓走后，我不出面维持日常工作就是失职，我必须去办公室和同志们商量救老宁的事。"

马玉文一到办公室，就将当晚负责值班的省委叶副秘书长叫了过去。

"老叶呀，你晓得宁省长现在哪里吗？"马玉文问。

"今天清早被'工造联'抓走后，一直还软禁在那里。"叶副秘书长回答说。

马玉文眉头一皱又问："'工造联'到底是保老宁还是反老宁的呀？"

"开始是保宁省长的，在得知从宁省长家里搜出变天账和效忠刘少奇的日记后便改变了立场，带头批起宁省长来了。"

"要批判可以，但批完之后总得把人送回来呀，他们这样做不是变相羁押吗？老宁现在奉命主持全省的工作，将他软禁在'工造联'，万一我们省出了什么大事谁来负责？"马玉文强忍着怒火说。

"我们也是这样认为的，已和'工造联'联系过好几次了，可他们就是不放人。要不你亲自和李招军同志说一说，造反派还是比较听他的。"叶副秘长建议说。

"他现在哪里？"马玉文问。

"在专案办公室啊！"

独领风骚

"专案办公室?"马玉文问,"邓志锡同志都死了,专案办公室还没撤?"

"李招军同志说,他请示了'中央文革',得到的答复是专案办公室不能撤,邓志锡虽然死了,但是还会有第二个、第三个'邓志锡'的专案要查。再说,把专案办公室给撤了,人家李招军同志坐到哪里去领导全省的'文化大革命'啊?"叶副秘书长不无讽刺地说。

"他这个时候还会在办公室?"

"在,肯定在。这一阵子他的革命干劲更足了,天天要同各个造反派组织联系,听取揪斗'走资派'情况的汇报,组织落实新的'最高指示'的庆祝活动,每天晚上都要忙到凌晨两三点钟才会休息。"叶副秘书长肯定地说。

马玉文的脸显得越来越凝重,他对叶副秘书长说:"请你给他挂个电话,接通之后由我来同他讲。"

叶副秘书长拿过办公桌上的电话便摇了起来,接通后他说:"喂,是专案办公室吗?李组长在不在,请他接个电话?"听到李招军的声音后,他把话筒递给了马玉文。

"是老李吗?我是老马,马玉文。"

"哦,是玉文呀,你是什么时候回来的呀?"话筒里传出了李招军的声音,他将"马书记"改称为"玉文"并省略了'同志'两个字,要在过去马玉文听了会生出一种亲切感,可此时此刻马玉文听了却觉得总不是个味道。他也顾不了许多,对着话筒说:"我是刚刚才回来的,一进门宁明喻同志的家属就哭哭啼啼地找上门来了。你能不能打电话给'工造联'的造反派们做做工作,让他们把人先放回来。需要继续批斗的话,明天还可以让他去嘛。"

李招军在电话里说:"我早就做过工作了,不信,你可以问专案组的其他同志。可'工造联'的同志说,宁明喻比邓志锡还坏,不能再放他出来纠集地、富、反、坏、右和牛鬼蛇神从事反革命复辟活动。人家不听,我能有什么办法?"

马玉文说:"'工造联'的司令黎豆豆不是你的小舅子吗?他能不听你的?"

"如今是什么年代,夫妻、父子相互造反的情况多得很,他小舅子就一定会听我这个做姐夫的?我还没有这个本事哩。"李招军说。

马玉文明知道他在说假话也无可奈何,便换了一种语气严肃地说:"招军同志,你我都是共产党员,既然宁明喻同志还没有被中央明令撤职,他就还是省委、省政府的主要领导,你作为参与领导全省'文化大革命'的领导成员之一,和我们一样有义务、有责任服从宁明喻同志的领导,保护他的人身安全。万一他有什么不测,相信中央肯定会进行追究。所以,希望你能配合我们做好'工造联'的工作，尽快放回宁明喻同志。"

"好吧。我就再给他们做做工作，让他们保证不伤害宁明喻。但，放不放人我还没有把握。万一他们不放也不要紧，反正中央派到我省来支左的解放军明天就到，你去找支左的军代表说好了。"李招军说。

马玉文连声说："有解放军前来支左，事情就好办了，事情就好办了。"

前来支左的部队是从北方调来的C军，得知C军的代理军长是自己当年在南京军区医院住院时的室友、原某军副参谋长成伯太时，李招军欢欣若狂，立即登门拜访。

C军军部和支左办就设在省军区的北楼，这是一栋苏式建筑物，楼高5层，原是军区的接待处，专门用来接待上级首长以及下属单位来军区办事的同志，各种设施齐全，条件相当于三星级以上的宾馆。

成伯太的办公室设在四楼的一个大套间里，第一间是警卫兼接待室，第二间是办公室，最后一间是带卫生间的休息室。当李招军走上去时，早就接到值班参谋报告的成伯太已在门口恭候。

"欢迎，欢迎！没想到支左部队的首长会是您呀。"李招军急行两步走上去握住成伯太的手说。

"屋里说，请进。"成伯太摊开右手做了一个请进的动作说。

"请您先走，您是首长。"李招军谦让道。

双方客气两句后，成伯太走前，李招军随后，穿过警卫室走进办公室，成伯太请李招军在沙发上坐下后，自己也在他的侧面坐了下来。警卫员给他们端上茶来便退了出走，并将门关上。

"还是在部队进步快啊，您看您都当军长了，我还是原地踏步。"李招军感叹地说。

成伯太正色地说："你现在是全省'文化大革命'的领导者之一，是响当当的人物，怎么能说是原地踏步呢？"

"唉！名不正言不顺的，这算什么哟。"李招军叹息着说。

成伯太笑了笑说："你现在是'文革'宠儿，只要'中央文革'领导一句话，转正不是易于反掌的事吗。"

"我算什么'文革'宠儿，只不过比其他领导干部先表态支持造反派而已。"李招军说。

成伯太拍了拍李招军的肩膀说："你老兄就别谦虚了，这次我来之前，'中央文革'的领导向我交待，到了贵省之后要全力支持你的工作。你和'中央文革'牵上了线，飞黄腾达是指日可待的事，到时我还得倚仗你呢。"

"哪里，哪里。我省的'文化大革命'能不能干出名堂来，全靠你们支左部队的支持了。"李招军想了想又问："您知道'中央文革'对宁明喻的态度吗？"

成伯太点了点头说："知道，把他拉下马来再踏上一只脚。"

李招军忙问："那我省的工作现在由谁来主持？"

成伯太说："'中央文革'的领导同志说，依你现在的资历在今后组阁时还难以将你一步就推到省级党政一把手的位置上，恐怕还得先从副职干起。所以目前全省的工作暂时还只能由现有的两名省委副书记马玉文和江海洋中的一人来主持，你认为他们俩人当中哪个更合适一些？"

"江海洋。"李招军不假思索地说。

"为什么？他可是知识分子出身啊。"成伯太不解地说，"马玉文难道不行吗？他毕竟和我们一样是靠枪杆子打出来的，还是当兵的靠得住呀！再说他不和你是战友么，战友不帮战友还帮谁呢？"

"哼！"李招军气愤地说，"您去了解了解看，他把我当战友吗？他要是成了省里的一把手，我这个'中央文革'领导许的副职只怕又会泡了汤。"接着他把上次推荐鸽城地委书记的事说给成伯太听了。

成伯太沉默了片刻说："原来是这么一回事。但马玉文的本意也许是认为你不适合这个位置，并非否认你的能力、阻碍你的进步，他不是还说了让你搞个副省级干部都可以么？我的意见是，我们绝不能因为个人恩怨而误了'中央文革'领导交给我们掌握一省权力的大事。"

"你的意思是让马玉文来主持全省的工作？"李招军问。

"我看先争取争取他再说吧。"

"怎么个争取法？要他表态拥护'中央文革'，支持造反派？在现在这种大的趋势下，这种泛泛而论的表态他肯定会表啊。"李招军说。

成伯太说："光开空头支票不行，得逼他拿出实际行动，要他带头揭批宁明喻，带头造宁明喻的反。"

李招军点头说："这还差不多，您准备什么时候找他谈？"

成伯太将脑袋一摇说："我不找他谈，由你去。"

"我去？"李招军有点弄不明白地问。

"对，你去。因为我找他谈带有组织的性质，具有被迫性，弄不清他是真心造反还是假意造反。"成伯太带有指点迷津的口吻说，"你以向他传达造反派要求的形式找他，劝他站到造反派一边，带头和宁明喻划清界线，要求中央撤销宁明喻的所有职务。如果他同意并付之于实践行动，就说明他是真心拥护毛主席的革命路线，拥护'无产阶级文化大革命'的。"

"要是他不肯呢？"

"你还没有找他谈，就怎么知道他不肯呢？我们一定要尽可能多地争取一些领导干部过来，这样我们的行动才更具影响力，更具合法性。"成伯太说。

李招军只好答应下来，说："那好，我先去试试看。"

这个时候李招军还能来自己的办公室，这是马玉文没有想到的事，他亲自倒了一杯热茶递给李招军说："没想到你居然不怕有人说你和我这个走资派划不清界线，还来看我，看来还是战友情靠得住呀。"

李招军尴尬地笑了笑说："我是来向你传达造反派的要求的。"

"喔，原来是这样。"马玉文镇定地说，"他们是不是要我去接受批斗，是什么时候？在什么地方？只要告诉我，一定准时赶到。"

"如果造反派要批斗你，我怎么会接受他们的委托来发通知呢？你想也想得到吗。"李招军说，"造反派的要求就两点。"

"请讲。"

李招军喝了口茶，清清嗓子说："第一，是要求你公开发表声明支持他们的革命行动；第二，要求你带头站出来，率先揭批宁明喻反党反社会主义的罪行。"

马玉文慢条斯理地说："你可以转告造反派，对他们所有的革命行动我都会坚决支持！但对其中少数人的错误行为，比如搞武斗呀，抢夺部队的枪支弹药呀等不仅不予支持还要提醒、帮助他们予以纠正，我认为只有这样才是真心实意地爱护和支持革命造反派。你说，对吗？"

李招军没有回答，而是示意他继续说下去。

马玉文接着说："至于揭批宁明喻同志的问题，我认为包括我在内在解放以来17年的工作中绝大多数同志难免犯有这样或那样的错误，当然可以批判。在适当的时候和适当的场合，我可以就宁明喻同志存在的问题对他开展批评。可谈到揭批他的反党反社会主义罪行，我却无能为力，因为我没有发现和掌握他这方面的罪行，总不能诬告陷害他啊。"

李招军说："你别死心眼了，此时此刻你还不和他划清界线，难道还打算保他不成。"

"宁明喻同志写的日记是不是'变天账'和'效忠信'，我没有看过，不敢随便下结论。即使他的这些事实属于反党反社会主义行为，也要先报党中央审查确认批示下来，才能对他开展批判斗争，否则他就不能算反党反社会主义分

子,仍然是省委、省政府的主要领导同志。"

"哈,我明白了。"李招军说,"你是见中央还没有明文批复撤销宁明喻的职务,所以不敢站出来批斗他。告诉你'中央文革'已定下了打倒他的决心,批复下来只是迟早的事情。实话对你说,传达造反派的要求是假,作为老战友前来提醒规劝你是真。如果等中央批复下来,你再揭批宁明喻那时就迟了。我劝你一定要抓住眼前这一瞬即逝的机会,抢在中央批复下来之前率先站出来揭批宁明喻,这就充分证明你是站在毛主席革命路线上的,是支持和拥护造反的,那么下一位主持全省工作的领导同志就非你莫属了。"

"谢谢你的提醒,但我马玉文绝不是一个踩着别人肩膀往上爬的人。"马玉文一脸庄重地说,"即使中央批了下来,我也只能实事求是就我所知道的宁明喻同志在工作中的缺点和错误开展批评。我马玉文绝不干落井下石、诬告陷害的事。"

"好,既然给你脸不要,你可别怪我李招军不念战友之情了。"李招军说完后便气乎乎地走了。

见到成伯太后,李招军将马玉文不肯表态支持造反派、反对批斗宁明喻的事添油加醋地说了一遍,末了还说:"我说这个人不同我们是一条线上的人,您偏不信,结果怎么样?"

"怎么样?这还不容易,发动造反派造他的反,将他作为走资派打翻在地!"成伯太阴险地说,"咱们的原则是顺我者昌,逆我者亡。他既然不能为我们所用,那就打倒他。"

李招军心中窃喜,表面上却装作为难地说:"您表了态能作数么?再说他自小参加革命,根正苗红,我们又没掌握他犯路线错误的任何证据,怎么办?"

成伯太"嘿,嘿!"冷笑两声说:"我表态算不算数,关键看你能不能把群众发动起,如果能使他成为'千夫所指'的人,我的表态自然算数。至于怎样认定他犯有路线错误的事,你没有听说过'欲加之罪,何患无辞'的话么?"

第二天,人们清早起来发现一夜之间省委大院和省城的主要街口、繁华之地、闹市之处贴满了揭发马玉文的大字报,列举的罪行主要有:反对三面红旗,反对大炼钢铁;包庇地主富农,领养反动军官的儿子,为国民党反动派培养接班人;崇洋媚外,反对毛主席'独立自主,自力更生'的主张和精神;为邓志锡派工作组镇压红卫兵出谋划策,充当狗头军师;欺骗党中央,抢夺国家粮食等。大字报将马玉文描绘成一个一贯反毛主席、反毛泽东思想的、十恶不赦的地富反坏右在共产党内的代理人。一时间要求批斗马玉文的呼声此起彼伏，一浪高过一浪；要求打倒马玉文的游行示威一波接一波，川流不息。

支左部队面对这种情况，不得不表态：为顺应民心，同意由'工造联'牵头统一组织一次大规模的批斗马玉文的群众大会。

在批斗马玉文的头天晚上，黎豆豆将自己的铁杆兄弟："工造联"文工武卫指挥长邱世舵叫到自己办公室，关好门后对他说："兄弟，哥我平时对你怎么样？"

"胜过亲生父母。"邱世舵说。

"哥我现在面临一个立盖世奇功的机会，只是我不便自己出马，必须有一人为我冲锋陷阵才行。"黎豆豆说。

"别说是去立功，就是去赴汤蹈火，只要你信得过，小弟甘愿代劳。"邱世舵连忙表白说。

黎豆豆走到窗台边打开窗户探头往外望了望，确信无人后再将窗户关上，回头对邱四舵说："'中央文革'领导决定要除掉马玉文这颗眼中钉，但又不便处决他。我想利用明天的批斗会群众情绪激昂的机会替'中央文革'的领导实现这一目的，可我又不能自己动手，因为我姐夫李招军与马玉文有过节，也就是通常说的有矛盾，如果我一动手就有报复杀人之嫌，所以打算借你之手来干掉他。"

"那我岂不成了杀人犯？"邱世舵恐惧地说。

黎豆豆解释说："要在平时，你打死了人当然就是杀人犯，不偿命也会判重刑。但你想想看，如果让你明天上台批斗马文玉，批到气头上，你突然举起手上的半导体喇叭筒奋力朝马玉文的太阳穴砸去，当场将马玉文砸死，你说还会有人说你是故意杀人吗？造反派都会视你为英雄，官方最多也只能定你一个'过失杀人'，鉴于死者是一个反党反社会主义分子，又有谁敢追究你的刑事责任呢？就像当年人们在看戏剧《白毛女》时，一个基干民兵看着看着气愤不已举枪打死了扮演黄世仁的演员一样，只能从轻发落。即使政法部门拘留你几天，立了盖世奇功的哥我到时一句话不就让你出来官复原职，然后一路春风，青云直上了吗？"

邱世舵转而一想这确是一件失少得多、划得来的事，如果自己为"中央文革"的领导除掉了这颗眼中钉说不定真的就青云直上了，于是他把胸脯一拍，豪气万丈地说："哥们放心，这件事就交给我了。"

令黎豆豆和邱世舵万万没想到的是"隔墙有耳"，俩人的密谋都被隔壁的打

独领风骚

字员吴青青听了个一清二楚。原来黎豆豆的办公室和打字室之间只有一扇木板相隔,黎豆豆原以为吴青青早就下班回家故而没有设防。

吴青青原是轮胎厂的打字员,"工造联"成立后为了打印传单、资料,急需一名打字员,轮胎厂的造反派组织便将她派来了。由于明天的批斗会要打印的材料太多,吴青青今晚必须加班。打着打着,由于实在太困她就伏在工作台上睡过去了。不知过了多久,她被隔壁传来的声音给吵醒了,她正准备继续打字,因听到事关马玉文便停了下来并悄悄将电灯拉熄,蹑手蹑脚摸到与黎豆豆办公室相连的木板墙边屏声静气地听了起来。

吴青青为何如此关心马玉文的事?因为她是青溪村人,她爹是马玉文带领新四军从日寇手中救出来的,她哥又是马玉文带领解放军从国民党军队里救出来的人质之一。她从小就听父辈兄长讲马玉文的英勇事迹,久而久之,马玉文就成了她的心中偶像。这次听说要批斗马玉文她怎么也想不通,反党反社会主义分子与她心目中的马玉文相去甚远。后来她想到除毛主席、周总理和"中央文革"少数几个领导干部外,从中央一直到县乡有几个领导干部没有被批斗呢?难道中国就有这么多反党反社会主义分子?其中肯定有被冤枉的,马玉文就是其中的一个,今天批判他,明天也许就会给他平反。想到这里她的心情才稍许平静了一些。现在听到黎豆豆和邱世舵密谋杀害马玉文,她的心急得都要跳出胸膛了。马玉文曾经救了自己的父兄,救了清溪村数以百计的父老乡亲,如果得知他将要被害的消息甩手不管,自己岂不成了忘恩负义的人,今后见了父兄和乡亲们将怎么向他们交待?想到这里,吴青青将心一横暗下决心在心里说,明天我也去参加批斗会,到现场再见机行事,无论如何也要救下马书记一命,就是牺牲自己也在所不惜。

批斗大会放在可容纳2万人的体育馆,红旗、红宝书、红袖章将会场染成了红色的海洋。会场中间悬挂着写有"批斗反党反社会主义、顽固坚持走资本主义道路当权派马玉文的群众大会"的会标,四周悬挂着"毛泽东思想万岁!""无产阶级文化大革命万岁!""横扫一切牛鬼蛇神!""砸烂旧世界,建设新世界!"等巨幅标语和横幅。主席台上端坐着各主要造反派的头头,吴青青也以大会工作人员的身份出现在主席台上,为造反派头头端茶送水。

当头戴高帽子、身挂黑牌子的马玉文被工人纠察队押上主席台时,整个会场顿时沸腾起来了,"打倒马玉文!""马玉文不投降就叫他死无葬身之地!"的口号声响彻云霄。直到主持批斗大会的黎豆豆宣布"批斗大会开始",会场才逐渐安静下来。

第一个上台发言的是省委机关的造反派代表，第二个登台批判的是来自学生中的造反派代表。

在造反派们的口诛笔伐中，马玉文始终镇定自若，态度不卑不亢。

第三个走上台来的就是工人造反派代表邱世舵，他左手拿着讲稿，右手握着半导体喇叭。见台上装有麦克风和高声喇叭，邱世舵顺手将半导体喇叭放在讲台上，照着讲稿读了起来。他越读越激动，越批越来劲。突然，他将稿子一丢，操起半导体喇叭对着台下高声喊道："像马玉文这种死心踏地走资本主义道路的当权派应不应该打倒？"台下群起响应："应该！"邱世舵又喊："应不应该消灭？"台下的造反派振臂高呼："应该！"只见邱世舵高举半导体喇叭狠狠向马玉文头上砸去。正左手提着热水瓶向邱世舵走来的吴青青一个箭步冲上去右手一抬，大喊一声："不许打人！"随着"咔嚓"的骨裂声和惨叫声，吴青青重重地摔在地上昏死过去。

事发突然，全场一片沉寂。过了不到半分钟，场内突然响起了一声"最高指示：'要文斗，不要武斗。'"紧接着"要文斗，不要武斗"的声音席卷全场。

邱世舵茫然站在讲台旁不知所措。

马玉文望着倒在地上的吴青青眼里涌出了热泪。

负责维持会场秩序的解放军战士见出了人命案子将邱世舵押出了会场，并将吴青青抬出去用救护车送往医院抢救。

乱了方寸的黎豆豆跟台上的造反派头头简单商量了一下后宣布："今天的批斗会暂时开到这里，下次再继续。"

散会后，黎豆豆安排心腹将马玉文押送到四面是江水的空洞岛，变相关押了起来。

市人民医院，手术后躺在病床上的吴青青见医生、护士和其他前来看望的同事陆续走了，便将情况一五一十地告诉给了守护在身边的姑妈。

吴青青对姑妈说："造反派肯定不会善罢干休，还会继续加害马书记的。您快回去告诉我爹和我哥他们，要他们赶快想办法来救马书记，迟了只怕马书记就没命了。"

吴青青的姑妈是解放初参加工作后才调到省城的，对马玉文多次冒死救百姓的事比吴青青要清楚得多，她安慰吴青青说："孩子，你安心养伤吧，姑妈得留在这里照顾你，等会你姑父一来我就叫他连夜下乡去报信。相信父老乡亲们绝不会置马书记的安危于不顾，一定会想办法救这位人民的好书记的。"

吴青青望着姑妈点了点头，脸上露出了一丝笑容。

独领风骚

姑妈望着吴青青缠满绷带的右手，用手爱怜地理了理她的头发说："青青，现在的形势复杂得很，人心难测。你一定要记住，对任何人也不能讲你是有意去救马书记的，只能说救人是你的一种下意识动作，当时你脑子里只有毛主席'要文斗，不要武斗'的教导，便什么也不顾就出手救人了。这样一来，造反派便拿你没有办法，你也才能自保。"

在鸽城通往省城的213国道上无数农用小四轮、拖拉机和大货车组成了一支长达10余公里的车队。车上坐满了赤红脸膛、敞胸露臂的泥脚杆子。每辆车的前面悬挂着一幅"全省农民'红色赤卫队'赴省揪斗马玉文特遣队"的横幅，车厢两边分别贴着"造反有理，革命无罪！""无产阶级文化大革命万岁！"的标语。坐在车厢里的农民挥舞着大大小小的红旗或"红宝书"，唱着由毛主席语录改编的革命歌曲，高呼"向前，向前"的口号向省城挺进。

原来，吴青青的父亲吴楚汉和哥哥吴献解得知马玉文被"工造联"的造反派囚禁而生命垂危的消息后，立即把村里一些平时有主见的青壮年农民召集在一起商量解救的办法，也是急中生智吴献解突然想出了一条"以毒攻毒"的主意。他说："在现在的形势下，要顺利又安全地救出马书记，我们的做法就必须合理又合法。"

有人笑他是痴人说梦话，在这场史无前例的"文化大革命"中要合理又合法地解救一名被造反派视为走资派的人，除非是党中央或"中央文革"发话，否则谁也做不到。

"我保证有办法做到！"吴献解不慌不忙地说，"既然他们将马书记定性为走资派，那么我们农民组织一支造反派组织进省城去批斗他，合不合法？"

"合法。"人们异口同声地说。

"我们要求将他押回他曾经长期工作过的鸽城交给当地广大群众批斗，合不合理？"

"合理。"

吴献解得意地大笑起来说："这不就得了，我们以批斗为名，行保护之实不就能既顺利又安全地把马书记给救出来了吗？但光我们村里的农民不够，必须联合全县、全地区，甚至全省的农民采取统一行动，造成强大的声势才能马到成功。"

吴献解当即将全村的青壮年派往各地进行联络，各地农民群起响应，经农民代表大会协商同意成立了名为"全省农民'红色赤卫队'"的造反派组织，并公推吴献解为总指挥。

这支特殊的车队就是由吴献解组织起来，去执行特殊的使命的。刚开始的时候才勉强凑足了100辆车，后来沿途不断有农民开着拖拉机、小四轮和货车，甚至徒步加入进来，等到接近省城时各种车辆已超过千台，参与的农民达10万人以上。

　　进城后，吴献解将队伍带到英雄广场，安排好人用货车搭置主席台、维持会场秩序等事宜后，便带着300名代表赶到"工造联"司令部和黎豆豆进行谈判，要求将马玉文交给他们进行批斗。

　　黎豆豆立即将情况通过李招军向成伯太进行了汇报，听说有10万农民自发进城批斗马玉文，成伯太高兴极了，当即指示说："这是好事啊，一方面说明群众已最大限度地发动起来了，另一方面说明马玉文不得人心，参与批斗的人越广泛，马玉文完蛋得越快。"

　　李招军安排黎豆豆将马玉文交给"红色赤卫队"进行批斗时说："你安排几百名工人造反派跟着去，名为帮助农民兄弟维持秩序，实为观察掌握情况，防止他们假批判真包庇。据我所知马玉文在下面给农民办了不少实事，农民们怎么会自发地起来批斗他呢？"

　　黎豆豆说："全省几千万农民，得过他好处的是极少数，绝大多数农民起来造他的反完全在情理之中嘛。不过，我会按你吩咐加强防范，以防万一的。"

　　批斗完马玉文，吴献解便安排人将他押上最前面的大货车。亲临会场并在主席台上就坐的黎豆豆赶忙走过来阻拦说："你们这是要干什么？"

　　"把他押到农村去，交给广大农民进行批斗呀！"吴献解理直气壮地说。

　　"不行！"黎豆豆摊开双手一边拦住马玉文不让他上车，一边对吴献解说，"你们在这里批了就行了，我们还没有批够呢，等我们先批完了再说。"

　　"你们批了这么久还没有批够，难道我们批一次就够了。我问你，马玉文在鸽城工作的时间久，还是在省委机关的时间久？"吴献解问。

　　黎豆豆说："当然是在鸽城工作的时间久。"

　　"那他在鸽城犯的错误多，还在省委犯的错误多？"吴献解继续追问道。

　　"这……"黎豆豆张口结舌答不出来。

　　"还是我替你答罢。"吴献解说，"不算马玉文当年当新四军在鸽城一带活动的时间，解放以来他在鸽城地区工作了13年，在省委工作的时间还不到5年。现在大字报揭露他的罪行，70%发生在鸽城，只有30%发生在省里。难道我们将他揪回鸽城地区清算不应该吗？你为什么要反对呢？我怀疑你是不是借批斗为名行庇护之实！"

　　"打倒马玉文！""谁包庇马玉文就打倒谁！"10万农民的呼喊声震天动地，

黎豆豆被眼前的声势吓破了胆，他对吴献解说："你们要带他走，总得经过领导同意，我马上就去请示。"回过头他交待在场帮助维持秩序的工人纠察队："你们在这里盯着，没有我发话谁也不准将马玉文带走。"300名工人纠察队立即将马玉文围在中间，无数的农民则里三层外三层地将他们包围在里面。

黎豆豆在就近的一个单位打电话将情况向李招军作了汇报。

李招军在电话里问："批斗会开得怎样？他们是真批呀还是假批？"

黎豆豆说："是真批！上台发言的农民一个个义愤填膺，批得深，骂得狠，有的人就差没有抽马玉文的耳光了。说实话，比上次我们省城开的批斗会火药味还要浓，质量还要高。这些都是我亲自耳闻目睹的，因为我作为特邀嘉宾就坐在主席台中间。"

"不错，不错！"李招军停了片刻又说，"但最好还是别让他们将马玉文带走，万一农民要将他保护起来，我们就鞭长莫及，奈何他不了了，到时候可能会落一个打虎不成反为虎咬的下场。"

"可是我们阻止不了啊！"黎豆豆焦急地说，"他们有10万之众，我们才几百人，就是去调工人或学生造反派前来声援也来不及呀。再说你不同意，他们会将保马玉文的帽子扣在我们头上，我们岂不由造反派变成保守派了，万一'中央文革'追查起来，我们又怎么能够说得清楚。"

李招军无可奈何地说："那就让他们将人带走吧。这样，为保险起见，你派100名工人纠察队荷枪携弹跟着去，名为防止马玉文畏罪潜逃或畏罪自杀。你交待前往的纠察队员要他们和马玉文形影不离，一挨批斗完，或者发现情况不对头，就把马玉文押回省城。"

黎豆豆当即打电话给"工造联"司令部，让他们抽掉100名工人纠察队员带上枪支弹药火速赶到英雄广场。

工人纠察队员分乘两辆大卡车，将载有马玉文和'押解人员'的货车夹在中间，随"红色农民赤卫队"浩浩荡荡的车队朝鸽城开去。

车队出了省城，一路都有车辆或徒步行走的农民离开队伍，分散回去。

进入鸽城地区，不仅徒步行走的农民没有了，绝大部分车辆也已散去。到了红宇公社，吴献解招呼车上的工人纠察队员说："兄弟们，跑了快3个小时，大家都辛苦了。来，下车休息休息，在公社吃了饭再走。"

这些工人纠察队员，平日里在城里都是悠哉游哉的大老爷们，几时像今天这样50个人挤一辆大卡车？别说坐了就连站着转身都很困难，加上沿途都是沙石路，车子总是颠簸不停，一身骨头早就累得散了架似的。听说可以休息并有饭吃，一个个欢喜雀跃。他们押着马玉文走进公社大院，只见院里摆了十几桌酒席，上面鸡鸭鱼肉应有尽有。吴献解先将马玉文安排在靠里面的一张小桌子边坐好，然后端起一碗酒站到院子中间对工人纠察队员们说："兄弟们，大家都找地方坐好，尽情地吃尽情地喝。工农一家嘛，难得大家有机会到我们乡下来，我们理当尽地主之谊把大家接待好。来人，给工人老大哥倒酒，我敬大家一碗。"说完他将头一仰满满一碗酒便倒进了口里。

早就又渴又饥的工人纠察队员顾不上讲客气，一手端碗一手提筷子，大碗喝酒大口吃肉地干了起来。不等吃完饭，只见他们一个个东倒西歪地昏倒在地，原来农民们早就在酒和茶水里都放了安眠药，不管你喝不喝酒都会晕过去。

吴献解让人下了工人纠察队员们的枪，再用凉水将他们泼醒。工人纠察队员们醒来后，只见四周的墙上和屋顶上都是荷枪携弹农民，院子里的农民也手持扁担、锄头虎视眈眈地望着他们，胆小的人吓得尿尿了。

吴献解一纵跳到一张桌子上说："工人们，大家都别怕，我们绝对不会为难你们，我们还要感谢你们武装护送我们安全到家并给我们送来了枪支弹药。另外，请你们回去以后转告黎豆豆和李招军，就说我们'红色赤卫队'和全省农民都认为马玉文是忠于毛主席和毛泽东思想，与农民心连心、心贴心的好干部，我们保定了。如果黎豆豆和李招军之流胆敢下乡抓人，定叫他有来无回！现在你们可以上车，打道回府了。"

工人纠察队员们原本都是临时抽来的，一点准备也没有，有的人连和家里打个招呼都来不及，不知在乡里要呆多少天，心里早有一股子怨气。听说就这样让他们回去，大家嘴里不说心里暗暗高兴，赶紧爬上卡车，一溜烟跑回省城去了。

三

马玉文原以为自己会像邓志锡一样被造反派们折磨而死，没想到农民兄弟会用这种方式把自己给救出来。他觉得自己唯有更好地服务农民，才能对得起这些心地善良的父老乡亲。他时不时将各地的地、县委主要负责同志邀到乡下，和他们一起学习毛主席、党中央关于"抓革命，促生产"的指示，要求大家一手抓革命，一手促生产，两手都要硬。要在组织群众严格按毛主席指示和党中央精神开展文化大革命的同时，坚定不移地抓好工农业生产。他说："无农不稳，无工不富。农业是国民经济的基础，是人们生存的根本，如果我们轻信少数造反派'宁要社会主义的草，不要资本主义的苗'的狂热和无知的宣传，不抓农业生产，使农田大量荒芜，粮食大幅度减产，那么人们将再次像前几年，即三年经济困难时期一样面临饥饿和生存的危险。那样的话别说开展'文化大革命'，所有的革命事业、革命工作都将无法进行，弄得不好局部地区甚至全国都有可能发生重大骚乱，给帝国主义、修正主义侵略我国或盘驻在台湾的国民党反动派反攻大陆提供可乘之机。所以抓革命必须促生产，促生产重在抓农业。"在马玉文的精心安排和组织下，尽管城里的"文化大革命"闹得轰轰烈烈，工业生产、交通运输几乎陷入瘫痪，但全省的农业生产丝毫也没有受到影响，反而搞得热火朝天。

平日里马玉文经常在田间地头和农民弟兄一起劳作，一起聊天，聊气候，聊种子，聊种田的经验，也聊家常，和大家不分彼此，亲如一家。闲来无事时他就四处走走，了解风土人情，考察地形地貌。原以为自己抗日时在这一带活动过很久，解放后一直在这里工作，对这里的山山水水再熟悉不过。没想到通过两三个月的留心观察，发现这里不仅具有江南农村一般山清水秀的特点，而且不少地方的地形地貌颇具特色。尤其是鸽城地区从江口县到大甸县一线，植被丰富，森林覆盖率高达68.7%，山上多奇峰怪石，而且有不少的溶洞，洞内那些历经亿万年的化石造型更是鬼斧神工，美仑美奂，美不胜收，妙不可言。山下溪河纵横，小桥流水处处可见，一些溪河之间只要稍加挖凿即可互相贯通，泛舟水上。更让马玉文醉心的还是这一带的古建筑物，山上气势恢宏或者小巧玲珑的庙宇多为元、明年代所建，亦有隋、唐建筑散落其中。山坡上、田野上的一些原属地主的庄院建筑风格各异，不论是古式的深宅大院还是园林式的楼舍住房，都少不了雕刻绘画，有栩栩如生的人物画像、活灵活现的动物形态、飘洒着芬芳的花草树木，它们或雕刻于走廊之上，或绘图于天花板上，或塑制于庭院花园。尽管这些地主庄院早在土改时就作为住房分给了贫下中农，可不管是几户、十几户、甚至几十户共住一处，总体布局没有打乱，总体结构没有破坏，雕刻绘画基本上原封未动。一些村镇的古碑、古塔、古牌坊仍然完好无损地屹立在原址，光邓元太镇就有状元坊、贞节坊、功德坊等名目繁多的石牌坊12座，在沿河的半边街上整整齐齐地排列着，形成了一道独特的风景线。每座牌坊前还竖着一块不大不小的石碑，介绍牌坊的名称、来历以及建成的时间等等。

这么多的古建筑物在"文革"初期那荡涤一切旧思想、旧文化、旧风俗、旧习惯的大破"四旧"的运动中居然没有遭到破坏，马玉文不由得暗暗称奇。他知道这主要得益于这里的民风纯朴、交通不便、消息闭塞，这可是一笔巨大的旅游资源，说不定将来哪一天会给这里的老百姓带来取之不竭的财富。他感到奇怪的是自己在这一带生活工作了多年，怎么过去就没有发现呢？也许是过去太忙了没有留心观察，也许是习以为常，身在庐山不识庐山真面貌，但不管怎样，既然发现了，特别是这些自然景观和人文景点又保留下来了，那么自己就有责任和义务组织群众将它保护好。于是走到哪里只要发现有价值的古建物和人文景点，他必然要弄清它的历史，详细了解它的现状，向所在地的群众讲述保护古文物的意义，叮嘱他们一定要珍惜和保护好这些东西。

一天，马玉文和江口县双溪人民公社高禾大队大队长皮松文正在田里和农民给庄稼施肥，只见一个人远远跑来站在田埂上气喘吁吁地对马玉文说："马书记，不，不好了，你，你快去看，看，有人要砸，砸邓元太镇的牌坊。"

马玉文大吃一惊，忙问："是些什么人？"

"是外出串连回，回来的红卫兵和，和在外地读书放假回来的大，大学生与中专，生。"来人说。

马玉文立即意识到如果不制止住，此例一开整个鸽城地区甚至全省农村的古建筑物和人文景点将全部毁于一旦，一些古建筑物今后就是有钱也无法再建。想到这里他顾不上穿鞋赤脚就往邓元太镇跑，皮松文马上招呼一些青壮年跟在后面。跑着跑着，马玉文就力不从心跑不动了，他对皮松文说："你带人先赶过去，无论如何不能让他们砸，但绝不许动武，我随后就到。"

马玉文一刻不停地跟在后面，10华里的路程只跑了35分钟。等他赶到时只见当地一些老农正以身护坊，和一些青年学生对峙着。二三十个学生模样的人手持钢钎、铁锤、锄头等工具聚集在牌坊前，一个满脸青春豆、身穿半旧军装的高个子学生对护坊的老农们说："爷爷、伯伯们，这些牌坊是为帝王将相、才子佳人歌功颂德的，留着它们只会毒害我们。现在外地将这些'四旧'的东西早就砸烂了，我们还将这些东西留在这里只能证明我们愚昧落后。请您们让开，我们好动手把这些牌坊砸掉。"

一个银发银须老农眯着双眼说："这些牌坊记载的是先辈大贤大德的品德和事迹，是我们全镇人的光荣和骄傲，数百年来从未看到它们害过谁，谁砸谁就是败家子，就是不孝子孙。"

一个矮墩墩、戴着一幅宽边眼镜的学生大声喊道："他们都是一些老顽固，同他们讲是'秀才碰到兵，有理讲不清'。拖开他们，只管砸就是了。"

十来个学生走上去，两个夹一个将围在一块贞洁牌坊前的四个老农架开，其余的学生举着钢扦、铁锤就要向牌坊砸去。

马玉文一个箭步冲到牌坊前张开双臂，大声喊道："不许砸！"

为马玉文的气势所镇,学生们纷纷止住脚步垂下手来。

马玉文说:"同学们,你们的革命热情值得我们敬佩和学习,但这些古建筑物和旧思想、旧文化、旧风俗、旧习惯是有区别的,它们不属'四旧'的范围,旧思想是指残存于人们头脑中封建主义、资本主义的论理观念,旧文化是宣扬封资修的书籍、电影、戏剧等作品,旧风俗是指生活当中一些趣味低级伤风败俗的风气,而旧习惯是指人们习以为常却与社会发展不相适应的陋习。而这些牌坊是由古代劳动人们用心血雕刻而成的,为的是纪念当时的一些先贤以勉励后人,具有一定的教育意义。"

"你是什么人?"满脸青春豆的高个子学生问。

人群中有人大声说:"他是省委副书记马玉文。"

"呸!"那个矮墩墩、戴着一幅宽边眼镜的学生一口痰吐在马玉文身上说:"你当你是谁,原来是个走资派,怪不得开口先贤、闭口先贤的。大家别听他胡说八道。"

"他妈啦的巴子,只有你才胡说八道!"从远处忽忽赶来,刚刚挤进人群的一个50出头的老农冲上来扇了他两个耳光,将他的眼镜都打倒了地上。

"不许打人!""马玉文煽动群众斗群众罪该万岁!""文攻武卫,谁打造反派我们就打死谁。"学生们群情激愤,纷纷扬起手中的工具就要动手打人。皮松文和一些农民马上将马玉文围在中间保护起来。

被打的学生将眼镜捡起来重新戴上,抬起头来刚要张口骂人,突然脸胀得通红,张口结舌地说:"爹,你怎么,怎么打,打我呀?"

"不打你,打谁?"他爹说,"你这个忘恩负义的家伙,居然敢吐马书记的口水。谁说马书记是走资派?不是当年他带着新四军冒死把我从鬼子抓走的劳工中救出来,我早就见了阎王,这个世界上哪里还有你这个杂种?今天你们谁敢动马书记一根汗毛,我就跟谁拼了。"

"对!谁敢动马书记一根汗毛,我们都跟他拼了。"从四面八方闻讯赶来的农民操着家伙将学生们围得水泄不通。学生们吓得将工具丢在地上,呆到一边一动也不敢动。

马玉文从人群中挤出来,先走到打人的老农跟前拉着他的手说:"兄弟,孩子还小,容易冲动,只要跟他讲清道理,等他冷静下来就没事了,虽然他是你儿子,但打人终究不对呀。回去后要好好安慰安慰他。"老农含泪点了点头。

马玉文来到学生们面前,和颜悦色地说:"你们当中有外出串连时到过北京的吗?到过的请举手。"

学生们纷纷举起了右手。

"那你们到过天坛公园和地坛公园吗?"马玉文问。

"到过。"学生们纷纷回答说。

马玉文又问:"天坛和地坛被作为'四旧'拆掉砸烂了吗?"

"没有。"部分学生回答说。

"你们都知道天坛和地坛是历代帝王祭祀天地鬼神的地方,那么中央为什么不让红卫兵砸掉它呢?"马玉文说,"那是因为天坛和地坛是最具中国特色的古建筑物,留下来并不断修缮保护,有利于研究中国的历史、文化、建筑,同时也有利于宣传教育后人,有利于弘扬中华民族的创造性和优良传统。"见大家听得聚精会神,他又问:"你们去过故宫和颐和园吗?"

有学生说:"去了,但这2个地方都封闭了,外面还有解放军战士站岗放哨,不让人进去参观。"

"你们知道中央为什么要封闭这2个地方吗?"马玉文进一步问道。

"怕有人破坏呗。"

"故宫是明清两代帝王居住、办公的场所,颐和园是皇帝和皇后、贵妃避暑游玩的地方,里面歌颂帝王的建筑物数以万计,中央之所以将这2处地方封闭起来,并派部队进行保护,为的就是怕这些凝结中华民族集体智慧的国宝和国粹遭到破坏。因为古建筑物本身不是旧思想、旧文化,更不是旧风俗、旧习惯,而是中国古代先进科学技术的象征,过去它可以为帝王服务,现在完全可以用来为人民服务嘛,这就是毛主席教导我们的'古为今用'的道理。既然天坛、地坛、故宫、颐和园都不算'四旧',中央不让红卫兵'破',那么我们这里的牌坊为什么硬要将它作为'四旧'破掉呢?你们说,我讲的有没有道理?"

"有道理。"学生们带头鼓起掌来。

得知马玉文被农民救走,李招军气得吐血。因为他知道马玉文一旦深入群众就等于龙归大海,虎入深山,不仅自由了,而且是天高任鸟飞,海阔凭鱼跃,他可以尽情施展才干,从而进一步提高在人民群众中的威信。更让李招军头痛的是,马玉文一下乡便无形之中对他形成了农村包围城市之势。因为全省农民"红色赤卫队"曾让被放回的工人纠察队员传话给他,只要他和黎豆豆敢出省城一步,就要他们有来无回。"红色赤卫队"不光说说而已,而且在出省城十里的各个要道设了明卡暗哨,一方面阻止携带枪支弹药的工人下乡,一方面盘查看他和黎豆豆是否混在人群中外出,这样一来,他们就只能龟缩在省城这块弹丸之地,实施对全省文化大革命的领导便成了一句空话。

为了将马玉文抓回省城,李招军和黎豆豆可以说是绞尽了脑汁,他们曾派

便衣出城绑架过,便衣们回去报过说,马玉文无论到哪里,当地的民兵都会主动为他站岗放哨,根本就找不到下手的机会;他们曾想收买一些农民从"红色赤卫队"中分离出来,再以批斗马玉文为名将他控制起来,然后想办法移交给"工造联",但答应的农民太少,根本成不了气候;他们也曾伪造开会的通知,想骗马玉文回去,结果被识破,阴谋没有得逞。走投无路之际,李招军只好求助于成伯太,要求他动用军队抓人,结果遭到成伯太的断然拒绝。成伯太说:"你简直是胡闹,没有中央军委的命令谁敢动用军队。你当现在还是解放前带领游击队打仗,你想把部队拉到哪里就拉到哪里,想打谁就打谁?现在没有中央军委的命令随便动用军队,是要交军事法庭审判的。"听得李招军干瞪眼。

这天,他到成伯太办公室去找他汇报工作,正在打电话的成伯太向他做了个请坐的动作后,继续对着话筒说:"对,没错!明天下午2点半一辆满载军火的列车在鸽城车站停靠半小时,主要是补充燃料,你们驻鸽城支左的部队要派人负责警戒,确保军列的绝对安全。"成伯太说到这里抬头望了望李招军,对着话筒继续说,"对这件事你们必须严格保密,不能对外泄露任何消息。"

成伯太放下电话走到李招军面前握了握他的手说:"对不起,让你久等了。"

李招军轻轻一笑说:"没关系。只是我无意中获悉了您的军事秘密,但您放一百二十个心,我李招军是军人出身,懂得保守军事秘密的重要性。我以党性向您保证,这件事绝对不会从我李招军嘴里漏出去半个字。"

"我要是不晓得你是军人出身的领导干部,对你不放心,会当着你的面说这件事吗?但你我都知道,泄露军事秘密可是要掉脑袋的事,千万大意不得呀!"李招军进来时成伯太正在打电话,因撕不开面子不好向李招军下逐客令,只好转弯抹角地对他进行警告。

回到自己办公室,李招军立即将黎豆豆叫来,向他面授了机宜。

全省农民"红色赤卫队"拥有成员204万余人,总指挥部设在六桥镇,所谓六桥镇顾名思义是因穿镇而过的澄江上修建有6座造型各异的桥梁而冠名。总指挥部在全省各个地州都设有分指挥部,在各县设有县指挥所。由于经费有限,常驻总指挥所的只有7人,即总指挥长吴献解,副总指挥长彭嘉贵、黄宏光,宣传组的李家地、洪光圆以及联络组的杨学明、黄芳。

这六桥镇虽然是个乡镇,常住人口却有2万多人。这里水路、陆路交通发达,北距省城25公里,南至鸽城也只有40多公里。正是由于小镇交通发达、经济繁荣,"红色赤卫队"才将总部设在这里。

清早起来刻完一期简报蜡纸的杨学明感到肚子有点饿,便打算出去找个小店吃点东西再回来油印。刚一出门就听有人喊:"表弟,你到哪里去呀?"

杨学明一回头,发现叫他的是在省城电焊机厂当工会干事的姨表哥唐景华。

杨学明奇怪地问:"表哥,你怎么大清早就跑来了,有事吗?"

唐景华左右望望,将杨学明拉到一无人的拐角处,轻声对他说:"表弟,你赶快退出'红色赤卫队'躲回老家去吧。"

"为什么?"见唐景华神秘兮兮的样子,杨学明不解地问。

"实话告诉你吧。"唐景华将嘴巴贴到杨学明的耳根上说,"'工造联'准备武装进攻你们'红色赤卫队'了,我怕你吃亏被乱枪打死,特意赶早跑来给你报信的。"

"不可能吧,他们凭啥要来攻打我们?"杨学明将信将疑地问。

唐景华说:"你还记得上次你们为解救马玉文缴了工人纠察队的械吗?黎豆豆和'工造联'几个头头听跑回去的工人纠察队队员汇报后,认为这是奇耻大辱,发誓非报仇不可。这几个月他们一直没有采取行动,原因在于武器不够。这次他们通过'中央文革'的领导帮忙从部队搞到一批军火,今天傍晚军列就可到达省城。黎豆豆他们计划军列一到,就把武器分发给工人造反派,然后连夜出城打你们一个措手不及并将马玉文和'红色赤卫队'的头头全部活捉回城。"

"哥,这么机密的事,他们怎么会让你晓得?"杨学明问。

"我是电焊机厂造反派的头头啊。"唐景华说,"咋晚黎豆豆将省城各大厂矿企业造反派的负责人叫到'工造联'司令部开会分配任务,我能不知道么?唉!信不信由你,反正我给你通风报过信,万一你有什么不测,姨妈也怪不到我头上了。对了,今天下午2点半那趟军列还会停靠鸽城车站补充燃料,你要是不信的话去那里看一看就明白了。我还得马上赶回去,吃过中饭'工造联'参与今天行动的人便要集中,万一黎豆豆找不到我就麻烦了。"

送走唐景华后,杨学明顾不上吃早饭立即返回总指挥部。吴献解由于母亲患病回清溪村去了,彭嘉贵、黄宏光听了杨学明的汇报后感到事态严重,便将李家地、洪光圆、黄芳全部叫来研究对策。

经过分析,黄宏光说:"唐景华提供的信息我认为是可靠的,因为学明是他的亲表弟,给他通风报信想救他是很自然的事;'工造联'上次被我们趁救马书记之机夺了他们的枪支,想找我们报仇雪耻也是迟早的事情;同时如果没有军列停靠鸽城车站的事,唐景华也不会赌气让学明去看。"

"那怎么办?"李家地等几个人不约而同地问。

"依我看,唯一的办法是劫了这批军火。"彭嘉贵说,"与其让'工造联'拿

来攻打农村，还不如我们自己劫了武装起来保卫自己。"

"这样做行吗？这可是军火，是军队的武器，弄不好是要犯罪坐牢的呀。"黄芳胆怯地说。

"怎么不行？前段时间省城的造反派抢了几家武装部和军事院校的枪支弹药，也没见追究谁的刑事责任。"李家地说。

洪光圆也说："他们这次运的枪支弹药，我认为不算军火，因为是'工造联'要来用以攻打我们的武器，他们'工造联'用得我们也用得。"

彭嘉贵点点头说："时间紧迫，我看就趁军列停靠鸽城车站时动手。万一运到省城，让'工造联'把武器拿到手，我们'红色赤卫队'就要吃大亏了。宏光，你说呢？"

黄宏光站起来说："我赞成！兵贵神速，我们马上赶到鸽城去发动火车站周围的农民，否则时间来不及了。"

黄芳建议说："我看还是把情况报告给马书记，听听他的意见再说吧。"

黄宏光说："马书记现在江口县农村又没有电话，等派人去请示他回来，列车早到省城了。"

彭嘉贵说："那就兵分两路吧，由黄芳去找马书记汇报，我们几个去鸽城发动农民先将列车拦下来，劫不劫的事等马书记或吴献解到了再说。"

黄芳坐小四轮抄近路赶到江口县双溪公社高禾大队时，马玉文和皮松文等大队干部正在田头检查生产。听黄芳讲了来意后，马玉文说："劫军列、抢车火是反党、反军、反毛主席的严重刑事犯罪啊！这个吴献解，怕是脑壳进了水，胆敢冒天下之大不违，作出这样的混蛋决定来。"

"不是吴指挥长作的决定，他回家看他妈妈去了。"黄芳解释说。

"老皮，你派个人去清溪村通知吴献解赶快赶到火车站来，你们几个人马上同我到鸽城火车站去，无能如何也不能让人将军火抢走。"马玉文说完就爬上了小四轮。

小四轮在马玉文的催促下开足马力几乎是飞了起来，但马玉文还嫌速度太慢不时催司机说："快点，再快点。"当他们赶到火车站时，站台上已是人山人海，早已进站的军列被困在那里动弹不得，因为列车两头的铁轨上全是或坐、或卧、或站的农民。负责押车的解放军战士，手挽手地站在列车两旁护卫着军车。许多农民叫喊着要上车卸枪支弹药，先前赶到的鸽城地委领导贾卫尧、莫良田等人正在做工作，尽管他们的嗓子喊破了也没人听。眼看一些农民就要爬上军车，只听彭嘉贵站到一个货柜上举起半导体喇叭筒大声喊道："谁也不许动，再等一等，我们已派人请马书记去了，等他来了再说。"听他这么一喊，那些爬上列车的农民又退了下来。

"就是马书记来了，也会同意劫持这批武器的。他绝不会让城里的造反派拿着这批武器来抓他，大家说对不对？"人群中有人高声说，受黎豆豆派遣混在人群中的一些"工造联"骨干趁机起哄说："讲得对，马书记来了肯定会同意。大家不要再等了，赶快动手呀！"人群又涌动起来，开始往前挤。

"谁说我会同意？"马玉文从人群中挤到货柜前跳上去从彭嘉贵手中接过半导体喇叭大声说。

刚才还喧哗的人群顿时安静下来了。

马玉文举着半导体喇叭说："同志们，父老乡亲们，军火是万万抢不得的，因为它是人们解放军用来保家卫国的武器。解放军是我们人民的子弟兵，军爱民、民拥军，我们怎么能抢夺子弟兵的枪支弹药呢？如果子弟兵没有了枪支弹药，万一碰到敌人侵略我们，岂不要亡党亡国了。所以我们绝不能作亲者痛、仇者快的事，请大家赶快回去，让军车安全开走吧。"

"这些武器不是军火，是'工造联'通过拉关系要来镇压农民用的。他们要用这些军火来武装自己，活捉马书记和我们'红色赤卫队'的领导。""他们'工造联'的人可以用这些武器来武装并进攻我们，我们'红色赤卫队'的人为什么不能用来它武装保卫自己？"混在人群中的"工造联"成员和被他们收买的少数农民起哄说。

"谁说这些武器是'工造联'要来镇压农民的？这是造谣，大家不要轻信谣言，上了少数坏人的当。"马玉文义正词严地说，"大家都知道，工人和农民都是党的依靠力量，手板手背都是肉，党中央怎么会发枪给工人，让他们来打农民呢？至于说这些武器是'中央文革'个别人弄来给'工造联'的，那更是无稽之谈，军队和武器装备归中央军委所管，不归'中央文革'调配，中央文件早就明文规定，任何个人都无权调动军队和武器装备。我敢担保这批军火绝对不是给'工造联'的，大家尽管放心好了。"

眼看群众已为马玉文所说服，躲在人群中的"工造联"成员急了，他们一边大喊："别听他的，他是领导干部害怕承担责任，我们还是自己动手干吧！""不愿赤手空拳受'工造联'欺侮，宁肯现在武装保卫自己以免被'工造联'的人打死打伤！"一边带头向军列冲去，一些农民也跟着躁动起来。

马玉文大声喊道："农民兄弟们，抢夺枪支弹药是违法犯罪的，与其看着你们今后坐牢被判死刑，并跟着受牵连，还不如今天我让你们踩死好了。"说完他跳下货柜来到解放军战士面前，挺身站在他们前面大喊道："你们除非踩死我，

从我身上跨过去，否则谁也休想爬上军列。"贾卫尧、莫良田及鸽城地委的其他同志赶紧走过来跟他手挽手、肩并肩站在一起，刚刚赶到的吴献解大声喊道："凡是忠于毛主席的农民兄弟们，'红色赤卫队'的战友们，听马书记的话，赶快站过来和我们一起保护军列。"先是黄芳、皮松文等人走过去和马玉文他们手挽手站成一排，接着是彭嘉贵、黄宏光、杨学明和成群结队的农民走了过去，不一会围着列车组成了数十道手挽手、肩并肩，用人体形成的、坚不可摧的保护圈。

眼看大事不妙，混在人群中的"工造联"成员只好灰溜溜地逃跑了。

阻车事件发生后，成伯太将李招军叫过去劈头盖脑大骂了一顿："你这个混蛋，居然真敢泄露军事秘密。要是军火被抢了，我先枪毙了你，自己再到军事法庭去自首。"

李招军分辩说："没有啊，我跟谁也没有透露过半个字，不信你可以派人去调查。"

"哼！你还敢狡辩。"成伯太说，"我问你，那些混入鸽城车站农民队伍中的工人是谁派去的？这些人当中有2个逃得慢的被'红色赤卫队'给截住抓获了，他们已经供出是黎豆豆指使的。你要不说，黎豆豆怎么会知道军列的事。你别以为人家都是阿斗，只有你是诸葛亮。你那点花花肠子我还不清楚，你想鼓动农民抢夺军火然后再嫁祸于马玉文，让马玉文背上'反军乱军'的罪名永世不得翻身。可马玉文是何许人，岂会上的你当。"

"您不是也把马玉文视为喉中刺，必欲拔之而后快？"李招军说。

"照你这种拔法，只怕刺未拔掉，我还会因为喉管被划破而死。"成伯太说，"好在这次军火没有被抢，我还能够全身而退，要不非栽在这个鬼地方不可。"

"怎么，您要走了？"李招军问。

"不走怎么办？省军区和你省的一些干部群众向中央告我的状，说我在这里不是支'左'是支派，只支持你和'工造联'，弄得中央军委将我调回总参，由总参的林楚彬同志接任C军军长并负责你省的支左工作。他来了后会不会再支持你们，这就很难说了。"成伯太说。

马玉文正在田里和农民一起扯草，两辆北京吉普开到他们身边停了下来。从车上走下来新任省军区副司令员谢东山等人，马玉文一见赶紧洗了洗手走上田埂，谢东山"啪"的立正向马玉文敬了一个军礼，马玉文握着他的手高兴地说："今天你怎么有时间跑来看我？"

谢东山满脸笑容地说:"报告老首长,我不是来看您的,而是奉令前来接您回去的。"

马玉文问:"你奉谁的令,接我回去干什么?"

"奉新任省革委主任、C军军长林楚彬同志之令,接您回去担任省革委会副主任。"谢东山说。

"让我担任省革委会副主任?"马玉文有点不相信地说,"这是谁任命的?"

"这还用问,当然是党中央了。"谢东山说。

附近的农民见来了2辆吉普车,担心是"工造联"的人来抓马玉文,纷纷操着扁担、锄头围了拢来,听说是接马玉文回去官复原职担任省革委副主任,大家都鼓起掌来。

马玉文向围在四周的农民深深鞠了一躬说:"谢谢大家的信任,更感谢全省农民兄弟这段时期对我的关心和照顾,回去后我一定更好地为人民服务。"

有农民担心地问谢东山:"马书记回去后造反派会不会再揪斗他,他的安全有没有保障?"

"请大家放心好了。"谢东山说,"马玉文同志担任省革委副主任是周总理亲自点的名,相信谁也不敢把他怎么样。我在这里向各位父老乡亲保证,只要有我谢东山在,保证马主任的生命绝对不会受到任何人的伤害。"

在车上,马玉文问谢东山:"我是由总理提名担任省革委副主任的?这话你是听谁说的?"

谢东山告诉他,是林楚彬亲口说的。原来,马玉文奋力阻止抢夺军火的情况,省军区和负责押运军火的部队同志分别向中央军委作了汇报,正在组织研究省革委会组成人员的周恩来总理听说后问在场的工作人员,这个马玉文是不是三年困难时期在鸽城地区担任地委书记主动向中央纳粮的马玉文?当工作人员告诉他是时,周总理当场表态,这个人的组织观念和群众观念都很强,让他作为革命领导干部代表进省革委并且担任省革委的第一副主任。

马玉文听了后感慨万千地说:"总理日理万机,还能记起我们这些干部来,真不容易呀。如今的中国多亏有了这位运筹帷幄、鞠躬尽瘁的总理才得以勉强运转啊!"

谢东山心有同感地说:"谁说不是?对处于'文化大革命'的中国人民来说,这是不幸中之万幸啊!"

"省革委会都有哪些人组成?"马玉文问。

谢东山说:"成伯太已调走,省革委主任由接替他的C军军长林楚彬同志

兼任,您是第一副主任,其他还有几位副主任,分别是江海洋同志、省军区司令员刘文光同志,还有两位就是李招军和黎豆豆。"

马玉文听了脸色大变,说:"什么?他俩也是省革委的副主任?"

"听林楚彬同志说,他俩是作为造反派代表由'中央文革'力荐的,在现在这种形势下总理也不能不有所妥协啊。好在林楚彬同志看来是一个是非分明、坚持原则的好同志,再加上您和江海洋同志、刘文光同志,相信李招军和黎豆豆两只跳蚤就是能量再大也掀不开被窝。"

回到省城,得知林楚彬同志到大军区开会未回,马玉文决定先回家看看。为了他的安全,谢东山跟着去了。

一进家门,马玉文就发现客厅中间挂着岳母谢文氏的一幅像,相框上面还披着黑纱。他整个人像被电流击中一样颤抖不已,颤声问文锦秀道:"妈她老人家怎么了?"

"妈,妈已去世了。"文锦秀痛苦地说。

"这是什么时候的事?得的什么病?怎么就救不活呢?"马玉文问。

文锦秀流着泪告诉他,就在造反派将他抓去批斗的那天下午,一些红卫兵和"工造联"的人冲到他们家里抄家,企图搜集马玉文反党反社会主义的罪证。当时家里就剩谢文氏和小谢军两人,小谢军吓哭了,谢文氏将他揽在胸前站在墙边,一动不动地看着造反派们翻箱倒柜,进行打砸抢烧。造反派折腾了大半天一无所获,后来翻到马玉文解放前写的几本战地日记,打算带回去检查,看里面有无反动内容。谢文秀深知马玉文非常珍惜这些记载着过去历史的日记本,便一把抢了过来抱在胸前说:"这是我女婿记载他和战友们浴血奋斗事实的记事本,你们不能拿走。"一个造反派走过来抢夺日记本时奋力推了她一下,谢文氏站立不稳当即倒了下去,后脑壳刚好碰在大花坛的边上,花坛都碰烂了。见谢文氏满头是血,造反派怕出人命一哄而散。邻居们听到小谢军的哭声赶过来后,立即打电话叫来救护车将谢文氏送往医院抢救。等文锦秀赶到医院时,谢文氏因流血过多抢救无效已经永远地闭上了眼睛。

马玉文听了后禁不住伏在桌子上嚎啕大哭,好一会才抬起头来责怪文锦秀:"你怎么不派人来告诉我,让我见她老人家最后一面。"

文锦秀哭泣着说:"你被造反派抓去关在哪里,谁也搞不清楚,我还去找过李招军,他说他也没办法。你说我有什么办法吗?"

马玉文跪到谢文氏的遗像前抽咽着说:"妈,只怪女婿无能,不能保护你老人家。你老好好安息吧!我一定照顾好锦秀和孩子们,并牢记您的教诲,忠于国家，服务百姓，为您争光。"

谢东山将马玉文搀扶起来说："人死不能复生，你再难过也没有办法。还是节哀保重自己的身体要紧，只有这样你岳母在天之灵才会安息。"

马玉文起来后才发现路香红拉着小谢军站在一旁，文锦秀告诉他说："香红听说我妈去世后，硬是辞掉工作到咱家带谢军和帮助料理家务来了。"

马玉文感激地看了路香红一眼，正想说什么，只听谢东山说："老首长，现在省城还是造反派的天下，为了你的安全，我们建议您暂时住到省军区大院里去，房子都替您安排好了，嫂子和一家人都搬过去。"

"这样做合适吗？"马玉文犹豫地说。

"这不是我的主意，是省军区党委集体研究决定的，而且林楚彬同志也有这个意思。因为只有给您提供一个相对安全的居住环境，您才能更好地为党和人民工作嘛。"

马玉文想了想说："既然连林楚彬同志都是这个意思，我就恭敬不如从命了，请你代我向省军区党委表示感谢。"然后他又吩咐文锦秀："你们赶快去收拾一下就走，免得谢副司令员等久了，耽误他的工作。"

四

在省革委会召开的第一次全会上，林楚彬宣布由于他的主要任务是负责C军的军务，所以革委会的日常工作主要由马玉文同志负责。

马玉文在发言时指出，省革委会成立后的主要任务是"抓革命，促生产"，不能再像前段那样光停留在抓革命上，因为一年多来除农村外各条战线差不多都是停工闹革命，以致交通基本瘫痪，工业生产出现负增长，商业供应渠道不畅。他说："如果我们再不抓生产把经济搞上去，我们的经济极有可能崩溃，那样就会动摇甚至颠覆上层建筑。所以我们必须动员群众在深入进行'文化大革命'的同时，集中精力抓生产，尽快恢复交通，努力保障供应，使所有厂矿企业迅速复工生产。"

黎豆豆一听，这不等于全盘否定"文化大革命"吗？他正要进行反击，只见李招军给他使了一个眼色，让他不要急于发言，他便只好忍了下来。

省革委会副主任、省军区司令员刘文光发言说："我完全赞同玉文同志的意见，现在已经到了集中精力'促生产'的时候了。如果不抓生产，人们没有吃的，没有穿的，革命岂不成了空洞的口号。"

省革委会副主任江海洋和其他组成人员在发言时也支持马玉文的意见，主

张一手抓革命,一手促生产,在两手都要硬的同时应根据形势的需要在不同时期有所侧重,现在集中精力抓一抓生产非常必要。

林楚彬扫视了一下会议室,见就剩李招军和黎豆豆没有发言,便说:"你们两位副主任有何高见,不妨也说出来让大家听听。"

攻于心计的李招军发现形势不对头,大家的发言一边倒,便来了个以守为攻,说:"我赞同关于'抓革命,促生产'在不同时期要各有侧重的意见,当前集中精力抓一段时期的生产也是可以和应该的。但,抓生产也必须贯彻以'阶级斗争为纲'的精神,不要一抓生产就迷失了方向。"

黎豆豆马上附和说:"我同意'以阶级斗争为纲,抓革命,促生产'的提法,不能就生产抓生产。"

林楚彬在总结发言时说:"大家的意见总的来说基本一致,既然这样,这次会议就形成一个《团结一致,'抓革命,促生产'的决定》发给全省各地贯彻执行。"会议室顿时响起了一阵掌声。林楚彬最后强调说:"省革委会成立后,在座的各位都是全省的领导同志,再也不是支持哪一派的所谓革命领导干部或者某个组织的造反派头头了。省革委会要想有序地、卓有成效地、开展工作,就必须反对派性,增强党性;反对分裂,增强团结;反对无政府主义,增强组织纪律观念。"

省革委会全会结束后,为尽快落实《团结一致,'抓革命,促生产'的决定》,马玉文组织革委会的工作人员积极进行筹备,仅用3天的时间就召开了一个有1万人参加的全省'抓革命,促生产'誓师大会。会议由林楚彬同志主持,马玉文代表省革委会作了主题报告,强调抓革命如果不促生产,人们的生活水平就会下降,国家的经济实力和国防能力就会削弱,'文化大革命'的成果就不能保持、目的就无法实现。促生产就必须反对派性,反对分裂,坚决克服和消除无政府主义状态,用革命纪律约束人们的言行。

李招军和黎豆豆也被迫在会上作了表态,表示要动员革命造反派自行取缔所有的造反派组织,返回厂矿企业复工搞生产。

誓师大会开完的当天下午,马玉文就带人一头扎到市公交运输管理中心,开展"抓纪律,促生产"的试点工作。因为省城的公共汽车差不多已停开半年了,全城的公交运输已完全瘫痪,人们怨声载道。马玉文认为要恢复正常的生活秩序、生产秩序、工作秩序,首先必须恢复交通秩序,于是市公交运输管理中心就成了他"抓纪律,促生产"的首选"试验田"。

通过个别走访、集体座谈,马玉文了解到造成省城公交运输瘫痪的主要原因是公交系统从上到下各级都成立有多个造反派组织，而且分裂成了势不两立的两大派。这些造反派组织为了争夺对运动和生产运输的领导权，动不动就号召本派本组织的职工进行罢工，甚至当对立派组织司乘人员上班准备发车运送乘客时，不惜发动本派人员对运输车辆进行打砸抢烧，全市被焚烧的公共汽车就有9辆之多。马玉文知道矫枉必须过正，他要求公安局军管会派强有力的侦察人员对焚烧公共汽车的事进行立案侦查。经侦查查明有6辆公共汽车是市交管系统一个叫"真如铁"造反派组织的头目李景横亲自带人焚烧的，还有3辆公共汽车则是与"真如铁"对立的造反派组织"从头越"的骨干分子许忠顺带人纵火烧掉的。公安部门认定李景横、许忠顺等人的行为已构成毁坏公共财产罪，决定予以逮捕法办。

马玉文抓住这一有利时机召开了有公交系统全体职工参加的"恢复交通生产，整顿交通秩序"动员大会。首先由公安部门公开宣布批准逮捕李景横、许忠顺等人的决定，并当场予以执行。接着市革委会主要负责人宣布了市公交运输管理中心革命领导小组组成人员名单，同时宣布公交系统所有的造反派组织自即日起自行解散。

马玉文以试点工作组负责人的名义在大会上做了讲话，他一开口就问大家："当年毛主席为什么要领导我们开展武装斗争、推翻地主老财和资本家？"

"那是因为他们不劳而获，剥削农民和工人。"台下有人回答说。

"说得对！"马玉文说，"如果我们工人不生产，司机不开车而白拿国家的工资，是不是不劳而获？是不是剥削？"

台下鸦雀无声，人们都陷入了深思。

"也许你们当中有人会说'不是'，因为这些工资是自己过去劳动的积累或者说是剩余价值。"马玉文自问自答地说，"可你们想过没有，就是金山、银山，如果不进行再生产也会有挖空吃空的时候，更何况我们的国家还很穷，建国的时间还不长，能有多少积累可供大家挥霍？现在我省的工业生产已经出现了负增长，我们再不恢复生产又要拿工资，那就只有剥削兄弟省市的工人和农民了。大家愿意不劳而获，剥削他人吗？"

"不愿意！"台下的群众齐心呼喊道。

"有志气！"马玉文说："我们工人阶级是国家的主人，我们不仅要通过劳动生产来养活我们自己和家人，而且有义务创造更多的价值为加强我们的国防建设，为加速我国的现代化建设做贡献。而要履行好这一义务，不抓生产行不行？"

"不行！"台下再次响起了呐喊声。

马玉文满意地说:"现在全省、全市人民都在忙着恢复生产,他们急需一个良好的交通环境,保证他们能按时地上下班。为此,省、市两级革委会要求你们在两天之内恢复营运,开通所有的公交车线路。大家说,做得到做不到?"

"做得到!"叫喊声和掌声响彻了整个会场。

第二天,公共汽车便出现在省城的主要交通干线。第三天,省城的所有交通干线全部恢复营运。

李景横是黎豆豆的得力干将和救命恩人。"文革"初期,刚当上"工造联"司令的黎豆豆威风八面,为所欲为,想干什么就干什么,想要什么就要什么。一天,他相中了一个商场经理年轻漂亮的老婆,为了得到她,他先让造反派将商场经理作为走资派关进牛棚,然后以放人作为交换条件逼她就范。等将她弄到手之后,黎豆豆觉得这是一个难得一遇的尤物,为了达到长期霸占的目的,便唆使他人以批斗为名将商场经理活活打死。商场经理的弟弟也是一个小单位的造反派头头,咽不下"杀兄夺嫂"的气,带着自己手下的四五个造反派兄弟拿着砍刀、铁棍,趁黎豆豆到嫂子家里淫乱时将他包围在房里,扬言非杀死他为兄报仇不可。眼看房门就要撞破,在万分危机之时住在附近的李景横只身拿了两颗手榴弹将围困黎豆豆的人赶走,救了黎豆豆一命,自此两人成了铁杆哥们。

得知李景横被捕,黎豆豆如丧考妣,他找到李招军说:"马玉文抓李景横是一个危险的信号,是公开向无产阶级革命造反派挑战,如果我们不立即加以反抗,所有的造反派都会遭到他的血腥镇压。"

李招军冷冷地问:"你准备怎么反抗?"

黎豆豆大声叫喊着说:"我打算把工人和学生造反派全部组织起来,先从监狱里劫出李景横,再揪斗马玉文跟他算总账。"

"你这是胡闹!"李招军训斥说,"这样做只怕不等你救出李景横,你自己就被送进监狱了。"

"难,难道我们就这样傻等着马玉文来收拾?"黎豆豆不服地说。

李招军说:"他马玉文算老几?"

黎豆豆似懂非懂地点点头说:"那我们就这样干等,什么也不做?"

"你现在的主要任务就是加强同北京造反派的联系,及时掌握来自中央'文革'的信息和北京的动态。"李招军交代说,"只要时机一到就向马玉文发起大反攻,这一次不打他则已,一打就要将他彻底打翻在地,叫他永世不得翻身。"

马玉文在市公交运输管理中心"抓纪律，促生产"取得成效后，立即总结经验在全省加以推广。他深深懂得要想将被"文化大革命"的洪流冲得百孔千疮的社会重新整治好，非得有一大批以天下为公、以人民为本、又有能力的干部不可。于是，他将主要精力放在甄别和解放领导干部上，通过两个多月的工作使近200多名地厅级领导干部和县委书记、县长被吸收到各级"革委会"，重新走上了领导岗位。

在找刚解放出来的干部进行集体谈话时，马玉文说："我知道大家挨了整，蒙了冤，有一肚子的怨气。大家要发就在这里发，冲我来，不管你怎么发都行。但回去之后都要努力工作，通过抓纪律把各条战线的秩序尽快恢复起来，把工业、农业和各条战线的工作都抓好抓出成效来。"

有人说："我们的怨气再大也不能朝你发啊，因为你挨的批斗、受的委屈都比我们大呀。"

还有的说："只要能解放出来可以继续为党和人民工作我就满足了，就是再大的委屈也可以既往不咎。"

马玉文表扬说："讲得好！对待'文化大革命'就是要有这种态度。要知道这场运动是毛主席亲自发动的，从下到上一哄而起，学生也好、工人也好在运动初期难免有过头的地方。现在在我们能够解放出来重新走上领导岗位，这说明党组织对我们还是信任的，肯定的。我们要有积极的态度来对待'文化大革命'，更要有积极的态度来'抓革命，促生产'。"

"现在还在搞'文化大革命'，在这种局面下他们会不会同意我们抓革命、促生产，我们应该如何来抓革命、促生产？"有干部问。

"'抓革命，促生产'是毛主席和党中央的指示，谁敢反对？"马玉文说，"在目前这种局面下要想促生产，把国民经济搞上去就要从抓纪律入手。不瞒大家，现在的情况还很不正常，特别是生产秩序、工作秩序还很乱。因此抓纪律必须'敢'字当头，你们回去以后首先要建立一个强有力的领导班子，如果班子软、散、懒，那是抓不了纪律，促不了生产的。抓纪律就要敢于碰硬、敢于得罪人，首先是要反对派性，惩治搞打砸抢烧、破坏生产的违法之徒；其次是要建立建全规章制度，严格执行规章制度，用制度约束人。"

"得罪下面的人不怕，万一要是又得罪了上面'那几个人'怎么办？"有人心有余悸地说。

"无非是再一次被打倒嘛。"马玉文说，"我们已经被打倒过一次，还在乎再次被打倒吗？从要我担任省革委会第一副主任那天起，我就做好了再次被打倒

的准备。因为你要做工作就难免说错话、难免犯错误、难免得罪人，可只要我们对党和人民赤胆忠诚，做事出于良心，能够大公无私也就问心无愧了。在座各位如果害怕再一次被打倒，那你就只有两条路可以选择，一条就是向极少数野心家、阴谋家投降，跟他们同流合污，但总有一天会为人民所唾弃，遭到历史的审判；另一条就是解甲归田，从此再不问政治、不问国事，做消遥派。如果谁愿意这样做我们也不强人所难，你尽管回去种田、卖红薯好了。我相信如果我们是为人民谋利益而被打倒，总有一天历史会还你以公道，因为历史终究是由人民写的。"

与会者听了，无不为之动容，一致表示："宁肯再次被打倒，也要抓好纪律，搞好生产。"

经全省各级革委会中绝大多数领导的努力，各条战线各行各业抓纪律，促生产的行动初见成效，社会治安秩序明显好转，工农生产逐渐得以恢复，一些方面较"文化大革"之前还有所发展。

"叮……叮……"一阵急促的电话铃声响起。马玉文抓起话筒一听声音就知道是三天前出差到北京的儿子马明光打回来的。只听儿子在电话里说："爸，你听着就是了，不要吱声。两天前，几个老人将一只乌龟、一个团鱼、一只乌鸦和一条恶犬做一锅烩着吃了。"

"是真的吗？儿子。"马玉文激动得双手发抖。

"爸，相信我，这是千真万确的事。"儿子讲完便挂了电话。

平时在家里，马玉文父子在议论"文化大革命"的事时，常把张春桥比做只出坏主意轻易不出面的缩头乌龟，将姚文元比做横着爬行的团鱼，将江青比做成天哇哇乱叫搅得人心烦肚躁的乌鸦，将王洪文比做咬人吃人的恶犬。所以马玉文一听儿子的电话就知道是怎么一回事了。

"锦秀，锦秀，快把我珍藏的两瓶茅台酒拿出来。"马玉文放下话筒便大声喊道，"今晚我要和东山喝个一醉方休。"

"好家伙！有好酒你们俩躲着喝，也不通知我一声，这也算是战友吗。"门口响起了军区司令员刘文光欢快的声音。

马玉文赶紧开门将刘文光迎了进来。

从马玉文和刘文光喜气洋洋的脸上，谢东山虽已大致猜到所发生的事情，仍不放心地问："究竟发生什么事了，看把你们喜成这个样子。"

马玉文抑制不住兴奋，尽量压低声音说："告诉你，'四人帮'全给抓起来了。"

"真的?"谢东山尽管猜了个八九不离十,还是激动万分地问。

"一点也不假!"刘文光说,"我也是刚才听在总政工作的老首长打电话告诉我的。老首长说,虽然中央还不让传达,但在北京高层已基本公开了。我得知这一消息后马上跑来,想给玉文同志一个惊喜,没想到你早就知道了。"

"真是大快人心的喜事啊!喝酒,喝酒,今晚谁也不许赖皮,非喝个痛快不可。"马玉文说。

10月14日,省委召开常委会传达了中共中央召开的打招呼会精神,宣布了"四人帮"彻底垮台的消息。马玉文作为停职反省但没有明文撤销职务的省委副书记、省革委会第一副主任理所当然地参加了这次会议,并被宣布结束所谓的停职反省,恢复名誉,恢复工作。

会议在认真研究如何组织群众深入开展揭批"四人帮"的斗争时,有人提出应将逮捕"四人帮"在本省的余党李招军、黎豆豆等人作为揭批"四人帮"的具体措施之一迅速付诸实践,不少人对此表示赞同。

马玉文发言说:"逮捕黎豆豆,我表示赞成。在'文化大革命'中,他大搞打砸抢抄烧,并有故意伤害和杀人的犯罪嫌疑,广大群众对此早有揭发,不捕不足以平民愤,不捕不利于教育和发动派性思想严重受蒙蔽、参与运动的群众站起来揭批'四人帮'。但我认为现在就认定李招军同志是'四人帮'的余党并予以逮捕不妥,因为我们还缺乏足够可靠的证据。我们绝不能犯'四人帮'一伙任意定罪的错误,造成新的冤假错案。所以我建议对李招军同志先进行隔离审查,等结论出来以后再研究对他的处理。"

参加会议的同志都为马玉文不记私仇的博大胸怀所感动,一致同意他的建议,会议作出了对李招军先予隔离审查的决定。

"四人帮"垮台的事,李招军和黎豆豆早就通过小道消息有所耳闻,知道接受审查或审判是迟早的事,郎舅二人事先就制订了"丢卒保车"的策略,凡与林彪、江青两个反革命集团人员有联系的事一概推到黎豆豆身上,李招军什么也不知道。因此李招军在隔离审查期间只承认自己在"文化大革命"中站错了队,执行了林彪、"四人帮"的错误路线,说错了话,做错了事,拒不承认与林彪、"四人帮"两个反革命集团的人有过任何的接触和联系。审查结束后,省委常委在研究对他的处理时,有同志主张,虽然没有直接证据证明李招军是"四人帮"的余党,但凭他在"文化大革命"中支持造反派搞打砸抢抄烧,一再迫害老干部的事也要给他一个"双开",即开除党籍、开除工籍的处分。马玉文认为

在"文化大革命"中站错队、说错话、做错事是一种普遍现象,既然没有证据认定李招军是"四人帮"的余党,就应该重在教育,他建议鉴于李招军已年满60宜按正厅级干部退休处理为好。会议经过充分讨论,最后采纳了马玉文的意见。

至于黎豆豆,由公安机关侦查终结后,移送检察机关提起公诉,经法庭公开审理,按照数罪并罚原则最后被判处有期徒刑13年,这已是后话。

第六章 鞠躬尽瘁

独领风骚

一

清涧县常青人民公社六大队第九生产队位于连莽山深处，不仅是清涧县最边远的生产队，而且是全省最边远的生产队。在清涧县考察农村工作的马玉文得知该生产队的亩产至今还徘徊在二百八九十斤的消息后，提出要到那里去看看。

县委书记谭本顺告诉他："县城距连莽山有90多里，没有公路，全靠步行，听说进山后还得爬山涉水，走30来里才能到第九生产队。您有什么指示，我们保证传达到。去就别去了，因为路实在是太难走了。"

马玉文哈哈一笑说："我去都没去，一点情况也不了解，能有什么指示？不就是步行一百来里路么，一天走不到可以做两天走嘛，难道这么一点困难就能难倒我们么？"

走路确实难不倒带兵打仗的马玉文，却难倒了他的秘书小姜和随行的几个地、县委的年青干部，走了不到70里，有的脚板就起了血泡，有的体力不支出现虚脱现象。走到一个叫小水井的小镇上，见天色已晚，马玉文只好让大家住下来休息一晚再走。

吃过晚饭，马玉文说要独自出去转一转，散散步，不一会只见他手里抓着一把在田埂上常见却叫不出名儿的野草回来了。他找了一个瓦钵，用木棍将野草碾碎，然后将脚板走出血泡的小姜等几个人全部叫来说："大家先将血泡挑破，再将这药敷上去，保管睡一觉就好了。这是我们当年打日本鬼子时成天走路，无意中发现的一味治疗血泡的良药，战士们给他起了个名叫'一敷灵'，不信明早起来大家揭开草药看看。"

"一敷灵"果然名符其实，第二天早晨几个敷了草药的年轻人，个个脚步轻盈毫无疼痛的感觉。大家欢呼雀跃，一大早就迎着朝阳出发了。

10点不到就到了连莽山。走进山口，马玉文抬头一看，只见山连着山，岭连着岭，草木莽莽，人烟罕见。大家爬上一个坡又翻个一道岭，翻过一道岭又走下一个坡，无论是年轻人还是中年人个个累得汗流夹背，气喘吁吁，唯独年龄已近60的马玉文面不改色，如履平地。大家无不称奇，无不佩服。

来到一道山梁下，见路边有几块平坦的青石，马玉文便招呼大家坐下来休息休息喝口水再走。

刚坐下来不久，对面山梁上就传来了一阵粗犷的歌声："我们的家乡在希望的田野上，炊烟在新建的住房上飘荡，小河在美丽的村庄旁流淌……"

马玉文一边循声望去，一边欣喜地说："真没想到在这深山老林里，还有人会唱现代流行歌曲。"

陪同前来的青莲人民公社党委书记邓雨龙说："不用问，肯定是赵田塘唱的。"

"赵田塘是谁？"马玉文的秘书小姜问。

邓雨龙说："他就是九队的队长。"

马玉文说："看样子，他还是一个喝了点墨水的年轻人啰？"

"他今年刚30出头，初中读到三年一期时因交不起学费就回家务农了。前年老队长一去世，大伙便选他当了生产队长。"邓雨龙介绍说。

"别看他是个初中肄业生，在这深山老林里可算是个大知识分子了。"马玉文一句话将大家逗得哈哈大笑起来。

小姜见书记对赵田塘感兴趣，站起来说："我去对面山上把他叫来。"

马玉文一把拉住他说："你算了吧！难道不懂'望山跑死马'的道理，虽然他就在对面山头上，但你想走近去没有半天的功夫是不行的。"

邓雨龙说："马书记说得对，山里人常说'人在对面山头上，看得见，喊得应，要想相逢得半天。'这样好了，我让赵田塘赶到前面的桃树坪跟我们相会。"见马玉文点了头，他站起来将两手握拢在嘴巴边朝对面山头大声喊道："是田塘吗？我是邓雨龙。"

"是邓书记呀，我是田塘。"随着声音一个人影出现在对面山头，挥着斗笠向这边打招呼。

"省、地、县三级领导要去你们队上搞调查，你快下来到桃树坪等我们。"邓雨龙大声吆喝道。

"要得！"赵田塘应了一句便从对面山头消失了。

马玉文一行大约又走了七八里路，拐过一个山头来到一个小山沟。右边是几块大小方正不等的水田，加起来也不过四亩，刚刚插上去的秧苗还东倒西歪地趴在泥土上。左边坡上有两栋用土砖垒起的瓦房，房前屋后栽有八九棵桃树，正是桃红柳绿的时候，桃花倒还开得鲜艳。看来这就是所谓的桃树坪了，马玉文心里想。

"邓书记，没想到你们比我还先到一步。"一个走得满头大汗的庄稼汉从屋后的小路上跑过来说。

不用介绍,马玉文也知道他就是赵田塘。只见他黑红的脸堂上鼻梁方正,两眼熠熠生光,衣袖和裤子的膝盖处虽然打着补丁但却洗得干干净净,穿得也算整齐,与绝大多数山里人不同的是他的上衣口袋里挂着一支钢笔。

邓雨龙忙将前来的领导逐个向赵田塘做了介绍,赵田塘十分恭敬地跟大家一一握手问好。马玉文明显地感到他那握着自己的双手有点发抖,知道他比较紧张,便拍了拍他的肩膀说:"我们的队长同志,你的流行歌曲唱得还蛮地道啊,能不能给我们再唱一首?"

没想到堂堂的省委副书记刚见面就夸奖自己,赵田塘心里立即有了一种亲切感,连忙说:"我只是乱哼哼而已,见不得世面,见不得世面。"回过头,他朝屋里喊:"连成婶,屋里烧有茶么,省里的领导来了先在你这里憩一憩,喝杯热茶再走。"

马玉文说:"别麻烦人家了,我们刚在前面休息过,还是慢慢走吧。"说完跟闻讯出来的一个50多岁的妇女和几个小孩摇了摇手,算是打了个招呼,便带头向前走了。

邓雨龙让赵田塘跟上去以便汇报情况。

马玉文边走边问:"你们生产队里一共有多少么田?多少户人家?"

"共有水田247.25亩,旱土76.5亩,全队共35户163人。"赵田塘回答道。

"桃花坪那2户是不是你们队的?"马玉文问。

"是。"赵田塘说,"我们队从桃花坪起到竹子岭止,全队35户人家就住在这20里山沟里或山坡上。"

"啊!住得这么分散。那平时你们召集开会或集体出工又怎么通知?"马玉文的秘书小姜好奇地问。

"靠打锣敲鼓呀!"赵田塘说,"原来靠吹牛角,敲竹梆。我当队长后想到队里办红白喜事少不了锣鼓,就用山货跟人换回3套,然后选了3个点,都在山头上,只要中间的锣鼓一响,两边的锣鼓不一会就跟着响了,这样全队的人都能听到。开会就打鼓,几点钟开会就敲几下鼓,每次敲3遍。出工就打锣,几点出工打几下,每次也是打3遍。就算第一次你万一没听到,第二次、第三次总会听到嘛。"

"听说你们这里的粮食产量不高,究竟是什么原因?"马玉文问。

"唉!"赵田塘说:"亩产总是在200多斤徘徊,从来就没有突破300斤。"

"是不是山区条件差,旱涝灾害多?"同来的县委书记谭本顺问。

"山区的条件是差一点,但旱涝灾害倒不多。一个是我们的山塘比较多,每年雨季一来，水就蓄得满满的；二个是我们这里的田多为梯田，两边的排水沟都挖得很深，发山洪时来得快排得也快。"赵田塘说。

"那是山里日照短，气温相对低的原因啰？"马玉文说。

赵田塘说："也不全是，如果像山外面种两季就有这个问题，我们只种一季，气温和日照时间应该足够了。我也反复琢磨过这个问题，恐怕主要是人手少了忙不过来，耕作粗糙的原故。"

"人手少了？"谭本顺不解地问："连田带土你们人均还不到2亩，又只种一季，怎么会忙不过来？"

"如果跟山外比，我们的劳力应该足足有余。可山区的天，黑得早，亮得也晚，白天的时间比山外面要少两三个小时。加上我们队住得分散，出工时要翻山越岭路不好走，上午出工一般要到9点多或10点钟才到得齐，下午5点不到就得散工，尽管中午大家都带了饭团，红薯或者其他干粮，但每天生产的时间还不足6个小时。"说到这里，赵田塘用手指着路边的水田说，"你们都看到了，由于自然条件的限制，我们这里的田土大多很小一块，有的甚至奇形怪状，耕作起来比较费力。生产时间短，耕作条件差，人手自然变得少了，也就顾不得精耕细作了。"

说着说着就来到了赵田塘家所在的青石坳，这里共住有7户人家，算是全队的中心村了。赵田塘将大家请到家里，一边让堂客烧火做饭，一边把家里的生花生、干柿饼、红薯干搬出来，并给每人倒了一杯凉茶说："我知道你们城里人兴吃早餐、午餐、晚餐，现在早就过了吃午餐的时间，大家肚子都饿了，先吃点东西填填肚子。要是平时，我们山里人家的下午饭还得等两个小时。我这就去喊隔壁的二婶过来，要她帮我堂客的忙，快点把饭菜做好。"

马玉文看了看手表，已经是下午1点多了，就对赵田塘说："你看下午能不能安排一个座谈会，将住得最近的几户人家叫过来，有十来个人就够了。"

赵田塘连忙安排去了。

座谈会就放在赵田塘家的堂屋里，这里实际上就是生产队的办公室兼会议室，中间并排摆着2张四方桌，四周摆放着十几条长凳。

前来参加座谈会的农民有11人，有男有女，有老有少，颇具代表性。

按照马玉文的开场白，座谈会就一个主题，即怎样才能提高粮食产量，让大家能够吃得饱穿得暖？

山里人憨厚老实，胆子较小，听说省副委书记的官比县太爷还大三级，大家开始都很紧张，谁也不敢开口。赵田塘动员了半天才有一个老农吞吞吐吐地

说:"我们这里粮食产量不高,主要就是地太瘦了,缺肥料。就好比一个细伢子吃得又少又差,你能指望他长得高高大大?要想把产量搞上去,政府能不能多给我们一些化肥?如果要钱,我们就买不起了。"

有人带了头,大家发言就积极了,一个30岁左右的妇女说:"我认为我们这里的田应该不是太瘦,虽然化肥是用得少一些,但人粪、猪牛粪还是施得不少的,特别是草木灰比山外要用得多得多,听说这些肥料比化肥还好。我们的粮食产量低,只怕还是品种不好。请政府给我们搞点好种子,老话一句'种子强,当得粮',只要有好品种,产量肯定要比现在高。"

"依我看,我们的粮食有不少是叫虫子吃了。"一个独眼、但肌肉长得绷紧、年龄在40岁左右的庄稼汉说,"山区虫子多,刚开始买回来的农药还是蛮见效的,这两年的农药就假多了,有些虫子根本打不死,结果把禾杆蛀空了,你说产量还能高到那里去?政府得管一管这些造假农药的人,要不我们农民就亏大了。"

马玉文见赵田塘双手捧着脑袋闷坐着那里不做声,不免觉得有点奇怪,便说:"田塘,你是队长,得以身作则带头发言啊。"

赵田塘犹豫了半天,最后鼓起勇气说:"他们讲的都有道理,但解决不了根本问题。就是化肥再多、品种再好、农药不假,亩产也高不到哪里去,甚至今年增产了,明年还会喊,因为这些都是治标不治本的办法。"

马玉对刚才大家的发言尽管听得很认真,并将要点都记在了本子上,但总觉得大家讲的有点不痛不痒的味道,没有抓住要害。听赵田塘一说,他立即来了兴趣,盯住赵田塘说:"你觉得什么才是治本的办法,你有这个办法么?"

赵田塘说:"我认为按照我们这里居住分散的实际情况,要想把产量搞上去就只有就近把田土包干到组,最好是包干到户。"

此言一出,会场立即静得可以听到旁人心脏跳动的声音,有的人甚至惊呀得嘴巴都合不拢来。

赵田塘说:"我知道你们会说这是刘少奇的'三自一包',不会同意这样搞。要不然就把生产队划小一点也行,几户或者十几户一个队,就近耕种附近的田土,这样就可以节约大量的时间,有利于精耕细作。其实把生产队划小也是变相的包干到组,这样做比现在肯定要好,但是责任心不强的问题还是不能彻底解决,最好的办法还是包干到户。包干到户又不是把田土分到户,田土还是集体所有,怕什么?你种得好就让你继续包干,你种得不好我就不让你包,交给别人包。"

"包干到户又不是把田土分到户,田土还是集体所有,怕什么?"这句话深深打动了马玉文的心,他问赵田塘:"你说的包干到户到底怎么个包法?"

"就是将全队的田土按人头平均分到每户,供每户使用,由每户包种、包管理、包收割,自己承担种子、农药、肥料,按田土面积承担上交提留,剩余多少不管,都归各家所有。"赵田塘说,显然他对这个问题思考已久,因此说出来是一套一套的。

"如果有人种得不好,完不成上交提留任务怎么办?"马玉文继续问道。

"那就把田土收回来呀。"赵田塘说,"反正田土还是集体的,只分给你使用,又不是分给你所有,你种得不好当然队上有权收回来,把它再平均分给其他的户来种。"

"你把他的田土收回去了,他做什么,他一家的粮食又怎么解决?"马玉文再次问道。

看样子赵田塘还没有想到这一层,他先支吾了半天才说:"可以安排他做义务工呀,反正每年公社、大队要抽调的义务工不少。不然就安排他看管山塘,再不然就把他们组织起来搞副业生产。至于他们的粮食,可视其表现或收入按全队口粮最低的一户或略低于这一户,从上交提留粮中解决。"

马玉文点了点头,对参加座谈会的其他农民说:"你们觉得田塘的意见如何?"

"如果能够这样做,当然最好不过。这样一来多收就可以多得,大家的积极性自然高了,田肯定要比现在种得好,产量也比现在要高得多。就怕政府不同意。"农民们纷纷说。

"我同意你们先试一试看。"马玉文说。

跟随马玉文来的省、地、县三级干部生怕自己听错了,纷纷把耳朵竖了起来。要知道,这个时候邓小平虽然已经复出,但刘少奇还没平反,分田包干弄不好就涉及立场和路线问题。只听马玉文说:"现在党中央一再强调检验真理的标准只有一个,这就是实践。刚才大家都听清楚了,田塘提出的包干到户的做法,不是要把田土的所有权分配到户,只是把使用权分给各户。也就是说包干到户并没有改变生产资料,具体来说就是田土的集体所制性质,跟现在相比只是改变了田土的管理和使用办法。既然大家都认为包干到户的做法好,为什么不可以先实践一下,试试看呢?我同意你们先试一年,一年不行就两年,如果实践证明这种做法好就坚持下去,不好再纠正过来。出了问题或者上面要来追究责任,都由我马玉文来负责。"

马玉文一讲完,在场的所有人都热烈地鼓起掌来。

赵田塘说:"那我们从现在就开始试,实行包干到户。"

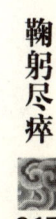

"今年你们的田连秧都插了，还怎么个包干法？我看还是从明年再开始吧。"说话的是陪同前来的地区农委主任。听得出他多少还有一点担心，想慢慢来，看一看再说。

"插了秧不碍事，对种田来说这才是第一步。"赵田塘说，"凡是种田的人都晓得粮食产量高不高'三分在种，七分在管'，现在包下去对争取今年有个好收成大有好处。"

"我同意你的意见，就从现在开始试。等秋收之后，我再来看一看。"马玉文说。

"您就不用再来了，粮食收完后我们通过县里把数字报给您就是了。"赵田塘说。

"要来，要来。"马玉文说，"成功了，我好同你们一起总结经验。失败了，好同你们一起吸取教训，纠正错误。你们无非是怕我走路而已，走一走，松动松动筋骨，还有利于身体健康嘛。"

马玉文再进连莽山，已经是当年10月份的事了。

听说马玉文来了，第九生产队的群众从居住的各个山坡、山坳、山湾向青石坳涌了来，将赵田塘的家围了个水泄不通。

赵田塘告诉马玉文："今年全队粮食亩产平均超过了600斤，达到了创历史记录的674斤，再也不要国家救济和吃返销粮了。"

马玉文指着谭本顺说："我在县里就听你们的书记讲了。"他见围在门口的群众越来越多，索性走出堂屋来到坪里对着大家说："我这次进山是特意来向你们贺喜的，祝贺你们取得了有史以来最大的丰收年！祝贺你们一举摘掉了靠吃返销粮和救济过日子的帽子！"

一个老者走拢来捋着雪白的胡须说："我们能有今天，全靠你马书记的英明领导。山里人不图别的，就图年头到年尾餐餐都有饱饭吃。这是多少辈子的愿望啊，多亏你让我们搞包干到户，终于使这个愿望变成了现实。所以，今天我们全队的男女老幼都来了，就是想当面向你道声谢谢！"说完就要带头跪下去。

马玉文一把扶住老者不让他跪下去，并让秘书小姜搬来一把椅子扶老者坐好，然后对周围的群众说："父老乡亲们，你们搞颠倒了，不是你们要感谢我马玉文，而是我马玉文应该感谢你们才对。包干到户是你们自己提出来的，也是你们自己通过实践证明是正确的。这是你们的一大创造和发明啊！正是你们这种敢想、敢干、敢于实践的精神教育了我和同来的同志们，我们应该向你们学习，向你们致敬！"

"马书记,您可真跟我们农民心贴心呀!"一个年逾50岁、精瘦精瘦的老农握住马玉文的手说,"我叫赵昌民,住在离这里不到5里路的卧犬岭。今年全队就数我家的产量最高,我想请您到我家去看看,亲口尝尝我蒸的糯米酒。"

赵田塘说:"昌民叔家包干的七亩八分田,平均亩产达到了724斤。"

马玉文高兴地说:"好,我一定到你家里去看看。不过我想先请教你一个问题,你说说看,这包干到户的做法到底好在哪里?"

赵昌民说:"我是个农民大老粗,不晓得讲道理,只晓得这样做交够了国家的,留足了集体的,剩下的全是自己的,做起事来就有奔头。"

"马书记,我叫刘贵仔,我家今年光红薯就收了20000多斤,我请您去我屋里吃红薯糖。"

"马书记,我家今年养了5头猪、20只羊,您能不能去我家里看看?"

乡亲们都向马玉文发出了热情的邀请。

马玉文说:"我们这次来的目的就是要把你们的经验总结出来,在全省加以推广。所以会在这里住两三天,肯定会去各家各户看看。"

赵昌民家前面是竹山,后面是林海,一家5口单家独户住在卧犬岭。

马玉文一行在赵田塘的陪同下到达赵昌民家时正是太阳当头照的时候,但山区10月的太阳不仅没有了万丈光芒,而且也降了无数的温度,照在身上是暖洋洋的,舒服极了。

赵昌民一家早在门前的大樟树下摆了1张四方桌,10把竹椅子,桌子上摆满了花生、玉米、板栗、松子、核桃等。

赵昌民领着两个崽站在樟树下等着,见马玉文一行来了便立即张罗起来,俩个儿子负责倒茶,赵昌民忙着给大家让坐,他的堂客和女儿在灶房里烧火做饭一直没有出来过。

马玉文围着土砖屋转了转,刚迈开脚想进屋去看看就被赵昌民给挡住了。

赵昌民尴尬地说:"屋里实在太邋遢了,没有什么看头,您就别进去了。"

马玉文笑了笑说:"邋遢一点没关系嘛,我还没见过客人来了不让进屋的咧。"说着带头走进了堂屋。

赵昌民的家是四排三间,中间是堂屋,两边各有两间房子,三间是住房,一间作仓库。在正屋的两侧各搭了一间偏房,一边是灶屋,即厨房,一边是猪圈、牛栏、厕所。堂屋里只剩四条长凳,其他的东西看样子都搬到樟树底下去了。马玉文到每间房子里都看了下,房里扫得干干净净,东西也摆得整齐,一点也不邋遢,但3间住房里除了各摆有一张床外,可以说是空空如也,没有一

件像样的东西,床上的所谓被子其实只不过是几块烂棉絮和麻布袋缝在一起而已,倒是仓屋里堆满了稻谷、玉米和红薯。

赵昌民说:"我屋里确实太穷了,没得什么看的,还是那句话,只要餐餐有饱饭吃,我们就知足了。"

从房里出来,马玉文准备再到灶房里去看看,赵田塘拦住他轻轻地说:"别去了,他堂客穷得没裤穿全靠两块烂布遮羞,要不她怎么躲在灶屋里一直没有出来和客人见面呢。"

马玉文"啊"了一声,他没想到这地方会穷成这个样子。

一行人围着四方桌子坐了下来。赵昌民指着桌子上的东西说:"这些东西不是自己种的就是山上摘的,没花一分钱,大家只管吃就是了。"

马玉文抓了几个核桃递给赵昌民的两个儿子,他们一人接了一个就走开了。

"你这三个孩子多大一个了?"马玉文问坐在一旁的赵昌民。

"最大16岁,最小的12岁,三兄妹每隔两岁一个,两个大的是崽,小的是女。"赵昌民答。

马玉文问:"他们读书了没有?"

赵昌民说:"就老大读了两年,老二和老三都没有读。不是我们心狠不让他们读,实在是家里太穷了供不起他们。在生产队一年累到头,年底决算下来一个工还值不得四分钱,一年的收入光买盐吃都少了,哪里有钱给他们读书?再说就是有钱他们也没办法读呀,要到山外才有学校,来去来回一天要走四五十里,孩子又小,一天的时间光走路不够,哪里还有时间去读书?"

"你家老大那两年又是怎么读的?"谭本顺问。

"那时他姑妈还在,"赵昌民说,"我有个姐姐嫁在山外的一个小镇里,老大8岁那年,我姐姐就把他接到她家去了,放在镇上小学读书。没想到刚读了两年,我姐就病死了,我只好把老大接了回来。好在老大念了两年书有空就教弟弟、妹妹,兄妹俩总算也认得一两百个字,在这深山老林里也够用的了。"

"他爹,菜都炒好了,快端出去。"从厨房里传来了赵昌民堂客的呼叫声。

赵昌民答应后先把桌子上的东西收到一边,然后同两个儿子走到灶屋里拿的拿碗筷,端的端菜,不一会桌子上就摆满了。赵昌民捧出一缸糯米酒给每人倒了一碗说:"这酒是我自己蒸的,度子低,三碗之内保你不会醉。菜就没什么菜了,全是山上的东西。"

马玉文仔细一看,桌上共八大碗,一碗母鸡炖香菇,一碗干笋子炒腊麂子肉,一碗小炒腊野猪肉,一碗板栗蒸野鸡,一碗寒菌豆角汤,一碗花菇煨野兔,一碗清炒蕨菜,一碗团鱼榨菜头。

"哈！我说老哥，不，按年龄我得叫你老弟才对。"马玉文说，"你让我们吃的可全是山珍啊！"

"什么叫山真？"赵昌民问。

"不是'山真'，是'山珍'。是指'山珍海味'里的'山珍'。"谭本顺笑着解释说。

见赵昌民还是一副茫然的样子，马玉文进一步解释说："所谓的'山珍海味'就是山里和海里最值钱、最好吃的东西，像你今天搞的这些菜在大城市里没得一两千块钱是买不到的，也是一般的人想吃也吃不到的，所以才把他叫做'山珍'。"

"这些东西在我们山里值过屁钱，山上到处都是。"赵昌民说，"像冬笋、春笋、香菇、花姑、寒菌，山上多的是，山里人吃得几餐就吃厌了，有哪个要？一年不晓得有多少烂死在山里。"

马玉文说："好可惜呀，这些东西在大城市要买得几十、百把块钱一斤。难道就没有人到你们这里来收购？"

"有是有，但很少。不仅来的人少，每次收购得也少，因为收多了运不出去呀。特别是新鲜的东西，你还没运出去在路上就坏了。可以这么说，山上的这些东西本地上吃掉和被山外面的人收购走的不到两成，有八成烂死在山里了。"赵田塘说。

"何止这些东西，还有好多药材，像杜仲、荆介、白术等，反正烂死在山里的东西多得很。"赵昌民说。

"你们这不是捧着金饭碗在讨饭吃么？看来你们这里贫穷落后的根子还在交通太不发达、太闭塞了。"马玉文若有所思地说。

晚上回到青石坳，马玉文和谭本顺、赵田塘等人又聊起了白天调查的事。马玉文问赵田塘："赵昌民家在全队 35 户当中生活过得是好的还是差的？"

"最少在中等偏上，今天你们看了 7 户，就一家比他好一点，对么？"赵田塘掰着手指数了数，接着说，"比他家好的只有 7 户，1 户的主人是个木匠，1 户的丈夫在城里当工人，1 户有个儿子在外面当教师，还有 3 户在山外有亲戚不时救济他们一点，其实还是他们拿山货跟亲戚换的钱。另外 1 户就是我家了，我爹懂草药，时不时的为乡里乡亲治个跌打损伤的弄点小钱，同时我爹娘才 50 多一点，一家 5 口就有 4 个全劳动力，就 5 岁的崽伢子挣不到工分。"

"照你这么说，比他家过得好的都是有点活钱来源的户？"谭本顺说。

"对呀，不搞包干到户之前，家家分得的东西相差无几，你家如果没有一点

活钱来源,能比人家富到哪里去?"赵田塘说。

"田塘,现在你们队吃饭的问题基本上可以解决了,有什么办法能使大家都富起来么?"马玉文问。

"守着这点田能解决吃饭的问题就不错了,我们这里又没得金矿银矿,连煤矿都没得,随你想什么办法都富不起来。"赵田塘泻气地说。

马玉文说:"你们没得金矿但有金饭碗呀!我在赵昌民家不是讲了,你们是守着金饭碗在讨饭吃么。"

"你指的是那些山货?嗨!那算什么金饭碗,运不出去连狗粪都不如,狗粪还可以放到田里做肥料,那些山货就只能烂在山里边。"赵田塘说。

"我们能不能修路,把山上的药材和土特产都运出去?"马玉文说。

谭本顺反应最快,说:"您的意思是只要把山里山外的路修通,老百姓就能富起来。"

马玉文说:"对!想要富,得修路。从赵昌民家一出来我就在想这个问题。这里山多田少,靠种粮食是永远富不起来的。可山上多的是宝,如果能够修条公路将山上的野味、药材、土特产,甚至竹子、木头都运出去,何愁山里的老百姓不能富。"

"修路,修路!这是我们祖祖辈辈都在盼的事。如果能够修路,连孩子们读书的事都可以解决了,可这得多少钱?就是全队的人3年不吃不喝,也凑不起这笔钱来。所以我们是只敢盼,不敢想。"赵田塘说。

谭本顺说:"想要富,得修路,您的思路绝对是对的。如果把这条路修起来,沿途星光公社闻名的鸭梨、新东公社盛产的香柚就都能运出去了。星光公社挨着连莽山,满山遍野都是鸭梨,那里的梨子又脆又香,落口消融,曾是历代皇朝的贡品,由于不通公路,每年都有半数以上的鸭梨卖不出去,有些梨子农民连摘都懒得去摘就让它烂在树上了。如果能把公路修进连莽山,带富的就不是一个生产队,而是一条线、一大片,受惠的群众少说也有十几万人。"

"这样说,这条路就更应该修了。"马玉文说。

"可修路的开支太大了,别说沿途的老百姓,就是县里也负担不起。"谭本顺说,"真要修的话,除非国家投资才行。"

"我早就想到了这个问题,但光靠国家不行,国家这么大要修的路太多了,不但要修公路,还要修铁路、修机场。靠排队的话,只怕排到猴子长尾巴还排不到这里。我的基本思路是省、地、县和农民实行四家担,共同负担,省里扛大头,地、县担中头,农民担小头,各方齐心协力把这条道修起来。"马玉文说。

谭本顺立即表态说:"只要省、地两级能够落实,该我们县里负担的我保证一分钱也不少。可要农民负担的只怕有困难,您都看到了大多数家里可以说是一贫如洗,哪里拿得出钱?"

"我们拿不出钱,但可以出力。"原本对修路不抱希望的赵田塘听马玉文讲,采取四家担的办法也要把这条道修好,立即来了精神,他说,"只要能修路,我们愿意自带伙食,以工抵钱,挖路基、填土方、铺沙石……凡是民工能干的事我们都包了,不要国家付一分钱的工资。"

马玉文眼亮一亮,对谭本顺说:"怎么样,这个办法行不行?"

"行,当然行!"谭本顺说,"修路的民工工资占的比例应该还不少了呢。"

马玉文说:"既然这样,你回县里后立即组织有关人员进行测量设计,方案和预算出来后由我负责找省交通厅审批、要钱。"

谭本顺满口答应道:"我们保证以最快的速度搞好测量和设计,将方案报送你审查。"

赵田塘高兴得站起来说:"等路修好了,山里的老百姓肯定会替您们建庙塑像,将您们供奉起来。"

马玉文说:"共产党人怎么能搞迷信呢?如果真这样搞,我非处分你不可。再说组织修路架桥、发展经济、方便群众本身就是各级党组织和政府的责任,这有什么值得评功摆好、歌功颂德的呢?"

赵田塘见马玉文一脸严肃,唬得吐了吐舌头说:"到时候我保证做好工作,绝不会做有损党的形象以及您们形象的事。"讲完后他又想起一件说:"马书记、谭书记,我还有一件事情想请示一下,实行包干到户后生产队主要不抓生产了,再这么叫就有点名不符实,能不能恢复过去的名字,还叫青石坳村?"

谭本顺见马玉文点了点头便说:"完全可以,这样做有利于村里的干部集中精力抓教育、抓治安、抓村政建设。"

回到省委机关,马玉文要做的第一件事就是准备去找新任的省委书记江海洋汇报青石坳村的情况。

说到省委书记的人选,里面还有一段马玉文主动让贤的故事。党中央作出撤销各级"革委会"、加强党的建设、完善政府机构的决定后,鉴于宁明喻同志在"文革"中因长期挨斗受批,导致中风瘫痪不能继续工作,林楚彬又要返回部队的情况,中组部派人来省里考察后,根据群众推荐,在综合考虑任职资历、一贯表现、工作能力的基础上决定报请党中央批准,由马玉文任省委书记。中组部的一位副部长在征求马玉文本人的意见时,万万没想到他会一再推辞。马

独领风骚

玉文力荐江海洋担任省委书记，自已继续任省委副书记，理由是江海洋同志不仅经受住了"文化大革命"的考验，政治上成熟，有丰富的领导工作经验，而且比自己年轻5岁，又有大学本科学历。他跟中组部的副部长说："中组部准备提请任命我当省委书记，这是对我的肯定和信任，我表示非常感谢！能有升迁的机会当然是一件好事，对有些人来说甚至是求之不得、梦寐以求的大好事。但作为一个革命者、一个党的高级干部，我不能光考虑个人地位的高低，更要考虑革命事业后继有人的问题。告别'以阶级斗争为纲'的历史后，党和国家今后的主要任务是要实现'四个现代化'，作为一省的书记，负有带领好几千万人从事社会管理和经济建设的重任，身体光能适应工作不行，还得年轻身强力壮；光有工作经验不行，还要有文化、有知识。而在这些方面海洋同志比我具有明显的优势。因此，恳请中组部能采纳我的意见，我保证当好他的助手，支持他的工作。"

中组部的副部长深受感动，答应将他的意见如实向党中央汇报，由党中央研究决定。这位副部长还感叹地对马玉文说："玉文同志，无论是战争年代还是社会主义建设时期，你为党和国家、为人民群众都是立了大功的人。但你从不居功自傲，完全可以谌比《后汉书·冯异传》中的'大树将军'冯异啊！"从此"大树将军"就成了马玉文的绰号。

党中央慎重研究后，最后采纳了马玉文的意见。

马玉文走进江海洋办公室时，江海洋正在看文件。

见是马玉文，江海洋站起来绕过办公桌拉着他一起坐到沙发上说："听说你到远离清涧县100多里的深山老林里搞调研去了，我还批评他们地委和行署的领导，明知你年近60也不劝阻。为了你的健康，今后边远山区你就不要去了，需要进行调查研究，有的是年轻人，安排他们去就是了。"

马玉文说"毛主席曾经说过，你要想知道梨子的滋味就得亲口尝一尝。我如果不去，怎么也不可能获得如此深切的体会。"接着他把两次进连莽山的情况一五一十向江海洋做了汇报，最后说："我建议在全省边远山区推广青石坳村的经验，扩大包干到户的试验。"

江海洋听了一声不响地站起来，回到办公桌上拿了一份文件递给马玉文说："你先看看这个再说。"

马玉文接过来一看，原来是一份内参，内容是安徽省凤阳县小岗村农民签订"生死契约"，秘密分田到户进行耕种，当年就创造出了奇迹，粮食总产为过去5年的总和，油料总产为过去20年的总和，一年就使这个绝大多数农民食不果腹、衣不遮体的"讨饭村"彻底翻了身。邓小平同志在听取安徽省委书记万里的汇报后明确表示：你们就这么干下去，实事求是地干下去，要不拘形势，千万百计使农民富起来。

见马玉文看完了，江海洋激动地说："老马，真有你的！刚才看完内参后，我正为小岗村人的大胆和安徽省委的勇气所佩服。没想到你在我们省里也悄悄地培养出了一个'小岗村'。"

马玉文摇了摇手说："我可不敢贪天功为己功，青石坳村绝不是我刻意培养的典型，完全是他们自己敢想敢干闯出来的。当时我只不过表了个态，同意他们先试一年而已。"

"你表的这个态，真是价值万金啊！"江海详佩服地说，"如果当时换了我在那里，我绝对不敢表这个态，因为这涉及到是姓'社'还是姓'资'的问题，如果中央不表态，我还真的没有这个胆。"

马玉文说："海洋同志，你太谦虚了。"

"不是谦虚，是实话。"江海洋从马玉文手里拿过内参接着说，"我看了小平同志的讲话后，觉得在农村实行包干到户可能是个方向。你看小平同志讲了'你们就这么干下去'，请注意！小平同志在这里讲的是'干下去'，这就意味着不是干一下，干一会，而是很有可能要一直干下去。小平同志还讲了'要不拘形式，千方百计使农民富起来'，这就意味着能使农民富起来的所有管理模式、经营方式、生产形式都可以用。"

马玉文点头说："我认为你理解得非常准确，讲得很有道理。"

江海洋有力地挥了挥手说："小干是干，大干也是干。既然这样，青石坳村包干到户的经验就应在全省范围进行推广，不要再停留在小范围内。明天我要到北京去参加中央召开的工作会议，今晚我们就召开省委常委会议把这件事定下来，形成正式决定，然后请你负责抓落实。"

马玉文答应后正准备汇报有关修路的问题，徐副省长陪同国家教委一位副主任前来拜访江海洋，马玉文只好同他们打个招呼后告辞了。

根据省委《关于推广青石坳生产队包干到户的经验，实行多种经营管理方式发展农业生产的决定》，马玉文主持召开了全省三级干部会议。他在报告中指出，要搞好农业生产，发展农村经济，实现农业现代化，就必须破除迷信，解放思想，根据实践是检验真理的标准的原则，大胆摒弃那些束缚农民手脚，阻碍生产力发展的生产方式和管理模式。青石坳村和全国一些地方的经验证明，实行包干到组、包干到户是适合我国农村情况、搞好农业生产的一种有效形式，应当大力推广。也许有人担心这么搞会不会背离社会主义原则，走资本主义道

路。这种担心是多余,也是没有必要的。坚持社会主义道路不仅是我们中国共产党人的原则,也是广大人民的选择。我认为只要始终坚持党的领导和生产资料公有制,包括全民所有制和集体所有制,社会主义的性质就不会变。青石坳村实行包干到户的做法证明,作为主要生产资料的土地在包干到户后其所有权并没有变,仍然属集体所有,改变的只是土地的使用权。土地的使用权和所有权在一定时期、在一定形势下是可以分离的。好比你家里有1000元钱,你可以存入银行,也可以借给他人,也可以入股某个公司,在这种情况下,银行、他人、某公司都取得了这笔钱的使用权,但不管他们怎样使用,这1000元钱的所有权始终是你的,到了约定的时间你要想收回来只管收就是了。

马玉文讲得深入浅出,通俗易懂。所有人的疑虑都烟消云散,思想认识很快得到统一。

三级干部会议后,以包干到组、包干到户为主体的农村改革犹如大地回春,万象更生,短短几个月便在全省迅速推开。但开初各地的叫法不一致,有叫"包干"的,也有叫"包产"的,还有叫"包田"的等等,后来根据中央文件的提法,凡是包到户的都统称为"家庭联产承包责任制"。

二

省交通厅厅长陆兆峰,生得身材挺拔,仪表堂堂,两道浓眉又粗又长,一双眼睛深如隧洞。他年方44岁,是全省最年轻而且学历最高的正厅级干部,在那个年头有硕士学位的领导干部可以算是凤毛麟角了。

接到省委办的通知,得知马玉文要找他,陆兆峰有点喜忧交错的感觉,喜的是马玉文能亲自找他,忧的是由于马玉文没有分管公交这条线,自己还没有单独跟他打过交道,不知他的个性、特点,也不知道他找自己的目的,万一言行不妥,给这位省委四套班子中最德高望重的领导留下不好的印象那就麻烦了。思来想去他给自己定了一个"慎"的准则,即慎言、慎行、察言观色,属全局的事少说,属本职范围的多说。

进了省委办公大楼走到马玉文办公室门口,陆兆峰轻轻敲了敲门,先报告了自己的姓名,在得到答复后才走了进去。

马玉文起身握着陆兆峰的手说:"真对不起,是我有事求你,按礼应该是我到你那里去,但海洋同志到北京开会去了我得留在这里值班,只好将你请过来了,走,我们坐到那边沙发上去谈。"

陆兆峰听说是马玉文有事要自己办,心情立即轻松多了,坐下来后说:"我来是应该的，您有什么吩咐只管交待就是，我保证百分之百地执行。"

马玉文将修建清洞县到青石坳村公路的事同他说了，问他："你看我讲的'想要富，得修路'的提法妥不妥，这种由省、地、县三级出钱，农民出工的办法修路行不行得通？"

陆兆峰去年走马上任后，就想甩开膀子大干一场，在公路建设上领先全国一步，但几次向分管副省长汇报时得到的答复都是："一切要按计划办，不要性急。饭得一口一口地吃，路也得按照计划一条一条地修嘛。"听马玉文提出"想要富，得修路"的理念后，就像遇到了知音激动不已。他说："按这个办法修建从清洞县到青石坳的公路完全可行，这条路属于县级公路，标准不高，花的钱不会太多，只要他们把设计方案和预算报上来，我马上就按您的指示落实，将方案批了，将钱拨下去，保证修好这条路，不再让您操心。马书记，您关于'想要富，得修路'的理念，提得太好，太正确了。我能不能耽误您一些时间将我省公路建设的现状和我的一些想法给您汇报一下？"

"没问题，您要汇谈工作就是再没有空也应该挤时间听呀。"马玉文看了看墙上的挂钟说，"现在是下午5点20，离下班还有40分钟，这段时间就全给你了，如果还不够推迟一点下班也没关系。"

陆兆峰心里那份高兴啊，真是不可言表，他首先详细汇报了从省内经过的国道情况，再汇报省道、县道和乡级公路的情况，他说："我省的公路里程不到沿海省份的50%，在中部地区也是较差的，这种状况严重制约了我省经济的发展。'想要富，得修路'，这句话可以毫不夸张地讲是说到了我省要想挤身强省、富省行列的要害。"

"真这么重要吗？"马玉文饶有兴趣地问。

陆兆峰说："这句话确实抓住了我省要想致富的要害，因为公路不发达，本省的资源运不出去，而运不出去就变不了钱，如北边几个地区特有的钨矿、锡矿，西边几个地区丰富的木材和农副产品，还有南边一些地县盛产的水果和民间的手工艺作品等，有的只能默默地躺在地下无人问津，有的只能烂死在山里变成废物。只要公路一通，这些物资就会身价倍增，给老百姓和各级财政带来源源不断的财富。还有我省一些地方蕴藏的旅游资源一直没有得到开发，其原因就在于交通不便，你就是开发了，外面的人进不来，你风景独好又有谁看呀？可旅游业已成为世界许多国家和我国不少省份的重要产业和财政收入的一大来源。更重要的是如果交通不发达，怎么能够进行招商引资？谁会来这里建工厂办企业？如果交通不发达怎么能大力发展教育，让更多的大学和科研单位在我省生根落户？所以我省要想大发展，要想先富裕就应如您所说，'得修路'。这

是为国外先进国家所一再证明了的，美国、日本、西欧各国没有一个国家的人平公路占有量不是我国几倍，甚至十几倍的。"

"哈，哈，哈，真没想到我就青石坳村要想脱贫致富有感而发的一句话，竟引发了你的一通长篇大论。"马玉文说。

"我说的都是真话、实话。"陆兆峰说，"马书记，我早就有了一个发展我省公路网的设想，就是怕得不到领导的重视，如果省委、省政府能就'想要富，得修路'形成共识，我们交通厅保证全力以赴抓好落实，以最快的速度、最好的质量、最低的价格修好每条公路，为全省的经济建设和全省人民服好务。"

马玉文说："不错嘛，你都有了设想，能不能说出来让我听听？"

陆兆峰站起来说："我想到您办公桌上借支笔、一张纸用一用，行吗？"

"没关系，你自己去拿就是了。"

陆兆峰拿了纸笔回到沙发旁弯下腰，几笔就画了一张简单的省图，他在图的右上方画了一个圆圈说："这是省城，这条直线是从北到南的国道，现在国家正在将它改建成高速公路。"他边画边说L"我们设想从北到南与国道平行再修2条高速公路，由东到西也修2条高速公路，形成三纵两横的大动脉。"

马玉文一看，这5条高速公路将全省11个地州市和全省70%以上的县城都连接上去了。

陆兆峰继续画着虚线说："除高速公路外，再修12条一级公路，这样，各地、州、市、县城就都纳入了快速公路网。在这个基础上再修建31条二级公路通到各个乡，再由各乡修通到各村的马路，全省的交通网络就完善了。"

"行，行！这个规划我看实在，应该可行。"马玉文一边点头一边说，"问题是这得多少钱和劳动力啊！这钱从哪里来？劳动力全由农民负担行不行？这些问题你想过没有？如果这两大问题解决不了，你的这个设想就只能是纸上谈兵或海中捞月了。"

陆兆峰听马玉文说规划实在、可行更加来了劲，他说："除乡村公路可以采取由农民以工抵钱或以工折价的办法外，其他所有的公路都必须支付修路工人包括民工的工资，否则就会违法。修路确实动手就要钱，包括勘测、设计、筑路、养路哪一样少了钱都不行，修路的造价或者说成本很高，尤其是高速公路更是高得吓人。但办法总是人想出来的，修路的钱可以从三个方面来筹集，一是向中央财政要，二是从省财政挤，三是向银行贷款。"

马玉文说："中央财政虽说有这笔专款，但全国31个省市哪个不要，占到我们省能有多少？省财政再怎么挤，我估计也解决不了所需资金的五分之一。"

陆兆峰说："中央财政我们会通过交通部尽可能地争取多要一些回来，省财政就要请您帮我们讲话了。但我晓得这两项加起来还是远远不够的,主要的渠道还是要靠贷款。"

"贷款是要还的呀,省财政该拿的拿了,该挤的挤了,哪里还有钱来还贷款?再说你没有偿还能力,哪家银行敢给你发放贷款?"马玉文说。

"只要省委、省政府给我政策,我就能贷到钱来修路,并且有能力还贷。"陆兆峰一副胸有成竹的样子。

马玉文一听知道有路了,问他:"政策?你要什么政策,只要不违法,不与国策相抵触,你要什么政策都可以给。"

陆兆峰说:"我要的政策只有四个字,就是'收费还贷'"。

"收什么费,向谁修费?"

"收过桥过路费,向从我们新修公路上通过的车辆收费,将收到的钱全部用来还贷。"陆兆峰说。

"这不成了'收买路钱'吗,老百姓尤其是农民不骂死我们才怪,人家农民自己出工修的路从那里过还要收钱,世界上哪有这样的道理?"马玉文说。

陆兆峰解释说:"我说的'收费还贷',只限于一级公路和高速公路。二级公路以下的都不收费,因为这些路造价低多了,其中一部分正如你所说是由农民出工出力修的,肯定不会收钱。"

马玉文问:"在一级公路和高速公路上实行'收费还贷',国内有先例吗?"

"暂时还没有,我国才一两条高速公路。但国外这样的情况多得很,连西欧许多发达国家都是靠'收费还贷'修建高速公路的,要不他们哪来那么多钱修路。我认为'收费还贷'和古代'收买路钱'的做法是有本质区别,前者是取之于民用之于民,后者是强抢恶要归个人所有。"

马玉文沉思了一会说:"好,我个人表示赞同。你回去之后组织力量尽快把规划搞出来,附上详细的说明,内容包括修建每条公路的理由、条件,工程需要的时间,所需经费及经费解决的渠道,特别是要将'收费还贷'的事讲清楚,然后提请省政府常务会议和省委常委会议研究决定。"

马玉文关于"想要富,得修路"的提法,赫然写进了省交通厅向省政府和省委的报告,而且是作为标题用语,该报告的标题是《关于倡导树立"想要富,得修路"的思想观念,大力加强全省公路建设,服务经济工作的报告》。报告引用国内外的数据、事例充分论证了公路建设在推进经济腾飞中的作用,阐述了实行'收费还贷'的必要性、可行性,并明确规定对收取的过路过桥费实行由贷款银行和监察部门双重监管的办法,所收费用除开支、管理人员工资、留下

必要的维修经费以外全部用于还贷。由于报告论点明确，论据充分，具有很强的说服力，且可操作性强，很快便得到了省政府和省委的批准。一时间，全省各地硝烟四起，炮声隆隆，开山筑路，架桥铺路，一场大修公路的战斗正式打响了。

"爸，我们回来了。"在工地上忙了一整天，下午6点半钟回家的马玉文惊喜地发现马明亮和徐谢军大学毕业回来了。

马玉文一手拉一个让他们挨着自己在沙发上坐下来说："老四、老五，你们回来得正是时候，现在国家为实现四个现代化正在集中精力大搞建设，各地各单位缺的就是知识分子。你们是国家恢复高考制度后第一批考上的大学生，学成回来，一定要发挥自己的特长报效祖国和人民。"

管5个孩子分别按年龄叫老几，是文锦秀的一大发明。自先后抚养戴向东、吴楚英、徐谢军3个孩子后，马玉文一直不让他们更姓改名，这就给如何称呼他们带了一个麻烦，因为直呼姓名，明显出不是一家人，相互之间难免有一层隔膜；只叫名不叫姓虽然显得亲切，但与喊邻居、亲戚家的小孩又没有区别。后来文锦秀灵机一动，干脆按年龄将戴向东叫老大，将吴楚英叫老二或闺女，将马明光、马明亮和徐谢军分别叫老三、老四和老五。几个孩子除了称吴楚英为"姐"或"妹"外，相互之间则称几哥几弟。这样喊起来既顺口又亲切，无论是外人还是屋里人听起来都是一家人。

"爸，我虽然是学文科的，但我不想呆在死气沉沉的机关里。你能不能帮我给人事部门打个招呼，将我分到经济工作部门，让我参加热火朝天的经济建设？"徐谢军听马玉文讲了后说。

"随便将你分到哪个部门都行，就是不能离开省城。"坐在一旁的文锦秀插话说，"人家都羡慕我有5个儿女，可你们啊，长大之后翅膀一硬便一个个远走高飞了。老大、老二是'文革'期间毕业的大学生，毕业后老大因支援老工业区去了东北，老二被分到广州羊城晚报当记者。老三当兵后本来已调回省军区，没想到去年又调到总参训练部去了。你要再离开省城，我身边可就一个孩子都没有了。"

马明亮故作撒娇地样子说："爸，你看妈多偏心！难怪人们常说'爸爸、妈妈爱满崽，爷爷、奶奶爱重孙'，难道只让老五留在省城，我就不能留在你们身边么？"

文锦秀用手指点了点马明亮的头说："你呀！少给我卖点乖，你是学路桥管理专业的，谁不晓得你无论分到哪个单位，成天得往下面工地上跑，一年能有几天在家里？"

马玉文笑了笑说:"关于工作安排的事,你们谁说了都不算数,得由人事部门安排。老五,你是知道的,不管是谁,凡涉及人事安排问题,我是一概不给组织部或人事局打招呼的。尽管你是低要求,也不行,因为这是组织原则问题。莫说现在大中专毕业生都由国家统一分配,工作不愁,就是今后万一实行自主择业,我马玉文的子孙也不准走后门。老四是学路桥管理专业的,全省正在大修公路,你无论分到哪个单位都要像你妈刚才所说的那样一头扎到工地上去,你是英雄也好狗熊也罢,只有到那里才有自己的用武之地。"

青石坳村的公路修通后,赵田塘做的第一件事就是贷款、借钱买了一辆东风牌货车,然后将全村家家户户现存的山货装了满满一车运到省城卖给一家名为"真有味食品贸易公司",卖了大价钱,该食品贸易公司见他们的货好还与之签订了长期的购销合同。

赵田塘提着7万多元现金,心里像灌了蜜糖似的甜滋滋的。他让司机将车开往省委大院准备去找马玉文报喜。没想到车到省委大院门口就让武警战士给挡住了,赵田塘既拿不出工作证也拿不出介绍信。好在武警战士听说他是来自边远山区的农民进趟省城不容易,便主动给办公厅打了个电话报告说有位叫赵田塘的农民要想见马玉文书记问让不让他进去,办公厅接电话的同志说等他请示后再答复。

不一会马玉文的秘书小姜跑了来,将赵田塘连人带车接了进去。

听说赵田塘买了货车,马玉文早就站在办公大楼前等候了。车一到马玉文就围着车看了又看说:"哈,这公路一通果真是'汽车一响,黄金万两',没想到我们的赵村长转眼间就变成了十万富翁。"

赵田塘的脸一下就红到了脖子上说:"我这是打肿脸充胖子,买车的钱全是向银行贷和向亲戚借的,为的是帮乡亲们销山货和土特产,免得将大头都给中间商给赚了。"

"你这样做就对了,走!上我办公室去坐坐。"马玉文说。

到了马玉文办公室,赵田塘左看看右看看然后有点失望地说:"乡亲们都在猜,说您的办公室虽然比不上金銮殿,但肯定富丽堂皇得不得了,没想到这么普通简单,还不如'真有味食品贸易公司'老板的办公室气派。"

"我们怎么能跟人家老板比呀!"马玉文哈哈大笑说,"不说这个了,你能贷款借钱买车算是很有眼力和远见,用不了两年你就可以将债全部还清,这车就算是你的了。再跑几年你就不是十万元户而是百万元户了,但光自己富了不行,得把全村人带富,你这才是一个合格的村长。"

赵田塘说:"我一定牢记你的教诲,这次我帮村民运山货到省城里来卖,就只收汽油费不收其他费用。"

马玉文说:"怎么样,价格合不合算?"

"价格比我们那里要高十几倍,一车货卖了7万多块钱,平均每户这一次就要分2000多元,差不多相当于过去10年的现金收入,乡亲们拿到钱以后不知会高兴成什么样子。"赵田塘越说越兴奋,他说,"对了,公路修通后乡亲们要求在路边竖一块石碑刻上您的名字以示感谢,被我说服了。几个乡里妹子根据大家的意见亲手绣了一块锦旗,要我把它挂在您办公室。"他从手提袋里掏出锦旗展开来给马玉文看,只见锦旗的中间绣着'贴近百姓,恩泽农民'八个金光闪闪的大字,右上角绣着马玉文的职务和名字,左下角的落款为'青石坳村全体村民"。

马玉文说:"这面锦旗绝对挂不得,因为'恩泽农民'四字我承受不起,人民是我们的衣食父母,为农民兄弟做点事是每个国家干部的职责所在,怎么敢称是'恩泽农民'呢?这面锦旗还是请你带回去,大家的心意我领了。"

"锦旗做都做好了,您让我带回去我怎么向大伙儿交待嘛,您这不是给我为难吗?"赵田塘说什么也不肯收回锦旗。

马玉文只好将锦旗递给站在一旁的小姜说:"你找把剪刀将上面的字去掉,锦旗能做什么用的话就做什么用,尽量不要浪费。"回过头来他又对赵田塘说:"你回去以后别讲锦旗上的字被处理掉了,免得乡亲们有误会。走,到我家吃饭去,今天我陪你喝两杯,庆祝你买了新车。"

新一轮省人大的换届选举即将开始,根据中央的批复,省委推荐马玉文作为新一届人大常委会主任的候选人。

就在大会开始的当天,大会主席团收到一份代表提案,标题是"占了良田修公路,子孙后代怎么活?"提案指出,我国是一个人多地少的国家,我省人均占有的耕地还低于全国的人均水平,为了保护耕地过去修建公路都是采取沿山、沿河尽量不占或少占耕地的办法,可现在修建高速公路和高等级公路为了缩短路程不惜占用大量良田。为此提案对"想要富,得修路"的提法进行了尖锐的批评,说这种大量占用耕地的作法是断子孙后路的短期行为,是急功近利树个人政绩的突出表现;在全省财政还较困难的时候将大量资金用于修建公路而不用于加强对工农业的投入和对人民生活的改善,是主次颠倒的作法,是不顾人民疾苦的行为。

绝大多数代表一看就清楚这份提案是冲着马玉文来的,目的是要给他的选举设制障碍，但很少有人知道这份提案的始作者并非人大代表，而是退休赋闲在家的李招军。

是人都有嫉妒之心，只不过有人可以控制它、转移它、消除它。而李招军对马玉文的嫉妒之心可以说从马玉文担任鸽城地委书记时就有，随着马玉文地位的升迁和威望的提高，这种嫉妒更是与日俱增。依李招军在"文化大革命"中的所作所为，无论给予什么样的党纪政纪处分都不为过，但经马玉文再三做工作仅做按时退休处理。李招军也清楚这是马玉文争取的结果，按理说他应对马玉文感谢才对，可在嫉妒心的支配下他却把退休看成是马玉文对他的打击报复，他认为还有这么多的领导干部60多岁，甚至70多数还在台上，凭什么我刚满60岁就要我退休？嘴巴子讲得好听，说是照顾我、关心我、爱护我，而实质上是想通过退休使我在社会圈子中消失、在人们的记忆里消除、在政治舞台上消灭。这个马玉文太可恶了，他是口蜜腹剑，心如蛇蝎，我只要活一天就要和他斗一天。

大规模地修建公路引起少数拆迁户因赔偿达不到他们的要求而产生不满，大量良田被占引起一些年龄较大、思想僵化的老农民、老党员、老基层干部因担心耕地不够而产生怨言。李招军听说这些情况后，觉得可以利用这件事给马玉文制造一些麻烦以削弱他的威信，便鼓动这些拆迁户不断上访，让"三老"中的基层干部到处散布对马玉文的不满言论。得知马玉文要当省人大主任、由副省级干部变为正省级干部的消息后，李招军妒火烧心，想了半天终于想出了通过提案攻击马玉文让其当不了人大主任的计策，于是便通过情投意合者从代表当中好不容易找到几个人联署签名上交了这份由李招军亲自捉刀炮制出来的提案。

省委书记、省人大主席团临时党委书记江海洋为了保证马玉文能顺利当选省人大常委会主任，准备派人去做几位提交提案代表的工作，让他们主动撤回提案。身为人大主席团主席的马玉文认为"想要富，得修路"为的是让人们早点富裕起来，既然有代表提出提案，正好可以通过讨论使省政府常务会议和省委常委会议的决定上升为全省人民的意志。于是，他力主将提案印发各代表团，让代表们展开讨论，通过讨论形成统一意见。

各代表团在讨论时，代表们围绕这个热门话题各抒己见，畅所欲言。有的代表在发言时通过修路前后一系列数据的对比，畅谈了公路修通后给当地经济发展带来的巨大推动力和方便人民生活带来的诸多好处。一些曾经出国考察过的代表在发言时历数了公路建设在发达国家实现工业化过程中的巨大作用和在高科技时代对提速经济发展和加强国防建设不可替代的能量。还有一些代表在

发言中指出新的公路修建后,部分旧公路完全可以退路还田,加上新建公路开劈的部分山坡、谷地可改建为水田或旱土,两项相加不仅可以补足甚至有可能超过新修公路所占耕地的面积。讨论越展开,观点越接近;讨论越深入,意见越统一。最后连提交提案的代表也对"想要富,得修路"的理念表示完完全全的赞同,主动申请撤回了提案。

大会通过选举,马玉文以全票当选为省人大常委会主任。会议还根据代表们的意见,形成了"大力加强公路建设,推动全省经济持续快速发展的决定"。

省人大的决定作出后,全省公路建设的摊子铺得更大,修路的速度更快。一些包工头为牟取最大利润暗中偷工减料,少数公路或路段工程质量出现问题,有的还成了"豆腐渣"工程,群众反映十分强烈。马玉文听到反映后带领部分人大代表和有关部门的领导,对公路质量问题搞了一次专门的视察。

在理褚高速公路白马垅路段,望着刚开通不到半年的路面就裂得像乌龟壳似的道路,马玉文铁青着脸对陆兆峰说:"这哪里是修路,简直就是犯罪!毛泽东生前早就说过贪污和浪费是极大的犯罪,每公里数十万元的造价,半年不到路就烂成了这个样子,这不是极大的浪费是什么?修路的钱都是人民的血汗、百姓的心血,即使是世界银行的贷款,也要靠老百姓创造财富来偿还。因此绝不能让这些贪心的包工头占便宜,谁承包的就由谁返工,即使是国营单位承建的也不能例外。这件事就责成你负责落实,希望你能给人民代表、给全省人民一个满意的答复。"

陆兆峰嗳嚅着说:"可修这段路的包工头早就结账走了。"

"走了也不行!"马玉文斩钉截铁地说,"如果他不回来返工,人是外省的就向法院提起民事诉讼;人是本省的就向他下达封杀令,从今以后他休想再在本省承包任何工程。"

马玉文刚一讲完,一起前来考察的人民代表和陪同人员就鼓起掌来。

陆兆峰只好硬着头皮答应了。

当天晚上,陆兆峰夹着一个胀鼓鼓的公文包来到马玉文家里。寒暄了几句后,陆兆峰从包里取出六扎百元大钞放在马玉文面前说:"马书记,您是知道的因为修路有贡献,去年省里奖励了我30万元,部里奖励了我20万元。这是其中的60%,即30万元应归你所有。因为如果没有您提出的'想致富,得修路'的理念,不是您推动省委、省政府、省人大先后做出大修公路的决定,我省的公路建设绝不可能取得这么好的成绩。所以修建公路的功劳主要是您的,这奖金多半应该归您才对。"

马玉文将钱推到陆兆峰面前说:"你这是什么话,这是国家和政府奖励给你个人的,我马玉文岂能收取一分一厘。你赶快装好提回去,这钱既然是奖金,你尽管放心使用就是了。"

"但全省公路建设能有今天这样的大好局面,确实是您领导有方和大力支持的结果啊。如果这奖金不分给您一多半,显然有失公平。反正钱我已带来了,就不会再带回去。"陆兆峰说。

马玉文说:"就工作提出一些指导思想和建议,采取一些必要的措施推动工作的发展,这是每个领导干部份内的工作,有什么值得奖励的?否则人民把你推到这个岗位,党将你安排在这个位置上干什么?一个领导干部总不能白拿工资、吃干饭、一点事不想、一点事不干嘛。再说要奖励也得由国家和政府来奖励,不能从你的奖金中私分啊。私分的实质就是接受你的贿赂,这样你就变成了行贿者,我就变成了受贿者。如果你不肯将这些钱拿回出,我只好马上通知秘书让他送到省纪委去。"

陆兆峰的本意是想通过送钱打通马玉文的关节,让他在公路质量问题上开只眼闭只眼,见马玉文真要通知秘书,只好自己给自己打圆场说:"既然您这样廉洁,那这笔奖金我就只好个人全得了。我担心的是怕别人在背后说我个人吃独食,不晓得做人。"

将钱装进公文包里后,陆兆峰又迟疑地说:"马书记,您今天交给我的任务我想了半天很难全部落实,因为工程质量不好并不全是施工单位或包工头偷工减料造成的,如果采取一刀切的做法,让他们一律返工只怕很难行得通。"

马玉文听到这里对陆兆峰今晚造访的目的不由地警惕起来,他不动声色地说:"难道公路质量不好还有其他原因?"

陆兆峰说:"有,比如我们一再压低承包经费,施工单位或包工头为了不亏本迫不得已而用廉价材料,在一定程度上影响了工程质量;还有南方雨水多,现在货车超载的现象又十分普遍,新修的公路经大雨泡透后,重车在上面反复地压来压去自然容易损坏;再有就是有的领导为了替某个纪念日或重大活动献礼,强行命令有的公路限期竣工,为了赶时间致使施工粗糙工程质量得不到保证,如此等等,如果不分青红皂白地一律让施工单位或包工头自费返工,工作难做是小事,得罪的部门和人太多了。能不能区别不同情况,有的道路或路段由路政管理部门出钱维修算了?"

马玉文像有点不认识陆兆峰似的问:"你们发包工程时签没签订了合同,合同上有没有确保工程质量的条款,收没收或者扣没扣质保金?"

陆兆峰不得不回答说:"每个工程发包时都签了合同的,没签合同谁敢发包?而且合同对工程质量都有明确要求,为了保证工程完工后在规定的期限内不出现质量内问题,在结算时都扣留了质保金。"

"我再问你,合同中对你刚才列举的三种情况有没有可以降低工程质量的例外规定?"马玉文说。

陆兆峰连忙摇头说:"没有,合同怎么会规定可以降底工程质量呢?"

马玉文说:"那你说说看,工程质量不达标的施工单位和包工头是不是违反合同,该不该依照合同的规定进行返工或者承担赔偿损失的责任?"

陆兆峰支吾了半天也答不上来。

马玉文的语气变得严厉起来:"你是不是得了施工单位或包工头的好处,故而不敢对他们采取处罚措施?你可是省委、省政府重点培养的中青年干部,千万不要被糖衣炮弹击中成了金钱的俘虏,那样就会毁了你的一生,到时谁也救不了你。"

马玉文的话可以说是一语中的,点中了陆兆峰的死穴,慌得他连忙表白:"我没有收过任何施工单位或包工头的好处,特别是金钱和贵重物资,不信您可以去找他们调查。"

"只要你真的一身清白,就不用担心怕得罪人,也用不着怕得罪人。"马玉文语气缓和下来说,"为了方便你的工作,我可以建议政府或人大常委会采取适当形式,公开关于责成工程质量差的施工单位或包工头限期返工的规定。"

陆兆峰万般无奈,只好答应下来。

几天后,省人大常委会召开新闻发布会,向新闻媒体通报人大代表视察公路质量的情况。马玉文亲自到会并回答了记者们的题问,当有记者问到对工程质量差的公路和路段怎么处理时,马玉文回答说:"省人大和省政府在听取了人大代表视察的报告后,研究的意见是一致的,即谁负责承建的就由谁负责返工,直到工程经试营运验收合格为止,不管承建方是国营公司或股份制企业还是个体包工头均一视同仁,返工的所由费用概由承建方自负。"

有记者问:"如果承建方不肯返工怎么办?特别是工程已经完工、承建方已结账走人的怎么办?"

马玉文介绍说:"对这种情况政府研究了三条处理意见,一是没收质保金用于返修和维修公路;二是对这些单位和个人在全省进行通报,并下达'封杀令',禁止这些不信守合同、不讲究质量的单位或个人在一定时期、甚至永远不许在本省承建任何工程;三是对工程已经完工、想溜之大吉、一走了之的单位和个人，只要还没有超过追诉期限的都提起民事诉讼，要求法院判令其依法赔偿全部损失。"

这三条处理意见经新闻媒体公开后，犹如三条"杀手锏"，不仅迫使所有工程质量差的单位自动进行了返工或维修，同时督促在建公路的承包者都牢固树立了"千年大计，质量第一"的思想，更加注重工程质量，使新建公路的质量达到了百分之百。

新建公路的质量上来了，陆兆峰却倒霉了。原来不少承包者为了承揽工程都向陆兆峰行了贿，开始陆兆峰还遮遮掩掩，随着荣誉的增多，他变得越来越有恃无恐，越来越贪得无厌，凡找他开后门要求承包工程的，他无不狮子大开口，张嘴就索要十几万、几十万。"吃了人家的嘴软，收了人家的手短"，陆兆峰收受贿赂后自然不敢过份苛求工程质量，一些承包者正是由于号准了他的脉，才敢在工程质量上做手脚，妄图通过偷工减料不仅挽回行贿所造成的损失还要捞它一笔横财。没想到偷鸡不成反倒丢了一把米，有的承包者返工后不仅没有挣到钱，反而血本无归，便对贪婪的陆兆峰由敬畏、巴结变为反感、仇视，尤其是一些包工头更是如此，其中一些人便以匿名信的形式向省纪委举报了陆兆峰受贿索贿的情况。省纪委在查证一两笔后认定陆兆峰的行为严重触犯了党纪政纪，经请示省委同意对他采取了"两规"的措施。陆兆峰在规定的地点和规定的时间内，面对证据不得不交待自己索贿受贿1520万元的事实。

马玉文在接到省纪委的报告后，一方面为陆兆峰这位年轻有为的干部蜕化变质而痛心疾首，一方面又为他的犯罪事实而憎恨。他在报告上批示：对这类贪官污吏，必须移送司法机关依法从重从快进行打击处理，一定要做到发现一个，处理一个，绝不能有半点姑息迁就，只有这样才能教育和保护绝大多数干部，使之做到清正廉明，廉洁为公。

陆兆峰受贿1520万元被移送司法机关查处的消息传出去后，全省一片哗然。李招军乘机在群众中散布谣言说："陆兆峰是马玉文器重的干部，大修公路又是马玉文的主张，陆兆峰能够利用修公路受贿1500多万，马玉文收受的贿赂肯定比他大得多。"一些不明真像的干部群众信以为真，相互传播，在社会上造成了极坏的影响。

马玉文从秘书小姜嘴里得知这一情况后，泰然处之。

小姜愤愤不平地说："一定要纪委或公安局派人将谣言查个水落石出，将造谣的人公之于众，绳之以法，否则公理何在，良莠怎分？"

马玉文淡淡一笑说:"算了吧,既然是谣言还查它干什么,别再浪费人力物力了。"

马玉文算了,但有些人却不肯算了,他们就是省委机关保卫处的干事们。原来机关保卫处为了首长和机关大院的安全,在每个常委门口和院内的主要场所都安装了探头,通过监控系统随时观察机关大院的安保情况。保卫处的干事们在观察时发现,不时有人手提或在腋窝下夹着胀鼓鼓的皮包于夜晚走进马玉文家里,呆了不久又带着胀鼓鼓的皮包走了出来。开始保卫干事搞不清这些皮包里装着什么,只是觉得这些人提着沉甸甸的皮包走进走出的未免太累了。后来观察到的几次情况,终于明白了这些人的皮包里面装的是什么。有两次看得出是马玉文将来访者驱逐出门后随手将几捆钱丢在门外,来访者将钱捡起来塞进皮包后狼狈而走;还有几次是文锦秀在送客时与客人推来推去,见客人要走,文锦秀赶忙将手中的东西抛了过去然后将门关上,观察者这才看清楚抛在地上的都是一札一札的钞票,只见客人连忙回头将钞票捡起来灰溜溜地走了。原来这些带着胀鼓鼓的皮包走进马玉文家里的人是来行贿的,结果一个个都被马玉文和他的妻子文锦秀拒之门外。

机关保卫处的干事们不由得对马玉文俩口子肃然起敬,他们都为能有这样清正廉洁的领导干部而自豪、放心。现在居然有人造谣污蔑马玉文,保卫干事们怎能不义愤填膺,几个人一商量联系马玉文组织人大代表视察公路质量,严厉惩处偷工减料者的情况,自发撰写了《廉生威,公生明,两袖清风只为民》的文章发表了,并且配发了马玉文俩口子拒贿拒礼的图像。读者争相传阅,主动宣传。一段时间马玉文亲民、爱民、廉洁为民的事迹在全省群众中广为流传,甚至被人称之为"新时代的包公"。

李招军本想通过造谣中伤马玉文来贬低他的形象,没想到反而扩大了马玉文在全省人民中的影响,他连想吃后悔药都来不及,只落得个自怨自叹的下场。

三

在全省经济工作会议分组讨论期间,马玉文参加了鸽城地区的讨论。与会者围绕如何加快鸽城地区经济发展的问题,争先恐后抢着发言。

大家议来议去,一致认为鸽城是个纯农业地区,矿产资源稀缺,制造业基本上是零,靠工业致富的门路不多,要加快经济发展的步伐还是要在"农"字上多下功夫,多作文章。有的主张在农业生产上要求"精",品种要精选,土地要精耕,管理要精细,确保粮食和其他农作物每年增长的速度不低于百分之百;

有的建议在农村建设上要求"快",基础设施建设要快上,小城镇建设要快搞,农村脏乱差的问题要快治;还有的认为在农民致富的问题上要求"小",多搞小作坊,多办小企业,多建小工厂。

马玉文仔细听取了大家的发言后说:"同志们刚才讲的意见都不错,而且有一定的深度和力度,农村现有的一些工作确实需要这样坚持不懈地抓下去才能见效。问题是光这样抓,经济发展是肯定的,但发展的速度不会快。我建议大家要'跳出鸽城看鸽城,跳出农村抓农业',只有这样我们的思路才宽广,制订的经济发展规划才具有创造性和开拓性。"

要"跳出鸽城看鸽城,跳出农村抓农业",与会者感到这句话很有新意,大家都来了兴趣,一个个聚精会神地听了下去。

马玉文说:"所谓'跳出鸽城看鸽城',就是要站在全省的角度、全国的角度来看鸽城。这样看我们就会发现鸽城具有很大的区位优势,鸽城地处三省交界之地,除本省外,其他两省一个是沿海地区,一个是旅游大省。那么我们就应该把经济发展的着眼点放在将鸽城建成沿海地区的物资供应站和生活后花园上,将鸽城建成旅游大省的连接链和中转站上。"

见在座者都频频点头,马玉文讲话的兴致更高了,他接着说:"所谓'跳出农村抓农业',就是要根据工业和国民生活的需要来抓农业。现代工业和传统工业的最大区别在于它不仅需要交通优势,更需要优良的生产和工作环境,连接全国各大城市的高速公路打通后,对鸽城来说交通已不成问题,我们完全可以通过优化环境,提高服务水平,筑巢引凤,引进一些高科技厂矿企业。另一方面现在人们的生活越过越好,越来越富,对生活的需求已不再停留在'吃饱穿好'上,而是要'健身潇洒'。长期生活在大城市里的人,紧张生活之余更是需要有众多的、良好的休闲场所供他们放松疗养。农村的青山绿水、新鲜空气和蓝天碧云正是城里人憧憬的地方。因此凡是有条件,特别是风景优美的农村都要想方设法将当地建成大都市人休闲的胜地。"

马玉文继续讲道:"说到风景优美,使我想起一件事来,'文革'期间我被农民救出来后,就住在鸽城乡下,无事时便考察地形地貌、风土人情,结果发现江口县、大甸县一带风光旖旎,奇山异水、奇花异草比比皆是。山上的奇石,奇形怪状,巧夺天工;山底的溶洞,亿年化石,目不暇给。而且古村古镇上石坊石碑保存完好,绝大多数地主庄园面貌依旧。可以说这里的旅游资源非常丰富,极具开采价值。有人或许会问,过去你长期在这一带战斗、工作过,为什么一直没发现呢?这就是因为我过去'没有跳出鸽城看鸽城,没有跳出农村抓农业''不识庐山真面目,只缘身在此山中'。"

独领风骚

"哈，哈！"会场里响起了一片笑声，与会者都给逗乐了。

马玉文说："刚才我说到要将鸽城建成沿海地区生活的后花园，建成旅游大省的连接链，建成大都市人的休闲胜地。怎么建？就是要发挥本地山美水好的优势大力发展旅游业，使之成为鸽城地区最大的新的经济增长点，并以此带动新农村建设，帮助农民脱贫致富。"

马玉文的讲话使到会者如饮醍醐，心胸豁然开朗，大家经过进一步讨论，一致同意将发展旅游业作为鸽城地区第二大支柱产业来抓，通过抓农业来带旅游，抓旅游来促农业。

全省经济工作会议一结束，鸽城地委和行署闻风而动，立即聘请省内外旅游行业的专家进行勘探设计，拿出了开发旅游业的总体规划和设计图纸。

马玉文收到鸽城地委和行署报来的征求意见稿后，对总体规划和设计图纸看了又看，审了又审，觉得规划和设计方案乍看是洋洋洒洒，实则华而不实。他想批上几条寄回去让他们重新搞过，提起笔来却不知如何下手，无论用怎样的语句都感到辞不达意，很难表述清楚。最后他决定亲赴鸽城，与当地干部和聘请的专家到现场去，一边看，一边评估总体规划和设计方案。

在江口县观音山观音庵前，马玉文指着前面的景区对设计人员说："你们看，这片风景区是何等的壮观，那边以观音石为首、数以百计的奇峰怪石和这边的原始森林浑然一体，每天上午，特别是雨后天晴，山上云遮雾罩，远远看去原始森林如茫茫南海，而那些奇峰怪石在阳光的折射下就像飘浮在上面的海市蜃楼。可你们的规划和设计方案却要让高速公路从这中间穿插过去，不错，让高速公路贯穿整个旅游区将各个景点串起来，可以缩短行程、方便游客，可你们想过没有，这样做会给自然风景区带来什么样的后果？"

一设计人员说："我们知道修建高速公路会破坏一些古树古木，毁掉一些奇峰怪石，但在施工时我们会要求施工单位尽量注意减少毁失，比如可以移栽的古树一定要移栽，可以绕过的奇峰要尽量绕过。"

"你说得不全。"考虑到设计人员毕竟是请来的专家，马玉文语气尽可能缓和地说，"在旅游中心区修建高速公路会破坏自然风景区和人文景点的整体性，特别是自然风光的原生态，大大降低旅游区的品位和价值。比如这观音山景区，高速公路如果从中穿过就等于将这个景区一分为二了，不仅景点支离破碎，景区的气势和壮观荡然无存，而且由于原始森林和奇峰怪石被高速公路截然分开，海市蜃楼的奇观可能永远不会再现。而这高山上的海市蜃楼正是我们鸽城旅游区区别于全国其他旅游区的一大特点，如果被破坏了，这观音山景区还有什么价值可言呢?"

规划设计负责人说:"您的意见很正确,我们当时的出发点是立足于旅游区的基础设施建设百年不落后,与其待旅游区建成发展之后再修高速公路还不如现在修对环境的破坏要少得多。"

"高速公路不是不能修,可以修到旅游区的门口,也可以绕旅游区边沿而行。至于方便游客的问题,可以考虑建索道、修建路面不宽的盘山公路专供旅游电动车行驶等。要知道游客前来旅游要的就是这种亲身体验步行、登山的滋味,要的就是这种慢慢欣赏自然风光以陶冶情操的意境。如果到了旅游区还呆在汽车里,这和在城里又有多大的区别?"马玉文说。

"我们改,我们一定按您的意见修改设计方案和图纸。"规划设计负责人心服口服地说。

马玉文一行来到大甸县的皇姑村,望着周围错落有致的院落,马玉文说:"你们的规划提出为将一些古宅、大院、庄园开辟为人文景点,需将现在居住在内的人迁出去,这是必要的。但我有两点看法供你们参考,一是你们将需要迁出的509户近3000人的新址规划安排到旅游区外围,尽管新址设计的环境不错,基础设施齐全,住房宽敞明亮,我认为这种做法还是不妥,因为它违背了我们开发旅游业帮助人民致富的宗旨。这些计划搬迁户有的是祖祖辈辈住在这里的,有的是解放后翻了身才分得原地主富农的房子并且在里面也已住了30多年,为了建设旅游区他们能将房子腾出来已经相当不错了。眼看有了致富的希望,却要将他们迁出旅游区,将心比心你让人家怎么想?这样做就不是富民而是扰民了。因此,我建议对搬迁户应根据离原址就近新建住房的原则进行规划。"

"这样做会不会形成新、旧建筑的鲜明对比,出现环境不和谐的现象?"有人担心地说。

"是有这个问题。"马玉文说,"正因为如此我们才要统一规划,统一设计,而不能将住房赔偿金发给搬迁户让他们各自为政,乱修乱建。在规划设计时,我们完全可以修新如旧,让新房的外表与周围、旁边的古建筑物保持建筑风格上的一致性、外型色调上的统一性。环境和谐的问题不就解决了嘛。"

设计负责人说:"这个问题完全可以通过规划设计加以解决。请问你的第二点看法是什么?"

马玉文说:"我认为这么多的古宅、大院、庄园腾出来后都作为人文景点供人们参观没有必要,特别是建筑风格、配套设施、功能作用雷同的,参观多了能使人产生厌倦情绪,从而削弱这些人文景点的魅力。能不能从各种类型的古

宅、大院、庄园中各挑选一部分或几处最有代表性的对外开放、供人参观?"

"您的意思是对这些古宅、大院、庄园采取分批、轮流开放的办法?这对保护历史文物确实是一个好主意。"一古建筑专家说。

"我还没有想到这一点。"马玉文实事求是地说,"我的意思是能不能将其中的一部分在保持原貌不动的基础上改造为旅店、宾馆,使白天参观过的人晚上能身临其境享受、品味一下当时的生活。"

"好主意!这样的旅店、宾馆必然会深受游客的欢迎。"几个旅游业专家同时说。

马玉文说:"我之所以有此提议,还有一个原因是我反对在旅游区建高档酒店、宾馆。你们的规划计划在旅游区建2个五星级酒店、4个四星级酒店,不仅用于接待游客,还想通过承接会议、办培训班来增加收入。其实这是一种短期行为,来旅游区开会、参加培训班的人过多,必将污染旅游区的空气、环境,从长远来讲这样做是得不偿失的做法。"

设计负责人由衷地说:"您今天一路所说的话,对我们进一步修改规划和设计方案具有很大的参考价值和指导意义,相信修改出来后一定会更科学、更经济、更实用。"

马玉文说:"其实我对旅游区的规划和设计方案只有四句话,即自然景区一定要保持原貌,人文景点一定要维持原样,旅游开发一定要有利于农民致富,旅游产业一定要突出鸽城特色。"

"讲得非常好!我们一定按照您讲的'四个一定'的原则,同专家们一起努力把方案和规划修改好。"陪同前来的鸽城地委书记贾卫尧表态说。

得知鸽城地区要建旅游特区的消息后,李招军打起了"生前不能扬名,死后定要留名"的主意。他找来一些新四军江南特遣支队的战友说,鸽城地区建旅游特区虽然有众多的自然景区和人文景点,但却缺少革命纪念地或革命纪念馆,当年我们支队曾在那一带坚持了4年抗战,如果建一个"新四军江南特遣支队抗战纪念馆",那旅游资源就齐全了,同时这样做有利于弘扬当年的抗战精神,有利于教育青少年。大家都觉得这个建议非常好,便商量要联名给鸽城地委和行署写报告。

李招军交待负责执笔的同志,报告既要写清建立纪念馆的意义和必要性,又要写明建立纪念馆应该重点宣传的内容,即要突出领导班子、突出抗战成果、突出典型事例。

按李招军的想法,申请建纪念馆的事肯定会得到批准,因为在整个抗战期间由共产党领导的正规军在江南坚特抗日的不多，新四军江南特遣支队非常具有代表性，所以，理应为之建立一个纪念馆。纪念馆建好后只要按"三个突出"的要求进行宣传，他李招军就可以流芳百世。因为他和马玉文同为新四军江南特遣支队的党政军一把手，而且自己还是在战斗中光荣负伤中级别最高的干部之一，"三个突出"当中自己起码占两条。如果马玉文凭借手中的权力只突出宣传自己不仅违背历史，而且会削弱他在人们心目中一贯谦虚廉政的形象。只要在宣传当中能和马玉文平起平坐，他李招军就可以实现"生前不能扬名，死后定要留名"的意愿。

鸽城地委和行署在接到新四军江南特遣支队部分老战士的联名报告后，非常重视，立即以电传形式向马玉文进行请示，并将老战士的联名报告传了过去。

马玉文看后在请示上作了如下批示：一、关于建纪念馆的事请鸽城地委、行署组织有关方面专家进行论证，如确有必要建，应按规定程序进行报批；二、建纪念馆的事如果批下来后，场馆建设要量力而行，不能攀比，不能铺张浪费；三、纪念馆建好后在宣传的内容上要突出英烈、突出战绩、突出人民群众的支援、突出党的领导。至于解放后还活着的指战员都不宜宣传，也不要留名，即使在制作部队编制、序列方面的表格时也只列职位、职务名称，不署个人名字，因为在整个八路军、新四军中我们这些人的贡献、资历、职务太微不足道了。此意见正确与否，请再征求当年新四军江南特遣支队营以上干部的意见。

在收到鸽城地委附有马玉文批示的征求意见函后，贾卫尧、莫良田、谢东山、邓庆丰、陶树翠、仇赛斌等人都签具了"同意马玉文同志批示"的意见。

李招军见到马玉文的批示和贾卫尧等人的意见后立即傻了眼，当年的战友全都赞同马玉文的意见，自己还有什么好说的呢，就是说了还有什么用呢？

李招军的如意算盘落空了，对马玉文的成见和仇恨也更深了。

梯云桥是鸽大高速公路通往旅游特区途中最高最长也是最难建的一座大桥，为了攻下这一难关，省路桥总公司把科班出身的马明亮派到该工程指挥部担任技术员。

年轻的马明亮受此重任自然不敢怠慢，他吃在工地、住在工地，和施工人员一起摸爬滚打，10个月下来一个白面书生被晒得像一个非州黑人，整个人也瘦了一圈。所幸的是这支施工队伍善于打大仗、打硬仗，加上马明亮肯虚心向施工人员学习，能理论联系实际，先后创新技术2项，改革工艺3项，大大加快了工程进度。眼看大桥就要合垅，主体工程即将竣工，自己的第一件"作品"马上问世，马明亮即兴奋又紧张，对工程质量的要求更高，把关更严，即使是

休工下班的时间他也常常呆在工地上,这里摸摸那里看看,仔细检查每道工艺,生怕出现半点瑕疵,留下任何隐患。这天下午休工后,马明亮和施工队的队长留在最后,准备再次检查一遍工程质量才走。

"轰!轰隆隆!"从对面山头传来一阵阵巨大的爆炸声,马明亮清楚这是修建鸽大高速公路的另一个工程队在那里进行爆破采石。他本能地抬起头来一看,一件意想不到的事发生了,只见一块石头居然越过对面那高高的山头直冲他们二人飞来,马明亮连想也来不及想一把将施工队长推倒在地,自己顺势扑在他的身上。那块石头不偏不倚地砸在了马明亮的头上,他的颅骨被砸裂,不等送到就近的大甸县人民医院心脏便停止了跳动。

马明亮的遗体经整容后被送到省城殡仪馆。

文锦秀一听噩耗便当场昏死了过去。

马玉文在工作人员的搀扶下,拖着沉重的双腿缓慢地走进灵堂。望着躺在青松翠柏中的儿子,他心如刀割,喃喃自语地说:"亮儿,爸爸对不起你啊!由于工作太忙,你从生下来,爸爸就没有好好抱过你,没有喂过你一餐饭,没有带你逛过一次公园。你长大之后下放农村,考上大学,爸爸也没有专程去看过你一次。爸爸是一个不称职、不合格的爸爸,你却是一个听话懂事、给爸妈争气的好孩子。亮儿,你是为国家建设而死,是为百姓致富而死,你将永远活在旅游区人民的心中,永远活在爸爸、妈妈的心中。"

被马明亮舍生救下来施工队队长领着妻儿、戴着白花、泪流满面地来了,

马明亮生前的同学朋友唱着挽歌来了,

省路桥总公司所有的领导和同事们抬着花圈、挽联来了,

鸽城旅游特区的农民代表抬着祭品了,

数不清的社会各界人士闻讯后自发吊唁来了。

灵堂里哀乐低鸣,哭声不断,马玉文悲从心来,忍不住老泪纵横。

农民代表中一老者走上前来,拉着马玉文的双手说:"马书记,您是我们的大恩人,请你务必节哀,注意保重自己的身体。明亮走了,我们已对不起您们一家了。如果您再伤心过度,身体出了问题,我们将终生有愧。"

马玉文强忍着悲痛说:"老人家谢谢您了,谢谢鸽城所有的父老乡亲了,谢谢所有前来吊唁明亮的亲朋好友和各界人士了。不过有句话一定要请您老人家收回去,我马玉文何德何能怎么配称你们的大恩人?"

老者说:"您不配,还有谁配?当年是您带领新四军、解放军在鸽城地区赶走了日本人,打垮了蒋匪军才使我们翻身得解放,期间,不知有多少人的生命是您领着新四军和解放军从日本鬼子和国民党军队的手中救出来的。现在您为

了帮助我们脱贫致富又日夜操劳,甚至献出了亲生儿子的宝贵生命。所以鸽城人民都视您为自己的大恩人,盼望您能健康长寿,带领我们走进社会主义的小康社会。"

马玉文说:"老人家,我问您,如果您的儿子尽了孝心甚至救了您一命,他算不算是您的恩人?"

"不算。"

"如果一个仆人为他的主人做事尽职尽责,并且帮助主人家里发了财,这个仆人算不算是主人的恩人?"

"也不能算。"

"老人家,您现在总该把话收回去了吧。"马玉文说,"当年我做为新四军是人民的子弟兵,现在我做为干部是人民的公仆。解放人民、保卫人民是子弟兵的天职,替人民做事、帮人民致富是公仆的义务。所以我马玉文永远也不可能成为人民的恩人,只能力争当一个合格的子弟兵、合格的公仆。就是亮儿也是人民培养、教育出来的大学生、工程技术人员,能为人民利益而死既是他的荣耀,也是他的心愿。"

鸽城旅游特区建好后,被正式定名为"观音山旅游风景区"。主管部门聘请国内的著名摄影师和策划人员,制作了专题宣传影片、专题宣传画册、专题宣传广告。马玉文审查后深感满意,亲自带队在人民大会堂召开了中外记者会,推介"观音山旅游风景区",记者们像哥伦布发现新大陆似的欣喜若狂,各级新闻媒体纷纷作了大量的宣传报道。

"观音山旅游风景区"宣传影片在全国各地电视台反复播映后,人们无不为它的迷人风光所陶醉,为它的独特魅力所倾倒。国内国外各大旅行社迅速开辟了至鸽城的旅游专线,中外游客掀起了游"观音山旅游风景区"的热潮。

据不完全统计,"观音山旅游风景区"开放的头一年前来观光的中外游客就达 200 万人次,旅游收入超过 100 亿。

四

黎豆豆在服满 10 年徒刑后,根据法律和有关政策于 1986 年 10 月被释放回家。姐弟见面黎阳阳悲喜交加,为了替弟弟接风她准备在五星级的粤华大酒店摆几桌酒席宴请一些亲朋好友。

李招军说:"我看算了吧,这又不是什么好事,免得丢人现眼。"

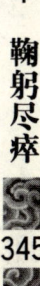

黎阳阳噘着嘴巴说:"不行,就要在酒店里摆,虽说豆豆坐牢不是好事,但他又不是偷人做贼坐的牢,是因参加'文化大革命'坐的牢,这有什么丢人现眼的?在酒店请,一是亲朋好友在一起庆贺庆贺,二是通过这种喜气场面冲洗干净他身上的晦气好重新做人。我就不信他才40出头的人,以后就不能东山再起。"

拗不过黎阳阳,李招军同意放在粤华大酒店,但只搞一桌,请的对像限于自己家里的亲戚和黎豆豆的4个同学、朋友。

席间亲朋好友轮番给李招军和黎豆豆敬酒,恭维李招军是老革命、有威望,要不黎豆豆不可能提前这么久就获得释放,称赞黎豆豆能干、有魄力,一定能重振旗鼓闯出一片新天地、干出一番大事业。

半斤酒进肚,李招军已半醉。他对黎豆豆说:"豆豆,人生在世两样东西只要有一样就能横行天下,一个就是权,一个就是钱。权对你来说今生今世只怕是可望不可及了,你要卧薪尝胆准备吃几年苦,通过艰苦创业去赚钱。只要有了钱,你照样可以成为人上人,甚至还可以以钱换权,让那些有权的人跟着你的金钱魔杖转。"

黎豆豆苦笑着说:"姐夫,你说得虽对,但做生意得有本钱,可我现在是两袖清风,身无分文呀。"

"本钱我给你出。"李招军说,"反正我和你姐无崽无女,老了还得靠你,我和你姐所有的积蓄加起来刚好50万元,全部给你做本钱。但你一定要给我挣气,干出一番事业来。"

黎豆豆感激涕零,指天为誓:"我黎豆豆如不混出一个人样儿来,以数倍甚至十数倍的财产来回报恩同父母的姐夫、姐姐,就妄自为人。"

应邀前来赴宴的一个铁杆哥们对黎豆豆说:"你要想发财,最好的办法就是廉价收购破产企业。"

"企业不是国家的就是集体的,能让私人收购?"黎豆豆问。

"真是洞中方七日,世上已千年。"黎豆豆当年在机电厂的一个哥们说,"你在里面呆的这十年,社会上发生了翻天覆地的变化,什么都可以包,什么都可以买。可以买户口、可以买商店、可以买中小企业,关键就是要有钱。我告诉你,现在就有一个好机会,我们机电厂听说也要卖,如果操作得好,估计500万就可以拿下来。"

黎豆豆不相信似的说:"你怕是在做梦吗?别的工厂我不清楚,机电厂我是再熟悉不过了,光机器设备就不下1000万,还有4栋厂房、2栋职工宿舍楼、1栋办公大楼,加上食堂、澡堂、厕所、蓝球场等占地面积不下100亩,资产没有过亿元,也有 8 千万。500 万元钱想买下来,除非是你亲爹的还差不多。"

"我说了,前提是要操作得好。"那哥们说,"现在价值几千万的厂矿企业作几百万卖了的事各地都有,就看你玩不会玩。会玩的人甚至一个子儿也不用自己掏,另外找家企业做担保,到银行里将款一贷,一个价值几千万、上亿元的企业就是自己的了。"

李招军听了心里一动,举起酒杯说:"别光顾着说话让菜凉了。来,我敬各位一杯!承蒙大家看得起豆豆,今后还望大家对他多加关照,多予提携。"

回到家里,李招军对黎豆豆说:"现在机电厂的一把手黄明高,是我亲手从副科长到科长、副处长、处长、副厂长提上来的,我对他算是有知遇之恩,我说的话他应该会听。我们还可以把他拉进来让他也占一股,这件事真要办成了,我们一夜之间变成千万富翁绝对不是神话。他妈的,老子当年扛枪闹革命,血也流了、伤也负了,给国家和人民付出了那么多,既然官不让我当了,钱总得让我捞点,以便好好享受享受。要不这血不是白流了,伤不是白受了?这样,明天我们还是在粤华大酒店单请黄明高一个人。"

黄明高接到李招军的电话后于下午 6 点准时赶到粤华大酒店"珠江"包厢,见黎豆豆在座先是一惊,但他反应极快在在同李招军打个招呼后,满脸堆笑地对黎豆豆说:"兄弟,你是什么时候回来的?怎么也不跟我这做老弟的提前打个招呼,我好亲自去接你呀。"

黎豆豆说:"谢谢了,我是昨天回来的。"

黄明高马上说:"今天这餐饭归我请,算是给豆豆老兄接风洗尘。老领导,您可一定要给我这个面子,要不朋友们知道了我可不好说话呀。"

李招军笑了一声说:"归你请就归你请,你现在是大老板,我是退休老头,我请你就只能吃点家常菜。要吃山珍海味,还得靠你拿公款才行。"

"服务员,点菜。"黄明高说,"对了,请问老领导一共有多少人?"

"就我们 3 个。"李招军说。

黄明高掏出手机说:"3 个人太少了,怎么能喝出气氛来?我打电话再叫几个您的老部下来陪您。"

李招军按住黄明高拨手机的手说:"别再叫人了,吃饭是小事,找你来是有要事同你商量,等菜上来后,我们再边吃边谈。"

黄明高给每人点了一份红烧鱼翅,另外点了五菜一汤,要了一瓶五粮液酒。

菜上齐后,李招军对服务员说:"请你把门关好,我们不叫你就别进来,酒我们自己会倒。"

服务员一走，李招军对满腹心事的黄明高说："既然你做东，你不举杯，我们怎么喝呀？"

黄明高端起酒杯举到嘴巴边上又放下来说："您不是有事要讲嘛？讲了再喝也不迟。"

"酒过三巡再说。"李招军说，"你放心好了，是好事，不是坏事。"

三人相互敬过酒后，李招军问黄明高："听说你们电机厂要卖？"

"嗯！"黄明高说，"现在提倡政企分家，水利电力厅不能办厂矿企业了，厅里通过向省政府争取将我们厂列为改制试点单位，想通过出卖工厂的形式把包袱甩掉。"

"那你呢，厅里打算怎么安排？"李招军问。

黄明高情绪低落地说："还没有一点消息，应该不会将我和普通工人一样一次性买断吧？"

"嗨！"李招军故意叹息说，"也怪你没再遇上伯乐，想当年我当厅长时见你年轻有为，能说能干，能文能武，五年时间给你连提了三级。现在我退休都快八年了，没想到你还是原地踏步。"

黄明高端起面前的酒杯一口而干，说："现在的领导还有几个像您一样唯才是举，他们个个眼珠是绿的，只认钱不认人。要想被提拔，要么就要有后台有靠山，要么就要有金钱有钞票。"

"这么说，还是钱靠得住些啰？"李招军故意问。

黄明高说："那当然，要不怎么说'有钱能使鬼推磨'，现在这个世界上有钱就有权，有钱就能吃香的喝辣的，有钱就能住别墅开名车，有钱就有人尊重你、奉承你。没有钱你就只能遭白眼、低着脑壳做下贱人。"

"现在就就有个发大财的机会，你敢不敢干？"黎豆豆说。

"什么机会？"黄明高说，"只要不触犯刑律，不会判刑，我黄明高没有不敢干的事。"

李招军举起酒杯跟黄明高碰了碰，呷了一小口说："明高，看样子副厅级干部是轮不到你了，既然捞不到官就要捞钱，别像我们那个年代的人一样，一退休两手空空。"

"可这钱到哪里去捞呀？我们这些人年龄不大不小的，去打工别说自己放不下这架子，就是放得下也没人要你。自己当老板，既缺本钱又缺技术。"黄明高哭丧着脸说。

"你把电机厂买下来，你不就是名副其实的大老板了吗？"李招军说。

"买下来？"黄明高指着自己的鼻子问，"就凭我这个样子？"

李招军说:"不是你一个人,是我们3个人一起把电机厂给买下来。"

"可我还是拿不出钱来,3个人一个少说也得好几百万,就是把我全家老少一起卖了也凑不出这笔钱来。"黄明高仍然无精打彩地说。

"只要运作得好,你一分钱也不要出,工厂到手后,你占40%的股份,我和豆豆各占30%的股份。"

一听不要自己拿钱,黄明高的兴趣就上来了,迫不及待地说:"具体怎么个运作法?您怎么说,我就怎么做,反正一切照您说的办。"

"你的任务就是想尽一切办法压价压价再压价,力争将电机厂的总资产压到500万以内,说穿了就是将整个电机厂做价500万元出售给我们。我和豆豆的任务是去找'南通集团'的总经理王福森给我们搞担保贷款。王福森是我调新四军江南特遣支队当政委之前同一个部队的老战友,我当营长,他是我手下的一个排长,比我小了近10岁。我们用电机厂数千万的财产做抵押物,再加上我和王福森的关系,相信'南通集团'百分之百地会同意替我们担保。'南通集团'总资产超过10个亿,经营状况稳居全省前三名,由他们担保,银行没有不放贷的。这样一来我们就可以空手套白狼,用不着花一分钱便将电机厂变成我们的私有财产了。"

"这个办法行是行。"黄明高说,"就是将电机厂做价500万元只怕不行,评估单位只要塞个大红包要他们尽量低评一些问题不大,怕就怕厂里200多工人闹事。他们对厂里的财产知根知底,500万元卖了,就是银行的债务一分也不还,全都分给工人,人均连两2元钱都不到。一些老工人干了二三十年,一两万元钱就买断了,他们能不闹么?"

李招军想了又想说:"我们先可以许诺工厂买下来后,原来的工人一个不退,工资一分不减,待遇一点不少。这样他们就不会闹事了,等到工厂变成了我们3个人的以后,什么时候裁人,要裁多少人,要裁谁,还不是我们一句话的事?"

黄明高心里想这个办法是够损的了,口里却说:"高明,实在高明!真不愧是老领导了,想出的办法够绝的。我回去就马上落实,争取我们都能心想事成。"

机电厂出售的方案出台后,尽管对全厂员工有"三个一"的承诺,即现有人员一个不裁,现有工资一分不少,现有福利待遇一点不降,但仍有不少有良知的人眼看国家的巨额财产即将白白流入私人腰包而气愤不已,纷纷写信向省、市两级党委、人大、政府告状。

马玉文收到群众来信后,先派人到电机厂进行微服私访,实地察看。在得知确是准备将国家价值近亿元的财产按500万元卖给私人之后,马玉文怒不可遏,提起笔批示道:国家财产神圣不可侵犯,变相贱卖国家财产就是挖国家和社会主义的墙脚,这种行为必须坚决予以制止。今后不论改制、破产,需出售厂矿企业时,建议政府先由指定的评估机构进行评估,然后经拍卖公司挂牌拍卖,必要时可指派或邀请人大代表、政协委员进行现场监督。如评估机构和拍卖公司及相关单位有弄虚作假者,应依法追究他们的法律责任。

市政府有关部门接到马玉文和其他省、市领导的批示后,非常重视,立即派工作组进入电机厂指导改制试点工作。

马玉文获悉电机厂将通过拍卖公司公开进行拍卖的消息后,想起听人传说有些买家为了达到竞买的目的事先用金钱收买他人按约定的方法参与陪拍的事,为防止在竞拍中有人作弊,他亲自做好"宏达冶炼集团"和"光华汽车制造厂"这两个想扩建规模的国有资产控股企业的工作,让他们参与竞拍以他们认为合理的价格将电机厂买下来做为自己的分厂。

马玉文预料得一点不错,李招军担心电机厂在竞拍时为他人所卖,指使黎豆豆和黄明高先是在社会上广为散布电机厂业绩如何差、债务如何多、包袱如何重的种种谣言,让人不敢报名参与竞拍;然后又暗中邀了几个私人业主参予陪拍,并事先约定如果竞拍的底价超过1000万,大家都不举牌使之流拍(即流产的意思),从而不得不降底起拍的底价,如果底价低于1000万,其他参与竞拍者就作作样子,保证让黎豆豆和黄明高组建的"明豆机器制造股份有限公司"能够买下来,并许诺事成之后给其他陪拍者以丰厚的回报。

到了开拍这一天,见不光有人大代表、政协委员临场监督,还有"宏达"和"光华"两家企业报了名前来参与竞拍,黎豆豆等人立即慌了神。黄明高悄悄对黎豆豆说:"看来要想以1000万元的价格买下来是根本不可能的事了,我的意见是只要在4000万元以内还是可以买的。一是利润仍有一至两倍,我们每人还可以赚1000万以上;二是电机厂的总资产在8000万以上,按照银行以不超过抵押物60%的标准发放贷款的规定,只要'南通集团'肯担保,完全可以贷款4000万,我们私人仍然可以不掏钱。"

黎豆豆听后使劲点了点头。

"啪!"随着拍卖师将手中的拍卖锤一拍,竞拍正式开始。

拍卖师高声吆喝道:"本次竞拍的标物的起价为1000万,现在开始报价。"

全场一片肃静,不光前来陪拍的几个私人老板见超过了事先约定的标准不敢报价,就连"宏达"和"光华"的代表也没有动静,作为"明豆"公司的代表黎豆豆自然稳坐泰山了。

拍卖师再次吆喝："起价1000万，需要的请举牌。"

拍卖场依然鸦雀无声，黎豆豆心里暗自窃喜，因为按规定只要拍卖师再报一次，如果还是无人举牌，这次拍卖就属流拍，必须降低起价重新竞拍。

眼看拍卖师就要开始第三次吆喝，只见"宏达"和"光华"的代表同时举起牌来，慌得黎豆豆忙不迭地将牌子举过头顶。

"既然有3家买主，按规定必须竞拍。"拍卖师大声吆喝道，"新一轮报价现在开始！"

"宏达"代表率先举牌。

拍卖师高声报道："这位报价2000万！"

"光华"代表举的牌子上写的是2500万。

"这位报价2500万！"拍卖师高喊道。

经过几轮报价，"宏达"已报到了3280万。黎豆豆心想你们每次几十万几十万地往上加，看来出的价钱也不会高到那里去，老子不报就不报，一报就封顶，看你们还能加到哪里去？只见他把牙一咬，大笔一挥在牌子上写了4000万，然后高高举起。

"4000万！这位报价4000万，还有往上加的吗？"拍卖师兴奋地说。

刚才还此起彼伏的报价声，顿时安静了下来。

只听拍卖师高喊道："现在的报价是4000万，还有愿意加码的吗？"

现场依然沉默无语，黎豆豆不由心花怒放，只等拍卖师手中的锤子敲响，电机厂从此就改姓黎了，黄明高虽然占了40%的股份，但自己和姐夫的股份加起来是他的一点五倍，到时哪里轮到他黄明高有决定事情、左右局势的份儿？

正当黎豆豆想入非非的时候，耳朵里响起了拍卖师的吆喝声："好！这位报价4500万。"

黎豆豆偏过头去一看，只见"宏达"代表高举的牌子上清清楚楚写着：4500万，他像泻了气的皮球瘫在座位上。

"宏达"和"光华"的代表又经过几轮竞争，最后由"宏达"集团以6280万的价格成交。

这次竞拍成功，使改制、破产企业必须先评估后公开拍卖，并邀请人大代表、政协委员或群众代表参与监督的模式在全省固定下来，从而大大预防和减少了国有资产的流失。

李招军得知又是马玉文从中作梗的消息后，气得破口大骂："马玉文，我李招军与你前世无仇，今生无冤，你为何在政治上绝了我的前程还要堵塞我的财

路？我和你现在是誓不两立，只要我还有一口气，不找你报仇雪恨誓不为人！"

黎豆豆胸有成竹地说："姐夫，您放心好了。有您这50万元钱做本金，我保证不出半年就给您赚个一回来。等到我们有钱有势的时候，再找马玉文报仇也不迟。"

黎豆豆去了趟上海，回来后将一个沉甸甸的皮箱交给李招军和黎阳阳，告诉他们里面装的60万元是这次和朋友一起做期货生易赚的。

李招军满腹狐疑地说："这钱哪这样容易赚的？你才出去几天就赚了60万，你给我说实话，这钱是不是有点来路不明？"

"我说姐夫您也真是的，怎么连对我都不放心了。"黎豆豆故作顽皮地说，"如今的世界有的人一夜之间就能暴富，由身无分文的穷光蛋一跃成为百万富翁、千万富翁，我黎豆豆这次前前后后忙了半个月才赚了60万这算什么？以后我还要赚600万、6000万。不信的话，您就只管等着瞧就是了。"

黎阳阳一把提过皮箱，一边往里屋走，一边说："豆豆，你别管他。他现在有点神经兮兮，对谁都不相信，对谁都瞧不起。你该干吗就干吗，明天我就去银行把钱存了。"

"你要分作几家银行存，一次存60万太招风揽火了。"李招军叮嘱说。

自此黎豆豆经常隔三差五地要出差，一会说是去云南，一会说是去广州或上海。每次归来都能带回一扎一扎的百元大钞，身上穿的衣裤，带的手表、戒子全是顶级名牌不说，买的小车也是越换越好。

李招军心想做生意哪能每次只赚不亏的呢？可一问黎豆豆，他总是吱吱唔唔，答非所问。更令李招军感到奇怪的是经常看见黎豆豆呵欠连天、无精打采，可转眼间他又跟换了一个人似的红光满面、精神焕发。这小子莫不是在吸毒贩毒，李招军想到这里不禁浑身打颤。

一次黎豆豆出门时匆匆忙忙，将平时随身携带的一个小皮包丢在家里了。趁黎阳阳外出买菜之际，李招军拉开小皮包一看里面有十几个小纸包，他拆开其中一个，见里面包的是一些白色粉末，不用问这就是毒品"白粉"无疑。

"嘟，嘟！"门外响起了汽车喇叭声，李招军将皮包藏好坐到客厅沙发上装做看电视的样子。

黎豆豆进门后直奔自己的卧室翻了半天也找不到小皮包，他回到客厅问李招军："姐夫，你看到我的小皮包了吗？"

"什么小皮包啊？"李招军明知故问。

黎豆豆心急如火地说："糟了！要是丢在外面被人捡到那就完蛋了。"

"包里装的什么东西，这么重要啊？"李招军有意逼问道。

"是，是，是"黎豆豆张口结舌地说："是几份很重，重要的合同文书。"

李招军沉下脸来说："你还跟我讲假话，里面到底装的是什么快说，你当我真不知道你小子在干什么是么？"

黎豆豆一看这架式就明白皮包落在李招军手里了，这下他反而不急了。心想纸终究包不住火，这件事他迟早会知道的，还不如现在告诉他算了，于是说："姐夫，实话对您说吧，我在服刑期间结识了几个贩卖毒品的朋友。原本打算听您的，把电机厂买下来好好干一番事业，谁知竞拍不成反到因为前期工作赔了好几万元。不得已，我联系上从狱中释放出来的毒贩，和他们一道干起了这个行当，要不，钱哪里赚得这么容易。"

李招军勃然大怒，站起来说："你这哪里是在赚钱，分明是拿自己和全家的生命在开玩笑！贩毒是要杀头的，你难道不知道？你要是杀了头，你姐还能活么？你姐死了，我不是病死也会饿死。"

黎豆豆平静地说："姐夫，您别急，先坐下来，慢慢听我说。我知道贩毒犯的是死罪，但全国贩毒的不见得个个都能抓得到。再说香港、美国的大亨有几个不是从黑道出身成了富翁之后才金盆洗手的。国内先富起来的那些千万富翁、亿万富翁，靠偷税漏税、洗钱、侵吞国家财产富起来的也不在少数。可见要想发大财，就要敢赌、敢搏、敢冒风险。不要赚多了，等赚够500万我就会洗手不干，投资搞其他正当行业。"

李招军"哼"了一声说："想得美，只怕不等你赚够500万就被抓起来枪毙了。"

"您别咒我好不好？"黎豆豆说，"我们都是单线联系的，我进货销货全在外省外地，公安机关根本怀疑不到我的头上。"

这时黎阳阳买菜回来了，她一边往厨房里走，一边说："你们兄弟俩叽叽咕咕地在唠叨什么呀？"

黎豆豆把手伸向李招军说："我把皮包丢在家里了，是姐夫将我收好的，我正在感谢他呢。"

李招军从沙发底下把皮包拿出来，狠狠地甩给了黎豆豆。

吃过中饭，躺在床上习惯睡午觉的李招军在床上翻来覆去睡不着，眼前一会是全家人锦衣玉食、大富大贵的样子，一会又是黎豆豆被五花大绑押赴刑场的形象。想来想去，他对自己说：管他呢，自己该讲的已经讲了，既然他不听，也怪不得我。再过3年自己就是70岁的人了，只要这几年不出事，有福可享就行。后来他又想，这毒品也怪，人人都知道有害无益，为什么还有这么多人甘冒危险去种它、制它、贩它、吸它呢？莫非这白粉真的美味无穷，有魔力不成？想到这里，他翻身而起从上衣口袋里拿出那包当时拆开后来不及包好塞进皮包、只好顺手放进口袋里的白粉。他闻了又闻，什么味道都闻不出来。他在心里对自己说，都说这玩意一吸就上瘾，那是年轻人没有定力，我就不信我这么大一把年纪的人会控制不住自己，今天我非尝它一口不可。他掏出一支香烟点燃后，将白粉小心地撒在烟头上，深深吸了一口。说来也真的神奇，他才吸了那么少少的一点，就觉神清气爽，舒畅极了。

李招军吸白粉尝到甜头后，对黎豆豆说："你知道我腿上长有一个瘤子，医治过多次但总是断不了根，听一个老中医说可以试试'以毒攻毒'的疗法，你能不能给我几包白粉？"

"没问题。"黎豆豆爽快地说，"白粉这东西能治百病，你需要时只管对我说就是了。"说完就从皮包里拿了5包丢给李招军。

李招军接过白粉后说："豆豆，贩毒不同于吸毒，吸毒被发现充值量是送戒毒所强制戒毒，而贩毒一旦被抓轻则坐牢服刑，重则要掉脑袋。马也有失蹄的时候，你干得再秘密也很难保证不被发现，到那时你想什么办法都为时已晚。因此，你一定要事先找一个过硬的靠山或后台充当保护伞。"

黎豆豆冷笑一声说："毒品又不是金钱、美女，有哪个领导干部愿意与'毒'字沾边，给你来当保护伞？"

"领导干部不行，你就不能将他们的子女拖下水？"李招军说，"万一东窗事发，他们至少可以提前给你通风报信，你就可以'三十六计走为上计'，逃脱被抓的厄运。"

黎豆豆眼前一亮，想了想说："我和马玉文的养子徐谢军关系还算可以，这小子现在省文化厅当个副处长，常在娱乐场所里鬼混，只要略施小计就能将他拖下水来。"

"好！"李招军击掌叫好，说，"这个人算是选对了，能将他俘虏过来为你所用，即使案发，办案人员也会投鼠忌器，考虑到马玉文的因素在量刑时留有余地，只有这样才能保住你的性命。同时对马玉文也是一个很大的打击，他不是以尽心抚养烈士遗孤和统战对象的后代在群众中好评如潮吗，徐谢军若参与了贩毒，我看他怎么向人民群众交代？这多少也能让我出口恶气。"

黎豆豆说："如此说来，我非将他拉下水不可。"

"文姐，出事了！"趁家里没有其他人时，路香红对文锦秀说。

望着路香红惶恐不安的样子,文锦秀吓了一跳,说:"香红,别急,有事慢慢说。"

路香红说:"昨晚我去谢军家,想看看他那发烧的孩子是否好些了。结果孩子没见着,让他妈和保姆带到超市去了,却发现谢军正躲在家里在吸毒。文姐,你说这事该怎办,应不应该告诉马书记?"

文锦秀听了后急得在房里团团转,嘴里念道:"怎么可能呢?这孩子从小听话,没有不良习惯呀,现在都36岁的人了,大小是个领导干部,怎么会吸起毒来?我看这件事不能瞒着老马,得让他尽快找谢军谈谈,好好教育一下。不然的话一旦吸毒成瘾,谢军这一辈子就完了。"

当晚马玉文回家听说这件事后,异常气愤,冷静下来后说:"找他谈一谈解决不了问题,你们想想看,他大小也是个副处级干部,吸毒有害身体的道理难道会不懂?他一个人躲在家里吸毒,第一说明他是主动的,第二说明他已离不开毒品,即使不是瘾君子,至少已经开始上瘾。"

"那怎么办?总不能让他继续吸下去,毁了他一世呀!"路香红急得眼泪都出来了。

"强制戒毒!"马玉文下定决心说,"别无良策,只有这样了。"

文锦秀说:"你的意思是将他送到戒毒所去?"

"不!要送就送劳教所。戒毒所的强制非常有限,对他这样的副处级干部谁会去强行约束他?弄不好还会受到其他吸毒人员的交叉感染,越陷越深。"马玉文说。

路香红一听急了,说:"送劳教,那他还能保住工作么?"

马玉文说:"送劳教是一种行政处罚,你放心好了,不会影响到他的工作。"

"但这会影响你的形象和声誉,因为他是我们的儿子,把他送去劳教,你的面子还要不要?再说这会严重损害谢军的自尊心,你让他的面子往哪里摆?弄不好他会记恨我们一辈子。"文锦秀担心地说。

"不管是我的面子也好,还是谢军的面子也好,我问你,是我们的面子重要还是谢军的身体和前途重要?我们总不能死要面子而毁了谢军的一生嘛。至于谢军会不会记恨的问题,我认为他有可能一时转不过弯来会怪我、恨我,但总有一天他会明白我的良苦用心。如果我们不痛下决心帮他把毒戒掉,不仅他会记恨我们一辈子,我们自己也会悔恨一辈子。"马玉文说。

徐谢军被送到劳教所后一直焦躁不安,在心里将马玉文不知骂了多少次。他想自己一不偷、二不抢、三不贪、四不嫖,不就是吸毒么,就算有错,你做

父亲的可以骂可以打，为什么非要送"劳教"不可。这下好了，自己一个堂堂的副处级干部成了"劳教"人员，出去之后还有什么颜面去见江东父老，还有什么威信去领导下属工作。这时，管教干部告诉他，有人探视他来了。

徐谢军原以为是自己的妻子，到了接见室才发现来人是自己的姑妈路香红。

路香红将一袋水果和食品递给徐谢军，告诉他这是他爸马玉文特意让他带来的。

徐谢军一把将食品袋甩在地上说："我没有他这个爸爸，我也不是他的儿子。"

"啪，啪！"两声清脆的耳光声响起，徐谢军捂着被打红的脸，怎么也不会相信从小就疼爱自己、亲如母亲的姑妈会舍得动手打他。

路香红流着眼泪骂道："没想到你会是一个忘恩负义的人，他不是你爸是谁？你不仅是他抚育长大的，就连你这条命也是他给的，当年如果不是他出手援救，你和你的亲生母亲早就没命了。"

"那他为什么这样绝情？天下哪有父亲将自己的儿子送进劳教所的？"徐谢军嘟噜着说。

"不将你送进劳教所，你这毒瘾戒得掉吗？"路香红说，"你只知道自己心里难受，你可知道你爸心里的痛苦？他一个省委副书记、省人大主任，曾经还分管过全省的政法工作，可自己的儿子居然会吸毒，人们背后会怎样议论他？这件事如果能够瞒得住的话，难道他还不想瞒，硬要往自己头上扣屎盆。可瞒住的后果是你这毒瘾戒不掉，结果会毁掉你一生。你爸这是对你负责啊！"

"我就不信戒毒非要经过'劳教'不可。"徐谢军仍然不服气地说。

接见结束后正赶上劳教所给学员放映戒毒专题片，屏幕中吸毒人员毒瘾发作时那歇斯底里的情景让徐谢军惊愕，吸毒人员那想尽千方百计仍难以戒掉毒瘾的镜头让他惊慌，吸毒人员为获取毒品不惜铤而走险从事各种违法犯罪活动的事例让他惊恐。他开始意识到问题的严重性，并且产生了悔意。

看完专题教育片，所长将他叫到自己的办公室，拿出一份材料给他看。徐谢军见是黎豆豆的口供复印件，便一口气读了下去。黎豆豆交代，为了寻找保护伞，他把目标对准了徐谢军，计划通过四步走的办法迫其就范：第一步是想方设法让他吸毒，诱其上钩；第二步是使他吸毒成瘾，控制在手；第三步是逼其参与贩毒，充当帮凶；第四步是由他操作贩毒，实施幕后遥控。这样一来，万一案发自己便可金蝉脱壳，由徐谢军来顶罪；即便被抓，办案人员不看僧面看佛面，也会碍于马玉文的面子而网开一面；就是抢毙，黄泉路上也多一个同伴，还会让马玉文颜面扫地，痛苦一生。

徐谢军看得心惊肉跳，汗流夹背。好险啊，如果不是爸爸当即立断，果断将自己送"劳教"，黎豆豆计划中的第三步一旦实施，自己必将坠入深渊，万劫不复，成为千古罪人。此时此刻他已完全理解马玉文的良苦用心，主动向所长表示一定吸取教训，通过所内学习彻底戒毒，重新做人。

黎豆豆贩毒团伙的彻底毁灭，还要归功于徐谢军的检举揭发。马玉文决心将徐谢军送"劳教"后，打电话给市公安局局长，在告发徐谢军有吸食毒品的违法行为、建议将其送"劳教"的同时，要求公安局从查清毒品的来源着手，顺藤摸瓜尽快抓获隐藏在后面的贩毒分子。

市公安局接到马玉文的电话后非常重视，立即成立了专案组，为了不打草惊蛇，走露风声，送徐谢军去"劳教"的行动是在严格保密的情况下进行的。市公安局局长还亲自对徐谢军进行了询问，刚开始时徐谢军出于哥们义气一直不肯交代毒品的来源，直到公安局长严肃地告诉他，如果拒不交代毒品来源将触犯刑律，构成"包庇罪"时，他才交代自己吸食的所有毒品都是由黎豆豆提供的。

市公安局根据徐谢军的揭发对黎豆豆开展了秘密侦查，通过跟踪、监听等侦探手段在掌握一定证据后首先密捕了黎豆豆，当场从他身上搜出毒品220克，光凭这一数量就可以判处其死刑。在铁证面前，黎豆豆不得不交代了所有犯罪事实，供出了贩毒上线和下线人员的名单，公安机关据此抓获贩毒分子11名，一举捣毁了一个作案34次，累计贩卖各种毒品5700克的特大贩毒团伙。

就在黎豆豆被密捕的当天，李招军也一命呜乎了。但他不是死在病床上，而是死在吸毒上。

黎阳阳经不住丧夫失弟的双重打击，人在刹那间便疯了，她退休前的所在单位不得不将她送进了精神病医院。

五

吴楚英的儿子初中毕业后，吴楚英俩口子就带着儿子回娘家来了。一是想让因为升学考试而紧张了一年的儿子能彻底放松，二也是为了回家看看父母。

远在东北的戴向东接到吴楚英的电话，得知马明光前不久又调回省里担任省军区的副参谋长，想到自己已三年多没回家，便趁暑假之际携带妻子和女儿也回家来看看。

自从吴楚英、戴向东大学毕业分配工作和马明光参军当兵之后，全家人还

从来没有团聚过一次，就是一年一度的春节，不是这个工作忙要加班回来不了，就是那个因战备需要脱不了身。这次女儿、女婿、外孙、儿子、儿媳、孙女都回来了，可以说是儿女们长大成人后全家第一次大团圆，把个文锦秀给乐坏了。

"妈，如果我记得不错，后天应是爸的67岁生日，对吧？"吴楚英问。

文锦秀愣了一下说："要不是你提起，我还真忘了呢。反正你爸从来不过生日的，加上他天天都上班没有时间过生日，久而久之我也将他的生日给忘了。"

戴向东说："难得全家人聚在一起，这次可得给爸过一个热热闹闹的生日。"

"我举双手赞成！"吴楚英说，"这次算是碰得巧，再过两年等我们的孩子读大学、参加工作后，别说爸是平常生日就是10年一次的整生，要想全家人聚在一起为他老人家祝寿只怕非常困难。"

"哈，哈！大哥、大姐，你们一回来就叽叽喳喳地在议论什么呀？能不能说出来让我们也听听。"踩着下班时间，携妻带子回来的马明光人还在门外声音就传了进来。

"啊！三弟回来了。"戴向东站了起来。

吴楚英迎上去一把拉过5岁多的侄儿说："来，让姑姑瞧瞧，看有没有将门虎子的遗风。"

戴向东笑着对马明光说："你回来得正好，我和楚英正同妈在商量给爸过生日的事呢。"

"给爸过生日？他是哪天生日的，我怎么不知道呢？"马明光说。

"怎么样？老大、老二，我没有骗你们吧。"文锦秀说，"你们的爸爸是从来不过生日的，所以弄得我们大家都把他生日的时间给忘了。还是闺女心细，只有楚英还记得。"

"后天是爸爸67岁的生日，我和大哥商量趁这次全家聚在一起的机会要给他老人家过一个热热闹闹的生日。"吴楚英说。

"只怕爸爸不会同意。"马明光说，"前两年表叔70大寿搞了30桌，爸明确表示不赞成祝寿，结果他硬是不去，要不是妈去打了个圆场，表叔一家不知会有多大的意见。妈，你还记得这件事么？"

吴楚英说："这次我们一个客也不请，就自己一家人庆祝一下，相信爸不会反对的。要不这样，大家绝对保密，一切由我来安排，保证到时爸要想反对也反对不成。"

"嘟，嘟！"门口响起了喇叭声。

文锦秀抬头看了看墙上挂的壁钟，见时间已是下午6点半便说："准是你爸回来了。"

"孩子们，你们的爷爷和外公回来了，快到外面去接呀！"吴楚英招呼侄儿、侄女和自己的孩子说。

几个孩子欢天喜地地跑了出去，不一会就簇拥着马玉文进来了。

马玉文喜笑颜开地对戴向东俩口子说："前天听楚英说，你们也会回来，我还不相信，没想到今天你们就到家了。"

"爸，接到老二的电话，得知老三也调回来了，难得有机会全家聚在一起，我和媳妇就请了几天假带着女儿赶回来了。"戴向东说。

"好，好！回来得好！"马玉文高兴地说，"我们一家有十多年没有团圆了，我和你妈一直盼着这一天呢。只是这么多人吃饭，莫将路姨给累坏了。"

吴楚英听了灵机一动说："刚才我和老大、老三商量了，为了不累着路姨，从明天起吃饭睡觉都放到酒店里，由我们三个人轮流负责。但我们有个小小的要求，您可一定得满足我们。"

"别说是一个小小的要求，就是再大的要求，只要做父亲的办得到，还能不满足你们么？"马玉文说。

"我们的要求是，全家人聚在一起实在太难了，所以这几天除了上班，您得跟我们在一起，特别是吃饭的时候，哪怕您回来得再晚，我们也要等你回来才一起吃。"吴楚英说。

"就这点要求？今天星期几？"马玉文问。

"星期四。"不知是谁答了一句。

马玉文想了想说："没问题，最少这三天不用出差，虽然要参加两个会，但都在省城之内，我每天回来吃饭就是了。"

星期六傍晚，马玉文来到儿女们所住的"东湖大酒店"，走进这两天一直用餐的包厢，只见里面布置一新，房间里摆满了鲜花，可坐16人的大圆桌上摆着喜庆的蜡烛和四层高的蛋糕。马玉文以为自己走错了，正准备退出去，几个孙儿、孙女和外孙抱着鲜花从包厢两侧跑过来围着他说："祝爷爷（外公）生日快乐！"

马玉文接过鲜花，茫然地说："生日快乐，今天是我的生日？"

文锦秀"哧"地笑出声来说："瞧你爸那样子，仿佛他天生就没有生日似的。"

马玉文好不容易才想起来了，他自嘲似的说："我是不过生日的，因为过一个生日就意味着又老了一岁。细想起来我过生日还是40年前的事了，那天正好赶上我和你妈结婚，你们外婆知道后说这叫喜上加喜，硬逼着我多吃了两个荷包蛋。"

"这么说,今天还是您们二老的银婚纪念日啰。妈妈也是,您怎么也不说一声呢?弄得我们一点准备也没有。"吴楚英嗔怪地说。

文锦秀说:"我也是前天提到你爸生日的事才想起来的,反正这两件事在同一天,庆祝了你爸的生日也就庆祝了我们的银婚纪念日。如果我再提银婚的事,你这丫头说不准又会提出照纪念相什么的,弄得路人皆知。"

"提到照相的事,我早有准备,我把照相机都带来了。原来打算吃完饭之后照几张全家福,现在看来得多拍几张爸妈二老在一起的照片了。"马明光说。

"都入座吧,别光顾着说话了。"站在一旁的路香红说,"人家服务员在催着上菜,再不上菜就凉了。"

落座后马玉文笑着说:"我先声明一句,这次你们搞的是突然袭击,那就算了。但下不为例,以后不要再给我过生日了,因为我不想知道自己又老了一年。咦,那里还有两个空位置是给谁留的,难道你们还邀请了其他的客人?"说到这里马玉文连脸色都变了。

"那是给老四和老五留的。"文锦秀说,"不经你同意,我们怎么会邀请其他的客人咧。"

"唉!"路香红长长地叹息了一声。

吴楚英知道路姨又想起了徐谢军的事,她担心这种心情会影响寿宴的气氛,连忙站起来说:"孩子们,今天是爷爷和外公的生日,我们大家都来唱'祝你生日快乐',预备,起!"

"祝你生日快乐,祝你生日快乐……"的歌声欢快地回荡在包厢里。

歌声停下来后,戴向东端起酒杯站起来说:"我提议大家共同敬爸妈一杯,祝爸爸生日快乐,祝爸妈的婚姻更加甜蜜。"

所有的人都举杯站起来正准备喊"干"的时候,只听门外有人大喊:"慢!等一等,还有我。"

包厢的门被推开后,大家惊喜地发现进来的居然是徐谢军。

徐谢军走到马玉文身边,马玉文拉着他的手欣喜地说:"你也知道啦,是专门向所里请假回来的?"

"不是,我是因为表现好被提前释放回来的。"徐谢军说到这里"扑通"一声跪在地上,从桌子上端起一杯酒递给马玉文说:"爸,我先敬您一杯,一是给您老人家祝寿,二是感谢您的养育之恩,三是感谢您再一次救了我。您老人家是我今生今世的大恩人,没有您就没有我徐谢军,不是您采取果断措施强迫我戒毒,我的后半生就毁了。"

望着此情此景,文锦秀、路香红和徐谢军的妻子,3个女人的眼圈都红了。

戴向东和吴楚英同时举起杯来说:"爸爸也是我们的大恩人,我们都应该给爸爸拜寿。"

马玉文一边制止戴向东和吴楚英说:"谁也不许拜寿,谁要再拜,我可真的生气了,"一边扶起徐谢军说,"老五,快坐下,俗话说'浪子回头金不换',你能把毒戒掉,肯定会前途无量。"

待徐谢军入座后,马玉文说:"这桌酒席设得好,今天我们家是四喜临门,我提议大家同饮一杯。"

文锦秀说:"怎么又弄出一个四喜临门了,你得说清楚,我们总不能跟着你稀里糊涂地喝呀。"

"妈!"吴楚英叫了一声说,"爸的意思是今天不光是他的生日,您们二老的银婚纪念日,也是老五新生的一日,我们全家大团圆的一日,这不是四喜临门么?"

马玉文赞许地看了一眼吴楚英说:"还是丫头反应快,真不愧是当记者的。"

文锦秀笑得合不拢嘴说:"不错,是四喜临门。来,大家一起喝。"

喝干一杯酒,呷了一口菜后,马玉文说:"有件事得跟大家说清楚,今后一家人之间再也不许提'恩人'二字了。既然是一家人,我和你妈,还有路姨,我们3个做长辈的抚养你们长大成人是我们应尽的义务,如同以后赡养我们3个,照顾我们生老病死是你们应尽的义务一样。尽义务是法定的责任,能说谁对谁有恩吗?再说这么一喊,一家人之间不就显得生疏了吗?"

"爸爸说得对,我举双手赞同。"马明光说。

马玉文接着说:"当然一个人必须懂得感恩,必须常怀一颗感恩之心,否则就和冷血动物没有什么区别了。问题在于恩人是谁,应该对谁感恩。我认为我们的恩人就是广大的人民群众,是人民养育了我们,培养了我们,我们应该时刻对人民有颗感恩之心。只有这样我们才会努力工作,不犯错误……"

"来,大家喝酒、吃菜。"文锦秀打断马玉文的话说,"今天是一家人团聚,你当又是在台上做报告,长篇大论,滔滔不绝,说个没完没了。"

马明光说:"爸爸讲得对,对我们很有启发教育。"

"你们要想听,吃了饭让他单独给你们讲去。孙辈们现在还小,你们这些严肃的话题他们听不懂。一家人好不容易聚在一起,得让大家轻松轻松、高兴高兴,尤其是要让孩子们多欢乐欢乐才行。"文锦秀说。

马玉文说:"那我就不讲了,但我想借这个机会宣布一个决定,我现在年满67岁,人已老了,准备向组织上正式申请离休。"

文锦秀说:"你这人也真是,怎么突然想起要提前离休了,你们正部级不是

可以干到 70 岁么?"

戴向东说:"我听说现在的政策是'七不进八不出',您还远不到'出'的时候啊。"

马玉文说:"党中央近年来反复强调干部队伍要年轻化,而且这些年我们培养了大批年轻有为的干部。我们这些老干部虽然久经考验,有经验丰富的优势,但也有文化水平有限、不懂科学技术的缺陷,加上年纪大了,身体状况一年不如一年,早点退比晚点退要好,既有利于党和人民的事业也有利于个人的身体健康。但退下来之后我对你们也有一个小小的要求,即将还没有读大学的小孩全部送回来,让我和你妈还有路姨当一回'孩子王',好好享一享天伦之乐。"

"没问题。"吴楚英、马明光、徐谢军一起说。

星期一晚上,省委常委召开会议。

到晚上 10 点半,各项事情研究完后,马玉文说:"同志们,我想耽误大家一点时间。早两天我已年满 67 周岁,为了落实党中央关于加速干部队伍年轻化的指示,我已向组织写了申请离休的报告,相信组织会批准。因此,这次会议也可能是我参加的最后一次常委会了。"

与会同志听了后都面面相视,不知说什么才好。

年方 45 岁的省委常委、宣传部长张民建说:"马书记,您离不离休,那是党中央决定的事。我们这些年轻的同志,只希望您能抽个时间将自己为官的成功经验传授给我们。"

马玉文笑着说:"我哪有什么成功的经验哟。回想起来,从 16 岁参加红军到现在我已为革命工作了 51 年。这 51 年我是奔着一个目标走过来的,即'我们要建设一个新中国',这是毛主席 1940 年在《新民主主义论》一文中向全党全军全国人民发出的号召。要知道,当时正值抗日战争的相持阶段,中国正面临着亡国的危险,毛主席能发出这种号召,足见他有多么大的勇气、豪情和远见啊!从此,中国共产党人一腔热血写春秋,硬是打下了江山、守住了江山,并且建设好了江山。干革命也好、搞建设也好,没有一腔热血,即革命的干劲和热情是不行的。但热血人人都有,要真正书写好春秋,光凭一腔热血是不够的,特别是作为一个领导干部我个人体会最少还要做到两条:一是要对人民常怀一颗感恩之心,因为是人民养育了我们、培养了我们。有了这颗感恩之心,我们才能自觉地为人民服务,为人民工作;二是要不居功自傲,要始终把人民赋予我的权力视为是人民对我的一种信任和委托,只有这些才能不贪、不占,不敢贪污受贿、不敢索拿卡要,永远保持一个共产党员、革命干部的本色不变,从而带领广大人民群众在社会主义的大道上不断前进。"

马玉文抬头看了看，见大家听得全神贯注，接着说："同志们，我的看法不一定正确，说出来供大家参考，不对的地方可以批评甚至批判。我认为建国难、强国更难，但只要我们始终对党和社会主义建设事业充满信心、充满热情，一腔热血不断地书写下去，我们的江山一定更加美好，我们的历史一定更加辉煌。"

"啪，啪，啪！"与会者情不自禁地鼓起掌来。

掌声过后，人们才发现马玉文伏在桌子上不动了。

"他实在太累了，从上午10点半开始一直到晚上来开会之前，他一直在接待因征地拆迁问题而上访的群众，直到把他们的思想工作做通、他们答应息访为此。算起来他已连续13个小时不吃不喝没有休息了，就让他睡一会儿吧。"省委秘书长说。

坐在马玉文左边的省委副书记兼纪委书记杨建韦感到马玉文有点像突然偏瘫失语似的，发现情况有点不对头，赶紧偏过头去看了看，只见马玉文的眼角通红像在流泪，马上站起来说："坏了，赶快叫救护车。"

马玉文还没有送到医院，便于世长辞了。

医院的结论是：脑溢血猝死。患者由于血压突然增高导致脑血管破裂，颅内高压，抢救不及而死亡。

殡仪馆的中央大厅布置得庄严肃穆。

大厅正面上方高悬着"沉痛追悼马玉文同志"的横幅，挂着马玉文的巨幅遗像，两边张贴的"国之忠臣，民之义仆"的挽联，那是马玉文一生的真实写照。

马玉文的遗体安放在鲜花丛中，身上覆盖着中国共产党的党旗。大厅两边摆满了由中共中央、全国人大常委会、国务院、全国政协、中央和国家机关各部委、省委、省人大常委会、省政府、省政协、省军区及社会备界敬献的花圈、花蓝和挽联。

马明光、戴向东、吴楚英、徐谢军及他们各自的爱人和子女个个悲痛欲绝，尤其是吴楚英和徐谢军哭得格外伤心。

获悉马玉文去世后当场昏死过去的文锦秀苏醒后反而显得格外坚强，她对儿女们说："孩子们，别哭了。你爸是从枪林弹雨中走过来的，他是一个只流血不流泪的人。我们纪念他的最好办法，就是继承他的遗志，全心全意为人民服务。"

徐谢军跪在文锦秀面前捶胸顿足地说:"只怪我不争气,爸是让我给气死的。我保证以后再不沾染任何劣习,像爸一样当一个合格的人民公仆。"

文锦秀将徐谢军扶起来说:"老五,你别自责了,爸怎么是让你气死的呢?他是为人民而鞠躬尽瘁的。你愿像他一样做一个合格的人民公仆,你爸在九泉之下,也会感到高兴和自豪的。"

3天来,社会各界自发前来吊唁马玉文的人民群众超过了5万人次。

当大甸县清溪村的代表前来祭奠时,马明光对他们说:"我爸生前曾经讲过,他死了之后想埋到清溪村去,和长眠在那一带的战友做伴。我们准备遵照他的遗愿,将其骨灰埋到你们那里去,行么?"

"怎么不行?那是我们全村人民求之不得的事,马书记这一生为我们清溪村不知做了多少好事,救了多少人的命,他是我们清溪村人民的大恩人。我们将在他的墓碑上刻上'百姓恩人'四个大字。"

"不行,不行,绝对不行!"马明光摇着手说,"我爸生前多次讲过,只有人民才是他的恩人,他始终是人民的子弟和公仆,如果在他的碑上刻'百姓恩人'四个字,会让他的灵魂不安的。"

"好!那我们就在他的墓碑上刻上'人民之子'四个大字。"

几天后,清溪村的后山上紧挨"新四军战士陵园"旁边垒起了一座新坟,高六尺七寸、宽五尺一寸,象征着马玉文人生67年,参加革命51年的墓碑上刻着7个十分醒目的大字"人民之子马玉文"。据说二十多年来,一年365天,不论春夏秋冬,不管刮风下雨,马玉文坟前用青松翠竹、各种鲜花编织的花圈、花环、花蓝从来就没有断过。

与马玉文坟地遥相对应,相距50里的邓元太镇在牌坊一条街上又新建了一座高大的石牌坊,石牌坊由过去的12座增加到了13座,牌坊的门楣上刻着"浩气长存"四个大字。

紧挨石牌坊立着一块石碑,碑上刻着的文字为:

"此坊名为'英烈坊',因纪念马玉文而建。

马玉文,生于1921年,卒于1988年,享年67岁。

1943年,马玉文担任新四军江南特遣支队支队长,率部在这一带抗击日军。为救被日寇抓去做为人质的数十名当地农民和被抓去准备运走的300多名劳工,他率部捣毁日军的细菌毒气研究所,劫持日军的装甲列车,使被抓的农民和劳工全部获救。最后又率领军民包围日酋中曾次郎少将,迫使其剖腹自杀,并最终打败了日本侵略者。

　　1949年5月，马玉文率解放军一个师横渡长江后奉令解放鸽城，国民党守军为阻止解放军南下，抓了2000多名老百姓准备用作盾牌。马玉文采用"易兵不易将"的办法，亲自带队化装进入敌军腹地，使被抓的老百姓悉数获救，并迫使全部敌军主动缴械投降，使鸽城得以和平解放。

　　解放后，马玉文先后担任鸽城地委书记和省委副书记、省人大常委会主任。在社会主义建设中，他带领人民群众大兴水利，大搞农田基本建设，率先在江南地区推广双季稻，让人们战胜了百年一遇的饥荒，挺过了三年经济困难时期。

　　改革开放后，马玉文支持农民包干到户，倡导大修快修公路，大力开发旅游业并为之献出了儿子的生命，使本地群众得以提前步入小康行列。

　　马玉文在战争年代和和平时期为党和国家、为人民大众屡立大功，却从不居功自傲。为纪念他的丰功伟绩，由邓元太镇人民倡导，鸽城地区广大群众响应，自发筹集资金，修建此'英烈坊'以弘扬烈士的先进事迹和不朽精神。"

　　前来观音山旅游风景区参观的中外游客，没有不慕名前来邓元太镇参观牌坊一条街的。看了"英烈坊"后，没有不称赞此坊建得好、建得确有意义的。

　　不久之后，英烈坊和马玉文的陵墓便成了青少年革命传统教育基地。